谨以此书献给所有扶贫干部

为春天
抚琴而行

黄柳军 著

暨南大學出版社
JINAN UNIVERSITY PRESS

中国·广州

图书在版编目（CIP）数据

为春天抚琴而行/黄柳军著. —广州：暨南大学出版社，2022. 10
ISBN 978 - 7 - 5668 - 3455 - 3

Ⅰ. ①为…　Ⅱ. ①黄…　Ⅲ. ①纪实小说—中国—当代　Ⅳ. ①I247. 5

中国版本图书馆 CIP 数据核字（2022）第 118302 号

为春天抚琴而行

WEI CHUNTIAN FUQIN ER XING

著　者：黄柳军

出 版 人：张晋升
策划编辑：杜小陆　黄志波
责任编辑：黄志波　黄　球
责任校对：刘舜怡　王燕丽　黄亦秋
责任印制：周一丹　郑玉婷

出版发行：暨南大学出版社（511443）
电　　话：总编室（8620）37332601
　　　　　营销部（8620）37332680　37332681　37332682　37332683
传　　真：(8620) 37332660（办公室）　37332684（营销部）
网　　址：http：//www. jnupress. com
排　　版：广州尚文数码科技有限公司
印　　刷：佛山市浩文彩色印刷有限公司
开　　本：787mm×1092mm　1/16
印　　张：39. 25
字　　数：680 千
版　　次：2022 年 10 月第 1 版
印　　次：2022 年 10 月第 1 次
定　　价：120. 00 元

（暨大版图书如有印装质量问题，请与出版社总编室联系调换）

对历史负责，是一个作家的光荣使命

一、 文学的两种价值

2020 年 3 月至 6 月，我连续奋战 3 个多月，终于完成长篇扶贫纪实小说《为春天抚琴而行》全书初稿，近 70 万字。

望着用心血换来的文字，那时我依然保持足够的沉默，纵使心头涌出千言万语，自己也要把它们吞进肚子里，连同曾经走在扶贫路上所付出的汗水。

回想起创作的艰辛，如果还能说点创作谈什么的，我只能说：

一是"无悔"，二是"感恩"。

无悔的是什么？从 2018 年 7 月起，我带着光荣的使命和神圣的嘱托，跃入扶贫这个没有硝烟的战场，到 2020 年 1 月"退役"，日夜战斗了一年零七个月。没有硝烟的战场，已经完全把我的生命磨炼成能够抵挡狂风暴雨的铜墙铁壁，给我的命运筑上一层又一层坚固的堡垒，百毒不侵。面对如此宝贵的人生体验，我无悔曾经的一切努力和付出。

感恩的是什么？每天走进帮扶的村子，望着一片片淳朴的土地，面对着一座座碧绿的山峦，呼吸着新鲜怡人的空气，干着与别人不一样的工作，我感恩那里憨厚的人们，感恩那里清脆的鸟声，感恩那里动人的泉流，是它们让我放下荣辱，抛弃喧嚣，找回原本属于自己的生活：清静、自然、自由！久居城市的累，仿佛慢慢被周围的环境融化，有一种返璞归真的感觉。

由此，我一直思考：人活一辈子，即使过得穷一点，只要自己站成人样就赢了。欲望太多，思想太复杂，关系太暧昧，这不是文明的进步，更不是人类前进的愿望。尽量让自己活得简单一点、轻松一点，走得远一点，或许，你就会成就另一层境界。

是的，山村给了我修炼的机会，路途给了我修身的机会，生活给了我重新认识自己的机会，我还有什么可以后悔的呢？所以，只有感恩，才是我在这里所要表达的全部内容。

在穷乡僻壤亲身参与了脱贫攻坚战，让我真正认识到什么叫贫穷。随着城市化进程的加快，留守在乡村的人大都是老弱病残，稍有力气的人都已远离故乡，出外谋生，甚至把家扎在城市，一年也难见他们回来一次。

但面对乡村渐渐呈现"人烟稀少"的趋势，国家没有放弃那些"老弱病残"，而是举国之力，为他们谋取幸福的生活，改变村子贫穷的面貌，于是有了千千万万的驻村干部，有了许许多多感人肺腑的扶贫故事。

是的，把驻村干部比喻成新时代的战士，看成英雄，一点儿也没有夸大。他们远离城市的家，成天扎在穷人堆里，落实政策，精准扶贫，成天入户走访，给贫困户送去温暖和改变生活的法宝，不惜花费时间精力，甚至流血牺牲。

这些驻村干部，站起来的是战士，倒下去的仍然是无愧于时代的真英雄。

作为曾经的一名驻村干部，感受是深刻的，因此，这部长篇扶贫纪实小说《为春天抚琴而行》，就是为了纪念他们的先进事迹，弘扬他们的扶贫精神，赞颂他们的努力奋斗书写而成的。

《为春天抚琴而行》以一个驻村干部的亲身经历，客观描绘新时代战士的生活点滴，再现他们为了率领贫困户早日实现脱贫，不怕苦、不怕累、不怕牺牲，像飞蛾一样扑进光明的路途，不仅体现了人生的价值，而且创造了奇迹，给人们留下了一笔宝贵财富，可歌可泣，功绩卓越！

脱贫攻坚战已取得了全面胜利，为了纪念消灭贫穷、全民奔小康的历史时刻，《为春天抚琴而行》以点带面，将我一年多的亲身经历化作文字，把驻村干部的精神面貌展现在新时代面前，把党和国家的阳光政策洒遍每一个角落，让历史永远记住，贫穷是怎么被消灭的，人民的幸福生活是如何创造出来的。

参与脱贫攻坚工作一年多，我见证了许多动人的扶贫故事，并记下了 50 多万字的扶贫日记。这部长篇扶贫纪实小说主要依据日记而完成。

　　写这部长篇纪实小说，材料比较充足：除了50多万字的日记，还有各种会议、培训、考察记录，以及7000多张与扶贫相关的照片和一些文件、通知。但遗憾的是遗失了一些重要的照片，或许因为资料太多，一时找不到。我以前写过两部长篇小说，都是凭记忆或想象虚构而成，但写这部长篇纪实小说，是凭"真刀实枪"完成的，因为构思之初，我就是按照"紧贴地面飞行"来展开的，在"真"字上下功夫。

　　小说通过一个驻村干部的所见所闻、所思所感、所作所为，把奋战在没有硝烟战场上的驻村干部塑造成一个个为春天抚琴而行的歌者，让美好的春天常驻人间，走进每一个贫困户家中，盛开芬芳的花朵。

　　一部好的小说，也许可以从三个方面判断：一是有好的语言，好的语言能给读者带来愉悦的心情和阅读快感；二是有好的故事，好的故事能震撼读者的心灵；三是有好的结局，好的结局会给读者带来回味的空间和对生活的思考。

　　关于文学的意义，我认为，一部好的作品，除了具有欣赏价值和较高的艺术感染力，还需具有一定的社会价值和历史价值。

二、　关于小说的人物和故事

　　需要向大家交代一下的是，这部长篇小说是以一个驻村干部的视角，描述这场气势恢宏的贫穷歼灭战。当然，由于视角限制，不可能面面俱到，但我会以真实、客观、透明的态度和精神，把人物、故事融入小说之中。

　　这部长篇纪实小说主要围绕两条线索来展开故事情节：一是在实际工作中，人与人之间的关系，既有和谐的一面，也有矛盾的一面；二是在实施政策和执行力度上，根据实际情况，有大有小，有强有弱，有急有缓。

　　脱贫攻坚战自开战以来，精准扶贫、精准脱贫就成了国家的脱贫政策方略，以达到"真扶贫、扶真贫"的目的，这样脱贫才具有远大的意义，才会实现全民奔小康的伟大梦想。

　　小说人物和故事是互相衬托、互相关联的，有人物，一定会有故事，不管故事深浅密疏；有故事，一定会出现人物，不管人物高矮美丑。

所以，小说的创作重点永远离不开人物和故事。

小说人物的塑造有时可以通过外貌描写，有时可以通过语言描写，有时可以通过动作描写，有时可以通过心理描写。塑造人物的方式多种多样，每一种描写都会给小说带来不同的效果。因此，对于小说人物，最重要的是利用多层次、多角度的描述，尽量使人物丰满一些、生动一些，让他们活跃起来，才能给读者留下深刻印象。

《为春天抚琴而行》这部长篇纪实小说，除了反映驻村干部的形象，对于人物的塑造，我主要着墨于那些贫困户户主或家庭成员，通过人物描写，揭开深藏在他们身上的不幸故事，或者通过故事树立人物形象。

书中几乎囊括了虎山村 90 户贫困户家庭背后的故事，同时塑造了户主或家庭成员的形象。对于人物形象，对于贫困户家庭背后的故事，我并没有花太多精力去虚构，也不需要任何虚构，现实中的人物和故事都是活生生的素材，实在不忍心再往他们伤口上撒盐，做些毫无意义的抗争。

比如智障青年黄秋亮的形象，时常用"呵呵"的傻笑和颤动激动的双手来跟人套近乎；比如贫困户李树英，她的脸皮像老树皮，站起来像她家屋后的竹子，说话声音像蚊子叫；比如五保贫困户杨海锋，虽长得牛高马大，却一脸漠然，不爱说话，时常坐在村里小商店门边，不知嘴里嚼着什么东西；比如贫困户李金兰，时常见他猪肝色的脸上凝结着愁与苦；比如五保贫困户黄坤能，他虽然没当过兵，却有一床军被，而且把军被折叠得整整齐齐、有棱有角……

在贫困户中，我捕捉到的人物都是活生生的形象，无须再用其他颜料去着色。

记得我第一次进村时，看见黄秋亮躺在村委会路边，跷起二郎腿，一脸傻笑，同时睁开三角眼望着酷热的天空……

对于黄秋亮的形象，我每次见到他，都会呈现不同的模样，时常令我既心酸又同情。

因为长期没换洗衣服，只要有黄秋亮在，十米开外的空气都会被他身上的臭气污染。

后来，我每次进村，只要见到黄秋亮，他都会迎过来，不仅"呵呵"地傻笑，而且双手激动地颤动起来。

黄秋亮太孤独了，太需要找个人用"呵呵"来"聊天"，因为村里人不理会他，年迈的父母不管他，甚至有孩子欺负他。

黄秋亮不幸的根源，是小时候染了一场大病，人变傻了，也哑了。

一脸猪肝色的李金兰，儿子因病去世，儿媳妇又离婚到外面打工，留下两个读书的孙辈，日子过得很凄惶。

竹子一样的李树英，原来住在半山腰上，因丈夫不幸离世，有点迷信的她找风水先生看风水，风水先生告诉她要搬到山下去住。但她的命运没有一点改变，于是她又找到风水先生，风水先生又说她要搬回原来住的地方……命运如此折腾，最终把她折腾成一根竹子。幸好，驻村工作队来了以后，按照政策给她进行危房改造，她的生活好了起来，还如愿脱了贫。

关于贫困户的故事实在太多太多。偏僻的虎山村还没有进步到文明时代，依然存在一些陋习。有一些危房改造贫困户，国家帮助他们改造了危房后，他们却迟迟没搬进去住，最大的原因是"按照农村风俗，没有选择到好日子装修或搬迁"。

三、 对历史负责， 是一个作家的光荣使命

大家都知道，特殊的社会环境对于一个作家的创作来说，既是一次千载难逢的机会，更是一种难得的考验。

近几年来，中国又发生了一次大的变革，那就是向贫困山村派出数百万的扶贫干部，参与"脱贫攻坚战"，消灭贫困，实现全民脱贫奔小康的伟大梦想。

而我创作的《为春天抚琴而行》这部长篇纪实小说，正是以一个驻村干部的角度，诠释驻村生活和扶贫工作，以客观真实的角度，留住那段难忘的经历。

留住历史，正是这部长篇纪实小说的创作目的和意义。

对于这种面对历史、叩问历史的大题材，作家应该抱着严谨、负责的态度，才能书写出更有价值、更有意义的作品。

一部成功的作品，不仅要有艺术价值，更要有社会价值和历史价值。

一个作家只有正视历史、尊重历史、敬畏历史，他的文字才能获得更大的力量，

收获更多的价值。

在创作过程中，我重新翻阅了许多与扶贫工作相关的政策和文件。作为曾经的扶贫干部，我对那些政策和文件精神已有了深入的了解和理解。如果自己连"八有""两不愁三保障"都不知道，怎能完成这种题材的创作？如果自己不了解政策和文件精神，怎能挖掘出扶贫故事、树立人物形象？

对于创作者来说，唯有"真言"，才能正视历史、尊重历史；唯有"真心"，才能不愧对历史。对历史负责，才是一个作家的光荣使命。

如果《为春天抚琴而行》这部长篇纪实小说中提到扶贫干部在实际工作中碰到的事情或问题，日后有幸被哪位驻村干部看到，说"我也碰过这样的事情""我也发现那样的问题""我当时也有这样那样的担忧或想法"，说明驻村一年多来，我是真心扶贫的，而且我对那段历史负起了责任，这就够了。

四、 创作动机及内容简介

这部长篇纪实小说耗尽了我的心血，毫不夸张地说，它是用我的生命换来的。完成初稿后，我按照广东省作家协会领导、中山市文联领导的要求、意见作了五次修改，修改后全稿约52万字。修改之后，我大病了一场，而且身体至今没有恢复过来。

说起来，虽然我的人生跌跌撞撞、坎坎坷坷、起起伏伏，但非常幸运的是，我还能跳离工厂打工，被中山市文联派往肇庆市广宁县排沙镇木源村参与伟大的脱贫攻坚战役，接受人生的又一次洗礼，锻炼自己的思想和意志，磨炼自己的志气和品质，实在是难得的一次机遇。

这次不平凡的经历，确实给我的人生上了一堂生动的课，给我的生命灌输了不一样的思考，做了一件自己应该做的事情，为全民奔小康的目标尽了一点微力，我感到由衷的高兴和自豪。

在工厂打工的20年里，我一直不忘初心，坚持创作，追求自己的梦想。我打工坚持创作的事迹曾被《中山日报》三次宣传报道。2017年，这一年对我来说，发生了几件令我意想不到的事情，命运之神把我推向了人生"巅峰"：一是加入广东省作家协会，二是取得文学创作中级职称，三是获评该年度"同是中山建设者"百佳异地务工人员，然后又被中山市作协推荐到中山市文联工作。

大概在2018年6月，中山市文联领导找我谈话，问我愿不愿意参与扶贫工作。说实在的，我那时毫无思想准备，也不知道自己能不能胜任此项工作，但我还是毫不犹豫地作了肯定的答复。

就这样，7月的时候，我到离中山近200公里的木源村参加脱贫攻坚工作，成了一名驻村干部。

作为一个文学爱好者，除了工作，想得最多的一件事，自然就是能够在脱贫攻坚战中挖掘创作素材。但有点遗憾的是，由于木源村的扶贫"战绩"还没能显露出来，我基本上找不到与创作相关的素材。那时的木源村略显"平静"，还没有建立真正意义上的扶贫产业或有影响的事迹，不像邻镇的拆石村，把扶贫工作搞得轰轰烈烈，驻村工作队亲手创建了一条集种植、加工、销售于一体的产业链，里面含有太多的创作素材。拆石村是中山市国资委对口帮扶的村子。我当时就对拆石村产生了极大的兴趣，有点"身在曹营心在汉"的感觉，曾动员队长到拆石村考察，向强者学习，弥补自身不足，同时给自己找些可以创作的素材。但不知什么原因，队长没有应承。后来，我有两次机会坐拆石村驻村工作队的工作车往返中山与驻地，从而认识了拆石村工作队队长和队员。

与他们接触后，我深深感到，拆石村工作队队长和队员相处非常和谐融洽，怪不得他们的扶贫工作做得如此出色，最大的成功就是拆石村有一支敢干、能干、巧干的优秀团队，他们心里时时装的是贫困户的疾苦，脑子里想的是如何把工作做得更好，夯实筑牢脱贫防线。特别是当我得悉他们远大的脱贫愿景时，更是由衷地佩服他们的才干，也感到这支优秀的队伍是"真扶贫、扶真贫"的队伍。

后来，我还是想到拆石村考察他们的扶贫产业，但一直没有机会，直至2019年冬，我才借一次培训机会，进入拆石村考察他们付出太多艰辛和汗水的农产品产业链。

自从工作队入驻木源村后，工作队及驻县组领导也一直努力为村子寻找切实可行的扶贫产业项目，但因木源村自身条件不足，所有动过的"心思"都无法实施。到了2019年10月，木源村才落实了一个资产性收益的扶贫项目，为村集体增加不少收入。为了落实项目，可谓千回百转，途中可用风云变幻来形容。前后两任队长都为村里的扶贫项目伤透了脑筋，经常失眠。

当然，为了改变村容村貌，为了增加贫困户的收入，驻村工作队也付出了很多心血，除了实现增加村集体收入的扶贫项目，还为村里做了一些修缮道路等方便村民出行的公益事业、为30多户贫困户购买助力脱贫的牛猪等养殖项目；还有就是在危房改造方面、教育扶贫方面、就业扶贫方面，驻村工作队也作了许多贡献。到了2019年底，贫困户和木源村都如愿实现脱贫、"摘帽"，这与驻村工作队的努力和付出是分不开的。

自从来到木源村后，我基本上坚持写日记，把做过的事记录下来，希望以后为写一部长篇作品提供创作素材。我坚持写日记的习惯，其实也是受到一位驻村干部的启发。我记得我刚来时，在整理办公室文件时发现一本日记，是一位曾经驻过村的干部写的，长的几百字，短的几句话。受这位干部的影响，我便坚持写日记，这些日记成了我创作《为春天抚琴而行》的素材和动机。

现在，如我所愿，《为春天抚琴而行》终于完成了近70万字的初稿。

回想起来，我曾经是一个从贫困家庭中走出来的普通作者，对"贫穷"有一种特别的感受，这次能够亲身参与脱贫攻坚战，对自己的人生真的非常有意义，也更值得自己用心、用情、用爱去书写发生在这场战役中的每一个故事。

在动笔之前，我没能按照当初的想法写报告文学，甚感遗憾，但要想"留住历史，体现社会价值"的创作初衷，我还是坚持"紧贴地面走"，对作品没有融入太多虚构的东西，特别是贫困户的故事，基本上是原汁原味的，因为他们身上被贫困的生活折磨得露出太多的伤口，我不忍心再往他们伤口上撒盐，做那些"不得人心"的事情。当然，人物是有所处理的，以免对号入座，遭人唾骂。不过，我写的时候，如果有人对号入座，我也没办法，并时刻做好被人唾骂的思想准备。但我绝不能昧着良心说话，尊重事实、敬畏历史，是我创作这部长篇纪实小说的宗旨，在特定时刻，这部长篇纪实小说会有它存在的价值和意义，能够做到这一点，我就心安了，也无惧风雨。本着良心说话、做事，是我一贯的作风。

对于关系到国家命运和前途的扶贫作品，我觉得自己不能"天马行空"，凭想象写，写出来的每一个文字必须经得起历史的考验，要与上级的扶贫文件和精神相一致，只要出现一处败笔，整部小说就会塌陷，甚至面目全非。

这部长篇纪实小说，在尊重现实、敬畏历史的同时，虽然"剑指"扶贫工作中出现的一些漏洞或问题，但更注重宣传好人好事，宣扬的仍然是主旋律。

全书由两条主线组成，一条是主人公王悦与前任万队长因一件小事闹矛盾，给扶贫工作造成一定影响，到后来他与新队长同心协力，目标一致，彻底改变了虎山村扶贫工作难以改观和发展的现状；一条是因受虎山村的地理环境影响和自然条件约束，扶贫产业项目迟迟落实不下来，后来经过新任队长和王悦的共同努力，最终实现了村民的愿望——建立扶贫项目。

全书从主人公王悦与前任队长闹矛盾写起，剖析驻村干部在落实政策中出现的不和谐现象，这种现象普遍存在，战友间都会闹些小别扭。前任队长为什么会脾气暴躁？主要原因是他觉得扶贫工作难开展，处处受阻，而且别的工作队帮扶的村子都建立了扶贫产业，虎山村却未见一点起色，心里难免着急，无形中给他带来思想压力和精神摧残，因此，他觉得自己很委屈，扶贫扶到这种程度，有了灰心丧气的念头。

后来扶贫干部进行轮换，虎山村来了新任队长。新队长是一个很正直的人，政治素质过硬，性格很好，是个想干事、能干事、会干事的驻村干部。王悦很信任他，他也信任王悦。为了扶贫工作，为了贫困户，为了虎山村，两个人经常交流，一起到外面考察扶贫产业项目。后来尊重贫困户意愿，驻村工作队为虎山村购买了返租商铺。为了实现贫困户愿望，在购买返租商铺期间也是颇费周折，跌宕起伏。除了购买商铺，驻村工作队准备在村里落实百香果种植项目，同样遭遇很多困难。

驻村干部的压力确实非常大，很多驻村干部都说自己经常失眠。对于驻村干部，可以说每天要管贫困户吃喝拉撒的问题，最终目的只有一个，那就是让贫困户如期脱贫，还要防止他们出现返贫现象。在扶贫过程中，出现了许多令人感动泪目的故事，也发生了一些令人感伤难过的事情。

由于工作繁重，精神压力大，有些驻村干部累倒在地，从此不再醒来。对于那些累倒的扶贫干部，人民会永远怀念他，在脱贫攻坚战场上，我们也会为他立起一座丰碑。

扶贫工作，是改变贫困的一次战役；脱贫奔康，是人类历史的一次创举。为了脱贫攻坚，全国有 300 多万扶贫干部日夜奋战在战场上，奉献自己的大爱，创造别人的幸福。

最后，请允许我说一句话：谨以此书，献给为国家、为人民流血流汗、甘愿付出所有的每一位扶贫干部！

黄柳军

2022 年 3 月 17 日

目录
MULU

第一章

2018 年 7 月的一天，对于 Z 城来说，是一个平静而平淡的日子，但对于王悦来说，是一个极有纪念意义的日子。因为他积极响应国家号召，即将奔赴 200 多公里外的地方，参与脱贫攻坚工作。

一个星期前，市区文化馆领导找他谈话，问他愿不愿意到 Q 市西川县广安镇虎山村参与脱贫攻坚工作。王悦几乎没有犹豫，满口答应下来。王悦心里明白，到穷山村工作，会面临许多困难，但到那儿能得到锻炼，也许自己的生命就会因此更加强大。

王悦真没想到，曾经站在流水线前苦苦追求理想的自己，因文学改变了命运，而此时，又要面临人生的严峻挑战，担起有利于国家和人民的脱贫重任。

王悦是个从不屈服的人，始终认为一个人只有不断磨炼自己，人生才能翻开崭新的一页，生命才能闻到鲜花般怒放的气息。

午后，王悦如约而至，站在市区办事处大门旁，等待驻村工作队队长万胜平开车来接他，一起前往 Q 市西川县广安镇虎山村。

王悦没见过万胜平，只是在他被确定派往虎山村参与扶贫工作前，听单位领导说过，万胜平在信访局工作，是虎山村驻村工作队队长，以后自己的工作要听从万队长的安排。前天，王悦跟万队长电话联系过，约好出发时间和地点。

不一会儿，一辆乳白色的小车缓缓地停靠在离公交车站牌不远的地方。王悦知道，肯定是万队长接自己来了，于是拎起行李袋走向乳白色的小车。

坐在驾驶室座位上的万队长一见王悦走过来，便开启了车尾箱。王悦随手把行李袋放了进去。

王悦坐进副驾驶室座位，与万队长打了一声招呼。万队长长得不胖不瘦，头发已有些许斑白，脸色略黑，50岁上下。

汽车向目的地进发，王悦与万队长聊的话题一直离不开虎山村的扶贫工作情况，从中打听到目前村里还没有建立真正意义上的扶贫产业，带动村集体经济收入，而其他兄弟工作队都在自己帮扶的村子里建立了有一定规模的扶贫产业。

驻村两年多，虎山村的产业项目迟迟没有打开局面，这正是万队长的一块心病，把他折磨得头发都快白了。

"我心里急啊！"万队长一边驾车，一边叹息，"要是能在虎山村建立像样的扶贫产业，就算把我这个队长撤下来，我也愿意。"

看来，建立扶贫产业项目在整个扶贫工作中占有非常重要的地位，以后虎山村的扶贫工作形势将更加严峻。王悦望了一眼满脸忧愁的万队长，之后陷入了沉思，仿佛充分做好了思想准备。这肯定是一场硬仗！

这次单位派王悦去虎山村扶贫，是替代同事小韩的工作。之前，在工作交接过程中，小韩大概跟王悦说过以前她主要负责的工作范围。

2016年5月，Z城信访局、市区文化馆、中国电信公司Z城分公司组建一支联合驻村工作队，帮扶省定贫困村虎山村，每个单位派一位职员驻村进行"精准扶贫"。

王悦曾去过虎山村，对那里的环境有点了解。

今年1月19日，王悦跟随单位领导到虎山村开展春节慰问活动。那天天寒地冻，王悦一行人带着温暖和美好的祝福来到了虎山村。虎山村弯曲、陡峭、狭小的山路，给王悦留下深刻的印象，现在回想起来都让他胆战心惊。

尽管虎山村的恶劣环境时时揪紧王悦的心，但回来后的王悦依然忘不了虎山村的一山一水、一草一木，以及身陷生活苦难的贫困户。

第一次见到贫穷落后的虎山村，王悦心里至今还有许多感触和难忘的记忆。

没想到半年后，单位领导把王悦派到虎山村参加脱贫攻坚战。

当汽车驶进广州绕城高速后，天空下起了瓢泼大雨，王悦和万队长的谈话才戛然而止，只见挡风玻璃上的雨刮器不断摇晃，而耳旁传来车轮碾压路面时溅起的水声。直到进入 Q 市境内，天空才晴朗了许多，只下着不痛不痒的零星小雨。

下午 3 点 50 分，汽车才顺利抵达目的地——西川县广安镇政府。镇政府内没有什么特别引人注目的地方，只是镇政府办公楼上挂着两幅标语，一幅写着：不忘初心，牢记使命；为中国人民谋幸福，为中华民族谋复兴。另一幅写着：永远把人民对美好生活的向往作为奋斗目标。

万队长把王悦带到办公大楼后面的一幢三层楼房。

在三楼，王悦仔细打量工作队居住的地方，一共三间卧室，一个小厅子。厅子里配置了一台电脑和一台打印机，算是简陋的办公室，办公桌和墙边堆放着一些凌乱的资料，而一些昆虫尸体就躺在办公桌下或资料上面，令人作呕。

吃过晚饭，万队长带王悦到附近的万客来小商场买了一些生活用品。回来的时候，王悦走在教育路上，抬头看见一条美丽的彩虹挂在空中，不禁惊叫一声"天弓"。王悦是客家人，在故乡，彩虹被称作"天弓"。

把生活用品放到宿舍后，王悦就站在前面阳台上，向 Z 城方向望去，只见蓝天下，白云飘飘；白云下，是一座又一座绿色的山脉；山脚下，是楼房、田野、菜地、山路……悠闲的景象与忙碌的 Z 城有所不同，但这里似乎比 Z 城更安静、更美丽，像一座和谐的庄园。

为了更真切地享受和谐庄园的味道，王悦一个人来到镇政府旁边的一条路上散步，感觉自己与自然更近了一步。暮色中，望着周围熟悉而陌生的农田和菜地，闻着蔬菜瓜果的芳香，王悦仿佛回到了童年，回到了久违的故乡。

晚上，王悦又站在宿舍阳台上，向远处眺望，感觉四周更安静了，也看不到一盏路灯，但一声声令人遐思的蛙鸣从四面八方涌来，把一座座朦朦胧胧的山脉带进安然的梦乡。

前几天，Z 城信访局局长洪志欣、市区文化馆副馆长廖文华、中国电信公司 Z 城分公司经理吴春熙来虎山村开展"两学一做"扶贫考察慰问活动。

各帮扶单位领导考察了虎山村自然资源、水库和山地后，认为虎山村自然资源丰富，具有一定的发展潜力和机会，尤其是村里的水库、竹子，可考虑向农业、旅游业方面发展。

座谈会上，各帮扶单位领导对扶贫工作建言献策后，广安镇党委书记吕平充分肯定了驻村工作队的工作成效。他表示,扶贫工作队工作认真、思路清晰、计划有序,与镇党委政府和虎山村两委的沟通顺畅,镇党委政府将一如既往地支持工作队的扶贫工作。Z城驻西川县扶贫工作组副组长梁春晖表示,现阶段是建档立卡阶段,虎山村先不要急于做项目、规划内容,等省里有了具体方针、政策再动手不迟。梁春晖还强调第三轮的精准扶贫重点放在个人,不是以村的项目为导向,驻村工作队和虎山村两委要多与县工作组沟通、协调,按计划共同完成近期精准扶贫工作。

2016年,帮扶工作队进驻虎山村后,为了早日实现帮扶贫困村、贫困户稳定脱贫目标,改善生产生活条件,结合实际,经充分征求意见后,驻村工作队制订了该村的三年帮扶总体规划、帮扶工作重点和主要帮扶措施,同时建立帮扶工作保障及长效管理制度。

当时,根据驻村干部、村两委干部深入调查,核实全村精准扶贫户87户共201人,其中五保户19户,低保贫困户14户,一般贫困户54户。

经过两年多的帮扶,虎山村发生了可喜的变化。在精准识别、深入调研的基础上,驻村工作队积极推进扶贫项目逐步开展,着力抓好产业发展扶贫、劳动力就业扶贫、社会保障、文化教育、医疗保险和医疗救助保障扶贫、农村危房改造、基础设施建设扶贫、人居环境改善扶贫八项工程。

2018年初,驻村工作队根据西川县扶贫领导小组下发的《关于下达2017年西川县各镇脱贫计划的通知》要求,按照广东省相对贫困人口退出机制,对符合预脱贫条件的31户贫困户共112人,经过入户核查、评议公示、审核公示、审定上报、公告录入等程序进行认定退出,在建档立卡系统贫困人口中进行标识。对于预脱贫户,在帮扶期间原有扶贫政策保持不变,工作队扶持力度不减,持续跟踪帮扶,确保稳定实现脱贫。

早上起来,王悦坐在宿舍办公室里,翻看一份西川县广安镇开展精准扶贫"回头看"工作方案(草案)的文件。对于刚加入扶贫工作队的人员来说,"回头看"是个新鲜而陌生的词儿,不过,从字义上解释,王悦知道它的大概意思是以前扶贫工作是否做得扎实、到位和精准,如出现异常情况,扶贫工作就要及时整改,由此开展和部署下一步的工作计划。

文件要求2018年精准扶贫"回头看"工作重点做到五个"回头看":"回头看"

精准扶贫建档立卡对象是否缺漏；"回头看"建档立卡信息有无错漏；"回头看"建档立卡贫困户脱贫措施是否长效；"回头看"前两轮扶贫"双到"村发展是否有短板；"回头看"纪检、审计、巡查、督查、巡视问题整改是否到位。

由此可见，扶贫工作是细致的，也是量化的，只有这样才能打赢、打好脱贫攻坚战。

早上的天空看起来并不安宁，虽然远处的山上，朝阳似乎快要爬出来，晨曦已把身边的云朵涂了一层淡淡的红色，但在周围，一些白云好像被大火烧过一样，成了黑炭。

吃完早餐，王悦跟随万队长、驻村第一书记黄小诚、队员高云飞坐上工作车，向虎山村进发。一路上，出现在王悦眼前的除了连绵起伏的山脉，就是密密麻麻的竹林。

天空开始明朗了许多，千呼万唤始出来的阳光从密密的竹林中透射进来，映照在弯弯曲曲的山路上。

西川是"中国竹子之乡"之一，地处广东省西北部，北江支流孟江中游，全县总面积 2459.32 平方公里，距离 Q 市 90 公里。

西川的气候和环境十分适宜竹子生长。境内气候属南亚、中亚热带过渡型，光源好，热量较足，温暖湿润，雨量充沛，无霜期长，适合多种植物生长，尤其是竹子，这为发展竹子生产与经营提供了有利条件。

西川有着丰富的竹子资源，全县竹林面积 108 万亩，竹子的种类有 14 属 55 种，以青皮竹、茶竹、麻竹、篙竹、文笋竹为主。

十几分钟后，工作车开进了虎山村公共服务站。公共服务站比较简陋，只有一栋孤孤单单的办公楼，楼高两层，大概 100 平方米。下车后，王悦并没有急着进办公室，而是沿着村路走了一段距离。他想熟悉一下周围的环境。

目前，虎山村全村精准扶贫户有 88 户共 203 人，其中五保户 19 户，低保户 24 户，一般贫困户 45 户。

这些贫困户，都是驻村工作队、村两委干部经过多次反复走访调查，严格按照相对贫困人口入户核查方法评出来的。

核查相对贫困人口，最根本的是要准确核查其具体的收支情况，要通过上门入户，向农户详细了解家庭收入支出情况，进行比对核查，筛选过滤，去虚存实，去伪存真，确保数据真实准确。

在实际核查工作中，除了认真与农民核对收支情况外，还可通过"四看""五优先""六进""七不进"的方法进行把握。

一些农户近年建了新房，但建房后可能因灾、因病、因残等突发因素导致收入减少，负债沉重，生活重返贫困，要经过村民代表大会评议通过等程序后，方可纳入贫困帮扶对象。

"四看""五优先""六进""七不进"可更直观地反映农村家庭的真实生活状态，也不易造假，这是各地多年来扶贫开发工作总结出来的实战经验。

对贫困人口的核查必须做到"两个全覆盖"：一是对相对贫困户的摸查要做到全覆盖，确保不漏一户，不落一人；二是相对贫困村、相对贫困户的基本信息收集要全覆盖。

在公共服务站围墙宣传栏里，王悦大概了解到虎山村各片区贫困户的分布、脱贫攻坚作战组织体系，以及单位干部职工挂钩联系帮扶贫困户一览表等与扶贫相关的信息和内容。

为了尽快熟悉扶贫工作，王悦坐在扶贫办公室里的一台电脑旁，开始翻看电脑桌面上保存的一些扶贫资料和省、市、县下发的文件。这是同事小韩曾经使用过的工作电脑。

其中，有一份有关虎山村开展精准扶贫"回头看"工作情况的文件引起了王悦的注意：今年6月5日，村里专门召开村两委和驻村联合扶贫工作队会议，驻村工作队队长传达了省市县镇文件精神后，村两委干部分别汇报各自分管片区农户家庭年人均可支配收入均没有低于4000元的农户情况。

虎山村共有5个片区。宝坪片区由村委昌哥分管，大岗片区由村委坤哥分管，龙山片区由村委六哥分管，低坑片区由村支书古凤清分管，高坑片区由村委副主任肖碧娟分管。

6月7日和8日，驻村干部和村两委干部入户进行"回头看"工作，特别是对第一轮、第二轮"双到"村的扶贫对象作一次重点排查。经排查，果真没有发现家庭年人均可支配收入低于4000元的农户。

在实施精准扶贫工作中，"回头看"往往是一面镜子，不容忽视。在虎山村，曾经有一户贫困户黄声秋，因审计部门发现他在邻县开了一间小食店，有一定的收入来源，2017年1月11日，经村民代表大会表决同意终止他的贫困户资格。

"回头看"就是要发现问题并及时整改，扶贫工作才合理公平。

在落实扶贫政策过程中，确实存在不精准的问题，所以对于执行政策的驻村干部来说，要求特别严格，来不得半点虚假。

当然，谁也不是神仙，不可能做到事事都完美完成，最重要的是发现问题，要及时整改。除了极个别贫困户发生意想不到的事外，在过去一年里，驻村工作队按计划、有步骤地推进脱贫攻坚的步伐，并做出了不俗的成绩。截至2017年12月31日，省、对口帮扶市、市、县累计安排村财政专项扶贫资金共77.15万元，虎山村累计实际使用财政扶贫资金77.15万元。驻村工作队对扶贫资金建立了资金台账，并确保资金使用安全。

虎山村坚持对贫困户实行动态管理，严把进出关，对符合条件的对象及时纳入帮扶，对不符合贫困户条件的对象及时进行清退，并做好民主评议、公示等工作，接受群众监督。

2017年，虎山村按照"一村一品""一镇一业"的思路，在做大、做强、做优传统产业的同时，结合新兴产业项目开展产业扶贫。驻村工作队和村两委结合本村实际情况，推广种养项目，先后向符合条件的贫困户发放母黄牛31头、肉猪45头，并不定时向贫困户了解种养方面的困难，及时进行指导，稳定持续增加农户收入。但种养项目风险高，收益容易受市场波动影响，导致扶贫资金投入存在不稳定因素。为此，驻村工作队和村两委积极探索贫困户稳定脱贫的好路子，确定参与由县组织实施投资的小水电项目和购买商铺出租项目。项目每年固定投资收益为10%，投资收益平均分配给全村有劳动力的贫困户，为贫困户带来长期稳定收入。

2017年，虎山村在扶贫开发的减贫成效、精准帮扶措施、扶贫资金使用和监管、精准识别等方面做了一系列工作，并取得了一定的成效。

虽然王悦在各种文件中了解到上一年度驻村工作队的扶贫战绩，但因不懂得政策，他对扶贫工作还是一头雾水。

不一会儿，村支书古凤清和村委来到扶贫办公室，与王悦打招呼。彼此客套之后，大家就算认识了。偶尔还有贫困户来服务站领米和油。为了庆祝党的生日，前几天 Z 城信访局领导来虎山村调研时，赠送米和油给 20 多户结对帮扶对象，还有部分贫困户因为各种原因没有及时领取。过了一会儿，万队长让王悦跟随他到附近的贫困户家中，继续送粮送油。

每送完一户，万队长都向王悦简单介绍该贫困户的情况。听完他们的致贫原因和故事，王悦觉得这些贫困户的致贫原因千奇百怪，各有各的不幸，家家都有一本难念的经。最可怜的是苏飞燕，去年，她儿子因鼻咽癌走了，留下一个孩子，而儿媳又不声不响离家出走，至今杳无音信。

刚回到服务站，镇扶贫办工作人员潘大为等四人正等着万队长。王悦、万队长又跟随他们入户，重点查看危房改造情况。在五保户黄坤能家，他新建的一层平房差不多竣工，已经封顶。黄坤能是今年新增的贫困户。他身材瘦小，戴着一副眼镜，加上穿着比较整洁，一眼望去好像是个知识分子。据村干部介绍，因为贫穷，黄坤能没成家。

接着大家去了杨海锋家，只见户主的土砖房又旧又破，驻村工作队已把它列入今年的危房改造任务。待核实情况后，将户主纳入新增五保贫困户。

大家还去了聂洞自然村，现场查看了贫困户黎晖映危房改造进度。房子已经改造好了，刚安装门窗。黎晖映不在家，她是低保贫困户，因残致贫。今年 27 岁，离婚后又回到娘家聂洞单独立户。

下午，王悦跟万队长、高云飞和村委昌哥继续给贫困户送粮油。余下的贫困户，住的地方偏僻，而且零散，整整花了一个下午，他们才基本完成任务。正值夏收时节，有些贫困户外出干活，走了两三次才把油粮送到他们手中。特别是进天沟自然村时，山路又陡又窄又弯，险象环生。

天沟村是虎山村最偏远的自然村，坐落在虎山村最高的山上，与茶花圩镇毗邻。不过，登上天沟，风景优美，放眼能见到连绵起伏的山峰，在蓝天白云下，露出绿色的笑容，令人心旷神怡。

送粮油的时候，万队长顺便查看贫困户危房改造情况和一些养殖户的养殖情况。山路崎岖，可为了不落下一户，及时跟进扶贫政策的落实情况，大家翻山越岭也要驱车前往，就连躲在深山老林的天沟村也绝不放过，只要还有贫困户在那儿居住，就要把阳光政策及时、安全地送到他们家中。

天沟村共有三户贫困户。目前，大部分村民已搬到了山下。其中，万队长最关心的贫困户是莫天高老人。王悦听万队长说，莫天高60岁左右，身材比较高且瘦，样子温和。他高中毕业，字写得非常端正、漂亮，恐怕在虎山村无人能及。莫天高有一个儿子，患有慢性病，偶尔外出打工，但经常"炒老板鱿鱼"。也许是因为儿子做事不牢靠，儿媳又嫌他家穷，没离婚就跑掉了。莫天高有一个孙子，正读幼儿园，但因经济困难，面临失去学前教育的机会。去年，万队长看莫天高实在困难，于是通过各种渠道，筹得近4000元，帮他解了燃眉之急，把他6岁的孙子送进茶花镇幼儿园。

去年11月，莫天高的儿子到县城当保安，每月2000元，可现在又辞了工，连家也不回，令莫天高很伤心。

现在，莫天高患有腰痛、风湿、胃病等疾病。

莫天高已于2017年脱贫，但家庭依然困难。像他这种情况，很容易返贫。

每送一户，万队长都叫王悦拍一张照片，回去后发给高云飞，因为这些慰问照片要录入系统，作为扶贫工作的一项凭证。高云飞主要负责系统工作。

万队长是个老驻村干部。2008年，他在Z城一个偏远农村驻村一年；2009年到2012年，他被单位派往汕尾市陆丰市参与第一轮扶贫工作；2016年开始，他又被单位派到虎山村参与第三轮脱贫攻坚工作。

第二天上午9点，驻村干部在镇政府办公楼三楼会议室开会，由副镇长兼镇扶贫办主任程海风主持，列席会议的还有镇扶贫办专职副主任陆俊、驻村干部，共20余人参加。

这次会议主要围绕《Q市2018年精准扶贫"回头看"督导重点》的文件精神而展开。

会上，程海风对各村扶贫工作队的完成情况表示满意，特别是前段时间省定贫困村虎山村顺利通过了2017年度省扶贫考核，更是赞赏有加。之后，他认真听取了各村扶贫工作队的工作汇报和遇到的难题，并加以疏导和解答。

散会后，王悦回到宿舍清理办公室，并整理材料和文件。其中，有一份材料引起他的注意和极大兴趣，是档案局驻村干部写的"驻村干部工作日记"。

王悦翻看了第一篇日记，内容如下：

上午10时许，我独自入户走访民情。苟仁福，他是我结亲帮扶的老党员。从与苟仁福老人家交谈得知：他家共有6人，三代同堂，苟仁福与儿子苟文忠患病在家，儿媳外出务工，老伴年近七旬，由于苟仁福与儿子苟文忠长期患病，又没有稳定收入，现负债4.2万元。

一个小时后，我走进了苟仁辉家。苟仁辉身强力壮，妻子患间歇性神经分裂症，家里家外由苟仁辉一人担当。去年，苟仁辉种了8亩烤烟，但因种植技术较差，没有好收成，今年，他租地种植烤烟40亩。

下午3点左右，我又来到苟仁宝家。苟仁宝，30来岁，身患颈、腰椎病，行走需用拐杖，妻子就近做杂工，供他吃药、孩子上学和全家生活用，日子不好过。

三户的共同点：病人长期在就近医院诊治，日长月久，患者病情加重，家庭主要劳动力丧失，家境贫困。

三户的共同心声：希望老人、妻子与丈夫能有一个好身体，有一个幸福的家庭。

在与他们交谈中，我建议他们一是要有信心，将病人送市级以上医院确诊根治；二是用好农业生产适用技术，科学种植；三是搞好家禽养殖。

三个例子都是因病致贫，这是扶贫路上的一大隐患。看完这篇工作日记，感到无限酸楚的王悦，内心涌起了千波万浪，深感扶贫工作的担子重大，不仅要经受住各种考验，还要给民众带来实实在在的好处——排忧解难、过上好日子。

昨天进虎山村，王悦初步了解到，村里因病致贫占了相当一部分人。疾病不仅给人带来痛苦，也给家庭带来巨大压力，甚至是灾难。

这位驻村干部的工作日记写于2014年2月至2015年6月，应该是在Z城扶贫工作队来这里之前留下的。随后，王悦又翻看了几篇日记，见日记中的作者提到自己驻扎的村子叫沙落村，可王悦问了在Q市长大的高云飞，他回答得很肯定，沙落村根本不在Q市内。沙落村究竟在哪个地方，这对王悦来说并不重要，重要的是这位驻村干部的工作日记给了王悦一些启示和前行的动力，因为作者在另一篇工作日记中写道：

我坚持做到"三勤"：一是勤于学习，增进沟通；二是勤于调研，熟悉村情；三是勤于锻炼，积累经验。

也许日记中总结的"三勤"，正是王悦和所有驻村干部日后所要做到的，只有"勤"，才能了解贫困户的现状，然后对"症"下药，医治造成贫穷的病根。

下午2点左右，工作队顶着凶猛的阳光，驱车来到虎山村公共服务站。王悦刚打开办公室电脑，万队长就让队友高云飞给王悦发一份"回头看"工作情况汇报，从而了解虎山村委会开展精准扶贫"回头看"的落实情况和出现的问题。

按照上级关于开展精准扶贫"回头看"工作的通知要求，虎山村驻村工作队和村两委高度重视，迅速行动，全面开展精准扶贫"回头看"工作，做到精准识别，对2016年以来终止帮扶和新增帮扶的贫困户进行排查。自2016年驻村工作队开展扶贫工作以来，终止帮扶黄声秋1户共2人为扶贫对象，原因是审计部门发现其在邻县开了一间小食店，有一定的收入来源。2018年1月新增黄坤能为五保户贫困户。对未纳入帮扶的其他农村低收入农户进行排查，虎山村没有发现家庭年人均可支配收入低于4000元的农户。根据"一户一策，一人一办法"的要求，对新时期精准扶贫贫困户的帮扶措施进行全面"回头看"排查后，虎山村拟新增李天贵为五保户贫困户。同时对纳入2016年、2017年预脱贫的贫困户"八有"情况进行全面排查。经排查，2016年、2017年预脱贫的贫困户"八有"情况均属实。

结合上级的扶贫政策和精神，虎山村的扶贫工作还是做得扎实到位的，也经受住了前段时间省扶贫考核的严格检查。

在虎山村经过两天的学习和磨炼，王悦基本掌握了扶贫文件中频繁出现的几个关键词语的准确含义。

如"八有"，是指有安全住房，有安全饮水，有电用，有电视信号覆盖，有网络信号覆盖，有教育保障，有医疗保障，有稳定收入来源或最低生活保障。

如"两不愁三保障"，是指到2020年稳定实现农村贫困人口不愁吃、不愁穿，农村贫困人口义务教育、基本医疗、住房安全有保障。

如"一个相当"，是指扶贫对象的经济收入达到相当于全省的人均水平。

如"四个好"，是指省委针对广东省实际提出的更高要求，就是要让贫困群众住上好房子、过上好日子、养成好习惯、形成好风气……

当然，王悦还从万队长口中大致了解到省财政扶贫专项资金，是指为贫困家庭发展生产指标定下的专项资金，按贫困人口分配，每人可支配金额为 2 万元；而"631"扶贫资金来源方式是：省拨款六成，帮扶城市拨款三成，被帮扶城市拨款一成。

第二章

上午，王悦跟随万队长第二次进入天沟自然村。

进入天沟，要经过金龙自然村。王悦和万队长就顺便到金龙自然村，查看贫困户曾水云、曾高明兄弟俩有没有搬到新房子里住。兄弟俩都是危房改造户，而且危房已经改造完成，只等他们搬进去住了。

曾高明的新房子已安装了门窗，而曾水云的新房子窗户已安装，但大门还是空的。

山上，除了兄弟俩两幢新建的一层平房，再往上一点，就能看到好几座老瓦房。此时，山上异常安静，静得只能听到树林呼吸的声音。一些芋苗生长在老瓦房旁，向着酷热的天空，伸出硕大的巴掌；还有苗条的冬瓜苗，沿着不高的崖壁，从一端爬到另一端。

没见兄弟俩的影子。万队长趴在窗户前查看了一下曾高明的新房子，看里面有没有摆设家什。

因为曾高明的粮油慰问品还没送给他，万队长抬头向老瓦房喊了几句"曾高明"。不一会儿，曾高明走了下来。他个儿不高，大概55岁。

当王悦从车尾箱里拎出粮油，送到曾高明面前时，才看见他的十个指头没有一个完整的，好像以前被火烧伤过一样。

曾高明是一般贫困户，因残致贫。他儿子、儿媳在外面打工，两个孙女已读书，生活应该过得去。他弟弟曾水云是低保户，因病致贫，家庭人口只有1人。曾水云患有麻风病，平常村民都见不到他人影，即使碰见，村民也会躲得远远的，怕被传染。所以来之前，万队长告诉王悦，如果见到曾水云，千万别跟他握手。

走出金龙自然村，一大一小的黄牛正趴在路边，一副漠然的样子。也许因为酷热，它们见到汽车也不躲闪。万队长说，黄牛是工作队赠送给贫困户养殖的，目的是增加他们的收入。

再往前走，王悦才看见一个50多岁的村民站在田野里，在堵田埂上的漏水缝。村民开始准备育秧了。

进入天沟村时，汽车翻过了好几座山，且路途艰险；呈现在眼前的，不是悬崖峭壁就是万丈深渊，令人胆战心惊。王悦坐在副驾驶室座位上，不时望见山脚下的村庄，房子从绿色的山林中冒出头来，形成一道亮丽的风景。尽管王悦内心有点害怕，但脸上还是露出了愉悦的微笑。

一路上没碰到一个人影，只有卖唱的知了，从浓密的树林里，传来"知了知了"的歌声。大概是因为天气热，村民都还没有出来干活，怕中暑。

天沟村以前有住户20户，大概80人，现在大部分村民搬到山脚下去住了。在为数不多的住户中，有贫困户3户共5人，都已脱了贫。

在崎岖险峻的山路上，万队长一边小心翼翼地驾车，一边向王悦谈起天沟村村民莫天高的家庭情况。莫天高是一般贫困户，致贫原因是缺资金和自身发展动力不足。去年，驻村工作队赠送了一头母黄牛给他养殖。此次进入天沟村，目的就是想了解莫天高的养殖情况。

当汽车艰难地爬到半山腰上时，出现了三个路口。万队长说，直走可到达茶花圩镇，往左可到聂洞自然村，往右就是天沟自然村。

万队长把车开到左边，他想先到那儿找黎晖映了解一下她的危房改造情况。可到了聂洞，黎晖映新建的楼房大门关着。万队长敲了敲门，没一点反应。

万队长敲门的时候，王悦往长长的巷子里望去，看见一个身穿红色T恤的男子，坐在石椅上，歪着脑袋，傻乎乎地向万队长叫了几声，而大腿上放着一根拐杖。

没找到黎晖映，万队长只好转身离去。车上，万队长告诉王悦，那个傻乎乎的男子是五保贫困户，不仅身体残疾，还患有精神障碍。

快进入天沟村时，王悦和万队长看见一辆蓝色自行车停靠在路边。万队长告诉王悦，这辆自行车是莫天高的。但此时不见莫天高人影。

万队长下了车，向山上喊了几句"莫天高"，却不见回音。

进入天沟村后，还是没找到莫天高。虽有点遗憾，但王悦觉得天沟村风景不错，树木郁郁葱葱，空气清新，像天然氧吧。

天沟村不大，居民房大部分还是瓦房，一排一排地坐落在山窝里。瓦房前面是一片田野，有 20 多亩，一半已成荒田，冒出绿绿的草；一半还在耕作，生长着金黄色的稻穗。

返回时，万队长又把车停在那辆自行车旁，然后和王悦一起下车，分头向山上山下喊起了"莫天高"。喊了一阵子，还没见莫天高的影子，王悦和万队长只好开车回去了。在回去的路上，万队长又和王悦谈起莫天高的家庭情况，最可怜的是他的孙子，因经济困难，再一次面临失去学前教育的机会。万队长希望王悦想想办法，能不能通过关系，帮莫天高渡过难关。

王悦心里也很想帮帮莫天高，但他又没有什么"关系"，给他募捐孩子的学费。在扶贫政策里，学前教育的孩子不属于教育资助对象。

回到虎山村委会后，为了进一步了解莫天高的情况，王悦找村支书谈了一次话。大概了解到莫天高今年 61 岁，患有风湿病。30 年前，因为贫穷，老婆一声不响离他而去，留下一个儿子。好不容易把儿子拉扯成人并让他成了家，但儿子身体也不怎么好。为了生活，莫天高的儿子四处打零工，不幸的是儿媳妇像他老婆一样害怕贫穷，也离开了天沟村，留下一个小孙子。去年 9 月，莫天高 5 岁的孙子入读幼儿园，却因为贫困进不了园，最后是万队长通过各种渠道给他孙子筹到近 4000 元学费，才勉强接受学前教育。

莫天高是跟踪贫困户。这两年，经过扶贫政策的落实，他的生活渐渐好起来了，工作队也帮扶他进行危房改造。

在资料室，王悦还查看了一些有关莫天高的档案信息。

莫天高的帮扶责任人是信访局的一位副局长，是从 2016 年 6 月开始帮扶的。

《贫困户帮扶意向申请表》中填写着莫天高患病的种类，有腰痛、脚痛和胃病。

在《精准帮扶入户调查表》中，王悦查看到莫天高的家庭主要收入来源于农业，家庭住房情况是平房，家庭贫困原因是因病致贫，家庭脱贫愿望及打算是希望养殖牛。

在《2017 年广东省农村预脱贫户帮扶成效情况核查表》中，王悦发现莫天高一家已有安全住房，人均 13 平方米以上。

2018 年 1 月 10 日，经扶贫工作队摸查并公示，莫天高出现在脱贫名单之中。

在 2016 年贫困户登记的"三年帮扶总规划"资料中，王悦查看到户主莫天高的基本情况：扶贫户，59 岁，家庭人口 3 人，家庭劳动力 2 人，有耕地 3.2 亩，儿子莫福旺 36 岁，孙子 4 岁。户主莫天高患有长期慢性病。目前全家人在天沟自然村居住，户主在家务农，儿子在县外打工。

虽然脱离了贫穷，生活有了保障，但今年，莫天高依然对孙子上幼儿园的费用一筹莫展。

下午，为了迎接 Q 市对"回头看"工作的检查，万队长和高云飞一起准备了相关资料，而王悦因为还不太熟悉业务和情况，万队长就让他修改一下《2018 年上半年虎山村精准扶贫全面工作总结及下半年工作计划》，主要看文中有没有病句。

高云飞负责的系统工作，也是扶贫工作中的一项重要内容，特别是动态管理方面，要及时跟进，才能做到动态识贫。虎山村对所有帮扶对象实行动态化管理，对新申请户实行动态化跟踪，并严格按照识别标准做到"三不漏"——不漏户、不漏程序、不漏信息。

除了帮扶贫困户脱贫，驻村工作队积极配合相关部门，稳步推进新农村示范村建设，着眼于美丽乡村，着眼于村民幸福，勠力同心，献计献策，把扶贫脱贫工作跟新农村示范村建设紧密结合起来，双管齐下，齐头并进。

两年来，驻村工作队协助镇里建立村卫生保洁长效机制，提高了村民的卫生意识，改善了村容村貌，投入 2 万元用于垃圾清理；投入 1.64 万元自筹资金铺平文体广场场地，为新农村建设带来更好的基础设施；同时参与村内的新农村建设宣传，不定时与村两委干部召开关于新农村建设的座谈会，为社会主义新农村建设贡献一份力量。

目前，驻村工作队面临几个大的问题：一是部分已完成危房改造的贫困户，新房建好了，却还没有装修或入住，因为按照当地农村习俗，动工装修和入住要选择好日子；二是没有村集体的增收项目落地，造成市财政专项资金使用率较低，驻村工作队多次与村两委干部以及镇领导开会讨论，仍未有合适的村集体项目可实施；

三是碾米厂建好了，出租招标资料已送到镇政府农办，但发包措施仍未落实，未能体现碾米厂的实际效益；四是有劳动能力的贫困户增收项目单一。

由此，驻村工作队设想了下半年的工作计划：为扎实做好扶贫工作，下半年的工作立足于一个中心——"精准脱贫"，两个重点——"发展产业、新农村建设"，多措并举地实现全部贫困户的脱贫；继续加快步伐，协助新农村示范村建设，为虎山村建设添砖加瓦；下半年主要目标是努力开发落实村集体的增收项目，继续做好民生项目的实施，并跟踪剩下 24 户贫困户的脱贫工作。

让万队长时常感到头痛的是，村集体项目的开发至今仍然理不出头绪。如果能在虎山村落实一个产业项目，对上对下就有了交代，扶贫业绩也会凸显出来。

早上，天空下起了瓢泼大雨，幸好吃完早餐后，雨就变小了。

来到虎山村委会后，王悦看见一楼办公室挤满了村民。这些村民都是上了年岁的老人，而且每个人手上都拿着一本户口簿。

这几天，王悦一直跟随万队长、驻村第一书记黄小诚、村干部入户，所到之处，除了老人和孩子，几乎看不见年轻人，即使看见一两个，都是或病或残的人。

这么多老人来办事，王悦有些好奇和惊讶，于是问代办员阿巧这些村民来办什么事。阿巧边忙边说，这些村民家中都有残疾人，是来办残疾人信息录入的。

王悦走进扶贫办公室后，在电脑桌面上找到一份《广安镇虎山村贫困户花名册》，看到虎山村共有 89 户贫困户。今年新增五保户黄坤能和李天贵为建档立卡贫困户，他俩因为住的是危房而被纳入建档立卡贫困户。在 89 户贫困户中，因病致贫的有 19 户，约占 21.35%；因残致贫的有 29 户，约占 32.58%。因病、因残致贫的贫困户占了一半以上，其他主要致贫原因还有因学、缺少劳动力和缺资金等。

由此可见，病残是导致农户贫穷的最大原因，也是脱贫攻坚战中遇到的最大障碍。如何解决这些客观存在的难题？面对病残贫困户，驻村工作队也无计可施，因为他们不像一般贫困户，工作队可以利用增加家庭收入的方式来帮助他们尽快脱贫。不过，只要符合政策，驻村工作队都会把病残的贫困人口纳入低保。

过了一会儿，王悦看见村民中有一个面色黝黑、身体微胖的年轻人，着实有点惊讶，因为这个年轻人长得有模有样，既不残也没病，难道他也是帮家里人来办残疾人信息录入的？王悦有些疑惑地问万队长："那个年轻人是谁？"

万队长告诉王悦，他叫李子青，因病致贫。

因病致贫？真的是太不可思议了，一个看起来能打死一只老虎的年轻人，怎么会有疾病呢？

万队长见王悦满脸不解，于是向王悦讲述了他的故事。五六年前，李子青在佛山打工，辛辛苦苦攒下了几万块钱，准备回村与女朋友结婚。有一天，他的一位朋友跑到佛山找到他，要跟他合伙做一门特别容易赚钱的生意。说得李子青心动了，心想自己没日没夜地在工厂苦熬，一年才攒到近万元，不如跟朋友合伙做生意，兴许做成一笔，打工几年的钱就赚回来了。于是，李子青把血汗钱悉数交给朋友，等待他的好消息。一个月过去了，两个月过去了，朋友从没露过脸。后来，另一个被骗的朋友给他打电话，李子青才知道，做生意的朋友是个赌徒，把骗到的钱全部输光了。钱追不回来，受到刺激的李子青便想钱想疯了。

经过治疗，李子青的精神病时好时坏，平常看起来像是正常人，但一旦发作起来就会摔东西，摔完之后大喊大叫，到处疯跑。

王悦本想再追问万队长，进一步了解李子青的情况，但因明后两天 Q 市派工作组来广安镇抽查"回头看"工作，万队长和高云飞都在忙碌，只好作罢。

王悦坐在办公桌前，又开始在电脑桌面上翻找一些有价值的文件和资料，偶尔有贫困养殖户进来签名。为了增加有劳动能力贫困户的家庭收入，2017 年夏，工作队给这些贫困户每家购买一头母黄牛，而这些养殖户每月都要向工作队汇报养殖情况。

这几天，王悦跟随万队长入户，其中一项任务就是找养殖户签名并了解母黄牛的情况。据万队长说，当初统一给贫困户每家购买一头母黄牛，现在母黄牛都下了崽，有些还下了两次。养牛比较简单，一般贫困户都乐意接受；而养猪比较冒险，技术含量较高，所以，只有 3 户贫困户选择养猪。

现在，在虎山村，养牛成了贫困户增加家庭收入最好的一种方式。当然，还有由县镇统筹的一些项目，比如投资小水电站、工业园区和购买商铺等，有劳动能力的贫困人口每月都有分红。

下午，一个养殖户高高兴兴地来到办公室，一边在收入证明里签名，一边对万队长说，她已经卖了三头牛崽，得款 9000 多元。

也许，这是王悦进村以来听到的最好的消息。

贫困户走后，王悦又跟随万队长、驻村第一书记黄小诚和村委昌哥，冒雨来到东丰自然村曾华昭家，想了解他家的养殖情况，可他不在家，只有他患精神障碍的老婆在家。他老婆有语言障碍，无法沟通。

从曾华昭家出来，雨越下越大了。为了工作，大家又马不停蹄地来到下井自然村看望高天泉老人。在一座还没有装修的新楼里，高天泉正坐在椅子上，而涂了紫色药水的左腿伸在扶手上。老人见驻村干部来了，想站也站不起来。

进去简陋的屋子后，王悦才看到，老人的左脚脚面有些肿，每个脚趾也涂了紫色药水。

高天泉今年 82 岁，因为腿有病，长年不敢外出。除了脚有问题，老人的精神状态看起来还不差，交流起来也不会感到吃力。

老人一家五口人，除了儿媳和孙女健康外，他老婆和儿子都患有疾病。

晚上，在镇政府办公楼三防办公室开完会后，王悦、万队长和高云飞在宿舍办公室复印一些"回头看"的资料，准备迎接市里的抽查。据镇扶贫办的一位干部说，每次抽查，广安镇都会"中奖"，不过每次都能顺利通过，有惊无险。

通过几天实践和观察，王悦觉得扶贫工作首先要求驻村干部一定要尽到责任，只要按照政策和文件精神办事，脱贫攻坚战就会取得越来越好的成绩。当然，扶贫工作也是琐碎的，甚至连贫困户的吃喝拉撒问题都要密切关注。

在过去一年里，帮扶虎山村的成员单位充分发挥自身优势，主要领导多次亲自入村指导，精准部署扶贫工作，在驻村工作队统筹协调和当地县委县政府、镇委政府及 Z 城驻西川县工作组的大力支持下，虎山村的精准扶贫、精准脱贫工作取得了显著成效，扶贫工作得到了来自多方面的肯定。当然，虎山村能够顺利通过 2017 年度省扶贫考核，与各级部门的关怀、指导密不可分。

今年 2 月 26 日至 3 月 10 日，省组织考核组对各地级市党委政府开展 2017 年度扶贫开发工作成效考核，虎山村第一次接受省考核组抽查、考核。

省级大考旨在全面考察全省各地驻村工作队的扶贫业绩，这次省考核的主要目的是：审定年度扶贫考核工作方案，听取考核工作汇报，统筹协调考核重大事项，向省委、省政府报告考核结果，向全省 21 个地市和省直有关部门反馈存在的问题，督促限期整改落实。全省共组织 14 个考核组，由省直部门和地方政府部门联合组成。

省考核组的主要职责任务是：收集汇总各市扶贫考核自评情况报告；按照考核方案有关考核指标要求，对被考核市填报的年度帮扶成效情况进行实地核查，分析汇总数据，确保数据真实性；按时形成考核报告并提交省扶贫办。

在如此隆重且严肃的省扶贫考核面前，虎山村经受住了各方面的考验，不仅顺利通过考核，而且处于全省靠前位置。能取得这样的成绩，确实不容易，更值得祝贺。

当然，虎山村还存在许多问题，也面临着许多困难。比如，令万队长经常感到头痛的村集体扶贫项目，依然是空中楼阁，找不到突破口。所幸的是，2017 年度省扶贫考核没有把村集体扶贫项目纳入考核范围。但万队长深知，村集体扶贫项目的开发落实，对村和贫困户的意义非常重大，如果没有它的支撑，扶贫工作就谈不上成绩。以后，说不定省里对村集体扶贫项目会异常关注，甚至把它纳入年度考核范围。

虽然去年通过了省考核，但万队长还是保持头脑清醒，在完善当前扶贫类项目的同时，更要努力挖掘适合虎山村情况的可持续发展的产业项目，建立坚固的后防防线，阻止脱贫户出现返贫现象，让贫困户放心脱贫、稳定脱贫，真正走向致富道路。

星期六早上 8 点，镇扶贫办专职副主任陆俊在镇扶贫微信工作群发了一条通知，要求各驻村干部于当天上午 9 点在镇政府办公楼三楼会议室集合，待确定抽查的村后再落村。

因为要迎接市精准扶贫"回头看"督导组的抽查，王悦和万队长只能推迟一天回 Z 城度周末。

驻虎山村联合帮扶工作队共有三人：万胜平、王悦和高云飞。另外，驻村第一书记是 Q 市环保局委派的黄小诚科长。高云飞和黄小诚都是本地人，正常情况下，他俩休息日都会回自己的家。

万胜平，Z 城信访局科级干部，于 2016 年 5 月被派到虎山村参与脱贫攻坚战，任驻村联合帮扶工作队队长。他 50 余岁，身材中等，不胖也不瘦，皮肤略黑，而斑白的头发似乎告诉世人，他曾经有一段不平凡的经历：20 世纪 80 年代初，高中毕业后的他应征入伍，在云南昆明某部队服役 19 年，于 2005 年转业至 Z 城信访局工作。

每次与万队长进村，他都会将贫困户的一些情况告诉王悦，让王悦了解虎山村村情民意，尽快适应这里的工作，进入驻村干部的角色。虎山村村民讲的都是白话，而王悦对白话能听得懂些许，但对本地话根本听不懂。语言成了王悦工作上最大的障碍，使他无法与一些年老的贫困户面对面交流。当然，碰上稍年轻一点的村民，王悦就用普通话与他们交流。

万队长也不会讲白话，但他能听懂白话，所以，很多事情都需要通过万队长的转述，王悦才能弄明白。万队长对工作还算负责，而且与一些镇领导和村里的干部都聊得来，特别是执行任务时，每次走访贫困户，王悦都觉得他与户主保持着友好、融洽的关系。

高云飞，中国电信公司 Z 城分公司职员，于 2016 年 6 月被派往虎山村参与脱贫工作。他是 Q 市人，虽然个儿不高，略瘦，但对工作认真负责，话儿不多，性格比较内向。

黄小诚，大概 50 岁，一米六五的身材，体形略胖，看起来他是一个踏实、忠诚的人，不会随便发表意见，懂得内敛。

上午 9 点，市督导组一行匆匆而来，在镇政府办公楼三楼会议室与驻村干部召开简短会议。

这次"回头看"，是为了增强扶贫开发数据的准确性、真实性和有效性，不断提升全市脱贫攻坚工作的成效质量。

从 2016 年以来，Q 市上下按照中央和省委、省政府关于坚决打赢脱贫攻坚战的决策部署，在 Z 城和省直单位，以及 Q 市各帮扶单位的扎实驻村和大力帮扶下，以山区县为主战场，以分散贫困户为重点，针对主要致贫原因，精准施策，奋力攻坚，取得了扎实成效，贫困户稳定增收脱贫，贫困村生产、生活条件明显改善。但当前，中央和省委、省政府对脱贫攻坚有了新的要求、新的部署，Q 市仍然存在不少问题：一是贫困对象识别精准度还需要进一步提高；二是建档立卡信息数据还需要进一步完善；三是帮扶措施针对性还需要进一步提升。

2018 年上半年，广东省委 13 个巡视组开展了全省扶贫领域专项巡视及督导，实地走访贫困村 325 个，共发现扶贫领域各类问题 1266 个，并逐一督促整改，向纪检监察机关移交党员干部违纪违法问题线索 239 条，推动立案 114 宗，给予党纪政务处分 111 人。

结合目前形势，特别是去年，纪委审计部门对 Q 市的精准扶贫、精准脱贫工作进行了巡察审计，指出了 Q 市脱贫攻坚工作存在着责任落实不到位、政策执行滞后、资金使用管理不规范等方面的问题，要求各地各单位高度重视，切实整改。面对问题整改清单，做到真整改真落实，并且完善制度堵塞漏洞，真正做到以制度管人管事，坚决预防类似问题再发生，Q 市开展精准扶贫"回头看"，重点围绕精准扶贫建档立卡对象是否缺漏、建档立卡信息有无错漏、建档立卡贫困户脱贫措施是否长效、前两轮扶贫"双到"村发展是否有短板、纪检审计督查巡视问题整改是否到位。

会后，督导组分三个小组前往大石嘴、枫树山、石塘、南坪、沙坝村开展 2018 年精准扶贫"回头看"工作督导检查。市督导组由 Q 市市委组织部副处级组织员李顾山任组长、市民政局副局长陈友方任副组长，随行的还有 7 位成员。

这次督导检查没有抽到虎山村，但王悦和万队长并没有立即返回 Z 城，怕督导组突然"变卦"，来个回马枪。待督导组检查回来，差不多是午饭时刻。镇政府饭堂还没炒菜，归心似箭的万队长和王悦在饭堂随便用腐乳和榨菜拌饭打发肚子后，匆匆驾车回 Z 城。

在镇政府饭堂，早餐一般吃的是馒头、鸡蛋、玉米、炒粉、稀饭；中餐因为留在村子里吃，王悦就不知道饭堂有什么菜了；晚餐是半碗菜（有肉有蔬菜），但饭可以随便吃，偶尔也会有汤水。

走出圩镇，汽车在弯弯曲曲的山路上盘旋，眼前尽是密密麻麻的山林。望着一座又一座山林，王悦暗叹，这里虽然贫穷，但风光秀丽，植被没遭到一丁点儿破坏，要是开发成景区，不仅能给当地人增加收入，也能愉悦游人的心情。

汽车开出不久，天空下起了大雨。

直至到了广州绕城高速顺德路段时，发生了一桩严重的交通事故，堵了一个多小时。

回 Z 城后，王悦在镇扶贫微信工作群看到镇扶贫办专职副主任陆俊发了一条信息。针对市"回头看"工作检查，镇扶贫办提出几点工作建议：驻村干部要加强对扶贫政策的学习和熟悉贫困户的基本情况，这方面非常关键、非常重要，上级每次入户检查都会有所涉及；镇干部职工每周二都会到村开展"三联系"走访工作，各驻村干部可利用此次机会与镇干部职工一起走访贫困户，同时对走访进行拍照存档，用于日后考核的资料佐证；各驻村工作队到村开展工作时，务必定期或不定期召开扶贫工作会议，参加人员最好由驻村干部、镇挂村干部、村两委干部组成，同时将会议内容记录在镇扶贫办发给各村的扶贫工作记录簿上，并且将会议相片打印张贴在当天会议记录的背面。

关于村户项目录入工作、走访签到工作、村户动态录入工作、各村危房改造贫困户名册和贫困户子女在读名册等常规工作，陆俊要求各驻村工作队及村委务必做好，并妥善保管。

建议都很好，因为这些在扶贫工作中是经常面对的问题，作为驻村干部，更要懂得政策，才能掌握执行扶贫工作的方向，走访录入就是落实自己的责任。

第三章

　　在 Q 市开展"回头看"前几天，西川县结合省委扶贫领域巡视、省 2017 年精准扶贫精准脱贫跟踪审计和市委扶贫领域专项治理及问题整改，为确保如期完成脱贫攻坚任务，县扶贫办把 2018 年作为脱贫攻坚作风建设年，利用一年时间集中力量解决突出问题，将作风建设贯穿脱贫攻坚全过程，着力整治"四个意识"不强的问题、责任落实不到位的问题、重大决策部署重大项目落实难的问题、资金使用不规范的问题、工作作风不扎实的问题、督导检查从严要求不够的问题。

　　看来，在脱贫攻坚战场上，2018 年确实是一个不平凡之年，西川县扶贫办向各镇紧急下发了《关于开展扶贫领域作风问题专项治理的实施方案》，从强化培训教育、规范驻村干部管理、改进调查研究、完善扶贫开发大数据平台、减轻基层负担、健全扶贫项目资金公告公示制度、严格考核评估、限期整改和查处突出问题等多方面入手，完善扶贫工作措施，坚持精准扶贫精准脱贫基本方略，以作风建设成果促进各项扶贫举措的落实。

　　作风反映了干部的素质，决定了扶贫事业的成败。

　　星期一下午 3 点，王悦和万队长从 Z 城出发，返回驻地。

　　在开往广安的路上，万队长向王悦讲了一些关于扶贫工作的情况，特别强调要做好群众的思想工作。来虎山村一个星期，王悦时常跟随万队长走访贫困户，感觉他与贫困户沟通得很好，如果以前没有做好群众的思想工作，就不会出现如此和谐的局面，实施政策就会遇到很多困难。所以，别小看每天的走访，看似无聊，其实是让驻村干部放下架子，俯下身子，把自己融入群众生活之中，与群众打成一片。

贫困户有困难，要记录下来，像对待亲人一样放在心里，及时解决；暂时没困难的贫困户，要跟他们交流沟通，增进感情，像对待朋友般拉拉家常，宣传政策，让他们有思想准备，有利于以后更好地开展工作。

经过三番五次的走访，虎山村贫困户留给王悦最深刻的印象，就是他们对驻村干部既热情又信任，从没听到有人在背后议论扶贫工作做得不好的言语，更没有不满和抱怨的情绪。

昨天，王悦看到媒体的一篇文章说到农村存在一种怪现象，即贫困户不以"贫"为耻、反以"贫"为荣的贫困文化。

文章说到某村搞扶贫工作数据清洗评议，由各村民小组组长组织群众参加会议，现场就听到满是争吵、争论、议论，一些贫困户为自己成为贫困户感到无比光荣，脸上有光，有的因没有争得贫困户而羞言：我家比他家还穷呢。

说这样话的人，首先就缺失了身上的"志气"，人穷志短，要治贫穷的病根，必须从"志"字上起刀，"扶贫先扶志"，否则永远扶不起来，因为精神贫困比物质贫困更可怕。

幸好，虎山村风平浪静，没有人会说"我家比他家还穷"这种没骨气的话。

万队长在虎山村主持脱贫攻坚工作两年多，不仅熟知政策，而且每天不知疲倦地走访，了解村情民意，精准扶贫，因此，王悦还没听到那些没有评上贫困户的群众有过激行为。这一点说明万队长对工作还是有自己的方式方法，正如他所言，首先要做通群众的思想工作。

这正是王悦佩服万队长的地方。其实，万队长是一个名副其实的驻村干部，十年间，他已驻村三次，累计驻村时间已有六年，为扶贫工作积累了不少经验。

当汽车到达广安镇政府时，已是下午5点半了。万队长还没停好车，突然把车头掉回来，对王悦说，一路上说了那么多，竟忘了装山泉水。

汽车沿着镇政府旁边的一条山路向白云村驶去。几分钟后，汽车停在一居民楼围墙门旁。万队长从车尾箱拎出一个塑料水桶，靠近围墙边的水龙头，接了一桶清清凉凉的山泉水。这桶山泉水将用作工作队宿舍的饮用水。每次从村里回来，倒一杯山泉水，喝起来清凉甘甜。

星期六回Z城时，万队长也是拧开这个水龙头接了一桶山泉水，带回200多公里外的家里，供他老婆享用。

回镇政府的路上，万队长告诉王悦，有一次他老婆来这里看望他，他用山泉水泡茶给他老婆喝，没想到他老婆竟然喝上了瘾。从此以后，每次回 Z 城，万队长都会带一桶山泉水给他老婆泡茶喝。

听完这个有趣的小故事，感动的王悦不禁感叹，原来万队长还是个好丈夫。

晚饭后，王悦和万队长到白云村散步。他俩走到装山泉水的地方时，看见山脚下的梯田，一些农民站在田野上，给田埂铲草或堵漏水缝，一台微型耙田机一边欢呼一边干活。耙完田，农民又开始插秧了。

还没做晚饭的村民猫在菜地，往瓜苗身上摘成熟的瓜，回去后现炒现吃，既新鲜又美味。再往前走，只见路两边的竹林、树林，把里面打造成一条绿色通道，王悦觉得自己走进了原始森林……

广安镇是革命老区，地处西川县南部，是西川的南大门，水陆交通便利。全镇辖区面积 154 平方公里，其中山地面积 17 万亩，耕地资源 18954 亩，辖有 12 个村委会，2 个社区居委会，203 个自然村，378 个村民小组，总人口 3.3 万人，其中农业人口 2.9 万人。

第二天早上进村后，王悦跟随万队长去了上塘自然村，目的是继续劝说贫困户刘昌盛的儿子刘志欢。

上塘自然村坐落在半山腰上，有十几户住在那儿。村委六哥是上塘村人，他家与刘昌盛家相隔不过几米。

刘志欢已辍学一年，今年刚好 14 岁，可以进职业学校学技术。以前，万队长已经劝说了好几次，让刘志欢重返校园继续学业，但因贫穷而自卑的刘志欢就是不愿意读书。

去年，刘志欢读完小学五年级，就没再上学了。为了辍学少年，万队长做了不少思想工作，却始终没有打动刘志欢返回校园读书的心。

今年暑假前后，为了刘志欢读书的事，万队长先后五次入户做思想工作，并与相关部门协调，为刘志欢联系了 Q 市交通技工学校，希望他继续学业，学点技术，为以后的生活打下基础。

当王悦跟着万队长走到一座低矮的土砖房前时，心里无限悲凉，只见眼前的土砖房饱经沧桑，没有任何装饰，只有大门边贴的一副春联，还能让人意识到这是人住的地方。

走进里面，更令王悦感到难受的是，农具、拖鞋、雨鞋和生活用品挤在一块，衣服随便挂在墙壁上，混乱不堪。而地面上铺了好几块七拼八凑的地板砖，看上去极不协调。唯一让王悦感到新鲜和惊讶的是，狭窄的饭厅里立着一台华凌牌旧冰箱。

刘昌盛和儿子、女儿正坐在饭厅里，好像知道万队长要来，早已烧开了一壶水。

他女儿刘巧欣是个非常懂事乖巧的小女孩，一见万队长来，就起身热情地泡茶。而个子矮小、样子有些冷漠的刘志欢则站在饭桌旁玩手机。

刘巧欣在县城读书，虽然个子矮小，但看起来人很聪明，白皙俊俏的脸蛋就像水中的月亮。

万队长非常担忧，以刘昌盛家的环境和现状，只能依靠教育助他脱贫。但年幼的刘志欢似乎又不争气，如果他没有一技傍身，恐怕他自己的谋生都成问题。

刘昌盛一家四口人，除了儿女健康之外，他和他老婆都是残疾人，他身体残疾，而他老婆精神残疾。

刘昌盛不仅矮小，而且非常瘦弱，腿还有些残疾，但与万队长交流时，他自始至终保持乐观的笑容。只是他笑起来的时候，上嘴唇就会露出一排往外凸起的牙齿。

从刘昌盛乐观的性格，王悦感受到虎山村村民的敦厚朴实，虽然贫困，但他们没有向困难低头，依然过着安宁平静的生活，笑对人生。

经过万队长不厌其烦地做思想工作，刘志欢终于同意去技工学校学习技能，就连刘巧欣也鼓励弟弟学一门技术，方便以后找工作。

万队长和王悦离开时，刘巧欣麻利地用塑料袋装了一袋她家刚收获的花生想送给工作队，却被万队长断然拒绝了。

此时正是夏天丰收季节，随处可见勤劳的村民顶着烈日蹲在田地间，或收割金灿灿的稻谷，或拔出精实饱满的花生。

前几天，万队长在一户普通农户家里买回十多斤花生，而不找贫困户买，因为他怕贫困户要送给他吃，更怕旁人说三道四，影响驻村干部形象。虽然这是一件小事，但作为驻村干部，要注意纪律和影响，不拿群众一针一线，用在他们身上依然合适。

王悦坐在车里，忍不住抬头往刘昌盛低矮的土砖房望去，心里一阵酸楚，并默默地祝福他早日脱离贫困苦海，战胜一切困难。

刘昌盛是低保贫困户，今年56岁。虽然他和他老婆身患残疾，但仍然种地耕田，保持勤劳善良的品性。针对他家情况，驻村工作队的帮扶目标是：通过三年帮扶工作的开展，确保其基本生活得到保障。

2017年，驻村工作队支持购买一头母黄牛赠送给他养殖，增加家庭收入；同时跟进户主女儿和儿子的读书情况，在生活上给予关心。

幸福的家庭都是一样的，不幸的家庭各有各的不幸。对于虎山村，不幸的家庭的确是各有各的不幸，如刘昌盛，与妻子一样身患残疾，但在不幸中，在苦境里，他依然用顽强的微笑迎接生活，因为身后，有党的阳光照耀着他、温暖着他、激励着他。

回去的时候，万队长把车开进坪岗自然村一座非常古旧的瓦房边。

这座古旧的瓦房是贫困户刘诗才的家。下车后，万队长敲了敲门，只见开门的是一个小伙子。

万队长问小伙子："你父亲呢？"

小伙子只是望着万队长，摇了摇头。

万队长原想顺路探望一下刘诗才，没想到只有他儿子在家。刘诗才的儿子长得粗壮结实，大约20岁。

刘诗才的儿子为什么不搭话，难道他不会说话？而居住在这座瓦房的人，又是因什么致贫的呢？此时的王悦满脑子疑问，却见万队长一声不响打开车门钻进车里。

坐在车里，王悦刚想打听刘诗才的情况，万队长却把车开到路边，摇下车窗玻璃，问手里抱着一个婴儿的妇女："去哪儿？"

妇女笑着对万队长说："想进圩镇。"

万队长开启后座车门门锁，说："我送你去吧。"

妇女依然在笑，也不客气，打开车门，小心地钻了进来。

汽车启动后，在两人的对话中，王悦才知道这妇女是贫困户吴西流的老婆，同时大概了解到吴西流的情况。

吴西流是坪岗自然村人，属一般贫困户，因残致贫。据年轻妇女说，她老公现在在东莞打工,是电工,每月工资大概5000元。

万队长听后,很高兴地说:"好啊,看来你家完全可以脱贫了。"

去广安圩镇的公交车每天来回只有两趟,上午和下午各一趟。坪岗村民要想坐公交车,需要步行半个多小时的山路才有路站牌。也许万队长可怜母女俩,有意送她一程。

吴西流今年40岁,有肢体残疾,家庭人口4人,除了老婆,还有两个孩子,大儿子11岁,读小学,小女儿去年才出生。以前吴西流和老婆在家附近务农和打散工。

经过工作队的帮助,近两年来,吴西流不仅靠养殖业增加了家庭收入,而且经驻村工作队推荐,他参加了劳动部门组织的免费培训,获得了谋生技能,在工厂做了电工。

正当万队长和吴西流老婆聊得越来越开心的时候,迎面驶来一辆三轮车,万队长眼疾手快刹住了车,同时,对方也刹住了车。在这条狭窄的山路上,若两车相遇,连躲闪的地方都找不到。

幸好万队长熟悉道路,他慢慢把车向前开进了3米左右,然后小心翼翼地打转方向盘,将车停靠在"会车位"上,让三轮车先过。

待车正常行驶时,万队长告诉王悦,驻村工作队利用扶贫资金在这条山路上筑了五个"会车位",方便相遇的车辆顺利通过。

"会车位"虽然不是什么大工程,但关键时刻能发挥它的作用。因此,王悦心里想,扶贫工作不一定要你做出多么轰轰烈烈的大事,只要你能全心全意为老百姓做实事、好事,哪怕是一件芝麻绿豆般的事情,当地群众也会永远记住你的。

回到村委会后,王悦在资料室翻看了刘诗才的一户一档,大概了解到他家情况。刘诗才是低保贫困户,一家四口人,除了他以外,老婆和儿子、女儿都是残疾人。他原来住在艾岗自然村,后来搬到坪岗自然村。

晚饭后,王悦和万队长到白云村散步,万队长高兴地告诉王悦一个好消息,刘志欢已被Q市交通技工学校录取,将于8月27日前往该校报名读书。

带着喜讯,王悦激动地站在路边,看见远处的山林被夕阳披上了一件金色的外衣;夕阳下,一台微型耙田机在一个瘦小大叔的操控下,来回奔跑,欢呼雀跃,似乎梦见了丰收的季节。

早上起来，王悦坐在宿舍办公电脑前，向驻县工作组报送了一条信息，就是有关刘志欢继续上学的情况。

信息报送之后，王悦到楼下食堂，吃了一碗肠粉、半碗粥。

上午9点，各驻村工作队在镇政府办公楼二楼三防办会议室召开扶贫工作会议，会议主要围绕住房与城建办核查未纳入危房改造户的情况来展开，由分管扶贫工作的副镇长、镇扶贫办主任程海风主持。

程海风向驻村干部通报了最近统计的木春社区、望春、高坑、沙坝、大石嘴、石塘、南坪、虎山等贫困村45户贫困户的危房改造情况。

根据贫困户有没有意愿建房和自身条件，大家在会上逐一进行讨论。如望春村的陆小妹，是个孤儿，今年21岁，在外务工，因本人无意愿，所以未被纳入危房改造之列；又如丰溪村93岁的卓可珍老人，她本人无意愿，也没被纳入危房改造之列。当然，有些贫困户想建房但因自身条件不足，只要有亲戚帮扶，也会被纳入危房改造之列。如沙坝村五保户欧来，他本人有意愿，但没能力，不过其堂兄答应帮助他建，可纳入危房改造之列；还有望春村低保户彭升华，现借住在他大哥家，他大哥的楼房土地证挂其父亲彭星光的名，因楼房实际上是属于彭升华大哥的，他本人有意愿改造，拆旧屋重建，他父亲也承诺出一点力，可纳入危房改造之列。

在虎山村，新增五保户杨海锋因为之前没有建档立卡，目前还不属于贫困户，其危房改造只能待定。

下午来到村委会之后，王悦和万队长、高云飞、村委坤哥四人带着贫困户申请书、西川县拟新增贫困户入户核查表、广东省新时期精准扶贫相对贫困户申报登记表到大丰自然村走访并查看杨海锋的家庭情况，重点查看他居住的房子。

来到杨海锋家门前时，只见房门关着，也许户主还在午休。趁村委坤哥敲门的当儿，王悦望了一下眼前这座裸土砖房，与刘昌盛的土砖房一样的构造，但感觉不是太破旧，至少比刘昌盛的土砖房夯实多了。

待门打开时，呈现在眼前的是一个身材高大的老汉。他就是户主杨海锋，60多岁，一脸冷漠表情，但穿着还算得体。

王悦跟随万队长他们走了进去，见里面是一个露天小院子，但院子里没有花香，也没栽草木，只有两捆干竹子和一把木梯子一声不响地靠在墙边，而木梯子的两条腿像被什么咬过一样，居然掉了一大半"肉"。不过，地面被清扫得干干净净，几乎见不到垃圾，不像刘昌盛家那样凌乱、不堪入目。

从院子侧门再走进去，就是厨房。厨房的光线暗淡，里面没安装自来水管，但在一堵齐腰高的墙面上放着抽水泵，大概老人的生活用水是从地下抽上来的。墙面上还放着脸盆和碗筷，而墙下砌有灶台。往右，又见一扇门，却没有安装门板。门边矮椅上坐着两个与杨海锋差不多年岁的老人，正在喝茶。大概这就是饭厅和会客厅。王悦再往里瞧时，看见一张四方饭桌上放着两个电饭煲和一个电热水壶；而后面还有一个柜子，柜子比较长，上面放着油盐酱醋等。一张单人床紧紧靠着右边的墙，却没有挂蚊帐，大概是供饭后午休的。整个厅子，能驱暑的就只有一台小吊扇，此时正飞快地旋转着。破瓦面上透着光，这些光照在墙上的两个燕子窝上，而窝里的燕子早已不知去向。王悦再往地下看时，地板砖像昨夜流过泪一样，异常潮湿……再往左，又是一扇没有安装门板的门，里面更黑，但王悦还是能看到一张床，也没有挂蚊帐，不过床面上铺着一条红色的毯子。大概这是寝室了。

看完杨海锋简陋但干净的家，高云飞拿出三份表，让杨海锋填写并签了名。他能不能纳入贫困户，还需要办一些手续、走几道正常程序，最后还要通过村委会的民主评议和表决。

晚上，王悦脑海里总是浮现出杨海锋破败的屋子，根本想不起一件像样的物品，就连电视机也没有。不过，不多的家什被他收拾得井井有条……破瓦面、光、燕子窝、流过泪的地板砖，还有腿掉了一大半"肉"的木梯子，像残旧的电影一样在王悦酸楚的心里一幕幕重演。

王悦还记得临走时，万队长叫他给杨海锋老人拍照。工作队依照扶贫"三保障"实施的政策，准备将他纳入贫困户，而照片要当作资料用。当杨海锋站在光线好一点的饭厅门边时，王悦端起手机，却怎么也按不下快门，只见手机屏幕里的老人显得不太自然，而那张忧郁的脸上似有什么难言之隐。不过，他干净整洁的穿着，在村子里还是比较少见的。

半夜，王悦好像做了一个梦。究竟梦见了什么？任凭怎么努力，王悦至今都无法想起来，只记得迷迷糊糊醒来时，他再也没有心思闭上眼，眼睁睁地望着被窗帘遮住的窗户，从后面小山坡上的树林里慢慢亮出一线曙光。

早上到了村委会，屁股还没坐稳，王悦又拎起保温杯，戴上太阳帽，从万队长手上接过一沓表，以及一盒印油，一起去走访贫困户。

自从来到虎山村后，走访几乎成了王悦每天例行的公事。虎山村山多林密，有风景，也有险境。为了走进民心，真实地反映贫困户的生活和家庭情况，即使遇上再艰险的路途，王悦也会义不容辞，因为走访是他的工作职责。

万队长小心翼翼地驾着车，而王悦坐在副驾驶座位上翻看着各种表，心里禁不住露出甜蜜的笑容，因为这些表都是贫困户的收益表，需要找他们签名和按手印。此时，万队长有些神秘地告诉王悦，除了手里的西川县 2018 年 5 月投资小水电站项目有劳动能力贫困户收益分配表和西川县 2018 年 5 月投资工业园区项目有劳动能力贫困户收益分配表外，还有一份投资商铺的贫困户收益表也已于前段时间诞生。

这些都是县镇统筹的项目，村里有劳动能力的贫困人口每月都会得到分红，巩固筑牢脱贫成效。

望着表里的各种收益，王悦似乎看到了贫困户脱贫的希望。

一路上，只要碰见那些有收益的贫困户，王悦和万队长都会下车找他们签名按手印，哪怕正在田里干活的，万队长都会满脸堆笑，就算喊得口干舌燥，也要拼尽全力把他（她）叫过来。

"感谢共产党！"每一个贫困户签名按手印后，都会由衷地道声谢。

望着这些淳朴的村民，王悦无限感慨起来。是的，如果没有党的阳光，如果没有帮扶政策，眼前这些饱受生活磨难的农户，不知何年何月才能走到贫困的尽头。现在，脱贫攻坚战正在打响，举国上下一条心，向贫困宣战。不忘初心，牢记使命，相信过不了多久，就会实现国富民强的宏大目标。

当汽车在弯弯曲曲的山路上爬坡时，万队长看见一个满身淤泥的老汉站在田埂上，便对王悦说，他是已故贫困户谢珍安的兄弟。王悦问万队长，谢珍安因何去世？有重病吗？万队长说，谢珍安脑袋上长了一个血瘤，去年被他家的大水牛用牛角捅破不治而亡。

说完，万队长沉重地叹息一声，继续说，谢珍安死前，工作队刚支持购买一头母黄牛给他饲养，当我听说他被牛角撞破血瘤而身亡时，心里既难过又担心，以为他是被工作队购买的母黄牛撞死的，很害怕会招来大麻烦，影响贫困户情绪，致使扶贫工作无法开展，说不定上级会追究责任，毕竟人命关天。

谢珍安要是被购买的母黄牛撞死，因扶贫扶出一条人命来，工作队肯定脱不了关系，贫困户养牛的积极性也会大打折扣。想到这，王悦心里倒吸一口冷气，本是来做好事的，要是扶贫扶出一桩命案来，就成了一件坏事了，恐怕日后会给驻村工作队抹黑。

工作队是从 2017 年 5 月开始陆续给 33 户贫困户支持购买母黄牛和猪的，总投资 30 万元。到目前，那些贫困户的牛都下了两次崽，这成了贫困户助力脱贫的项目之一。除了养牛，工作队也支持 3 户贫困户养猪。如 55 岁的贫困户曾丽萍，她是永安自然村人，患有长期慢性病，腿脚也不灵便，去年工作队为她购买了 15 头猪苗发展养殖业。去年底，15 头猪养大卖了后，她自己出资买回了 15 头猪苗。

这是一个贫困户慢慢走向脱贫之路的典范，值得村里的贫困户学习和推广。

来到东丰自然村找到 83 岁的老支书曾云光时，没想到曾经为村民办过不少实事的老支书穿着一件半旧的黄色广告衫，很不体面，而且满脸老年斑，说话的声音也很小，就像久病未愈的人。

万队长在巷子里找到一张长石椅，让老支书签名。老支书慢吞吞地蹲下来，伸出枯瘦的手，在签收表上摸索起来，大概是因为眼蒙，找不到签字的地方。万队长连忙用手指到签名的地方，老支书才默默地签了名按了手印。

老支书家庭人口 3 人，除了老婆，还有一个儿子。他患有长期慢性病，而儿子已经 56 岁了，一直没结婚，在县外打散工。

一个老支书，活成贫困户，王悦怎么也不会想到。

根据广东省相对贫困户退出标准，经入户核查，村里 31 户共 112 人符合退出标准，为 2017 年相对贫困退出户。其中，谢顺友（原贫困户主谢珍安的大儿子）、老支书曾云光两户榜上有名。

回村委后，王悦在资料室查看了谢顺友的一户一档。谢顺友 36 岁，在外打工，他母亲双目失明。自从谢珍安死后，谢顺友与叔父之间似乎存在一些问题，是关于安全住房的事情，给驻村工作队带来了不小的麻烦，总是纠缠不清。谢顺友的叔父并非贫困户，住着一幢三层高且宽敞的楼房。

南方进入盛夏，雨水特别多。

每次返驻地或者回 Z 城，在 200 多公里的路上，总是要下几场令人不知所措的大雨。

昨天下午 2 点左右，从 Z 城出发返驻地的时候，天空又下起了瓢泼大雨。虽然万队长在部队摸爬滚打 19 年，练就了各种各样的本领，但他丝毫没有麻痹思想，一路上小心翼翼地开着车，并把王悦安全送到广安镇政府。

万队长曾经对王悦讲了不少他在部队的故事，其中最值得万队长骄傲的是，他凭借天性，自己学会了开车。不过，第一次偷开部队的车，他把车撞到了训练场围墙上。

直至今天早上，雨还是时断时续地下着。在食堂吃早餐时，王悦感觉到有些异常，只见食堂进进出出的人络绎不绝，而且都是一些陌生的脸孔；饭桌上，残羹剩饭也比往常要多。

高云飞又起晚了，当他来到食堂时，已经没什么吃的了，只能将就喝一点米粥。

高云飞做系统，有时晚上上级来了紧急通知，要在系统里修改或更新，从而影响他正常休息，所以早上就会起晚一点。

在去虎山村的山路上，雨依然淅淅沥沥地下个不停；路两边的山顶被云雾遮掩得面目不清，而且湿漉漉的，像流泪的女人；山脚下，山塘水在郁郁葱葱的树影下，显得清凉而多情。

经过大石嘴村时，只见路边村民的院子前停放着好几辆小车。待王悦再仔细打量时，看见副镇长程海风和几个驻村干部撑着伞，在雨中清理垃圾。大概是因为上面有人来检查新农村建设情况。

想起早上食堂的情况，王悦似乎明白了，因为上面来检查，所以来食堂就餐的人比往常早，也多了不少。

在广安镇，省定贫困村有两个，一个是大石嘴，另一个是虎山。两个村相邻，且进入虎山村委会，必须经过大石嘴。

大石嘴村面积约 10.7 平方公里，总人口有 3318 人，其中劳动力有 2200 多人，是广安镇人口最多的一个村委会。

大石嘴村距离县城约 41 公里，距离广安圩镇约 3 公里，地处丘陵山冈地带，以种植水稻和山林业生产为主，同时利用地理特点大力发展农业经济，种植砂糖橘，共种植 2800 多亩，是广安砂糖橘走廊的重要组成部分。

西川是革命老区，也是"中国竹子之乡""中国武术之乡"。在广安，曾经涌现出许多革命故事和英雄人物。

来到村委会后，雨越下越大，"噼噼啪啪"的雨声仿佛是从久远年代里传来的枪炮声。

因为时不时下雨，王悦一整天都坐在办公室，没入户走访。

第四章

在扶贫工作当中，项目管理也是一项非常重要的任务。为了进一步强化扶贫项目管理，加强扶贫项目论证和储备，着力解决扶贫、资金闲置和损失浪费等问题，提高扶贫资金使用效益，国家和省里都会出台关于完善县级脱贫攻坚项目库建设的指导文件。

完善县级脱贫攻坚项目库建设，是精准扶贫、精准脱贫的重要基础，是提高扶贫资金使用效率的关键环节，是预防扶贫领域腐败问题的重要举措。各级扶贫部门都充分认识到此项工作的重要意义，提高政治站位，切实把工作抓紧抓好。

一般来说，在贫困村上一个扶贫项目，少则几万块，多则上百万，投资的资金多，上级肯定会重视项目的管理，防止出现意外。

项目入库程序要求严格，项目入库前必须逐级公示，经批准并建设竣工后的项目要在实施地发布公告，接受群众和社会监督，实行扶贫项目阳光化管理。而进入项目库的项目应有项目名称、项目类别、建设性质、实施地点、时间进度、责任单位、建设任务、资金规模和筹资方式、受益对象、绩效目标、群众参与和带贫减贫机制等基本内容。

目前，虎山村已入库并完成的项目，除了县镇统筹的项目、养殖牛猪的户项目，就是一些民生、公益性项目，如村道维修、会车位建设等。

第二天上午9点，镇扶贫办和各驻村工作队在离镇政府四五百米远的人口和计划生育服务站二楼的广安镇驻镇扶贫工作组办公室召开扶贫工作会议，会议由镇扶贫办业务骨干潘大为主持，副镇长、镇扶贫办主任程海风列席会议。

　　会议根据西川县扶贫开发领导小组办公室下发的《关于再次核查全县未纳入建档立卡扶贫对象低保户、五保户家庭情况的通知》文件精神进行，部署再次核查工作。

　　根据精准扶贫"回头看"工作汇总情况，西川县仍有部分低收入户（低保户、特困供养户）未被纳入建档立卡扶贫对象，按照上级相关文件要求，经县相关领导研究决定，符合条件的低收入户（低保户、特困供养户）原则上要优先纳入建档立卡扶贫对象予以帮扶。县扶贫办要求各镇再次组织人员对辖区内未纳入建档立卡帮扶低收入户的家庭情况进行深入核查。核查清楚情况后，各镇需迅速按照贫困户新增程序开展村民代表评议和公示等工作，并及时将应纳入建档立卡扶贫对象名单上报。同时，做好户信息在省扶贫信息平台的录入工作。

　　目前在虎山村，除了新增贫困户杨海锋外，其他低收入贫困户都已建档立卡。会后，万队长让高云飞落实核查工作，方便系统跟进。

　　如何打好脱贫攻坚战？如何实现全面脱贫？这就要求扶贫工作队按照政策落实，精准扶贫，不能遗漏一户贫困户。

　　下午，来到虎山村后，王悦跟随万队长、黄小诚、高云飞和代办员阿巧一起走访低保户和贫困户。

　　为了落实县扶贫开发领导小组办公室下发的《关于再次核查全县未纳入建档立卡扶贫对象低保户、五保户家庭情况的通知》的文件精神和要求，大家准备去下塘自然村低保户陈兰真家核实情况，如果符合扶贫政策，工作队会将她纳入建档立卡贫困户。因为陈兰真今年5月才被纳入低保户，工作队还不知道她家所在位置，万队长就把车开进上塘自然村，找到村委六哥，想通过他找到陈兰真。

　　上塘与下塘是两个相邻的自然村。在六哥家，六哥用五六种语言混合的西川话跟高云飞简单介绍了陈兰真的家庭情况。王悦和万队长自然听不懂。

　　之后，六哥拨打了几次陈兰真娘家的电话，都没接通，他就带大家去下塘，直奔陈兰真娘家。

　　在去的路上，王悦看见山脚下的田野都已被耙田机耙完了，等待村民插秧。走了五六分钟的山路，就来到了陈兰真娘家。

　　陈兰真离婚后，回到下塘娘家。她患有乳腺癌，身边只有一个养女，大概10岁。

站在陈兰真娘家，王悦感觉眼前的土砖房就像童年时见到的养猪的地方，只怕风一来就会吹倒。它比那些危房更加严重，没有一块好皮肤，泥砖墙壁早已被风雨吹打得面目全非，幸好四边用红砖做柱子支撑着，否则喊一声肯定会倒，而红砖柱子看起来应该是不久前才砌的。

没人在家。正准备撤退的时候，碰见了陈兰真的叔父。虽然房门关着，但未锁，陈兰真的叔父就把门推开，映入大家眼帘的什物不堪入目：一个菜篮子放在一堵齐腰高的墙面上，墙下放着两个大瓮，用大铝盆或铁皮盖住瓮口，还有一个被柴火烧得浑身乌黑的铝煲，放在地面上……反正屋子里很杂乱，蜘蛛网随便挂在房梁上，简直就像猪圈。

看完后，陈兰真的叔父就把大家领进他家，并找出一本电话记录簿，把陈兰真的手机号告诉了万队长。万队长拨打了几次，总说电话在通话中。因为联系不上陈兰真，而且还要走访其他贫困户，大家只得离开了下塘。

车上，万队长高兴地告诉王悦，阿巧要向刘诗才了解一些情况，你俩终于有机会可以见一面啦！

上次到坪岗没见到刘诗才，后来万队长告诉王悦，刘诗才是参加过对越自卫反击战的老兵，上过战场，与敌人真刀实枪干过，而且还进行了几次肉搏战。对这样的战斗英雄，王悦非常敬佩，很想拜会老英雄，听他讲讲战场上的故事，对自己很有教育意义。

其实，王悦觉得，那些走在没有硝烟战场上的驻村干部，也是非常了不起的人物，是新时代的英雄。

来到坪岗，站在那座古旧的房子前，只见房门紧闭，而院墙内传来"呱呱"的鸭子声。万队长上前敲了敲门，没想到门内传来"汪汪"的狗吠声。

王悦仔细看了看房子，面积比较大，好像是二十世纪六七十年代大队干部办公的场地，在长满苔藓的墙面上，还留有一颗五角星图案，只是掉了颜色，显得灰暗。

不一会儿，一朵朵乌云从山顶上滚滚而来，好像要下大雨了。

阿巧和万队长同时拿出手机，分别向刘诗才和陈兰真打电话，万队长首先接通，可他听不懂西川话，就把手机递给高云飞，让他向陈兰真了解一些情况。接着，阿巧也接通了刘诗才的电话。

万队长对王悦说，眼前这座有鸭叫有狗吠的破旧的屋子，是刘诗才以前租来居住的，现在他有了新居，离这里不远，一般情况下，他会守在旧房里，因为他在这里饲养了不少鸭子。

十余分钟后，王悦看见一个满头白发、个儿矮小却精悍强壮的老头，从半山腰爬了上来。跟老头一起爬上来的，还有一条淡灰色的狗。

这老头就是越战老兵刘诗才吗？王悦一脸敬佩地仔细打量，只见老兵脚穿防水胶鞋，光着上身，穿着短裤，腰上挂着一个军用腰包，身上的皮肤被阳光晒得乌黑乌黑的，像陈兰真娘家那个被柴火烧过的铝煲。看他满身大汗的样子，王悦猜测农忙时节，这老头肯定是刚从田野里走上来。

万队长悄悄对王悦说，他就是刘诗才。

景仰之心油然而生，王悦没想到有"诗"有"才"的老头没成为文化人，却是一个久战沙场的武将。趁刘诗才开门时，王悦抬头看见门上面写着"坪岗商店"四个黑色的大字，不过颜色有些模糊了。

门开了，刘诗才把大家迎进屋里，只见屋子里凌乱不堪，货架上不知摆放着什么东西。

进去后，阿巧翻开记录簿，开始向刘诗才了解情况。而王悦非常好奇地四处搜索起来，看有没有珍贵的东西，可惜，他没有发现目标。正当王悦深感遗憾时，万队长找到不少代表军人身份的牌子，把它们摆在王悦面前：一张写着"越战老兵"、一张写着"参战老兵"、一张写着"对越自卫反击战荣誉军人"。还有一个白色的胜利纪念水盅，是铁制的，盅唇已经脱漆，露出生锈的铁，盅身上写着"自卫对越反击，保卫边疆"；一张"中国人民解放军对越自卫反击战胜利三十二周年联谊会留影"的照片，落款日期是2011年3月16日。

望着这些宝贝，王悦惊叹不已，问越战老兵可不可以拍几张照片作个纪念，身材矮小、肌肉结实的老兵开心一笑，说，可以。

因为屋子光线不够，王悦只能走到门边，把那些宝贝都拍了下来。王悦拍完后，老兵拿出一面黄色纪念旗，又一次惊叹的王悦让老兵站在门外把旗展开，想给他拍一张照。不一会儿，在王悦手机里存留的一张照片上，只见老兵现出庄严的脸孔和英武的身躯，就像一棵挺拔的英雄树，伸展双臂，将纪念旗拉得异常平整，没有一点皱痕。王悦刚想跟着万队长他们回去，没想到性格开朗的老兵在一个黑咕隆咚的旧米瓮里掏了很久，终于掏出一本很旧很旧但保存完好的书。

老兵微笑着对王悦说，这是一本非常重要的书，我珍藏了近40年。

王悦庄重地伸手接过书，更加惊叹地翻看起来，很快被书里的许多有关部队奔赴战场时的图片深深吸引，对眼前这个老兵更是敬佩有加。

这本书是《英雄赞》！

为了保卫我国神圣的领土不受侵犯，保卫我国社会主义现代化建设的伟大事业，1979年2月17日至3月16日，千千万万的英雄肩负着祖国人民的重托，对越南侵略者进行了坚决的自卫反击。

临走时，王悦紧紧握住老兵的手说，下次我俩找机会好好聊聊。老兵痛痛快快地答应下来。

这个老兵因为家中有3个亲人残疾而致贫。一个从战场上走下来的人，面对过生死考验，如今又要面临生活的种种磨难，不难想象，残忍的命运时常捉弄着他、折磨着他。幸而，战火和磨难没有吓倒刚强的老兵，反而被乐观开朗的他战胜了。

老兵租住的这座老房子，曾经是他赖以谋生的小商店，不过，现在他已把老房子改成了养殖场。但愿好日子会伴随他度过余生！

晚上，王悦向高云飞打听陈兰真的情况。

陈兰真也是一个苦命人，不仅离了婚，而且患有乳腺癌。不久前，她做了手术，今天到县城医院做后期复检。

进入虎山村的山路不仅弯曲，而且狭小。当两车相会时，往往很难找到能够顺利通过的地方，即使能找到，路边没有安装防护栏，两车互相避让时也会非常危险。

以前，虎山村自然条件较差，交通不便，很难找到会车位，严重影响群众出行的人身安全。去年，村两委干部就有了建设会车位的构想和打算。

2017年9月6日，帮扶工作队和村两委在村委会召开"虎山村村道维修及会车位建设项目民主会议"。会议由村支书古风清主持。参会人员有村两委干部、驻村干部和村民代表；列席人员有镇党委副书记成庆强。

成庆强是挂虎山村镇干部负责人。

会议首先是村支书向参会人员介绍本次动员大会的内容，接着驻村工作队队长万胜平就虎山村两处村道及分布在宝坪、高坑、低坑片区 9 个会车位建设征求村民代表的意见，并报出维修预算总价为 88916.02 元。随后驻村第一书记黄小诚介绍村道维修的有关政策及相关程序。最后是村两委干部、村民代表进行讨论，讨论结果：经村两委干部、村民代表举手表决，一致同意对沙洲田路段、龙湾路段进行维修及建设 9 个会车位。会议讨论决定，村道维修及会车位建设工程由西川县天宏工程有限公司承建。

会后，村委会就有关村道维修及建设会车位项目向 Z 城信访局驻村联合工作队申请 88916.02 元资金。

为了尽快落实项目，9 月 7 日，虎山村委会拟了一份《虎山村村道维修及会车位修建项目可行性报告》。报告中特别提到项目建设的必要性，因为沙洲田、龙湾路段及分布在宝坪、高坑、低坑片区的 9 个村道都是村里的主干道，行车比较多。

申报依据：一是符合国家扶贫政策。虎山村是广东省扶贫开发重点贫困村，村道建设已被纳入规划改造。二是主干道维修及会车位建设刻不容缓，村两委干部决心大，群众呼声高涨，经虎山村村道会车位维修工程村民代表民主会议表决，一致同意维修 9 个村道会车位。

2017 年 9 月 7 日至 14 日，关于虎山村村道维修及会车位工程项目建设的决定进行了公示。

从召开民主会议到公示结束，只用了短短八天时间，但这个项目是村两委和驻村工作队进行多次实地调查的结果。道路不畅通，会出现危及群众安全出行的问题。

9 月 12 日，驻村工作队就向 Z 城信访局驻村联合工作领导小组申请使用 Z 城市财政专用资金。专用资金于 2017 年 9 月 18 日得到各级领导的同意。

11 月 23 日，工程竣工并顺利完成验收。虎山村主干道的维修及 9 个会车位的建设，总投资为 88916.02 元。虽说不是什么大项目，但惠及全村近 3000 人，应该说驻村工作队还是为当地百姓做了一件实事好事，方便了群众出行。

现在，当两车在狭小的山路相遇时，只要找到会车位，车辆都能顺利通过，而且极为安全。

当然，驻村工作队严格按照扶贫政策的精神和要求，尊重村民的意愿，每落实一个项目，都会抱着认真负责的态度，尽快为他们解决实际生活中所遇到的问题。

2017 年 7 月，鉴于虎山村村道树头段危险程度高的情况，工作队按照扶贫政策和村民意愿，帮助村里完成了一项树头段维修道路的工程，总投资 67605.82 元，于同年 10 月 19 日验收。

在村委会对面，有一座新建不久的碾米加工厂，这也是工作队帮助虎山村落实的一项惠民工程。

2017 年 1 月 12 日，为了做好新时期精准扶贫工作，提高虎山村集体经济收入，改善民生，驻村工作队、村两委干部、党员及村民代表共 20 人，在村委会举行"虎山村委会碾米厂建设项目民主评议会"，主持会议的是村委会副主任肖碧娟。

对于虎山村，最欠缺的就是集体经济收入，如果碾米厂建成，预计可以增加村集体经济收入，而碾米厂的大部分收益又是用于扶持贫困户发展，可谓一举两得。

建设碾米厂的项目，在工作队、村委干部和近 3000 位村民的期望中顺利开展，于 2017 年 10 月 19 日通过验收；随后购置设备及安装，于 12 月 12 日开始投入使用。这个项目一共投资 14.3 万元。后来，碾米厂没有朝预计的方向发展，产生不了经济效益，只是方便了村民碾米。

掌握政策是执行的方向，走访录入是落实的途径。这段时间，王悦紧紧跟随万队长、高云飞和村两委干部深入民众，了解情况，然后结合精准扶贫、精准脱贫的文件要求和政策精神，该纳入建档立卡的贫困户如实上报，贫困户需要危房改造的绝不拖泥带水，如实反映。精准扶贫，做到不漏一户一人，这就是每一个扶贫人时时牢记于心的重任。

近日，按照上级有关文件以及市主要领导对做好精准扶贫、精准脱贫相关突出问题整改工作的指示批示精神要求，Z 城扶贫办要求各驻县工作组立即组织各驻村工作队围绕建档立卡基础工作开展一次"大排查、大梳理、大整改"专项行动，并把排查梳理整改情况及时汇总，于 8 月 30 日前汇报给市扶贫办。

这次专项行动，主要是核查梳理建档立卡贫困户帮扶基础资料，确保所填信息真实、规范；落实好"一户一策，精准施策"，对建档立卡贫困户的脱贫措施再次进行核查梳理，确保脱贫工作有计划有针对性，措施有可行性，结果有预见性，切忌"千篇一律，多户一策"；切实掌握建档立卡贫困户的基本情况，做到"情况明，底子清"，特别是"三保障"落实情况，要重点梳理排查，做到对贫困户家庭基本情况、致贫原因、脱贫措施等能够"张嘴来，一口清"。

为此，驻村工作队为了配合上级号召的专项行动，对所有建档立卡贫困户进行一次"大排查、大梳理、大整改"。

目前，虎山村符合政策兜底保障条件的贫困户，含五保户、低保户、孤儿、领取基本生活保障金无劳动力贫困户，共有 61 人。

截至 2018 年 3 月，驻村工作队筹措帮扶资金 203.04 万元，其中"630"广东扶贫济困日筹集资金 46.01 万元；Z 城市扶贫办财政资金 150 万元，帮扶成员单位筹集资金 7.03 万元。

按照上级提出的"一村一品""一镇一业"思路，在做大、做强、做优传统产业的同时，结合新兴产业项目开展产业扶贫，虎山村根据本村实际情况，推广种养项目，2017 年 5 月先后向符合条件的贫困户发放母黄牛 31 头、肉猪 45 头，共投资 30 万元，增加贫困户收入。

除了养殖项目，驻村工作队利用省级扶贫开发资金，一部分用于县的水电项目，另一部分用于县工业园区建设项目，两个项目属于资产性收益投资，年收益为 10%。

在落实政策方面，虎山村驻村工作队面临着一些问题，特别是教育扶贫，因资助政策宣传不到位，部分学生及家长不了解教育资助政策，尤其是建档立卡贫困户家庭教育资助政策，导致部分学生没有及时获得相应资助。去年，贫困户陈家和女儿陈小仪，本来在广安镇读书，后来转学到邻市读高中，但陈家和不知道他女儿也能得到相关政策支持，导致他女儿没有及时获得相应资助。

另外，由于对脱贫户的帮扶集中在资助类项目，虎山村产业发展类到户项目偏少，缺乏长期稳定的增收项目支撑。帮扶中大多数采取的是以资助类项目为主的"输血式"扶贫，因地制宜发展产业扶贫、就业扶贫等的力度不够，"造血式"扶贫办法不多。

针对问题，驻村工作队着手下一阶段的工作设想，那就是扎实做好扶贫工作的同时，立足于一个中心"精准脱贫"，两个重点"发展产业""促进新农村建设"，多措并举实现全部贫困户如期脱贫。

驻村干部，说到底，既是服务员，又是联络员，不仅要及时收集社情民意，而且还要加强与镇、村和单位的沟通联系，才能推进精准扶贫工作取得实效。

只要不忘初心，砥砺前行，把握政策，落实责任，脱贫攻坚战就一定会越打越响，虎山村的春天就一定会如愿、如期到来。

今年，经过 2018 年精准扶贫"回头看"，虎山村新增杨海锋和陈兰真为建档立卡贫困户。

杨海锋是大丰自然村人，五保户，患有长期慢性病，经过驻村工作队和镇扶贫办深入调查，他的具体情况如下：

2017 年收支情况：转移性收入主要是亲人赠予他生活费用 4000 元；转移性支出主要是他购买合作医疗 185 元/人·年；家庭总可支配收入为 3815 元；家庭年人均可支配收入为 3815 元。

家庭情况：家庭人口 1 人，无劳动能力。

致贫原因：因病致贫。

住房情况：泥砖房（不安全住房）。

户存款情况：0 元。

陈兰真是下塘自然村人，低保户，患有乳腺癌，经过驻村工作队和镇扶贫办深入调查，她的具体情况如下：

没有安全住房，家庭年人均可支配收入为 3900 元；户主已离异，因患乳腺癌手术后长期吃药，没有劳动能力，长期要复检；户主有一养女，在县城就读；户主及其养女目前居住在县城亲戚家；户主及其养女于 2018 年 5 月被纳入低保。

晚饭后，王悦和万队长到离镇不远的九凤村散步。

九凤村的环境很好，空气很清新，除了田野里的绿，四周山上也绿得令人神清气爽。而山脚下建有不少新房子。九凤村是 Q 市检察院帮扶的村子，但不是省定贫困村，而是分散村。

村旁有一条小溪，只见清澈的溪水缓缓流淌。这样清澈的溪水，王悦只在儿时见到过。望着溪水快乐地游走，王悦真想捧起溪水喝上几口，感受一下山村溪水的清凉和甘甜。

沿着笔直的水泥路，王悦和万队长继续往村里面走，而路边的竹子、树木和楼房渐渐多了起来。当来到村民的自留地时，一些村民正弯腰铲草或种红薯苗。这里的村民，春天时种花生，夏天时种红薯，以增加家庭经济收入。

差不多散步到一座小桥时，王悦看见溪旁竖起一块蓝色的"西川县县级河长公示牌"，才知道这条清澈的溪流叫望春河。望春河源头在茶花镇，全长27公里，流域面积105平方公里。

王悦和万队长站在桥面上，听见清澈的望春河水从小水坝上冲下来，发出"啪啪"的声音，好像昂扬的琴声，在黄昏的天空中飞舞、盘旋，顿时感到浑身舒畅起来。

走过小桥，就进入村子。村子里很宁静，除了绿色的田野、绿色的山林，还有一幢幢楼房，静静等待夜幕的降临。

再继续走，路边除了生长在望春河边的竹林，还有一大片铁树。

天色渐渐暗淡下来，王悦见时间不早了，就跟着万队长返回镇政府。

8月1日上午刚上班，陈兰真带着她的养女陈云彩来到村委会。虽然她通过了建档立卡贫困户的申请，但还需要填一些表，完善手续。万队长很耐心地跟她讲扶贫政策，顺便再一次了解她的情况。

36岁的陈兰真，个儿不高，偏瘦。她患有乳腺癌，又动过手术，脸色像纸一样白，说话的声音很轻，有点害羞的样子。离婚后，她回到了上塘村娘家，与一个兄弟生活在一起。

陈兰真的养女今年10岁，是一个活泼可爱的小女孩。她依偎在母亲羸弱的身旁，眼睛却睁得大大的，一直望着办公桌上堆积如山的文件。

万队长问完后，高云飞拿出贫困户申请表和贫困户家庭情况调查表，用西川话一边问询一边指导陈兰真如何填写资料。

陈兰真走后，工作队和村两委召开了虎山村落实精准扶贫政策不够到位问题专项整改工作会议，由驻村第一书记黄小诚主持，他向与会人员传达了相关文件精神，并结合《精准扶贫政策落实不够到位问题清单整改任务清单》提到的问题和整改措施，对照虎山村扶贫工作的落实情况，与大家进行探讨和整改。

今年 2 月至 5 月，中央第十二巡视组对广东省开展了常规巡视，巡视反馈意见中指出"落实精准扶贫政策不够到位，扶贫资金监管缺位，优亲厚友、虚报冒领、贪污挪用等现象时有发生"等共 2 大类 7 项 41 条问题。7 月 24 日，省扶贫办召开精准扶贫政策落实不够到位专项整改工作部署会。而 Z 城扶贫领导小组办公室向各帮扶责任单位、驻县工作组、驻村工作队下发了一份《Z 城落实精准扶贫政策不够到位专项整治工作方案》，并要求做好排查、整改工作。

面对如此多的问题，看来这个 8 月非比寻常，工作队又有得忙了。

为了做好动态管理建档立卡贫困人口的工作，经过驻村工作队的走访调查，下午，驻村工作队、村两委和村民代表在村委会召开民主评议会议，由村民代表进行评议，最终全票通过杨海锋、陈兰真作为纳入建档立卡贫困户的新增候选人。

会议议程主要是村支书介绍 2 户将纳入建档立卡贫困户的实际家庭情况；驻村工作队队长作 2018 年贫困户纳入程序与核查说明；驻村工作队成员向出席会议的村民代表派发投票表格，并按匿名投票制度填写，投票。

评议结果将会上报镇扶贫办。

晚饭后，王悦、万队长和九凤村驻村第一书记龙书记到九凤村散步。散步回来，大家在镇上消夜档饮啤酒，庆祝八一节。

万队长和龙书记曾经都是军人，对八一节自然怀有特别的感情。在这个特殊的日子里，王悦一边饮酒，一边聆听万队长和龙书记讲起他俩在部队时的故事，自有一番风味。

第五章

第二天下午，广安镇党委吕书记、副镇长兼镇扶贫办主任程海风组织驻村工作队队员代表前往来贵县黄坡乡帅金村考察扶贫产业项目，并亲临帅金灵芝种植示范基地，实地考察了解灵芝的培育技术、生长环境和管理方式。

那天，天气很好，阳光灿烂，白云飘飘。从镇政府集中出发，一路上穿山林过村庄。直至差不多进入帅金村时，王悦看见车窗外一座座郁郁葱葱的山脉，头顶天空，挺直脊梁，一副不屈不挠、威风凛凛的样子。这使王悦想起长年驻扎在贫困村的驻村干部，如果他们没有山一样的精神和意志，怎能为人类历史创造奇迹呢？如果没有山一样的胸怀和仁爱，怎能在困境中抬起头来，把贫困户从生活的深渊里拔出来呢？

来到帅金村委会后，刚下车的王悦看见村委会对面是一大片农田，绿绿的秧苗连接着绿绿的山脉，而蔚蓝的天空中，一朵又一朵白云翻过山脉，像接待稀客一样向王悦飘了过来。山脚下，一幢幢居民楼面对辽阔的田野，背对高昂的山脉，像战士般岿然不动，守护着帅金的每一寸土地。

站在村委会面前，王悦对眼前这幢富有民族特色的三层办公楼产生了极大兴趣，特别是楼两边的墙壁上挂着牛头，让人感觉既新鲜又稀奇。

黄坡是壮族、瑶族聚居的一个乡镇。王悦从小到大还没到过少数民族聚居的地方，所以对挂牛头有点不解。

于是，他问一位村干部。村干部对他解释了一番。

"牛"与"扭"谐音，也就是扭转局面的意思，少数民族家庭常用"扭（牛）

转乾坤"来形容利用人的才能可以从根本上改变局面，所以牛头挂件寓意牛运兴旺，生活得到改善，可以战胜困难，真正地扭转乾坤，事业也可以红红火火，牛气冲天。

挂牛的头骨是古代某些少数民族的习惯，象征着家庭的财富，谁家牛头多，谁家就更富有；如果在现代，那就是牛气冲天，代表有福气，有吉祥如意的寓意。

迎接考察团的是黄坡乡党委书记杜海涛。走进村委会后，杜书记亲自给大家讲解黄坡及帅金的发展情况。然后，大家就到帅金灵芝种植基地考察。

从村委会出发，王悦坐在车上，目光紧紧盯着路两边广阔的田野，只见嫩绿的秧苗在阳光照耀下，露出幸福甜蜜的微笑。而田野尽头，新建的楼房更是昂首挺胸，像等待收获的汉子，一脸满足的喜色。

汽车穿过田野后，便驶向半山腰上。此时，一座座绿色的山峰从王悦眼前飘过；山上，朵朵白云像捉迷藏的小孩子，忽而躲在山下，忽而从另一座山上探出头来；弯弯的山路起伏不定，时而上坡，时而下坡；而山脚下的深渊就在王悦的眼皮底下，令人既惊悚又惊叹。

不知翻过多少座山，终于来到帅金农产品专业合作社，接待大家的是罗广溪理事长。

在办公室，罗广溪一边泡茶一边开始向大家讲解合作社的成立及发展过程。

合作社成立于 2016 年 1 月，由帅金村委会村民罗广溪牵头 6 个村民创建，是集高山生态灵芝、木耳、蜜糖等生产、收购、销售和技术服务于一体的农民专业合作组织。帅金农产品专业合作社成立以来，坚持为农服务的宗旨，以农业增效、农民增收为中心，取得了较好成绩。专业合作社严格按照《广东省农民专业合作社条例》规定的有关财务制度及会计核算办法实行民主管理和决策，还建有一套完整的服务体系，为社员和灵芝种植基地实行统一技术、统一生产标准、统一菌种、统一质量、统一商标和包装、统一销售等社会化服务体系。

2016 年，帅金合作社成功打造高山生态灵芝种植示范基地 10 亩，第一年产值高达 30 万元，基本收回基地投资成本；2017 年扩种到 100 亩，同时辐射带动周边群众发展高山灵芝种植。2018 年以后逐年扩大种植规模，5 年后将带动黄坡乡及周边地区发展高山灵芝种植 2000 亩以上，木耳、冬菇等农产品种植 500 亩以上。

　　帅金专业合作社成立虽然才短短两年，但为黄坡乡的农民增收、农业增效、推动当地经济发展发挥了很大的示范作用，初显生命力。

　　听完合作社理事长的介绍，大家就在办公室看了看灵芝产品。这些已经包装好的产品整齐地摆放在靠墙的架子上。有什么问题，大家就会向理事长问询。

　　接着，罗理事长带大家到工棚参观了灵芝的接种工序，大致了解到灵芝的栽培技术和生活环境。

　　在灵芝生长发育过程中，所需的各种营养和环境条件是综合性的，各种因素之间存在着相互促进和制约的关系，某一因素变化就会影响其他因素，在灵芝栽培中，必须掌握好这些因素以提高产品的质量。

　　了解灵芝的栽培环境和条件之后，罗理事长又向大家讲述灵芝枫木栽培的方法。

　　采用适生树种截成段栽培灵芝的方法称灵芝枫木栽培。常见的有长枫木生料栽培、短枫木生料栽培、短枫木熟料栽培、树桩栽培以及枝束栽培等。熟料栽培虽然比生料栽培工序复杂、耗能大、技术要求严格等，但熟料栽培具有发菌速度快、菌丝在枫木内分布面积广、营养积累多、生产周期短、生产较稳定以及易获得优质高产等优点。这里的灵芝以短枫木熟料栽培为主。

　　在进入帅金灵芝种植示范基地进行实地考察时，大家又驱车不知翻过了多少座山，只见每一座山都被密密麻麻的杉树林遮盖得严严实实。

　　刚来到基地，天空就开始变得阴郁起来，原先的白云不见了，呈现在眼前的天空就像驻村干部失眠的眼睛，眼皮乌黑，失去神采。

　　下车后，罗理事长介绍说，基地刚收获不久，剩下的灵芝还没长成熟。

　　在罗理事长带领下，大家又走了一段山路。爬到半山腰上，只见一块平整的山地上竖着一块介绍基地的招牌，离招牌不远的地方，还有一座白色的铁皮房。铁皮房大概是供管理员休息的。一条白色的小狗正伏在门旁，见有人来，便吐着舌头亲昵地迎过来。

　　实施成林杉树下种植灵芝示范建设项目，是 Q 市市委支持黄坡乡创建全省民族乡发展先进地区和实施"精准扶贫"计划的重点项目。来贵县黄坡壮族瑶族乡山清水秀，生态环境优越，森林资源丰富，一直以来出产野生灵芝，是人工种植灵芝的理想之地。帅金村帅金灵芝种植示范基地位于黄坡乡海拔 500 米的田头公岭，占地面积 100 亩，计划投资 100 万元着力发展杉树林下灵芝种植产业，同时打造一个生态产业化种植示范基地。

发展杉树林下种植灵芝产业是一项投资大、回报率高、风险小的项目，投入与纯收入比为 1∶3（灵芝 1 年种植，可收 3～5 年）。如在成林杉树下种植 1 亩灵芝，需枫木 25 立方米左右，投入资金约 7 万元。可产干灵芝 400～500 斤，按 250 元/斤计，亩产值为 10 万～12.5 万元，扣除成本后纯收入可达 3 万～5.5 万元。

创建灵芝种植基地可以解决村里富余劳动力就业问题，而且就地取材，充分利用当地盛产枫木的优势，从而减少种植成本，更能促进黄坡乡特色农业产业化发展。当然，除了经济效益，种植基地也创造了环境效益，因为发展成林杉树下种植灵芝不占耕地，并且相互促进，可以增强土地肥力，促进杉木、杂木的生长，达到了促进林业生态建设、保护环境、节能收益的目的。栽培灵芝的剩料又是杉木林良好的有机肥，栽培灵芝的杉木林往往比不栽灵芝的杉木林生长快，可提早 3～4 年进入砍伐期。

在管理员引领下，大家进入杉木林中，只见林中暗淡了许多，不过，透过一点点光线，还是能够看到紫黑色的灵芝抬起娇嫩的头颅，向大家微笑示意。

灵芝外表呈伞状，菌盖肾形、半圆形或近圆形，为多孔菌科真菌灵芝的子实体，根据颜色不同，分为赤芝、黑芝、青芝、白芝、黄芝、紫芝 6 种。灵芝具有补气安神、止咳平喘的功效，用于眩晕不眠、心悸气短、虚劳咳嗽。人工种植灵芝以林中灵芝品质最佳，药用价值优于野生灵芝。

大家一边参观，一边仔细聆听罗理事长讲解灵芝的发展前景。

目前，结合"创先"和精准扶贫项目，合作社在帅金村"创先"结对帮扶单位市委组织部的大力支持下，计划动员帅金村精准扶贫对象加入合作社，为帮扶对象增加经济收入的同时，解决他们的就业问题。

合作社的好处是除了自身能降低成本、提高收益外，国家还有政策引导。运作合作社就是把农业当事业来做，把合作社当企业来管，不仅是一起种地，还要一起销售，做大做强。

除了帅金农产品专业合作社外，农光互补光伏电站也是市委组织部支持帅金村创建全省民族乡发展先进地区和精准扶贫重点项目之一。只是该项目不在此次考察之列，考察团也没有时间去电站观赏，不过，在来灵芝种植基地之前，罗理事长也大概说了这一项目的创建情况。

这次考察，大家都收获不少。特别是王悦，第一次见到生长在杉木林下的灵芝，像见到仙女一样，欢天喜地，心花怒放。

此时此景，王悦怎么会不激动呢？因为这些"仙女"不仅长得好看，而且是送给贫困户脱贫致富的法宝。只是，他不知道万队长考察基地后，有没有信心打开虎山村扶贫产业项目开发的局面。

考察的时候，罗理事长还讲了灵芝具有很高的药用价值，所治病种涉及呼吸、循环、消化、神经、内分泌及运动等各个系统，涵盖内、外、妇、儿、五官各科疾病。

为什么灵芝有如此多的功效？就在于灵芝具有扶正固本、增强免疫功能、提高机体抵抗力的巨大作用。它不同于一般药物对某种疾病起治疗作用，亦不同于一般营养保健食品只对某一方面营养素的不足进行补充和强化，而是在整体上双向调节人体机能平衡，调动机体内部活力，调节人体新陈代谢机能，提高自身免疫能力，促使全部的内脏或器官机能正常化。

博学多才的罗理事长，还一口气给大家讲了好几个关于灵芝的传奇故事。

在《汉武·武帝记》中，有一句"宫中生灵芝，为天下泰平之吉兆"的记载。这记载隐藏着一个故事。

两千年前的汉武帝时代，宫廷年久失修，栋梁腐朽，滋生灵芝，大臣们称颂说："因皇上功德无量，感动天地，使灵芝降生宫廷。此乃国泰民安的象征。"汉武帝听后大喜，便下旨要求地方每年进贡灵芝。从此，灵芝名闻天下，上流社会以得灵芝为风尚。后来黎民百姓向朝廷进贡灵芝几乎成了规矩，灵芝成了神圣、高尚、风调雨顺、举国吉祥的象征。历代皇帝以其作为帝王德政和伦理道德的标志，认为"王者有德行者，则芝草生"。在我国几千年的历史中，没有哪一种药物被推崇到如此显赫的地位。

家喻户晓的《白蛇传》还描述了"白娘子盗仙草"的故事。白蛇（白素贞）到南极仙翁那里偷来了一种仙草，将她已经死去的丈夫许仙救活了，这仙草就是灵芝。

传说中的武夷山彭祖更是神奇，竟然活了 760 岁，貌似童颜，不见衰老，只是因为他服食了灵芝仙草，史称他的养生之道是"菇芝饮瀑，遁迹养生"。

最后，罗理事长笑着说，关于灵芝的传说不胜枚举。说它能起死回生，使人长生不老，固然不是事实，但是这些传说也从侧面反映出灵芝神奇的医疗作用。对于灵芝生成的说法更具神奇色彩，传说中灵芝的生成是千年灵芝精集天地间之正气，日月之精华，藏龙卧虎之地灵，九星之星光点，历经数亿万年后灵芝精的现身，从而成为"不死仙草"。

听了那么多故事，王悦觉得这次考察收获到的知识甚广，不枉此行。

考察完帅金灵芝种植基地之后，考察团又马不停蹄地赶到六竹村。六竹村四面环山，整个村庄看起来干净、整洁、明亮、舒适，就连村道也被清扫得一尘不染，已初具新农村雏形。六竹村村委会是一幢新建的三层楼房，极富民族特色。

村委会办公楼旁边的广场，面积比广安镇政府内的操场还大，广场里有篮球场和乒乓球台。站在广场上，能看到对面一座连接一座的山脉，像绿色的蒙古包，而山脚下拥挤着一幢幢楼房。

六竹村地处黄坡乡西部，全村 6 个村民小组，有 658 户，总人口 2500 人。贫困户 28 户共 64 人。村民主要经济来源是劳务输出和种养殖业，全村 16 ～ 60 岁具有劳动生产能力的村民有 1076 人，其中 520 人外出务工。

围绕市委、市政府提出的"切实解决黄坡乡经济社会发展中的突出问题和特殊困难，加快走向绿色发展、生态富民新路子"的创建工作目标以及"努力把六竹村建设成为环境优美、经济发展、民族团结、村民幸福的美丽乡村"的工作目标，高新区驻村工作队通过扎实开展基础信息调研工作，理清帮扶思路，结合六竹村的实际情况和高新区的具体情况，精心组织制订实施创建帮扶工作规划，提出具体可行的帮扶项目 15 项，其中公共基础设施 5 项、经济发展 3 项、基层组织建设 6 项、劳动力培训和就业 1 项，明确帮扶责任单位和资金等，并积极对接市县有关部门在黄坡乡开展的行业帮扶，在规划创建项目上进行有效衔接，争取行业帮扶项目和资金落户六竹村。

在村委会，大家参观了办公场所、会议室、党员活动室、便民服务室、阅览室等。

下午 5 点左右，考察团才恋恋不舍地离开了美丽的六竹村，驱车来到了黄坡乡政府，与黄坡乡驻村干部互相交流扶贫工作。

黄坡壮族瑶族乡位于来贵县西北部，距县城 57 公里，是广东省七个少数民族乡之一，也是 Q 市唯一的少数民族乡。全乡下辖 5 个行政村 30 个村民小组，人口有 11623 人，其中壮、瑶两族占全乡总人口的 69.2%。

在来贵县，除了春节等传统节日外，还有不少风俗节日，如六月六歌圩、徒手攀岩、燕子节、舞壮狮、贵儿戏等。1998 年，舞壮狮被省文化厅命名为首批"广东省民族民间艺术之乡（舞壮狮之乡）"。

到黄坡乡考察，王悦确实收获不小。特别是到乡政府后，与那里的驻村干部交流时，他打听到黄坡和来贵的一些民俗文化，至今意犹未尽。

在西川，也有不少民俗文化故事，其中以爆龙灯和蓝社节最为出名。

爆龙灯是西川县一个传统而热闹的春节活动。大年初一晚上，西川县城就会举办一年一度的"爆龙灯"活动，吸引众多市民群众和外地游客前来观看，感受热闹、震撼的场面，并祈求来年生活红红火火。

随着噼里啪啦的鞭炮声、铿锵的锣鼓声、观众的欢呼声，"爆龙"活动就拉开了帷幕，人们纷纷点燃手中的鞭炮并扔向快速游动的火龙里，在震天的声响和烟雾中，游动的火龙上下翻腾、左右腾挪，绕场游窜，令人眼花缭乱、目不暇接。舞龙者灵活的步伐也使得火龙在烟火中显得栩栩如生。

在表演中，有的舞龙健儿无惧严寒赤膊上阵，对四面八方飞来的鞭炮毫无畏惧之色。龙珠在引领者的手中忽明忽暗，龙首紧紧追随着龙珠，尽情地飞跃、升腾、游动，时而盘旋，时而腾飞，队形千变万化，现场欢声雷动。

爆龙灯的表演，除了使民众的春节更加喜庆祥和，还祈求人人身体健康、家庭幸福。

蓝社节是西川农业生产风俗。过去，西川农妇多穿苎麻布服，而苎麻必须用一种叫作蓝靛的染料。不少村庄，家家户户都种蓝青，各村寨也备有沤青池，把蓝青收割起来，堆放在池里沤，沤成蓝靛。除供自用外还可运到邻县去销售，卖给各地的染布作坊作染。西川把蓝青生产的季节定为"蓝社节"，节日是农历四月初二和八月初二。届时家家户户扮神，祈求蓝青丰收，并春糍包粽招待亲友，交流种植蓝青的经验。

第六章

上午，王悦和万队长、高云飞到西川县参加"Z城驻西川县工作组落实巡视反馈意见专题整改暨2018年上半年工作总结会议"。这是王悦第一次来西川县城。

西川是一个山区县，位于北江支流孟江中游，境内二广高速、贵广高铁贯穿而过，是广东省离珠三角核心区域最近的山区县，以及广西、湖南等省陆路来往珠三角地区的主要通道之一。

西川县现辖15个镇，其中，大屯镇是全县最大的镇。

从镇政府出发，大概50分钟车程就能进入县城。汽车在街道慢行时，王悦透过车窗玻璃，看见眼前的西川城异常普通，几乎见不到显眼的标志性建筑物，不过新建的体育中心还是给他留下了一点印象。体育中心选址在西川县城南新区，总用地面积15万平方米，总建筑面积3.9万平方米。该体育中心将建设一个3000座的综合体育馆、一个田径场和一个标准露天游泳池。县城内还建设体育训练学校和全民健身活动中心大楼、全民健身广场及两条市政道路等配套设施。一期体育馆将承办2018年省运会武术套路、散打和蹦床等比赛项目。建设中的体育中心将打造成一个配套设备齐全、功能完善，集体育训练、培训、比赛、健身、会议展览、休闲娱乐为一体的大型综合体育场所。体育中心周边还将规划建设高标准高级中小学、医院、城市休闲养生公园、拓展运动公园、风情小镇和城市主干道。

2018年省运会将于8月8日在Q市举办，借助省运会的契机，西川县城的面貌一定会有意想不到的改变。为配合"Q市体育新形象"以及西川县体育中心的建设，近年来西川县交通路网、城建规划都有很大的提升，城市感观越来越好。由此可见，省运会的举办对于一座城市发展的影响是深远的。省运会是广东省规模最大、水平最高的综合性运动会，是全省竞技体育大比武，也是对各市体育事业发展的大检阅，更是展示各市经济社会发展成果和人民群众精神风貌的大窗口。本届省运会分设竞技体育组和学校体育组，全省 21 个地级以上市和省青少年竞技体育学校共22 个单位组团参赛。

武术是西川人民十分喜爱的一项体育活动，西川素有"武术之乡"之称，在全省享有较高的荣誉，在全国也有一定的位置。西川武术的历史在文字史料上极少记载，就算有些记载，也是非常零散的。但是，西川武术历史悠久，乃是客观上存在的事实。从 1977 年 7 月在孟江河畔的新楼区铜鼓岗挖掘的出土文物来看，西川的武术在战国时期便已开始萌芽。这次清理出来的古墓坑 22 个，内有大批随葬器物，以青铜器为最多，计有 295 件，这些青铜器中属剑、矛、戟之类的兵器就有 65 件之多。据省考古专家鉴定，这批出土文物是战国时期的，墓葬者生前是武士，所以持矛佩剑。由此可见，战国时期西川这个地方已经有了剑、戟之类的武器，有了这类武器，就要训练一批人员来使用，训练的过程也是练习武术的过程。到了明清时期，西川练习武术的人就更多了。据西川县志记载，考取武举人的竟达十人，考取武秀才的更是不可胜数，这些武举人、武秀才遍及全县各区乡，可见当时练习武术的风气是相当普遍的。在民间也涌现了一批武术高手，他们的高超武艺至今尚为人们所传诵。近年来，一些喜欢武术的文人墨客走访了二十多名老拳师，听到很多古人练武的生动故事和出色人物的事迹。例如小亨有一位叫范世源的武术教头，力举千斤，武艺超群，坐若山岳，动若游龙，三十几人围攻也近他不得。据《范氏族谱》记载，范世源的祖先范飞龙，其武艺也是超群绝伦的，他于宋朝宝元元年（1038）曾统领人马，在荔洞一带与匪贼数万人激战，终于把匪贼击败。其后，范氏还在小亨设立武馆，传授武术。

今年省运会把武术比赛项目设在西川，也是名副其实的，毕竟是武术之乡。

西川还有竹子之乡的美称，气候和环境十分适宜竹子生长。宋元以后，竹子因当时作为生活用品用具原材料的一个重要来源而被人们广泛种植。尤其在明末的广东，商业贸易发达，对竹子需求日增，西川的竹子生产也从自给小量生产的自然经济，逐渐转变为适应贸易需要而大规模生产的商品经济。因此历代民间非常重视，不断培植，注意发挥竹子品质上、数量上的优势，而且在历史上一个相当长的时期内，竹子成为西川大宗外销商品。所以当时的竹业在全县经济上处于重要的地位。现存的史料、方志、碑碣、笔记实录等文字资料，比较充分地反映了这些情况。

西川还有什么风俗呢？除了爆龙灯、蓝社节，据西川文史记载，在旧社会，西川有些风俗很落后，有浓厚的封建色彩，但中华人民共和国成立后，随着文化事业的发展，群众的思想觉悟不断提高，这些落后的旧风俗逐渐被淘汰了。

现在，西川人保留的重要传统节日有清明节、端午节、中秋节、冬至和春节。

Z城驻西川县工作组落实巡视反馈意见专题整改暨2018年上半年工作总结会议在县政府会议中心举行。参加人员有县委常委、驻县工作组组长麦冬，县扶贫办领导，驻县工作组全体人员和各驻村工作队全体人员。会议由驻县工作组组长麦冬主持。会议内容主要是学习《习近平总书记关于打赢脱贫攻坚战的讲话精神》，传达贯彻《关于印发〈Z城落实精准扶贫政策不够到位问题专项整改工作方案〉的通知》精神，并布置整改相关工作，以及总结2018年上半年工作。

2013年11月，习近平总书记在湖南湘西花垣县十八洞村考察时首次提出了"精准扶贫"，强调扶贫要实事求是，因地制宜。要精准扶贫，切忌喊口号，也不要定好高骛远的目标。此后，他在山区、革命老区、少数民族地区等贫困人口集中的地区调研考察时，经常提到"精准扶贫"。

十八大以来，习近平总书记关于"实施精准扶贫、精准脱贫，坚决打赢脱贫攻坚战"的精彩论述，时时激励着每一个驻村干部，激发了他们的斗志，坚定了他们的信念。

开完会回广安时，天空下起了一场大雨。

傍晚，雨停了，但天空依然阴沉沉的，好像肚子里还憋着一股怨气，需要发泄。

雨后的镇政府，空气潮湿。两三个镇干部在操场上加紧做明天举办的助学活动现场宣传栏。

这次由政府、企业、学校共同合作，在广安镇开展精准扶贫"1＋N"宣传活动暨微电影《最美的梦想》开机启动仪式，目的是助学和宣传贫困学子在逆境中如何面对困难，树立正确的人生观，在学习中取得优异的成绩，回报党恩及社会的温情。

作为镇政府的宣传干事，黄侠是助学活动负责人之一，而活动的其中一项内容，就是给贫困学生赠送励志书籍。黄侠听说王悦出版过一部长篇小说《命运》，不仅励志，而且很适合青少年阅读，于是联系了王悦。

前几天，王悦从 Z 城返广安时，就带来 100 本《命运》，为活动献出了一点点爱心。

晚饭，王悦没在饭堂吃，而是跟着万队长、高云飞、陆俊、潘大为、龙书记等，到高坑村村支书家里吃。高坑村驻村工作队队长因临时有事，没来捧场。

村支书家就在一条公路边。此时的路灯已经亮了起来，不过天色还不算太晚。站在村支书家里，王悦还能看到对面山上云蒸雾绕，仿若仙境。

村支书宰了一只大鸭子，炒了两盘青菜，大家围在桌子前，边吃边聊。

近年来，按照中央和省的部署，Z 城承担了对口帮扶 Q 市、C 市省定贫困村，对口支援西藏工布江达、新疆生产建设兵团第三师、四川甘孜、云南昭通，以及对口合作黑龙江佳木斯市的任务。

在全市各级各部门担当负责和广大扶贫干部默默奉献下，Z 城推进脱贫攻坚的步子越来越坚实，帮扶地区群众的生活一天比一天改善，脱贫信心一天比一天增强。

8 月 8 日上午，Z 城召开打赢脱贫攻坚战工作推进会，深入学习贯彻习近平扶贫思想，认真贯彻落实全国、全省脱贫攻坚工作部署，进一步推进 Z 城脱贫攻坚工作。

主持会议的市委书记强调，要持之以恒强化作风建设，落实"脱贫攻坚作风建设年"各项任务，严查扶贫领域违纪违法问题，用好扶贫专项巡察成果，完善科学考评体系，杜绝数字脱贫、虚假脱贫。要激发扶贫干部队伍积极性，坚持严格管理与关心信任相统一，做到政治上激励、工作上支持、待遇上保障、心理上关怀，让扶贫干部无后顾之忧。

会后，市委书记和其他市领导看望了与会的扶贫干部，勉励他们明确职责使命，奋力攻坚克难，确保如期高质量完成脱贫攻坚任务。

第二天早上 8 点半左右，王悦和驻村第一书记黄小诚、高云飞驾车从镇政府出发，途经茶花镇，来到大屯镇坪坑村参加开展精准扶贫政策落实不到位问题整改核实座谈会。这次座谈会分三个片区进行。虎山村属第三片区，包括东红、坪坑、塘水、联社、坑头、古山等村，共 7 个村委会。

万队长没去，因为他要参加在镇政府现场举行的助学活动。

那天天气晴朗。一路上，阳光露出热辣辣的眼神，在山上骄横地爬行。大约 40 分钟后，王悦他们才抵达坪坑村委会。坪坑村委会是一幢三层结构的新楼，与村小学紧紧相连。

大屯镇是全国重点镇，广东省中心镇、文明镇、卫生镇、教育强镇，地处两市三县交界，面向珠三角核心区，背靠粤北生态保护区，是粤北地区经济较为发达的商贸集散地和中心枢纽之一。

该镇以"一花一菜一果"为带动，建设 20 亩沙漠玫瑰种植基地；种植龙须菜 13800 多亩，2015 年被 Q 市认定为特色蔬菜产业技术创新专业镇；种植砂糖橘 12861 亩、大肉山楂 4500 多亩，建设白花油茶基地 3000 亩。全镇共有农业合作社 48 家，2016 年全镇农业总产值 4.6 亿元，农民人均可支配收入 12288 元。今年以来，该镇又紧紧围绕精准扶贫、精准脱贫的工作目标，建成了坪坑村沙漠玫瑰种植基地。

目前，全镇列入精准扶贫建档立卡贫困户数 1081 户，贫困人口 2350 人，其中有劳动能力的贫困户 436 户共 1527 人，无劳动能力的贫困户 645 户共 823 人；省定贫困村有 3 条，有贫困户 172 户共 413 人。

坪坑村位于大屯西南部，距离圩镇约 5 公里，全村总面积 4.3 平方公里，下辖 30 个村民小组 703 户共 2871 人。

坪坑村为新时期精准扶贫的省定贫困村，由 Z 城某镇政府挂钩帮扶。目前，该村列入精准扶贫建档立卡贫困户数 56 户，贫困人口 146 人。其中，一般贫困户 34 户共 108 人，低保户 13 户共 29 人，五保户 9 户共 9 人。2016 年，通过落实社会保障、危房改造、教育资助、发展龙须菜项目、帮助就业等扶贫工程完成脱贫任务 28 人，完成危房改造数 9 户。去年以来，该村认真落实"一户一法"帮扶措施，通过帮扶单位自筹、社会募集等方式，共投入扶贫资金 50 万元，积极开展危房改造、项目开发等扶贫工程。驻村工作队坚持产业脱贫、就业扶贫、资产收益脱贫并举，已取得一定成效；实施公益性岗位安置计划，在保洁员、护林员等公益性岗位优先安置有劳动能力的贫困户就业；筹划成立农业合作社，整合贫困户合作种植龙须菜、砂糖橘、沙漠玫瑰、毛叶山桐子、大肉山楂等增加贫困户收入。

上午 10 点，第三片区七个村的驻村干部、驻县组工作人员共 24 人在坪坑村委会会议室依时召开精准扶贫政策落实问题整改核实分片座谈会。

会议由驻县组副组长梁春晖主持，主要是针对各驻村工作队精准扶贫政策落实不够到位的问题进行整改自查。她列出了以下九个问题：

第一，精准识别不到位。主要体现在：存在应纳入未纳入、应清退未清退的问题。

第二，教育保障政策落实不到位。主要体现在：①市外省内就读的建档立卡贫困学生的学费和生活费补助未及时足额发放；②重复发放建档立卡贫困学生的生活费补助。

第三，基本医疗、养老保险落实不到位。主要体现在：未按照要求落实建档立卡贫困人口基本养老保障，未落实足额财政补助。

第四，医疗救助不到位。主要体现在：没有落实医疗救助政策，贫困户应救助未救助，医疗救助资金闲置等。

第五，最低生活保障政策落实不到位。主要体现在：仍有部分完全或部分丧失劳动能力的贫困人口未被纳入低保、五保等政策性兜底。

第六，危房改造政策落实不到位。主要体现在：①已脱贫的贫困人口完成危房改造，实际仍居住在C/D级危房中，未实现住房安全有保障的脱贫标准。②危房改造贫困户因建筑面积超标准，验收不合格，无法获得财政补助资金；无房户不属于危房改造对象，不能享受危房改造补助资金，借住亲戚家，成为脱贫攻坚的难点问题。

第七，产业扶贫措施不精准、不可持续。主要体现在：产业扶贫项目"小散弱"，与新型经营主体联结不紧密，产销对接机制不完善，稳定性不强等。

第八，就业扶贫组织化程度不高。主要体现在：就业扶贫跟踪指导不够，培训针对性不强，就业岗位开发不足。

第九，部分贫困人口脱贫质量不高。主要体现在：存在将未实现"三保障"的建档立卡贫困人口认定为达到当年脱贫标准的现象。

驻县工作组成员和各村驻村工作队队员（驻村第一书记）就以上整改问题进行自查并讨论。能解决的问题，梁春晖当场拍板；不能解决的问题，她将记录下来向上级上报。从各村自查的结果来看，主要存在两大问题：一是工作队按照教育保障政策落实后，很难核实贫困学生是否及时和全额领取教育补助，甚至有些贫困学生反映根本就收不到补助。据有些驻村干部说，导致这些问题的主要原因是有些学校不是一次性把补助发放给贫困学生，而是分两三次发放，这样工作队就很难搜集到证据向教育部门或学校核查贫困学生领取补助的真实情况。二是危房改造后不能及时入住的问题，主要是有些危房改造后户主没钱装修或按当地风俗没选择好日子搬迁，还有一些危房改造后户主外出打工了，无法动员其入住。

这次整改自查也涉及驻村干部的工作作风问题，如有没有索要好处费，有没有虚报冒领、挤占挪用扶贫资金，扶贫资金有没有管理不规范等。

最后，梁春晖明确表态并提醒驻村干部，精准扶贫政策落实不够到位的问题将会长期持续推进，如果出现问题，上级要求各村在 8 月 30 日前整改完毕。

座谈会后，王悦跟随驻县组工作人员和各村驻村干部，顶着烈日，来到坪坑沙漠玫瑰种植基地。进入基地路口时，王悦看见一块小招牌，牌子上写着"扶贫不是养懒汉，脱贫就要加油干"，颇有感触。要想脱贫致富，没有勤劳的付出和吃苦的精神，哪怕送你一座金山银山，恐怕也会坐吃山空。

沙漠玫瑰原产自非洲的肯尼亚、坦桑尼亚至阿拉伯半岛南部，自 20 世纪 80 年代引入中国栽培后，在中国大部分地区都有分布，如广东、福建、内蒙古等。沙漠玫瑰花形似小喇叭，玫瑰红色，非常艳丽。伞形花序三五成丛，灿烂似锦，四季不断。沙漠玫瑰喜高温干燥和阳光充足的环境，耐酷暑，不耐寒，因原产地接近沙漠且红如玫瑰而得名沙漠玫瑰。沙漠玫瑰植株矮小，树形古朴苍劲，根茎肥大如酒瓶状。5 月到 12 月是沙漠玫瑰的花期，花有红、玫红、粉红、纯白等色，形似喇叭，极为别致，深受人们喜爱。

走了一段路后，呈现在眼前的就是一片比较开阔的山地。山地上除了种植红薯，还有一些青菜瓜果，而沙漠玫瑰种植基地里搭起近 10 个铁棚，棚子上用透明薄膜蒙住，防冻防暑。

站在基地旁，王悦又看见一块小招牌上写着"这里种植的每一株花都是贫困户的脱贫希望，请勿开口索取，伸手采摘"。王悦似有感触，这条温馨提示告诉人们要珍惜劳动成果，爱护花朵就是尊重汗水。

沙漠玫瑰种植项目是 Z 城某镇政府在坪坑村建成的扶贫项目之一，该基地与 Z 城台资企业富贵园花木种植场合作，并签订购销协议，由该种植场负责提供种苗和回收。

沙漠玫瑰种植基地占地面积 20 亩。为确保种苗顺利成长，掌握栽培技术，驻村工作队专门安排两名有劳动能力的贫困户到 Z 城富贵园花木种植场培训 15 天，回来后管理基地。

考虑到本地昼夜温差相对较大，存在不稳定因素，因此，基地分为两期建设，一期搭建温室大棚 8 个，其中，设育苗棚 1 个。温室大棚面积 1660 平方米，试种植沙漠玫瑰 8 万~10 万株。预计二期搭建温室大棚 10 个，面积 2300 平方米，种植 10 万~12 万株。

目前，沙漠玫瑰种植基地采取一边试验一边扩展的方式，通过技术人员的不断学习和培养，掌握核心种植技术，未来基地发展将实现集播种、育苗、出苗、成品输出为一体，力争年纯收入达到 40 万元。

沙漠玫瑰项目主要解决坪坑村 20 户无劳动能力的贫困户脱贫任务和村集体公益开支。计划按 6∶2∶2 分配，即建档立卡无劳动能力的贫困户占总收益的 6 成，村集体公益及基地运转开支占 2 成，管理员（2 户有劳动能力的贫困户）务工收入占 2 成。

王悦走进棚里，就被一盆盆沙漠玫瑰召唤过去。虽然大部分还是幼苗，但也有早熟的沙漠玫瑰，开出白里透红的花朵，向酷热的天气展现自己的温柔和美丽，为脱贫攻坚贡献自己的一份力量。

这里种植的每一株花，都怒放着贫困户脱贫的信心和希望，怒放着党和国家心系贫困户的政策和决策，怒放着驻村干部的心血和汗水。

回到广安镇政府后，王悦打开微信，看到 Z 城驻西川扶贫组微信交流群里发出一则讣告：

河美村驻村干部林亚强同志于昨天下午不幸病逝。林亚强同志是 Z 城海洋渔业局干部。他工作认真负责，性格开朗热情，善于沟通，积极投入，拉动各方资源支持扶贫工作，得到西川县委县政府高度认可，更赢得当地群众热烈拥戴，为 Z 城扶贫干部树立了良好形象。驻县组刚接其家属通知，追悼会时间定于 8 月 12 日上午在 Z 城殡仪馆举行。

在交流群中，大家都表示沉痛哀悼，其中一个叫李卓华的扶贫工作队队员的悼词，彰显了林亚强在脱贫攻坚阵地上的光辉形象：

惊悉噩耗，悲痛不已！亚强吾哥，扶贫楷模；一生正直，为人善良；勤于工作，乐于助人；呕心扶贫，沥血为民；心胸似海，气量如天；心怀壮志，豪情干云；难酬蹈海，亦称英雄；英年早逝，精神永存；我辈之人，当承遗志；如其做事，尚其为人；扶贫事业，励精共勉；呜呼哀哉，痛兮悲兮！

这是参加扶贫工作以来，王悦第一次亲耳听到驻村干部倒下的不幸消息。后来，林亚强的一位扶贫队友回忆了他俩在风雨中一起走过的日子。

2016年初夏，他俩响应习近平总书记的号召，一起来到西川河美参与脱贫攻坚战，希望山区贫困人民能够脱贫致富，过上幸福美满的生活。

在队友眼里，亚强是一位和蔼可亲的兄长。工作队刚驻村的时候，便按照上级布置的任务来开展工作，查看当地镇、村提供的预定贫困户资料，然后反复走访摸查和落实登记，为了精准扶贫，每一个环节都不敢马虎应付，按照上级要求有条不紊地执行。连日来，亚强和队友的足迹遍布村里的每一寸土地。

亚强是一位十分健谈的驻村干部，很喜欢和当地农户攀谈，从中了解他们的家庭情况。驻村一段时间后，村里的人都认识他了，竖起大拇指说亚强是个大好人。善良，热情，这是亚强留给村民的最初印象。

亚强对任何事情都会有自己独特的见解，他说，我们来帮人就得好好掌握农户的实际情况，了解他们的生活需求，这样才可以帮到真正需要帮助的人。

在接下来的日子里，亚强着手联系扶贫产业项目，在当地畜牧部门和其他工作队的介绍下，到平山镇了解黄牛养殖项目，到茶花镇和坑天镇了解辣木、蓝梅和凉粉草种植项目以及山塘水产养殖项目，并认真仔细记录好每一个种养项目的细节，整理成资料后给队友参考。他还动用自己的人脉，多次带Z城花卉协会到村里进行考察、调研。工作队经过再三研究，根据当地的地理环境及农作物生长条件，开发种植景观竹苗的项目，并在村里成立了"景观竹苗合作社"，希望通过花卉协会这个窗口，让竹苗合作社发展起来，带动当地贫困户增收。

亚强不仅工作能力强，还拥有一颗严谨而细腻的心，他所负责的党建和宣传工作十分及时，非常到位，把工作队日常扶贫工作、党课学习心得都认真记录下来。

村民都说亚强是个非常善良的人。村里的孤寡老人、贫困学生家庭、患病贫困家庭、残疾家庭、村幼儿园，全都接受过他的爱心奉献。生前，亚强经常带一些朋友和社会爱心人士来红色村庄河美，向贫困户捐献钱物，向学校捐助教学设备，让他们燃起对美好生活的希望和向往。

亚强曾经说过：这个社会中其实有很多热衷于慈善的人，只不过是他们不知道去哪里献爱心，也不知道用什么方式帮助人，我们作为扶贫工作队员，有义务去宣传、去发动、去引导，让行善者帮助到需要帮助的人。

去年村里发放鸡苗的时候，天空飘起毛毛细雨。亚强为了不让发给贫困户的鸡苗被雨淋到，亲自把鸡苗搬到贫困户的车上，弄得自己一身脏脏的，却毫无怨言。村里一户贫困户的儿子患了尿毒症和肺结核，他依然冒着被感染的危险，到贫困户家中了解病情，并做好记录。

这些真实、真切、感人的画面，记录着亚强和队友在脱贫攻坚阵地上所流下的每一滴汗水，所奉献的每一点爱。

就是这么一个大好人，却面临不幸的命运，遭受病魔的无情摧残。从亚强发现身体不舒服到噩耗传来，不到半年时间。

那天，亚强和队友在阳台上聊天，突然他说肚子不舒服，极难受的样子。队友们纷纷劝他回去检查一下身体，亚强却说身体应该没大问题的，依然坚持工作。

到了 4 月份，亚强开始咳嗽，而且越来越严重，但他仍然熬到了 5 月底才决定回去检查。那天，队友在网上帮亚强订了回 Z 城的高铁票，没想到他一走就再也没有回来。

亚强躺在病床上的时候，依然关心着扶贫工作，还时不时打电话问队友那边的进展如何，想着康复后再和他们一起并肩战斗。

一个好人就这样悄悄地走了，愿他一路走好，愿天堂没有贫困和病痛！

第七章

晚上，黄侠给王悦发微信说，上午镇政府举行的精准扶贫"1＋N"宣传活动暨微电影《最美的梦想》开机启动仪式上，他的《命运》已赠送给现场的 20 多名贫困学生，余下 70 多本书想在下一轮走访贫困户活动中赠送给那些贫困户的读书子女。

王悦从坪坑村回来时，万队长已经告诉他，他的书是用特别的方式——用袋子装好后才赠送给现场贫困学生的。这是一件好事，用如此方式赠送给贫困学子，其背后还有一些原因和故事。

大概今年 6 月中旬，Z 城作家协会准备在 7 月为王悦的长篇励志小说《命运》召开读书会，没想到 7 月份，王悦却被单位派到西川参与扶贫工作，结果没有如期举行。

助学活动即将举行前，王悦回 Z 城后到单位办事，领导找他谈了一次话。谈话中，王悦如实向领导汇报了自己赠书的事，没想到领导反对王悦的做法，认为赠书是违反纪律的事情，而且文学不能给当地带来经济效益。

赠书给当地贫困学子，难道这也是违反纪律？究竟违反了什么纪律？王悦想不明白，况且国家也倡导文化扶贫，"扶贫先扶志"，用精神激励贫困户面对人生，增强他们的生活信心。

后来王悦跟黄侠说明情况，黄侠表示令人费解。"扶贫先扶志"，如果没有文化，老百姓的"志"从何而来？

由于单位领导的压力，今天早上，王悦要求黄侠尽量不要宣传助学活动中的赠书环节，最好采取秘密的方式进行。

为深入贯彻落实党的十九大精神和习近平总书记关于脱贫攻坚的系列重要讲话、批示精神，增强"四个意识"，切实解决扶贫领域腐败和作风问题，推动全面从严治党向基层延伸，根据省委、市委、县委的要求，到2019年底，西川县完成全县26个省定贫困村巡察全覆盖工作。

对26个省定贫困村的专项巡察分两年进行。第一年专项巡察时间为2018年8月至10月，其中对12个省定贫困村分四轮开展专项巡察；第二年专项巡察时间为2019年4月至7月，对14个省定贫困村分五轮开展专项巡察。每轮专项巡察工作时间约10个工作日。

专项巡察主要内容是主体责任落实情况、"两不愁三保障"政策措施落实情况、资金使用和项目监管情况、工作作风情况。

专项巡察结束一年后，县委巡察工作领导小组根据实际情况，将组织专项巡察组对被巡察单位进行"回头看"，了解和督促专项巡察反馈意见落实工作。

按照上级安排，虎山村明年才进行专项巡察。

从镇扶贫办下发的《西川县2018年6月有劳动能力贫困户收益分配表》中，王悦查询到虎山村共有44位有劳动能力的贫困人员得到分红。这些收益来源于县镇统筹的项目。

最近，西川县扶贫办下发了各镇及行业部门关于精准扶贫政策落实不够到位问题整改任务清单。整改任务主要是两大类：一是政策落实不到位，包括精准识别不到位、教育保障政策落实不到位、基本医疗及养老保险政策落实不到位、医疗救助政策落实不到位、最低生活保障政策落实不到位、危房改造政策落实不到位、产业扶贫措施不精准和不可持续、就业扶贫组织化程度不高、部分贫困人口脱贫质量不高共9个问题；二是扶贫资金监管缺位，优亲厚友、虚报冒领、贪污挪用等现象时有发生，主要原因是扶贫资金管理不规范。

每个问题都制定了整改措施，并规定了整改期限。

那天傍晚，王悦和万队长到九凤村散步。走到镇派出所围墙门边时，王悦听见一棵榕树上鸟声异常热闹，便停下脚步，抬头望了望榕树，却见不到一只鸟儿。

这棵榕树不是很高，但叶子浓密，便于鸟儿躲藏。

不一会儿，对面路口飘来一阵有点哀伤的二胡声，与兴奋的鸟声形成了鲜明的对比。

谁家的二胡拉得如此伤感呢？王悦禁不住往那个路口望去，却没有发现拉二胡的人。

拉二胡的人一定经历过什么事情，而且他的年岁肯定不轻。王悦正猜测着，却见万队长已经走到了"T"字路口。

在通往九凤村那条笔直的路两边，田野上的秧苗已经长高了不少，绿绿的一大片，给宁静的黄昏增添了不少亮色。

不知不觉，王悦和万队长来到了村委会，见村委会大门已锁，而大门对面是一块面积不小的空地，虽已整平，也铺了些许沙子，但还长着不少野草。

大门上面挂着一条红色的横幅，写着"不忘初心，牢记使命；为中国人民谋幸福，为中华民族谋复兴"。

返回时，天色渐晚；圩镇也安静了许多，只是能睁开眼睛的路灯很少，不像Z城，天还未黑，路灯就把四周照得如同白昼。

偏僻小镇，不喜欢热闹，很符合王悦的胃口，因为他平常最喜欢做的事情，就是能够独自享受人生的安静，与书籍相伴，与文字相约。

那天上午，王悦跟随万队长、黄小诚到县城，参加在县政府会议中心举行的西川县脱贫攻坚工作推进会。

这是王悦第二次来县城。此时正值省运会期间，王悦看见街面上挂有不少宣传标语，如"相约省运会，西川欢迎您"等。这次省运会，西川承担了武术比赛，自然会抓住机会向外宣传自己。

会议由西川县县长黄跃主持，新任县委书记谢桂安，县四套班子成员，县委常委、驻县工作组组长麦冬，各镇党委书记、镇长，各村（社区）党支部书记，县直机关党委书记、县直副科以上单位主要负责同志，以及26个省定贫困村工作队队长、驻村第一书记、部分驻村干部代表参加了会议。

很荣幸，王悦成了部分驻村干部代表之一。

会上，麦冬同志通报了全县脱贫攻坚工作情况和2018年脱贫攻坚重点工作安排。

2016 年以来，西川县各部门上下一心、团结一致，坚持以习近平新时代中国特色社会主义思想为指导，深入学习习近平扶贫思想，认真贯彻中央及省、市关于打赢脱贫攻坚战的决策部署，提高政治站位，狠抓责任落实，强化政策保障，深化精准施策，不断转变作风，脱贫攻坚取得了阶段性成效。

经过全县上下两年多的共同努力，脱贫攻坚各项政策举措得到了有效落实，建档立卡贫困人口"两不愁三保障"总体实现，累计 14193 个相对贫困人口实现预脱贫。全县脱贫攻坚制度体系基本建立：一是扶贫责任落实体系基本建立；二是各部门共同参与的合力攻坚体系基本建立。

各驻村工作队严格按照中央、省市县文件精神，因村因户因人精准施策、扎实推进。虽然取得一些成绩，但依然存在问题，主要是主体责任落实不够到位，责任传递层层递减；脱贫攻坚缺乏合力，政策衔接有待加强；工作作风不够严实，精准扶贫底数不清晰；帮扶措施不够精准，资金使用和管理不规范。

最后，麦冬提出下阶段的工作措施：一是进一步压实主体责任，确保到 2020 年全县农村现行标准下的贫困人口全部脱贫，26 个相对贫困村全部出列，做到脱真贫、真脱贫，如期完成脱贫攻坚任务。二是进一步加强统筹协调，县直有关部门要按照单位职能和职责分工全力支持脱贫攻坚，扎实推进省定贫困村创建社会主义新农村示范村，确保26 个省定贫困村年内全面完成人居环境综合整治任务。三是进一步强化精准施策，按照因地制宜、因村因户因人施策的要求，继续深入落实精准扶贫精准脱贫基本方略，坚持"一户多策、一人一办法"，注重扶贫和扶志、扶智相结合，从落实"三保障"政策以及产业扶贫、就业扶贫、资产收益扶贫、金融扶贫等方面促进贫困户增收脱贫，加快今年镇、村、户扶贫项目的筹划和落地，加强对帮扶项目进行精细化管理，建立贫困户稳定脱贫长效机制。四是进一步完善扶贫长效机制，结合《西川县坚决打好精准扶贫攻坚战三年（2018—2020 年）行动计划》，进一步完善长效机制，重点推进各镇产业扶贫项目发展，促使扶贫工作由"输血"到"造血"转变。五是进一步加强扶贫队伍建设，抓镇促村，整顿软弱涣散基层党组织，把农村基层党组织建成坚强的战斗堡垒，着力培养懂扶贫、会帮扶、作风硬的扶贫干部队伍，并关心关爱基层一线扶贫干部，完善激励机制，鼓励他们为打好脱贫攻坚战努力工作。六是进一步强化工作作风整治，按中央和省、市部署要求，将 2018 年作为脱贫攻坚作风建设年，并结合扶贫领域巡察、督导和审计反馈问题整改。

麦冬话语刚落，新任县委书记谢桂安匆匆走进会场，悄悄坐在主席台上，顾不上喘口气、呷口茶，就开始讲话。

新书记刚从市里开会回来，因为省里来了防御台风的紧急通知，让他参加特别的会议。谢桂安读大学时学的是水利专业，曾担任过 Q 市水利局副局长。

新官上任，第一次以县委书记的身份在会议上讲话，作为一方领导干部，他自然关心的是老百姓的生产生活及生命安全，所以他的话题始终离不开老百姓的衣食住行。

谢桂安是山东人，跟广安镇党委书记吕平一样，长得虎背熊腰。他今年 48 岁，硕士研究生学历，从 1992 年 7 月开始参加工作。

下午回广安后，王悦跟随万队长继续走访贫困户，顺便把需要贫困户签名的一大沓表一块带去，如每月的政策性补贴表、特困金导入表、低保五保名单表、低保金导入表、医疗报销表、低保五保清单表、养老金领取导入模板表、养老保险表、养殖情况巡查表，以及投资小水电站、工业园区、商铺物业出租扶贫项目等贫困户收益分配表。

在路上刚好碰到贫困户冯大强，万队长便停下车让他签了几份表。冯大强是永安自然村人，今年 43 岁，长期患有糖尿病。他老婆在县城打工，大女儿读高中，小儿子刚上幼儿园。驻村工作队给他定下的三年帮扶目标是：通过三年帮扶工作的开展，确保帮扶贫困户对象的基本生活得到保障；有子女上学的，不因贫困而辍学；有危重病人的，能得到及时医治；有劳动能力和就业愿望的家庭成员能实现再就业，逐步实现"两不愁三保障一相当"的脱贫目标。

经过政策帮扶和工作队的努力，2017 年，冯大强已退出相对贫困户。

在坪坝自然村，王悦和万队长来到了贫困户苏飞燕家里，了解她孙子莫名华的读书情况和教育补助发放情况。苏飞燕今年 65 岁，是一个非常孱弱、矮小的农村妇女，但看起来异常朴实，面目慈善。她见到王悦和万队长也非常客气，泡了一壶热茶。万队长询问她孙子的情况，不巧的是，莫名华已去顺德读书，寄养在他姑妈家。为了了解莫名华的最新情况和方便以后联系，万队长向苏飞燕要了她女儿的联系电话，接着拨打了过去。趁万队长通话时，王悦与眼前这个孱弱、矮小的农村妇女聊了起来。老人满含泪珠诉说着这几年不幸的经历和家庭变故，小儿子因鼻咽癌病逝，儿媳妇又跑回山西娘家，抛下她和孙子不闻不问。

以前，苏飞燕与小儿子生活在一块，小儿子走后，她就住在大儿子家里。她大儿子在坪坝建了一幢非常阔绰霸气的楼房，令王悦惊叹不已，从而判断出苏飞燕大儿子的日子过得相当不错。

万队长打完电话后，检查了苏飞燕改造后的房子。里面没住人，只是放着几箩筐刚晒过的花生。看来，苏飞燕虽然年岁不轻，而且身体孱弱、个子又矮小，但她是一个非常勤劳的妇女。

苏飞燕的大儿子一家在深圳，平常很少回家，那幢阔绰霸气的楼房就给苏飞燕住，与她的改造楼房相隔不过十来米远。

虽然苏飞燕一直在大儿子家住，但万队长还是仔细检查了她的改造房子有没有通水电，并动员苏飞燕尽量摆放一些生活用品，免得上级来检查时找出"八有"存在问题。

随后，王悦和万队长又到天沟村。

进入天沟村的山路特别难行，陡峭、弯曲、狭窄是它无法改变的特征，可为了居住在里面的3户贫困户，王悦和万队长克服困难和险阻，第三次驾车长驱直入。

当汽车停在天沟村时，万队长就扯开嗓门喊着莫天高的名字，像老朋友一样亲切叫唤。不一会儿，一个枯瘦但个儿特高的老人从村巷里走了出来，后面还紧紧跟着一个五六岁的孩子。这孩子不像老人一样向王悦和万队长迎过来，而是绕到路边站定，始终与王悦和万队长保持一定的距离。

虽然还没有见过莫天高，但此时的王悦已经知道，眼前这个瘦高的老人就是莫天高了。老人站起来真如他的名字一样，跟天一样高。

那个有些胆怯、羞涩的孩子一直望着王悦和万队长，像挂在路边的一颗未成熟的油茶果。他就是莫天高的孙子莫志林。

王悦在车里翻出各种各样的表，然后跟着莫天高从村巷里走进他家。望着莫天高的家，王悦马上想起五保户杨海锋的家，也是差不多构造的土砖房，而且地面被清扫得一尘不染。在饭厅，王悦看见一张毛主席画像高高挂在墙壁上，心里就对莫天高生出几分尊敬之情。画像下是一张旧柜子，柜子上摆放着电视机、电风扇和一些生活用品。正中有一张圆圆的饭桌，桌面上放着一个电饭煲和罐头、腐乳等食物。莫天高从王悦手中接过几份表，戴上老花眼镜，坐在饭桌前，开始认真填写。

莫天高身上穿的都是旧衣服，好像从来没有洗过一样，沾有不少污渍。虽然对他的穿着不认可，不过，老人写的字工工整整，看起来非常秀气，像天沟村的风景，令王悦刮目相看，惊叹连连，认为他是贫困户中字写得最好的一个。

莫天高填表时，他孙子莫志林偷偷溜进饭厅旁一间阴暗的卧室，然后从门槛里探出头来。王悦很想跟他套近乎，于是向他走去，没想到这孩子"呵呵"地笑着转身爬上一张床，用毯子蒙住头，不想让王悦看见他的脸，然后把身体侧过去。孩子害羞的笑声像山林中鸣唱的秋蝉，令王悦悲喜交加。在没有一点光线的卧室里，王悦根本无法看清里面的东西，能看见的，只是门槛边堆放着几箩筐稻谷和一张小桌子。当王悦心酸地抬起头，看见木棚上露出一个铁皮谷仓、两个木质粮仓。

把卧室当成粮仓，在王悦的童年时代，这是农村家庭最普遍的现象，甚至床底下也成了粮仓。

天沟村自有一番风景，尽管已近黄昏，但天空依然很蓝，白云还在飘飞，而夕阳斜斜地照在一座座绿色的山峰上，给人一种温馨和谐的感觉。

下山时，在狭窄的山路上，迎面驶来一辆黑色的小车。王悦和万队长都下了车，察看地形，却始终找不到可以避让的地方。万队长把车退到很远的地方，才把黑色小车让了过去。

之后，王悦和万队长趁天空还没黑下来，又去了附近几个自然村，但找不到那些需要签名的贫困户。

回到村委会，王悦查看了2016年工作队为苏飞燕小儿子莫世光建立的贫困户档案资料：莫世光是一般贫困户（无劳动能力型），39岁，家庭人口3人，家庭劳动力1人，母亲苏飞燕63岁。户主患有长期慢性病，只有部分劳动能力。儿子8岁，在读小学。目前全家人在坪坝自然村居住，户主在家务农。

从当初建立的档案来看，苏飞燕小儿子患病期间，他老婆已经走了。可以想象，当时苏飞燕老人的生活是多么的灰暗和凄凉，怪不得一提到可怜的孙子，她的眼泪就往下流。

晚饭后，王悦和万队长到白云村的路上散步，看见路边的一朵朵粉红的紫薇花，向着即将掉下来的暮色，依然怒放出自己的美丽；向着风云变幻的天空，书写着热烈的诗行。王悦似乎看见，在没有硝烟的战场上，每一个驻村干部都朝着奋斗目标加快了前进的步伐，把所有的希望开成美丽的紫薇花，送给山上每一户贫困的家庭，点亮他们暗淡的生活，燃起必胜的信心。

第二天进村后，王悦在镇扶贫微信工作群看到镇扶贫办转发西川县扶贫办《关于停止各级财政专项资金使用100万以下由镇级审批后实施的通知》。

通知说，根据省、市《精准扶贫开发资金筹集使用监管办法》文件精神，进一步规范使用各级财政扶贫专项资金，强化资金监管，完善报账制度。现取消原《西川县精准扶贫开发资金使用办法》中规定的第二章第四条第五点"单项投资100万元以下项目由镇审批后即可实施"的镇级审批权限。

万队长带着各种各样的表又叫王悦到坪岗自然村走访贫困户。

王悦和万队长进入坪岗后，把车停放在刘诗才的老房子门旁，却不见刘诗才。

找两户贫困户签完表后，回到老房子时才碰见刘诗才。

刘诗才签完表后，王悦很想再从他身上找点故事，于是就和他聊起来。

1979年2月，对越自卫反击战前，18岁的刘诗才跟随部队121师守备团三连开赴广西靖西。靖西隶属广西壮族自治区，地处中越边境，边境线长152.5公里，南与越南社会主义共和国高平茶岭县、重庆县山水相连，西与那坡县毗邻，北与百色市区和云南省富宁县交界，东与天等县、大新县接壤，东北紧靠德保县。

守备团属于穿插部队，生存条件异常艰险和复杂，有时在阵地上，战士们的压缩饼干吃完了，后备的供给却跟不上来，大家只得忍饥挨饿死守阵地。战斗最激烈的时候，枪炮声持续了两天两夜，最后子弹打光了，战士们与敌人展开了肉搏战。

当刘诗才回忆起战争的无情与残忍时，心似刀绞一样沉痛，因为在他眼皮底下，曾经倒下无数战友的生命，就连他的营长、团长，也在一次穿插行动中壮烈牺牲。

"你后悔把青春洒在战场上了吗？你有没有害怕过自己会倒在阵地上？"作为一个对英雄极度崇敬的人，王悦却向刘诗才提出非常幼稚的问题。

"没有什么可后悔的，也没有什么可害怕的。保卫祖国是我们军人的责任和义务，更是作为一个军人的荣誉！如果我不守卫疆土，你也不守卫疆土，谁会为我们把守呢?"

非常朴实的回答,却异常响亮!是啊,如果没有那些热血男儿,如果没有他们高度的责任感,祖国会安宁吗?人民会幸福吗?

致敬,老兵!致敬,为了祖国安宁、为了人民幸福而战死疆场的烈士!望着毫无畏惧的刘诗才,王悦对军人产生了更加强烈的崇敬之情,身上的热血随之喷涌而出,仿佛自己就要奔赴硝烟弥漫的战场。

"你因一家三口残疾而致贫,对生活失望过吗?"作为一名扶贫工作队的队员,王悦异常关心地问眼前这个从没有向艰苦生活低头的老兵。

"慢慢会好起来的,况且国家从来就没有忘记我们这些从战场上退下来的老兵。"刘诗才保持乐观向上的精神,满怀信心地回答。

1981年,远离战场的刘诗才光荣退伍。

王悦查了一些资料,对越自卫反击战中,121师在执行穿插高平的任务时共五次遇袭,牺牲了不少战士。

对越自卫反击战之后,中越两国还在争斗,直至20世纪80年代,在罗家坪大山、法卡山、扣林山、老山、者阴山等地区又相继爆发了边界冲突,时间持续达10年。20世纪90年代初,两国关系逐步恢复正常,陆地边界也最终划定。

王悦的一位表姑父,也在那场战争中壮烈牺牲。

为了及时跟进各村扶贫工作进展情况及发现的问题,镇扶贫办要求各驻村工作队将每天的工作台账上报镇扶贫办。

最近,为了配合上级,各村每日台账主要是跟踪精准扶贫政策落实不够到位的问题,进行专项整改,包括落实精准扶贫政策不够到位和扶贫资金监管缺位两大问题。

经驻村工作队走访调查,虎山村发现的问题有:一是教育保障政策落实不到位。有4户贫困户的5名县外在校学生没有领到教育补助。黄家金户主的两个孙子分别在邻县读中学初一和小学五年级,2018年春季学年度兄弟俩没有领到教育补助。苏飞燕户主的孙子莫名华,在顺德一小学读三年级,2018年春季学年度没有领到教育补助。曾秋海户主的儿子,在Q市技师学院读中一,2018年春季学年度没有领到教育补助。陈家和户主的女儿在邻市第一中学读高三,2017年秋季和2018年春季学年度没有领足教育补贴，只领了 1500 元。驻村工作队已将此问题反馈到镇扶贫办，并加紧跟进落实县外在校学生教育补贴发放。二是危房改造政策落实不到位。冯大强、曾高明、黄金沙等 4 户贫困户的危房改造已完成，他们有了安全住房，但由于农村的习俗问题，还没选定好日子装修或搬迁。经镇领导和村干部与户主沟通后，依然没有实质性进展。后期驻村工作队将会加紧跟进督促其尽快装修入住。

除了以上问题，驻村工作队也进行自查自纠，加强工作作风，提高业务水平。

8 月 21 日上午，广安镇各驻村工作队在镇驻镇扶贫工作组办公室召开扶贫工作会议。副镇长兼镇扶贫办主任程海风、镇扶贫办专职副主任陆俊参加了会议。

会议主要是调查和统计 2018 年贫困户人员中符合参加城乡居民养老保险的低保对象。经 5 月 18 日核查，全镇共有 53 名 2017 年建档立卡精准扶贫人员未参保，其中，虎山村委会有 6 名，分别是：东丰自然村老支书曾云光的儿子曾华南，上塘自然村刘爱明的老婆姚三妹，下塘自然村李华贵的老婆杨春芳，下屯自然村曾华光的儿媳覃彩莲，金龙自然村曾高明的儿媳梁丽珠，下井自然村高天泉的儿媳陈秋颜。

这几天，王悦跟随万队长进村走访贫困户，依然忙着给他们签各种各样的表。

开学在即，那天上午，王悦和万队长、黄小诚去刘志欢家，鼓励他珍惜机会，认真学习，学好本领，对自己的人生负责，为以后的生活打下基础。

经过几次走访和教育，刘志欢已下定决心去 Q 市交通技工学校读书，而且内心也非常渴望自己能够重新返回校园。

第八章

今天下午，走访路上，王悦又碰见黄秋亮坐在路边的屋檐下，望着对面建楼的施工队忙碌不停的样子，莫名其妙地出神。可一见到工作车从旁经过，黄秋亮先是非常懊恼地转过脸来，随后绽放一脸傻傻的笑容。

黄秋亮是坪西自然村人，属于低保贫困户，患有精神病，今年37岁。他是王悦在虎山村第一个见到的贫困户。

王悦依然记得第一天进入虎山村后，很惊奇地看见一个穿着一身邋遢衣服的青年人，躺在村委会对面的碾米厂墙边。那时王悦还不知道他叫什么名字，只记得这青年不仅矮小，而且很瘦。青年斜起三角眼，用同样惊奇的目光打量刚从车上走出来的王悦，当时就给王悦留下非常深刻的印象。

待王悦熟悉周围环境走进村委会办公室后，青年人尾随而至，靠在外面的窗边，不停地用干竹枝敲打着窗棂，希望王悦能回头引起注意，却被村干部撵走了。不一会儿，他又站在窗边傻傻地笑，很快又被撵走了。吃完午饭后，这个有点痴傻的青年溜进村委会，刚收拾完饭桌的肖副主任找了一个塑料袋子，装了一点饭菜给他吃。望着他傻傻地吃着饭，王悦才从村干部口中得知他叫黄秋亮。

下午下班后，王悦看见黄秋亮赤脚站在一棵荔枝树下，捡那些掉下来的荔枝吃，吃得满嘴淌下浑浊的口水，也不知道擦一擦。

往后，只要上班或下班，王悦都会看见黄秋亮穿着邋遢的衣服，或坐或躺在路边的屋檐下，不言不语，也提不起一点精神，好像这个世界与他没有一点关联。

黄秋亮的父母仍健在，令人不解的是，他父母为什么不理他？总是让他到外面跑？万一吃什么东西时吃出病来怎么办？王悦一想到黄秋亮，总是担心他的健康安全。

据万队长说，以前黄秋亮住在一间又脏又臭的破瓦房里，工作队来了以后，按政策给他建了一座一层平房，并且赠送给他一头母黄牛。母黄牛让已与他分家的父母看管，以此增加他的家庭收入。虽然父母不理他，但黄秋亮仍然非常孝顺他父母。一年中秋节，帮扶单位领导来村里慰问贫困户，送他月饼和慰问金，黄秋亮只留下月饼，而把慰问金塞给了他父母。

由此可见，黄秋亮人傻，但心里明着呢，至少他还记得养育过他的父母，尽管父母已经抛弃了他。

在 Z 城度完两天周末后，当王悦和万队长一路风尘仆仆从 Z 城赶到广安镇时，看见刘昌盛父子俩按照约定时间，已经站在镇政府大门口等他俩。在父子身旁，放着一个塑料水桶、一个手拉行李箱和一张卷起的席子。

此时，一场绵绵的秋雨正从灰蒙蒙的天空中飘洒下来，把父子俩紧紧逼到门楼墙壁边。

万队长摇下车窗玻璃，与刘昌盛打了一声招呼，叫他等一下，吃完午饭马上接他们去 Q 市。按上周的计划，工作队准备送刘昌盛的儿子刘志欢到 Q 市交通技工学校报读汽车维修专业。

王悦看了看手机，时间显示的是 12 点 40 分，离约好的出发时间只有 20 分钟。要不是路上堵车，也许他和万队长早该到了，而半途又碰上大雨，严重影响了行车速度。想想近两个月来，每次回 Z 城或返驻地，路上几乎都会遇上一场大雨，从来没有顺畅过。

王悦和万队长在镇政府饭堂匆匆吃完饭后，来不及喘息一会儿，便叫上高云飞，在镇府大门口接上刘昌盛父子俩，驾车直往市区方向驶去。

在车上，坐在副驾驶室座位上的万队长非常耐心地与刘志欢谈心，鼓励他努力学习，学好本领。刘志欢对万队长的每一句话都听得很仔细，而且使劲地点着头。

刘志欢今年 14 岁，读完小学五年级后在家辍学整整一年。也许，他心里还是非常怀念校园的快乐时光，此时他的脸上时不时荡漾着春风般的笑容。

王悦问他为什么不继续读书，他有点不好意思地低下头，没有回答。当然，通过多次走访，王悦了解到他因为贫穷，心里很自卑，没勇气坐在教室里面对同学的耻笑。

沉默了好久，诚实的刘昌盛才开口为儿子解释，说他儿子不会花钱，给他钱也不知道怎么花。

不会花钱就不读书？王悦很清楚贫穷带给幼小心灵的伤害，因为在他读书的时候，家里也并不宽裕，他曾经也自卑过，但这理由还是让王悦大吃一惊，难道刘昌盛有大把钱给儿子花？或者为了遮掩儿子的辍学问题，刘昌盛随便说出一句谎话？

正当王悦丈二和尚摸不着头脑的时候，刘昌盛接着低声说，他买东西不知道怎么找零。

不会找零？难道他没学好算术？听了刘昌盛的进一步解释，王悦这才恍然大悟，真正了解了刘志欢不肯继续读书的原因，一方面是因贫穷而自卑，另一方面是功课追不上。

王悦想起小时候，因为贫穷，他天天过着自卑的校园生活，成绩自然不算好，但后来理解了贫穷，理解了父母用十个生茧的手指头在土地上刨挖五谷杂粮，供他读书，所以他暗暗发誓一定要好好学习，以优异成绩回报父母。于是他战胜了自卑心理，刻苦学习，成绩慢慢上来了，直至读小学五年级时，他已经是学校里的"学霸"，一年后，他以全校第一名的身份昂首挺胸地走进中学校园。

为了考查刘志欢的数学水平，王悦故意出了两道很简单的减法算术题，刘志欢居然说不出答案。

然后，王悦又出了一道更简单的数学题，刘志欢扳着手指头低头演算，但最后还是摇了摇头。

如果让刘志欢到小学继续读书，也实在难为他了。要是到镇中学读书，必须寄宿在学校里，生活需要自理，免不了买东西，算不了该找多少零钱恐怕会吃大亏。由于他父亲怕他"不会花钱"而吃亏，加上刘志欢因家庭贫穷一直陷入自卑之中，所以父随子愿，没有强迫他继续上学。不过走访时，常听一些村民反映，刘志欢辍学在家，并没闲着，经常下地帮父亲干农活；也听邻居们说，刘志欢没念好书，是因为不幸的家境造成了自卑，在老师、同学们面前抬不起头来。

王悦也常见到刘志欢辍学在家的窘样，两条腿的裤管挽得一高一低，穿拖鞋的脚沾着泥巴，不见他气恼，也从没说过一句话，问他，他只会摇头或点头。

工作队前几次找刘昌盛父子俩谈心的时候，父子俩都不愿提读书的事；经过工作队耐心的劝说和教育后，刘昌盛才支持儿子到市交通技工学校读书，而刘志欢也渐渐放下自卑的阴影，找回信心，决定去学校学好本领，改变自己和家庭的命运。

为了帮刘志欢联系学校，万队长找到大石嘴村驻村工作队队长罗汉明，让他想想办法，看能不能在Q市找到职业学校。经过一些周折，罗汉明联系上市交通技工学校的校长，从而为刘志欢谋得一个学位。

"贫穷并不可怕，可怕的是你没有一点志气！"望着刘志欢脸上重新找回的自信，王悦很想鼓励他，但又怕刘志欢不愿提及"贫穷"两个字，所以又忍了回去。

来到市区，连县城都没有去过的刘志欢睁开好奇的双眼，努力地往窗外的高楼大厦望去，仿佛见到了自己未来的生活。

大家都没去过Q市交通技工学校，虽然驾车的高云飞用手机导航，但还是走错了路，待发现走错路后，下了高速的汽车又折回上了高速。

要不是扶贫，也许王悦这辈子都不会来Q市。但小时候，Q市出产的味精在他心里留下了很深的印记。那时，Q市生产的大湖牌味精是每家每户必备的调味品。有时家里急用，王悦的父母就会给他一毛五，到村里的小卖部买一包味精。现在，普通家庭都不用味精了，用的是味极鲜。

生产大湖牌味精的味精厂成立于1981年，前身是1964年创建的农业微生物药厂，由于该厂历史悠久，而且体现了Q市工业发展的历程，其旧厂房在第三次全国文物普查中作为近现代重要史迹及代表性建筑物被列为文物点。记住Q市，王悦就是从大湖牌味精开始的。所以，大湖牌味精一度成了Q市人的骄傲，它的盛名绝不亚于望星岩。望星岩是Q市旅游胜地，闻名全国。

下午2点多，汽车才找到Q市交通技工学校。下车后，万队长拨通了罗汉明的手机。这几天，Q市驻村第一书记、驻村工作队队长要到市党校学习培训，所以没有进村。

不一会儿，罗队长来到了校园，接着，虎山村驻村第一书记黄小诚也来了。黄书记在Q市环保局工作。

大家张罗着帮刘志欢报了名，然后带他去宿舍。简陋的宿舍有四个铺位，靠门边放着一个储物柜，墙壁上有一盏日光灯和一台摇头风扇。

整理好铺位，刘志欢愉快地跟着一位刚认识的师哥逛校园，熟悉一下周围的环境。他像小鸟一样，展开稚嫩的翅膀，在操场上飞来飞去。

最后，大家来到校长办公室，与林校长谈起刘志欢入学的问题。林校长告诉大家，刘志欢的学费会按政策给予免费，只需要每月上交伙食费就可以了。因为刘志欢年龄尚小，而且文化水平低，大家叮嘱校长在学习和生活上多照应他。

临走前，大家再找刘志欢谈心，问他愿不愿意来这里读书。他回答得很响亮也很干脆，说"愿意"，并表示自己一定会努力学习，珍惜机会，学好本领，以自力更生的精神彻底改变家庭贫穷的面貌。刘昌盛见儿子欢天喜地，更加动情地说："感谢工作队，感谢学校领导，更感谢党和国家的恩情，让失学一年的儿子重返校园，重燃希望和梦想。"

刘昌盛和他老婆均属残疾人员，生活极度艰苦，还有一个女儿在县城读高中，明年将考大学。听说，这个要强的女孩学习用功，成绩不错。也许，女儿是刘昌盛一家未来的希望。

大家相信，只要刘志欢不灰心、不丧气、不自卑，一定会在校园里重新放飞梦想的翅膀，飞向明天和未来。

Q市属于国家历史文化名城，文化底蕴深厚，岭南气息浓郁，是岭南文化、广府文化的发源地和兴盛地之一。同时，Q市也是中国优秀旅游城市、国家园林城市、国家卫生城市、国家环境保护模范城市。

回去的时候，汽车在市区行驶时，王悦也像来时的刘志欢一样，久久望着车窗外优美的城市风貌。

Q市境内有47个民族居住，汉族人口最多，占全市总人口的99.47%；少数民族有壮族、瑶族、回族、黎族、土家族、苗族、满族、侗族等46个。少数民族中人数最多且群居的有壮族、瑶族和回族，壮族、瑶族主要分布在来贵县黄坡壮族瑶族乡，而Q市少数民族聚居人数最多的也是在黄坡壮族瑶族乡。

王悦想起前不久到黄坡乡考察时的情景，脑海里依然装满回忆，特别是六竹村委会极富民族特色的办公楼和一些民俗文化，更是令他念念不忘。

值得一提的是，Q市的端砚与湖笔、宣纸、徽墨并称"文房四宝"。端砚石质纯净细嫩，蘸墨笔锋经久不退，其雕刻技术也相当精湛，被列为历代贡品。端砚为中国"文房四宝"之首，其砚材资源历朝历代由国家直接控制开采，宋徽宗明诏限定到 Q 市任官者每人最多拥有两方端砚；乾隆皇帝一生中留下了 38 首题款端砚的诗跋。

刘志欢第一次到市区，被城市的风景耳濡目染，就再也不想回去了，留在学校与师哥一起在操场疯狂起来。

回到广安的时候，天空又下起了瓢泼大雨。为了刘昌盛的安全，汽车往虎山村方向驶去。

一路上，雨噼里啪啦地打在山林身上，偶尔碰见一小股混浊的泥石流从车底下流过……

送回刘昌盛，大家不顾越下越大的雨水，匆忙折回。回到镇政府的时候，已经是晚上 6 点多了。

这次刘志欢能够顺利报读 Q 市交通技工学校，与虎山村驻村工作队和大石嘴村工作队罗队长的努力密不可分。但愿刘志欢能理解大家的良苦用心，走好人生路中最关键的一步，同时，大家也祝愿他越走越好，最终成为社会的有用之才。

早上进村后，村支书告诉万队长，贫困户黄金沙家的母黄牛因难产死了，他还拍了一张牛临死挣扎的照片。

大家听后，心里都很悲伤，毕竟母黄牛是贫困户增加家庭收入的希望，它和驻村干部一样，是带着使命来到脱贫攻坚战场上的。如今死于难产，怎么不叫人伤心呢？

王悦跟随万队长去了黄金沙家，没见着难产而死的母黄牛，只见到黄金沙泪水涟涟的孩子。

回村委后，王悦才知道村里停电，办公设备全部瘫痪。于是，王悦又跟随万队长走访了一些贫困户，了解他们孩子教育补助的落实情况。

昨天，镇扶贫办向各村下发了精准扶贫政策落实要点文件，其中一条就是有关教育保障方面的内容，要求驻村工作队这两天入户核查，主要核实建档立卡贫困学生 2016 年秋、2017 年春、2017 年秋、2018 年春教育补助领取情况。同时，将未领取或未足额领取的贫困学生名单以书面形式，经村支书和驻村干部签名并加盖村委会公章，于 8 月 28 日上午下班前报镇扶贫办。如已全部足额领取的，各村也要以书面形式写明情况，经村支书和驻村干部签名并加盖村委会公章。义务教育、中职、高中教育补助为每人 3000 元，大专教育补助为每人 7000 元。前期全镇已排查 2017 年秋、2018 年春未领取或未足额领取教育补助的有 24 人。除了教育补助，镇扶贫办还要求各驻村工作队入户核实建档立卡贫困学生在校情况并做好扶贫系统修改工作。

走访回来后，听说昨天的雨水冲毁了一段山路，王悦和万队长、村委昌哥又驾车前往现场。路上，碰见镇扶贫办业务骨干潘大为和镇武装部部长开着车要到现场勘察。

来到现场，果然看见一座桥边的路段塌方，车辆无法通行。

星期三早上进村经过大石嘴村时，王悦看见程海风副镇长头戴草帽，带着村干部、驻村干部在清扫路边的垃圾，迎接新农村建设的季度检查。

还没进入村委会，万队长就对王悦说，今天继续走访贫困户，主要核实建档立卡贫困户城乡居民养老保险补缴申领待遇情况。

王悦和万队长在山路上颠簸了一天，忙得腰酸背痛、两腿发软。

天气真怪，昨天刚晴了一天，今天又下起不明不白的雨。

上班后，王悦跟随万队长冒雨去贫困户黄金沙家，想了解母黄牛情况。来到他的老屋，见房门紧闭；又来到他老屋旁新建的一幢楼房，楼房还没有装修，大门也是紧闭着，敲了敲，没回应。

怎么没人呢？王悦和万队长不死心，穿过新楼边的一条巷子，折回来到老屋后院，却见后门开着。

"有人在家吗?"万队长叫了几次后，一个小男孩从里屋走出来。

"你妈呢?"万队长问小男孩。

"我妈去县城了。"小男孩答。

此时，从里屋走出一个老人，满脸笑容，嘴里说着本地话，好像是招呼王悦和万队长进来。

万队长在老人的微笑中走了进去，但没见孩子他娘，无法了解母黄牛的情况。

黄金沙今年 45 岁，属于一般贫困户，他与 82 岁的母亲均患有长期慢性病；他老婆在家务农，偶尔在县内打散工，而黄金沙为了照顾家庭，一个人带病到海南打工。

黄金沙的母亲听不懂普通话，王悦和万队长也听不懂她说的本地话。刚好黄金沙的大女儿放暑假，万队长就用普通话跟她交流，但她也不知道母黄牛是怎么死的。黄金沙的女儿今年读高中了，在县城读书；他小儿子大概 10 岁，上小学四年级。

临走时，队长鼓励两个孩子要努力学习，因为只有知识才能改变自己的命运，也只有知识才能彻底改变贫穷的面貌。

"叔叔，我们一定会好好读书的。"两个孩子满怀信心地望着万队长，响亮地回答。

从孩子的精神面貌来看，他们并没有被困难吓倒，也没有被贫穷拖垮，因为父母不能给予他们的，他们从没一句抱怨，党送给他们的温暖，他们从没忘记，将会永远珍藏于心。

对于贫困养殖户，工作队都会定期入户走访，了解他们的养殖情况。养殖户视自己的劳动能力，可申请养猪、养牛、养鸡、养鸭等。相对而言，养牛的贫困户比较多，因为养牛的技术含量比较低，而养猪、养鸡、养鸭需要养殖户有一定的经验或技术。

2017 年初，工作队进入贫困户家庭进行走访调查，了解每户家庭的劳动力情况和养殖技能。3 月 2 日，村两委和工作队召开了第一次贫困户养殖项目民主会议，然后进行了公示。5 月 9 日，贫困养殖户开始申请。

2017 年 5 月 11 日，根据前期调查，虎山村有劳动能力的贫困户有 44 户，根据其脱贫意愿，有 33 户有劳动能力的贫困户提出养殖脱贫项目，经工作队与村两委讨论，召开了有劳动能力的贫困户养殖项目民主评议会议。

会议讨论结果：虎山村有劳动能力的贫困户有 44 户，结合其自身实际情况和自愿原则，提出养殖申请的贫困户有 33 户。有 31 户贫困户提出养殖两年龄牛 1 头、3 户提出养猪，其中 1 户提出养牛和猪。养殖项目最大的目的和愿望就是助力贫困户脱贫。

经研究，工作队同意贫困户结合自身实际所提出的养牛、养猪脱贫项目，计划分两批投放牛和猪苗：第一批为 15 户贫困户购买 15 头两年龄母黄牛（每户送 1 头小牛）的模式进行，每头母黄牛 7500 元，共投资 11.25 万元。第二批为 16 户贫困户购买 16 头两年龄母黄牛（每户送 1 头小牛），每头母黄牛 7500 元，共投资 12 万元；为 3 户贫困户购买 45 头肉猪，每头 20 斤左右的小肉猪 500 元，饲料 1000 元/头，共投资 6.75 万元。

购买牛、猪合计使用扶贫资金共 30 万元。

养牛预计收益 7000 元/户，养猪收益 200 元/头。收益以市场实际交易价为准。

综合考虑，贫困户养殖牛、猪收益可观，脱贫项目可行，有助于贫困户脱贫。

民主评议会通过后，为了尽快帮扶贫困户对象实现稳定脱贫，驻村工作队与村两委干部研究，针对虎山村贫困户实际情况，拟定在村里开展农村种养殖帮扶项目，并结合不同家庭的实际情况，由贫困户对象自行选择适合自身发展的帮扶项目，工作队跟每户养殖户签订了合同。

同时，驻村工作队与奇山养殖场也签订了一份《养殖农产品合作协议书》，解决了贫困养殖户的后顾之忧。

黄金沙是虎山村委会向阳自然村新时期精准扶贫贫困户，他于 2017 年 5 月 9 日申请养殖 1 头母黄牛，同年 11 月 30 日，他将母黄牛产下的 1 头牛崽卖掉，得款 3500 元。

由此可见，养殖项目的落实，还是为贫困户增加了不少家庭收入。

晚饭后，王悦和万队长去九凤村散步。散步几乎成了他俩的一种生活方式。这段时间，镇政府附近的几个村庄都被他们走遍了，王悦和万队长都认为九凤村是最好的选择，因为那里不仅环境好，村道笔直宽敞，而且比较安静，车辆来往也少。

那天上午，连续走访了好几天的王悦刚松弛下来，万队长又叫他到离村委会三四百米远的虎山小学看看。虽然校门关着，但王悦还是能够看到校园里的一草一木，因为校门是用铁条焊接起来的，没有完全封闭。校园里，除了停放着一辆小车外，并没有见到老师和学生的身影，大概他们忙着上课吧。不过，校门并没有上锁，王悦和万队长略微犹豫了一下，还是贸然走进了校园。

不大的操场上，一面红旗随风飘扬，几棵细叶榕长得绿意盎然，一幢半新半旧的教学楼显得异常冷清，几乎听不到一丁点声音。教学楼里，王悦看见一间办公室敞开着门，却不见有老师在办公。王悦把头探进去，很好奇地打量起来，只见里面两张合并的办公桌上放着一台手提电脑；悬挂在天花板上的吊扇呼呼地转着叶子；而最吸引他注意的是对面墙壁上挂着的一条横幅，写着"忠诚党的教育事业" 8 个红色大字。

看完简陋的办公室，王悦又往前走，终于听见有老师讲课的声音。循声走去，见一间教室里坐着几个小学生，正背对着王悦认真听讲，但没见到授课老师的身影。为了不打扰学生上课，王悦没有再往前走，而是站在教室后门，仔细聆听老师的授课，好像回到了从前。不一会儿，老师手捧课本边讲边走下讲台。直至此时，王悦才看到老师的真实模样：他 50 多岁，头发已经花白，戴着一副老花眼镜，身材略高，看起来非常健朗。

王悦刚退回到办公室门边，突然看见一个和授课老师差不多年岁的老头朝办公室走来。万队长告诉王悦，他是校长。

校长热情地把王悦和万队长迎进办公室，就要张罗沏茶。王悦和万队长忙摆手，说不用沏茶，坐一会儿就走。

坐定后，王悦向校长了解一下学校的情况。

校长告诉王悦，因为农村的孩子越来越少，大部分村落的小学学生都分流到镇中心小学就读。目前虎山小学全校只设二年级 1 个班，共 6 个学生，2 个教师。本来还设有一年级 1 个班的，因为教一年级的老师今年退休了，学校只好让一年级的学生到镇中心小学读书。

"为什么不让二年级学生一块到镇中心小学就读?"王悦问校长。

"这些学生的家庭比较特殊，我们是按家长的央求才留下他们的。"校长有点无奈地说，"不过，我们打算明年就撤了这个班级。现在，全镇村小学学生都到镇中心小学读书，唯有虎山小学才保留了这个班。"

虎山小学始建于 1954 年，2005 年与大岗小学合并。学校占地面积 2933.49 平方米，建筑面积 952 平方米。学校现有一幢两层八室综合楼。该楼建于 1990 年，于同年 9 月投入使用，当时用于教学用房，现将改为教师宿舍、集体厨房、仪器资料室、实验室、图书室等。2004 年，学校在省老促会的大力支持下，建设了一幢两层八室的教学楼，于 2005 年 8 月竣工，并投入使用，内设有六个教室，一个学前班，一个教师办公室。

虎山小学最终会人去楼空，这是王悦完全可以想象到的，因为王悦的小学母校十几年前就消失了。大概乡村小学的命运都一样，最后都会变成一段苍凉而美好的回忆。

第九章

根据2018年虎山村扶贫工作计划，从9月份开始开展民生工程建设、教育补助等工作。民生工程建设主要是改造路基，对村内的危险村道进行维修。

驻村工作队想在树头做护坡修复工程，预算不超过3.2万元。树头在高坑片区路段，长6米，高3米，宽0.2米，该路段已出现严重的裂痕，存在塌方隐患，直接影响该片区群众出行。另外还有老寨村路段水土流失防护工程，预算不超过4.9万元。该位置在大岗片区路段，需维修路段长约13米。那段路水土流失严重，若遇到大雨冲击，将会变为泥泞路，影响行人车辆通过，危及附近居民安全。还有就是聂洞自然村涵管工程，预算不超过2.4万元（含税）。因聂洞自然村地势较低，村内排水能力较差，若遇上大雨，村内容易出现内涝情况，严重危及房屋安全，需在村内修建涵管疏通雨水。这项工程已于今年1月8日各帮扶单位召开的扶贫工作会议上获得通过。

以上三个民生工程项目，先是由虎山村两委向工作队提出，经工作队和村两委现场考察后，认为确实存在重大安全隐患，需要进行维修。根据Z城扶贫资金使用和管理办法规定，扶贫资金可以用于村道维修。

教育补助实施计划主要是根据《Z城信访局驻村联合工作队自筹资金助学生活补助方案》，2018年计划向40名贫困家庭的在校读书子女给予助学生活补助，其中38名学生每人给予2000元补助，2名学生每人给予1350元补助。教育补助推迟到10月份实施。

还有一个计划，驻村工作队想利用"630"专项资金，向20个有劳动能力种植水稻的贫困户家庭给予每户 100 斤化肥。

关于产业扶贫项目开发方面，王悦还没有打听到任何消息，又不方便问万队长打算如何实施，毕竟自己刚来不久，还不了解情况。

说来也巧，那天上午 10 点 45 分左右，驻县工作组领导、镇干部、村干部和驻村干部冒着酷暑，到青芒自然村考察产业基地选址。看来，为虎山村落实产业扶贫项目，县镇领导都非常重视，也时常挂在心上，尽己所能给村里创造条件和机会，解决扶贫工作中出现的难题。

Z 城花卉协会李会长亲自带队到西川县调研花木种植产业。西川县府办根据前段时间各镇村自报种植花木情况，在小亨、平山、广安等几个镇进行为期两天的调研。

下午 3 点，驻县工作组领导、镇分管领导与被调研考察过种植选址的驻村工作队队长，在广安镇政府召开花木产业发展座谈会。

这次为期两天的花木种植产业考察调研工作，在县委领导和 Z 城花卉协会的通力合作下，完成了土壤测试、示范点选址、合作意向等相关工作，双方就今后合作开发花木产业打下了良好基础。

晚上，万队长告诉王悦，经过商家考察，花木种植产业基地选址落在小亨。虎山村落选，这是大家预料之中的事。三年来，为了能在虎山村加大产业扶贫力度，驻村工作队和各级领导做了不少工作，与商家洽谈了一些项目，只因虎山村环境和条件不许可，每次都没能如愿落实下来。

王悦和万队长也经常谈到虎山村的现状，主要是因为交通不便，村里又找不到比较平整的土地资源，剩余劳动力也严重缺失……所有这些不利条件，注定制约了扶贫产业项目的开发和落实。

扶贫工作真难，有劲使不上，有钱花不出去，有项目难落实。

平常，王悦非常关心各种媒体报道的有关扶贫的信息和故事，其中关注最多的是国务院扶贫办主办的公众号、广东省扶贫办主办的公众号和《半月谈》。

最近，他在《半月谈》看到一篇文章，标题是"明确权责是对基层扶贫干部的最大厚爱"。该刊记者近期在贵州、陕西、青海等地对一线扶贫干部的状态调研发现，部分干部由于长期处于重压力、高强度的工作状态，身心俱疲。报道呼吁，当下脱贫攻坚战进入关键时期，对这些战斗在一线的基层扶贫干部既要严管也要厚爱。

虽然王悦才来一个多月，但他已经深深感到走在扶贫一线的驻村干部确实不容易，像"管家"，贫困户的吃喝拉撒全都要管，每天疲于奔命，累倒的是身心，拖垮的是精神，导致一些驻村干部经常失眠。王悦常听万队长说，他为虎山村扶贫产业项目的事，每晚想到失眠，一个晚上能睡上四五个小时就算好的了。

不仅是苦和累，基层扶贫干部还承担着严峻的考核压力。正如文章中指出："在本身工作任务繁重、压力较大的情况下，上级部门常常以'问责处分'来推动工作，使基层干部干事创业没有'安全感'。"

怪不得很多驻村干部坦言，干扶贫工作，有时既流汗又流泪，甚至还会流血。

脱贫攻坚已进入啃硬骨头的关键时刻，上级抓得紧，脱贫任务繁重，扶贫干部的身心和精神都承受着巨大的考验。"会议多、材料多、表格多、督查检查多等让基层扶贫干部烦不胜烦。"

打赢脱贫攻坚战，最重要的还是要靠一线干部冲锋陷阵，需要鼓舞士气和斗志，给基层扶贫干部"减负"和"降压"，才能完成扶贫工作预定目标。

8月19日，人民网转发了新华网的《中共中央国务院关于打赢脱贫攻坚战三年行动的指导意见》。

王悦从中了解到，从脱贫攻坚任务看，未来3年，还有3000万左右的农村贫困人口需要脱贫，其中因病、因残致贫比例居高不下，在剩余3年时间内完成脱贫目标，任务十分艰巨。特别是西藏、四省藏区、南疆四地州和四川凉山州、云南怒江州、甘肃临夏州等深度贫困地区，不仅贫困发生率高、贫困程度深，而且基础条件薄弱、致贫原因复杂、发展严重滞后、公共服务不足，脱贫难度更大。从脱贫攻坚工作看，形式主义、官僚主义、弄虚作假、急躁和厌战情绪以及消极腐败现象仍然存在，有的还很严重，影响脱贫攻坚有效推进。

脱贫攻坚任重道远，关键时刻，关键之战，既要让扶贫一线干部保持清醒的认识，增强责任感、紧迫感，又不能因为要"脱贫战绩"而泄了扶贫一线干部的热情和士气。

王悦注意到，日前下发的《中共中央国务院关于打赢脱贫攻坚战三年行动的指导意见》也是对切实解决基层频于迎评迎检的问题作出了安排。

脱贫攻坚进入白热化阶段，驻村干部担子不轻，既要完成未脱贫贫困户脱贫任务，又要解决已脱贫贫困户返贫问题。

如何巩固脱贫成果，实现稳定脱贫，也是各级部门关注的焦点问题，不能让贫困户今天脱贫了，明天又因其他问题再次陷入贫困险境。因此，在贫困村建立产业扶贫项目非常重要，上产业扶贫项目，目的就是带动贫困户脱贫和建立牢固的后防线，防止返贫现象的发生。

但是，要想上一个扶贫产业项目谈何容易，项目的开发落实，一是要看村里的投资环境，二是要考虑各方面的风险，三是要看收益，四是要有可持续性发展，五是产品要有销路。

正因为项目难上，虎山村的扶贫业绩迟迟显露不出来，这也成了万队长的心头病，晚上失眠在所难免了。

开发产业扶贫项目是国家攻坚脱贫中的重要一环，是解决贫困地区人口脱贫问题的重要举措，是扶贫攻坚的根本出路，关系到脱贫的稳定性和持续性。产业扶贫，最大的好处是能提供就业岗位，提升人力资本，积极参与产业价值链的各个环节。所以，从这一角度看，产业扶贫可看成对落后区域发展的一种政策倾斜。

产业扶贫在脱贫攻坚战中占有如此重要的位置，各驻村工作队基本上都在村里开发落实产业项目。但是，问题又来了，很多产业项目没能发挥作用，产生预定效益，投出去的资金少则几万十几万，多则上百万，但收益甚微。

万队长很难下定决心在虎山村落实产业扶贫项目，他有很多担忧，最怕的就是产生不了效益，不能带领贫困户脱贫，被上级追责。另外，帮扶单位领导对项目的开发也持谨慎的态度。还有一个最大的原因，虎山村自身环境受到了制约，从而拖了上产业项目的后腿。

这两年，帮扶单位、驻村工作队不是不想上扶贫产业项目，而是没有找到适合虎山村投资的"安全项目"，甚至上级也为虎山村拉项目、出点子，就是没能如愿落实下来。

2017年1月，驻村工作队制订了《虎山村精准扶贫精准脱贫产业扶贫发展规划实施方案》。

虎山村产业扶贫发展规划实施方案，是紧紧围绕2018年全面脱贫、2020年同步小康这一目标制订的，按照精准扶贫、不落一人的总体要求，突出产业发展在脱贫攻坚中的优先地位，以贫困户脱贫为核心，以做强做大致富产业为支撑，以培育壮大龙头企业为载体，强力推进产业扶贫攻坚工程，就近帮扶带动全村有劳动能力的贫困户稳定增收脱贫，促进扶贫产业大发展，带动贫困农户大增收。

实施方案中提到，虎山村依据贫困户劳动力现状和资源条件，产业发展要因户施策，因劳动力施策，规划到户到人，确保增收脱贫；结合资源优势和传统种养习惯，确定产业发展项目，项目选择突出一乡一业、一村一品，依托龙头企业、专业合作社和种养大户，集约规模发展，抵御市场风险；产业扶贫要长短结合，培养脱贫能力，做到既要注重当年增收脱贫，更要注重长期致富增收。

贫困户是产业发展的主题，产业扶贫的核心和意义在于激发贫困户增收脱贫的内生动力，坚定增收脱贫信心，发扬自力更生、艰苦奋斗、勤劳致富精神，克服"等、靠、要"的思想。

扶贫产业发展的成果决定脱贫攻坚的成效，贫困农户参与开发的积极性高低决定脱贫攻坚的成败。按照脱贫为上、紧密衔接的要求，进一步做好产业发展与精准扶贫对接规划。在发展重点上，围绕"六个精准"，进一步明确贫困对象、产业项目、投资数额、建设内容、实施年度、脱贫年限等内容，做实扶贫产业到户计划。

目前，虎山村除了养殖项目和县镇统筹的项目外，贫困户还没有其他增收的渠道。本来建设碾米厂是作为增收项目的，但一直产生不了经济效益。虎山村贫困户脱贫，主要还是靠劳动力转移输出。

虽然王悦经常跟着万队长入户走访，了解贫困户的家庭情况，但如果不了解扶贫政策措施，就不知道如何解决了解到的问题，所以这段时间，王悦都会翻看一些旧文件，掌握一些相关的扶贫政策措施，做到心中有数。

党的十九大以来，各级纪检监察机关坚决贯彻落实习近平总书记关于脱贫攻坚的重要论述，扎实推进扶贫领域腐败和作风问题专项治理，集中力量解决扶贫领域形式主义、官僚主义突出问题。据新华社 8 月 23 日报道，日前，中央纪委公开曝光七起扶贫领域形式主义、官僚主义典型案例。

看到这样的新闻，王悦真的痛心疾首，只能说，连扶贫款都贪的人，是人民的败类！

除了这些败类，在扶贫一线，还有各种问题层出不穷，上演人类丑剧。广东省扶贫办公众号揭露了"虚假入贫"的八类表现，令人扼腕叹息、深恶痛绝。

若要人不知，除非己莫为。那些打扶贫款主意的人，在"贫困"里捞取好处的人，不仅出卖了良心，而且比贫困户更加可怜，完全可以用"恬不知耻"来形容。

在没有硝烟的战场上，堕落的败类是可耻的，而昂扬的英雄，人民将永远怀念他。

有一个昂扬的英雄，他的名字叫曾翔翔，为驻村干部演绎了一幕"最后12小时"的动人故事。

8月18日这个周六的早上，受台风"温比亚"影响，安徽宿州市狂风呼啸，暴雨倾盆。6点左右，看到雨越下越大，曾翔翔放心不下村里的群众，没吃早饭便开车往路湖村赶。

1989年出生的曾翔翔大学毕业后回到家乡工作，任宿州市第一人民医院团委副书记，2016年7月加入中国共产党。2017年9月，在得知宿州市埇桥区计划派驻驻村扶贫工作队时，他主动请缨，被派到支河乡路湖村驻村扶贫。

从市区到路湖村，距离约有45公里，平时开车要不了1个小时，但这天风雨很大，路上并不好走，曾翔翔花了近2个小时才赶到村里，随后就投入紧张的防汛抗洪工作中。

路湖村紧邻欧河，最近的村庄距河岸只有200米，连续的强降雨让河水水位上涨很快，曾翔翔和村干部一起查看所有排涝口，并在容易决堤的地段堆放防洪物资。接着，他又到贫困群众家中排查受灾情况，一直忙到下午都没有停歇。其间，有村干部劝他回家休息，但他坚持要留下来。

更让曾翔翔牵挂的是村里的贫困户，特别是贫困老人。"虽然他们住的不是危房，但这么大的雨，老人家里是否进了水，需不需要转移，他挨家挨户看了才放心。"宿州市第一人民医院党委副书记、路湖村驻村扶贫第一书记兼扶贫队队长王秉璞说。

8月18日下午，曾翔翔一直冒雨在各个自然村走访，其中西学自然庄有3位老人需要转移，他联系上老人的儿女一起做工作，一直忙到下午5点左右，才将几位老人全部安全转移。

曾翔翔计划下一站赶到王海孜自然庄，那里还有十几户贫困户需要走访。下午4点3分，他给王海孜自然庄的扶贫小组长王峰打电话，说雨下得太大，让王峰注意安全，他待会儿就赶来。

下午5点多，曾翔翔离开西学自然庄，大约10分钟后，他刚到王海孜自然庄时，车被一根雨中垂落的电线挂住，他在下车处理时不幸触电。

下午5点38分，附近村民发现后，赶紧拨打了120、110，可曾翔翔已经永远离开了人世。

"王峰一直很懊悔，怪自己没有出去迎一下小曾。急救医生赶到后，虽然小曾已经没有了心跳和呼吸，但我们还是坚持抢救，我们不愿放弃，也不愿相信他就这么走了。"王秉璞沉痛地说。

大家都说，曾翔翔工作非常认真，为人也很朴实。"平常入户走访，他不吃饭也要坚持，一户也不落下。"让王秉璞印象深刻的是，曾翔翔来路湖村后，仅用两个多月，就把村里建档立卡的185户贫困户共471人全部走访了一遍，贫困户家庭情况、致贫原因等都摸得清清楚楚。

"他名字不好认，你在村里说曾翔翔，村民不一定知道，但你一说小曾，大家都夸他人好。"王秉璞说。

在曾翔翔和大家的努力下，路湖村2017年脱贫34户共95人。

8月20日，共青团安徽省委、安徽省青联决定，追授曾翔翔同志"安徽青年五四奖章"荣誉称号。这位年仅29岁的青年，最后时刻还在抗洪救灾一线走访、转移群众。大家说，小曾用自己的生命诠释了扶贫干部的奉献和担当。

有些人的生命，重于泰山；有些人的生命，轻于鸿毛。那些倒下去的英雄，以鲜血染红了阵地，以生命换取了别人的幸福，他们的牺牲，是光荣的，是伟大的。

进入9月后，根据省审计厅通知，省审计组将于11日起进驻Q市开展大约为期2个月时间的精准扶贫各项审计工作。市、县两级要求各驻村工作队密切配合各镇做好相关审计工作。审计组进驻期间各驻村队长原则上要求不休年假，严格遵守驻村干部管理规定，因公因私事离开村一律书面报备镇分管领导和驻县组。各驻村工作队加强与镇分管领导协调沟通，务必高度重视审计工作。

这次省审计组从9月11日起，用2个月时间对Q市2018年贯彻落实中央和省委、省政府精准扶贫精准脱贫政策情况和扶贫资金的筹集、管理、使用情况进行就地跟踪审计，对必要事项追溯到以前年度，并延伸审计部分县（市、区）、镇、村以及相关单位。

据预测，今年的省审计很大可能抽查到西川县。如果预测灵验，这次审计既是对西川县脱贫攻坚工作的一次重要"把脉体检"，又是对脱贫攻坚工作政策落实的有力推动。

近期，省正在研究 2018 年对各地市党委政府扶贫开发成效的考核方案，已明确将省的巡视巡察、专项督查和审计都纳入日常工作，并提高"产业扶贫、扶贫资金使用绩效、日常监督"等指标权重。这次跟踪审计的结果将直接影响西川县 2018 年脱贫攻坚考核成绩，上级要求各镇、各部门必须清醒认识全县脱贫攻坚的艰巨任务和复杂形势，进一步提高思想政治站位，增强"四个意识"，充分认识这次跟踪审计的重大现实意义，迅速把思想认识和行动统一到跟踪审计工作上来，把跟踪审计工作摆在当前脱贫攻坚的优先位置，集中人力和时间，本着对党委政府和人民负责的态度，进一步强化组织领导，压实责任，加强协作配合，确保顺利通过这次省跟踪审计。

为了迎接省审计，西川县扶贫办要求各驻村工作队认真对待，具体做到明确审计对象及时间范围、准确把握审计重点内容、坚持立行立改等。

为了迎接这次"大考"，整个下午，工作队都在村委会准备审计资料。

直至下午 5 点，各驻村工作队才赶到镇政府办公楼三楼会议室开会，会议内容就是讨论如何迎接省扶贫跟踪审计。会议由副镇长兼镇扶贫办主任程海风主持，他叮嘱大家按照上面要求整理审计资料，于明天上午 10 点前送至镇扶贫办。

晚饭后，为了及时上交审计材料，王悦和高云飞趁着夜色摸到村委会，将十几盒扶贫资料抱回镇政府。在复印室里，他俩把几百份资料全部复印出来，再分门别类装订成册。别小看这些小册子，它们几乎代表了两年多来驻村工作队的扶贫业绩，也洒满每一个队员为了贫困户尽快脱贫而流下的汗水。直至晚上 9 点半，审计资料才弄完。

忙累了，满头大汗的高云飞和王悦到街面小商店整了两瓶啤酒解渴。

街面上几乎没有路灯，一到天黑，路上就很少人，商店也会早早关门。要是在

Z 城，夜晚才是市民享受生活最美好的时光，酒店、饭馆、消夜档随处可见，灯光灿烂，食客如云。

不过，王悦倒是很喜欢这里的夜晚，宁静而自由，虽孤独但不寂寞，更不会因为烦恼而不知所措。

今天早上，省审计工作组开始进驻 Q 市，市委市政府召开会议研究迎审工作，反馈了如下意见，要求各级部门认真对照抓好落实：一是各级巡察、审计反馈、发现问题，整改落实措施一定要实，整改要全覆盖；二是整改的台账一定要及时更新；三是准备迎审资料一定要一把手亲自把关，特别是涉及数据问题，力争详尽真实。

在村委会，王悦和高云飞将昨晚复印的审计材料盖上村委会公章，然后送到镇扶贫办。

第二天下午，王悦跟随万队长来到上塘自然村找刘昌盛了解他儿子在学校的情况。刘昌盛蹲在离家不远的草地上放牛，一脸阳光灿烂，仿佛看到自己正奔在小康生活的路上，心里充满憧憬和希望。

驻村工作队花了九牛二虎之力，终于把他儿子重新送回校园，他心里自然乐开了花，而且一直非常感激驻村工作队为他家付出的心力和汗水。

他看到王悦和万队长来了，便一瘸一拐地走了过来，高兴地告诉他俩，他家的母黄牛又"怀孕"了。

王悦和万队长听后像刘昌盛一样高兴得不得了，接着向刘昌盛打听刘志欢的情况，刘昌盛说他儿子在学校非常习惯。在来的路上，万队长和王悦都非常担心刘志欢，生怕他在学校不习惯，闹着要回家耕田种地，不愿读书。

临走时，万队长给刘昌盛留下驻村第一书记黄小诚的手机号码，并告诉他如果刘志欢有什么事可以找黄书记。

黄书记在市区工作，方便与刘志欢联系。

在教育扶贫方面，针对前段时间出现的问题，最近经工作队重新摸查，截至2018 年 9 月，部分贫困户子女的教育补助仍然出现未足额发放的情况。

还有就是陈兰真的女儿陈云彩，现在在西川城镇中心小学就读三年级，因陈兰真是 2018 年新增低保户贫困户，她女儿今年 9 月份才可以申请教育补助。

之后，王悦和万队长走访了东平自然村，想了解黄佛龙等几户贫困户的家庭情况，但他们都不在家。

东平自然村原来属于大岗村委会的一个村民小组，后来大岗村委会 7 个村民小组合并到虎山村委会，其他小组合并到大石嘴村委会。

2010 年底，中央电视台央视网《城市频道》栏目摄制组先后深入西川县广安等镇的部分乡村，采访、拍摄新农村建设成果。当央视摄制组来到东平村时，受到村民们的热烈欢迎，这个偏僻乡村沉浸在节日般的喜庆气氛中。央视记者实景拍摄了该村的村道、广场、文化中心等人居环境，又和乡亲们亲切交谈，倾听村民的创卫体会，了解西川县新农村建设成果，对西川县以卫生村创建为抓手，大力推进社会主义新农村建设，为广大人民群众谋福祉的做法大为赞赏。

东平村是省卫生村和生态文明村。

在回来的路上，王悦和万队长进入路边一村民家里，参观他家的小水电站。

王悦曾听万队长说过，工作队本想收购小水电站，作为贫困户的增收脱贫项目，只因小水电站手续不齐备，一直没有落实下来。

下班回镇政府的山路上，差不多到东平自然村时，刚好与一辆校车相遇，工作车因躲避而碰到路边一块尖利的石头，右车轮竟爆了胎。

第十章

除了应付审计，驻村工作队为各帮扶单位入村进行中秋慰问的事情，也开始忙碌起来。各帮扶单位领导什么时候来慰问自行决定，但必须在中秋前完成。

各帮扶单位领导慰问的贫困户都是自己单位帮扶的对象。信访局帮扶30多户，市区文化馆帮扶20多户，中国电信公司Z城分公司帮扶20多户。按规定，中秋节，每户贫困户的慰问品是价值100元左右的一盒月饼，200元慰问金，总金额300元；春节，每户贫困户的慰问品是米油等物资和300元慰问金，总金额500元。

为了帮扶单位领导中秋慰问的事，王悦提前制作了一张慰问贫困户的签收表。

那天，阳光很好，天空很蓝，一朵朵白云从一座山上飘到另一座山上。上午，中国电信公司Z城分公司领导来虎山村进行中秋慰问活动。

黄秋亮听说领导来慰问，一早便蹲在路边居民房屋檐下，"迎接"领导的到来。

赤脚的黄秋亮身穿红色短袖衫和短裤。短袖衫又旧又破又脏，好像穿了一个多月了。

他一直蹲在屋檐下，望着驻村干部、村干部陪领导入户慰问，也不尾随凑热闹。大概黄秋亮的精神状态不是很好，只见他两眼无光，面容憔悴，而乱蓬蓬的头发好像被猪油染过一样，一撮一撮竖起来。

直至慰问结束，黄秋亮依然蹲在屋檐下，憔悴的面容稍微舒展开来，挤出一点点笑容，远远盯着慰问的领导原路走了回来。

忙了一个上午，还有一些未走访或不在家的贫困户，他们的慰问品、慰问金就留在村委会，待有时间再送过去。

吃午饭时，慰问的领导、驻村干部和村干部就坐在镇里一家饭馆边吃边聊，谈一些扶贫工作的事情。主要是万队长向慰问领导汇报近期扶贫工作的进展和工作计划，得到领导的支持和肯定。

下午，万队长让王悦搜集几张扶贫照片和说明，发给镇扶贫办潘大为，作为宣传虎山村驻村工作队的素材。

今年 10 月 17 日是第五个全国"扶贫日"。南方日报社将围绕"一场战役、两个战场"，以省内脱贫攻坚和东西部扶贫协作为焦点，在扶贫日期间推出系列宣传策划，推出三组系列报道，全面展现广东省脱贫攻坚成果和经验。《南方日报》开辟《攻坚一线看尖兵》《自主脱贫致富人》《企业帮扶勇担当》等栏目，主要聚焦一线扶贫干部、精准扶贫中勤劳致富脱贫并带动周边贫困户增收的领头人带头人和积极参与精准扶贫、捐款捐物支持脱贫攻坚的优秀企业。

为配合做好宣传工作，广东省扶贫办下发了征集 2018 年全国"扶贫日"新闻宣传素材的通知。

当前，脱贫攻坚面对的是那些底子最薄、条件最差、难度最大的"硬骨头"，非愚公移山之决心和劲头不能完成。但一些地方把脱贫当成政绩工程，有的虚报进度，"竣工"项目实际上是烂摊子，有的集中资源"造盆景"，只图表面光鲜好看，这既损害了党和政府的公信力，又让群众的期盼落空。

把脱贫攻坚工作当游戏，恐怕非凡人做得出来。幸好，在虎山村，虽然还没有光鲜的扶贫产业项目装修"门面"，但直至现在，王悦也没有看见把扶贫工作当"游戏"的痕迹。

这一点，王悦相信万队长做得问心无愧，至少没有看见他做那些"虚假脱贫"或"营造盆景工程"的恶劣行径。

9 月 16 日下午 5 点左右，台风"山竹"从天而降，像魔鬼的手掌，推、拉、拽、劈、撕，变换着各种可怕的动作，对 Z 城进行狂轰滥炸般的"武力镇压"。

王悦坐在家里，虽然关闭了窗门，但台风呼呼的声音刺激着他的耳朵，像一支毒箭，扎进他的心窝。断电了，房子里一片漆黑，而窗外，也被台风暴雨肆虐得天昏地暗……树枝摇动的声音，树倒枝断的声音，广告箱摔碎的声音，玻璃掉下的声音，铁器滚动的声音，不时疯狂地从街面传来。

太恐怖了，仿佛这个世界就要消失，地球就要被魔鬼的手劈成千沟万壑。

直至晚上7点左右，魔鬼才渐渐离开Z城，但仍留下一阵阵大风，时不时骚扰着街面。

王悦的心稍稍安静下来，同事给他打电话说，让他到市区文化馆下设的一个展览馆查看一下，看有没有损坏什么东西。

王悦居住的地方离展览馆步行只需十余分钟。当王悦走出小区，看到被"山竹"欺压过的城市一片狼藉，倒下的绿化树，被吹落的树叶、断枝铺满了街面。还有街边的共享单车，一辆压着一辆，至今没有力气站起来。偶尔还有一阵大风，从夜空里扫下来，把楼上的一些广告牌等吹得"呱呱"乱叫。

街面上，没有行车，也不见人影。王悦有点担心，有点害怕，虽然台风小了，但头顶极不安全，万一从高楼中掉下什么东西，危及生命安全。

王悦惊慌地走了十余分钟，来到展览馆，看见展览馆大门开着，但里面漆黑一片，不时传来人声和清扫积水的声音。

王悦打开手机电筒，看见积水顺着楼梯流下来，有两三个人影在清理积水。当他登上二楼、三楼，只见积水还是不停地顺着楼梯流下来。

肯定是天台排水管堵住了。王悦记得，每逢大雨，天台的排水管就会堵塞，经常要清理。

以前，王悦就在展览馆上班，负责二楼的展览和三楼的会场。

他刚想到天台，就看见两个打着手电、穿着雨衣的人抢先一步，登上天台。

来到天台上，积水足有十几厘米深，已经漫过门槛顺着楼梯流下来。因为王悦熟悉天台哪儿有排水管，于是穿雨衣的人让王悦带他们去清理。

打通排水管后，因为没电，王悦只是到三楼会议室和二楼办公室查看后，就回去了。

大概那些穿雨衣的人是物业公司的。

台风"山竹"从广东台山海宴镇登陆，登陆时中心附近最大风力为14级（45米/秒，相当于162公里/小时），中心最低气压955百帕。

第二天，台风"山竹"已减弱为热带低压，到达广西百色市境内，强度继续减弱并远离广东省。

虽然"山竹"已远离，但人们不能掉以轻心。市三防指挥部再三提示："山竹"登陆后，Z 城仍将持续有大风大雨，全市各中小学、幼儿园今天继续停课一天；鉴于 Z 城主干市政道路已基本完成清障，今天 7 点起，全市道路解除交通管制措施。

早上起来，王悦看见街面上倒下的绿化树不计其数，有些被连根拔起，有些已被清理的队伍锯断手臂，场面惨不忍睹。

面对自然灾害，再强大的人也会显得异常渺小，有心无力。

"山竹"之后的一个下午，当工作队进村时，王悦看见除了路边的竹子被台风吹得东倒西歪外，其他一切安好，四周的民房和农作物安然无恙。

王悦一直担心，虎山村会经受不住"山竹"的考验。但它还是凭借顽强不屈的精神，躲过了这场来势汹汹的灾难。不过，山脚下出现不少泥石流，而且水库暴涨，流水像怒吼的狮子，从水坝上跳下来。

进入村委会后，王悦和万队长步行到村里面查看灾情，一切完好无损，居民房没损失一砖一瓦，农作物依然苗壮成长，山上的树木还是站直腰杆望着变幻莫测的天空。

返回路上，王悦看见离村委会不远的半山腰上，有几座挨得很紧的毛毡房，于是问万队长："毛毡房是居民房吗？"

万队长说："是香猪养殖场。"

王悦很想去看看。

两人沿着山路，爬到差不多到香猪养殖场门口时，王悦看见路边立着一块石头，石头上刻着"香猪生态养殖场"，题写日期是"丙申年"（2016 年）。

王悦跟着万队长刚想进养殖场，一条淡黄色的小狗就从里面冲出来，然后停住望着王悦和万队长，样子不太友好。

但王悦和万队长毫不理会，继续往前走。走进后，六七条大小不一的狗呼呼地冲过来，吓得王悦浑身起了一层鸡皮疙瘩，不敢再往前走一步。就在此时，从办公室里走出一个 30 多岁的女人，大声喝住狗后，用微笑跟万队长打了一声招呼。

狗们乖了许多，都跑到一边玩去了。

在养殖场里，一个 50 岁模样的中年人，脚穿雨鞋，打着赤膊，正在清扫场地。万队长跟中年男人说了几句话后，就和王悦观看围栏里的香猪。有的栏里圈着五六十斤的香猪，大概每栏20头；有的栏里圈着10斤左右的香猪，大概每栏10头。

一些香猪，头和身子都是黑色的，也有一些香猪，头是黑色的，但身子是白色的。

小香猪非常可爱，像黑色的精灵。当王悦站在栏前时，它们一点都不害怕，大胆抬起头来，与王悦互相对望。

下山时，万队长告诉王悦，香猪养殖场的老板是虎山村人，他在珠三角一座城市开酒家。养殖场的香猪都是供应酒家的货源。

"山竹"给Z城带来极大的危害。经过几天全市上下通力合作、奋力防御，现在全城基本恢复了正常的生活生产秩序。为进一步恢复被台风"山竹"损坏的城市市容市貌和生活环境秩序，让全市市民欢度幸福和美的中秋佳节，按照市委部署要求，决定发动市直机关各单位党员干部在城区范围内进行一次灾后大扫除大清理的行动。行动时间安排在9月21日上午。主要清理被刮倒的树木、垃圾及其他杂物，以及对相关公共活动场所进行清扫、抹洗。

虽然王悦远在200多公里外的地方，但他时常在微信朋友圈关注Z城灾后的恢复情况。

经党中央批准、国务院批复，自2018年起，将每年秋分日设立为"中国农民丰收节"。为庆祝首届"中国农民丰收节"，展示西川县农村改革发展的巨大成就，调动全县农民的积极性、主动性和创造性，提升广大农民的荣誉感、幸福感、获得感，西川县将于9月23日、24日举办"庆祝首届中国农民丰收节"，让全社会分享丰收的喜悦，大力营造"让农民乐起来，让农村美起来，让城里人回乡来，让企业投资来"的良好氛围，引领全社会关心、关爱、扶持农业农村发展。活动地点设在县省级新农村示范片入口广场（即平山镇罗村村委会），展销内容是西川农产品、竹乡美食等。

王悦曾听龙书记介绍过罗村。罗村坐落在孟江旁，村里的罗村老街在明清时期是非常繁华的商埠，据清道光本《西川县志》记载，罗村埠在清代已是西川的竹子贸易中心，销往海内外的竹产品以质优著称，名扬世界各地。由于罗村老街居于水运交通要道，历史上多次毁于兵火，所以现在见到的老街旧建筑多是民国时期所建。

罗村老街已有500多年的历史。老街沿江而建，全长500多米，风光秀丽，景色迷人。

据考证，当时商铺建筑多为两层砖木结构，骑楼建筑风格，前半部分用作经营买卖，后半部分用作仓库厨房，二楼为居室。老街最繁华鼎盛的时期曾经有杂货、打铁铺、剃头铺、当铺、缸瓦铺、土纸铺、货栈、客栈、裁缝店、番摊馆等 50 多家，处处皆是"市列珠玑、户盈罗绮"的繁华景象。这个曾经车水马龙的繁荣古埠，虽然历经百年风雨洗涤，但至今还基本保存着清末民初的容貌，保留着古桥、古渡、店铺、骑楼等古迹。

这样的古村落，王悦还没有机会前往欣赏，实在可惜。而这次罗村举办农民丰收节，虽然是一次难得的机会，但目前虎山村还拿不出像样的特色产品前往展销，恐怕想一睹罗村面貌的愿望又会扑空。

9 月 19 日上午，信访局领导入村进行中秋慰问。而几天不见的黄秋亮，上身仍旧穿着那件又破又旧又脏的红色短袖衫，还是坐在路边居民房屋檐下，对前来慰问的领导行"注目礼"，精神看起来似乎好多了。

台风之后的阳光异常凶猛，像炉火一样炙烤着虎山村的一草一木。虽然天气炎热，但没有阻挡帮扶单位领导关心的脚步。

领导到冯大强、曾丽萍、曾华光、曾双光等贫困户家中进行慰问，把美好祝福送到每一个人身旁，让他们感受到党的温暖。

上午慰问十几户贫困户后，领导没留在村里吃饭，就赶回 Z 城。

下午，当王悦跟随万队长带着领导未送完的慰问品准备入户时，看见黄秋亮坐在村委会旁。此时的他，身上穿着一件黑色的短袖衫和一条黑色的短裤，仍然打着赤脚。黄秋亮可能冲了凉，手脚也没那么脏了，口水也没淌出来，只是头发还是乱蓬蓬的，像染过猪油一样，一撮一撮竖起来。在他瘦削的脸上，两只三角眼眯成了一条缝，艰难挤出一丝不太自然的笑。

在金龙自然村，王悦和万队长走进曾高明家。他是危房改造户，虽然房子改造好了，但他还没搬进去住。曾高明现在住的是瓦房，房子虽旧，但还不算太破烂。

他家门口挂着"光荣军属"的牌子，牌子已褪色，但字体完好无损。王悦不知道曾高明哪个亲人当过兵，或者就是他本人也说不定。不过，曾高明 10 个指头已经残缺不全，应该不是退伍军人。

在曾高明家里，感觉一切都是旧的。墙壁虽被粉刷过，但已经很旧了；墙壁上贴着一张明星李嘉欣的海报，也旧得不能再旧了；两张桌子和一些椅子都旧得不成样子；而更旧的是，那台靠在墙壁边的消毒碗柜，表面已经生锈了。

在去石龙自然村的路上，泥石流把路面堵住了，还倒下不少树。汽车开不进去，王悦和万队长就步行把慰问品带到村里。刚送完几户，天沟自然村的莫天高骑着摩托车过来，只见他头戴黄色安全帽，上身穿一件红色短袖广告衫，嘴里叼着一根纸烟。

可能是万队长打电话叫他下来领慰问品，因为汽车进不了天沟村。天沟村还有另外两户贫困户，其中一户是莫天高的弟弟。万队长便让莫天高代领他们的慰问品，并在慰问签收表上签了 3 户贫困户的名字。

第二天 10 点多钟，市区文化馆领导入村慰问。因为村里出现一些泥石流，昨天万队长就交代王悦，叫市区文化馆领导在进入村委会的东平自然村路口边的小商店门旁进行慰问，接受慰问的贫困户会在那儿集合。

每次帮扶单位领导入村慰问，都会出现一些异常情况，有的贫困户不在家，有的贫困户在外生活，找不到人。对于不在家的贫困户，只能选择适当的时候，由工作队把慰问品送过去；对于在外面生活的贫困户，一般由他的亲戚或邻居代领，实在找不到代领的人，就由村干部代领。

晚上，王悦写了一篇有关这几天各帮扶单位领导入村慰问的信息稿，发给了驻县组。

虽然台风"山竹"造成一定影响，但各帮扶单位领导不怕舟车劳顿和路途艰险，中秋节前为贫困户送去关怀和温暖，让他们带着党的恩情过上一个安乐祥和、幸福美满的团圆佳节，同时勉励他们树立信心，战胜一切困难，尽早实现脱贫的愿望。

慰问期间，各帮扶单位领导还听取了工作队的工作汇报，鼓励驻村工作队队员认真执行和落实扶贫政策，经得起工作纪律和生活作风的考验，为脱贫攻坚战打下扎实基础，带领贫困户走出贫穷的面貌，共同走向富裕的道路，给上级给人民交一份满意的答卷。

在回 Z 城的时候，万队长通过电话联系了贫困户黄乐声的哥哥，让他到 Z 城某个地方领取中秋慰问品和慰问金。黄乐声患有精神障碍，与在 Z 城创业的哥哥一块生活。

回到 Z 城，万队长把车停在约好的地点，但还不见黄乐声的哥哥，于是又拨通了他的电话。

不一会儿，黄乐声的哥哥开着一辆红色的教练车，缓缓地停靠过来。

黄乐声的哥哥 50 多岁，中等身材，微胖，样子看起来既斯文又和善。他穿着干净，特别是上身穿的短袖衫，看不见一点皱痕；头发梳理得一丝不苟，戴一副黑色框架的眼镜，看起来就像干部或公务员，更像知识分子或大学教授。

万队长和黄乐声的哥哥互相打招呼后，就进入领慰问品的程序。黄乐声的哥哥在慰问签收表上签名后，万队长就叫他提着慰问品让王悦拍张照。这些程序都是必须做的，因为要录入系统。

9 月 25 日，Z 城驻西川县工作组落实 Z 城市委扶贫领域专项巡察反馈意见整改工作会议在 Z 城国税局会议室举行。Z 城扶贫办副主任巫秋文，西川县政府副县长马子安，西川县扶贫办副主任李开笑，以及 Z 城驻西川县工作组成员、帮扶单位分管领导、驻村工作队全体成员参加了会议，会议由 Z 城驻西川县工作组组长麦冬主持。

Z 城对口帮扶西川县共有 57 个帮扶单位。

会上，麦组长向与会人员汇报了《Z 城市委第一专项巡察组反馈意见的整改落实方案（意见稿）》的相关内容。

在扶贫工作中发现的问题，麦冬逐一指出来，并提出整改措施。

因为万队长休假，第二天下午 1 点，王悦就坐茶花镇坑头村驻村工作队的车前往广安。

坑头村由 Z 城宝马集团派出工作队帮扶，一共 3 名队员，队长叫陈志坚，是一个很有魄力和责任心的退伍军人。

坑头村的扶贫工作做得相当出色，仅扶贫产业项目就开发了三四个，而且利用自身资源建了 3 个食品加工厂。9 月 23 日，驻坑头工作队在西川分会场参加了首届中国农民丰收节，展示 3 年来的扶贫成果，获得好评。

中国农民丰收节是中国农民自己的节日。

　　首届中国农民丰收节西川分会场在西川县新农村连片示范片区平山镇罗村入口广场举行，现场万名群众和游客齐聚一堂，分享丰收的喜悦。当日上午，随着醒狮队、广场舞、西川武术等独具西川特色的节目轮番上演，西川县首届中国农民丰收节正式拉开序幕。活动现场人山人海，热闹非凡，精彩的民俗文化展演、丰富的特色农产品展示展销、乡村美食品鉴和美丽乡村建设展示等，吸引了大批市民群众前来观看、游玩。在特色农产品展示展销区，不少农民朋友趁着这个丰收节的好机会，把家里种养的特色农产品拿出来售卖，其中，晶莹剔透的西川番薯干、色香味俱全的竹虫、美味可口的小龙虾，每一样、每一种都引人驻足品尝。参加展销的商户纷纷表示，他们非常感谢政府为农民搭建一个这么好的平台，推动西川的特产如腐竹、百香果、番薯干和茶叶等的发展，希望村民以后的日子过得红红火火。

　　进入高速后，陈队长一直与两名战友讨论村里的扶贫工作情况，以及下一阶段的工作设想，还不时接到客户的订货电话。

　　一路上，王悦只能充当听众，也不便插话。不过，王悦很想抽时间到坑头村参观、学习那里的扶贫产业。

　　坑头村驻村工作队遵循市场规律，立足当地自然资源和传统农业产业优势，成立农民专业合作社发展番薯、优质稻、花生、夏威夷果、蜂蜜等特色产业，建立了生产示范基地、农产品加工厂，打造自主品牌，探索出"合作社＋基地＋加工厂＋贫困户＋销售平台"的发展模式，有力加快了贫困户脱贫致富奔小康的步伐。

　　相比坑头村，虎山村产业扶贫项目的开发堪忧。作为驻村工作队的一员，王悦心里自然焦急起来，期待有一天，虎山村能够顺顺利利落实一个扶贫产业项目。

　　在脱贫攻坚战场上，系统录入也是一项非常重要的工作，要求系统员有高度的责任心才能出色完成录入工作。在虎山村驻村工作队，高云飞主要负责系统工作。虽然高云飞比较内向，不擅长与人沟通，但总的来说，他还是一个对工作非常用心的人。

　　这段时间，台风总是变换着身份袭击人类，给社会和民众造成极大伤害。自从第21号台风"山竹"之后，先后登场的还有第22号台风"百里嘉"、第23号台风"潭美"、第24号台风"康妮"、第25号台风"玉兔"……

　　每次回Z城或返驻地，在路途中都会遭遇一场狂风暴雨，让王悦胆战心惊，深感扶贫路上的艰辛和不易。但他并没有惧怕，因为经历了风雨，人生才会变得更加精彩，生命才会变得更加强大。

围绕Z城第一专项巡察组指出的问题和提出的意见与建议，虎山村驻村工作队合理安排，精准发力，确保"条条要整改、事事有回音、件件有着落"，着手整改发现的问题。

整改工作正在进行，省扶贫办又制造了一枚"重型武器"，于9月底向各地印发《2018年地级以上市党委和政府扶贫开发工作成效考核方案》。这是一年一度的"高考"，是检验各地、各驻村工作队在过去一年里的学习情况，所以各级部门异常重视，都想在"高考"中考出优异的成绩。

省考核工作由省扶贫开发领导小组统一组织领导，由省扶贫办牵头，省委组织部，省直机关工委、省教育厅、民政厅、财政厅、人力资源和社会保障厅、住房和城乡建设厅、水利厅、农业厅、统计局组成广东省新时期扶贫开发考核工作办公室，简称省扶贫考核办。省扶贫考核办依据省委、省政府部署和考核办法，负责组织2018年地级以上市党委和政府扶贫开发工作成效考核具体工作。

2018年度全省扶贫开发成效考核工作在2019年2月底前完成。

王悦接到"考卷"后，认真阅读考核内容，主要有：一是减贫成效，考核2项指标；二是精准扶贫，考核3项指标；三是扶贫资金，考核3项指标；四是精准识别，考核2项指标。

万队长忧心忡忡，他最怕今年省扶贫考核再次抽查到虎山村，而虎山村还没有能力应对今年省扶贫考核，因为产业扶贫明显落后，远远跟不上脱贫步伐。

这次省扶贫考核，方式和去年一样，采取交叉考核、第三方评估的方法，还考核日常工作情况。不同的是，去年省扶贫考核按照亮分定名次，而今年用"好""较好""一般""较差"来评判各考核内容。

考核步骤具体如下：2019年1月前，各地级以上市组织本级核查自评、完成组织定点扶贫工作考核和第三方评估；2019年2月28日前，完成组织交叉考核。

综合评价是省扶贫办汇总交叉考核、第三方评估、日常工作情况，分别按40%、30%、30%的权重，评价结果为"好""较好""一般""较差"四个等次。

第十一章

在虎山村，虽然至今还没有落实扶贫产业项目，但大部分有劳动能力的贫困户都能实现脱贫，最主要的原因就是他们或家庭成员都已外出打工。

就业扶贫在扶贫工作中充当着相当重要的角色，一直以来上级也提倡尽最大能力帮助贫困户就业，哪怕在家门口，也要提供条件，建立"扶贫车间""爱心作坊""公益性岗位"，解决剩余劳动力问题。

"就业一人，脱贫一户"，不是夸张的口号，而是行之有效的扶贫工作方式和贫困户脱贫目标。

10月9日傍晚时分，度完国庆假期的王悦和万队长回到广安镇政府。吃完一顿豆角炒蛋的晚餐后，两人又到白云村散步。

国庆期间，王悦打听到，市区文化馆馆长10月份退休，新的领导还没就职。

第二天，王悦在镇扶贫微信工作群看到一则通知：

为贯彻落实省市县关于推进精准扶贫工作部署，针对省委第八巡视组提出整改措施"实施贫困人口职业技能提升培训行动计划，向贫困劳动力开展职业技能培训"的要求，县人社局于8月15日—10月30日组织工作人员完成对全县16个乡镇开展技能培训指导工作。

目前西川培训任务完成情况较滞后，县扶贫办要求各镇高度重视，配合有关工作，确保在10月底前完成任务。

在整个脱贫攻坚工作中，就业扶贫占有非常重要的地位，具有"就业一人，脱贫一户"的神奇功效。所以，对于贫困户就业，各级部门都很重视。为了提高贫困户就业率，提升他们的上岗技能，上级都会督促下面多给贫困户举办各种各样的培训，每季度至少一次。

上午进村后，天气并不是很好，但村子里异常安静。节后返岗，工作任务不是很多，王悦趁机到附近走一走。

在路边，他看见稻子开始黄了，山上雾气蒙蒙，整个天空好像陷入无限伤感之中，为秋天日后的萧瑟埋下了伏笔。

想到这样的景况，王悦心里有所失望，于是回到办公室，打开电脑桌面上的文件，翻阅起来，从而了解到驻村工作队自筹资金的使用方案和自筹资金助学生活补助方案。两个方案都是去年 8 月制订的。

自筹资金的使用，主要是大病救助、生活补助、发展生产的补助和助学生活补助。其中，生活补助主要针对的是有劳动能力的贫困户家庭成员患有慢性病、残疾，以及 60 岁以上无劳动能力的贫困户、享受政策兜底的低保户；发展生产的补助主要是给发展种养业的贫困户购买化肥、种子；助学生活补助的主要对象是建档立卡贫困户学生。

为了切实做好脱贫攻坚工作中存在问题的整改落实，高质量完成 Z 城市委第一专项巡察组反馈意见的整改工作，根据驻村工作队的职责，结合虎山村的实际，国庆节前，信访局已做了整改方案。

节后，驻村工作队又结合 Z 城市委第三轮扶贫领域专项巡查整改，着手开展驻村帮扶自查工作，对面临的困难和存在的突出问题，本着不回避、不躲避的原则进行合理的阐释。这次将重点调研督导组织领导情况、精准选派情况、健全制度情况、工作保障情况、帮扶成效情况、考核激励情况六方面进行自查。

最近，根据省扶贫办 2018 年 9 月 26 日提供的数据，经过分析筛选数据，统计出西川县扶贫系统数据存在的问题，驻村工作队认真按照系统操作要求，针对扶贫数据存在的逻辑性错误等问题，及时将帮扶信息予以录入和更新，立足边整边改，确保数据的精准度和完整性。

造成问题的主要原因是镇、村帮扶主体责任意识不够，对网上信息系统录入数据信息把关不严；各级帮扶责任人工作不到位，没有尽职尽责，工作不够认真细致，马虎应付；各镇、村帮扶工作队没有形成有效的信息沟通工作机制，扶贫系统的信息录入人员与帮扶责任人未做好信息对接。

扶贫工作中，系统录入是至关重要的一环，政策执行力度、帮扶业绩等都会在系统中体现出来。

根据广东省扶贫开发领导小组关于印发《2018年地级以上市党委和政府扶贫开发工作成效考核方案》的通知和《关于全省扶贫数据质量情况报告》的有关精神，为对标考核方案，对标数据质量，促进全县扶贫工作落实，确保完成今年脱贫目标任务，10月9日，西川县扶贫办制订了《西川县新时期精准扶贫精准脱贫工作第三季度督查方案》，将对全县26个省定贫困村进行督查。

这次督查由县扶贫开发领导小组办公室牵头，抽调驻村第一书记任组长，26个省定贫困村驻村队各抽调一名业务骨干为成员组成联合督查组，分片交叉进行督查，县扶贫办人员按挂镇安排做好指导工作。

县扶贫办负责督查前就扶贫政策及具体督查工作对督查组成员进行培训。

督查内容是对标考核方案，认真按照《扶贫成效考核指标表》进行督查；对照西川县扶贫办《关于西川县扶贫数据质量情况的通报》存在问题的整改进行督查；对各镇列入2018年预脱贫户按照"八有"标准进行真实性核查。

督查时间从10月13日到23日，为期10天。10月31日，县扶贫办对各村督查情况进行汇报反馈。

虎山村驻村工作队严阵以待，准备接受这次县级大考。同时，万队长安排高云飞去参加督查。

这两天，驻县组扶贫微信交流群异常火爆，各村纷纷拿出自己帮扶村的农产品，向驻县组汇报，准备参加10月22日在Z城举办的2018年国家扶贫日主题活动。他们提供的农产品有花生油、百香果、玉米、菠萝、茶叶、鸭子……共有几十个品种。这些农产品都是驻村工作队的汗水和心血，更是贫困户脱贫的希望。

因为虎山村至今还没有落实产业扶贫项目，所以这次没有申报农产品参展，只能隔岸观"火"。

据驻县组领导说，今年在Z城举办的2018年国家扶贫日主题活动农产品展示区共安排 14 个展位，其中 12 个展位为 Z 城对口帮扶地区 6 个县的帮扶农产品展示区，每个帮扶县安排 2 个展位。主办方仅提供展位硬件设施，展位内的相关工作由各驻县工作组及驻村工作队统筹安排，具体形式为帮扶地区农产品展示及销售。

这次活动的主题是"全民齐参与，消费助扶贫"。届时，活动现场不仅可以品尝优质的农产品，购买最原生态的农产品，还可以通过自己的一份力，参与扶贫行动。为了让更多的爱心市民享受便捷的消费扶贫体验，本次活动首次亮相的"帮扶盒子"将采用先进的无人售货技术。

那天一早，天气并不怎么好，镇政府附近还漂浮着淡淡的晨雾。

王悦和万队长准备去赤峰镇合田村参加 Z 城第一专项巡察组反馈意见整改工作座谈会。

一路上，呈现在王悦眼前的，除了弯弯曲曲的山路，就是一座座被迷雾笼罩的山林。

颠簸了一个多小时，被山路消磨士气的汽车才疲软地停在合田村委会。

合田村委会是一幢两层高的办公楼，看起来比较旧。办公楼大门两边植有一棵茂盛的铁树，不过一些叶子已经黄了。

合田村距离赤峰镇政府 4.5 公里，辖区面积 15.2 平方公里，其中山地面积 19700 亩，耕地面积 643 亩，共 18 个自然村，400 多户，总人口 1600 多人。2018 年，全村建档立卡贫困户有 39 户共 101 人。

村委会四面环山，向远处望去，只见有些肆意的白云傲慢地站在山上，随意践踏绿绿的山林。

其他工作队还没有来，王悦就在村委会转了转，然后登上村委会天台，向远处瞭望，看见连绵起伏的山峰与云天相接，而近处，一座座瓦房横七竖八，显得异常苍老。王悦猜想，因为山地多，这里的村民并不富裕，但村子肯定有些历史了。

之后，王悦走出村委会，在一堵破旧的墙壁上，看见一幅赤峰镇政府"致广大乡亲们的一封信"的海报，于是仔细阅读信的内容：

农村人居环境整治是一项民心工程，事关全镇人民群众的切身利益。为了营造清洁、整齐、优美的环境和文明和谐的人居环境，通过"三清三拆三整治"，拆了之后种花草、搞绿化，让我们的家园变得更加美丽，让我们的生活变得更加美好，特此，赤峰镇委、镇政府向广大乡亲们发出倡议……

王悦知道，这是镇政府在号召全民参与新农村建设，改善人居环境，建设美好家园。

上午 9 点半，前来参加整改工作座谈会的工作队陆续赶到，座谈会正式召开。

这次座谈会分三个片区进行，合田村有 7 个工作队派出代表参加。

座谈会由驻县组组长麦冬主持。他首先介绍第一专项巡察组反馈意见和 Z 城扶贫办提出的整改措施，然后各驻村工作队代表现场自查本村在扶贫工作中碰到的问题，进行对照整改，并把遇到的困难提出来。

另外，麦冬还提醒驻村工作队平常要多学习党建理论，特别是驻村第一书记，要发挥模范带动作用，组织党员学习党的政策和重要文件；工作队要做好每周扶贫工作例会记录。

接着，麦组长提到今年扶贫工作结束后，新一轮驻村干部要开始轮换。驻村干部轮换程序，由帮扶成员单位申请，牵头单位同意后送驻县组审批，最终由 Z 城扶贫办决定。

当各村工作队代表进行讨论时，麦冬一边倾听，一边把各驻村工作队提出的困难记录下来，能解决的现场作答。

之后，麦冬提起去年省扶贫考核的时候，有人检举揭发某驻村工作队弄虚作假，营造盆景工程蒙混过关。

王悦听到这个消息，心里着实震惊。

不过，麦组长没点名道姓，王悦无法知道是哪个工作队做了这件蠢事，拿国家的信任来作假，拿贫困户的脱贫来冒险，实在有辱"驻村干部"四个字，极大地破坏了扶贫队伍的形象。

这次会议给王悦带来沉重的思考，那就是如何做一个合格的驻村干部，如何在脱贫攻坚任务中有所为、有所不为。

经过 3 个多月的磨炼，王悦深知，扶贫工作不容易，会面临许多困难和挫折，甚至失败，但再不容易，驻村干部也应当担起脱贫的责任，如果靠虚假脱贫来糊弄老百姓，有失良心，无视纪律，这种恶劣行径实在要不得，而且很卑鄙、很无耻。有困难，可以向上级反映；有问题，可以找各级领导协商共同解决，但绝不能弄虚作假。

所以，王悦认为造假的驻村干部有违人性之善。大家都非常清楚，从城市跑到穷山沟受苦受累，驻村干部从没有一句怨言，因为谁都知道，自己做的是善事，是为老百姓造福。

开完座谈会后，大家到赤峰镇找了一间饭馆，吃了一顿简单的工作餐，餐费AA制。

赤峰镇位于西川县西北部，北与来贵县交界，总面积181平方公里，山地面积23万亩，耕地面积7579亩；现辖10个村（居）委会，总人口2.43万人。赤峰镇是革命老区，中国人民解放军粤桂湘边纵队司令部旧址坐落于此。

赤峰镇地处南热带北缘，属亚热带季风气候，气候湿润，雨量充沛，年均气温20.7℃，年降雨量1734毫米。主要的农产品有稻谷、番薯、木薯、白花油、蜂蜜、清水鲩鱼等；主要林木有松、杉、杂木、竹子等，活林蓄积量大，高达82万立方米，可伐量30万立方米，是西川重要的林区。除了山林丰富，水电、矿产资源也相当可观。

目前，赤峰镇共有建档立卡贫困户450户共1180人。

回去的路都是弯弯曲曲的山路，汽车很不耐烦地翻过一座座山峰。

秋天的气息越来越浓，天气渐渐变凉。虽然秋天没有春的妖娆，没有夏的热情，没有冬的娴静，但王悦异常喜欢它憨厚质朴的样子，喜欢在落叶纷飞的黄昏呼吸泥土的芬芳，寻找自己曾经遗忘的路途。

有时，在散步中，与一场素不相识的秋雨偶遇，王悦就会站在路上，任凭秋雨敲打，但他的心依然燃起热烈的火焰，照亮整个朦胧的天空。

在生活的沉重与轻盈之间，王悦时常放下渺小的自己，像一片无限惆怅的秋叶，像一滴多愁善感的秋雨，在无羁无绊的尘世里，书写着每一个过往的故事，与未知的未来相约。

有时，王悦一个人置身于宁静的山林，他看不到秋天萧瑟的身影，看不到生命留恋尘世的光芒，但在幽深的怀抱中，他似乎感到自己是这个秋天唯一幸运的过客，从不会因黑夜的降临而孤单寂寞。而那些憨厚的村民，一生随山水旋转，最后像一只只孤雁，飞到远方，留下空洞的世界，随风雨摇曳，在殉情的落叶中狂欢。

有时，王悦望着一条条弯弯曲曲、起起伏伏的山路，觉得它们就像变幻无常的人生，把孤单的日子拉长，把梦想一次次拉远，把自己的脚步深深埋进昏昏沉沉的夜空中。

有时，王悦望着数不胜数的山脉，从平静的低矮居民房中，探出一颗颗伤感的头颅，内心就会涌出一阵阵莫可言状的酸楚，好像看见孤苦的亲人，伴着微弱的灯光，等待自己回家。

有时，王悦望着被秋风吹起的落叶，就会深深感到，不管生命是否还在，他从不会为命运抵达不到的地方而悲叹、惋惜，而是鼓起勇气，更加珍惜眼前的每一分每一秒。

谁会在乎，繁华落尽的秋天会给每一个匆忙走过的人留下什么馈赠，只要你懂得它的情意，哪怕是一滴流水，都不会随便忘记自己曾经与美丽的春天相约人世的痕迹。

傍晚的时候，王悦和万队长出去散步，碰巧在镇政府大门边遇见镇纪委副书记华春安。

华春安二十七八岁的样子，身材略高，偏瘦。

打招呼之后，华春安说要带王悦和万队长到秘密的地方走一走。华春安的女朋友也在镇政府做事，以前，王悦经常看见他俩手拉手出去散步。今天晚上，华春安的女朋友要加班，没时间跟他散步。

三人向秘密的地方走去。走了很远，王悦才看见一口山塘，山塘边有一座小木屋，小木屋上面就是郁郁葱葱的山林。

夕阳已经下山了，夜色就要降临。三人觉得这里不仅安静，而且空气新鲜，于是又继续往前走。待他们看不见路时，才摸索着折回来。直至走近山塘，山塘里已经一片模糊，只看到山塘边小木屋的灯光，悠闲地倒映在水中，不问红尘，无畏贫富。

此时，幽静的夜色正迎着风的方向，朝王悦愉悦的脸上扑来，而朦朦胧胧中的山峦紧紧抱着漆黑的夜空，沉入呢喃的梦中。王悦感到行走在异乡的脚步似乎渐渐慢了下来，像浮动的水草，在曲折的路途中打转。也许，为了梦想，王悦不敢轻易停下脚步，依然睁开雪亮的眼睛，等待明媚的春天，在动听的琴声中，唤醒天地万物。

第二天上午，驻村干部在镇政府办公楼五楼会议室召开扶贫工作会议，主要内容是做好迎接第三季度督查和危房改造等相关工作。

下午进村后，王悦看见黄秋亮坐在碾米厂旁。他面无表情，口唇干裂，好像瘦了很多；乱蓬蓬的头发就像他手中紧攥的一撮野草；而眯成一条缝的三角眼似乎是即将降落下来的夜晚，根本没有力气睁开。

他一动不动坐在那儿，上身穿着一件黑色的秋衣，下面穿着一条同样是黑色的短裤，脚上却没穿鞋。

望着黄秋亮这般模样，王悦不禁可怜起他来，而内心也生发出许多说不出的滋味。

当王悦走进村委会，看见镇卫生院医护人员正在开展健康咨询活动。除了一些老人前来咨询，还有三四条狗也来凑热闹。

因为人多，噪音大，王悦无法安静下来工作。他走出村委会，看见黄秋亮还坐在原地，不过手上攥着的野草不见了，换成一束鲜红的三角梅。

也许他病了，没力气"呵"，只是略微抬起头来，对王悦勉强露出一丝笑容，尽管笑容很难看，但在王悦心里，它就像三角梅一样美丽。

王悦知道，黄秋亮的花是从村委会后面摘的，但万万没想到他也会爱美。

王悦来到村委会后面的山塘边，看见一朵朵鲜红的三角梅随风飘舞，而站在它们身旁的牵牛花，也即兴起哄。因为山塘边还生长着许多草，王悦看不到山塘水，只看到一间老旧的土砖房，从草丛中冒出头来。

王悦欣赏了一会儿眼前的风景，见风越吹越大，就回到村委会。

在就业扶贫方面，从最近镇扶贫办整理的广安镇贫困人员就业名单中，王悦查询到虎山村一共有 42 位贫困人员外出务工，务工地在佛山、东莞、广州等，也有在省外和本市就业的。

那天晚上，王悦坐在宿舍里，认真阅读昨天 Z 城扶贫办下发的关于征求《关于贯彻落实〈打赢脱贫攻坚战三年行动方案（2018—2020 年）〉的实施意见》的文件。

实施意见稿提到任务目标是稳定实现 Z 城对口帮扶的 Q 市来贵、西川等四个县和 C 市一区一县共计 131 条省定贫困村的农村贫困人口不愁吃、不愁穿，义务教育、基本医疗和住房安全有保障，基本公共服务主要领域指标相当于全省平均水平，现行标准下农村相对贫困人口全部实现稳定脱贫，131 条相对贫困村全部出列，如期完成脱贫攻坚任务。

另外一点引起王悦极大关注的是 Z 城扶贫办要求各驻村工作队加大产业扶贫力度，特别是大力发展优势特色扶贫产业，鼓励当地围绕主导产业，引入龙头企业，帮助成立、规范、扩大农民专业合作社，实现良性运作。

在虎山村，村集体扶贫产业项目至今没有一点眉目，王悦不知道万队长有何打算，有没有向自身弱点宣战的信心和决心。

如果没有村集体扶贫产业项目支撑，稳定脱贫就很难在虎山村实现，"脱真贫、真脱贫"就成了一句空话。所以，面对新的形势、新的要求，王悦忧心忡忡，他不是担忧虎山村能不能通过以后的各种检查，而是万队长能不能完成脱贫攻坚任务，让虎山村八九十户贫困户完全从贫困之中解脱出来。只有他们解脱了，实现稳定脱贫，才可以放心地说，驻村工作队完成了艰巨而光荣的任务。

幸好，万队长没有消沉，更没有麻痹思想，而是找王悦和高云飞商讨对策，特别是扶贫产业项目落实方面，最后草拟了一份《虎山村精准扶贫精准脱贫产业扶贫发展规划实施方案》，从而制定了脱贫目标，并按照"精准扶贫，不落一人"的总体要求，突出产业发展在脱贫攻坚中的优先地位，以贫困户脱贫为核心，以做强做大致富产业为支撑，以培育壮大龙头企业为载体，强力推进产业扶贫攻坚工程，就近帮扶带动全村有劳动能力的贫困农户稳定增收脱贫，促进扶贫产业大发展，带动贫困农户大增收。

万队长认为，产业扶贫依据贫困户劳动力现状和资源条件，产业发展要因户施策，因劳动力施策，规划到户到人，才能确保增收脱贫。王悦认为，产业发展项目必须结合资源优势和传统种养习惯，突出一乡一业、一村一品，依托龙头企业、专业合作社和种养大户，才能集约规模发展，抵御市场风险。

当然，项目要以培育脱贫增收产业、培训脱贫增收技能和培养脱贫致富能力为根本，做到既注重当年增收脱贫，更注重长期致富增收。还有就是扶贫产业项目的开发，要把生态保护放在优先位置，不能以牺牲生态为代价，确保扶贫产业发展与生态保护统筹兼顾。

建立扶贫产业，目的是让贫困户能够勤劳致富，自力更生；意义在于激发贫困户增收脱贫内生动力，坚定增收脱贫信心，发扬自力更生、艰苦奋斗、勤劳致富的精神，克服"等、靠、要"思想。

理清了思路，明确了目标，懂得了意义，接下来，就要看驻村工作队如何付诸行动，向扶贫产业项目进军。

那天晚上，王悦、万队长、高云飞、罗汉明、龙书记、陆俊、潘大为等人来到云天阁酒楼。因为大家好久没聚了，所以场面比较热闹。

驻村干部和镇干部偶尔会到镇饭馆聚一聚，热闹热闹。以前，王悦参加过几次聚会，有时他还能看到程海风和吕书记。

聚会采用的是 AA 制。当然喝点小酒，气氛会变得更加浓烈。

这次，万队长从 Z 城带来两瓶洋酒。大概他要答谢罗汉明的帮助，因为如果没有他出力，失学少年刘志欢就不会顺利进入交通技工学校。

正当大家喝得尽兴之时，万队长在饭桌上当场向王悦布置一道"作业"，让他写一份有关刘志欢重返校园的信息稿，好好宣传。

王悦早已把写好的信息稿和现场图片发给驻县组。可兴头上的万队长，意思是让王悦把那条信息稿发给《Z 城晚报》，加大虎山村扶贫工作的宣传力度。

王悦说，如果想在《Z 城晚报》发那条信息稿，可能有点难度，因为时间过去差不多两个月了，不能当作消息发，况且信息稿已发驻县组，如果那条信息稿有宣传价值，驻县组会联系新闻媒体。

见王悦如此说，万队长似乎有点不太高兴，脸色异常难看，好像被人扇了一记响亮的耳光。

那次聚会，因为信息稿的事，后来大家都没喝好。

那晚回来后，王悦又琢磨了一下万队长的心思，猜测他想在《Z 城晚报》上那条信息，大概是有用意的，一是为了答谢罗汉明，二是宣传一下虎山村的扶贫业绩。但说句心里话，那条信息除了过时外，王悦还有诸多担忧，因为刘志欢年龄尚小，小学还没毕业就到技工学校学修车技术，万一那小子受不了苦，半途而废，如果这件事真的见了报，那不是自己打自己的脸吗？另外，要是驻县组觉得那条信息有宣传价值，早就找媒体报道了。

后来，王悦隐隐感到，因为信息稿的事，万队长与自己有了隔阂。

万队长在虎山村扶贫三年，还没有做出比较有影响的成绩，这正是他的痛处，现在好不容易做了一件好事，把失学少年重新送回校园，他本想在媒体上宣传宣传，树立自己的正面形象，但哪知王悦并不领会，更不知道他内心的苦衷。

平静的虎山村不像近在咫尺的坑头村，扶贫事迹经常被媒体跟踪报道。

王悦有时觉得万队长非常可怜，虎山村的扶贫项目迟迟不能落实下来，因此他心灰意冷，有了回单位复职的急切愿望。

这队长确实太难当了。

《2018 年地级以上市党委和政府扶贫开发工作成效考核方案》中已经明确，按省考核到地市，抽查到县、镇、贫困村、贫困户的步骤程序组织实施。各地市对辖下县、镇、村的考核需在省考核前完成。

这场大考，势单力薄的虎山村将以什么样的姿态来迎接？它能不能经受住 2018 年的考验？

除了每年一度的省扶贫考核，最让驻村干部"闻风丧胆"的就是审计。王悦曾听驻村干部说过，审计来了，问题也会跟着来，因为审计就是专门"找茬"的，不管你的工作做得多么好，审计组的人都会鸡蛋里挑骨头，总能挑出一些毛病，如果挑不出毛病，就说明审计组不够专业。

近年来，Q 市扶贫审计发现不少问题。

如河尾村的事，王悦曾经从驻村干部口中听说过。河尾村委会双到扶贫贡李基地项目投资失败，支出真实性存疑。帮扶该村投资规模 18 万元的贡李基地项目，由于村委会管理不善，该贡李基地现已荒废不产生效益，投资失败。该村还虚假支出套取扶贫资金 18 万元，私设小金库，私存私放现金 7.06 万元；随意发放村干部补贴，涉及资金 16.42 万元。该村 4 名村干部在县统发工资之外，另依据经村民代表会议通过的财务管理制度发放交通、通信、误工等补贴。

所以，只要审计一来，大大小小的问题就会全冒出来。在实际工作中，很多时候，要开发什么项目，要想做好某件事，关键的一步就是考虑审计能不能过关。

星期五上午，万队长要到县城开会，因为下午要回 Z 城，他为了避免来回奔波的麻烦，就将王悦一起带到县城。

因为县政府会议中心召开的是驻村工作队队长会议，王悦不方便参加，他便走出县政府，沿着西川河来到烈士陵园。

这是王悦第三次见到西川河，尽管河水不深，水流不急，但每一次来西川县城，他都会觉得自己与这条河似有情缘，好像它能为自己的心解渴，让自己收获一份惊喜，并由衷地赞叹。

正如王悦在一首写西川河的诗里，向它这样表白：

因为缘，
我们站在了一起。
因为脱贫攻坚战，
我们奋斗在一起。

当王悦从一座桥跨过面目安详的西川河，站在肃穆的烈士陵园面前时，他的心就像一条历史的长河，在硝烟弥漫中，翻滚着昂扬的斗志，汹涌着从不屈服的浪涛。

走进烈士陵园，里面异常安静，只有六七个老人围坐在一张石桌前，谈心聊天。陵园里植有郁郁葱葱的树木，其中不少是柏树。

王悦转了一下，便站在台阶前瞻仰革命烈士纪念碑，向烈士致以崇高的敬意。王悦从小就喜欢听有关革命烈士的故事，直至现在，他心里仍然怀有红色的激情，只要看到与烈士有关的地方，都必须走一走、看一看。

革命烈士纪念碑雕刻着无数烈士的名字。

致敬，英雄！致敬，勇士！望着英烈的名字，无限感慨的王悦仿佛看见一个又一个热血男儿，在隆隆的枪炮声中，挺直身躯，或手握大刀，或手持长枪，向敌人的阵地冲去。

隆隆的枪炮声早已随风而去，但革命烈士不怕流血不怕牺牲的精神，就像春天的种子，撒播在西川城的角角落落，染红了整个天空。

如今，那些热血男儿用生命换来的和平日子、幸福生活，就像此刻的西川河水，静静地流淌，延绵不绝。

西川是广东省三大革命老区之一，曾成立全省乃至华南地区农村最早的中共支部，孟江地区第一个县级苏维埃政府，全省第一个县级农民协会，也是全省最早成立农民自卫军的县份之一，有着光辉的革命斗争历史。在中国共产党领导下，西川人民进行了长期的艰苦卓绝的斗争，在中国人民革命斗争史上写下了光辉的篇章。

瞻仰革命烈士纪念碑后，王悦看见陵园后面有一幢端庄、优雅的建筑物，于是漫步走过去，没想到这幢端庄、优雅的建筑物是西川县博物馆。

在博物馆旁，王悦仔细阅读了宣传栏里记载的每一个革命故事。西川是革命老区，在特殊年代，自然会发生许多可歌可泣的红色故事。

在众多英雄人物中，王悦对陈子龙和周奇安还是有些熟悉的。陈子龙烈士故居在孟江边一座小村子，每次返驻地进入西川境内，王悦都会看见路边有一个指示牌，牌子上写着"陈子龙故居"。而周奇安烈士，他的故居就在西川县城，同样，王悦每次进入县城，也会在路边看到一个指示牌，牌子上写着"周奇安故居"。

陈子龙，1902 年 1 月出生于西川县江边乡的一个地主家庭。

陈子龙 9 岁入读私塾。15 岁那年，转入西川县高小学校念书。1922 年，考入省立第一中学，到广州读书。后来，在共产党员周奇安的引导下，组织了同乡学生会，他们经常在一起探讨社会问题。就是从那时开始，陈子龙如饥似渴地阅读进步书刊，认识到社会贫富悬殊的根本原因是帝国主义的侵略及不合理制度的存在，要改变现状就必须唤起民众，打倒帝国主义，推翻不合理的制度。

1923 年下半年，陈子龙光荣地加入了中国共产党。1924 年 7 月，他进入国民党中央农民部在广州开办的第一届农民运动讲习所学习。在那里认识了彭湃、阮啸仙等农运领导人后，他不仅认真学习农运的理论，还经常深入广州市郊向农民宣传。8 月，他在农讲所结业，被委任为中央农民部驻西川特派员。

陈子龙返西川后，参加了周奇安主持召开的县农运领导人会议。会后，他回到自己的家乡开展农民运动。

1926 年 10 月 29 日，陈子龙被地主豪绅收买的凶手杀害。他牺牲时，年仅 24 岁。

周奇安，西川县新屋村人，1892 年 6 月 4 日出生于一个清贫的书香家庭。父亲是个穷秀才，他少年时勤劳俭朴，读书用功。1917 年，周奇安赴广州，入读省立第一甲种工业学校纺织科。

1919 年，在五四运动影响下，周奇安在校内发起组织学生会，举行游行示威，抵制日货，投入反帝爱国洪流，并和阮啸仙等一起联络广州各中学、高等院校，成立省学生联合会，团结广大青年学生积极进行反帝反封建的斗争。周奇安被推选担任广东省学生联合会副主席，成为当时广东学生运动的一位重要领导人。

广州起义失败后，周奇安被党派往北江地区开展工作。1928 年 1 月 22 日，正值农历除夕，周奇安秘密到清远县葫芦岭活动，潜伏在农会骨干家里。当地反动地主获悉后，向敌人告密。1 月 26 日，敌人害怕我党组织群众劫狱抢救周奇安，秘密把他杀害。他牺牲时，年仅 36 岁。

王悦一口气读了几个革命故事后，才看见地面湿湿的，再抬头，天空竟然不知不觉下起了冰凉冰凉的雨丝。

王悦跑进博物馆大门边避雨，才知道这里也是粤桂湘边纵队纪念馆。

中国人民解放军粤桂湘边纵队，是解放战争时期中国共产党领导的、以原广东人民抗日游击队珠江纵队一部及孟江、粤北、桂北、桂东和湘南等地方人民起义武装为基础建立起来的一支人民军队，是解放战争时期华南战场七支游击纵队之一。

粤桂湘边区人民有着光荣的革命传统。粤桂湘边纵队在这片英雄的土地上，在中国共产党的正确领导下，紧密依靠各族人民，坚持武装斗争及统一战线政策，克服重重困难，挫败敌人一次次"围剿"，在战斗中不断壮大，建立了游击根据地和人民政权，配合正面战场作战，牵制和消灭敌人的有生力量，解放了边区广大农村和部分县城，最后配合南下野战军解放全边区，为中华人民共和国的建立作出了自己的贡献。

西川县是粤桂湘边纵队最早的游击活动中心，粤桂湘边纵队纪念馆坐落在西川县烈士陵园内具有特别意义。纪念馆展示了粤桂湘边纵队及边区各族人民光辉的革命斗争业绩，体现在他们身上的革命精神和优良传统，是我们今天建设中国特色社会主义的重要精神财富。它将光耀千秋，代代相传，永远激励我们奋勇前进。

走进纪念馆，一幅幅激烈战斗的画面，一个个催人奋进的故事，一支支承载历史使命的长枪，好像把王悦拉回到烽火年代，接受血与火的考验。

在革命斗争中，边远山区发挥了重大作用，涌现出大批英雄人物，为中华人民共和国的诞生抛头颅洒热血，以生命捍卫信仰。然而，远离炮火的和平年代，边区人民的生活水平仍然陷入困境，但党和国家没有忘记他们，派出一支支扶贫队伍，开辟脱贫攻坚的战场。

走出纪念馆，王悦一次又一次回头，舍不得离开。多灾多难的中国大地上，发生了无数抗击外敌的战争，从八国联军到日本帝国主义的侵略，我们的民族总是在忍辱负重中前行。割据国土，欺男霸女，那些烧杀抢掠的强盗，最终会得到历史和正义的惩罚。"犯我者，虽远必诛！"这是中华人民共和国崛起的一声呐喊，更是每一寸国土的共同心声。

下午回到 Z 城，王悦收到一个文友的微信，叫他明天到汕尾走一走。

也许，到外面走一走，正好能让王悦缓解一下工作压力。

第十二章

《2018年地级以上市党和政府扶贫开发工作成效考核操作细则》出台后，各地纷纷向省扶贫办提出一些问题，省扶贫办针对问题进行汇总并作了解答，同时下发到各地参考。

王悦比较关注的问题是"八有"之一的"有电视信号覆盖"，因为他以前看过不少文件，文件本身对"有电视信号覆盖"达标的情况和要求似乎模棱两可，造成不少驻村干部很难理解，在执行中难免"疑神疑鬼"，更怕落实不到位，被上级追责。特别是近段时间，Q市把这个问题扩大化、笼统化，认为"有电视信号覆盖"就是一定要为贫困户接入电视信号，于是要求各村联系相关部门，为贫困户安装电视信号接口，甚至为没有电视机的贫困户每户拨款1000元，叫他们安装电视信号接口和购买电视机。当然，给贫困户安装电视信号接口和购买电视机，问题是解决了，但浪费了不少人力、物力和财力，这种"杀鸡取卵"的办法有点做作。

关于这个问题，韶关市方面问道："贫困户家庭应有接入当地统一铺设的有线电视网络，并能正常使用的为达标。对个别地方属山区没有安装有线电视网络，由农户自家安装电视信号接收器，并能正常使用也视为达标。这个指标是否要求贫困户家庭必须安装有线电视线路或电视信号接收器？如果卫星信号已覆盖，但该贫困户未安装信号接收器，不是因为没有信号而是本身贫困户不看电视，这种情况是否视为达标？"省扶贫办回复："只要有电视信号覆盖就视为达标。"

云浮市方面问道："有电视信号覆盖是否要求每一户都要有电视机？"省扶贫办回复："不硬性要求都要有电视机。"

而产业扶贫情况也是王悦最为关注的问题，今年不知道如何考核，因为至目前，虎山村还没有真正意义上的产业扶贫项目。这次提问产业扶贫情况的人比较多。

其中，潮州市、揭阳市同时问道："个别没有农业生产条件的镇或行政村，需要当地县级以上农业、国土等部门提供说明。说明的具体要求是什么？"省扶贫办回复："说明该镇或行政村何时受城市规划征地或历史就没有土地可耕种等原因，造成该镇或行政村无法开展农业生产的情况。"

又如惠州市方面问道："农户自主的小额信贷用于发展产业，算不算产业扶贫？"省扶贫办回复："如小额信贷为单打独斗的个体种养项目，则不视为产业扶贫。"

从今年省下发的考核方案和操作细节看，可以说今年是历年来扶贫开发成效考核最难的一年，而且有了新的变化：一是考核完成时间提前，比去年提前 10 天左右；二是考核对象更加注重分散贫困户的预脱贫情况；三是考核评价由去年的百分制改成"好""较好""一般""差"四个等级；四是综合评价中要求各有关部门更加注重"日常工作情况"；五是全省 14 个市中，考核操作按排前 4 位、高于全省平均比例、低于全省平均比例、排后 3 位四种情况确定考核档次，分为高或低。

教育扶贫依然是今年考核的一项重要内容，但系统显示，至 10 月底，Q 市2017—2018 学年应落实教育生活费补助的学生有 19559 人，已足额落实的有 14504人，落实率 74%；未落实 5055 人，未落实率 26%。Q 市扶贫办要求市教育局和市人社局分别协调各县（市、区）教育、人社部门及时把在辖区内就读的贫困学生教育生活补助落实情况反馈到扶贫部门，并积极协助当地扶贫部门做好数据导入工作。

Q 市扶贫办要求对照今年省扶贫办下发的考核方案和操作细节，逐项追查，发现问题及时与负责的相关部门沟通解决，争取今年取得好成绩。

在产业扶贫情况方面，今年省扶贫考核要求在家务农有劳动力的贫困户参与扶贫产业项目，与公司或专业合作社或基地等经营主体要签订产供销合同，且贫困户参与扶贫产业项目产生收益。对个别没有农业生产条件的地区，需要当地农业、国土等部门提供说明。目前在 Q 市，在家有劳动能力的贫困户共 8185 户，已实施扶贫产业项目 2.1 万个，产业总投入 723 万元，平均每个项目投入资金 344 元，实际收益 2292 万元，平均每个项目收益为 1091 元。扶贫项目小而散，稳定长效性不强。

针对这一状况，Q市扶贫办要求市农业局牵头，协调、指导各县（市、区）农业部门、各乡镇对目前已实施的农业产业项目进行全面梳理分析，分类指导各镇、各贫困村建立本地区的特色农业产业，带动贫困户建立健全利益联结机制，提升扶贫农业产业效益。

王悦心里很清楚，在虎山村，能够为有劳动能力的贫困户助力脱贫的项目，除了养殖牛猪，就是一些零散的种植油茶树，今年省扶贫考核如果真的又抽查到虎山村，恐怕这一次凶多吉少。

正是秋收时节，王悦和万队长带着县、镇统筹的项目收益表，又挨家挨户找户主签名。但大部分户主干活去了，只是在回来的路上，看见曾大光的老婆一个人在田野里收割稻子。万队长把她叫过来，在路边签了收益表。

虽然上次因为信息稿的事，王悦知道万队长心里很不愉快，但工作的事情不能因情绪而受到影响。其实，即使是兄弟，也难免磕磕碰碰，闹点小别扭，这很正常。

在广安镇2018年11月份农村危房改造工作台账表中，虎山村黄乐声的危房需要拆除重建，但他的思想到现在还没有做通，万队长和镇扶贫办领导跟他哥哥电话沟通，他哥哥说平常没有人在老家，不想建。既然是贫困户，黄乐声的吃喝拉撒都是驻村工作队管的，他没有达到"八有"标准，无法脱贫，就是工作队失职。眼见2018年即将过去，省扶贫考核就要来临，怎么办？万队长心急，几次找镇扶贫办领导汇报黄乐声的情况，但人不在村里，没办法做思想工作，着急也没用。

像长期在外生活的贫困户，很难开展工作，给驻村工作队带来不少困难和麻烦。特别是黄乐声，连春节也不回虎山村，而他本人又患有精神障碍，就更难沟通了。省扶贫考核明年初就要开展，可黄乐声的危房改造还没动工，不仅驻村工作队着急，就连镇扶贫办领导也坐不住了，陆俊决定亲自跑一趟，到Z城找黄乐声和他哥哥做思想工作，动员他们进行危房改造。

那天，"广安镇2018年危房改造工作专题会议"在镇政府办公楼五楼会议室召开，主持会议的是吕书记。

在Q市，2018年第一批危房改造任务有4523户，至10月底，全市开工户数是3463户，开工率77%；竣工2152户，竣工率48%。为了迎接省考核，市扶贫办要求市住建局督促协调各县（市、区）加快危房改造进度，确保100%完成今年的住房改造任务并及时落实补助资金。

黄乐声是今年被驻村工作队纳入危房改造计划的贫困户，现在已进入 11 月了，如果再不动工，就无法完成今年的危房改造任务。

为了落实市扶贫办有关完成危房改造任务的文件精神，广安镇特别召开了这次专题会议。

会议上，吕书记让各驻村工作队在危房改造方面所碰到的困难和问题说出来，镇里能解决的尽快解决，解决不了的上报县扶贫办。

有安全住房是贫困户脱贫"八有"达标之一，也是扶贫工作的重点。

在问题反馈中，有一个驻村工作队队长讲了村里有一个贫困户因风水问题不愿危房改造。以前，这户贫困户在半山腰上建了一座瓦房，不久母亲不幸去世。好好的母亲一句话也没留下就悄悄走了，户主想不明白，于是他找风水先生。风水先生说那座瓦房是凶宅，不能住人，要选择另一个风水好的地方重建。户主为了全家老少平安，信以为真，二话没说把瓦房拆了，请风水先生选了一块风水好的地方，在山脚下建了一座 100 平方米的一层平房。新房子建好后，户主的姐姐在出嫁那天遭遇了一场车祸，新娘当场丧命。想不明白的户主又请教风水先生。风水先生说，你亲人离世，与风水无关，你命中注定不能建新房。为了全家老少平安，信以为真的户主又把新房子拆了，搬进白天见太阳晚上见星光的祖屋。可不久，他儿子得病了，而现在，他也染上了疾病。

谈到这个令人心酸的贫困户故事，王悦想起不久前曾经听过这样一个故事：上级领导要到某村检查贫困户"八有"情况。村里有一户五保贫困户，眼睛已看不见了。按照"八有"标准，贫困户家中要有电视信号覆盖，而检查有没有电视信号覆盖，最简单的办法就是能看上电视。领导检查，驻村干部和村干部都很紧张。全村几十户贫困户，除了盲人五保户家中没有电视机外，其他贫困户都有了。为了领导满意，彰显扶贫业绩，驻村干部和村干部就动用扶贫款，给盲人五保贫困户买回一台电视机。

如果说宁愿住祖屋而不愿危房改造的那户贫困户是精神愚昧，那么给一个盲人五保贫困户买电视机的驻村干部和村干部，他们算不算思想愚昧呢？

在没有硝烟的战场上，不需要有勇无谋的战士；在脱贫攻坚阵地上，更不需要只会阿谀奉承而没有思想装备的政策执行者。否则，扶贫工作就会闹出很多笑话。

秋收之后，Z 城市委陈书记率领调研组一行到西川县调研，并深入贫困村了解帮扶工作情况。在调研中，陈书记强调，只有产业扶贫才可以持续发展，不仅能保障贫困人口的就业问题，而且能为贫困户实现稳定脱贫打下坚实的基础。同时要把扶贫这项工作在学生中做好宣传，让学生感受目前我们的生活条件是有差异的，先富帮后富，这是最好的教育。

上午放学后，当调研组来到一小学时，陈书记站在教室门口，被张贴在教室门口的班级寄语给吸引住了，他意味深长地念出声来："勤奋可以弥补聪明的不足，但聪明无法弥补懒惰的缺陷。"之后，调研组参观了教师办公室，还走进隔壁的"致远书屋"。当他得知该书屋由 Z 城实验中学团委通过"萤火虫计划"援建且该项目获得今年的"博爱 100"最强公益市级组金奖后，陈书记连声说"好"，并指出："读书可以改变人的命运，要做好教育扶贫。"陪同的驻县组组长范小妍汇报说："我们正在探索职业教育扶贫工作，把 Z 城职业教育与扶贫工作相结合，扶贫先扶志，让贫困学生学一技之长，树立身之本。"

范小妍是刚上任的驻县组组长，驻县组原组长麦冬已调回 Z 城。

陈书记曾经是 Q 市市长，对 Q 市所有贫困户的脱贫工作依然记挂于心。调研之后，陈书记说，付出多少心血，就会有多少收获，希望各驻村工作队继续努力，打好脱贫攻坚战。

在虎山村，危房改造问题还没有得到圆满解决，为迎接省扶贫考核，连日来，王悦跟随万队长入户核查建档立卡贫困户网络信号和电视信号覆盖情况，从而发现一些问题。比如网络信号，有些区域比较弱，甚至出现盲区现象；又如部分贫困户家中没有电视机，查不到电视信号是否已被覆盖。上报镇扶贫办后，镇扶贫办回复，网络出现信号弱或盲区，这是地理位置使然，每个山村都会存在这种问题；电视信号覆盖方面，可以打开手机，如果能上网看电影，说明是没有问题的。当然，为了安全起见，镇扶贫办已联系相关部门，让援助的技术人员进行解决。

王悦和万队长刚停歇下来，县扶贫办根据 Q 市脱贫攻坚数据录入进度通报，要求各驻村工作队迅速核实调整 2017—2018 学年度教育政策落实情况。在教育补助落实方面，西川县落实率只有 76.27%，全市倒数第二。造成落实率低的主要原因是有的镇、驻村干部没有按照实际情况在扶贫信息系统上的教育措施板块对2017—2018学年教育名单进行调整，导致有一部分学生虽然已经发放了教育补助，但是在该板块上仍然显示未足额领取教育补助。针对以上情况，县扶贫办要求各镇对照县教育局提供给扶贫办已经导入系统的数据及学生的实际情况，在扶贫信息系统上的教育措施板块对2017—2018学年教育名单进行调整，如果发现未足额落实教育补助的学生，要进一步核实该学生是否属于本市学籍和未落实教育补助的具体原因。

这是系统问题，万队长把任务交给高云飞，让他去跟踪。

但王悦从县教育局提供的2017—2018学年度教育补助落实名单里，查到虎山村有36名贫困学生已足额领取该学年度教育补助，每人3000元。这说明虎山村教育补助不存在任何问题，是系统员没有及时录入或更新。

天气越来越冷了，南方已进入真正的冬季。

那天上午下班后，驻村干部和村干部到永安自然村祝贺五保贫困户陆明水侄子的乔迁之喜。本来万队长不想去的，但热情的户主非要驻村干部参加，一是感谢好政策，二是感谢驻村干部的付出。

陆明水属于危房改造户。他与侄子一块建了一幢楼房，驻村干部前去贺喜，也是在情在理。

当王悦来到陆明水侄子家门前时，只见一支狮子队在客人的围观下倾情表演；而新楼旁的空地上，摆了十几张小饭桌，每张桌子能坐五六人。

这是王悦第一次参加本地的搬迁喜事，还不太了解这里的风俗。在王悦老家，农村村民搬迁之日摆酒请客，自然没有这般热闹，要邀请狮子队参加、祝贺，不过，看饭桌场面，这里似乎略微节俭一点，因为王悦老家办喜事时都是大饭桌，一张饭桌至少能坐八个人。而吃饭时，盛菜的碗就更小了，比王悦老家办喜事出桌的菜碗要小一半。如果菜不够的话，主人会在厨房备有一些，需要的叫一声，有人会端上来。

还有，这里没有一个客人送贺礼的，都是封一个利是给主家，而且礼金不多，20块钱而已。这又与王悦老家有很大的不同。在王悦老家，客人要是送贺礼，都是上百元的物品，要是封利是给主家，少说也是一两百，这样才显得客气；当然，客人回家的时候，主家也要回礼，以前是回菜，现在是回二三十元的礼金。

在中国，各地有各地的风俗，但这些不同的风俗也是一种学问。

贫困户渐渐脱离贫困苦海，值得驻村干部高兴，但他们的幸福生活都是别人用心血甚至生命换来的。

王悦从媒体上看到，又有一个驻村干部倒在扶贫路上，献出了年轻的生命。

据云南网 11 月 21 日消息，11 月 20 日晚间，记者从昭通市大关县委宣传部获悉，大关县 3 名扶贫干部 19 日在工作途中遭遇车祸，其中 1 人不幸遇难，2 人受伤。

为脱贫工作献出生命的是王秋婷，女，26 岁，为大关县纪委监委派驻天星镇打瓦村驻村扶贫工作队队员。1992 年出生的王秋婷，于 2014 年 9 月参加工作，2017 年 10 月开始驻村扶贫。她所在的打瓦村贫困面大，贫困程度深，致贫因素多，经济基础薄弱。

驻村扶贫是一项艰苦的工作，这从王秋婷的扶贫日志可见一斑。她在《打通最后的 5.62 公里》的日志里写道："在驻村扶贫开始的两个月里，我就走遍了 22 个村民小组，每天平均走 2 万多步。每天的行走使我的双腿红肿疼痛，走烂了我从县城带来的两双运动鞋。"

和许多扶贫干部一样，王秋婷做的都是小事。比如，为进村道路找项目，帮助村民找水源，劝返辍学的小姑娘，帮助贫困户卖蜂蜜……但这些细小而具体的事情，如同涓涓暖流，汇入了百姓的心田，浇筑着他们脱贫奔小康的大道。

王秋婷牺牲后，记者看到了一串数字：从 2013 年 12 月 12 日至 2018 年 10 月 8 日，云南省共有 72 名扶贫队员、干部牺牲。

因病、交通事故是扶贫干部牺牲的两大主要原因，因病主要是积劳成疾。脱贫攻坚战已到了"啃硬骨头"的时候，各地各级部门更要加大关爱、关心、关怀的力度，让扶贫干部在脱贫路上少一些牺牲、多一些依托、多一些平安。

每次看到或听到驻村干部不幸的消息，王悦既揪心又痛苦，但令他更痛恨的是，一些基层单位、村干部虚列扶贫项目、编造虚假材料、虚报人数、冒用他人名义领取补助资金时有发生，或者挪用侵吞扶贫资金、向贫困户索取"好处费"等，这些可耻行为无可救药，只能等待法律的惩处。

今年以来，广东省纪委监委把加强扶贫领域监督执纪问责作为一项重要工作，持续加大暗访、直查、督办力度，排查扶贫领域问题线索。今年年初，省委13个巡视组以上下联动的形式开展了全省扶贫领域专项巡视及督导，统筹推进市、县两级巡察力量，开展扶贫领域专项巡察。

近期，广东省各地基层纪委监委通报了多起扶贫领域形式主义、官僚主义的典型案例。不少市县启动了扶贫领域专项巡察工作"回头看"，着力解决扶贫领域的腐败和作风问题。

王悦曾听万队长说过，每年省扶贫考核的考核时间，是从去年12月到次年11月。现在是11月了，再过一个多星期，就是12月。

回首过去一年，虎山村在扶贫工作方面做出了什么样的成绩呢？贫困户和村里有什么样的变化呢？

在虎山村，现有贫困户90户共205人，2016—2017年预脱贫63户共145人，预脱贫人数达总人数的70.7%。特别是2018年初，虎山村顺利完成省定贫困村2017年度省考核验收，并取得了全省排名靠前的成绩。

在成绩面前，虎山村还存在一些问题，主要是个别贫困户市场意识不强，致富增收渠道欠缺，很难找到发展的道路；部分贫困户自身发展动力不足，脱贫意识不强，"等、靠、要"思想严重，脱贫任务艰巨；受自然条件、基础条件、劳动力素质等因素制约，贫困村很难培育特色产业，传统农业仍占主导地位，贫困群众收入增速缓慢；贫困户传统饲养业与新农村示范村建设产生环保方面的矛盾，两者平衡兼顾难度较大。

另外，关于扶贫项目，一直未见虎山村有任何动静，王悦也没听万队长提起过，更没见他要考察什么项目。如果扶贫项目不落实，将严重阻滞虎山村扶贫工作的进度和成效。在Z城帮扶的贫困村里，除了虎山村，其他村子都已经建立了村集体扶贫项目。因为虎山村扶贫项目上不去，王悦有时会听到一些驻村干部对万队长抱有成见，有的说他做事没有魄力，前怕狼后怕虎，有的说他不适合干扶贫工作……听到那些尖锐的批评，王悦也感到特别委屈，好像比别人矮了一截。

11月30日下午，"Z城2018年脱贫攻坚考核工作培训班"在Z城职业技术学院图书馆大礼堂召开。

培训班上，Z城袁副市长作了动员讲话。他强调驻村干部要提高政治站位，深刻认识到脱贫攻坚战的重要性，在扶贫工作中查问题补短板，确保考核工作顺利完成，并做实做牢迎检工作。

动员讲话之后，省扶贫办领导结合今年的考核方案和考核细节，向前来培训的驻村干部详细讲解扶贫考核指标操作。

夜很深了，在 Z 城度周末的王悦没有一点睡意，想起今天的培训内容，都与省扶贫考核有关，不知道虎山村能不能顺利过关，以另一种方式迎接新的一年。他心里很清楚，驻村工作队在虎山村帮扶了三年，但还没结出令人满意的果实。

11 月虽然很快过去了，但平淡而平静的虎山村迎来两个重要人物，一个是县委书记谢桂安检查村里的党建工作，还与万队长交流扶贫工作；另一个是刚任西川县委常委、驻县组组长范小妍到村里调研，主要是了解扶贫工作情况、驻村工作队生活情况，同时针对虎山村扶贫项目的薄弱环节提出一些建议。

步入 12 月后，扶贫工作专题会议在广安镇政府办公楼三楼会议室召开，会议内容：一是鼓励和支持贫困户冬种蔬菜项目；二是建档立卡贫困家庭促进就业实行奖补扶持；三是学习《西川县精准扶贫开发资金使用办法》；四是关于省审计厅《审计报告征求意见书》的研究。

另外，因为镇扶贫办领导忙，至今没时间到 Z 城找黄乐声和他哥哥做危房改造的思想工作，估计这两天，陆俊才会动身到 Z 城，攻下 2018 年危房改造的最后一座城池。

黄乐声患有精神病，每天需要吃药。他姐夫定期到 Q 市医院取药寄给他。现在，他在他哥哥家里，他哥哥在 Z 城驾校做教练。又有人说，黄乐声不在他哥哥家，在某修车厂打工，做洗车工。他究竟做什么，没有人知道，因为人在外面，而且平常和节日都没回过虎山村。

黄乐声是今年计划完成的危房改造户，之前村干部、万队长打电话给他哥哥，动员了很多次，他哥哥总是推诿，说自己忙，导致年底了黄乐声的危房改造还没有落实下来。

第十三章

12 月是一年中最忙的一个月，扶贫工作总结，新一年的脱贫计划，围绕省扶贫考核而召开的各种会议，还有就是上级经常借调研之名探一探村里的扶贫工作情况，为此需要准备资料等，反正，每一件事都会压得你喘不过气来。

为做好 2018 年省定贫困村居民人均可支配收入调查工作，西川县于 12 月 7 日上午 10 点，在县扶贫办三楼会议室举行全县 2018 年省定贫困村居民人均可支配收入调查工作培训班，镇扶贫办专职副主任、各省定贫困村负责系统数据录入的驻村干部参加了会议。

这次会议，万队长安排负责系统工作的高云飞参加。

离考核时间越来越近了，这个月要将无兜底的无劳动能力的一般贫困户全部列入 12 月的申请。为确保实现 100% 兜底，经镇扶贫办、社会事务办、各驻村工作队多次核对，全镇享受基本生活保障金的建档立卡贫困人员共有 108 人，其中虎山村有苏飞燕等 14 人。镇扶贫办将 11 月份贫困户动态管理资料发给各驻村工作队，要求驻村工作队会同村委会再三认真核对，并将情况上报镇扶贫办，同时需要驻村干部、村支书签名确认加盖公章后，将纸质资料交镇扶贫办。

按照往年惯例，省扶贫考核前都会将系统关闭一段时间，以免扰乱正常数据，造成考核失误。在系统关闭之前，为了达到正常考核的目的，当前重中之重的工作就是如何在扶贫系统中提高各项考核指标的落实率。这两天，根据与市直有关部门的协商，驻村工作队又忙于与有关部门协调解决急切的问题。

还有一个更加紧急的问题，就是劳动力培训的工作。目前系统显示 Q 市劳动组织培训率不足 10%，11 月初已经把这个问题重点指出，并通报到各地党委政府和帮扶单位，但一个月过去了，培训率依旧没有太大变化。主要是由于前两年都没有考核此项内容，各帮扶单位虽然有组织开展过就业技能培训和农业技能培训，但是没有录入系统。另外，部分驻村干部因为临近轮换，没有及时按照县、镇扶贫部门的指导，导致录入工作进展十分缓慢。所以，镇扶贫办要求各驻村工作队已开展过技能培训的，尽快把培训项目录入系统；还没开展过技能培训的，要协调人社、农业、科技等部门派遣培训师到镇、村开展技能培训。

当然，扶贫系统里还有很多急需解决的问题，特别是教育方面，建档立卡系统显示 Q 市还有 2194 名学生未足额落实 2017—2018 学年的教育生活费补助政策，其中西川县未落实的有 661 人。市教育局已把市外省内学籍的学生信息提交到省教育厅，由省教育厅负责核实落实情况，但是进展十分缓慢。由于时间紧急，市教育局建议，由镇中心学校的老师和驻村干部一起进村逐户核实生活费发放情况，通过查贫困户的存折确定是否发放。如果已足额发放，则告知贫困户，并取得贫困户的签名，然后在系统中进行数据导入。另外，由于受审计反馈问题的影响，来贵县、西川县对于市外省内就读学生的教育生活费补助落实情况的跟踪十分被动，主要是依靠市教育部门去协调解决。

从 2018 年秋季起，教育生活费补助将由学籍地发放转换成户籍地发放，按照省最新的文件精神，教育与扶贫部门均需负责较多的工作，需要两个部门尽快协调明确各自的职责，并尽快开展 2018 年秋季的教育生活费补助发放工作。

面对如此多的问题，驻村工作队无从下手，幸好有镇扶贫办协助解决，要不然，就算是神仙，也很难在短时间内完成如此庞大的系统工作。

Z 城已陆续将 2018 年度的 50 万元用于省定贫困村创建新农村示范村建设的配套资金，发放到对口帮扶村。

这笔资金直接划拨到所在县，由县结合实际，并参照有关资金管理办法、指导精神等，统筹用于新农村示范村建设工作。

那天傍晚，很久没出去散步的王悦沿着镇政府旁边的山路，向白云村走去。

冬天的村庄更加宁静。山塘里的鸭子，已经回到窝里找温暖去了；山塘边那座简陋的民房里，依然飘来清晰的新闻播报的声音；还有草丛、树木、竹子，在冷风中瑟瑟发抖。

站在山哥家门前，王悦望着荒芜的梯田，难觅一片绿色的叶子，只有秋收后留下的稻茬和稻秆，浑身乏力，面黄肌瘦。四周的楼房、瓦房，在安宁中等待夜色的降临，让亮起的灯光暖暖身子。路边的芒草开始折腰，它那又高又瘦的身体怎能抵挡住寒冷的肆虐呢？

第二天入村时，天气显得更加寒冷。冬天的黄秋亮，以另一种形象出现在大家眼前。只见他皱紧眉头，双手交叉，弓着背坐在村小学门旁。也许冷，他只能用这样的方式抵御寒冷。刚剃过头发的黄秋亮，上身穿一件宽大的黑色秋衣，下身穿一条同样宽大的蓝色短裤，脚上穿的是一双不算太旧的军鞋，且没穿袜子。所幸的是，黄秋亮并没有被寒冷击倒，他看起来精神状态还不错，眉头紧锁的脸上勉强能够现出一点点不太自然的微笑。

黄秋亮特别的形象并没有引起别人的注意，也许，大家早已习以为常了；也许，他浑身又酸又臭，谁都不敢轻易靠近他。

天气越来越冷，村子越来越宁静，静得能听见朝阳慢慢行走的声音。

在村委会，王悦从驻县组扶贫微信交流群里看见省扶贫办公众号在昨天推送了一篇文章。令王悦痛心不已的是，在没有硝烟的战场上，又倒下一个扶贫干部，他就是 51 岁的范锦环。

今年 12 月 3 日，范锦环前往紫金县党政大楼参加全县脱贫攻坚工作周例会途中，突发急症而殉职。

听到这一不幸的消息，人们真不敢相信自己的耳朵，因为范锦环是个性格特别开朗的人，但千真万确，开朗的性格并没有阻挡死神的降临。

范锦环已离开心爱的扶贫工作，但他的事迹永远激励着广大扶贫干部，在脱贫奔康的关键时刻，做一名忠诚干净、敢于担当的好扶贫干部。

为迎接省扶贫考核，市扶贫办对下一阶段的工作提出了一些建议。

各地各单位围绕 2018 年扶贫开发考核各项指标，深入开展自查自纠，对发现的问题迅速采取措施，安排足够人力整改纠正。对贫困户人均可支配收入、学生生活费补助、技能培训、医疗救助、稳定就业、危房改造、资金使用等落实率低的指标，各职能部门和各乡镇要采取超常规的办法，千方百计想方设法落实到位。

各职能部门加强衔接，互推信息，共享数据，及时将行业数据导入扶贫信息系统，并跟踪信息匹配到位。各地和各驻村干部要及时核查存疑数据，更新扶贫系统信息。各县（市、区）扶贫办要加强对扶贫信息系统的监测，督促指导各职能部门、乡镇和驻村干部更正错误数据，补录最新数据。

市级各行业部门按职责分工全力冲刺各项目标任务，指导协调各县（市、区）抓好落实。各县（市、区）扶贫开发领导小组发挥统筹协调作用，调动各方力量，抓住要点，突出重点，破解难点，全力以赴高质量完成考核指标各项任务。

年终岁末，为了迎接省扶贫考核，大家都忙得晕头转向。

那晚，忙累的王悦坐在宿舍里，为自己参加扶贫工作半年来做了一次总结。

除了主要工作职责之外，他经常与万队长入户调查，了解贫困户的家庭生活情况，传达上级的扶贫精神，履行上级的扶贫政策，以精准扶贫相关文件指示精神为指导，不违背上级下达的任务，不违反驻村干部纪律。

同时，王悦觉得自己在基层经受了各种考验，得到了很好的锻炼，收获良多，也深感作为一名驻村干部的责任重大，更要勇于担当。当然，结合当地实情和贫困户本身的特性，在扶贫工作中难免会出现一些问题，加上王悦参加扶贫工作的时间不长，还有很多需要提升的地方，接下来，他会加强学习，及时掌握和理解上级相关的扶贫文件精神，把它们融入工作之中；根据自身优势，加大宣传力度，让贫困户懂得知识的重要性，提高他们的积极性，正视困难和问题，变被动为主动，破除他们的消极思想。

在工作总结中，王悦写的最后一句话是："在往后工作中，我会尽自己的努力，为脱贫攻坚战贡献一份力量。"

最近，西川县结合实际，制定了《西川县精准扶贫开发资金使用办法》。

新时期精准扶贫开发资金包括各级财政安排、帮扶单位自筹、社会捐赠，以及通过其他渠道筹集的资金。

对于扶贫资金，在广安，王悦至今还没听说有哪个部门、哪个驻村工作队违规使用的情况发生，大家都非常小心谨慎，而且申请扶贫资金的程序比较严密，不容易造成漏洞，让人有机可乘。

前几天，南方袭来第一波冷空气，让王悦甚感意外，更躲之不及，于是翻开衣柜，把深藏了大半年的大衣披上，抵抗寒潮。

那天下午，快下班的时候，王悦走出村委会，很想到村委会后面的村道上喘口气，顺便看看虎山村的冬景，却碰见黄秋亮坐在碾米厂旁，也许为了抵御寒冷，他双手交叉在胸前，看见王悦也忘了打招呼，一副漠然的样子。

黄秋亮的打扮跟前几天一样，上身穿一件厚厚的黑色秋衣，秋衣显得有些宽大，下身穿一件同样宽大的短裤，只是脚上穿的军鞋少了一只。那只没穿鞋的脚蜷缩在地面上，好像被冻僵了。

真可怜！王悦从内心慨叹一声。

村子很安静，见不到人影。只有"啪啪"撞击岩石的望春河水，带着冬天的梦想，到远方寻找春天的诗意。

王悦漫步在村道上，远远望着西斜的阳光，像一件暖和的大衣，披在山林里和山脚下的田野、自留地上。蓝蓝的天上已经现出半轮月亮，幽静地向前爬行。

它也怕冷吗？趁天还没黑下来晒一晒太阳。王悦停下脚步，抬头久久望着月亮，脑海里浮现出的却是黄秋亮寒碜的形象。

晚上，王悦站在宿舍阳台上，抬头望的是镇政府上空的明月，低头思念的是200多公里外的Z城。

此时的王悦，想象着自己披星戴月，行走在Z城最热闹的街面上，闻着从街边飘来的各种各样的美食味道，聆听穿梭的车声，欣赏公园的温馨和静谧。

这两天，围绕省扶贫考核内容，驻村工作队又开始入户核查今年的危房改造情况，还没入住的贫困户，劝其尽快入住，免得检查时出乱子，影响考核成绩。

贫困户黄乐声的危房终于动工改造了，给工作队缓解了不少压力。据万队长说，黄乐声的危房能够顺利动工，这得益于镇扶贫办领导的主动出击，陆俊亲自跑到Z城对黄乐声的哥哥做思想工作。

有安全住房，是扶贫工作的重要内容，是贫困户"八有"脱贫达标之一，也是"三保障"中的一项。所以，危房改造是扶贫工作中最关键的一环。

2017年，广安镇共完成危房改造的户数有233户，其中虎山村有55户；2018年上半年，广安镇共完成危房改造的户数有53户，其中虎山村有17户；2018年下半年，广安镇共完成危房改造的户数有85户，其中虎山村有4户。

现在，驻村工作队面临的最大困难是，危房改造完成后的一些贫困户，因为各种原因，一直没有入住，未入住的贫困户大部分都说没选择好日子，还有就是在外打工或生活的危房改造户，想劝其入住更是难上加难。为了劝危房改造户尽快入住，驻村工作队开始一户一户地动员。

驻村干部的工作有多艰辛多烦琐，很多人无法体会，思想做不通，就会跑断腿，工作没完成，又怕上面追责，造成精神压力，严重影响睡眠，所以，很多驻村干部说晚上经常失眠，这也是在所难免了。

是的，扶贫工作是人类最伟大最光荣的事业，正因为有了驻村干部的坚韧、执着和无私奉献的精神，脱贫攻坚必将成为一段灿烂而辉煌的历史。

明年将要进行新一轮驻村干部的轮换工作，但什么时候开始轮换，上级还没有来通知。不过，最近发了一份文件通知，要求驻县组就目前驻村干部开展去留意向的摸底调查。

在虎山村工作队中，万队长已有了回城复职的打算，帮扶了三年的高云飞有可能留下来，继续为扶贫工作贡献一份力量，而王悦刚参加扶贫工作半年，原则上还不能申请回去。驻村第一书记黄小诚，虽然表面上没表态去留问题，但估计会回单位复职，毕竟他上了年岁，在虎山村也帮扶了足足三年，为基层党建工作和扶贫事业做了不少事情。

当然，王悦还不打算申请回去，因为他刚刚融入虎山村，熟悉了一些业务，而且他觉得自己还需要在没有硝烟的战场上继续磨炼。

在省扶贫考核中，市、县、镇、村书记遍访情况也是一项重要的考核内容。

市委书记要遍访脱贫攻坚任务重的乡镇，县委书记要遍访贫困村或脱贫任务重的非贫困村，乡镇党委书记和村党组织书记要遍访贫困户。

在今年的省扶贫考核中，对书记遍访情况的具体考核操作是按三年时间完成，即从 2018 年 1 月起至 2020 年 12 月底。市委书记三年内完成遍访脱贫攻坚任务重的镇；县委书记三年内遍访贫困村或脱贫任务重的非贫困村；乡镇党委书记对全镇 300 户贫困户以下的一年内完成遍访，对全镇 301～600 户贫困户的两年内完成遍访，对全镇 601 户贫困户以上的三年内完成遍访；村党组织书记一年内遍访全部贫困户。

各级书记遍访核查结果按年度遍访任务全部完成、完成 80%（含 80%）以上、完成 60% ~ 79%（含 60%）、完成 60% 以下四种情况，考核成绩分别定为"好、较好、一般、较差"等级。

对于村支书，按照考核细节要求，每月开展扶贫的专题工作研究会议，要用专门的扶贫会议记录簿记录，并附上会议照片，会议有帮扶单位驻村干部参加；今年内遍访所有的贫困户，并填好遍访贫困户工作记录表，附上走访照片；熟悉本村扶贫工作，包括贫困户户数、人数、在读学生人数、危房改造人数、2016—2018 年每年预脱贫人数等。

每年省扶贫考核是非常严格的，要按照考核内容准备所需资料。

12 月 22 日是冬至。得知就读于市交通技工学校的刘志欢没有回家过节，在城里度周末的黄小诚，自己掏钱购买了食品、饮料，到学校探望刘志欢，并详细向他了解在学校的学习生活情况。刘志欢在学校学的是汽车发动机维修、电控等课程。

黄小诚探望过刘志欢几次。上次来学校的时候，刘志欢一脸不愉快，总是生闷气。在黄小诚的再三追问下，自卑的刘志欢才道出实情，一位舍友老欺负他。为了让刘志欢用心读书，黄小诚找到学校校长，要求给刘志欢换宿舍。

这次黄小诚探望刘志欢，看见学校果真给刘志欢调换了宿舍，而且刘志欢没那么郁闷了。以前是 4 个同学一间宿舍，现在是 3 个同学一间宿舍。黄小诚向刘志欢了解生活情况后，还叮嘱刘志欢一定要认真学习，将来学到真本领后，可以过上安稳的生活。

王悦曾经跟万队长建议，到学校看望一下刘志欢，了解他的情况，但万队长一直没有去，只是入户时向刘昌盛问询他儿子的情况。刘昌盛总是微笑着告诉万队长，他儿子在学校很好，不会闹着回家。

刘志欢从没见过大城市，现在有机会走出穷山村，面对日新月异的城市，自然会忘了家。这是一个人的天性，对美好事物总是感到新鲜、惊奇，但欣赏了一段时间之后，又会想起贫困的村子贫穷的家。

但愿这个受尽贫穷折磨的少年能够正视问题，不向生活低头，大胆地走下去，学好谋生技能和本领，迎接新生活。

第十四章

那天早上，天气异常寒冷，北风呼呼地从虎山村吹过；村道上，到处飘落枯干的竹叶和树叶。

可怜的黄秋亮坐在碾米厂旁。他上身依然穿着那件黑色的厚秋衣，下身穿着那条宽大的短裤，而脚上穿的军鞋已经不见了。

黄秋亮冷得受不了，只见他两只眼睛紧闭，咬紧牙关，而双手交叉在胸脯上，用手指拉紧脖子上的圆领领口，防止冷风钻进来，两只没穿鞋的脚被冻得直打战。

真可怜！王悦望着黄秋亮的窘态，浑身冰凉，好像受冻的不是黄秋亮，而是自己。

坐在办公室里，王悦脑海里总是浮现出黄秋亮可怜的形象。

年底了，王悦从虎山村精准扶贫、精准脱贫工作文件中了解到了一些情况，而在产业扶贫方面，虎山村还是一片沙漠，只有养牛猪的户项目，村项目为零。

没有村扶贫项目，村集体收入就无法提上来，贫困户更难以实现稳定脱贫的目标。

在资金投入方面，三年来虎山村共投入"631"资金181万元，使用率100%；Z城扶贫资金37.5773万元，使用率偏低；社会公益筹集资金16.4万元。

在资产收益项目方面，主要是县、镇统筹的投资小水电站、工业园区和商铺，全村共投入151.4673万元，已实现分红。

晚上8点，镇领导、镇扶贫办领导和驻村干部，坐在镇三防办公室收看收听Q市召开的2018年市扶贫开发成效考核工作电视电话会议。

这次电视电话会议，市领导狠狠批评了两个镇的一把手，其中一个镇就是广安镇。当听到市领导批评后，程海风坐不住了，他一脸恐慌，见不到他以前开会时常挂在脸上的笑容。

作为广安镇全面负责扶贫工作的主官，听到市领导批评自己的顶头上司，心里自然不好受。

在电视电话会议中，市领导列举了扶贫工作中出现的很多弄虚作假的问题，或者是不理解政策而马虎应付上级安排的任务的情况。特别是就业培训问题，为了凑人数，某村把 4 岁的孩子和 92 岁的老人也拉来，并让他们在培训签名表上签名、摁手印，由此闹出扶贫史上的大笑话。

有资料显示，今年 Q 市劳动力培训工作进展缓慢。劳动力组织培训率是就业扶贫考核指标的重要内容，组织培训率包含就业技能培训和农业技能培训。目前，全市建档立卡系统中显示为有劳动能力的贫困人口为 31188 人，已落实培训 2308 人，培训率仅 7%。

对于就业培训，有些驻村干部有了看法，因为每次培训的人数规定要达到多少，而且是有劳动能力的贫困人员，试想，很多村子有劳动能力的贫困人员都已到外面打工了，不能因为上面要求就回来参加培训，车费、误工费找谁报销？所以，一些村子为了完成任务，只能找些法子应付，只是找小孩、老人来参加就业培训，就缺少常识了，领导会认为这是藐视扶贫工作，难怪这次电视电话会议，领导非常生气，充满火药味，把常规会议开成批判大会。

最后，市领导要求：一是各地领导要高度重视脱贫攻坚工作；二是认真做好查漏补缺工作，查找问题列出清单；三是严肃工作纪律，严防弄虚作假，做表面工作。

这次会议开得极不愉快，把程海风吓得脸色煞白。散会后，程海风赶紧召集镇干部、驻村干部开了一个简短的会议。他明确表态，市里点名批评广安镇，一切责任由他承担，是他没有把工作做好、尽到责任，大家工作这么辛苦，希望大家为了以后的工作，思想上不要有太多包袱。

来广安快半年了，每次开会，王悦还没有听到过某领导能够主动承担责任，都是把问题往别人身上推。可这次，王悦看到了另一面，就是程海风能够坦然承担起责任，说明他还是一个敢担当的领导，不管他有没有做错。

就是这一点，王悦对程海风的勇气和担当精神表示钦佩。

自从 11 月 5 日、12 月 11 日全市扶贫开发领导小组（扩大）会议和全市脱贫攻坚工作推进会以后，Q 市各地、各行业部门和各帮扶单位迅速贯彻落实会议精神，对照省考核办法和考核操作细则扎实开展自查自纠、查漏补缺、整改落实工作，还是取得了阶段性成效的。

在迎接省扶贫考核中，各地的扶贫工作还存在不少问题。如部分乡镇领导存在侥幸心理，"不求先进、但求无过"，没有认真对照考核指标进行自查自纠，镇委书记、镇长没有亲临第一线部署研究考核工作，没有统筹全镇资源推进脱贫攻坚工作，各指标完成情况推给各帮扶单位、驻村工作队和镇扶贫办，对存在的问题也没有主动采取措施进行解决，如对培训率低的问题，较多乡镇还没有组织开展技能培训，还在等县政府统一部署，作出安排后再开展。通过 12 月中旬市扶贫办随机抽查，发现部分镇村书记对遍访不重视，只是走形式。

上次电视电话会议，市领导严厉批评的是来贵县高梁镇只提供了镇委书记遍访 20 多户贫困户的材料，还有就是西川县广安镇书记以集中召开座谈会的形式代替入户，导致仅用 3 页纸就记录遍访贫困户 200 多户，更严重的是西川县某村党支部书记遍访记录造假。

有资料显示，由于部分县（市、区）缺乏统筹协调，县行业职能部门各自为战，各有关职能部门相互之间缺乏沟通协调和责任担当，致使行业部门扶贫政策没有落到实处。

根据贫困人口动态管理，至目前为止，Q 市建档立卡贫困人口共 93063 人，系统监测到已实现预脱贫 "八有" 指标的共 52195 人，达标率是 56%。其中 2018 年原计划实现预脱贫人口是 23361 人，但目前监测到已达标 11385 人，与既定目标差距较大。由于今年是脱贫攻坚中段考核，根据省扶贫办最新要求，系统会对 2016 年、2017 年预脱贫的人口重新进行监测，如果未达到 "八有" 标准，就不能列入预脱贫人口。根据系统监测，目前 Q 市 2016 年、2017 年的预脱贫成效不稳定情况十分严重。其中 2017 年预脱贫人口 36484 人，已达标 24434 人，有 12050 人未达标，出现返贫现象；2016 年预脱贫人口是 30491 人，已达标 16376 人，有 14115 人未达标，出现返贫现象。根据系统指标监测，造成将近一半人未达标的主要原因是基本医疗保障、安全住房保障两项指标未能全部落实。

另外，Q 市建档立卡贫困户的危房改造政策落实工作十分被动，到目前为止，住建部门对全市今年第一批的任务数是多少都还没能完全确定。按照省扶贫办最新一次通报的数据，今年考核 Q 市建档立卡的危房改造任务数是 3857 户；按照市住建局提供的文件，是 4477 户；按照建档立卡系统的数据，是 4325 户。而目前各地扶贫部门导入系统足额落实补助资金的危房改造户数是 2250 户，离上述的任何一个任务数的差距都较大。

不过，Q 市教育生活费补助政策落实情况还是比较好的，全市应落实教育补助的学生是 19701 人，已落实 18432 人，落实率 94%，其中西川等三个县都已基本全部落实，落实率达 99.5% 以上。

目前，由于 Q 市大部分乡镇扶贫部门基本没有独立设置，普遍只有 2~3 人，人员身兼多职，部分驻村干部缺乏大局意识和"钉钉子"精神，对迎考工作各自为战，导致镇的迎考档案资料均没有按照各考核指标逐项收集整理，档案资料散、乱、缺；各帮扶单位还以帮扶单位为整体整理资料，而没有按照以村为单位逐村逐项整理归档资料。

为了赶考，市扶贫办要求各县（市、区）迅速成立考核督导组，分片包镇到各镇督导工作落实情况。督导做到"六个必看"：一是必看镇领导班子是否定期召开会议研究扶贫工作；二是必看扶贫数据是否错漏、质量是否达标；三是必看有劳动能力的贫困户是否稳定就业；四是必看是否组织开展技能培训；五是必看是否建立扶贫产业长效机制，在家务农有劳动能力的贫困户是否与经营主体签订产供销合同；六是必看贫困户是否达到"八有"预脱贫标准。同时，落实镇村对分散贫困人口的精准帮扶责任，乡镇党委书记和村党组织书记不折不扣完成遍访任务，务必做到贫困户家中必到、照片必有、记录必全，不变通，不造假。

12 月 27 日下午差不多下班的时候，王悦、万队长、黄小诚、高云飞来到河洋村，参加河洋村新村委会落成庆典宴会。

河洋村是新时期精准扶贫的省定贫困村，位于西川县城东北部，距离县城大概 5 公里，全村共有 1039 户，总人口有 3816 人。河洋村由 Z 城派出工作队帮扶。目前，河洋村建档立卡贫困户有 85 户共 189 人。

河洋村景色秀美，民风淳朴，生态良好，物产丰富，属于红色村庄，村里至今保存有游击队联络处、担杆党支部等红色遗址。更值得一提的是，彭湃曾经在河洋村农会上发表过演说。

刚到河洋村，王悦看见新建的篮球场上正进行一场激烈的篮球赛，虽然围观的村民不多，但双方队员还是你来我往，积极拼抢，赛出风格，赛出水平。

篮球场边停放着不少车辆，大概是前来祝贺的其他驻村工作队的工作车。

进入村委会之前，王悦沿着村道走了一会儿，看看周围的环境。村道边有一条小溪，溪水很浅，流得不急不慢。往前走，一座拱形桥跨过小溪，略显孤独。这桥虽然不是很苍老，但看起来也有一些年岁了。再往前走，一片田野呈现在眼前，但有些凄惶，除了枯竭的稻茬，见不到一点绿，与再往前一点的几座山形成鲜明的对比。山脚下建有不少楼房，还有一股孤烟，从密集的楼群中冒出来，大概是谁家做饭时从烟囱里溜出来的，样子有些散淡。

走回来后，王悦才抬头看了看新村委会：楼高两层，一面五星红旗飘扬在天台上，给人清新、自然的感觉。村委会左边立着两块宣传栏，而右边是一座红色书屋。

走进灯火通明的村委会，虽然村干部已经下班了，但办公设备、资料、椅子摆放得异常整齐，办公台后面墙壁上挂着一块蓝色的木板，上面写着"河洋村公共服务站"，是淡黄色字体，下面写着"凝聚党心，服务群众"，是红色字体。见村委会没人，王悦退了出来，来到红色书屋，尽管里面书不是很多，但贴在墙壁上宣传的红色故事令王悦久久回味。

1924 年初，国共合作建立革命统一战线后，西川县农民运动出现新高潮。同年底河洋乡农会成立。河洋乡农会是西川县最早成立的五个农会之一。会址设在河洋嘴，农协委员长为高玉良，执委有詹飞、李晴。会址建筑物是农会筹款兴建的。随后，西川城东又成立了几个农协会，形成一片较大的农运区。为了保障农协会的革命活动，组成了农民自卫军，由高棋任队长，使用的大部分是大药枪、长龙、单响等土制武器。1924 年 12 月 10 日，党领导的农民协会各区农协代表 500 多人，当日上午在河洋嘴集中，先在会址后面的河边沙洲上开会，彭湃同志在会上发表了演说，然后集队示威游行，向县城进发，提出要求实行"六成交纳""解除地主武装"等条件。

1938 年，抗日先锋队队员钟明群、冯达等在河洋一带进行抗日宣传，并加紧恢复和发展党组织。大革命失败后，留下的河洋村党员有高玉良等 8 人。为了壮大队伍，党组织在青年群众中物色抗日积极分子，然后在河洋村发展近 10 位进步村民加入党组织，并成立了 3 个党支部，担杆党支部就是其中之一。由于党组织刚恢复，一切活动靠单线秘密联系，部分党员则借小学教员作隐蔽，开展抗日宣传活动。1942 年 5 月，广东地下党组织（除武装部长以外）根据南方局指示停止活动。河洋乡党的活动暂时转为长期隐蔽，积蓄力量，等待时机。1944 年 12 月，根据省临委和孟江临委的指示决定，河洋一带的党组织又开始恢复并开展工作。1945 年 2 月 20 日，西川人民举行武装起义，河洋乡也成为起义点之一，组织起义的过程中，由于坏人告密，共产党员高云誉、陈杰荣不幸被捕，于同年农历九月初三英勇就义。

1947 年，河洋一带成立了一支"附城中队"的革命队伍，这支队伍以革命群众为主体，并长期活跃在敌人的心脏。1948 年 5 月，"附城中队"中队长高耀在战斗中不幸牺牲。1948 年成立粤桂湘边纵队独立支队后，"附城中队"改为一团主营。这支人民武装部队为中国人民解放事业作出了巨大贡献，共有 30 名同志为革命献出宝贵生命。现在还有一些老同志健在。

吃晚饭前，王悦听河洋村村支书说，河洋村有一座尖头庙，解放战争时期，那里曾发生过两次战斗。

1947 年 1 月 7 日，大屯自卫队头目龚某带领手下到县政府取出几十支枪及一批物资，准备雇请挑夫次日运回大屯。8 日早上，自卫队带着挑运枪支弹药的挑夫到达河洋嘴后，休息了一会儿，而先头部队行向回声岭继续搜索前进，没发现异常情况。当挑夫经过尖头庙的时候，被游击队截住，顺利地接收了这批战利品。县长接报枪支丢失后，立即派出地方武装 200 多人，赶到出事地点，搜捕游击队员，但无功而返。不费一枪一弹，游击队就截获了一批枪支和物资，沉重地打击了国民党反动派的嚣张气焰，大大增强了游击队的实力和信心。

1948 年 4—5 月间，驻县城的国民党军队常出动七八十人前往大屯镇，肆意骚扰游击队与革命老区群众的联系，实施其反共的罪恶行径。部队领导决定用地雷伏击战打击敌人的威风。5 月中旬的一个傍晚，附城独立中队获得可靠情报，明早将有一帮"牛骨"（国民党兵）前往大屯。独立中队领导马上命令得力干将负责天亮前在尖头庙路段布下地雷，狠狠打击敌人。深夜 3 点，领命的战士背上 5 颗地雷，到尖头庙路段悄悄埋下，等待"牛骨"前来受命。大约 8 点，全副武装的 100 多个敌兵大摇大摆进入布雷区时，就被轰隆隆的地雷炸开了花。这次，游击队只出动了两名战士，就把敌人打得落花流水，致敌死伤 20 余人。在同一地点，智勇双全的游击队又一次沉重打击了敌人，鼓舞士气，大振声威。

在革命战争年代，河洋村涌现出一批有血有肉有信仰的斗士。他们的光荣事迹已载入史册，他们的革命精神将继续发扬光大。

晚上，前来祝贺的驻村干部，在村委会二楼大会议室高高举杯，为河洋村驻村工作队的付出赞赏有加。据说，这幢两层新办公楼，是他们通过各种渠道，筹集到几十万元兴建起来的。

一年又将过去，省扶贫考核开始步入临战阶段。为了确保考核顺利进行，信息系统人口增减功能将于 2018 年 12 月 29 日 24 时关闭，停止 2018 年度人口数量变化和基本信息调整工作，系统人口数据将固化为本年度贫困人口数据。

上级要求各驻村工作队把死亡的人口及时做好销户或自然减少，对象的户籍等基本情况也需要调整好，人口基本数据将固化为 2018 年的数据，系统里不能再更改。

同时，为了进一步优化广东省扶贫建档立卡信息，加快与国家系统指标采集数据进行对接，省扶贫办要求各地必须做好近期建档立卡相关工作。

因 Q 市就业培训率非常低，加上广安镇被市领导点名批评、追责，惶恐不安的程海风全力补救，马上把培训通知下发到各驻村工作队。12 月 28 日，一个天寒地冻的日子，"2018 年精准扶贫贫困户种养殖技术培训班"在虎山村村委会紧急召开，培训内容是养猪技能。这次前来参加培训的有冯大强、莫天高等几人。而这几个人，也是村干部好不容易拉过来的。

就目前虎山村现状，有劳动能力的贫困人口大部分已经外出务工，总能为了一次培训把他们全部召回来吧？所以，上级的一些扶贫措施完全是不按实际出发，才导致某村为了凑人数，把 4 岁孩子和 92 岁老人拉到就业培训课上。

面对稀稀拉拉的"养猪培训班"，村支书还是兴高采烈地坐在主席台上，跟大家一起聆听农技人员和村里的养猪能手为大家讲课、交流经验。

在虎山村开展"养猪培训班"的时候，相距不过十几公里的茶花镇坑头村却热闹非凡，迎接市委常委、纪委书记一行的调研。坑头村的扶贫工作干得非常出色，已得到市、县领导的关注和赞赏。

由于信息系统人口增减功能即将关闭，县扶贫办紧急通知各驻村工作队尽快核实，调整好贫困户户籍情况。从市公安局提供的各村建档立卡贫困户名册中，王悦查看到广安镇有 15 个贫困户的家庭成员户口不在本县，而虎山村就占了 5 个。

在危房改造方面，县扶贫办统计出 2016 年、2017 年全县还有 50 户危房改造户至今未完成改造任务。其中，虎山村陈家和等 4 户贫困户也在名单之列。

年终岁末，西川县人民政府小公室下发了《关于调整 Z 城帮扶省定贫困村项目申请和资金使用审批程序的通知》。此次调整的目的是进一步加强 Z 城对口帮扶省定贫困村帮扶项目和资金管理，提高审批效率。

王悦和万队长刚返回广安，就在镇政府办公楼三楼会议室迎来新年后的第一次扶贫工作会议，主要是讨论如何迎接 2018 年省扶贫考核的问题。

会场内比较严肃，主持会议的副镇长兼镇扶贫办主任程海风，讲话时脸上也少了往常的笑容。关键时刻，谁也笑不起来，特别是广安镇又被市领导批评过一次，谁还有勇气笑？

新年前夕，国家主席习近平通过中央广播电视总台和互联网，发表了二〇一九年新年贺词。其中，关于脱贫攻坚的重要内容有 300 多字！下面，让我们一起品读这些关于脱贫攻坚直抵人心的金句：

这一年，脱贫攻坚传来很多好消息。全国又有 125 个贫困县通过验收脱贫，1000 万农村贫困人口摆脱贫困。17 种抗癌药降价并纳入医保目录，因病致贫问题正在进一步得到解决。我时常牵挂着奋战在脱贫一线的同志们，280 多万驻村干部、第一书记，工作很投入、很给力，一定要保重身体。

我始终惦记着困难群众。在四川凉山三河村，我看望了彝族村民吉好也求、节列俄阿木两家人。在山东济南三涧溪村，我和赵顺利一家围坐一起拉家常。在辽宁抚顺东华园社区，我到陈玉芳家里了解避险搬迁安置情况。在广东清远连樟村，我和贫困户陆奕和交谈脱贫之计。他们真诚朴实的面容至今浮现在我的脑海。新年之际，祝乡亲们的生活蒸蒸日上，越过越红火。

……农村 1000 多万贫困人口的脱贫任务要如期完成，还得咬定目标使劲干。

习近平主席的新年寄语，有关怀更有胸怀，有激励更有动力，相信来年，在党的政策照耀下，在广大驻村干部的共同努力下，脱贫攻坚战场上会飘扬更多胜利的旗帜，为历史书写新的篇章。

然而，党的十九大以来，截至 2018 年 11 月，全国共查处扶贫领域腐败和作风问题 13.31 万个，处理 18.01 万人。

中央纪委国家监委把开展扶贫领域腐败和作风问题专项治理作为重要政治任务，作为十九届中央纪委谋篇开局的新招实招。中央纪委二次全会对开展扶贫领域腐败和作风问题专项治理作出全面部署，强调围绕打赢脱贫攻坚战，找准定位、服务大局，重点查处和纠正贯彻党中央脱贫攻坚决策部署不坚决不到位、弄虚作假问题，主体责任、监督责任和职能部门监管职责不落实问题，严肃查处违纪违法行为。2017 年底，中央纪委办公厅印发《关于 2018 年至 2020 年开展扶贫领域腐败和作风问题专项治理的工作方案》，明确治理重点和主要措施。

在脱贫攻坚战场上，那些丑陋的面目应该大胆揭露出来，让他们无处藏身；对于勇于奉献的扶贫干部，更应该广泛宣传他们的事迹，让人民永远记住他们。

年前，离世扶贫干部陈文金的先进事迹又引起人们的极大关注，特别是他的大学母校广东技术师范大学天河学院，号召全校学生向师兄学习。

"陈文金同志在校期间是成绩优秀、乐于助人的好学生，是优秀学生干部。工作时是关心群众、敬业奉献的好榜样，我们要把他的事迹带回学校，激励学生们向他学习！"去年 12 月 29 日上午，广东技术师范学院天河学院党委书记黄圣诚、党委副书记肖海、党委宣传部部长黄菲青等来到陈文金的家及工作地进行慰问，详细了解陈文金生前爱岗敬业、扎根扶贫工作的事迹，准备将陈文金的事迹整理成文，号召全校学生向师兄学习。

陈文金住院前还在埋头工作，没想到的是，他住院后就再也没有回来，将生命定格在 29 岁。

说起来，陈文金还是王悦同一个县的老乡。所以，王悦对他感人的事迹也是非常关注。

去年 12 月 27 日，王悦从媒体上看到陈文金的先进事迹，当时看完后，他既感动又心痛，没想到老乡这么年轻就倒在脱贫攻坚阵地上，令人可惜。

"之前我看到陈文金时，他的眼里总是布满血丝，我以为是他工作太忙了总是熬夜造成的。没想到啊，竟然是患了重病。在病情这么严重的情况下，还在不断帮助我们。"一户贫困户回忆说，当她得知陈文金去世的消息后，十分震惊并感到惋惜和心痛，"我老公因鼻咽癌去世，女儿在广东工业大学读书，小儿子在读小学，而我在县城打工。"

这户贫困户，家里十分困难，女儿读大学的学费都难筹齐，是陈义金帮她找到好心人，资助了 4000 多块钱，她女儿才得以顺利读大学。陈文金不仅解决了贫困学生的燃眉之急，而且还按照政策为这户身患重病的女户主申请了低保和大病救助。

"他真是个大好人啊！"回想起来，女户主悲痛地说，在场的人默默地低下了头，一些人还轻轻啜泣起来。

而仍未从失去儿子的悲痛中走出来的陈文金母亲，每天以泪洗面，没想到陈文金入院才 2 天，他就走了。陈文金走后，恍恍惚惚的老人感到家里的每个角落，都能找到儿子生前的痕迹，走到哪儿都会想起他的一举一动。直至每天快下班时，老人就会紧张地站在阳台上张望，等待儿子驾驶的汽车出现在楼下的马路边，但她再也等不到儿子出现了。

陈文金在读大学期间就是一个十分优秀的学生，而且是班级团支书，学生第三党支部副书记，曾两次获得优秀学生干部奖学金，并获得"优秀共产党员"称号和"优秀毕业生"称号。2016 年，广东技术师范学院天河学院评选"2001 年至 2016 年百位优秀校友"时，陈文金就是其中一位。

这么优秀的学生，这么优秀的党员，这么优秀的儿子，这么优秀的扶贫干部，眨眼工夫说没有就没有了，谁不会痛心，谁不会怀念？

生前的陈文金，在扶贫队伍中，为大家树立了敬业奉献、扶贫助困的榜样，他身上体现了共产党员忠诚、担当、纯洁的品质。陈文金在 2008 年读高中二年级时，就已经加入中国共产党，离世时他的党龄刚满 10 年。

"在乡镇基层，很多时候，群众可能不认可某个理论，但他们可能因为你这个人而在某些问题上作出一定让步。这是感情的力量，是有血有肉的心灵沟通！"某次工作总结中，陈文金是这样说的。

去年 10 月 26 日，陈文金还工作到晚上 9 点。当他填写完全镇公务员工资表后，在家人劝说下来到医院，第三天晚上，在重症监护室里，因急性败血症，陈文金永远离开了热爱的工作岗位和扶贫事业。

出生于贫困家庭的陈文金，对农村贫困有着切肤理解。大学毕业后，他原本可以留在广州工作，最终因牵挂家乡亲人而重回老家农村。去年，他调往繁重的财务工作岗位，原本他可以不再参加扶贫工作，可他仍然坚持回到驻点村。

据驻村工作队队长回忆，因为陈文金答应过群众要帮助他们到 2020 年脱贫，不管什么原因，他都不能半途而废。于是，为了郑重的诺言，陈文金宁愿每天加班加点完成日常工作，也要坚持把扶贫工作做好。

"他外表很斯文，但是个很热心、很热情的小伙子。"作为驻村工作队队长，与陈文金共事三年有余，每当谈起陈文金，队长一边捂着胸口控制情绪，一边抬起头防止眼泪掉下来，"他离世前六天，我和他还一起到村子里走访贫困户，离世前三天，他还和我交流驻村工作，怎么就这样走了，太年轻了，太年轻了！"

两年前，陈文金就经常拉肚子，他父母不敢掉以轻心，经常劝他去医院检查，但陈文金总是说忙，坚持要完成工作。直至那晚忙完工作后，陈文金经不住家人劝说，到医院挂了点滴，没见好转，才转入市人民医院。

陈文金是作为省选调生回到家乡服务基层的。前年，追求上进的陈文金选择继续深造，报读了华南农业大学农村与区域发展专业的在职研究生。而今年即将拿到研究生毕业证书的他，命运却辜负了他憧憬的未来。

年轻的陈文金倒下了，但在他身后，仍然会有更多的扶贫干部站起来，以他为榜样，将阻挡在脱贫攻坚阵地上的障碍扫除干净，坚决完成党和国家交给他们的光荣任务。

第十五章

那天，天气异常寒冷。镇政府办公楼三楼会议室迎来了今年第二次扶贫工作会议，会议内容围绕2018年镇扶贫开发工作成效考核进行反馈。今年第一次开会时，各驻村工作队按照省扶贫考核细节，把一些考核内容整理成资料，交到镇扶贫办。大概那些迎检资料，镇扶贫办先"过过目""把把脉"，为各村挑挑刺。因此，这次会议就成了镇扶贫办的反馈会议。

虎山村驻村工作队帮扶三年来，已使用帮扶单位自筹资金54.3734万元。其中，2016年使用33.45万元；2017年使用12.89215万元；2018年使用8.03125万元。

在县扶贫办发来的最新系统危房改造进度和系统显示未竣工名单中，广安镇还有18户危房改造户未完成改造任务，其中虎山村的黄乐声出现在名单之中。眼见省扶贫考核即将来临，镇扶贫办紧急发通知，要求各驻村工作队迅速与镇城建办核实未竣工情况，加快系统录入。

还有一个问题，各驻村工作队不知如何处理，就是对于那些部分丧失劳动能力且无法依靠产业就业帮扶脱贫贫困人员的界定。按照镇扶贫办的要求，由于相关部门还没有正式出台文件，现阶段对完全丧失劳动能力和部分丧失劳动能力且无法依靠产业就业帮扶脱贫贫困人员暂定义为全户无劳动力贫困人员，待文件出台后再进行调整。

在广安镇，完全丧失劳动能力和部分丧失劳动能力且无法依靠产业就业帮扶脱贫贫困人员有321人，其中虎山村有42人。

完全丧失劳动能力和部分丧失劳动能力且无法依靠产业就业帮扶脱贫贫困人员，

大部分已经纳入政策兜底。

根据《Q市民政局、Q市扶贫办转发省民政厅、省扶贫办关于进一步做好建档立卡贫困人员社会救助兜底保障有关具体问题的通知》要求，需要各村每个月将《完全丧失劳动能力和部分丧失劳动能力且无法依靠产业就业帮扶脱贫贫困人员信息》及人员变动名单提供给县民政局，从2019年1月起由县民政局负责落实贫困人员社会救助兜底保障工作。

反馈会后，县扶贫办组织的核查组就到了镇政府，准备入户核查。

这次县扶贫办组织的核查，是根据《2018年地级以上市党委和政府扶贫开发工作成效考核方案》和《2018年地级以上市党委和政府扶贫开发工作成效考核操作细则》文件精神，为高质量打赢脱贫攻坚战，引导各镇、各相关行业部门做好迎接省、市扶贫成效年度考核工作，从而制订了《2018年西川县扶贫开发工作成效考核方案》，并对全县省定贫困村、分散村进行考核。

考核工作由县扶贫办牵头，县民政局、县教育局、县人社局、县住建局、县社保基金局等单位的分管领导，以及Z城驻县组成员、部分Q市驻村第一书记、Z城驻村工作队队长组成新时期扶贫开发成效考核工作领导小组，负责组织2018年全县各镇扶贫开发工作成效考核具体工作。

考核时间从2019年1月2日至12日。考核内容和考核方式完全是按省扶贫考核要求来进行的，像是"高考模拟考试"。

虎山村安排了一位核查人员。

核查人员到村后，驻村工作队已把村里所有贫困户核查表打印了出来，然后由万队长、王悦和高云飞带领核查人员入户核查。

说来凑巧，核查人员竟然是王悦同一个镇的老乡。

老乡名叫王洁，是Z城联通公司职员，四十余岁，样子老实、憨厚，一看就知道他是从农村走出来的人。

天气比较冷，而且天空阴郁，还吹着刺骨的北风。

在铜寨自然村，大家把王洁带到廖红娣家里，开始了核查工作。廖红娣是五保贫困户，今年96岁。

廖红娣虽然90多岁了，但身体依然硬朗，眼不花耳不聋，谈吐清晰。以前走访，老人不仅会站起来迎接，而且走访后还会站在门口目送驻村干部。也许天冷，今天老人穿着厚厚的绒衣坐在沙发椅上，脸色看起来比较憔悴，好像没有睡醒的样子，不像以前到她家走访时那样精神饱满。

廖红娣是危房改造户，而且一层平房已经改造好了。屋内摆设的家什不多，一张圆饭桌，一张长沙发，还有几张高矮不一的椅子，有塑料的，也有木质的，不过看起来还算整洁，特别是地板，清扫得干干净净，虽不敢说一尘不染，但也找不到垃圾。

她是一个爱干净的老人。

在老寨自然村，五保贫困户黄家烽不在家。他是危房改造户。因为窗户关紧，而且里面的窗帘也拉紧，无法看到里面的情况。面对不在家的贫困户，细心的王洁就用手机把贫困户的家拍下来。

从贫困户罗英秀家走出来，路上碰见头戴绒帽、身穿灰色大衣、脚穿拖鞋的老支书曾云光。因为去老支书家看过，王洁就没让行走缓慢的老支书回去，而是在路上问了一些情况后，叫老支书在核查表上签名。

一路上核查了不少贫困户的"八有"情况，王洁还是比较满意的，说大部分家庭都能达到"八有"标准。

傍晚，回镇政府后，来广安镇核查的所有核查人员，与各村驻村干部和镇扶贫办领导召开反馈会议，通报了核查情况。

自从去年底Q市扶贫开发成效考核工作电视电话会议以来，全市各地、各行业部门和各帮扶单位认真贯彻落实会议精神，迅速对照2018年度全省扶贫开发成效考核指标要求，开展查漏补缺和问题整改，目前已取得不少成效。根据年后全省建档立卡系统最新监控数据，全市2018年末在册贫困人口100%参加了2019年城乡居民医疗保险，符合条件的贫困户100%纳入低保等政策性兜底保障，2017—2018学年度贫困户子女学生100%落实教育补助，但Q市仍有"贫困人口参加养老保险率""贫困户危房改造竣工率、完成率""贫困户劳动力组织培训率"等考核指标数据未达到全省扶贫考核满分标准（100%落实），均在全省排名后面。特别是财政资金使用率方面，财政部门动态监测显示，截至2018年12月底，Q市2016—2018年财政扶贫专项资金到位102839万元，已使用80102.69万元，使用率77.89%，其中西川县使用率72.24%，来贵县使用率77.08%，使用进度落后。财政资金绩效评价数据显示，2018年度各级财政扶贫资金西川县到位5794.58万元，仅使用28.14万元，使用率为0.49%；来贵县到位11052.44万元，已使用6735.08万元，使用率为60.94%。省扶贫考核指标要求是2016—2018年财政扶贫专项资金使用率不低于95%，资金必须到项目或者到户到人，不能滞留在镇村账户上。

针对各方面情况，市扶贫办向各地、各部门提出了一些意见或建议，同时把握时间节点，因为省扶贫考核在即，2月前系统会陆续关闭。

除了应付省扶贫考核，年初还有一件比较重要的事情，那就是在驻村干部和驻村第一书记轮换之前，按照省委组织部、省扶贫办《关于做好新时期精准扶贫精准脱贫三年攻坚驻村工作队和第一书记选派管理工作的意见》要求，做好2018年精准扶贫驻村工作队成员和第一书记脱贫攻坚工作年度考核工作，考核对象是由省直、市直和Z城帮扶单位派出的精准扶贫驻村干部（包含111条省定贫困村的驻村第一书记）。

考核内容是根据省、市有关文件的考核指标，重点考核驻村工作队成员和第一书记在建强基层组织、推动精准扶贫、为民办事服务、提升治理水平四项主要职责中的履职情况以及贯彻落实市委决策部署，遵守政治纪律、组织纪律和工作纪律情况。2018年的年度考核工作从2018年12月开始，2019年1月底前完成，各地于2月5日前将考核登记表和考核结果备案表报Q市市委组织部、市扶贫办备案。

做好脱贫攻坚工作的年度考核，是为了选好、管好、用好驻村干部，各地各单位都非常重视。

天气越来越冷。成天站在村委会后面山塘边的三角梅，由粉红色变成了红白色。大概晚上打了霜。

虎山小学对面，正在加紧兴建篮球场和医疗站，大概春节前可以竣工。据说，去年新农村建设检查，虎山村殿后，原因是找不到"亮点"，既没有像样的文化室，又没有供村民活动的场所。今年为了争取好名次，村里决定建文化室和活动场所，而且购买了一些运动器材。

医疗站共两层，底层为医疗站，二层为文化室。另外，为了美化环境，村小学和村委会的村道两边用碎石砌成绿化带，而且已种了些花草。

那天，回 Z 城路上，王悦又问万队长工作队什么时候放春节假期，上面有没有通知。

春节临近，为了提前买好回家的车票，这是王悦第三次问万队长了。不知道什么原因，前两次问，万队长都没有回答，好像不太理会王悦。

也许，万队长对信息稿的事耿耿于怀。王悦还有年假没休，只有安排好春节假期，他才能正常休年假和买票。见万队长没有回答，王悦也不问了，一直望着车窗外，直至回到 Z 城。

为做好 2018 年度扶贫开发成效考核教育政策落实工作，县扶贫办要求各学校迅速核查本县户籍 2017—2018 学年度在县外就读建档立卡家庭经济困难学生生活费补助政策落实到位情况。核查对象是 2017 年秋季至 2018 年春季学年的建档立卡家庭经济困难在县外就读小学、初中、高中、中职、大专的学生，核查内容为生活费和免学费领取的补助情况，同时收集核查对象领取生活费证明材料。

在贫困学生教育补助方面，至目前，经县扶贫办核查，虎山村仍有曾航华、曾怡欣两个在县外就读的贫困学生的教育补助没有落实，原因是学生没收到，系统数据也没导入。

像这种情况，只能通过学生就读的学校追查了。

去年 4 月下旬至 7 月下旬，根据中共 Z 城市委的统一部署，市委第一专项巡察组对 Z 城对口帮扶 Q 市西川县驻县工作组、23 条省定贫困村驻村工作队及其党组织开展专项巡察。对照第一专项巡察组《关于对 Z 城对口帮扶 Q 市西川县驻县工作组、23 条省定贫困村驻村工作队及其党组织巡察情况的反馈意见》，最近，Z 城信访局驻虎山村联合工作队关于市委第一专项巡察组反馈意见完成了整改情况报告。

虽然扶贫政策中一再强调"精准扶贫"，但中国是一个人情大国，难免"百密一疏"，在执行过程中出现弄虚作假、优亲厚友现象。幸好，群众的眼睛是雪亮的。

人民网于 1 月 16 日报道了"国贫县贫困户有奔驰、奥迪"的一件怪事。针对媒体关注的贫困户有奔驰、奥迪、一户多车的问题，连日来，调查组组织力量，开展了重点核查，经多方取证、反复比对核实，目前已调查核实清楚。同时，调查组正在对 427 辆汽车信息逐车逐户逐人核查比对。

精准扶贫、精准脱贫是基本方略，识贫、帮贫、脱贫全过程，各环节必须精准。

疑似问题将彻底核查，有错必改、有错必纠，对贫困识别不准的，该清退的坚决清退；对违规违纪的责任人严肃追责问责。

在虎山村，曾经有一户贫困户，也因后来核查中发现其在外面有店铺，最后给予清退。

县扶贫考核刚刚过去没几天，市扶贫考核接踵而至。考核时间定在 1 月 20 日到 1 月 31 日。市级考核也是根据《2018 年地级以上市党委和政府扶贫开发工作成效考核方案》和《2018 年地级以上市党委和政府扶贫开发工作成效考核操作细则》文件精神而制定了考核内容。

接到市扶贫考核通知之后，镇扶贫办要求各驻村工作队迅速做好几项工作：一是按照工作部署，迅速完成系统相关数据录入、调整、完善工作；二是按照考核资料清单，迅速完善相关迎检资料，并于 1 月 18 日下午 3 点前将相关迎检资料送镇扶贫办审核；三是各村贫困户帮扶记录本打印出来，供贫困户签名确认；四是各村三保障相关资料已盖章，各驻村工作队派人到镇扶贫办领取；五是各村贫困户就业情况及产业帮扶情况务必于当日下午下班前报镇扶贫办。

正当驻村工作队为迎接市扶贫考核而忙碌的时候，1 月 22 日，《人民日报》又给驻村干部带来一个不幸的消息：宝鸡市太白县 52 岁扶贫办干部胡景峰月余前走访贫困户时突发心梗，抢救无效去世。他在扶贫一线奋战了 12 年，去世前还在村里走访贫困户。

后据胡景峰妻子回忆，出事前的双休日，胡景峰还在加班。

年前年后是最忙的时候，为迎接省扶贫考核，层层加码，做资料做到深夜，连休息日都搭上了，"关注、关心扶贫干部"便成了口头禅，怪不得有不少驻村干部、村干部抱怨扶贫工作形式主义多、做资料多。

驻村工作队花了 14 万多元为虎山村建的碾米厂，于去年 12 月 25 日委托广安镇公共资源交易中心通过三资平台进行出租，但至今没有人竞标，已作流标交易处理。这个项目，当初的设想是作为收益项目开发的，却一直产生不了效益，美好的愿望落空。

对于碾米厂这个项目，不知道村里面怎么想的，万队长又是如何看待的。产生不了经济效益，上级会不会追责？这些问题，也许当初是意想不到的。

1月23日上午9点，Z城市区文化馆领导、书法家、艺术家一行20多人，到虎山村开展文艺志愿服务活动，并向贫困户进行春节慰问，提前送去新春的美好祝福。

因为节目多，这支浩浩荡荡的队伍于昨天下午从Z城出发，先到西川县城住一晚，次日早上从县城赶到虎山村。

那天最低气温只有4℃，但暖融融的太阳一早就爬了出来，站在虎山村的山上，等待一场盛大的慰问演出活动。而村民和放假的孩子，也陆续来到演出地点——虎山小学。

昨天下午，驻村工作队和村干部就到小学将书写春联的桌子摆放在操场上，同时搬了一些椅子，供观众坐。

文艺服务队进入村小学后，就开始忙碌起来，一边是书法家站在长桌子前，为村民书写春联，一边是艺术家站在简陋的舞台上，为现场观众吹拉弹唱，节目丰富，引人入胜。

节目接近尾声，Z城市区文化馆领导由王悦和村干部带领，入户向贫困户进行亲切慰问，并送去节日慰问品、慰问金，祝福他们早日实现脱贫的愿望，过上幸福生活。

自从帮扶虎山村以来，Z城市区文化馆每年春节前都会组织书法家、文艺家奔赴虎山村，开展春节慰问活动，并为当地群众送去文艺大餐，不仅丰富了他们的精神文化和节日生活，还传承了春节书写春联的传统习俗，弘扬了中华传统文化，为偏僻的山村营造了喜庆、欢乐、祥和的节日氛围。

春节临近，据气象台预测，今年春节期间天气较为寒冷。在当地，一些村民为了取暖，在家里使用电热毯，但极不安全。为了节日安全，防止发生意外，镇扶贫办要求各驻村工作队、村干部入户时，如发现贫困户家中有人使用电热毯，劝其不要再使用，可以向镇民政所申请棉被、衣服之类的保暖救助物品。同时，在走访期间做好未装修入住的危房改造对象的思想动员工作，动员其尽快装修入住。

鉴于系统将于2月前陆续关闭，镇扶贫办又搜集了一些贫困户的信息，然后发给各驻村工作队，让系统员在系统关闭前完成录入工作。

在产业扶贫方面，镇扶贫办通过县扶贫办，获取了全镇参与产业扶贫的最新名单，且已签订了产业扶贫项目购销合同。从名单中，王悦看到广安镇一共有56户贫困户参与产业扶贫且有购销合同，其中虎山村有冯大强、曾丽萍等 6 户贫困户。

在金融扶贫方面，镇扶贫办通过西川县农业银行、西川农商银行、邮政储蓄银行，分别获取了全镇贫困户小额信贷台账和扶贫贷款发放明细。从台账和发放明细中，王悦查到广安镇参与金融扶贫的贫困户不是很多，只有 10 户，且贷款金额不大，从一千元到几万元不等。虎山村有 1 户贫困户贷款 3 万元，用于发展养蜜蜂产业。

广安镇 2016 年、2017 年、2018 年预脱贫贫困户 553 户，其中虎山村 81 户贫困户已脱贫。

另外，在虎山村，黄乐声的危房改造还没有完成，过几天才能封顶，但眼见系统就要关闭，为了不影响省扶贫考核成绩，村委会就给驻村工作队、镇扶贫办开了一张"竣工证明"，把黄乐声当成已完成危房改造户录入系统。虽然有弄假的迹象，但也不会造成太大影响，毕竟危房改造封顶在即，基本上算大功告成了。想想驻村工作队、村干部为了他的危房改造，不知做了多少工作，况且他又在外面生活，就更难沟通了，幸好年前镇扶贫办领导亲自到 Z 城，才做通思想工作。

春节快到了，王悦按照国家法定的春节假期，提前休了 4 天年假并买了票。春节假期的票比较紧张，省内需要提前半个月买票。当王悦到 Z 城汽车站买票时，直达老家县城的票已经售完，他只买到一张经过他老家县城的中转站车票，但贵了几十元。

没办法，为了能够回家与亲人团圆，过一个愉快的春节假期，票再贵也得买。

票买好了，心也定了下来。

已经到了 1 月底，扶贫系统即将关闭。为了完善系统，这两天，镇扶贫办向各驻村工作队下发了一个又一个紧急通知。

一是在县扶贫办发来的《贫困户劳动力培训情况统计表》和《西川县技能培训名单》中，据扶贫系统统计，广安镇共有有劳动能力的贫困人员（非在校生）379 人，已参加技能培训的有 295 人，未参加技能培训的有 84 人，培训率仅为 77.84%，全县倒数第二。镇扶贫办要求各驻村工作队迅速核查相关情况、收集资料并于当天内完成系统录入，力争有劳动能力的贫困人员（非在校生）培训率达到 100%。

在虎山村，有劳动能力的贫困人员（非在校生）65 人，已参加技能培训的有

14 人，未参加培训的有 51 人，培训率仅为 21.54%。

二是贫困人口动态变化。今年贫困人口动态变化先书面将贫困人口动态变化由镇汇总后报县扶贫办，暂不在系统操作上报，何时在系统操作上报，镇扶贫办会另行通知；结合 1 月份贫困人口动态变化情况和《（广安镇 1 月 7 日报）完全丧失劳动能力和部分丧失劳动能力且无法依靠产业就业帮扶脱贫贫困人员信息》，认真核查后填报好《减员名册表》和《增员名册表》，于 1 月 29 日上午下班前报镇扶贫办。镇扶贫办特别提醒：现阶段对完全丧失劳动能力和部分丧失劳动能力且无法依靠产业就业帮扶脱贫贫困人员暂定义为全户无劳动能力贫困人员。

三是按照县扶贫办最新卜发的《西川县产业扶贫名单》《西川县就业名单》和《西川县 2018 年贫困户子女九年义务教育阶段入学统计表》等，系统员核对无误后，及时更新录入。

这段时间，镇扶贫办重点监控的是系统，而负责系统工作的高云飞，确实忙得晕头转向。

王悦准备回家前一天下午，镇扶贫办在镇政府办公楼三楼会议室召开了广安镇 2019 年 1 月扶贫工作分析研判会议，参加会议的还有各村驻村干部和村支书。会议主要讨论的是广安镇利用扶贫资金准备投资广东某农业科技有限公司红花油茶林下经济项目和西川县通用厂房项目，其中投资通用厂房需 350 万元，收益是 10%。

这两个投资项目属于镇统筹扶贫项目，万队长可能不会再参股，因为虎山村的"631"资金已经用完，Z 城财政资金和自筹资金准备用于工作队在村里开发扶贫项目和民生公益事业。

回 Z 城的那天早上，镇政府四周笼罩着浓浓的晨雾，而升起的朝阳，只是现出朦朦胧胧的轮廓。

在饭堂吃完早餐，王悦就坐上公交车，到木春社区的一个售票点，等待从西川县城开出的班车，回 Z 城。

下午，他刚回到 Z 城，就听高云飞说，万队长已经回 Z 城了。

第二天早上，坐在回老家班车上的王悦，已把过去不愉快的事都抛在脑后，只想回到家乡，陪伴亲人好好过年。

在老家，如王悦所愿，他和亲人度过了一个轻松愉快、安乐祥和的春节假期。

　　春节后返回广安，王悦和驻村干部在镇政府办公楼二楼三防办会议室召开了"2018 年扶贫成效省级考核迎检工作会议"。

　　这次是 Q 市扶贫办领导到各镇检查 2018 年度扶贫开发工作成效省级考核准备工作，检查时间从今天开始，而明天就会到广安检查。

　　根据中央和省委、省政府关于统筹规范督查检查考核工作要求，以及广东省 2018 年扶贫开发工作成效省级考核工作总体部署，省扶贫开发领导小组定于 2019 年 2 月中下旬组织省考核组，对 20 个地级以上市（不含江门市）和省直、中直驻粤单位扶贫开发工作成效进行考核。为明确考核目标任务、程序步骤、工作标准和纪律要求，扎实推进实地考核工作，在《2018 年地级以上市党委和政府扶贫开发工作成效考核操作细则》和《2018 年省直和中直驻粤机关及企事业单位定点扶贫工作成效考核操作细则》的基础上，参照国务院扶贫办《2018 年脱贫攻坚省交叉考核操作规程》，制定了 2018 年度考核的操作规程。

　　考核内容是减贫成效、精准帮扶、资金管理、精准识别 4 大类、18 项指标，重点核查分散贫困人口帮扶情况。考核方由省考核组组成，设 14 个交叉考核组，各组组长分别由 14 市分管扶贫工作的领导担任。

　　考核方式是考核组集体参加市级情况交流，分小组以访谈了解、随机抽查、实地核查、数据收集等方式。

　　考核要求是对每个市总结不少于 3 个典型经验，查找不少于 3 个突出问题或薄弱环节，提出不少于 3 条意见建议。

　　会后，大家推测，2018 年省扶贫考核又会抽到广安镇。如果被抽到，虎山村肯定又是重点考核的对象。万队长有点担心，因为省扶贫考核细节有了一些变化，恐怕虎山村经受不住这次省扶贫考核。

第十六章

第二天进村，当工作车经过大石嘴与虎山的分岔路口时，王悦看见路边竖起一块招牌——七彩梯田景点。

七彩梯田有什么变化呢？怎么在路边打起广告来了？王悦心里满是猜想。当经过七彩梯田时，王悦果然看见七彩梯田变化不小，以前紧闭的大门，现在敞开着，而且大门两边摆放着不少盆景，盆景里怒放着红色的、黄色的菊花；再往里面细瞧，同样摆放着不少开花的盆景。

进入村里后，更让王悦吃惊的是，村小学对面的篮球场和医疗站已建好，村道两边的绿化地上都植上了花草。虎山村变了，变得更漂亮了。王悦感慨道：新年新气象，虎山大变样，有点新农村的范儿。

当工作车继续往里走时，王悦看见路边的楼房、瓦房，被白灰粉刷成白姑娘一样端庄、秀丽。几天不见，虎山村就变成这般模样，真的是不可思议。

2 月 14 日情人节，坤哥的小儿子结婚，邀请村干部和驻村干部参加婚宴。

那天上午，天气并不怎么好，还下了一场雨。雨停后，四周的山上出现朦朦胧胧的雾霾。

坤哥的儿子在天津某酒家做厨，迎娶的新娘是天津人。

宴席上，出桌的菜都是用小碗盛的。这是本地的风俗，与王悦老家办喜事的模式不太一样。不过，这里办喜事，如果是有钱人家，可以大办三天三夜。

下午，天气出奇地好，也许天空被喜酒熏醒了，意外出了太阳。下班后，坤哥又邀村干部、驻村干部到他家继续喝他小儿子的喜酒，但大家没有去。

那天晚上，下了一场春雨，第二天早上，雨还在淅淅沥沥地下着。

昨晚，Z城、Q市扶贫微信工作群公布了2018年省扶贫考核进行抽签的消息，最终确定来贵和另一个县为考核对象时，群里立马喝彩一片，群友们放鞭炮表示庆祝。想想春节前后大家都忙着迎检资料、遍访贫困户，甚至放弃休息日时间，一切为了庄严而紧张的省扶贫考核，心里依然害怕。

为了迎接省考核，连日来，各帮扶单位和驻县组领导纷纷出动，到帮扶村检查督导。

2019年2月13日，Z城帮扶单位领导到茶花镇坑头村调研2018年省考核迎检工作准备情况。领导检查完迎检资料后强调：扶贫工作一定要细，一定要实，一定要真，坚决贯彻Z城扶贫考核会议精神，高度重视，提高政治站位，以严谨的工作作风和精神面貌迎接检查。

从2月16日到2月19日，驻县组范组长日夜兼程，栉风沐雨，到各驻村工作队指导迎检工作。

而上午，Z城信访局领导冒着大雨来虎山村检查工作。

不仅领导忙，自从春节返岗后，王悦和高云飞也是忙得呼天抢地，把迎接省扶贫考核的资料一份一份地复印出来，然后分门别类放进档案盒里，有减贫人口情况资料，有居民人均可支配收入情况资料，有落实农村义务教育和贫困学生生活费补助政策情况等，共计21盒迎检资料。

各驻村工作队正在为省扶贫考核忙得不可开交的时候，镇扶贫办专职副主任陆俊拟任广安镇镇党委委员，已经公示了3天。他参加工作才8年，就成为镇党委委员，仕途可谓一帆风顺。

春节前，镇统筹的两个扶贫项目——投资广东某农业科技有限公司红花油茶林下经济项目和投资西川县通用厂房项目已经定了下来，而且进行了公示，公示结果还需要进行公告。广东某农业科技有限公司红花油茶林下经济项目共投资扶贫专项财政资金47万余元；西川县通用厂房项目共投资扶贫专项财政资金350万元。

这两个项目，虎山和大石嘴两个省定贫困村都没有参与，只有广安社区、高坑村等几个分散村积极投资。

去年11月6日和11月8日，针对镇统筹的红花油茶林下经济和通用厂房项目，镇里面已经召开过两次会议。其中，红花油茶林下经济项目，投资合作期为 1 年，从 2019 年 1 月 1 日起至 2019 年 12 月 31 日止，预计每年投资收益固定为投资金额的 8%；通用厂房项目，投资合作期为 3 年，从 2019 年 1 月 1 日起至 2021 年 12 月 31 日止，预计每年投资收益固定为投资金额的 10%。两个项目的收益按广安镇有劳动能力的贫困人口数平均分配给有劳动能力的贫困户。两个项目合作期满后本金的处置方式，到时按省、市有关政策规定和要求执行。

经过各驻村工作队和村支书的讨论，一致认为目前在本地发展养殖项目效益不稳定，风险较大。为帮助广安镇有劳动能力的贫困户脱贫增收，参会人员同意两个项目的资金在按扶贫资金使用办法管理的原则下，使用新时期精准财政扶贫资金，由镇统筹投资，帮助贫困户发展资产收益项目。

晚上，王悦坐在宿舍里，手捧一份《帮扶干部询问提纲》认真阅读了一遍。这份提纲是一个星期前镇扶贫办根据往年省考核情况整理出来的，让驻村干部必须熟悉里面的内容，万一这次省考核抽查到广安，方便对答。

提纲里列出省考核组可能会向驻村干部提问的二三十个问题，比如驻村干部所帮扶贫困户的姓名、贫困户主要致贫原因、贫困户属性、贫困户家庭有多少有劳力人口、2018 年贫困户家庭年人均可支配收入是多少、对该户驻村工作队实施哪些帮扶项目、该户参加城乡基本居民医疗保险有多少人、2018 年度该户家庭成员是否发生大病、是否落实医疗救助、救助费多少钱……

面对这些省考核组可能会问到的问题，王悦经常在夜深人静之时反复练习，自问自答，有时还会梦见自己面对省考核组问询逐条逐条对答的情景。

当然，省考核组还会访谈县镇村干部和入户访谈，镇扶贫办也罗列了一些问题供参考。

总之，省扶贫考核是一次非常严肃且严格的考验，除了考验各地各村政策落实情况外，更重要的是一次脱真贫、真脱贫的检验。

2018 年度省扶贫考核最终没有抽到西川，大家的紧张情绪才稍稍缓和下来，但没有觉得前期所做的工作白费，毕竟面对"大考"，又一次磨炼了驻村干部。

那天下午，因为大石嘴驻村工作队队长罗汉明有事找万队长，所以虎山村驻村工作队就提前下班来到大石嘴村委会。

虽然虎山村驻村工作队进出村子要经过大石嘴村，但中途从没停过车，到大石嘴村委会坐一坐。

大石嘴村委会靠近公路边，是一幢两层结构的办公楼，表面看起来没有虎山村委会大，但它比较深进。大石嘴村地处广安镇北部，距离县城40公里左右，离圩镇仅3公里，辖区面积约10.7平方公里，有20个自然村33个村民小组，总人口3046人。全村有贫困户85户共260人。贫困户主要致贫原因和虎山村一样，是因病、因残、缺劳动力和缺资金。

万队长和罗汉明关系不错，特别是去年罗汉明帮失学少年刘志欢联系了市交通技工学校，万队长一直感恩在心。

趁万队长和罗汉明谈事之机，王悦走出大石嘴村委会，沿着公路向北，看见公路两边居民楼林立。而一些比较陈旧的瓦房墙壁都被粉刷一新，用各种颜色，画一些农村常见的图画，画农民种地的情景，画丰收的果实，画锄头、箩筐、打禾机等农具，每一幅画都写有谚语或者具有宣传教育意义的句子，既掩饰了破败景象，又美化了乡村环境。

为了迎接省扶贫考核，大石嘴驻村干部和村干部确实动用了不少脑筋。

回镇政府时，天空竟飘了一场雨，但不大，冷冷地落在路面上。

对于新增贫困户，都是按照《广东省农村扶贫开发条例》执行的，首先是农户自愿申请，村小组会议半数以上村民签名同意，经驻村工作队会同村两委干部入户核查，并召开村民小组长、村民代表民主评议会，对新增贫困户申请人进行讨论后，才能拟定为新增贫困户，同时在村里进行公示。

2018年，虎山村村民黄坤能、杨海锋、陈兰真等被纳入新增贫困户。至目前，虎山村贫困户一共有90户，其中84户贫困户共191人已实现预脱贫。

之前，识别精准扶贫户，要经过驻村工作队精准扶贫的入户调查，严格按照驻村工作队制订的工作方案执行。工作方案是以党的十八届五中全会为指导，全面贯彻落实习近平总书记关于精准扶贫精准脱贫的战略思想，按照省委、省政府和市委、市政府关于开展扶贫开发建档立卡贫困户进村入户调查的决策部署，围绕确保驻村精准扶贫建档立卡数据的准确性、真实性和有效性，对精准扶贫建档立卡贫困人口进行拉网式的调查摸底，切实找准扶贫对象、找准致贫原因、摸清脱贫需求、明确帮扶措施等，做到按广东省现行贫困标准，精准识别，不多报一家，也不漏报一户，并逐户逐人完善帮扶措施，这样才能为打赢"十三五"时期脱贫攻坚战奠定坚实基础。

2016年6月30日前，虎山村驻村工作队对全村91户贫困人口进行精准识别，了解贫困户贫困状况、致贫原因、帮扶需求、脱贫路径，为以后的精准扶贫工作奠定基础。

那时，驻村干部和村干部入户调查采取"问、访、看、查"等方法，逐户摸清贫困户的基本情况，帮助贫困户查找和分析致贫原因，摸清贫困村、贫困户在基础设施、生产发展、生活改善、能力提升、帮扶政策等方面的要求，解决好"扶什么"的问题；进一步细化每个贫困户的帮扶需求，帮助贫困户选准脱贫路子：一是按照"十项重点扶贫"措施，提出"一户一策"的帮扶清单；二是按照"五个一批"的要求，提出"一户一策"的脱贫计划，解决好"怎么扶"的问题。

帮扶工作队刚驻村的时候，入户调查工作从2016年5月4日开始，调查整整花了一个月时间。由此可见，当初万队长为村里的贫困户付出了许多艰辛的汗水。

2016年5月30日之前，驻村工作队会同村两委干部开展入户调查，填写《贫困户入户登记表》，核实相关情况，筛选出不符合条件的已建档立卡贫困户名单和因灾、因病等新进贫困户初选名单。6月2日之前，对不符合条件的贫困户名单和新进贫困户初选名单，召开村民代表会进行民主评议。民主评议要有详细的会议记录，包括时间地点、参会人员、评选过程等内容。根据评议结果，经村两委干部集体研究，确定新进贫困户名单，驻村工作队队长和村两委干部核实后签字。接着，将入选名单在村里进行第一次公示，公示期为7天；经公示无异议后，报广安镇人民政府审核，确定虎山村贫困户名单。6月30日之前，复审公告无异议后，将贫困户更新信息录入建档立卡信息管理系统。

当初的精准识别，任务相当繁重。

除了精准识别，对于扶贫资金的使用，驻村工作队也不敢抱有麻痹大意的思想。

扶贫资金包括各级财政资金、各帮扶单位筹集的资金，以及通过其他渠道筹集到的资金。驻村工作队对这些扶贫资金实施了专户管理。

资金必须专用于已经审批确定的扶贫项目，主要用于扶持对口帮扶村改善帮扶村民生事业、贫困农户发展生产、困难户临时救助、慰问等项目支出。扶贫项目的确定须经各帮扶单位扶贫工作领导小组研究同意，并经项目所在村两委会议审议通过方可实施。扶贫项目要制定预算，并经各帮扶单位扶贫工作领导小组同意和项目所在村两委会议审议通过，预算一经通过，不得随意调整。

扶贫项目资金支出必须报经各帮扶单位扶贫工作领导小组同意，由各帮扶单位扶贫工作领导小组和驻村干部、村委会主要负责人签字同意，并按广安镇人民政府"村账镇管"原有程序报经相关单位、人员审批同意。

扶贫资金使用非常严格，项目未经驻村工作队同意和村两委会议审议通过的，不按要求提供有效报账文件和凭证的，违反扶贫资金管理办法其他规定的，违反国家有关法律、法规和规章的，不予报销或拨付资金。

在配合实施"村账镇管"的同时，驻村工作队对扶贫资金另建辅助账跟踪管理，定期和镇管账目进行核对；对所有项目的立项、预算、决算实行公示制度，均进行为期7天的群众公示；对资金总额超过2万元的项目，在施工方（或销售方）选择、谈判、定价，或购置物品等关键和敏感环节，须有村委会干部、镇干部、驻村干部同时在场，有关人员要在相关资料上签字见证；项目资金使用超过5万元的，其预算、决算情况报各帮扶单位扶贫工作领导小组备案，重要情况要作出书面说明。

对于违反扶贫资金管理办法的，依照有关规定严肃处理，情节严重的，依法追究法律责任。

那天，王悦坐在办公室，在电脑桌面上翻找一些文件，其中，由省委办公厅、省政府办公厅印发的《关于打赢脱贫攻坚战三年行动方案（2018—2020年）》引起了他的极大关注。

省里制订三年行动方案，是为了贯彻落实中央《关于打赢脱贫攻坚战三年行动的指导意见》精神，推动脱贫攻坚工作更加有效开展，确保到2020年如期完成脱贫攻坚任务。

三年行动方案既是驻村干部的帮扶目标，又是贫困户脱贫的美丽蓝图。

对于扶贫领域腐败和作风问题，省委省政府也作了专项治理：把作风建设贯穿脱贫攻坚全过程，集中解决扶贫领域责任落实不到位、政策措施不精准、作风不严不实、扶贫资金使用管理不规范等突出问题，确保取得明显成效；把扶贫领域腐败和作风问题作为巡视巡察工作重点。严肃查处贯彻中央脱贫攻坚部署不坚决不到位、弄虚作假问题，主体责任、监督责任和职能部门监管职责不落实问题，贪污挪用、截留私分、虚报冒领、强占掠夺等行为，坚决纠正脱贫攻坚工作中的形式主义、官僚主义。深入落实省委"大学习、深调研、真落实"工作部署，大兴调查研究之风，改进调查研究方式。减少村级填表报数，精简会议活动，减少发文数量，减轻基层工作负担。

对于打扶贫款主意、吸贫困户救命钱的违法分子，王悦深恶痛绝之，认为那些人是没良心的人。

省扶贫考核抽查的地方虽然已经定下来了，但广安各村还是按照考核要求，作了自查报告。

根据广东省扶贫开发办公室下发的《关于开展驻村帮扶自查工作的通知》精神，Z城扶贫办和驻西川县工作组转发该通知的要求，虎山村驻村工作队进行了自查，重点围绕调研督导组织领导情况、精准选派情况、健全制度情况、工作保障情况、帮扶成效情况和考核激励情况。

自查中，虎山村驻村工作队发现帮扶方面面临许多困难和问题。镇、村责任意识不强，主动性不够；在入户调查脱贫发展意愿时，少数贫困户借口身体不舒服，什么也干不了，所有事情等工作队解决，依靠工作队想办法，不主动作为，没有脱贫致富的观念；驻村工作队队员在扶贫工作中因压力过大，有时候出现抵触情绪；扶贫开展以来，相关部门政策和制度制定滞后，前期摸着石头过河，往往工作已开展才出台政策，重复开展的工作多，导致很多时候不敢干，不主动干；年终考核标准出台慢，各种报表资料重复做；驻村工作队队长年龄偏大、身体状况不好，来自家庭和工作的压力大。

王悦看出万队长已经有了回单位复职的念头。

王悦参与扶贫工作半年多来，也深深知道扶贫工作确实不好做，压力很大，开会、检查、做资料、入户走访，每天都在重复做，好像缺少这些，就不叫"扶贫工作"。所以，扶贫工作不仅会消磨锐气，而且还会严重拖垮身体和精神，导致失眠的驻村干部特别多。

2018年上半年，西川县精准扶贫政策落实不够到位问题清单整改自查清单中，王悦查到危房改造政策落实不到位的已脱贫贫困人口有 28 人，他们实际上仍然居住在 C、D 级危房中，未实现住房安全有保障的脱贫标准。其中虎山村有 4 人，因各种原因未入住改造后的安全住房。黄金沙是 2017 年完成危房改造任务的贫困户，因农村风俗还没有选定日子进行装修，暂借住在其大伯家中，目前正准备安装门窗，他原计划在 2018 年 8 月 25 日入住安全住房。冯大强是 2017 年完成危房改造任务的贫困户，因需要钱看病没有条件装修，但房屋已安装门窗，能居住，村委会督促其于 2018 年 9 月 30 日前入住。莫天飞原来计划列入 2017 年完成改造任务的贫困户，但由于 2017 年没有更多指标，因此把他放在 2018 年危房改造任务中，他已经建好房屋，也安装好了门窗水电，计划 2018 年 8 月 16 日入住。曾高明是 2017 年危房改造任务的贫困户，房屋已经装修好，计划 2018 年 8 月 16 日入住。

至 2018 年底，经过驻村工作队和村干部的动员，4 人已经陆续入住安全住房。

今年 1 月 2 日，根据广东省建档立卡贫困户脱贫标准，经驻村工作队和村干部入户核查，虎山村有 84 户贫困户共 191 人符合"八有"标准实现脱贫愿望，并进行了公示。

驻村工作队帮扶三年，实现了 84 户贫困户脱贫，说明扶贫成绩还是可喜的。

对于建档立卡贫困人口中完全或部分丧失劳动能力且无法依靠产业扶持和就业帮助脱贫的贫困人员，驻村工作队按照政策，已把符合条件的贫困人口纳入低保范围，提供兜底保障。同时，也将建档立卡贫困人口全部纳入重特大疾病救助范围，对基本医疗保险、大病保险、补充医疗保险、商业保险等报销后的合规医疗费以不低于 80% 的比例给予救助；对突发重大疾病、基本生活陷入困境的患者加大临时救助和慈善救助帮扶力度。

2 月 20 日元宵节后的第一天上午，川水镇中心幼儿园举行现场招聘会，招聘会是由 Z 城人社局联合西川县人社局举办的。为了实现"就业一人，脱贫一户"的愿望，不少驻村工作队积极组织本村有劳动能力的贫困人口到现场应聘。

就业扶贫在整个脱贫攻坚战中占有重要地位，发挥重大作用。如果贫困户家庭中有一人实现稳定就业，那么该户的脱贫希望就会大大增强，所以上级一再强调就业扶贫的不可替代性，提倡"就业一人，脱贫一户"的帮扶工作方式。

春节期间，为更好地推动全县就业服务工作的开展，进一步促进农村富余劳动力特别是建档立卡贫困劳动力转移就业，助力脱贫攻坚，为企业单位和有就业意愿的劳动者搭建供需平台，西川县人社局和县扶贫办于2月15日上午，在县城城市中心广场举办了一场2019年"春风行动"暨脱贫攻坚大型招聘会活动。此次"春风行动"吸引了不少有劳动能力的贫困人口到现场应聘，而虎山村驻村工作队大力发动并组织本村6名有意愿的贫困人员到现场参加应聘。

一个星期六下午，窗外下着一场淅淅沥沥的春雨。

王悦坐在窗旁的一张书桌前，面对和他内心一样安静的电脑屏幕，轻轻敲下了一首写给春天的小诗。

自从参加扶贫工作以来，他很少写诗了。不过，这首小诗，王悦读了好几遍后，还是觉得有点满意，于是拿出手机，发到了朋友圈。

吃完晚饭，王悦拿出手机，打开微信，看见郭小丽给他留了言，忙点开，不禁又惊又喜。

王悦真的没有想到，郭小丽把他发到朋友圈的那首《为春天抚琴而行》的小诗朗诵了出来，而且把朗诵的录音发给了他。

郭小丽是市朗诵学会会员，业余时间喜欢朗诵诗歌。她的职业是某大型外资企业的播音员，天生一副好嗓子。王悦参加扶贫工作之前，作为诗人的他经常参加一些诗歌活动，从而认识了郭小丽。每当郭小丽站在台上朗诵诗歌时，王悦都会认真聆听，觉得她朗诵的声音婉转动听，就像百灵鸟一样。

王悦听完郭小丽的朗诵录音后，正想发微信夸她一句，没想到郭小丽抢先发来一条微信："王悦，你写的这首诗很好，但我总感觉到自己朗诵时缺少情感表达，节奏拿捏不到位。你能否朗诵一次，把录音发给我参考一下？"

王悦有些勉为其难，因为他只会写诗，不会朗诵。朗诵是有技巧的，被诗人们称为二次创作。但自己是原创作者，对诗歌的情感表达还是相当有发言权的。为了给郭小丽参考，王悦硬着头皮把自己的朗诵录了音，并发给郭小丽。

十几分钟后，郭小丽又把自己重新朗诵的录音发过来。王悦听了一遍又一遍，越听越有味道。郭小丽的这次朗诵确实完美无瑕，经过她的二次创作，王悦几乎听醉了。

听完郭小丽的朗诵之后，王悦又面对诗稿，慢慢品味起来：

在你多情的生命里

山是你雕刻的名字，水是你动人的诗行

在你青春永驻的灵魂中

天空是你美丽的眼睛，鸟声是你深情的呼唤

来吧，我的春天

我会坐在桃红柳绿的岸边，静静等你

来吧，我亲爱的春天

不管天有多黑，不管路有多远

我都会为你抚琴而行

直把黑发弹奏成，长江黄河一样雄壮的河流

别让我们的故事，在泥土的芬芳中

成为历史

别让远航的笛声，在片片馨香中

迷失自我

在高高的山冈上，我依然会为你

站成一棵树，开出一朵小花

第十七章

这是一个难得放松身心的周末。晚上，王悦守在电脑旁，看了一场电影，片名叫"擒贼先擒王"。自从他参加扶贫工作后，外出游玩的机会更少了，就连 Z 城举行的一些诗歌活动，也很少见到他的身影。

步入中年，王悦越活越简单、越来越朴素，内心并没有盛放什么复杂的东西，所以朋友们都说他还是个毛头小子，就像校园里的学生，根本没有诗人那种特有的风度和气质，特别是他的穿着打扮，看起来仍然像站在流水线前的普通工人。

王悦是从工厂里走出来的打工仔，无论何时何地，身上都会保留着流水线工人的特有本色。这种本色，是生活赋予他的色调，他永远忘不了，也不可能从他心里褪尽。"诗人"在他眼里，只是称呼而已，并不代表王悦的真实身份。

王悦 20 岁出来打工，几经辗转，最后来到和谐的 Z 城。在 Z 城打工近十年，他凭自己的努力，慢慢实现了文学梦想，成功进入市区文化馆工作，从而脱离十几年的打工生涯。

日子都是慢慢熬出来的，只要心中有梦想，天下之大，总有属于自己的容身之地。王悦时常这样想。

当然，王悦进入文化馆工作后，他并没有放弃文学梦想。去年 7 月，单位领导想派他到 Q 市基层参与脱贫攻坚战，特别找他谈了一次话。王悦丝毫没有犹豫，认为到 Q 市基层参与脱贫攻坚战，于私，他可以锻炼自己，于公，这是国家号召，为全民脱贫大业贡献自己的一份力量，人生会变得意义非凡，生命质量也会得到提升。

就这样，王悦怀抱梦想、满身热情奔赴 200 多公里外的 Q 市西川县广安镇虎山村，亲身参与脱贫攻坚工作，成了驻村工作队的一员。

自从参与脱贫攻坚战后，王悦感到压在自己身上的责任重大，而目的只有一个，就是按照国家政策、上级要求和文件精神，带动当地 90 户建档立卡贫困户如期脱贫。而脱贫时间近在眼前，就是到 2020 年底，必须保证完成党交给的脱贫任务。所以，为了脱贫工作，他的睡眠比以前少了许多，有时碰到困难，甚至还会失眠。

有时王悦非常可怜万队长，因为村里的扶贫项目迟迟没有落实到位，弄得万队长焦头烂额，时常听到他抱怨的声音。扶贫项目跟不上，万队长的日子自然不会好过，晚上经常失眠。另外，与广安毗邻的茶花镇坑头村离虎山村并不远，相距只有十几公里，可那边的扶贫工作搞得轰轰烈烈，尤其在扶贫产业项目方面，已形成一条集种植、加工、销售于一体的产业链。坑头村是 Z 城宝马集团对口帮扶的省定贫困村。咫尺之距，为什么人家做得有声有色，而虎山村却异常平静呢？相比之下，作为虎山村驻村帮扶工作队队长，万胜平心里自然不好受，无形中又给他增加了不少压力。

至目前，虎山村精准扶贫户有 90 户共 205 人，其中五保户 25 户，低保贫困户 15 户，一般贫困户 50 户。虎山村因病、因残、年老、因学等客观原因造成劳动力不足而诱致贫困的问题突出，显露出"输血型扶贫需求大""造血型扶贫困难大"的严峻局面。

Z 城是对口帮扶 Q 市的城市。从 2016 年 5 月开始，Z 城向 Q 市几个县派出 70 多支驻村帮扶工作队，共计 200 多人，每个县还设立一个"驻县扶贫工作组"。

因为今天写了一首好诗，一晚上王悦睡得很踏实。老实说，近半年来，王悦的睡眠并不好。特别是驻村工作队队长万胜平因为信息稿的事情，对王悦似有不满，王悦心里好像堵了什么东西，感觉很沉重，导致晚上经常失眠。

早上起来后，王悦想起昨晚睡觉时，放在书桌上充电的手机"嘟"的一声，好像是有人加他为微信好友，但他睡意正浓，就没理会。

王悦穿好衣服，从书桌上拿起手机，拔掉充电器数据线，查看微信通讯录。一个微信名叫"丫丫"的人申请加他好友。他本来不想通过的，但转念一想，兴许是贫困户加他的吧。于是，王悦点击通过，发现"丫丫"是深夜 12 点 15 分申请加他的。

吃完早餐，王悦想起昨晚被郭小丽朗诵的诗歌，心里又是好一阵激动，于是打开电脑，很想再写一首诗，可是，任凭他如何想象，就是敲不出一行像样的诗句。

王悦苦笑一声，只好放弃写诗的冲动，然后在电脑屏幕上随便浏览一下，点开《虎山村 2018 年度脱贫攻坚工作总结》。

参加扶贫工作半年多来，王悦心里很清楚，驻村工作队要想扎实推进精准帮扶项目，首先要结合实际情况，做好广泛宣传工作，教育和引导贫困户克服"等、靠、要"思想，正确树立摆脱贫困的坚定信心，才能为打赢新时期精准扶贫攻坚战筑牢坚实基础。其次，要紧贴实际制订帮扶规划，在尊重贫困户意愿的基础上，找准帮扶突破口，按照"一村一策，一户一法"要求，制订年度帮扶计划，落实帮扶责任，确保扶贫对象精细化管理，扶贫对象精准化扶持，实现精准扶贫精准脱贫。

但是，脱贫工作还是面临不少问题，个别贫困户市场意识不强，增收渠道欠缺，很难找到发展的道路。另有部分贫困户自身发展动力不足，脱贫意识不强，"等、靠、要"思想比较严重，导致脱贫任务艰巨。当然，虎山村受自然条件、基础条件、劳动力等因素制约，村里很难培育特色产业，传统农业仍占主导地位，贫困群众收入增速缓慢。

目前，贫困户脱贫最主要的方式是组织年轻力壮人员外出务工，实现"就业一人，脱贫一户"的脱贫目标。

王悦一直在思考这样一个问题，脱贫政策一方面鼓励贫困户在家创业，希望靠种养改善生活，以产业带动脱贫，另一方面又鼓励青壮年外出务工，似乎有点矛盾。所以，作为执行落实政策的驻村干部，就是要结合实际，为贫困户解决矛盾。就虎山村来说，大部分青壮年外出务工，留下来的都是老弱病残的人，要想靠种养脱贫，希望渺茫，这也是导致虎山村很难开发、落实扶贫产业项目的原因之一。

别的扶贫工作队几乎都在所帮扶的贫困村里建立了产业项目，虎山村却迟迟未见一点起色，这正是万队长的一块心病，所以他有了抱怨情绪，晚上还经常失眠。作为驻村帮扶工作队队长，他能不急吗？

事实上，通过各方面的关系，驻村工作队曾邀请过一些企业家来虎山村投资发展产业，但每一位老板来到现场考察后，都不敢在闭塞的虎山村留下一分钱，他们认为最大的障碍是进出的山路太小，只有一辆小车行走的宽度，运输困难，其次是村里山连着山，连块像样的平地都很难找，难道要把产业悬在半山腰上吗？

来了几位老板，都以失败告终，村干部开始泄气了，万队长也有了烦躁之心。所以，去年村两委和驻村工作队达成一致意见，把帮扶项目向外发展，决定在西川县城最繁华最热闹的地段购买返租商铺。尽管购买返租商铺不是扶贫产业项目，而是属于资产性收益项目，购买的最主要目的是增加村集体收入。但由于种种原因，购买返租商铺又实施不了，急得万队长天天吃不下饭睡不着觉。

扶贫产业项目就像魔鬼一样纠缠着虎山村，折磨着村干部和驻村工作队。

为什么在贫困山村上一个产业项目如此困难、如此艰辛？

王悦曾听说 2017 年 8 月，Z 城一位领导非常关心虎山村的扶贫产业发展，亲自牵线搭桥，引进养殖项目，由 Z 城一位大老板投资。大老板考察之后，碍于领导的面子，对虎山村的地理环境没有过分挑剔，同意在虎山村建立养殖场，并准备投资一千多万元。但天有不测风云，那位领导政治上出现问题，被"双规"。尽管后来大老板与广安镇政府领导洽谈合作事宜，但落实上总是扭扭捏捏、遮遮掩掩，迟迟不见行动，直至养殖项目胎死腹中。

帮扶工作队驻村后，对村里产业项目的开发落实也给予了足够的重视，而且把扶贫项目提升到脱贫攻坚战场上最重要的战略位置，多次到各地考察，向兄弟扶贫工作队学习，试图在虎山村开发百香果种植基地或落实种植沙漠玫瑰项目，也考虑过光伏发电项目，但最终都没能够真正在虎山村落地生根。

王悦心里很清楚，要想落实项目，首先需要到现场考察，然后写一份可行性报告、风险评估，待帮扶单位及各级单位同意后，才能申请项目资金。

也许，虎山村久久落实不下一个扶贫产业项目，万队长对扶贫工作出现了厌烦情绪，感觉自己特别憋屈。

信息稿那件事，好像把王悦和万队长的距离渐渐拉远了，最终形成陌路。

王悦时常感到很委屈，他万万没有想到的是，一个堂堂工作队队长，竟然会有小家子脾气。好人好事自然要宣传，但也不能强迫人进行宣传，否则，扶贫路上，再大的好事也会变味！从另一个角度说，如果扶贫工作做得出色，各路媒体自然就会找你，就像坑头村。

国家把扶贫工作提升到重要位置，作为政治任务来抓，任何个人的一言一行都会受到影响或约束。王悦完全明白，在扶贫领域，极个别驻村干部的思想不纯，思路不正，政治意识淡薄，把光荣的扶贫工作当作自己攀登"高峰"的条件和机遇，他们不顾一切，给自己谎造战绩，弄虚作假，甚至弄些盆景工程，欺上瞒下，无视党纪国法，不关心贫困户疾苦，只沉迷于升迁"位子"和名利鲜花。

2017 年初夏，村干部和驻村干部入户进行调查，根据 33 户有劳动能力的贫困户的脱贫意愿，为他们解决养殖助力脱贫项目。

养殖项目可以说是到目前为止，虎山村看得见摸得着的助力脱贫的家庭产业项目，大大增强了贫困户的脱贫信心，为帮扶贫困户对象实现稳定脱贫向前迈进了一步。

王悦刚来的时候，经常跟着万队长入户，查看每户养殖户的养殖情况。

但是，由于一些养殖户有劳动能力的人口外出打工，或者遇到特殊情况，将养殖的牛卖掉，如贫困户李华贵，他本身身体不好，妻子又要外出务工，没有能力继续饲养牛，只好卖掉；如老支书曾云光，因他夫妻俩年岁已高，儿子又外出打工，没能力管理牛，于 2017 年 12 月将母牛及产下的牛崽卖出；又如曾秋海，由于身体原因，不得不将牛卖掉；再如谢珍安，因意外身亡，儿子谢顺友又外出打工，没办法养牛，只得卖了。

还有一种情况，个别养殖户的牛意外病死，也有因难产而死。贫困户黄金沙养殖的母黄牛就是因难产而死。

说起养殖的故事，最悲惨的不是那头难产而死的母黄牛，而是养殖户谢珍安。

2017 年，当工作队把养殖的牛、猪全部发放给贫困户后，万队长似乎看见了他们脱贫的希望，毕竟自己为脱贫攻坚尽了一点力，足以弥补扶贫产业项目难以实施的遗憾。正当他重新找回信心时，悲剧却发生了，养殖户谢珍安领回一头母黄牛后不久，便被牛角撞死了。万队长听说后，悔青了肠子，没想到自己这么倒霉，扶贫扶出了一条人命，好事变成了坏事。万队长越想越害怕，出了人命，上级自然会追查，他再如何解释都难逃扶贫不力的责任。

可后来，经村民证实，谢珍安是被一头大水牛撞死的，而工作队发放的都是母黄牛。真是不幸中的万幸，万队长听到这个消息，便长长地缓了一口气，觉得自己不知道在哪儿烧了高香，躲过了一劫。

养牛出现了一些意外，但养猪的 3 户贫困户捷报频传。

2017 年 12 月 5 日，养殖户黄佛龙将工作队发放给他的 15 头乳猪养大，卖得 27000 元；同一天，养殖户曾丽萍将 15 头养大的猪卖掉，得款 29000 元；2017 年 12 月 25 日，养殖户冯大强也将 15 头大猪卖出，获得 27000 元。

在驻村工作队的帮扶下，虎山村的贫困户对脱贫攻坚充满信心，对党的恩情充满感激，将驻村工作队的无私付出永远记在心里。他们都热情高涨，祈盼幸福的春天早日到来。

下午 3 点多，窗外晴朗了许多，天空现出了一抹明艳的春阳。

"不管面对怎样的困难，不管承受怎样的挫折，我都会一如既往，为春天抚琴而行，为人生站成一棵树，为理想开出一朵小花。"王悦望着窗外的春景，又默默地吟诵起昨天他写的那首小诗——《为春天抚琴而行》。

不一会儿，万队长给王悦发来微信，告诉他明天上午返回广安。

每次返回驻地，万队长都会提前通知王悦。

晚上，又下了一场淅淅沥沥的春雨。第二天早上虽没见下雨，但天空阴阴沉沉的，像生气的老妇女，又像受尽委屈却欲哭无泪的小孩子，气温也比前几天低了许多。

在 Z 城过了两天轻松的休息日，转眼又要奔赴 200 多公里外的虎山村，王悦总感到时间过得飞快。

王悦看了看手机，离出发时间还有 10 分钟，便背起公文包。可他还没下楼，万队长又发来微信说，下午 2 点半出发。

万队长没有说明推迟原因，王悦也不方便问，但他估计万队长要到信访局向领导汇报扶贫工作情况。

这是常有的事，并非特殊情况。

扶贫工作虽艰苦，但王悦觉得意义重大。最重要的是，他想亲眼看见这个没有硝烟的战场，胜利的旗帜插到虎山村最高的山上，随风飘扬；亲耳听到所有贫困户脱贫、全民奔小康的消息。这些大好消息，就像春天美妙的琴声，从他涌动的血液里奔流出来，在他激动的心里拨响起来。

每当王悦想到全民脱贫奔小康的消息，想到春天美妙的琴声，又从内心深处激励着自己，不管前方碰到多大的困难、挫折和委屈。

万胜平有傲慢的时候，也有苦恼的时候。信息稿事件还没有发生之前，两人的关系还是挺融洽的。有时，万胜平会向王悦大倒苦水，因为虎山村的扶贫产业项目迟迟见不到一线曙光，再加上一些领导对他的能力持怀疑的态度，他也觉得自己再在虎山村待下去也没有什么意思，因此他打算趁今年驻村干部轮换时，回去复职。

对于驻村干部来说，开展扶贫工作确实很难，特别是想上一个项目，手续颇繁，需要花费大量的时间和精力去应付。最为苦恼的是，时间花费了，精力付出了，却没得到结果。另外，扶贫工作是带着政治任务来完成的，各部门领导都显得异常小心谨慎，生怕一不小心，头上扣上什么吃力不讨好的帽子，小问题也会变成大事情。所以，有关扶贫产业项目的申请和审批，各级部门都卡得很紧，不会在申请表和审批表上轻易落笔，这就严重阻滞了项目落实时间，有时一个项目落实下来，需要花费大半年时间。

在整个扶贫工作系统中，驻村工作队是最难做的，尤其是队长，要有特别强的责任心，特别能忍耐的性格，特别过硬的本领，特别远大的思想和抱负，特别能吃苦的精神和品质……这样的工作队队长，才是合格的优秀的驻村干部，才能得到当地群众的信赖和拥护，才能把扶贫工作做足做实做出成效。

当然，在实施工作过程中，驻村工作队难免会四处碰壁，这是完全可以理解的，因为上级领导生怕考虑不周全，责任难担当。自从王悦来到虎山村后，他就知道为了能在虎山村落实一个项目，时常碰壁的万队长就有了不少怨言，认为上级不够果断。

他说的都非常现实，要是上级能多听听基层的声音，事情就会好办多了，"研究研究"就会少了许多。

王悦有时也是非常同情万队长，感到他身上背负的责任比谁都大，经常要跟各级部门领导周旋。

可有些领导不去了解当地实情，不去了解民情民意，不去了解贫困户内心的渴望和想法，只会顾及这样干或那样干自己要承担什么样的责任和风险，导致与基层严重脱节。领导不支持，工作队队长就更难做了。

王悦也从各种渠道打听到，为了工作的事情，万队长与一些领导闹得很不愉快，把没有硝烟的战场演变成炮火连天的阵地，而且愈演愈烈。

第十八章

出发前，广安镇扶贫办专职副主任陆俊在镇扶贫微信工作群发了一条温馨提示，他是从西川县委组织部转发的工作提醒，要求各驻村工作队认真执行。温馨提示大概是说，近期省委调研组在调研时发现，个别地方的第一书记或驻村干部存在擅离职守的情况，大家要及时自查自纠。

按计划省定贫困村第一书记将于4月开展轮换，现阶段正处于关键时期，县委组织部要求各镇扶贫办认真做好第一书记和驻村干部的思想和管理工作，避免出现歇歇脚、喘口气的思想，严禁出现提前收队的情况。

广安镇共有两条省定贫困村，其中虎山村由Z城信访局联合驻村帮扶工作队帮扶，大石嘴村则由Q市人民医院联合驻村帮扶工作队帮扶。除了省定贫困村，还有12条村由本地市、县级单位派出驻村工作队帮扶。这些村并非省定贫困村，但仍有需要帮扶的贫困户，大家称这样的村子为"分散村"。这样定义也不一定正确，只是大家习惯的叫法，便于区分省定贫困村。

关于第一书记或驻村干部擅离职守的情况，虎山村从没发生过，第一书记和驻村干部都是按照上级要求正常上下班。按照上级要求，第一书记和驻村干部返岗时间是每周一下午2点半前，离岗时间是每周五上午下班后。当然，也会出现特殊情况，比如工作队需要向帮扶单位领导汇报工作或召开各帮扶单位联席会议，返岗可以延迟，离岗可以提前，只是事先要向镇扶贫办请假。

下午2点半，万队长开工作车来到市区办事处大门旁，接上王悦后直奔广安镇政府。

工作车驶离市区后，从平沙公路转入西区收费站，然后进入广珠西线高速。

进入高速后，王悦和万队长都没有说一句话，车内显得异常沉闷。不一会儿，车内就响起了音乐，打破此时的尴尬和沉闷。

进入广州绕城高速后，万队长就把车开进丹灶服务区，休息片刻后又开始出发。

车内传来的依然是或轻柔或强劲的乐音。王悦坐在后座，时而闭上双眼，小憩一会儿；时而睁开眼睛，看对面高速路面上狂奔的汽车；时而望向前方的天空或者远处的高楼大厦。

直至进入二广高速后，王悦和万队长谁也没有吱一声，都保持足够的沉默。

从大田收费站下了高速，汽车往右进入 263 省道。行驶几分钟后，就到了西川县境内的木春社区。从木春社区进入后，出现在眼前的都是弯弯曲曲的山路，再行驶十几分钟，就可到达目的地——广安镇政府。

从 Z 城出发，到达广安镇政府全程需要两个半小时。

广安镇政府面积不是很大。镇政府大门左边是一幢三层旧楼房，用作职工宿舍；宿舍旁有一块小小的活动场地，有乒乓球台，也有健身器材；场地边立着一块很大很长的宣传栏，栏里主要介绍镇干部的职责范围；宣传栏前面是一大块水泥地，算是操场吧，操场上还规划了一个篮球场，平常供职工停放车辆。镇政府大门右边是文化站，也是一幢三层高的旧楼；文化站往前，是一幢呈倒"L"形的办公大楼，高六层，看起来还不算旧，天台上飘着一面鲜艳的红旗，红旗下写着"不忘初心，牢记使命"八个鲜红的大字；办公楼前是一块绿化地，种些花草，显得生机勃勃；办公楼后面是一幢也不算旧的三层楼房，底层是食堂，三楼是宿舍，王悦、万队长和另一个队友高云飞就住在三楼一间带办公室的宿舍；食堂右边是一幢新建好的职工宿舍，楼高五层，将于近期使用；食堂左边靠后一点是一幢三层高的楼房，是办证服务中心和社会事务保障所；服务中心左边是一幢正在施工的新楼。

王悦登上宿舍，因离吃晚饭时间尚早，就在宿舍里翻看《习近平讲故事》。出发前，他在微信向管理饭堂的媚姐报了两个晚饭，一个是他的，另一个是万队长的。

原来虎山村驻村干部在虎山村委会安排吃住，由于村委会不能提供单人房，且队员高云飞睡觉时会打呼噜，严重影响其他队友正常休息。后来驻村工作队与镇领导沟通并上报相关部门，由镇政府给虎山村驻村干部提供食宿。当然，那些分散村的驻村干部，大部分都在镇政府办公、吃住。

为加强新时期精准扶贫精准脱贫工作的组织领导，严明工作职责，严格标准程序，确保全面完成新时期精准扶贫精准脱贫攻坚任务，镇委镇政府成立了精准扶贫精准脱贫工作领导小组，由镇党委书记吕平任组长，党委副书记、镇长梅贵珍任常务副组长，副镇长程海风任副组长，成员20多人，都是镇政府各部门的负责人。

领导小组下设扶贫工作办公室，与镇农林水办公室合署办公，办公室主任由程海风担任，专职副主任由陆俊担任。

下午5点半，王悦下楼到食堂吃晚饭时，正好碰到收工准备回家的媚姐。

媚姐住在离镇政府不远的地方，相距不过几百米。

记得年前，媚姐对王悦说，她读高中的女儿喜欢文学，节假日回到家，经常在她手机微信上翻看朋友圈，看到王悦发送的诗歌就喜欢得不得了。媚姐还说，她女儿最喜欢看的还是小说，经常买小说看。由于经常涉猎文学书籍，她女儿写的作文特别好，获得过不少市、县级作文比赛大奖。

王悦听后也非常高兴，没想到一个小小少年的心里深埋着文学种子，实在令人钦佩。但王悦以自己苦苦追求文学的切身体会，告诉媚姐，希望媚姐转告她女儿，先把精力放在学习上，文学只能算作一种精神追求。

媚姐一见刚进入饭堂的王悦，脸上就露出春风般温暖的笑容，说："刚回来啊？"

王悦也回她一个灿然的笑，说："今晚吃什么好菜？"

媚姐笑得更加温暖，说："五花肉炒新鲜竹笋，很好吃的。"

王悦立马做出一副嘴馋的样子，冲到盛放菜的铝盘前，端起一碗菜，闻了闻，大呼："真香！"

西川盛产竹子，被称为竹乡，竹笋自然就成了这里的家常菜。春笋比较贵，市面上一般要20块钱一斤。

媚姐见王悦馋得像只猫，把脸笑成了春天的花朵，说："看你馋的！前天晚上我女儿加了你微信没有？"

王悦端着菜来到一张饭桌前，略犹豫一下，然后放下菜碗突然问："你女儿叫丫丫吗？"

媚姐估计她女儿已加上王悦，但她还是故意问："是啊，你没通过吗？"

王悦转身从消毒碗柜里取出一只碗一双筷子，回答："通过了。"

此时的媚姐才略略地把脸上的微笑收敛一些，继而惊讶地说："前天你发在朋友圈里的诗，我女儿超喜欢哩，用我手机看了一个多小时，不知道读了多少遍，所以她用自己的手机加你。那首诗叫春天什么的，我也拜读了好几次，写得真好！"

王悦听到别人当面夸自己，怪不好意思的，说："写得不好。那首诗叫《为春天抚琴而行》。"

"对对对，为春天抚琴而行！多好！"媚姐突然把收敛的笑重新舒展开来，脸上浮现出一片绯红的云彩，然后转身说，"你先吃饭，我回去了。"

媚姐长得不高，身材苗条，颇有江南女子的味道，特别是她的笑，天真烂漫，像少女般随意绽放，又像一首含蓄的小诗，让人久久回味。她不是本地人，娘家在粤西。十几年前，她在广州打工时认识她老公。她老公现在还在广州打工，而她留在老家看护两个上学的孩子，白天在镇政府饭堂帮厨。

饭堂一共有三个人，除了媚姐，还有两个男的，一个是洪师傅，大概60岁；另一个叫山哥，50岁上下，人缘特别好。以前，王悦偶尔跟万队长到山哥家用瓶子装山泉水。他家的山泉水特别好喝，凛冽甘甜，回味无穷，适合泡茶。

春笋果然好吃，又脆又甘，王悦吃得津津有味，连汁液都喝光了。

第二天早上8点半，要进村了。王悦、万队长、第一书记黄小诚都已坐在工作车上，但高云飞迟迟未来。他还在饭堂吃早餐。

在工作队，高云飞主要负责系统，及时更新贫困户变更的信息，特别是贫困户家庭成员的增减，都需要在系统上更改，做好动态管理。王悦主要负责资料和信息报送，协助万队长入户调查。有时上级领导入村巡视、检查，或者各帮扶单位领导来慰问、调研，工作队都要向镇扶贫办和驻县组报送信息稿。这些信息稿自然由王悦操刀，毕竟以前他做过《Z城晚报》通讯员，发过不少通讯稿。

来到村委会后，王悦看见村委会门旁停着一辆警车，心里嘀咕着村里发生了什么事。当然，他知道肯定不会是什么好事。

当他进入村委会，听见代办员阿巧对万队长说："李子青又患毛病了，疯疯癫癫的，见什么砸什么。"

万队长惊恐地问："有没有砸到人？"

阿巧叹息一声，说："倒是没砸到人。他的病总是反反复复的，弄得周围的邻居提心吊胆，说不定哪天没准真砸了人，那可咋办？"

李子青是低保贫困户，患有精神病。今天凌晨爬起床后，他就开始闹起来了，把他父母家的东西砸得落花流水，然后到处疯跑，没人管得住。住在附近的村委会肖副主任见势不妙，赶紧拨打了"110"，直至三个民警来到后，才把牛一样壮实的李子青捆绑起来，然后叫来镇卫生院的急救车，送到邻县的精神医院。

李子青才 31 岁，赤色的皮肤、中等身材，样子倒长得眉清目秀，可惜命运不济。一个帅小子，却被这种病夺走了一生的快乐和幸福，活着的是肉身，死去的是精神和灵魂。

关于李子青得病的故事，王悦曾听万队长和村干部说过。以前入户，王悦见过李子青几次，还有一次就是在村委会，李子青来办事。

李子青还没结婚，与父母分了家。他是危房改造户，新建的单层楼房离他父母家不远，只有十几米距离。他一直在他父母家吃住。

平常见到李子青，虽然沉默寡言，但一脸温和，特别是他的眉毛，浓浓的、弯弯的，像春天的月牙，给人一种温柔秀气的感觉。

上天实在太不公平了，李子青正值青壮年，为何残忍地让他遭受这般苦？但这谁又能说得清道得明呢？人生，为何真假难辨、虚实难测、祸福难料？今天还能活蹦乱跳，说不定明儿就会气若游丝、苟延残喘。但这谁又能掌控得了呢？

虎山村村委会离广安圩镇五六公里，总面积不足 200 平方米。唯一一幢两层高的楼房，就是村干部办公场所。二楼天台上像镇政府办公楼一样，飘扬着一面红旗，不过没镇政府那面红旗大，也没挂那么高；红旗下写着八个鲜红的大字"不忘初心，牢记使命"。一楼正门外面写着"虎山村党群服务中心"。走进里面，一间比较大的房子就是村干部用于为村民办事的办公室，大概 50 平方米，而办公桌后面墙壁上，最上面挂着电子显示屏，如果村委会要召开什么会议或有什么活动，显示屏就会显示主题；电子显示屏下面写着"虎山村公共服务站"八个稍大一点的蓝色字，呈拱形状；蓝色字下面写着"凝聚党心，服务群众"八个略小一点的红色字；再往下，摆放着一些档案盒，盒子外写着各种各样的标签；而左边墙壁上悬挂着村委会干部头像，头像下用文字说明职务，当然，墙壁上还排列着办事规章制度、服务项目等。

虎山村委会现有村干部五人，代办员一人。

村支书兼村主任古凤清，大概55岁，长得瘦高瘦高的，满脸古铜色，大概是常年风吹日晒留下的，活脱脱就是一个庄稼人的标本。他人很随和，很诚恳，内心并不复杂，平常也不太爱说话，更不会说大话空话，属于直肠子。所以他深受镇党委书记吕平的信任和赏识。

副主任肖碧娟，40多岁，个子小，偏瘦，性格开朗，有时累坏了，嘴里还会轻轻哼起一些革命歌曲。据说，她曾经是村小学教员，当音乐老师。

年过花甲的村委昌哥，虽然年轻时到东北闯荡过，算是见多识广，但外面的风花雪月并没有改变他老实本分的模样。据说，他是村委会做事最长的一个，已有20多年了。

还有满头白发的村委坤哥，他和村支书一样，长得瘦高瘦高的，满脸古铜色。在所有村干部中，坤哥年岁最长，应该有65岁了。据说，他当过兵，参加过对越自卫反击战，搞后勤。坤哥经常骑一辆前轮防水盖上挂着"越战老兵"牌子的摩托车，出入村子。

另一个村委叫六哥，50岁上下，不仅瘦，个子也矮小，平常喜欢喝点小酒，但人很勤快，只是他说的话很难听懂，不是普通话，不像本地话。据说，他曾经做过建筑工程，当小包工头。

代办员阿巧，略胖，是个能吃苦耐劳、有上进心的女人，老公在外打工，她一个人承担家里的所有事情，而三个孩子需要她照顾，大儿子10岁，小儿子才6岁。

里面左边一个比较小的房间，就是供驻村工作队办公的地方。办公桌上摆放着四台电脑、两台打印机，以及一些资料。其中，三台电脑、一台打印机为工作队所用，另外一台电脑、一台打印机是村委会肖副主任专用的办公设备。靠左边墙壁前放着一个档案柜，因为办公面积小，除了档案柜，再也找不见其他可以放置的东西，只是天棚上悬挂着一台白色的吊扇，天气还没有热起来，此时显得有些孤单和寂寞。工作队办公室旁还有一个更小的房间，供工作队存放档案，都是有关扶贫工作及贫困户的资料，如工作队各种扶贫业绩、贫困户的一户一档、帮扶措施及计划、各帮扶单位领导重大节日慰问资料……资料室没有安装窗户，只有一个进出的小门，所以里面有些阴沉，白天找资料，也要拉亮日光灯。

一楼里面向右，有登上二楼的楼梯，楼梯对面就是厨房和供大家吃饭的地方，吃饭的地方除了一张饭桌和一些塑料椅，就只有一台大屏幕电视机。

二楼有一个大会议室，还配有一个以前供工作队住的房间。

办公楼前有一块空地，空地与外面之间有一堵不长的围墙，围墙中间开了一扇门，门上面用金属铸成"虎山村"三个大字，字体掉了不少颜色，看来已有一段历史了。门右边围墙上有一块宣传栏，主要介绍虎山村情况，以及贫困户分布、扶贫工作情况。

村委会对面是扶贫工作队帮助虎山村兴建的一座碾米厂，碾米厂后面生长着一丛丛竹林，最显眼的是那棵有些年岁的荔枝树，树上已经开始结满米粒般大小的果实，不时传来蜜蜂"嗡嗡"地飞来飞去的欢呼声，虽然不多，但对于宁静的村子，已经显得异常热闹了。

村委会后面有不少农田和自留地，农田边有一条小河，名叫望春河，河面不宽，但河水流得有些湍急，像枪炮声，又像为春天而行的琴声。离望春河不远的地方，有一口山塘，好像没有人管理，但一天到晚"呱呱"地从山塘里浮出昂扬愉快的鸭子声，有时把朝阳叫唤出来，有时把夕阳喊了回去，有时把星月引诱出来，给虎山村增添不少亮色。

山塘边杂草丛生，但也会开出不少喇叭似的牵牛花，花色呈粉白色。牵牛花在这里是最常见的一种花，它随遇而安，且一年四季都能见到。也许，牵牛花平淡无奇，常被人们忽视，无人懂得欣赏它不屈却又甘愿平庸的秉性。当然，每天与牵牛花和谐相处的，就是那株三角梅。三角梅也像牵牛花一样，一年四季吐露芳香，怒放出粉红色的花朵。

因为离村委会不远，有时王悦会来到山塘边，听听望春河弹奏的琴声，听听鸭子呼唤日月的歌唱声，既激动又亲切，就像遇见了亲人或知音。但他来的目的，最重要的就是想看看三角梅，时常惹得旁边的牵牛花心里不舒服。

为什么王悦会如此喜欢三角梅呢？不是因为它的美丽，而是因为它有坚韧不拔、顽强奋进的高尚品质。它的品质，完全吻合王悦的心境。在这个没有硝烟的战场上，你可以没有武器，但不能没有昂扬的斗志；你可以没有亲情，但不能没有团结友爱的思想；你可以没有号角，但不能没有向前冲的勇气和力量！对于每一个驻村干部来说，就是要身先士卒，随时冲锋陷阵，率领贫困户杀出一条血路，摘掉贫穷的帽子，为春天抚琴而行，为历史奏出最强劲最伟大的乐音。

当然，王悦对三角梅情有独钟，还有另一个原因，就是他经常见到黄秋亮站在山塘边望着它。

在办公室忙了近两个小时，王悦又想起三角梅，几天不见，不知它又开了多少花。他刚走出村委会，天空飘起零星小雨。王悦顾不上找伞，冒雨来到山塘边，看见蓬头垢面、穿着邋遢的黄秋亮踮着脚尖，伸手去摘一朵粉红的三角梅。此时的三角梅少得有些可怜，矮一些的花朵，花瓣开始枯萎了，也许是因为天气冷；高一些的花朵，应该是刚开放的，花瓣嫩得可以挤出水来。

当王悦再一次走近，黄秋亮才回过头来，忙丢下即将到手的花，脸上马上现出傻傻的笑，而嘴角边流着像望春河水一样湍急的口水，激动得手脚颤动起来，"呵呵"地望着王悦。

王悦刚想友好地跟黄秋亮"呵呵"几声，这才注意到，黄秋亮踮起的两只脚，一只穿着便鞋，另一只穿着防水平底胶鞋，便忍不住大笑起来，觉得这种打扮很滑稽，尽管这是他穿鞋的特色，经常见他穿着不配对的鞋。

笑过之后，王悦像往常一样，给黄秋亮竖起一只大拇指，随即，黄秋亮"呵呵"得更疯狂，口水淌得更凶猛……黄秋亮每次碰到王悦，都会激动成这个样子。也许，说不出话来的黄秋亮只能用这种特有的方式跟他打招呼，是欢迎吗？是热情吗？是感激吗？还是……总之，王悦见到黄秋亮也会以笑回报，但内心是五味杂陈的，他常猜不透黄秋亮激动的表情是代表什么，也许只有他自己才知道。或许，他是在向王悦诉苦，排遣内心的忧伤和孤独。在村子里，没有人理会黄秋亮，就连小孩子都欺负他，只有王悦与他和平相处。

互相打完特殊的招呼，王悦也踮起脚尖，把黄秋亮刚才没摘下来的那朵三角梅摘下来，递到黄秋亮手上。黄秋亮看了一眼王悦，"呵呵"地接过花，然后紧紧搂在怀里，跟着王悦走回村委会。

记得春节前，Z 城市区文化馆组织书法家、艺术家到村里进行慰问演出，王悦看见一个小孩子突然从围观的群众里挤出来，在地上捡起干树枝，像冷风一样扑向坐在一旁看热闹的黄秋亮，使劲抽打了好几次，抽打得他"哇哇"大叫，淌下的口水像愤怒的江水，但一直没见他流下一滴受辱的眼泪。

坚强的人是不会轻易流下一滴眼泪的，哪怕是傻子，他都会活出自己的尊严和光彩。怜痛之中，王悦对黄秋亮另眼相看，从没把他看成弱者，也从不把盛气凌人的人看成强者，恰恰相反，王悦会把那些盛气凌人的人看成真正的傻子，是可怜虫。

黄秋亮今年37岁，因为傻，因为哑，他从没上过一天学，连生活都不能自理。他是低保贫困户，自从工作队来了以后，给他制定了帮扶措施：跟踪落实好该户最低生活保障金政策；帮助该户购买城乡居民基本医疗保险和城乡居民基本养老保险；重大节日送上温暖和慰问活动；努力协助解决其在生活上遇到的困难。

除了以上帮扶措施，工作队还给他改造危房，并于2018年实现脱贫。

一个又哑又傻的贫困户，在党的阳光照耀下，如愿脱贫，过上安稳的生活，我们这些驻村干部，政策的执行者，没有理由不相信，脱贫攻坚的任务一定能如期完成，为幸福日子弹出优美动听的琴声，迎接春天的到来。想到黄秋亮生活的改变，王悦更加坚定了信心，心里永远不会忘记，党和国家交给他们的脱贫攻坚总体目标任务：到2020年，稳定实现对口帮扶村贫困人口"两不愁三保障"和"一相当"……

这几天，春雨时断时续。饭堂这幢楼的楼梯、宿舍地板异常潮湿。令人讨厌的回南天似乎比往年来得更早一些。

到了晚上，从宿舍后面小山坡上飞来的小飞虫也助纣为虐，把宿舍办公室搅得天翻地覆。然而，一到天亮，王悦就会发现，楼梯和过道都铺满了折翅的飞虫。那些早起的燕子、麻雀捡了大便宜，纷纷飞到镇政府把那些折翅的飞虫吞进肚子里。

虽然王悦憎恨那些飞虫，但一想到晚上的时候，它们不顾一切扑到亮着的灯上，直把自己的翅膀折断也在所不惜，又被它们勇于寻找光明的精神深深折服。谁不怕黑暗呢？可人世间会有多少人像飞虫一样用自己的生命去寻找光明？由此，王悦联想起一些贫困户，"等、靠、要"的思想严重，怕苦又怕累，日子越过越昏暗，这样能脱贫致富吗？这样能找到幸福和光明吗？为了医治他们的懒惰，扶贫政策也是明文规定绝不养懒汉，所以提倡在贫困村大兴产业，以产业带动贫困户脱贫，让那些"等、靠、要"的懒汉伸出双手，用自己的付出来改变命运。

当然，王悦也深深感到，累倒在扶贫一线的驻村干部，无疑就是一只只为贫困户寻找光明的小飞虫，他们甘愿用自己的热血和宝贵的生命，换来别人幸福的生活。这些可亲可爱可敬的英雄，这些为春天抚琴而行的歌者，他们的壮举将激励着千千万万的战友勇敢地走下去；他们的精神像明亮的灯火，将永垂不朽！

第十九章

那天晚上，王悦坐在宿舍认真翻阅《习近平讲故事》，突然听到洗手间传来"啊"的一声，紧接着听见队友高云飞敲了敲门，惊恐地说："小悦，洗手间有一只树蛙！"

洗手间就在王悦卧室后面的阳台上，紧挨着小山坡。高云飞想进洗手间冲凉，没想到一进去就被跳来跳去的树蛙吓了出来。

王悦合起书，打开门跟着脸色煞白的高云飞走进阳台。王悦小心地走近洗手间，果然看见一只树蛙伏在里面。

王悦转身找来扫把和畚斗，然后走进洗手间。树蛙见到王悦，慌乱地跳了几次，却逃不出来，最后躲在墙角一动不动，好像等待不幸命运的降临。王悦见机用扫把压住树蛙，再将畚斗慢慢移到树蛙身旁。就这样，树蛙被装进了畚斗里，而扫把一直压着树蛙的身子。

王悦连忙把树蛙抛到阳台边的小山坡上，让它回归自然。

树蛙是怎么跳进来的呢？原来，小山坡边上生长着一棵大树，这棵大树有一根树枝像手臂一样差不多要伸进阳台。大概树蛙也像寻找光明的小飞虫，晚上看见宿舍有灯光，于是爬上那棵树，借助那根树枝跳了进来。

自从那晚之后，树蛙还来过几次，都被王悦用同样的方法制服，把它放回自然。

转眼 3 月来临，天气依然阴沉，且夹杂着一点寒意。那天一大早，饭堂传来异常热闹的声音，锅碗瓢盆碰撞得"叮当"作响。吃早餐时，王悦听媚姐说，这两天镇里召开人民代表大会，代表们都可以来饭堂免费进餐。

进村时，王悦透过车窗玻璃，看见离七彩梯田几百米的路边，竖起一块"虎山村生态园养殖场"的牌子，牌子旁是一口刚挖好的山塘，只是还没有蓄水。

王悦揣测，大概养殖场是私人搞的，要是村里的扶贫产业项目，工作队应该会放出风声。这段时间，他没听到工作队要上扶贫产业项目的消息。

村民又开始为春耕生产忙碌起来，在田间，在自留地，他们都挽起袖子加油干，向着明媚的朝阳迎起了金光闪闪的锄头。只是迎起锄头的，都是一些上了年岁的老人。村子里的年轻后生都出去打工了。

不一会儿，王悦看见一辆急救模样的车停在村委会门口，而车边坐着口水肆意横流的黄秋亮。黄秋亮面带微笑，斜起三角眼，望向对面碾米厂旁的那棵荔枝树，好像对树上尚未成熟的果实充满幻想，而枯瘦肮脏的手上捧着一个圆形铝饭盒，饭盒里除了银白色的调羹，不知里面还装着什么好吃的。

王悦常见到黄秋亮这副寒碜的模样，感到既心酸又同情。黄秋亮不正常的举动，还有很多很多。有时王悦见到黄秋亮坐在居民房屋檐下，一手拎着装着乱七八糟吃食的食品袋，一手往袋子里抓食物，而嘴巴不停地嚼得津津有味；有时见他坐在碾米厂旁，手上攥着的是一撮和他的手一样枯瘦肮脏的草，边嚼边往嘴里塞草根；有时见他仰躺在路边，跷起二郎腿，眯起三角眼，面带浅浅的傻笑，竟然对红色塑料带产生极大兴趣，边吃边淌口水；有时见他弯腰站在垃圾桶旁，低下披着凌乱头发的脑袋，在翻臭气熏天的垃圾，大概在找吃食。只要有他在，十米开外的空气都会被他身上的臭气污染。

王悦入户时听村民诉苦过，黄秋亮随地大小便，极不卫生，人人恨他惧他，都躲得远远的。

但王悦不怕被污染，经常跟他用"呵呵"的笑声来打招呼，互相交流，因为他知道，走在脱贫攻坚的阵地上，怕脏怕臭是干不好工作的。

黄秋亮孤身一人生活，他年老的父母也没太多精力管他，任他到哪儿傻，十天半月才帮他冲凉换衣服。

村子里又发生什么事了？王悦暗揣，医院的车怎么这么早跑进村子？谁得病了？难道李子青的精神病复发了？

狐疑之间，王悦下了车，黄秋亮见状马上起身走了过来，"呵呵"地傻笑着迎向王悦，而激动的双手不停地颤动起来。王悦只是随意回笑了一下，再也没心思理会黄秋亮这种特殊的招呼，就径直走进村委会，看见一群护士坐在一排桌子前，开展健康咨询活动，只是时间尚早，前来咨询的村民寥寥无几。

渐渐地，前来咨询的村民多了起来，场面比较热闹。坐在办公室里的王悦根本静不下心来写材料，就走出村委会，来到后面。

周边自留地上，有几个老人在播种花生。"呱呱"的蛙声，一阵又一阵从山脚下的田野上朝王悦的耳朵里奔来。山塘边的三角梅看起来少得有些可怜，只有零零碎碎的几朵，却怒放在 3 月的天空下，显得更加妖娆，更加美丽。望春河的河水一刻也没闲着，携带春天的气息，奔向远方。

虽然 2018 年度扶贫工作成效考核没抽到虎山村，但省里计划在 3 月 6 日开展扶贫考核第三方评估。主要任务是进村入户调查贫困户识别是否精准、2018 年度脱贫真实性等。具体内容包括：收入达标情况；低保贫困户、五保贫困户和孤儿的政策落实情况；教育、住房、医疗保障的政策落实情况；养老的政策落实情况；饮水安全有无检测报告；有无生活用电；有无电视信号，含有线或无线，但贫困户家庭不一定要求有电视机；有无网络信号；贫困户对驻村工作队和村两委扶贫工作的满意度、对卫生保洁和农田水利等的满意度。

按照评估方式，第三方机构人员将直接与贫困户对话，填写调查结果。

面对第三方评估，上级部门迅速做好迎接评估工作，要求所有贫困村做好这些内容：完善所有贫困户的户档案，必须有精准识别资料、"八有"资料、2018 年收入调查和录入资料；帮扶单位、驻村干部和村两委干部分组带着户档案到贫困户家里，与贫困户对户档案资料进行逐项内容的沟通，让贫困户对扶贫政策和帮扶效果一清二楚；完善明白卡，明白卡内容要与 2018 年帮扶成效完全一致，并且让贫困户对明白卡看得明白、讲得清楚；继续组织帮扶责任人进村入户，深入推进结对帮扶工作，增加贫困户的满意度；镇级组织全面检查，抓好工作落实，特别是非省定贫困村，镇级部门要做到一个村一个村地检查，一户一户地检查。

省里还未正式布置第三方评估方案，但已经明确全市要抽 682 户，这就有可能覆盖到全市各地。所以，西川县向各镇作出重要指示：不要做什么重点镇村准备，也没有重点准备，只有全面准备，不管有没有被抽中检查，所有贫困户的帮扶工作都必须做细做实，希望 2019 年和 2020 年户户过关，绝对不能心存侥幸和等待观望。

这次，省里的第三方评估不知道会不会抽到虎山村，万队长忧心忡忡。

最近，2018—2019 年秋季学期建档立卡贫困学生生活费补助已经发放。教育扶贫也是扶贫工作中的一项重要内容，国家和各级部门非常重视贫困学子的学习、生活情况，决不能让他们因贫困上不起学。但在实施过程中，仍然出现不少问题，特别是在异地求学的贫困学子，有些只能收到部分补助，一小部分还收不到一分钱。

王悦从西川县 2018 年秋季学期建档立卡贫困学生生活费补助情况反馈中看到，这次没收到教育补助的贫困学生有十几人，不符合扶贫政策要求的有一人。

根据反馈，万队长让负责系统工作的高云飞核对虎山村所有贫困学子的发放情况，并通知贫困学生或家长迅速查询 2018—2019 年秋季学期生活费补助是否到账。

这次教育补助，本科生不在发放范围之内，技工类学生生活费补助由县人社局发放。

目前，在虎山村，建档立卡贫困户学子一共有 40 名。

驻村工作队非常重视教育扶贫工作，关爱村里 40 名贫困学子的读书情况，决定从 Z 城利华公司向虎山村捐赠的 30 万元善款中，抽出部分资金资助贫困学生。万队长已拟好初步方案，但需要向各帮扶单位汇报，同意后，还要呈报利华公司。

为此，各帮扶单位领导专门召开了联席会议，已同意万队长的方案。

2017 年，在省扶贫济困日活动中，利华公司向虎山村捐赠 30 万元后，Z 城信访局驻村联合工作领导小组于 2017 年 8 月制订了《Z 城信访局驻村联合工作队自筹资金使用方案》，计划主要用于虎山村村民大病救助、生活补助、发展生产的补助。但由于各种原因，这笔资金尚未使用，仍在虎山村委账户上。

为进一步发挥利华公司捐赠的 30 万元资金的使用效益，结合目前虎山村及贫困户的帮扶工作实际需求，工作队对原使用方案进行调整。调整后，其中一部分资金用于教育资助。

工作队准备对虎山村 40 名贫困学子给予生活补助，约需 17.28 万元。补助分两次进行：第一次计划对 2019 年秋季学期在校的建档立卡贫困户学生进行补助；第二次计划对 2020 年秋季学期在校的贫困户学生进行补助，名单待定。

利华公司余下的 12.72 万元捐款，将会投资虎山村的基础设施建设，与新农村建设衔接，优先考虑党建工程这一块。

为什么这笔捐款过了这么久还没有使用？就目前现状，虎山村留下的扶贫款还有不少，不缺钱，缺的是花钱的项目。找不到适合虎山村发展的扶贫产业项目，有钱花不出去，这正是万队长的愁中之愁。镇领导几次明里暗里提醒万队长，扶贫资金使用率偏低，该想办法把滞留资金花出去。于是，镇领导也帮忙想了一些办法，但都行不通，不是风险大，就是收益低，或者在短期内见不到收益，总之，雷声大雨点小，真能发挥重大作用的项目就像大海捞针，难觅芳踪。

就这样，找项目成了万队长的心头之病，而滞留的近百万元市财政资金，又像泰山压顶般压得万队长喘不过气来。他天天想项目，想得头发花白了，想得晚上失眠。他能不急吗？因为项目上不来，滞留资金花不出去，这极大地挫伤了他的积极性，甚至有了退隐"江湖"的决心。

是啊，项目无情地折磨着他。谁都知道，每一次想到的项目都会付出很多，到现场考察，写可行性报告，评估风险等，既花时间又花精力，可最终被上级一口否决，付出的汗水不是白流了吗？所有的心血不是白费了吗？

王悦同情万队长，就是见他有劲使不上，有心难作为。说实在的，万队长很想在虎山村留下一点光辉业绩。

另外，扶贫资金使用率低，将会影响年度省考核成绩。每年一度的省考核，将考验驻村工作队的扶贫战绩。扶贫资金用得少，说明扶贫工作不到位。

本来前段时间，大石嘴村想与虎山村联合作战，在西川县城繁华地段购买返租商铺，每个村工作队出资50多万元，八年返租期，八年内每个月返租7000多元，如果购买成功，虎山村每月可获利3000多元。当时万队长考虑到购买商铺可以增加村集体收入，解决虎山村村集体收入不达标的难题。但是，上级一些领导，一是考虑到投资大，二是考虑到返租高得不切实际，每个月返还7000多元，认为这是商家设的套，万一出现问题，承担的责任和风险特别大，所以这个方案最终还是被否决了，虎山村错失了一次机会。

扶贫资金包括省财政下拨的资金，对口帮扶城市下拨的市财政资金，还有就是各帮扶单位的自筹资金。当然，中央也会直接下拨一些扶贫资金给地方政府，由地方政府管理使用。省财政每年会向每个省定贫困村下拨扶贫资金，数额是按所在村贫困人口下拨的，每人 2 万元。对口帮扶城市市财政每年也会向每个省定贫困村下拨 50 万元。对于自筹资金，没有限定，看各帮扶单位自身能力。

虎山村已有项目大部分是利用省财政资金投资，由县、镇统筹，比如投资水电站、投资公业园区、投资购买商铺，所得的分红分给村里有劳动能力的贫困户。另外，虎山村能看得到收益的还有养殖项目。

本来还有一个项目，就是工作队为村里建的碾米厂，但经营碾米厂没多少收益，在三资平台发包转租不出去，最后把碾米厂从收益项目转为公益项目。

在碾米厂建成之前，虎山村不少村民要翻山越岭到邻镇茶花镇碾米，为了方便本村村民碾米，工作队便在村委会对面建了一座碾米厂。为建碾米厂，工作队在各方面进行摸底调查，并做了可行性报告、建设方案、收益预测等。还了解到虎山村每年粮食产量大约 40 万斤；也考虑到村民到茶花镇碾米，不仅山高路远，不安全，而且价格偏高，每百斤需要 8.5 元加工费；更重要的是，碾米厂可以增加村集体收入。

因此，村里建一座集体碾米厂就显得十分有必要了，一是方便群众碾米，提供生活便利；二是降低村民碾米成本，减少村民支出；三是村委会可以拿出碾米厂 60% 的收益来扶持贫困户的发展，这有助于贫困户脱贫。

建成后，谁来管理？最后工作队与村委商量，决定以承包经营的方式出租给承包商，年租金收益约 2.4 万元。

但是，构想是美好的，现实是残酷的，花了十几万元的碾米厂建成之后，却没人承包，碾米的村民也少，一周碾米一次，一直产生不了经济效益。

关于项目使用的扶贫资金，要求非常严格，不仅工作队小心谨慎对待，上级部门也是层层把控，省、市、县纷纷出台了规范使用资金的相应文件。虽然虎山村还滞留上百万元市财政资金，不含利华公司那笔捐款，但工作队在找到上级满意的项目之前，根本不敢动用一分钱，只是在村里做一些公益事业和民生工程。

王悦有时也会接触到虎山村扶贫资金的使用情况：从 2016 年到 2018 年，拨给虎山村的 Z 城市财政资金共计 150 万元，已使用近 50 万元，用于碾米加工厂建设和道路维修等，结余 100 万元多一点；加上自筹资金 30 万元，就是未使用的利华公司捐款，实际上虎山村滞留的扶贫款有 130 万元多一点。

关于 2019 年虎山村扶贫资金的使用计划，工作队将结余的上百万元市财政扶贫专项资金和 2019 年度 Z 城市财政即将拨付的扶贫专项资金 50 万元，用于虎山村村级集体经济资产性收益项目和产业项目发展，改善贫困村生产生活条件，促进贫困户奔康致富。经研究，安排 103.084 万元用于购买商铺项目；安排 38.16 万元用于开展百香果种植项目；剩余资金用于村基础设施建设和资助学生。

在这个美好的 3 月，王悦似乎又看到虎山村贫困户脱贫的希望，看到成千上万的驻村干部勇敢地奔赴在没有硝烟的战场上，为春天抚琴而行。

Z 城利华公司，王悦也是知道的，离他单位市区文化馆不远，以前每天上下班，他都会从利华公司大门旁经过。但王悦还不知道的是，利华公司是个很有爱心的企业，公司成立 20 多年来，已向社会各界捐赠善款 5000 多万元。

说来凑巧，郭小丽就在利华公司上班。王悦参加扶贫工作不久，曾在 Z 城举行的中秋诗歌朗诵会上第一次碰见郭小丽，才知道利华公司是大型外资企业，全国一些大城市都设立有分公司。

郭小丽 30 多岁，身材高挑，披肩长发，再加上一双水汪汪的大眼睛，就把朗诵家特有的气质不声不响显露出来。只要她站在朗诵台上，就立马会迷倒一片听众，特别是她朗诵的声音，偶尔像春风拂过清静的湖面，偶尔像细雨般滋润着天地万物，偶尔像山间泉流飞奔古老的丛林，偶尔像滚滚春雷从空旷的天空中释放出来……总之，只要有她的身影，王悦就会感到四周充满青春的气息，只要有她的声音，王悦就会感到似有一股清流为春天抚琴而行。

利华公司坚持"取之社会，用之社会"的公益理念，倾情捐助各项社会公益事业，其范围涉及希望工程、西部开发、慈善救灾、环境保护、体育医疗、文化艺术和拥军优属等领域，逐步形成了以捐建希望小学暨发起希望教师工程、推广母亲水窖、倡导无偿献血、参与慈善万人行、支持华文教育、推动禁毒事业等为主体的慈善公益体系项目。20 多年来，各分公司捐资总额近 8 亿元。

昨夜，下了好几场非常尽兴的春雨，噼里啪啦，把夜空浇灌得满脸迷糊，也把王悦从朦胧而美好的梦中拉醒过来。直至凌晨 5 点多，又下了一场更大的雨后，王悦才慢慢进入另一个朦胧而美好的梦中。前后两个梦，像是连续剧，把睡着的王悦看得神采飞扬。

起床时，雨声没了，王悦听见窗外热闹的鸟声从小山坡的树林里传来，清脆、悦耳，像草儿们发出拔节的声音。

洗漱后，王悦看天气尚好，就没带伞步行到白云村晨练，路上刚好碰到龙书记从村里走出来。龙书记是 Q 市检察院公务员，被单位派往广安镇九凤村参与脱贫攻坚工作，是驻村第一书记兼队长。他长得略黑，但很壮实，高个儿，看起来像是北方人，但他是土生土长的本地人。龙书记 40 岁模样，样子憨厚，却谈吐不俗。他平生有三大嗜好：一是喜欢喝酒，在驻村干部中无人匹敌；二是喜欢锻炼身体，据说他驻村近三年，已步行两万多公里；三是喜欢诗歌，但从不写诗。

王悦偶尔会跟龙书记散步到上梁自然村观口山，因为龙书记每天早上起得很早，天刚蒙蒙亮就出发，而王悦起得晚一些，所以除非两人约好，王悦才会早起和龙书记一起散步。

王悦和龙书记很聊得来，皆因喜欢诗歌。龙书记读书时代就喜欢文学，写的散文特别好。参加工作后，因公务缠身，他就没写过文章，却喜欢上了诗歌。他喜欢诗歌的原因很简单，出门办事，随时随地都可以在手机上读几首诗。读诗不会影响走路，也不会影响休息，更不会影响工作，如果能读上一首好诗，他感到有提神醒脑的作用，浑身也有了力气，干活更有信心。

上梁村的日出特别漂亮，尤其到了 11 月，那里的朝阳更美丽。去年秋天的时候，因为忙，王悦一直没机会随同龙书记登上梁村看朝阳，但龙书记把他拍到的美图发给王悦，王悦看后来了灵感，写下了几首诗。

进上梁村的山路还没硬底化，雨后很难走，今早龙书记也没上到山顶，只是走到半路就返回来。

因雨后的路确实难走，王悦便跟着龙书记回镇政府，看见路边有些田野，一垄一垄，被白色的蜡纸封住。村民又开始育秧了。

省扶贫考核第三方评估即将进行。那天，万队长把 Q 市扶贫开发领导小组办公室下发的一则准备工作的通知转发给王悦和高云飞。

通知内容说省扶贫考核第三方评估主要进村入户调查，评估包括贫困户识别是否精准、2018 年度脱贫真实性（核查收入达标等"八有"标准）和脱贫攻坚政策落实等情况，并征求贫困户对驻村工作队和村两委扶贫工作的满意度。

　　此次评估为省考核的另一个重要环节，评分值占省考核总评的30%权重，能否确保顺利通过第三方评估，将直接影响市委市政府脱贫攻坚工作考核成绩。为此，Q市扶贫开发领导小组领导要求各驻村工作队高度重视第三方评估工作，绝对不能心存侥幸和等待观望。

　　每年度的省扶贫考核对于驻村工作队来说，是一次实打实的考验，容不得半点疏忽。但是，每次考核后，还是出现或多或少、或大或小的问题，甚至出现弄虚作假的盆景工程，掩人耳目。这就要问问驻村干部的良心了，问问自己有没有做到真扶贫、扶真贫！

　　不管是上级还是驻村干部，对贫困户就业脱贫都会抱着极大的热情，鼓励有劳动能力的贫困户走出去，把脱贫的好日子带回来。2019年春风行动暨脱贫攻坚专场招聘会开始了。为了能让更多的贫困户了解招聘会信息，西川县人社局就业股将招聘会企业招聘汇总表发到各镇，由各镇分发到村。汇总表上，共有500多家用工单位和工厂。

　　虽然机会难得，但对虎山村来说，有劳动能力的贫困人口都已经外出打工了，给驻村工作队缓解了不少压力，减轻了脱贫攻坚的繁重工作。"就业一人，脱贫一户"，这也是上级一直以来高度强调的最实在、最容易让贫困户脱贫的方式。因此，为了鼓励贫困人口就业，靠自己的双手和汗水改变生活和命运，市、县政府部门纷纷出台"就业奖补"政策，大大激励了贫困人口就业的愿望。

　　今年春雨特别多，有时一下就是一整天。每天下午下班后，哪怕天空淅淅沥沥，王悦也会撑着一把伞到四周村庄走一走，走得最多的就是九凤村。

　　进入九凤村的一条村道，不仅笔直宽阔，而且村道两边都是平整的田野或自留地。在山区，能找到这样放宽视野的地方，实属难得和不易。所以，王悦非常喜欢这条村道，经常在傍晚的时候到这里散步或晨跑。

　　九凤村位于广安镇东北面，距离县城约35公里，属于西川县南部偏远山区。离广安镇仅1.6公里。九凤村地处丘陵山冈地带，村民以种植水稻为主，发展山林业，盛产青竹皮，辖区面积约9.5平方公里，其中山地面积12000亩，耕地面积10020亩。全村下辖15个自然村，31个村民小组，总人口2107人。九凤村属于分散村，由Q市检察院派出工作队帮扶。龙书记就帮扶这个村。

最近，王悦听到一个消息，说 4 月份驻村干部开始实施轮换工作。

还有一个比较重要的消息，也引起了王悦的关注，那就是陆俊经过组织考察，被提升为镇党委委员、镇扶贫办主任，将负责全镇扶贫工作，接替程海风兼任镇扶贫办主任的位子，程海风不再负责扶贫工作，只负责新农村建设方面的工作。

新农村建设也是关系到国计民生的重大课题。党的十六届五中全会作出了加快社会主义新农村建设的重大决定，提出实施以"生产发展、生活宽裕、乡风文明、村容整洁、管理民主"为内容的新农村建设战略。建设社会主义新农村是我国现代化进程中的重大历史任务，是统筹城乡发展和以工促农、以城带乡的基本途径，是缩小城乡差距、扩大农村市场需求的根本出路，是解决"三农"问题、全面建成小康社会的重大战略举措。

在新农村建设中，很多内容会涉及扶贫工作，所以，新农村建设与扶贫工作看似分家，但实质上是一个心连心的整体，体内都流淌着共同目标和愿望——全面建成小康社会，率领民众奔向富裕的道路。

虽然陆俊还年轻，但肥胖的身体让他显得"少年老成"，所以，一些镇干部都叫他老陆。老陆性格比较温和，虽然平常没有太多的话，但在会议中，他的嘴里好像抹了润滑剂，讲得头头是道，有条不紊，有理有据。

第二十章

早上起来，王悦没去散步，而是站在宿舍前面的楼道上，以愉悦的心情，欣赏一群燕子在镇政府上空安静地飞来飞去。在这里，除了竹子多，燕子也非常多，天空中常年飞舞着轻盈、敏捷、娇气的小燕子，所以，王悦暗地里把广安叫作燕子之乡。

燕子飞舞时都是以沉默的姿态迎向辽阔的天空。王悦有时在想，广大驻村干部就像一群燕子，总是默默地付出，即使碰到困难，也会以最大的努力，率领贫困户冲出重围，飞翔在没有硝烟的战场上，鼓舞士气，以昂扬的斗志，为贫穷落后的山村打开一条通往富强幸福的道路。

春天，是木棉花开的季节。镇政府新建的宿舍楼旁站立着一棵木棉树，像挺直腰杆的斗士，又像万人景仰的英雄，日夜守卫着自己的国土和家园。

这棵木棉树，也是闲时王悦最为关注的一个重要"人物"。每天出入宿舍，王悦都会站在三楼楼道上，向木棉树行注目礼。每次望着它，就像望见穿梭在脱贫攻坚阵地上的那些英雄，跋山涉水，向贫困户送温暖；不怕路途艰险，为贫困户解决生活上的一切难题。谁病了，送医疗保障，谁的房子破旧了，送安全住房，谁家孩子面临失学，送教育保障，让贫困户真真切切地感受到党的恩情，像春天的阳光，洒在他们冰冷的身上，流进他们渴望幸福生活的心田。

此时，王悦把目光从燕子娇小的身上慢慢移动到木棉树结实的身上。经历了严寒，经历了风雨，经历了忍耐，尽管木棉树掉光了头发，但它的每一根毛细血管里，都盛开着红色的花朵，像火苗一样，向着天空燃起内心的烈焰，把春天越燃越旺，越燃越美丽。

作为一名驻村干部，内心必须倾注热情，必须坚定信念，必须燃起必胜的烈焰，才能做好扶贫工作，圆满完成党和国家交给自己的光荣使命和伟大任务。

在村委会，王悦和高云飞为迎接第三方评估，一整天忙里忙外，准备资料。虽然据"内部消息"，虎山村可能抽不到，但万队长不敢怠慢，还是吩咐王悦和高云飞做好评估所需的资料，按照要求送到镇扶贫办。省扶贫考核结束后，每个村要亮分排位。

晚饭后，王悦为了松弛疲累的筋骨，又想去九凤村散步。走出镇政府大门，就是教育路。教育路并不长，也不热闹，倒是左边的菜地上空，飞舞着数不胜数的小燕子。而教育路右边，楼房比较密集，有电脑维修店、碾米厂、小食店；往前一点，是一个教师村，里面更加安静。走过教师村，就是镇卫生院；卫生院对面也有不少商店，有卖日用品的，也有卖饲料的。

走出教育路，眼前就是一条两车道的乡路，比较宽阔，也算是广安镇的主街道。街道两边都建有三至六层高的商住楼，一楼做店面，楼上住人。

横过乡路，有一座桥，桥面上蹲着一些老农，卖一丁半点的农家菜，而桥下就是望春河，河水流得比较急，但颜色浑浊，因雨天，河水自然没有那么干净。偶有几只小燕子，沿着浑浊的河面低飞，你来我往，增添不少气息。

王悦走过桥后，街面上的买卖更多了，商店可以用"林立"来形容。街面尽头往左，又是一条比乡道更宽的街道。

王悦走在更宽的街面上，看见左边卖衣服的店铺门旁，两个老人面对面坐着下棋，围观的人不多，只有两三个，都是上了年岁的老人。再往前，是镇派出所。派出所围墙边，有一棵结着果实的枇杷树，引诱一群鸟儿偷食；还有一棵不算高大的榕树，显得异常热闹，叽叽喳喳的鸟声似要把春天撑破。

再走过去一点，就是镇邮政所。派出所与镇邮政所之间，是一条狭窄的小巷子。这条巷子，王悦偶尔走过，到巷子尽头的镇财政所办事。王悦望了一眼巷子后，刚想迈步继续走，却又听见时而低沉、时而忧伤、时而亢奋、时而高昂的二胡声。

二胡声是从右边一个路口传过来的。每次散步来到这里，王悦都会听到。

谁拉得如此伤感而沉醉呢？虽然王悦不懂乐器，更不懂二胡，但能听出，拉二胡的人一定非常用情用心。于是他循声找去，才知道自己进入了广安社区汇东自然村。再往里面走，他远远闻到从路边几棵桂花树上飘过来的阵阵花香，同时，还望见一座用灰色砖建成的三层楼房，显得与众不同，有一种沧桑的感觉。

正当王悦奔向那幢沧桑的楼时，却听见二胡声从右边一座民居里传出来。一个满头白发的老人端坐在门旁，正在倾情演绎。

王悦本来想听二胡的，没想到看到前面沧桑的楼房，便被深深吸引过去。于是他丢下二胡声，朝沧桑的楼房走去。当他走近，见一楼大门上写着"汇东村炮楼"。王悦心里直嘀咕，这里曾经打过仗吗？为什么会有炮楼出现？

西川是革命老区，这一点历史常识王悦还是知道的，但在广安，他还没听人说过红色故事。

当王悦怀着好奇的心慢慢靠近炮楼时，只见大门锁着，根本没办法进去打探里面的故事，而且墙壁很牢固厚实，似乎有一种将人拒之门外的感觉，不容易接触。王悦围着厚实的墙壁，走来走去往四周看了看，看见炮楼后面是一片田野和菜地，还有几个农妇在劳作。

此时的村子，除了二胡声，听不到其他声息，也见不到人影，王悦有所失望，于是返回欣赏二胡声，只见老人依然端正地坐在门旁，对王悦的到来丝毫没有觉察，似乎拉得更加投入。

老人一定知道炮楼的故事。为了揭开炮楼的真实面目，消除内心的好奇，王悦便不太礼貌地闯进民宅。但站在门旁的王悦，居然没有打乱老人的方寸，老人依然拉得如痴如醉。

天色渐晚，王悦有些焦急，忽而望望老人，忽而望望炮楼，忽而望望天色。

"年轻人，不要着急，着急的人是成不了大事的。"正当王悦犹豫是走是留时，却见老人停止了拉二胡，温和地说。

"老伯，你拉的二胡真好听！"为了证明自己没着急，王悦就拿一句赞美来哄老人开心。

"老啦，拉不动啦。"老人站起来，把二胡挂在门边墙壁上，"听口音，你不是本地人吧？"

"老伯，我不是本地人。"王悦为了打消老人的顾虑，就亮明身份，"我是虎山村驻村干部。"

"那幢炮楼，已有 70 多年历史了。"老人找了一张椅子，让王悦坐下，然后感叹一声，"我五六岁的时候建的，有些记忆早已模糊了，但远年的枪炮声，还环绕在耳，国仇家恨，能忘记吗？"

"老伯，炮楼什么时候建的呢？"王悦很想打听到炮楼的故事，待老人坐下后，忙给他点燃一支香烟。

老人已有 81 岁了，据他回忆：抗战时期，广安最大的地主金水旺为抗击日本侵略者，保卫家乡和村民，在村里建了五层高的炮楼，墙壁厚度有 1.2 米。为了修建炮楼，在炮楼后面建了两座烧砖窑。炮楼建好后，发挥了重大作用，有力地抗击了侵略者。1945 年初夏的一天凌晨，日本兵突然袭击炮楼，动用了一个中队的兵力。经过激烈的战斗，守卫家园的村民全部壮烈牺牲，而金水旺一家老小被俘，后来也被残忍杀害了。在炮楼修建前，金水旺将一个五六岁的儿子寄养在亲戚家，从而逃过一劫，保住一条根脉。现在的炮楼，是 2003 年重新修建的，但里面没留下任何东西，也没有人看守，只是偶尔有研究地方历史的文化人来这里参观炮楼。

老人讲完炮楼的故事，眼睛湿湿的。

"老伯，地主的小儿子后来回来没？"王悦心绪沉沉地问。

"解放前，那孩子去了香港，与姑妈、姑父一起生活。"老人回答的时候，脸上略显平静。

"后来呢？"王悦穷追不舍。

"改革开放后，孩子回来了。他忘不了根，忘不了曾经辉煌的炮楼。"老人说完，站起身摸了摸二胡，"从此以后，他终生与地主留下的唯一遗产为伴。"

"老伯，你是……"还没说完，王悦站起身，对老人肃然起敬。

在 Z 城度完两天周末后，万队长接着要休假，他让王悦坐茶花镇坑头村的工作车去广安。

坑头村是省定贫困村，由 Z 城宝马集团帮扶。坑头村的扶贫工作做得非常出色，成果显著，是 Z 城所有派往 Q 市帮扶工作队中的佼佼者，成了其他工作队学习的楷模。

以前，王悦几次向万队长提议到坑头村学习、交流，反正两个村相距不远，来回花费时间不长，但万队长好像不太乐意，所以一直没能成行。

向优秀团队学习，是积极进步的表现，是提升自己的机会，况且坑头村扶贫产业项目的开发相当成功，而虎山村的困境，正是不知如何向扶贫产业下手，无法打开局面，如果能向强者靠拢，取其优势，弥补自身不足，这不是很好的学习、交流机会吗？

见万队长不乐意，王悦的热情也被浇灭了，但他不知道万队长出于何因，为什么拉不下面子向强者学习。毕竟谦虚才能使人进步，学习才能得到知识营养。

现在，坑头村已拥有种植、加工、销售一体化的扶贫产业模式，而且有自己的品牌，加工的农产品渐渐走入市场。这样成功的帮扶成果，还没有几个工作队能做到。所以，扶贫业绩上来了，镇、县、市领导也非常重视，时不时到坑头村考察，就连媒体也紧追不舍，争先报道，为 Z 城几十支扶贫工作队争回不少面子，赢得了荣誉。

早上 9 点钟，陈队长亲自开车来接王悦，车上还有他的两个战友。

王悦与他们简单打了一声招呼后，就坐在后面座位上，听他们谈论扶贫工作的事情，偶尔也会接到客户订货的电话。

这就是一个优秀的团队，没有上下级之分，只有战友的情分；没有一己私心，只有扶贫事业；没有大话空话谎话，只有如何解决贫困户困难的计划，给他们带来实实在在的收益。

想想自己与万队长坐在来回的车上，彼此就像陌生人，根本就不像战友，倒像仇敌。王悦心里真说不出是什么滋味。

还没进高速前，陈队长把车开到一家卖封口机的专卖店门旁。下车后，王悦很乐意跟随这样一个优秀团队走进店内，看看他们为扶贫产业做些什么。

陈队长想买一台封口机，因为坑头村加工厂需要用。与老板看了几款机器后，陈队长觉得有些贵，就没有买。

进入高速后，陈队长还是跟两个战友谈扶贫工作的事情，也许他们确实太忙，冷落了王悦。但王悦喜欢这样的被冷落，因为自己无法进入他们的角色，做个听众也不错。说实在的，王悦心里也很想跟他们聊聊，打听一下优秀团队的扶贫成果。

陈队长当过兵，性格豪爽，说话有力，有男子汉大丈夫的风范和气魄。

直至从大田收费站下高速后，王悦才与陈队长接上话，他太想了解坑头村的扶贫业绩。

从交谈中，王悦了解到坑头驻村工作队为扶贫事业花费了不少汗水和心血，已打造近百亩农产品产业种植基地，基地春天时种稻谷，秋天时种番薯。他们创建了大米加工厂、番薯干加工厂和花生油加工厂。另外，为了发展壮大扶贫产业，他们还承包了一面山，有几百亩地，用来种植夏威夷果树。果树于 2017 年开始栽种树苗，前后育有 1000 多棵，预计 2020 年收获果子，而产品全部被 Z 城水果商回收，不必担忧销路问题。

最后，陈队长满怀憧憬地说，除了栽种夏威夷果树，他准备在山坡下种一片杜鹃，把那面山打造成旅游景点。到时候，从山坡上往下看，是一片红彤彤的杜鹃花，从山坡下望上去，是一片绿油油的夏威夷果树。

听完陈队长的雄心壮志，车内便荡漾起一阵阵春天般的笑声。

与陈队长私自交流了一次，王悦内心深处不得不由衷地佩服起来，觉得眼前这个精干、爽朗、豪迈的陈队长，对扶贫工作确实下了许多功夫，付出了别人难以想象的汗水，是个真扶贫、扶真贫的驻村干部，为大家树立了榜样。

优秀的人必定会带出一支强大的队伍，陈队长的两个战友也是精神饱满，对扶贫工作尽心尽力，为贫困户着想，为伟大的事业付出一颗金子般闪亮的心。

无疑，在没有硝烟的战场上，他们怀抱远大理想，为春天抚琴而行，向着中国梦进发！

因为进入坑头村要经过广安圩镇，王悦本来想让陈队长在教育路口下车，但陈队长非要把王悦送到镇政府。

回到镇政府，已经是午饭时间了。王悦把公文包放进宿舍，就来到饭堂，见饭堂每张桌面前几乎坐满了下班的镇干部和驻村干部。

大部分分散村的驻村干部，平常都在镇里面上班。

王悦从铝盘放菜的地方取出一碗菜，是鸭肉和青菜。在广安，鸡鸭鱼和烧猪是最常见的肉类，王悦感觉有些吃腻了。饭堂的饭菜安排，早餐一般是鸡蛋、玉米、骨头粥、面包馒头、炒米粉或面，每个早上轮流上，每份两块钱；午餐和晚餐有肉有青菜。饭堂的媚姐会把菜分成一碗一碗，放在大铝盘里，吃饭的人自己去取，而

第二十章

饭随便吃，每餐五块钱。

王悦端着菜好不容易找到一个空位子，却看见镇党委书记吕平、副镇长程海风、镇扶贫办主任陆俊、专职副主任潘大为及龙书记、高云飞坐在一旁，边吃边聊。王悦坐下后，抬头看见对面墙壁上写着一幅宣传标语"流下的是汗水，倒下的是饭粒"。

王悦只顾着吃饭，对吕书记他们聊到的扶贫工作的事情，也不敢随便掺和发言。

作为镇里的一把手，吕书记公务繁忙。上午到县政府开完会后，又匆匆赶回来，因为下午要在镇里开布置工作会议，时间比较急。

吕书记长得虎背熊腰，典型的北方汉子，是个80后，一个非常年轻的镇委书记。吕书记留给王悦的印象，一是思维活跃，知识面广；二是做事干净利索，不拖泥带水；三是从不会刁难基层干部，实事求是，不会打官腔放空话。

虽然吕书记公务缠身，但他对扶贫工作从不马虎。针对虎山村的薄弱环节，尤其是面对扶贫产业项目迟迟没能落实的问题，他将其当作重任来抓，时不时进村与村干部、驻村工作队共同商讨，为驻村工作队提供宝贵意见。与此同时，他身体力行，几次率领驻村干部到其他地方学习、考察扶贫产业项目，求取真经，目的是改变虎山村的现状，解决扶贫工作中所碰到的瓶颈。

下午，王悦和高云飞没进村，就留在宿舍办公室继续做迎接第三方评估的资料。本来预定3月6日评估的，但不知什么原因，直到现在，省里还没组织第三方进村评估。各驻村工作队只好随时待命，耐心等待上级通知。

宿舍办公室也配有办公设备，一台电脑，一台小型打印机，以备急用；有时打印或复印的材料实在太多，就到镇政府复印室打印或复印，那里有大型复印机，容易做事。当然，负责系统工作的高云飞偶尔会碰到上面的紧急通知，要修改或上传资料，哪怕半夜也得爬起来弄。所以，宿舍里也配有办公设备，并非一无是处，反而在没有硝烟的战场上发挥了重大作用，至少在关键时刻，能够及时完成上级的任务。

由此可见，别小看宿舍办公室办公设备简陋，但在脱贫攻坚阵地上，也算是暗堡里的秘密武器。

下班后，王悦听见一阵紧接一阵的鸟声，好像是从对面办公楼上传过来的，叫得有些悲戚。当他走出宿舍办公室，站在楼道上循声望去时，看见镇政府空地上湿湿的，而天空正飘着无声的小雨。

今年春天，春雨下了一场又一场，显得异常忙碌，仿佛没有停下来的意思。

雨下多了，人就会变得悲伤烦躁。此时的王悦，望着无声的小雨，心里就有了这种感觉。但是比下雨更令人烦躁的，还是悲戚的鸟声。

王悦在对面办公楼上找了一会儿，才看见挂在墙壁上的空调外机里面，隐隐约约闪动着一颗小脑袋，并发出悲戚的叫唤。原来，一只觅食的小燕子不小心掉进空调外机里面，却再也找不到出口。它的叫唤虽然引来妈妈前来营救，但妈妈一时也没有办法，此时只能站在比空调外机高一点的防盗网上，傻傻地发呆。也许，妈妈正在想办法，如何将孩子解救出来；也许，妈妈已经伤心透顶，不知道自己该如何做。

王悦很同情小燕子，但空调外机悬挂在办公楼上，自己想营救也是困难重重。怎么办？难道让小燕子活活等死？想了一会儿，王悦的肚子"咕噜咕噜"地叫起来，比小燕子叫得更加悲切。

在饭堂吃晚饭时，王悦耳朵里总是传来悲戚的鸟声，让他很难咽下饭。但当他咽不下去的时候，就会抬头看看饭堂墙壁上的标语"流下的是汗水，倒下的是饭粒"。这标语像一股力量，鼓励王悦将饭碗里的饭全部扒完，没有倒下一粒。

当他吃完晚饭，爬到宿舍楼道时，再也没有听到悲戚声。难道小燕子已经被救出来了吗？王悦望向对面办公楼，却惊讶地发现空调外机里面，两颗脑袋挤在一起。小燕子妈妈一定是闯进去救小燕子，可进去后又找不到出口。

王悦深感惋惜，可面对小燕子妈妈的勇气，又不得不佩服亲情的可贵。由此，他联想到贫困户与驻村干部的关系，就像亲人一样，驻村干部的勇气就是来源于要挽救那些掉进生活牢狱的贫困之人，让他们远离黑暗，早日见到温暖的阳光。

天色渐渐暗下来了，镇政府内一片宁静。伤感的王悦，内心似乎获得了一种超越现实的能量，向梦想飞奔而去。远处，朦胧的山脉被灰黑的云雾慢慢吞没，而四周的居民房现出星星般的亮光，将夜晚撕开一个又一个小小的洞口，给深陷苦痛的人间输送微弱的希望。

晚上，王悦一个人静静地坐在只有十几平方米的卧室，翻看《习近平讲故事》。

而高云飞的卧室里一片漆黑，大概他到街面小饭馆去了。有时饭堂的菜不合口味，高云飞就会到外面去吃。

身陷小小的天地之中，手捧《习近平讲故事》，王悦感到孤独的心飞翔在无限辽阔的世界里。在文字里寻觅真理，在故事里截取温暖，在知识中滋养思想，在感悟中获得快乐，这也是王悦洞明世事的一条捷径，让自己更加懂得人生的真谛，不是给予，而是付出，只有付出，自己才会快乐，才会有所收获。

夜，越来越安静，静得就像书中一个个动人的文字，滋润着王悦渴求知识的心。

星期四早上，王悦起得异常早。不知怎的，昨天晚上他睡到凌晨4点多，突然醒来后就再也没睡着。

失眠是常有的事，也不止王悦一个人。万队长会失眠，龙书记会失眠，住在镇政府里的好多驻村干部，都说会失眠。

由此可见，驻村干部的压力非常大，不是因为忙出来的失眠，而是因为精神过度紧张，各种会议、各类检查、各级文件，所有这些，都会造成驻村干部营养不良、精神失调。

虽然没睡好，但早上王悦到通往白云自然村的山路上晨练时，感觉3月的空气清新，而路边的田野和菜地，像诗一样朴实自然，生长出来的草和青菜，嫩绿嫩绿的，吸引着一群又一群鸟，停留在它们身旁，或唱歌，或晨练，或追逐，或做游戏，总之，把春天闹腾得异常活泼。还有菜地上，一棵不高的木瓜树，头上开着好些淡黄色的花朵，而半腰上背着五六个像孩子一样的青皮果实。

路左边，有一口不小的山塘，山塘边，芒草长得又瘦又高，把山塘遮掩得密不透风。一些早起的鸭子在山塘里游泳，不时发出"呱呱"的朗诵声；一只公鸡爬到对面小山坡上，望着山塘，"咯咯"地讥讽起来，然后仰起头来，"喔喔"地唱起春天动人的歌谣。

走过山塘，有一座简陋的民房。民房依山傍水，从里面飘来收音机播放新闻的声音，异常清晰。每次走到这里，不管是早上还是傍晚，王悦都能听到收音机的声音，但从没见过人影，好像简陋的民房里住着什么高人，从不轻易露脸。除了收音机声音，还有一群鸡鸭正在低头觅食，显得非常温馨和谐。

王悦时常想，虽然山村生活极不方便，但能在这里定居，也是一种幸福，不仅环境优美，而且天天能呼吸到新鲜空气。山村确实是个养生的好地方，一些城市的有钱人都选择远离喧嚣，到偏僻的半山腰上建别墅，享受人生美景。但对于大多数山民来说，他们还远远达不到享受人生美景的条件，仍需努力付出，靠勤劳的双手和汗水过日子，甚至连温饱问题都解决不了。因此，国家号召的新农村建设、脱贫攻坚战，就是为了能够改变中国农村贫困的面貌，让老百姓脱离苦海，过上幸福美满的生活。

这是一项伟大的任务，在人类历史上具有划时代的意义，远景非凡，影响深远。

进入白云村后，一条白色的小狗被拴在路边一座居民楼院门前，见到王悦没有一点异常表现，既不欢迎也不拒绝，好像对待平常的朋友一样，非常自然。

王悦经常到白云村，对这里的一切再熟悉不过了，所以能够出入自由，就像面对自己的家乡。当王悦来到山哥家门前时，伏在院门前的狗也像前面那条白狗一样，没有什么异常表现。

以前，王悦每隔几天就会与万队长来山哥家装山泉水。山哥家的狗从来不会对王悦怀有敌意，依然静静地伏在院门前，对山哥尽忠尽职。

站在山哥家门前，王悦面对眼前的梯田，有了不少亲切感，似乎闻到了童年的时候，父母带月荷锄归的那种特别的味道。是的，对于土地的奉献，对于家乡田野的养育之恩，王悦是永远难以忘怀的。

梯田下，王悦看见有几垄田被白色的蜡纸遮住，那是农民育秧的秧田，春耕又到了；往远处望去，只见绿绿的山上，云蒸雾绕，宛若仙境，令人遐想。

再往前几步，路边站着不少树，有枇杷，有松树，有刷子花树等。而最让人欢喜的是那棵冬青树，虽然长得没其他树肥胖，也没它们高，但树上结满红艳艳的果实。

王悦感受着眼前安宁而美丽的景色，又轻轻地吟诵起那首《为春天抚琴而行》的诗。王悦继续往前走，山路被两边的竹林和树林遮得严严实实，比外面暗了许多，而里面似乎充满了神秘的感觉，静得令人害怕。王悦停住脚步，一个人不敢贸然进去，而是转身原路返回。

第二十一章

时令到了 3 月中旬。星期六早上，回 Z 城度周末的王悦被几个文友拉到顺德逢简水乡。久不外出活动的王悦，面对逢简水乡的春色，就像饿汉扑到了面包，狂啃起来，沉寂已久的心里又有了写诗的欲望。

到逢简一游，被两千年历史浸润之后，王悦感到自己的精神面貌焕然一新，从而更加轻松地走向没有硝烟的战场，为春天抚琴而行，弹奏出人生最美丽的乐曲，留给历史浓墨重彩的一笔。

王悦第一次来逢简水乡，就被逢简水乡的悠久历史喂得饱饱的，心里异常满意。

又是新的一周。王悦坐在工作车后座，与开车的万队长一同前往广安。车内依然没有一点声息，只听到车轮摩擦高速路面时发出呼呼的声音，或者从对面高速路上传来汽车急速的奔跑声，像龙卷风，从侧面疯狂地刮过来。

自从去了逢简水乡，王悦的心似乎填满了两千年历史风景。

差不多到顺德勒流服务区的时候，万队长拧开汽车音响，一首劲爆的粤语歌曲打破了车里的沉闷。

也许，人与人之间闹别扭，只需要一句话甚至一个字就可以制造一枚重型炸弹，但想和好如初，千句万句话也难以逾越障碍。

横亘在王悦和万队长之间的障碍，就是那件信息稿的小事，但那件小事，在万队长心里，也许就是一件大事。那时刚来参加扶贫工作不久的王悦，不知道那件事对万队长有多么重要，如果那件事做得完美，一是还给大石嘴村驻村工作队队长罗汉明一个人情，二是让万队长脸上有光，毕竟他做扶贫工作那么久，还没有正面宣传一下他的扶贫业绩。那件小事就有这样的反响和效果，所以万队长非常重视。

要不是信息稿的事，王悦和万队长相处还是相当默契融洽的，工作起来也异常开心，有时在车上彼此还能开一些玩笑。

自从那件事发生后，王悦感到万队长就像变了一个人，对自己疏远了不少。但王悦从来没有在别人面前对他评头论足，甚至没有把情况向单位领导汇报，怕激化情绪，给工作带来不便。当然，背后捅刀子或说人家闲话，不是王悦的性格，他不想做伪君子，而且非常讨厌人前是人、人后是鬼的丑恶嘴脸。

一路上，王悦和万队长都处在沉默之中。

回到镇政府，王悦从镇扶贫办了解到，3月14日下午，Q市扶贫小调研督导组第一小组到广安镇调研督导省第三方评估考核准备工作。督导组按照评估内容向各驻村工作队提出几点相关要求。

每年为了迎接省扶贫考核，上上下下都会忙作一团，各级文件和指示纷至沓来。所以，在考验面前，各驻村工作队谁也不敢马虎应付，必须强打精神，按上级要求做事，而且要做实做细做得天衣无缝，量化扶贫业绩，查找到的问题立行立改，向党和国家交一份满意的答卷。

下午进村，驻村工作队与村干部开始查漏补缺。前段时间，经过大家的努力，为迎接省扶贫考核、第三方评估所做的资料基本上准备好了。

晚饭后，王悦和龙书记到通往九凤村的路上散步。当来到派出所围墙门边时，龙书记抬头望向榕树头顶上，看见浓密的树叶里，一群小麻雀跳来跳去，并发出叽叽喳喳的欢呼声，异常热闹。王悦却竖起耳朵，对从汇东村传来的二胡声听得细致入微，很享受的样子。二胡声时而低沉，时而亢奋，令王悦迷醉的心跌宕起伏，缥缥缈缈，仿佛他又听见炮楼向着侵略者发起猛烈轰击。

夜幕渐渐降临，四周开始变得宁静起来。

"小悦，你参加扶贫工作有半年了吧？"回去路上，龙书记问王悦。

"半年多一点。龙书记，你会留下来吗？"王悦知道龙书记已经扶贫三年，很有可能要回单位复职，心里有点舍不得，所以他问的时候特别谨慎，而且带有小小的感伤。

"还不知道。我很想留下来继续干。不获全胜，决不收兵！"龙书记回答得异常响亮，铿锵有力，似乎要把整个夜空重新点亮。

"不获全胜，决不收兵！"王悦在心里重复着这句话，感觉沉甸甸的。他知道，今年两会期间，习近平总书记参加甘肃代表团审议时，再一次提到这句话。当然，王悦还记得习近平总书记的一些扶贫重要论述，比如"脱贫攻坚越到紧要关头，越要坚定必胜的信心"，又如"要咬定目标不放松"。所有这些重要论述，就像滚滚春雷，时时刻刻放在王悦的心里，激励着他，警醒着他，让他浑身充满热血，为春天抚琴而行。

"小悦，你有没有注意到，我们身边的个别驻村干部，身上好像缺了些什么？"龙书记说时，脸上有些担忧，但没有丝毫的顾忌。

龙书记与王悦虽然不在同一个战壕并肩作战，但彼此信任，所以有时会袒露心胸，把里面的话掏出来。

"龙书记，一些驻村干部可能太把名利放在眼里，把个人得失与国家利益混淆，主次颠倒，公私不分。"王悦深有同感，轻声叹了起来。

"是的，一些驻村干部是带着私心和目的来到贫困村参加脱贫工作的，思想太不纯洁了。"龙书记说时，语气甚为不屑。

这轮扶贫工作已经结束，驻村干部大概待省扶贫考核结束后会进行轮换。在这种情况下，一些驻村干部就出现了思想麻痹、动力松懈的情况，甚至有了厌倦情绪，忘了初心，抛离使命，心里只是盼着回到单位能够被提拔重用。

当然，一些驻村干部在帮扶过程中，也确实感到委屈。随着脱贫攻坚战进入最紧张的时候，一些地方的驻村干部与群众的关系也发生着新的变化，让驻村干部感到委屈难受，甚至流血流汗又流泪。

这样的例子，王悦也从一些媒体上看到过。譬如，东北某贫困山村，驻村第一书记看到村里有发展乡村旅游的条件，决定带领广大村民发展乡村旅游，结果几乎所有村民都不同意，用怀疑的态度在村里大会上明确反对。这些村民不相信第一书记的扶贫办法能改变村里的生活，更不愿意尝试改变。

不信任、怀疑、冷漠，如果贫困户持这样的态度，即使驻村干部信心百倍，也会严重阻滞脱贫攻坚工作的任务。

第二天上午 8 点 45 分，扶贫工作会议在镇政府办公楼三楼会议室召开。会议由镇扶贫办主任陆俊主持。这是他上任以来第一次主持扶贫工作会议。面对全镇帮扶干部，平常寡言少语的陆俊侃侃而谈，讲话稿都不用准备。这次扶贫工作会议，主要针对的是如何迎接省扶贫考核和第三方评估。陆俊要求驻村干部和村干部熟悉贫困户的情况，重点抓好"八有"和"两不愁三保障"的落实情况。

之后，陆俊口头传达了县扶贫办通知：扶贫开发成效省考核评估工作组于 3 月 20 日启动，将对每个市抽取 2 个县（市、区），其中 1 个为交叉考核抽查的县，每个县抽取 2 个镇，每个镇抽取 2 个以上行政村（包括但不限于省直中直单位定点帮扶的贫困村、非贫困村各 1 个），每个村随机抽取 10 户以上贫困户，其中 1 个村全面调查贫困户。

他要求大家务必注意查看操作指引，并迅速完善各项工作。

另外，陆俊又向大家传达了县教育局和县扶贫办发来的《关于报送我县 2019 年春季建档立卡贫困学生信息有关工作的通知》内容，并把相关资料发给与会人员。

"同志们，在脱贫攻坚工作中，教育扶贫也是重中之重的一项帮扶任务，是比较长远的脱贫计划。为了不落下一个贫困学子，请大家迅速做好各项工作：在广安镇 2018 年秋季学期建档立卡贫困学生生活费补助工作资料的基础上，结合各村实际，认真核对各村 2019 年春季学期建档立卡贫困学生信息；密切留意各村 2019 年春季学期建档立卡贫困学生变动情况，如转学、辍学等；如各村 2019 年春季学期建档立卡贫困学生有变动或相关信息有变化，请填报好《学生信息变动表》；县外就读学生需提供 2019 年春季在读证明（一式两份），各驻村工作队会同各村委会通知学生到就读学校，按格式要求开具本学期在读证明；本科生、硕士生和博士生 2019 年秋季学期才纳入补助范围，请大家做好学生及家长解释工作；各村《2019 年春季建档立卡贫困学生信息收集表》和《2019 年春季建档立卡贫困学生信息变动表》电子版于 3 月 29 日上午下班前报镇扶贫办，学生在读证明纸质版（一式两份）于 4 月 8 日下午下班前报镇扶贫办。拜托大家！"

这次参加会议的人员，除了驻村干部，各村支书也来了。

以后，王悦特别留意到，只要是陆俊主持的扶贫工作会议，他都会在讲话之后说一句"拜托大家"。

第二天上午，因为驻县组领导要到虎山村巡查扶贫工作，王悦就跟着万队长、黄小诚、高云飞提前入村。

山上，青皮竹异常茂盛，不时有鸟声从竹林里传来，但见不到鸟影。偶尔见到山路边，有刚播种上花生的自留地，有等待耙田机招呼的田野，还有一个看不清面容但不是很大的水库。水库就在七彩梯田对面。

每次从七彩梯田旁经过，王悦觉得在虎山村，最美的风景应当属于七彩梯田，虽然它还没有完全被开发出来，平常也不见人影进出，但作为未来的旅游景点，从发展前景上看，王悦已经把它看成最美的风景，因为在这荒山野岭，只要能看到希望的，都是风景。

平常，工作队经过七彩梯田，外面的大门都上了一把锁，谁也看不见里面究竟是什么样子，但既然是未来的旅游景点，王悦对它充满了信心，也很期待它的发展，为虎山村增色。

以前，王悦听万队长谈过七彩梯田。七彩梯田的主人是邻县人，听说是有钱人家。有钱人就是不同，懂得养生，他们都会选择远离闹市的山村寻找栖息之地。尽管栖息之地不常来，但一两个月来一次，住上两三天，也能怡悦心情，呼吸呼吸新鲜空气，与大自然进行亲密的接触。七彩梯田的主人就是这样的富豪，一年只会过来小憩几次。

不过，春节前，七彩梯田异常热闹，大门也敞开着，而里面摆满盆栽的鲜花，以菊花居多。大概春节快到了，请人把七彩梯田打扮一下，等待主人回来过年，享受"采菊东篱下，悠然见南山"的隐居生活，人生自有一番风味。而春节后，七彩梯田突然冒出挖掘机逢山开路的繁忙景象，且在新开的路边植上树木，但没过几天又沉寂下来。

除了七彩梯田给人一种特别亲切的感觉，王悦还看见一群公路养护人员，或蹲或站，或打桩或拧螺丝，正在紧锣密鼓地安装山路防护栏，为行车带来更大的安全保障。因为山路弯且狭窄，没装防护栏，过往车辆难免会出现意想不到的灾难。王悦记得刚来的时候，进出村子时，坐在车上的他，心里特别紧张，生怕在途中出现异常状况。不过，走了一段时间，不管碰见什么危险的山崖，王悦都习以为常，不再害怕了，甚至有时还大胆地摇下车窗玻璃往下望，把山崖当成美景来欣赏。现在好了，有了更安全的保障，大家行车会轻松许多。

王悦又摇下车窗玻璃，像看风景一样欣赏着那群公路养护人员，只见他们个个都忙得满头大汗，默默地干着活。是的，他们是一道无与伦比的风景，美化了虎山村的山山水水。

进入村委会后，驻县组领导还不见来，万队长就让驻村干部与虎山村党员在村委会二楼会议室，参加"党员大会收看远程教育辅导"会议，共同学习由中组部组织二局一处处长李孝国讲解的《条例》，了解基层党组织的建设。

虎山村现有 54 名党员，成立了虎山村党总支部。

10 点左右，驻县组副组长梁春晖一行三人来到虎山村，巡查扶贫工作，并与驻村工作队召开简短的座谈会。梁副组长针对虎山村现状，特别是产业扶贫方面，提出了宝贵的建议。座谈会后，万队长陪同梁副组长到天沟自然村现场考察产业场地，督导工作队尽快制订"一村一品"的方案。

原定本月 18 日第三方评估入村的，但迟迟不见他们行动，直至今天，县扶贫办才发来通知说，扶贫开发成效省考核第三方评估已定了西川县。

这次第三方评估，全县抽两个镇，每个镇抽两个村委以上；全县共抽脱贫户200 ~ 250 户。县扶贫办要求驻村工作队会同各村委会，迅速按照第三方评估操作指引，做好相关准备工作，特别是贫困户安全住房问题。

紧接着，王悦从驻县组帮扶微信工作群看到一则提示信息：省第三方评估组可能提前到 23 日进驻，请大家高度重视，做好迎检准备！

按照往年第三方评估的其中一项内容，是入户调查问卷，现场用手机记录并录音。

春节前，村里在路边开辟了一些绿化带，种上些许花草树木，把虎山村装点得异常漂亮，一夜之间似乎年轻了许多，令人刮目相看，神清气爽。春节后，王悦看见绿化带开出许多鲜花，有黄色的，有粉红色的，有深红色的，有淡黄色的，把虎山村打扮成 18 岁的姑娘，越来越可爱了。

偶尔，王悦又会到村委会后面的山塘边瞄一眼。那株三角梅看起来颓废不已，不仅有些叶子枯干了，像被火烧过一样，没有一点血色，而且花开得很少很可怜，只有零落的几朵挂在枝头上，没有一点生气，莫名悲伤的样子。这几天，黄秋亮好像失踪了，也不见他来摘花，或者到村委会蹭一蹭他脏兮兮的屁股。也许他来了，王悦又忙，没时间顾上他。

总之，这个春天，有美好的一面，也有不如意的地方。

早上进村后，因为迎接省扶贫考核、第三方评估的所有资料已经准备就绪，工作队暂时缓了一口气，但仍需要入户核查"八有"情况，于是万队长叫高云飞跟他一起入户。在虎山村，"八有"情况还是存在不少问题，比如江下自然村的黎霞妹家，虽然安装了自来水管，但一直未接通水，需要动员其尽快接上水。黎霞妹是危房改造户，一座一层平房已建好。她平常住西川县城，在县城打工，一年很难回家一趟，就连春节也没回来。去到她家，万队长查看了水管，拧开墙边的水龙头，仍然没水。像这种情况，万队长也没有办法解决，几次打电话给黎霞妹，她总说忙，没时间回去。

去年，黎霞妹两个孩子大学毕业后，已参加工作，幸福的生活正向她招手。但黎霞妹知道，自己的幸福生活是帮扶工作队努力帮扶的结果，更是党和国家无私的奉献，所以她没有一点松懈情绪，懂得幸福来之不易，要倍加珍惜，于是坚持在县城打工。

回村委后只能让村支书跟她沟通了。万队长只好退出来，来到五保户杨海锋家。

虽然杨海锋长得高大，但总是一副冷漠的样子，很少说话。有时进村，干悦经常见到他坐在望春河边一家小商店门旁，面无表情，眼神冷淡，一声不响，而嘴巴里不停地嚼动着什么。危房改造好了，水电也有了，可杨海锋一直未入住，宁愿住在旁边破旧的老屋里。王悦和万队长来他家检查过几次，让他搬进新房子，他总是默默地点头，点头之后又不了了之。

万队长和高云飞来到杨海锋家，新房子、老屋的门都锁了。万队长透过关紧的窗玻璃，向里面探了探，还是没见到里面有桌椅或生活用品。

眼见第三方评估近在眼前，万一查看到贫困户未达到"八有"，怎么交代？万队长有苦难言，不是他没做工作，是人家不理解不领情。

扶贫工作真难做，难就难在驻村干部走断腿、说破嘴也无济于事。这说明有些贫困户思想不通，驻村干部做了多少工作，付出多少汗水，国家花了多少财力物力，给他们安全住房，给他们生活保障，他们还不愿享受。

所以，作为驻村工作队队长，万胜平只能把一滴滴苦恼的泪水强忍在肚子里。

上面追得紧，贫困户又拖拉，晚上他能不失眠吗？

王悦跟随万队长半年来，没见他对贫困户发过脾气。以前王悦听说过有一个精神残疾的贫困户黄乐声，住在他哥哥那儿。他哥哥在 Z 城做驾驶培训生意，生活比较宽裕，于是把生活不便的弟弟留在身边，方便照顾。每次工作队要联系贫困户办什么事情时，万队长怕与患有精神障碍的黄乐声沟通不好，影响办事效率，就打电话给黄乐声的哥哥。可黄乐声的哥哥也许在忙生意，觉得万队长老是拿事烦他，心里不痛快。有一次通话中竟然冲万队长发起火来，万队长也来气了，两人就这样斗上嘴。事后，黄乐声的哥哥把万队长的电话号码拉黑了。后来经过村支书的调解，两人才没再闹僵下去，黄乐声的哥哥重新解禁了万队长的手机号码。

万队长入户调查时，王悦留在村委会帮代办员阿巧填写了一份"三拆除三清理"活动明细表，主要是记录参加"三拆除三清理"活动中村民的用工情况，方便给他们付工钱，每天按一百元计算。虽然是小事，但王悦也是忙了一个上午。

基层工作非常难做，上面要的各种数据多，填表就多。王悦看见阿巧工作台面上材料总是堆积如山，有时见她午休时间也在干活，晚上又加班，忙得像陀螺。王悦真佩服阿巧，孩子又多又小，老公在外面打工，她怎么应付得了？虽然家翁还能帮她照看孩子，但孩子有个小病小痛，就会把她折腾得半死不活。有一次，老二发病，她用电动车载他去镇卫生院看病，竟然一边开车一边迷糊起来。她太困了，在车上睡着了……后来，阿巧回忆此事，害怕得直掉眼泪。

在村委会，会使用电脑的就只有阿巧和副主任肖碧娟两个人，其他老年化的村干部则对电脑一无所知。所以，平常两位女将就显得比较忙。

下午，王悦、高云飞跟随万队长入户核查贫困户"八有"情况。他们先来到西坑自然村黄坤能家。黄坤能和杨海锋一样，都是去年申请的五保贫困户，但黄坤能比较瘦小，没有杨海锋长得高大威猛。

黄坤能属于危房改造户。来到他新建的楼房门口时，房门像往常一样关得紧紧的。万队长敲了敲门，房门很快开了，只见穿着整齐、一脸憨厚的黄坤能站在大家眼前。还有鼻梁上架起的眼镜，把他装饰得更加斯文，颇有学者的风度。

黄坤能礼貌地站在门旁，以笑相迎。进去以后，王悦看见房子不大，外面是十几平方米的小客厅，家什摆放得有条不紊，左边是洗手间和卧室，而卧室很窄，只有一张双层单人床，上层放着装衣服的大塑料袋，下层的行军被褥折叠得整整齐齐，棱角分明，像部队宿舍。

由此可以看出，黄坤能人虽穷，但对生活充满了热情，不仅爱干净，而且还能把一个简陋的家打理得井井有条，不简单！每次王悦来黄坤能家，心里除了舒服，就是敬佩。记得有一次王悦跟村干部入户，见到黄坤能的卧室后，想起棱角分明的行军被褥，就问村干部，黄坤能当过兵吗？答案是：非也。

其实，万队长知道黄坤能家是符合"八有"的，但上次Q市给没有电视机的危房改造贫困户每户发放1000元，让他们安装电视机。此次来是想看一下黄坤能买了电视机没有。

黄坤能买了一台新电视机，电视机就放在客厅后面靠墙的一张小桌子上。

走出黄坤能家，王悦回头看见穿着整齐、一脸憨厚的黄坤能站在门旁，以笑欢送。

然后去了东平自然村黄乐声家。自从来到虎山村参加扶贫工作后，王悦还有一些在外面打工或生活的贫困户没见过，黄乐声就是其中一个。万队长也没见过黄乐声本人，因为黄乐声跟随在Z城做生意的哥哥一块生活，他嫂子不喜欢回虎山村，所以就算到了春节，他们都没回来。

但王悦在Z城见过黄乐声的哥哥两次，一次是去年中秋前，王悦和万队长在指定的地方，把帮扶单位领导入村慰问的节日慰问品送到他手上。那时王悦见到有些风度的黄乐声哥哥，是开着小车来的。黄乐声的哥哥看起来40多岁，穿着打扮像大老板，身材不高，略胖，样子还算憨厚，不像有些生意人那样，说话刁钻、圆滑。还有一次就是春节前，王悦和万队长还是在Z城原来的地方，把帮扶单位领导入村慰问的节日慰问品送到黄乐声哥哥手上。

黄乐声是去年的危房改造户。本来他的危房他哥哥不想改造的，因为改造了也没有人住。但为了完成危房改造任务，去年底镇扶贫办干部亲自到Z城做工作，黄乐声的哥哥才答应改造。

当王悦、高云飞跟着万队长来到黄乐声兴建中的改造房时，紧张的心才平复下来，楼顶已封，马上就要安装门窗了。

第二十二章

在危房改造方面，工作队做得还是相当出色的，已完成计划中的所有改造户的危房改造任务，但是只有贫困户一户一户住进新房，万队长心里才踏实，才不会每晚失眠。

在虎山村 90 户贫困户中，共完成了 80 户贫困户的危房改造工程，其中黄乐声是最后一户完成今年改造任务的。

王悦听说，当初好多危房改造户不愿意改造，工作队不厌其烦地入户宣传政策，他们才慢慢接受危房改造。

这两三年，在工作队动员贫困户改造危房过程中，也出现过这样一个能够触动王悦心弦的故事：一个病危的五保贫困户，住在半山腰上的危房里。当工作队向他宣传接受危房改造的农户政府会给予补助时，躺在病榻里的老人虽然气若游丝，但他清醒地说，我就要走了，你们把我改造危房的机会让给更需要的人吧。

如此深明大义的贫困户，确实给王悦带来不小的震撼，同时他又觉得，危房改造也会出现一些弊端，造成资源浪费、资金流失。比如，五保户大部分都是上了年纪的人，如果一家一家给他们改造危房，成本重，费用分散，能否把附近几个贫困村中需要危房改造的五保户，集中一个地方建房，或许费用没有那么大。还有一个最大的好处就是，大家知道，五保户走后，他（她）住的房子是没有人继承的，以后会变成空房，如果集中建房，房子可用作周转房，供其他后来成为五保户的人居住。

当然，王悦觉得这种想法有些天真，但有时跟其他驻村干部聊到此事，他们又觉得很有道理，至少资源不会浪费，同时也节约了资金。

所以，扶贫工作要把眼光放远一点，或许会有不一样的想法、不一样的效果，这样，资源的使用就会合理化、最大化，产生的效益更好。

对于危房改造的相关文件和政策，王悦了解不多，因为他来的时候，虎山村计划中的危房改造户基本上已申请改造或已改造完成，不需要他再动用脑筋，入户宣传。不过，王悦还是从《广东省 2017 年农村危房改造实施方案》中了解到，动员农户进行危房改造是充分尊重农户的意愿，调动农民群众的主动性和积极性，自力更生建设家园。

星期天上午 10 点，天气还是比较冷。万队长开车接王悦回广安。

汽车从 Z 城西收费站上了高速后，王悦在广安镇扶贫微信工作群看到一则紧急通知，才知道这次提前回广安，是因为第三方评估组已经到达西川县城，镇扶贫办要求各驻村工作队回镇政府随时待命。

整个下午，王悦都躲在宿舍里，翻看一些省、市、县下发的文件资料。他觉得，搞扶贫工作，首先要懂得政策，还要理解文件精神，如果自己脑子里不装这些东西，将无法执行任务。另外，他也担心万一上级领导入村检查，问及扶贫领域的相关政策，要是回答不上来，会有辱驻村干部的身份，也会给工作队、帮扶单位抹黑。

第三方评估开始入户检查。虎山村没有被抽到，驻村工作队正常上班。

来到村委会，王悦听到对面的碾米厂发出碾米的声音，很想进去看看。

自从他来了以后，还没进去看过，也没听过机器发出轰轰烈烈的响动。如果是别的碾米厂，王悦自然不会太在意，可眼前的碾米厂，是工作队用了不少心血换来的，无论如何都要进去看看，以此表示对扶贫劳动成果的尊重，尽管碾米厂没有给村里产生特别大的经济效益，但它带来不少方便，至少村民不用翻山越岭爬到茶花镇去碾米。

王悦怀着愉悦的心情，慢慢走进碾米厂，大方参观起来。

第三方评估之后，王悦听说这次评估检查组入户检查情况很详细，除了"八有"情况，还向贫困户问了很多细节问题。如问到贫困户是否参加资产分红，是否参加产业种、养殖……

评估检查组还采用暗访形式，让其他无关人员回避，单独问贫困户。如问到贫困户村干部是谁，几时来一次，帮扶责任人是谁，几时来一次，一年来几次，是否满意……

总之，这次评估，有一种打破砂锅问到底的态势。扶贫工作，最终的目的就是让贫困户满意到无话可说，没有什么值得怀疑的地方，增强他们主动参与到脱贫战场上的坚定信心和决心。而成绩，领导和驻村干部说好不算好，要从贫困户心里那杆秤称出来才知道好不好。

那天早上，王悦散步回来，看见饭堂门口张贴着一张 4 月份的菜单，才知道 3 月又快要过去了。

饭堂每月会换一份菜单。周五晚上一般不提供饭菜，除了特殊情况。

因为万队长要开工作车到县政府参加全市实施乡村振兴电视电话会议，所以王悦和高云飞就留在宿舍办公，没有进村。

一整天王悦都在翻阅最近省、市、县下发的文件，有时查看一下留在宿舍办公室里的一户一档资料。一户一档是工作队收集到的贫困户信息资料，里面除了贫困户基本情况，还有各年度的帮扶规划。当然，还记录着是哪个干部帮扶的。每个贫困户都有一个帮扶责任人，每个帮扶责任人帮扶的贫困户最多不能超过 10 户。王悦帮扶的对象有 8 户贫困户。

由于每个驻村干部帮扶的贫困户有数量限制，而驻村干部又少，因此，除了驻村干部帮扶的贫困户外，其他贫困户就交给各帮扶单位领导承担帮扶任务。

当王悦翻到上塘自然村的刘尚威这一户时，仔细看了一下他家的基本情况。刘尚威是王悦的帮扶对象，王悦对他家的情况异常熟悉，但刘尚威外出务工，一年难得回家，所以不常见到。

刘尚威已离婚，是一般贫困户，与村委六哥是邻居。

他主要是因缺劳动力致贫，其他致贫原因还有缺技术、缺资金。刘尚威只有初中文化水平，家庭人口有 4 人，一个老母亲，一个女儿一个儿子。两个孩子读小学。上有老下有小，只有他一个人挣钱养家，生活真的很困难。

经过驻村工作队三年帮扶，他家发生了天翻地覆的变化。帮扶前的 2015 年，他家年人均收入只有 3757 元，到 2018 年，年人均收入已达到 10056 元。

驻村干部的汗水并没有白流，而党和国家的政策像春天的阳光一样，永远照耀在贫困户心里，激励他们站起来，战胜困难，用自己的汗水消灭贫穷。所以，刘尚威时时刻刻感怀在心，更加努力工作，并立下誓言，一定要让老母亲过上好日子，让孩子读好书。

傍晚，王悦到沙坝村委会旁边的路散步。白云、上梁都是沙坝的自然村。

沙坝村位于广安镇西南面，是广安镇传统武术村、革命老区，总面积 8.8 平方公里，下辖 17 个自然村，25 个村民小组，共 814 户，人口约 2570 人。

西川不仅是竹子之乡，还是武术之乡，属于革命老区。

王悦很少来这里散步。记得第一次来这里散步，还是好几个月前的事了。那时他刚来不久，万队长经常在傍晚的时候带他四处走走，有一次散步便来到了这里。

再次来到沙坝，王悦见村委会围墙大门敞开，就走了进去，但村委会办公楼的门已锁上。

村委会是一幢两层高的新楼，门楼上插着一面红旗，而二楼天台上，像其他村委会一样，用金属镀成"不忘初心，牢记使命"八个鲜红的大字。

王悦在围墙内转了转，看见墙壁上有不少宣传栏，如"沙坝村委深入开展扫黑除恶专项斗争宣传栏""党建活动宣传栏"等。

当王悦走到一座小桥边时，望春河水流得更急了，而河两边的竹子越来越茂盛。王悦走过小桥，眼前突然开朗起来，看见路两边不是田野就是自留地。田野上，插秧的农民已经回家了，但能隐约见到稀疏的绿；自留地上，落下去的花生已经露出嫩嫩的脑袋，甚至长出了些许叶子，而翻出的新土上，每隔一段距离就插着一根小竹竿，竹竿头上用绳子绑着一个红色食品袋，大概是为了驱赶贪食的小鸟。

这个月底，第三方评估刚刚停歇下来，Q 市又将于下个月组织开展贫困户脱贫指标完成情况"回头看"，镇扶贫办要求各驻村工作队和相关单位会同各村委会，对已脱贫户脱贫指标完成情况进行全面核查、整改、完善，特别是危房改造方面。

"人间四月芳菲尽。"4 月近在眼前，可在扶贫工作中，4 月更是一个繁忙的季节。除了省考核，还有一件重要的事情——驻村干部要进行轮换。

从精准扶贫到精准脱贫已进行了四轮，第一轮是从 2009 年到 2012 年；第二轮是从 2012 年到 2015 年；第三轮是从 2015 年到 2018 年；第四轮是从 2018 年到 2020 年。

脱贫攻坚战是在 2015 年提出的。2015 年 11 月 27 日至 28 日，中央扶贫开发工作会议在北京召开。中共中央总书记、国家主席、中央军委主席习近平强调，消除贫困、改善民生、逐步实现共同富裕，是社会主义的本质要求，是我们的重要使命。全面建成小康社会，是我们对全国人民的庄严承诺。脱贫攻坚战的冲锋号已经吹响。我们要立下愚公移山志，咬定目标、苦干实干，坚决打赢脱贫攻坚战，确保到 2020 年所有贫困地区和贫困人口一道迈入全面小康社会。

脱贫攻坚战的冲锋号就是在那个时候吹响的。而 2019 年是中华人民共和国成立 70 周年，是打赢脱贫攻坚战攻坚克难的关键一年。

王悦还记得，今年 3 月 5 日，国务院总理李克强在 2019 年国务院政府工作报告中提出，打好精准脱贫攻坚战，重点解决实现"两不愁三保障"面临的突出问题，加大"三区三州"等深度贫困地区脱贫攻坚力度，落实对特殊贫困人口的保障措施。

晚上，王悦继续在宿舍查看贫困户的一户一档资料。

捧着一户一档，王悦感到心里似乎塞满了石头，堵得他连气都喘不过来。每户贫困户都因各种各样的原因致贫，因病、因残、因学……这些致贫原因，像尖刀一样立在他面前。但令他欣慰的是，每户贫困户经过工作队三年的帮扶，生活水平大大提高，因病的得到救助，因学的得到教育补助，没技术的得到技能培训，缺资金的获赠牛、猪供其发展增收。

至目前，虎山村大部分贫困户已经脱贫，实现了预期目标，但如何让他们稳定脱贫？这就是工作队接下来要面临的最大问题，更是严峻的挑战，不能只是拿到"脱贫"这两个字就算完成了任务，要防止已脱贫户返贫，这才是真扶贫、扶真贫，与国家提倡的奔小康目标相符。事实证明，某一小部分贫困户今天脱贫了，明天又因各种原因开始返贫。

所以，脱真贫、真脱贫，防止贫困户返贫要有后续保障。拿什么来保障呢？相信每一个驻村干部都懂得，党和国家还出台了扶贫产业项目这个大招牌，发展"一村一品"的长远计划，建立脱贫长效机制。

在虎山村，最大的缺陷就是没有属于自己的大招牌，在扶贫产业项目方面还是一片荒芜。为树立招牌，万队长与镇村干部伤透了脑筋，考察过种植、养殖、光伏等项目，甚至连购买返租商铺这一资产性收益项目都不知跑了多少次，但是又因承担风险大或收益小而流产。

扶贫产业项目迟迟上不去，经受一次次打击的万队长开始泄气了，觉得自己在虎山村帮扶了三年，没取得进展，心里特别憋屈，看看其他工作队，基本上都在帮扶村里建立了扶贫产业项目，哪怕是十几亩的种植项目，招牌也算立起来了；再想想与虎山村只有咫尺之距的坑头村，扶贫产业做得风生水起，不仅形成了一条农产品产业链，而且做成了自己的品牌，这更让万队长自惭形秽，似有冰火两重天的感觉！

造成虎山村产业项目萧条的原因，最重要的一点，是上级某些领导怕承担风险，所以每考察一个项目，他们首先考虑到的是风险问题，承担怎样的责任，前怕狼后怕虎，产业项目就严重滞后了。当然，万队长也怕承担这样的风险，弄不好戴着"追责"的帽子从阵地上退下来，确实不好受，一辈子会留下阴影，于心有愧。

没有扶贫产业项目支撑，脱贫攻坚战场就像只听到冲锋号，却没见到冲锋陷阵的战士，无法突破敌人的防线。

因此，扶贫产业项目就像魔鬼的利爪，死死扼住万队长的咽喉，叫他疼痛难忍，晚上更是辗转反侧。

王悦脸上喜忧参半，继续翻看着一户一档。当他翻看到刘爱明这一户时，内心似乎看见了一丝亮光，因为他的大女儿已经上了大学，以后的日子就有了盼头。

刘爱明也是上塘自然村人，他家致贫原因是缺资金和因学。刘爱明一家六口人，两个女儿一个儿子，还有一个老父亲。他父亲读过高中，在虎山村老一辈中，算是少有的文化人。

虽然刘爱明也是王悦的帮扶对象，但他长年在外打工，所以王悦还没见过他本人。每次入户，迎接王悦的都是刘爱明的父亲刘国华。

刘国华60多岁，身高一米六左右，偏瘦，样子诚实憨厚，略白的脸上似乎还带着点书生气。让王悦感到有些惊喜的是，在他骨子里，好像还留存着那种读书时代浪漫的情怀，在他心里还流淌着不屈服不认输的血液。刘国华是20世纪70年代初的高中生，自有不同凡响的气质，而这气质，王悦身上也不缺少。所以，每次王悦见到刘国华，就有一种惺惺相惜的感觉。

王悦没读过大学，这是他一生最遗憾的事情。高中毕业后，王悦就出外闯荡，但他的血管里，流淌着的仍然是不屈服不认输的血液。所以经过十几年的生活磨炼，他已成了 Z 城小有名气的诗人。

因为三个孩子读书，刘爱明的家庭生活还是很艰苦。工作队已帮他改造了危房，但房子至今还没装修完，只是在里面装修了一半，暂时解决吃住。不过，他大女儿已读大学，有了脱贫的一线希望，工作队对他家还是充满信心的。

王悦冲完凉，就看见万队长喝得醉醺醺地回来了。

王悦在镇政府饭堂吃饭的时候，去县政府开会的万队长就回来了。开会回来的万队长好像很开心，从宿舍里取出他私藏的两瓶洋酒，在云天阁酒楼与几个镇干部、驻村干部大喝起来。

以前，王悦偶尔会在云天阁酒楼与镇干部、驻村干部聚一聚，聚会方式采用AA 制。但自从信息稿事件发生之后，他就没再参加了，怕与万队长旧事重提，很可能在酒精麻醉下，会变成争执的导火索，影响大家胃口。

喝醉的万队长摇摇晃晃地冲进洗手间，呕吐不止，把坐在卧室的王悦吓得手足无措。

万队长呕吐之后，感觉好多了，然后摇摇晃晃地走到自己的卧室，仰躺在床上再也起不来。

王悦和万队长的卧室门对着门。不一会儿，王悦就听见对面传来的鼾声，时缓时急，时高时低，像抱怨，似解脱。

下个月，万队长与新任队长交接完工作后，就回单位复职，离开令他难堪的脱贫攻坚战场。

临睡前，王悦在驻县组帮扶微信工作群看到一条有关扶贫的小知识，于是赶紧收藏起来。自从他参加扶贫工作后，凡是在文件或其他地方看到的扶贫小知识，都会及时记录在记录簿里，如"八有""两不愁三保障""六个精准""五个一批""五个坚持"等，已经记下不少。

记录完新扶贫小知识，王悦又从头开始轻声念一遍。

王悦做什么事都比较细心，他时常告诫自己，要做一个生活的有心人，更要做一个内心干净的人。

温习之后，王悦才熄灯睡觉。这一晚，他睡得很充实，尽管万队长的鼾声越来越大，但也没阻止王悦进入梦乡的速度和快意。

第二十三章

4 月说来就来，而且是带着愚人节来到了这个美好的人间。

一说到愚人节，大概所有人就会想到那些喜欢做恶作剧、愚弄别人的人。其实，愚人节又叫幽默节，是西方民间传统节日。

在虎山村，愚人节异常平静，既没有人做恶作剧，也没有人被愚弄，更不会发生幽默俏皮的故事。不过，平静中的虎山村，还是多少带点热闹的气息，毕竟春天还没有走远。

花生地里，落下的花生种子已长出七八片叶子，虽然长得不高，但它们有足够的勇气，把整个天空撑得越来越高；田野上，农民开始收尾工作，只留下几块田还没来得及插秧苗，而插完秧苗的稻田都被绿色点缀得意气风发，如同翩翩少年，内心装满了春风的情意；灌溉小渠里的溪水扭动着温柔的身段，将散漫的野性发挥得淋漓尽致，不时发出"咚咚"的声音，像琴声一样妩媚动人，为春天而行。

愚人节的晚饭，饭堂提供的菜是西兰花炒肉片。王悦吃的时候，总感到洪师傅今天的厨艺欠点火候，西兰花炒得半生熟，还有一股青涩的味道，好像把王悦愚了一下，因为以前洪师傅做的这道菜很爽口很好吃。

吃完晚饭，王悦带着满嘴青涩的味道，又开始一天最快乐的时光——散步。王悦把散步当成脱贫攻坚阵地上的娱乐方式之一。

王悦走过教育路，看见主街上行人稀疏，只有路口卖菜的档口站着两三个人，或要烧猪，或要草鲩，或要半只宰好的鸭子，然后骑着摩托车回各自的村子。有时进村，如果工作队留在村委会吃饭，万队长就在这个档口买些菜带进去。

横过主街，王悦站在桥上，望着桥下的望春河水，异常平静，此时也没见燕子前来骚扰。河的左边是一排排楼房的基脚，基脚边生长着茂密的草丛；河的右边，除了茂密的草丛，还有不少菜地，但菜地并不平整，也不见种有什么蔬菜，有些菜地长出的野草比青菜还好看。

这次，王悦还是想到九凤村散步。当他来到镇派出所围墙门口时，只听到榕树上传来热闹的鸟声，却没听到时而低沉时而亢奋的二胡声从汇东自然村传来。

散步回来时，暮色越来越浓。此时，商铺和居民楼都亮起了灯，把街道映照得似有似无。这里的街灯极少，一到天黑，整座圩镇就会陷入宁静之中，几乎见不到行人。消夜档很少，也没有娱乐消遣的地方。

来了大半年，王悦只去过一次消夜档，是去年八一节的时候。消夜档就在小镇主街边上。那天，因为在村委会忙晚了，忘记向媚姐报餐，王悦便和万队长、龙书记来到消夜档。

万队长点了一锅粥、一盘炒田螺，因天气热，还要了几瓶啤酒解暑。天气确实热，在等待过程中，消夜档的老板娘用长塑料管接到店门前的水龙头上，向街面洒了不少水，一是为了散热，二是汽车经过时，街面就不会扬起令食客倒胃口的灰尘。

炒田螺上来后，三个人边吃边聊边饮。而坐在邻桌的两个青年来得比较早，已经喝了不少啤酒，说话声音特别大。

一锅粥上来后，邻桌一个青年人回头问万队长："听你们谈话口音，不是本地人吧？"

万队长回答："不是。"

青年人喝得面红耳赤，继续问："你们是路过的吗？"

万队长又回答："不是。"

青年人有点好奇，紧接着又问："来这里做生意？"

万队长的回答还是"不是"。

青年人更好奇了，说："这也不是，那也不是，难道你们大老远从外地跑来就是为了吃一盘广安炒的田螺、喝一碗广安熬的粥？"

此时的万队长才笑了，说："我们是驻村工作队的。"

听说是驻村工作队的，两个喝得满脸通红的青年人立马清醒了许多，纷纷站起来，向万队长敬了一大杯。然后回到自己的桌位上斟满酒，又向王悦和龙书记各敬一大杯。

握着万队长的手，两个喝得醉醺醺的青年人感动地说："兄弟大老远跑来这个偏僻地方，为民解困解忧，为贫困户带来脱贫致富的政策，谢谢你们！"

喝红脸的万队长微微一笑，说："要谢就谢共产党，我们只是出了一份微力而已。"

两个青年紧紧握住万队长的手，久久不愿松开，向里面大声吆喝起来："老板，给我三瓶啤酒，送给这三位兄弟喝。钱记在我账上。"

万队长连忙说："不用客气、不用客气。"

两个青年人吆喝完，就爬进一辆小车里，向万队长摇了摇手说："我们还有一点事，失陪了！"

宁静的街面上，只听见小车"嘟"的一声，很快不见影儿。

那一次，王悦回想起来，心里依然非常感动，没想到虽然工作队帮的不是他们，但他们一样感恩戴德。也许，不为别的，只因工作队帮了他们的兄弟姐妹，而这些兄弟姐妹，曾经被贫穷逼得无路可走，深陷生活的漩涡之中。

王悦只知道虎山村是厨师村，没想到西川县于 2019 年 3 月 13 日被省烹调协会专家组评定为"广东厨师之乡"。

那天下午，略微轻松一点的王悦就在虎山村转了一下，看见望春河边的龙眼已经开花，石榴、桃子也结出青涩的果实，而田野上，刚插完不久的秧苗已挺直腰杆，开始向着天空努力生长，四周还有不少蝶儿在纷飞，小鸟在歌唱，蛙儿在吆喝，把 4 月烘托得更加繁忙更加热闹。

近段时间，镇政府那幢新建的宿舍楼也开始热闹起来，陆续有镇干部搬了进去。据说以前，有一部分镇干部居住在镇政府外面一间停办的幼儿园里，现在幼儿园要装修复办，镇里才建了那栋五层高的新宿舍。

新宿舍楼旁的那棵木棉树，也许从此不再会感到孤独和寂寞了，白天会有人陪伴，晚上会有灯光温暖；渴了会有人送水，冷了困了会有人关心。

第二天上午，镇扶贫办主任陆俊、专职副主任潘大为到虎山村调研扶贫工作，并走访贫困户李金兰。

来到李金兰家，满头白发的他正坐在家门口一张早已褪色的矮木椅上，而猪肝色的脸上，似乎凝结着太多的愁与苦。他见到镇领导来，灰暗的眼睛才慢慢绽放出半寒半暖的亮光，而猪肝色的脸上，也渐渐挤出微微颤抖的笑容，这让王悦想起那些凋零、枯萎的三角梅，内心充满酸楚和同情。

天气有点热，李金兰穿着一件圆领灰白色的薄秋衣，而且衣袖都挽到了手臂上，再配上半新半旧的黑色裤子，看起来还算整洁干净。但当他站起来时，背就弯成了弓状。

李金兰是星光自然村人，年近八十，他唯一的儿子因病已故，留下两个孙女，大孙女16岁，读初中，小孙女13岁，读小学。他儿子病逝后，儿媳妇就离了婚，到外面打工。不过，他儿媳妇逢年过节都会回来看看孩子，这多少给这位老人带来一丝安慰。

李金兰个子不高，但长得不算太瘦，如果不是愁苦将他猪肝色的脸遮盖，王悦能感觉到眼前这位老人肯定是个非常和善的人。所以见到李金兰这般模样，王悦也是非常难受，慨叹生活太无情了，为什么将一个和善的老人折磨得如此痛苦不堪？

李金兰弓着背想进去泡茶，却被陆俊拦住了，站在门口与潘大为你一句我一句，仔细向老人询问一些生活情况。老人回答的语气很轻很缓，而苍老的声音显得特别憔悴，让人听后既可怜又难受。

王悦对李金兰老人非常同情，免不了向屋子里望去，只见里面的摆设异常简陋，不过住的房子还算结实，钢筋水泥结构。

从李金兰家走出来，王悦的脑海里总是翻腾着一张悲伤的猪肝色的脸，久久不能平静下来。

晚餐吃的是酱鸭和时菜。当王悦从厨房端着一碗菜来到饭堂时，看见龙书记坐在"流下的是汗水，倒下的是饭粒"旁的那张桌子前。

"龙书记，今天这么早吃晚饭啊。"王悦走过去，坐在龙书记身旁。

"早点吃完散步去。"龙书记正嚼着鸭脖子，说话有点费劲。

"吃完去哪儿散步？"王悦问。

"随你。今天天气这么好，不去散步对不起这么好的太阳。"龙书记将嘴里的骨头吐在桌面上，"嘿"的一声笑了。

吃完后，两人结伴同行，向九凤村方向走去。

"龙书记，你会留下来吗？"走出教育路后，王悦问龙书记。

"我不留下来，还能去哪儿？"龙书记反问一句，又"嘿嘿"地笑起来。

"这么说，你已经决定留下来了？"王悦还是不太相信。

面对难得回城的机会，龙书记竟然选择放弃，一些驻村干部，扶贫三年，早就盼着回去了。

"嗯。"龙书记轻轻地点头，然后抬头望一下镇派出所围墙门旁的那棵榕树，向叽叽喳喳的鸟声吹起挑逗的口哨。

此时，时而低沉时而亢奋的二胡声，又从汇东村飘了过来，撞击着王悦起伏不定的胸膛，好像跃起一朵朵激烈的浪花。

"老万要回去了。那天晚上我们在云天阁酒楼聚餐，是他告诉我们的。"龙书记逗了一会儿鸟，见王悦傻傻地站在原地一动不动，没反应，就把声音提高了几分贝，"小悦，你听什么听得那么入神？"

"哦，没有，我在听你说话啊。"王悦回过神来，问，"万队长真要回去吗？"

"他亲口说的，还能有假？"龙书记说完，又"嘿"地笑一声。

两人继续走，走到田野边就停下来，只见田野上，一株株嫩绿的秧苗贪婪地吮吸着映照在田野里的夕阳，而周围一片殷红。

王悦和龙书记纷纷抬头望向西边，只见山上夕阳渐沉，向人间散发出最后的一丝亮光，美丽极了。

欣赏了优美的夕阳，两人又迈起了步伐。

在笔直的路上，王悦和龙书记边谈边走，直至走到那座小桥上，两人才停下脚步，聆听活泼的望春河水，从小水坝上冲下来时发出异常激动的欢呼声，像为春天抚琴而行。

三年扶贫工作已结束，新的一轮扶贫工作又将开始，为了做好驻村干部轮换工作，Q市市委组织部向各县（市、区）委组织部、扶贫办等部门下发了《关于做好新时期精准扶贫精准脱贫三年攻坚驻村干部任期考核的通知》。考核对象是自2016年以来，从市直和省驻Q市单位选派的驻村第一书记、驻村工作队队长及其他成员。

上午进村后，王悦又在虎山村碰见黄秋亮。黄秋亮坐在虎山小学旁一幢居民房屋檐下，左手拿着一扎浅蓝色的塑料包装带，一边看对面建筑工人在施工现场施工，一边饶有兴趣地咀嚼着一小截包装带，嚼得满嘴淌着稠酽的口水，像山洪暴发后的望春河水。

此时的黄秋亮，为春天树立了新形象：头上留着寸发，脸色浅红，一双三角眼放出难得一见的亮光，上身穿的是深灰色厚运动衣，赤褐色的裤子没见到任何破绽，脚上穿着一双旧军鞋，但没穿袜子，且脚后跟没套进鞋里，不知是他故意装酷，还是这双鞋太小了。

虎山村经过村道美化，已经变了个样，比以前更显年轻更有朝气更有风度。村小学和村委会周围都开辟了不少绿化带，种些花草树木。还有村小学对面，新建了一个篮球场。篮球场右边，有了公共厕所，而左边，一座洁白的两层楼房，也是春节前后建起来的，底层是村卫生站，二楼是文化室。还有卫生站旁的望春河岸，开辟了一个供村民活动的场所，摆放着一些健身器材。

虎山村，正以惊人的速度向美丽的新农村进发。

到村委会后，王悦在驻县组微信工作群里，看到老乡王洁已结束在西川大浪村的三年扶贫攻坚工作，即将调回单位，他特向战友发来告别的信息。

记得春节后，各村准备迎接省扶贫考核时，王洁与肖常恩等几位驻村干部来虎山村进行摸底，主要是检查贫困户"八有"情况。那时王悦和万队长带他们入户。从交谈中，王悦才知道王洁是老乡，而且两人老家同在一个镇，距离并不远。

王洁是第一个被轮换的驻村干部。看到老乡战友就要离开，王悦心里既难过又沉重，默默地在群里给王洁送上一朵鲜花。

那次前来摸底的肖常恩也给王悦留下深刻的印象。肖常恩是茶花镇坑头村驻村第一书记，一个具有硕士研究生学历的知识分子。因为坑头村的扶贫工作做得异常火爆，从而引起王悦的关注，特别是坑头村驻村干部，王悦更是打心眼里佩服。如果不是摸底，也许王悦不会有这么一次难得的机会，与肖常恩认识，并进行了难忘的文学交流。

肖常恩长得白白胖胖的，中等身材。虽然他说话时带点方言，但语气缓慢，一字一顿，既清晰又谦虚。

摸底回到村委会，喜欢文学的肖常恩与王悦在办公室聊到了文学。肖常恩说，前段时间他看过王悦的一些扶贫诗歌，写得很好，生活气息浓郁。

王悦听后异常感动，好像在文学路上，又碰到了一个良师益友。

关于肖书记的扶贫故事，王悦也听过不少。其中有一个故事，深深打动着王悦，永远也不会忘记。肖书记有一个儿子，在国家级科研中心工作。三年前，当他听说年岁渐高的肖书记到贫困山村参加扶贫工作时，不仅不反对，反而大力支持，送给父亲一架无人机。肖书记把无人机用在脱贫攻坚阵地上，经常把它放飞到山上，考察地形，方便了解山里的情况，再采取措施，决定在山里上什么扶贫产业项目。有一次，当无人机飞到山上时，却意外失踪了，就这样悄无声息地倒在没有硝烟的战场上，尸骨无存。村民们知道后，自行组织要上山搜索，把无人机找回来，但被肖书记阻止了，因为山上地势险恶，环境复杂，万一村民出了什么事，谁也担不起责任。

在坑头村，扶贫工作为什么会做得如此出色呢？

特别令人感动的是，扶贫有了成绩，工作队队长陈志坚和驻村第一书记肖常恩都非常谦虚，从不争功，彼此只会默默地付出，担起扶贫责任，为贫困户多做一点实事、好事。

正因为有两位优秀驻村干部，坑头村才有了一支优秀的扶贫队伍，成就了一个又一个扶贫成果。

下午3点，扶贫工作会议在镇政府办公楼三楼会议室召开。会议仍然由镇扶贫办主任陆俊主持。这次会议主要强调的是建档立卡贫困户家居环境整治，开展摸底调查工作。

讲话时，陆俊没用讲话稿，面对所有参会人员侃侃而谈，宣布这次贫困户家居环境情况调查内容：一是门窗，二是厨房，三是卫生间，四是室内地面，五是屋顶，六是水电，七是墙体，八是基本生活用品，九是居住环境，十是屋前环境。

王悦在会前下发的《2016—2018年危房改造没安装水电门窗名单》中，看到虎山村有两户，一户是上井村贫困户高志林，他家危房是2017年改造完成的。昨天万队长去高志林家督促时，他说这几天会找工程队安装。另一户是江下自然村的黎霞妹，她家危房也是2017年改造完成的，因为平常不回来住，经过村干部打电话跟她沟通，她已答应抽空回来找人安装。

"同志们，扶贫工作一定要做足功夫，不仅要细，更要扎实，不能留下任何死角，要像钉子一样紧紧钉在贫困户身上，希望大家理解，同时多掌握与扶贫相关的政策，深刻领会上级文件指示精神，深入学习习近平总书记关于扶贫工作的重要论述，这样才能把学到的东西运用到实际工作当中……同志们，扶贫工作不要惧怕烦琐，这次摸底调查，目的就是要求大家从小处入手，渐渐做成扶贫大业。拜托大家！"

陆俊的讲话水平越来越深，几乎无懈可击。

进入 4 月以来，天气越来越好，阳光天天来拜访虎山村，把田野和自留地撩拨得满面红光，像喝了喜酒的新娘。村委会后面的望春河水流得更加欢畅；山塘的鸭子，从早到晚扯高嗓门，"呱呱"地欢叫，把天空哄得心花怒放、满脸笑意；蝶儿展开五彩缤纷的翅膀，在路边的绿化地上你追我赶，给花草献上优美的舞蹈；牵牛花笑得合不拢嘴，向着蓝天白云，把心里话全部掏了出来；那棵三角梅伸出无数只绿色的小手，或长或短，向山塘水呈上粉红色的花朵。

据说，程海风曾经是一位教学工作者，某初级中学副校长，后来考上公务员，华丽转身，成了镇政府副镇长。

他是本地人，但普通话说得极标准极流利，毕竟从事过教学工作。王悦曾听万队长说过，程海风是虎山村前支书的女婿。当然，是哪个前支书，王悦并没有仔细询问过。不过，虎山村还有一个 80 多岁的老支书，王悦是知道的，但这位老支书不会跟副镇长扯上关系，因为他现在是贫困户。

程海风长得瘦且高，少说也有一米七五，样子很斯文。王悦留意到，每次开会，笑得最欢畅的是他，烟抽得最厉害的是他，能在会场上扛责任的还是他。

王悦印象最深的一次，Q 市召开扶贫工作电视电话会议，分管全市扶贫工作的副市长在电视电话会议上对广安和另一个镇的扶贫工作相当不满意，对两个镇的一把手提出严重批评和警告。电视电话会议结束后，程海风马上召开镇干部及驻村干部会议，当面把全部责任承担下来。

那一次是程海风唯一一次没有笑声的会议，但他勇于承担责任的勇气和精神，给王悦留下很深的印象，不管他有没有错。在扶贫工作中，很多领导不作为，生怕冒政策风险，面对问题，能拖就拖，能推就推，总是敷衍了事，而有了问题，总是把责任向下面抛。

不久，不知道什么原因，那个分管扶贫工作的副市长接受组织调查。据知情人说，错误是他还没有出任副市长前就犯下的了。

在村干部中，王悦觉得村支书古凤清性格温和，骨子里没有一点傲气，而内心保持着难得的童真，纯洁而敞亮，正如一些镇干部如此评价他：一个没有被污染的村支书。村支书是个耿直少言的人，在村里主持会议时，讲话时不会油腔滑调，甚至还会脸红。由此看出，在社交中，他的关系并不复杂，也不会拉关系、拍马屁。春节后，经过村民选举，古凤清连任虎山村村支书、村主任。

一天傍晚，吃完晚饭后，王悦和龙书记到白云村散步。

夕阳从镇政府后面的山坡上蹿出来，斜斜地倚在路边的田野和菜地上，似在拥抱，又像吻别。

当他俩走到山塘时，还没上岸的鸭子，"呱呱"地边游边唱，把夕阳唱得更加鲜艳。

山塘边那座简陋的民房，从里面传来播放新闻的声音，异常清晰。只是，王悦还是没有见到人影，见到的只是一群鸡鸭，不分彼此，和谐相处，偶尔"呱"的一声，偶尔"喔"的一声，好像是情侣对唱，唱得天空害羞起来。

站在山哥家门前，王悦和龙书记望着梯田，只见梯田里绿绿的秧苗，一行行，一列列，像战士整装待发，随时准备奔赴战场。

路边的长芒杜英，从叶子底下冒出白色的花蕾，尖尖的，像小辣椒。还有一棵刷子花树，吊着一串又一串刷子花，把枝条都拉了下来，红红的，非常好看。而两棵挨得很紧的桂花树，大概羞于见人，把花朵都藏在腋窝里了。

好美的4月。王悦从内心深处由衷地赞叹起来，把自己完全置身于白云村的黄昏之中。

晚上，在宿舍里，王悦并没有感到孤独，他翻开《习近平讲故事》，看了几页。

之后，他就到卧室后面的洗手间冲凉，没想到刚进去，只听见"扑"的一声，那只久违的树蛙从放洗发水、沐浴露的小木架上跳下来，然后抬头望着王悦，像老朋友。

王悦并不惊慌，不急不慢找来扫把和畚斗，很快把树蛙降服，然后抛到小山坡上。

望着黑黑的山林，王悦这才害怕起来，要是遇到恶毒的家伙，被它纠缠起来，真不知道该如何是好。万队长和高云飞到云天阁酒楼聚餐，此时应该喝得晕乎乎的了……

转眼，到了 4 月中旬。

那天，刚进入村委会办公室的王悦，在驻县组微信工作群看到一则信息稿。大概是说，4 月 8 日，Z 城宝马集团领导到对口帮扶的茶花镇坑头村，对困难重重的贫困户成大良家进行慰问。年过花甲的成大良一家生活艰苦，妻子属精神三级残疾，女儿属智力四级残疾，儿子读小学五年级。全家因病、因残缺乏劳动力，生活极度贫困。虽然在党和政府的关怀下，该户于 2015 年完成了危房改造，但不幸的是，2016 年 3 月，一场无情的暴雨引发山体滑坡，将成大良新建的房子冲毁成危房。对于一个极度贫困的家庭来说，这无疑是雪上加霜。暴雨无情，人间有爱。Z 城宝马集团动员集团干部、职工对成大良家进行捐款献爱心活动，共筹集 18 万多元善款，帮助他修缮房屋，解决他的燃眉之急，并于今年初完成修缮。危房又变成了安全住房。激动的成大良十分感谢 Z 城宝马集团的深情厚谊，感谢驻村帮扶工作队的无私付出，感谢党的好政策，让他一家人重新看到了希望的光芒，找到了生活的信心。

像这样动人的故事，在没有硝烟的战场上无处不在，给人温暖。只要哪儿有困难，哪儿就能伸出一双双阳光般的手；只要哪儿有病痛，哪儿就有用爱熬成的药膏；只要哪儿陷入险境，哪儿就会出现一群大公无私、敢于战斗的驻村干部。

第二十四章

为春天抚琴而行，唱响美好生活，唱亮伟大新时代，唱圆一个又一个中国梦。这就是英雄们的光荣使命！

正当王悦充满遐想、激情澎湃的时候，坐在他斜对面的肖副主任轻声哼起了《走进新时代》：

总想对你表白

我的心情是多么豪迈

总想对你倾诉

我对生活是多么热爱

勤劳勇敢的中国人

意气风发走进新时代

啊！我们意气风发走进新时代

王悦不禁触动心怀，默默地唱和起来，仿佛在他眼前，一拨又一拨勇敢的战士，迎向新时代的万丈光芒，一个又一个充满智慧和思想的文件精神，飞进贫困户家中，把荒山变成绿野，把危房变成安全住房，把痛苦的眼泪变成幸福的源泉……一切都变得美好起来！

这几天，Q市对参与扶贫工作三年的驻村干部进行考核。作为虎山村驻村第一书记的黄小诚，是Q市环保局干部，自然要接受组织部门的考核。

黄小诚样子平和憨厚，中等身材，略胖；他穿着朴素，不怎么打扮，只是每天见他把头发梳理得异常整洁；不抽烟不喝酒，平常不太爱说话，懂得内敛，不会随便发表意见。工作之余，他最喜欢上"学习强国"，积分已达到几万分，成为广安镇镇干部和驻村干部学习的榜样。因为黄小诚家在 Q 城，节假日回去后经常带些吃食看望刘昌盛的儿子，不仅感动了刘昌盛，也深深打动着每一个驻村干部的心。

驻村三年，黄小诚以实际行动为虎山村做了不少实事好事，特别是他随和的性格，给村干部、驻村干部留下深刻印象，也给王悦留下美好回忆。

这次驻村干部轮换之后，Z 城派驻 Q 市帮扶的省定贫困村，驻村第一书记由 Z 城单位派驻，不再由 Q 市单位派驻，与上一轮相比有了一点变化。另外，因为今年国家实行机构调整，帮扶单位会有所变化。面对这一变化，西川县扶贫办及时出台并向各镇及相关帮扶单位印发《西川县挂点帮扶任务分配调整方案》的通知。

2019 年是打赢脱贫攻坚战攻坚克难的关键一年。为决战决胜全市脱贫攻坚，进一步推动省、市巡视巡察和审计发现问题整改落实，完善监督机制，夯实脱贫攻坚基础，确保 2020 年全市全面完成脱贫攻坚任务，Q 市扶贫开发领导小组制定了《Q市脱贫攻坚监督工作实施细则》。

在没有硝烟的战场上，各种文件就是最有力的武器，它能武装你的头脑，明确目标和任务，给你指明行动方向。

连续下了几天雨。那天下午，雨终于停了，太阳也出来了。下班后，王悦又到九凤村散步。

当王悦来到九凤村村委会后面的六田食品厂时，看见厂门口停着一辆白色的货车，司机一手拿着软水管冲洗车厢，一手拿着扫帚清扫；还有一个女孩，刚跨上一辆摩托车，随即"嘟"的一声。王悦还没看清女孩的面容，摩托车就已经开得老远。王悦远远看见，女孩满头卷曲的长发随风飘扬起来，成了乡村傍晚一道亮丽的风景。

大概，这女孩是下班工人。

后来，王悦早上到九凤村晨跑，有时就会在笔直的路上碰见骑摩托车上班的长发女孩，或者傍晚到九凤村散步，偶尔又会在笔直的路上，与下班的长发女孩不期而遇。

六田食品厂不大，600 多平方米。前面是生产车间，车间用铁皮搭建；后面有一幢略显年老的楼房，共两层，大概是办公场所。食品厂左侧是一条通往望春河的小溪，水流比较小，不过溪水还算清澈干净，并没有被污染，而溪边生长着许多野草。小溪另一边，就是九凤村老村委会，此时显得有些孤单，有一种被人抛弃的感觉。

回到宿舍，王悦已经走得满身是汗。当他站在卧室门前时，看见对面卧室门缝里透出白色的亮光，大概万队长在里面。他快要回 Z 城复职，最近晚上应酬比较频繁，经常见他喝得面红耳赤。

王悦进卧室后，取出衣服就到洗手间冲凉，可他拧开煤气，热水器总是打不着火，但点火的脉冲声还是比较清晰。

水压不够吗？王悦立马想起水压，因为以前热水器打不了火，多半是水压问题。可他打开水龙头，水"啪啪"地流下来，显然，水压不小。

王悦又点了几次火，热水器还是没点亮。什么问题呢？王悦怀疑是电池用久了，储存的电量不足。于是他跑到镇政府大门旁的一间小商店买了一对电池。

王悦认识商店老板，老板叫阿牛。阿牛经常早上天刚蒙蒙亮就跟着龙书记进上梁自然村看朝阳，有时他还能在山上挖到宝——又肥又嫩的竹笋。

王悦把热水器的电池换了下来，火还是没点着。

正当王悦一筹莫展的时候，万队长走了过来，提了提煤气瓶，说："没煤气了。"

王悦恍然大悟，慌忙把空煤气瓶提到楼下楼梯口放煤气瓶的地方，与万队长将一瓶充满煤气的煤气瓶抬到洗手间门边。

装好阀门，王悦立即就把热水器点着了。

冲完凉，身上油腻腻的感觉全没了，王悦异常舒服地坐在宿舍办公室，翻看一户一档资料，但当他看到"李树英"的名字时，心情一下子低落下来，仿佛自己是从天上掉下来的一根枯干的竹子。

多可怜的人啊！王悦深深地慨叹一声。

李树英是江下自然村人，因残致贫，是危房改造户。

她家在半山腰上。每次入户，当王悦看到骨瘦如柴的李树英时，内心沉痛至极，好像被什么掏空一样。李树英瘦得如同站在她家后面的一根老竹子，而且浑身轻飘飘的，像一具躯壳。她每移动一步都非常艰难，甚至说话时连嘴唇都很难开启，声音比蚊子叫还微弱，几乎听不清楚。在她白纸似的脸上，只留下一张皮，像老树皮，只怕被风一吹，就会迅速掉下来；两只眼睛眯成一条缝，但能看见些许，不至于撞到墙壁或者其他杂物上。

总之，王悦很担心她的身体状况。

李树英有一个儿子，快50岁了，依然单身，也许是因为穷，没勇气找对象。但她儿子长得有些胖，样子看起来挺老实憨厚的，偶尔外出打工，从不挑剔什么工作，就连搬运工也做过。也许，李树英身体不好，她儿子经常回家照顾她，所以换工作比较频繁。试想，在不自由的工厂打工，老板会让你隔三岔五请假吗？

说起李树英，还有一个充满迷信色彩的故事。她原本住在半山腰上，但十几年前，丈夫突然离世。李树英觉得事有蹊跷，因为她丈夫长得很壮实，平常连感冒都绕着他走。于是她找来算命先生。算命先生说，她住的房子是凶宅，必须搬迁到山脚下。

她半信半疑，丈夫离世后第二年就搬迁到山脚下。李树英的儿子长大后，不会挣钱，40多岁了还没讨到老婆，于是她又找来算命先生。算命先生说，她现在住的房子不吉利，还是原来住的地方风水好。

她半信半疑，又搬迁到半山腰上的老房子居住，但几年过去了，儿子的命运还是没有改变。

直至驻村工作队来了以后，按政策，工作队将她又破又旧的老房子纳入危房改造，并在老房子旁为她建了一座一层平房，60多平方米。

晚上睡觉时，漆黑中，王悦脑海里总是浮现出一根老竹子，久久难以入眠。

第二天早上进村前，万队长在教育路口的菜摊买了半只鸭子、一条草鲩、两斤烧猪肉和青菜。中午工作队要留在村委会吃饭。就要离开扶贫工作岗位，村干部让他与大家吃顿饭，算是告别。

进入村委会后，王悦看见黄秋亮站在办公室外的窗旁，斜起三角眼向里面瞧，而淌下的口水像拉面，一条一条往下拉。他一见王悦拎着菜走进来，淡红的脸上立即浮现出彩虹般的微笑。

王悦也向他微微一笑，黄秋亮更加激动起来，连忙转身向王悦走去，两只脏手不断颤动，"呵呵"地笑得把自己都忘了似的，而嘴角边淌出的"拉面"，一条又一条拉得更长更细。

王悦把菜放进厨房后，看见黄秋亮靠在村委会门旁墙壁上，"呵呵"地等着自己出来。村委六哥见他还不收敛，有点烦，于是起身把他赶出去了。在村干部中，除了六哥对黄秋亮凶一点，其他人都任由他胡作非为。

王悦走进办公室，肖副主任已经坐在她的办公位子上，一边看材料，一边往电脑输入数据或文字。不一会儿，黄秋亮又站在办公室外的窗旁，向刚坐下来的王悦"呵呵"地笑着，没完没了，而嘴角边的"拉面"根本停不下来。

肖副主任忙得连轻哼几句的时间都没有，板着脸孔走近窗前，关紧窗门，再拉紧窗帘。黄秋亮才识趣地走开了。

过了一会儿，王悦走进资料室，查阅了三年来工作队为虎山村做过的一些民生工程项目。

如果在村委会做饭，厨师自然就由六哥来担当，昌哥、坤哥经常给他打下手。

村委会有一个大灶，用柴火炒的菜特别有味道，王悦仿佛又品尝到童年时代父母用柴火烧的饭菜。

开饭时，八九个人围坐在一起吃饭，很热闹，像一个大家庭，有一种温馨的感觉。除了昌哥、阿巧、肖副主任，其他村干部都会喝点米酒。

吃饭时，黄秋亮就会蹲在村委会围墙大门边，吃着村干部递给他的饭菜。

饭后，清洗餐具的任务就会交给肖副主任和阿巧。

下午，王悦在资料室整理档案柜里的资料。整理好后，他又来到村委会后面。

在山塘边，王悦看见牵牛花一朵接一朵，爬到自留地上，好像笑逐颜开的司仪小姐，端庄地站在路边，迎接他的到来；三角梅开得更漂亮了，高高地挂在枝头上，随风起舞，把天上的白云引来观赏。让王悦更惊喜的是，在三角梅身旁，意外地开出满树的夜丁香花。

牵牛花、三角梅、夜丁香花，互相吸引又互相妒忌，都把自己最美的一面奉献给即将逝去的春天，生怕辜负了生命和青春。

第一次见到夜丁香花，王悦难免多看一眼，宠爱有加。

此时的望春河水，潺潺地流下来，并发出撞击岩石的"啪啪"声。王悦走了过去，站在小桥上，看见岩石被河水撞击得浑身光溜溜的。

他往山上望去时，只见一条暗黄色的小路通向香猪养殖场。

香猪养殖场建在半山腰上，王悦曾经跟万队长去过一次。因为狗多，后来王悦再也不敢靠近香猪养殖场。

香猪养殖场不是工作队开发的扶贫产业项目。老板是本地人，在大城市开酒家。这个养殖场主要是向酒家供应香猪货源。生意好的时候，香猪养殖场里养着一千多头小巧玲珑的香猪。现在老板生意不怎么好，里面只养着两百头左右。

傍晚，王悦想到九凤村散步。他刚走出镇政府大门，看见几只小燕子静静地站在一根黑色的电线上，或向着远方，或望着有些阴沉的天空。

天气又要变了。

王悦走进九凤村时，看见路边的田野更绿了，一小撮一小撮的秧苗开始长得粗壮起来。而自留地里的花生苗长高不少，叶子越来越多，几乎把整个自留地覆盖起来。四周的楼房异常安静，只有望春河水永远不会停止前进的脚步，发出潺潺而流的响声，为春天抚琴而行。

昨天上午还见到散淡的太阳，今天早上起来，王悦看见不远处的山上雾气蒙蒙，还伴着零星雨点。楼梯上到处是昨夜飞蛾扑火时折断的翅膀。那些没翅膀的飞蛾，内心好像非常痛苦，四处爬行，再也飞不到天空。

王悦没出去散步，而是站在楼道上，面对镇政府围墙外的田野，紧紧盯着一株株越长越旺的秧苗，是如何接受风雨的洗礼。

此时，站在新宿舍楼前的那棵木棉树，满脸湿漉漉的。火红的花朵不见了，冒出来的是一片片绿叶。

在饭堂，王悦偶尔会吃到木棉花煲粥的早餐。第一次吃时，他不知道木棉花可以吃，而且还有药用价值。后来他问媚姐，媚姐就告诉王悦，木棉树有三大功用，花有清热利湿、解暑的功用，树皮有祛风除湿、活血消肿的功用，根有散结止痛的功用。

木棉除了观赏价值高，它的花、皮、根均有药用价值。将晒干了的木棉花煮粥或者煲汤，可以解毒清热驱寒去湿；木棉皮煮水也有清热、利尿、解毒等功效，对慢性胃炎、胃溃疡、泄泻、痢疾等有显著疗效。

王悦真没想到，英雄花有如此大的作用，全身是宝。

不一会儿，镇扶贫办通知各驻村工作队：近期我县出现较大范围持续性强降水，18日至19日还将有大雨到暴雨，请各驻村工作队会同各村委会对辖区内的建档立卡贫困户开展全面排查，及时关注贫困户的情况，做好跟踪工作。

由于天气影响，原计划4月22日、23日参加县人社局举办的藤编培训，镇扶贫办经请示县人社局，要求此培训暂停，具体时间安排以县人社局最后通知为准。

连续两天，广安镇都遭受狂风暴雨的袭击，一些山路被泥石流封堵。而18日晚上到19日早晨，西川县普降暴雨，局部大暴雨，伴有8级以上的短时大风。最大风速出现在县城，达到31.0米/秒（11级），最大累积雨量为114.8毫米。据县气象台预计，这几天西川县仍有大雨到暴雨的降水。前期累积雨量大，土壤含水量极高，致灾风险加大，需特别注意防御强降水及其引发的城乡积涝、山洪及山体滑坡等地质灾害。

截至23日，全县各地报来的灾情有：八和镇出现大如乒乓球状的冰雹；一些地方被狂风暴雨摧毁，车子泡水，山路塌方等；小亨镇中心学校被淹，积水深五六厘米，被迫停课；华青社区街面、县城前进一路被淹；其他地方，大片树林也被吹倒。

而虎山村的七彩梯田处出现严重塌方。那边只要下一场大雨就会塌方，修了几次都不见效。

傍晚，经历了台风暴雨的天空似乎暂时缓了一口气，久不散步的王悦又迈起略为轻松的脚步，准备到沙坝村走一走。沙坝村山绿，田野更绿。那些露出嫩嫩肌肤的禾苗，面对台风暴雨的袭击，居然没受到一点伤害，反而把腰杆站得更直，一副不向任何困难挫折屈服的样子，活出自己的精气神。这使王悦想到虎山村的一些贫困户，他们面对贫穷，并没有害怕，而是在工作队的帮扶下，紧紧抓住扶贫政策，敢于拼搏，不愿低头，靠自己的勤劳双手，改变生活，改变命运，从而涌现出一批脱贫致富能手。贫困户曾红珍就是其中一个。

曾红珍是永安自然村人，今年50余岁了。虽然她身体弱，个子矮小，且长期患慢性病，但干起活来不知早晚，把心思全放在她的养殖事业上，勤勤恳恳，任劳任怨。王悦入户，几乎见不到她的身影，招待他的，是曾红珍的家翁。曾红珍的家翁是一个已有 50 多年党龄的老人，今年 90 多岁了，除了行走不便，身子骨还算硬朗，耳聪目明，谈吐清晰，有时还能干些家务活，特别是他编织的竹器，既漂亮又精致。

自从工作队给曾红珍购买 15 头猪苗后，她就把养猪的地方当成家，风里来雨里去，不怕苦不怕累不怕脏，把猪苗养成肥胖的肉猪。去年 15 头肉猪给她带来近 3 万元收入。尝到甜头的她没有忘记党恩，没有忘记脱贫的信心，毫不松懈，自己掏钱买回 15 头猪苗和 1 头母猪，每天起早贪黑，把猪当成孩子一样喂养。

有时王悦和万队长在路上碰见骑三轮摩托车进出村子的曾红珍老公，她老公都会停下来打声招呼，嘴里总是说感谢共产党，感谢工作队，说得非常真诚、感人。

曾红珍在养猪场看管猪，而她老公的主要任务就是到镇上运送猪饲料。

一个主内，一个主外，夫妻就成了事业上的最佳拍档。

新一轮驻村干部已经定了下来，开始入村正常工作。

但由于部分帮扶单位涉及机构改革以及各帮扶单位人员变动等原因，原上报广安镇扶贫办的各帮扶单位办公室联系人员可能有变动，镇扶贫办要求各驻村工作队队员与单位办公室沟通联系，更新好《广安镇新时期精准扶贫精准脱贫帮扶单位联系情况表》，并尽快报镇扶贫办。

台风雨没过几天，根据气象部门预报，25 日到 28 日将有新一轮强对流和强降水天气，雷雨时伴有 8～10 级雷暴大风和局地冰雹。

面对新一轮强降雨，虎山村驻村工作队会同村干部进村入户，对建档立卡贫困户开展全面排查，并密切关注贫困户的情况，提前做好了转移的相关准备工作。

昨天下午 2 点半，万队长午休还没起来，王悦就先到停车的地方等他和高云飞、黄小诚。不知怎么的，这段时间万队长总是推迟到 3 点才进村，但一次都没有提前通知王悦。直至 3 点半，王悦还是没有等到他们，他就返回宿舍。

而今天一早，王悦吃完早餐来到停车的地方，准备等万队长进村时，看见工作车已经开走了。王悦看了看时间，还没到 8 点半。平常都是 8 点半进村，但今天早上为什么还没到进村时间，万队长就把工作车开走了呢？他进村还是干什么去了？王悦一头雾水，不管做什么，把工作车开走了，他应该提前通知自己才对。

直至差不多 10 点时，王悦在广安镇扶贫微信工作群看见万队长发来一张培训图片，才知道他去平源村参加春季种植技术及防虫害培训班了。

后来，王悦才知道在那次培训班上，西川县委常委、驻县组组长范小妍作了开班动员。坑头村第一书记肖常恩向前来培训的 30 多名驻村干部作了认真、细致、生动的授课，还到现场为大家讲授并演示防虫害技术。

暴雨就要降临了。那天早上进入村委会后，王悦看见村委会门前的空地上挤满了不少老人。一些老人坐在塑料椅上，手里捧着一张淡红色的纸，低头仔细阅读；一些老人站在办事的桌子前，向工作人员问询着什么；还有一些老人，在里面喝茶或聊天，连工作队办公室也被挤占了。

王悦见暂时无法工作，就在空地上转了一圈，发现老人手中捧着的都是《参保通知书》。

原来，西川县"银龄安康行动"又开始了。这次行动是为老人办理意外伤害综合保险，从 2018 年 11 月 1 日开始续保，保险期从续保当日至 2019 年 10 月 31 日，由政府统一出资。

"银龄安康行动"是专门为老人量身定做的意外伤害综合保险项目，旨在为老年人发生意外伤害后给予一定的费用补偿，帮助广大老年人增加保障渠道，减轻家庭经济负担，提高生活质量，安享晚年生活。参保对象是 2018 年 11 月 1 日前年满 60 周岁以上的老人。

前来虎山村村委会为老人服务的，是中国人寿保险西川县支公司的职员。

因为老人实在太多，王悦又帮不到什么忙，他就来到山塘边。殷红的三角梅似乎开得欢天喜地，两边的夜丁香花和牵牛花更是满怀憧憬，向着辽阔的天空，打开自己的芳心。而溪水边，几个工人从储蓄山泉水的水池里接上粗大的自来水管。在充满希望的田野上，嫩绿的禾苗快乐健康地成长；花生地里，花生苗的长势甚是喜人；稍远一些的半山腰上，有农妇在辛勤劳作。好像夏天提前到来了，所有的蛙声已随春天而去，只有稀稀落落的鸟声，从山林里，或从溪水边的竹林里，伴着一阵阵凉爽的风，飘来飘去。

王悦抬头看见香猪养殖场，又迈出脚步，向山上走去。山路边略显荒凉，只有娇艳的野牡丹，从草丛中露出难得的微笑。

王悦远远看见，香猪养殖场门口，几条狗吐出长长的舌头，虎视眈眈地望着自己，心里不禁透出一丝丝凉来，于是忙转身，向山下走去。其实，他不是来看香猪养殖场的，只是觉得，在狂风暴雨来临之前，让自己与大自然再来一次亲密的接触，因为神奇的大自然，除了灾难，还有美丽的风景！

在饭堂吃晚饭时，王悦一边吃饭，一边与媚姐聊起她喜欢文学的女儿，由此谈到了生活与理想。当然，王悦希望她女儿用功学习，最终能考上大学。因为梦想对于一个少年来说，还是一件非常遥远的事情，以后有了生活基础，有了人生经历，到时梦想会主动找上你，只要你心里不曾放弃它。

对于一个心怀梦想的人来说，思想比较单纯，但意志力非常强大，一旦他（她）认准目标，十头牛也拉不回来，更无惧风雨和磨难。这一点，王悦深有体会。

所以，面对一个喜欢文学的少年，王悦又惊又喜，当然他不会挫伤一颗幼小的种子，只是从内心远远地鼓励她、鞭策她，希望她长大后，拥有更好的生活，快乐地追求自己的目标。同时王悦又深深感到，追求文学是一条异常艰辛的路途，它喜欢把人折磨得痛不欲生，但又不会狠心抛弃你，就像你不会轻易放弃它一样，最终才会带给你真理，甚至放心地把自己的一切完全托付于你，让你毫无牵挂地铸就血肉，塑造灵魂，完善人格，完成艰巨而光荣的使命。

第二十五章

　　然而，颇有书生意气的王悦，不得不暂时抛开文学梦想，为另一个春天抚琴而行，在脱贫攻坚阵地上，在没有硝烟的战场中，留下自己的汗水和脚印，书写生命多姿多彩的乐章。

　　他在等待，他在欢笑，他在努力拼搏，他在负重前行……

　　这几天，扶贫工作的重点，一是"广东扶贫济困日"即将到来，关于捐出的善款如何使用，西川县扶贫办出台了使用文件；二是围绕危房改造、教育补助，各部门及驻村工作队要做一些更全面更细致的核查，防止问题发生。

　　"广东扶贫济困日"所捐赠的善款，被称为"630"扶贫资金，因为"广东扶贫济困日"是每年6月30日。除了"广东扶贫济困日"，还有国家扶贫济困日。

　　王悦从广安镇各村2016年、2017年、2018年危房改造工作台账上，看到虎山村80户危房改造贫困户中，大部分是在2017年完成改造任务，约占70%。

　　在整个扶贫工作中，危房改造是一项非常重要的内容。经西川县政府同意，今年4月15日，西川县扶贫开发办公室、西川县住房和城乡建设局、西川县民政局联合下发了《关于西川县"扶贫济困日"捐赠财产用于建档立卡贫困户危房改造补助的实施方案》和《关于西川县"扶贫济困日"活动捐赠财产用于建档立卡贫困户危房改造补助的实施方案》的通知。

　　去年6月21日，经西川县委、县政府同意，相关部门就制订了《2018年西川县"广东扶贫济困日"活动工作方案》，而今年"广东扶贫济困日"也将会以此方案组织实施。

晚饭后，天空阴沉沉的，虽没下雨，但有些闷热。王悦还是想出去散步。

这样的天气也许是下暴雨的前奏。王悦走出镇政府大门，看见教育路边的菜地上空飞舞着一群敏捷轻灵的小燕子，忽而低飞，忽而高飞，忽而落在地上。

此时的王悦好像有点茫然，不知道往哪儿走。最后他还是选择往右转。往右转，就是通向白云自然村的路。可能要下雨，所以王悦只想随便走走，去白云村路途短，来回用不了半小时。

当他走到山塘边，鸭子"呱呱"的叫声似乎被阴沉的天气吓跑了，但山塘边那座简陋的民房里，还是传来播放新闻节目的声音，清晰流利。

王悦放慢脚步，感觉四周的树林和竹林都已经做好防御的准备，不惧怕暴雨的袭击，更不会向灾难轻易低头。

来到山哥家门前，王悦便停下脚步。脚下的梯田站立着一片又一片粗壮的禾苗，绿绿的，向着昏昏沉沉的天空微笑，依然保持乐观的性格。但是，路边那棵刷子花树就没有那么幸运了，看起来无精打采的样子，好像刚躲过一场劫难，怔怔地站在原地一动不动。王悦走近它，感觉它与前几天似乎完全变了样，有些凄惶，特别是红红的花瓣，全不见了。也许，前几天的台风雨夺走了它的美丽，摧残了它的精神。

王悦想，人的精神一旦被摧残，也不过如此吧，感觉自己就像没有肉体，只留下一具无力的躯壳。王悦有过这样的感受，但他最终战胜了所有困难，把自己活成禾苗一样乐观的性格，不管碰到什么挫折，都会昂首迎向天空，微笑着走自己的路。

晚上，在宿舍里，王悦刚翻看《习近平讲故事》，听见手机响了一下。来微信了，是镇扶贫办主任陆俊在镇扶贫微信工作群发了一则通知和一个文档表格。

他转发了县扶贫办刚发的通知，是关于危房改造户申请"630"扶贫资金相关信息的收集，要求各驻村工作队按文档表格格式填报，于第二天上午10点前报镇扶贫办。

要想收集贫困户信息或数据，需要在系统里导出，但每年省扶贫考核前，系统都会关闭一段时间。前段时间，为了方便省里核查系统数据，系统自动关闭了。而今天系统重新开放，可以修改建档立卡贫困户权限，县扶贫办就发来通知，要求各镇尽快组织人员进行异常数据清理，并根据去年4月25日上午召开的西川县扶贫开发领导小组联席会议精神和《关于印发〈关于西川县"扶贫济困日"捐赠财产用于建档立卡贫困户危房改造补助的实施方案〉的通知》要求，尽快收集 2016—2018 年新时期精准扶贫以来已完成危房改造贫困户的相关信息，填到文档表格里，并于 4 月 27 日下午 4 点前报送到县扶贫办。特别提醒：系统开放时间截至 4 月 30 日下午 6 点。

这事自然不用王悦做，因为高云飞负责系统工作。

另外，王悦有时想到系统里导出一些贫困户资料，高云飞总是有些为难的样子，好像里面有什么不可告人的秘密，所以王悦从没登录过系统。一是真怕自己误操作，不小心修改或丢失系统数据，造成硬伤；二是为了搞好同事关系，方便更好地工作。

在平常的工作中，王悦与高云飞很少沟通，况且两人都比较内向，特别是高云飞，从没出去散过步，不过，他的酒量还行，经常参加聚会。

当然，碰到系统忙的时候，王悦也会做高云飞的帮手，帮他复印从系统里导出来的资料。特别是碰到上面检查或省扶贫考核，很多所需材料都需要从系统里导出来，然后再分类复印几份。复印的材料多的时候，就带回镇政府复印室，用大型复印机复印，速度快多了，不需要在办公室里一份一份地复印，大大减少工作量。

系统工作比较复杂，且没有时间限定，只要上面来了紧急通知，要在系统里修改什么内容，系统员都必须在规定时间内完成。

虽然系统里的资料都有存档，但贫困户一旦有变化，系统里就要及时更改，成了动态管理，先前的存档基本上成了废纸。比如，贫困户家庭人口变化比较大，或出生，就有了新增人口，或死亡，就成了自然减少人口。

在办公室，高云飞与肖副主任关系不错，有时还能见到他俩说说笑笑。

除了贫困户危房改造，虎山村驻村工作队对贫困学子的学习生活也异常关心。在政策补助以外，还利用各帮扶单位自筹资金，对贫困学子进行生活补助。而今年和明年，工作队计划利用利华公司捐赠的一半以上的善款，用于教育补助，让贫困学生安心读书，实现教育脱贫的目的。

现在，已到了春季学习阶段，镇扶贫办又开始向各村征集 2019 年春季学期建档立卡贫困学生资料，以便上报，发放学生生活费补助。以前都会出现一些情况，有的贫困学子会出现漏报现象，造成不必要的麻烦。当然，造成麻烦有可能是贫困学子自尊心强，不愿上报。所以，为了避免漏报，镇扶贫办要求驻村工作队会同村委会认真核对各村建档立卡贫困学生情况及相关资料，因为村里每户家庭的情况，村干部是最熟悉的，谁家有孩子读书，读几年级，基本上都能摸透。特别是在义务教育阶段，要杜绝贫困学子辍学情况发生。

虎山村就出现过一个贫困户的孩子，因为穷，因为自卑，他还没读完小学就辍学在家。后来工作队去他家做了许多工作，他还是不肯上学，加上他是家中唯一的男孩子，父母多少会有点溺爱。工作队想让他去职业技术学校学技术，但年龄尚小，达不到入学条件，只能让他辍学一年后再打算送他去职业学校。

这孩子就是贫困户刘昌盛的小儿子。说起刘昌盛，也是一个非常悲苦的人。

刘昌盛是王悦的帮扶对象。王悦去他家走访时，对刘昌盛都会满怀同情，希望他家通过工作队的教育帮扶，能实现脱贫。可他儿子又不争气，不愿读书。不过，刘昌盛的大女儿很争气，在县城读高三。听邻居说，刘昌盛的女儿不仅懂事，而且学习成绩不错。

也许，刘昌盛脱贫的希望只能寄托在他大女儿身上。

刘昌盛55岁模样，个子矮小，而且瘦，样子倒是诚实憨厚，而且性格比较乐观。虽然刘昌盛老实，不太爱说话，但王悦每次见到他，他脸上都会带着笑容，见不到一丝因贫穷而酸楚的影子。是啊，贫困户内心的苦与悲，谁能看出来呢？

刘昌盛是个非常朴素的农民，身上穿的衣服就像20世纪80年代留下来的，老土，没有一点新鲜的感觉；他那沾满泥土或灰尘的脚上，时常穿的是一双旧拖鞋，很少见他穿鞋，也许，他每天要干农活，穿鞋不方便；他说话或笑起来的时候，略尖的嘴巴里就会露出两颗虎牙。

刘昌盛因残致贫，属于低保贫困户。他的右腿患有残疾，走路一摇一晃的。他妻子有精神障碍，王悦从没见过她说过一句话，问她只会摇头或点头，通常只会站在一边，面无表情地发呆。

家家都有一本难念的经，而贫困户家的经更难念，只要一天不脱贫，天天念的都是苦字经。

2016年到2018年完成危房改造的贫困户申请"630"扶贫资金补助，虽然上面已发放到贫困户账号，但有些贫困户发放不成功，镇扶贫办要求各驻村工作队认真核查发放不成功危房改造贫困户的相关信息，并迅速上报镇扶贫办。这次，全镇共有 26 户贫困户没有发放成功，而虎山村发放不成功的贫困户有曾水云、曾秋海等 6 户。

待镇扶贫办接到各村上报的危房改造贫困户相关信息资料后，才查到发放不成功的原因，有的是因为提供的银行账号出错，有的是因为户主离世银行卡已关户，有的是因为户主姓名与账户名不符，有的是因为转入新账户出错。五花八门的原因，更能说明扶贫工作难做，所以，驻村干部一定要细心、耐心，这样才能做好每一件事情。

围绕高质量稳定脱贫目标，全面核实全市建档立卡贫困户"八有"脱贫指标实现的真实情况，确保脱真贫、真脱贫，并将所有贫困户分为稳定脱贫户、不稳定脱贫户、未脱贫户，分别梳理落实帮扶措施，逐户"对症"，全面落实相关帮扶政策，力争在 2019 年底实现建档立卡存量贫困人口全部达到"八有"脱贫标准，经 Q 市扶贫办研究决定组织开展 2019 年贫困户脱贫指标实现情况"回头看"工作，将相关问题汇总并向上级报告。

这次市里组织开展的"回头看"，重点放在脱贫户脱贫成效是否稳定、未脱贫户是否能在年底前达到脱贫标准、精准识别是否有错漏三个方面进行。

这次"回头看"，上级动用了不少心思和脑筋，而下面又要忙于奔命了。

下午，驻村干部聚集在镇三防办公室，收看收听 2019 年西川县贫困户脱贫指标完成情况"回头看"工作推进会电视电话会议，主要是传达市里组织开展"回头看"的文件精神，部署工作，迎接这次市级大考。会议具体内容，首先是县扶贫办专职副主任李开笑同志布置 2019 年西川县贫困户脱贫指标完成情况"回头看"开展工作，然后是县扶贫办负责系统工作的梁萍同志进行"回头看"核查业务培训，最后是负责全县扶贫工作的副县长马子安讲话。

这段时间，时不时从天上浇下豆大的雨水，特别是前几天晚上，电闪雷鸣，大雨倾盆，一场罕见的强降雨把广安镇政府敲打得摇摇欲坠，连四周的山脉似乎都有一种被撕裂的感觉。

4 月 29 日下午 4 点，镇政府办公楼五楼会议室召开扶贫工作会议。主持这次会议的是镇长梅贵珍，镇扶贫办主任陆俊布置了扶贫工作。这位女镇长大概 40 岁，还很年轻。会上，梅镇长向驻村干部传达了昨天县里召开的电视电话会议内容，明确要求大家按照市县的部署，做好贫困户脱贫指标完成情况"回头看"工作的准备，把握时间节点，查漏补缺，完善资料，向上级提交一份满意的答卷。

晚饭后，好几天没出来散步的王悦，走在通往九凤村那条笔直的村道上，却惊喜地发现，花生地上的花生苗竟然不顾恶劣的天气，悄悄开出淡黄色的花朵，虽然还不是很多，但足以安慰被暴雨撕扯得心力交瘁的天空。

晚上，伴着雪白的日光灯，王悦坐在宿舍里，仔细翻看这两天市县下发的有关"回头看"核查的文件和通知，以及附件里各式各样的核查表。

在《Q市 2019 年贫困户脱贫指标完成情况"回头看"工作调查表（户表）》中，主要列举核查"八有"达标和不达标的各种情况；表下面特别备注说明：脱贫"八有"指标中任意一项指标评为不达标，则整户脱贫成效评为"不稳定"；此表脱贫户和未脱贫户通用。

令王悦有点迷糊的是，在"有电视信号覆盖"方面，省里面的文件并没有明确要求贫困户家中一定要有电视机，只是要求有电视信号覆盖，为什么市里面核查强调贫困户家中要有电视机才达标？不过，他曾经听说过，Q市有关部门给没有电视机的危房改造贫困户每户 1000 元补助，叫他们安装电视机。但在平常实际入户核查中，很多贫困户并没有买电视机，这样的话，这次"回头看"核查会不会造成矛盾？

后来，一些驻村干部向上级反馈问题，回复是按省里面的文件要求核查"八有"。

看完文件和各种表格内容，王悦深深地吸了一口气，感到"回头看"和"向前看"一样重要。"回头看"是寻找问题，"向前看"是补短板。所以，在没有硝烟的战场上，驻村干部不是一般的战士，而是像先遣队，不能只顾着向前冲锋，必要时还要回头排除后面留下的威胁和险情，否则就会造成全军覆灭。

进入 5 月后，王悦还没有从几天愉快的假期里转过身来，就被一个贫困户不幸的故事纠缠得夜不能寐。身处特殊环境，王悦觉得，那些不幸的消息或故事，总是来得有些突然，像针一样，时时扎得他千疮百孔、疼痛难忍。每次王悦都会默默地鼓励、祈祷受苦的人儿，希望他们能够躲过灾祸，过上正常生活。

这个故事的主人公名叫张德彬，今年 60 岁，是西川县火把镇三台村人。他一直在家务农，收入甚微，结婚后育有两个孩子，大女儿读初三，小女儿读小学，还有一个80多岁的母亲。他妻子属于精神残疾，常年精神恍惚，还需要家人照顾。张德彬是低保贫困户，全家人每月就靠低保金来维持生活。两年前的一场大病，让一贫如洗的他雪上加霜，陷入了生活的绝境。

事情发生于2017年6月，张德彬因下体疼痛，来到西川中医院检查身体，由于是初发病情，结果没有诊断出什么病，医生只是开了一些药方，给他延缓一下疼痛，可是到了2019年，疼痛越来越厉害。他痛得受不了，后经医院介绍来到了广州的大医院进行治疗，最后诊断为膀胱瘤，并且已经恶化到了前列腺。医生建议张德彬先留院治疗，等情况稳定下来再做切除手术。但是手术费、后续康复费用需要25万元左右。看着检查结果与高昂的手术费，张德彬一家人犹如遭遇晴天霹雳，不知道该怎么办。前两年的治疗已经把他靠多年务农存下来的8万多元用得一分不剩，现在面临困境，他真的无法再承担。亲戚朋友能借的也都借了，可是费用方面仍有很大的缺口，妻子还需要照顾，可张德彬又不想放弃。迫于无奈之下，他申请了轻松筹。

如此高昂的手术费，不是一般家庭能够承受得了的，何况是一个千疮百孔的贫困户。

真是不幸的家庭，不幸的人生！每当王悦想起张德彬的故事，心里都异常难受，却又爱莫能助，但他知道，对于身患重病的贫困户，在国家帮扶政策中，是可以申请大病救助的。

县扶贫办已经安排了交叉核查的时间和批次，到广安镇核查的是第一批，时间定在5月9日到5月14日。为迎接"回头看"核查工作，镇扶贫办通知各驻村工作队会同村委会、镇政府各挂村组迅速按上级要求和镇工作部署开展相关工作。

从4月底到5月初，天空从没消停过，时不时下一阵雨，而气温控制在20℃左右。前段时间，天气热得要命，晚上要开空调才能睡觉。

气温反常，人就容易得病。那天，王悦患了重感冒。

上午进虎山村时，天空依然阴阴郁郁的，像患了气管炎的病人，没有一点精神，而且地面潮湿，气温也低了不少。王悦坐在工作车上，隐隐约约听到从山林里传来稀稀落落的鸟声，似在哭诉。他不禁想起张德彬的故事。类似的故事，在虎山村还有不少，只是王悦不忍心回忆而已。

人生啊，为什么如此残忍？有时半夜醒来，再难安睡的王悦就会悲叹连连。

幸而，那些受苦受难的人碰上了伟大的时代，在党的阳光照耀下找到了生活的信心和勇气。一些贫困户脱贫致富后，不忘恩情，用实际行动帮助更困难的家庭，走上共同富裕的道路。

差不多进入村委会时，王悦看见黄秋亮坐在路旁的屋檐下，两个手掌挽在脖子上，不停地摇晃，好像在驱寒。他上身穿的是一件肮脏的黑色秋衣，下面穿的是一条同样又黑又脏的短裤，而脚上，左边穿的是一只拖鞋，右边穿的是一只旧军鞋。

工作队又开始忙碌起来了，准备"回头看"核查的资料，重点是贫困户"八有"情况。

忙到差不多下班时，王悦就到村委会后面，看看田野上禾苗的长势，听听望春河水快乐欢唱的歌声，闻一闻 5 月里花儿和青涩果实的味道。

山塘边的草丛更绿了，牵牛花、三角梅更美丽了，唯一让王悦难过的是，夜丁香树下残留着一大片掉落的白色花瓣。王悦猜不透，这些掉落的花瓣，是因自然规律而落下，还是被无情的风雨摧残的。

下午，镇扶贫办在扶贫微信工作群发来通知，要求驻村第一书记和驻村工作队长、队员填写《Q 市精准扶贫驻村干部任期考核表》，填完后把电子版发到镇扶贫办。

最近，镇扶贫办搜集各村贫困户人口变更、增减情况。在人口增减方面，从去年 9 月到现在，虎山村有 3 户无劳动能力的贫困户户主因死亡原因而自然减少。而今年，村里有杨海锋和黄坤能两户新增五保贫困户，实际上全村贫困户为 89 户。

贫困户人口情况变动后，需要特别注意的，一是原为有劳动能力的贫困户因有劳动能力成员自然减少而变成全户无劳动能力情况；二是原为无劳动能力的贫困户因新增劳动力（或原无劳动能力变成有劳动能力）情况。只有准确把握贫困户人口变更后的情况，才能精准扶贫精准施策。所以，贫困户动态管理对扶贫工作也是起到非常重要的作用。

在虎山村 89 户贫困户中，完全丧失劳动能力和部分丧失劳动能力且无法依靠产业就业帮扶脱贫贫困人员，一共有 53 人，约占总贫困人口的四分之一。

根据西川县委统一部署，县委省定贫困村第三项巡察组于 5 月 5 日至 16 日，对广安镇虎山村委会开展省定贫困村专项巡察监督。这次专项巡查重点是村委会主体责任落实情况、"两不愁三保障"政策措施落实情况、扶贫及新农村示范村项目资金使用和项目监管情况、工作作风情况等。

按照《中国共产党巡视工作条例》有关规定，巡察组主要受理反映被巡察村委问题的来信、来电、来访。

县委巡察是每年一次的专项行动，没必要过度紧张，巡察期间，按正常方式上下班就行了。

又是春天种植树苗的好季节，为了帮助贫困户尽快脱贫，增加家庭收入，广安镇贫困户可以免费申请领取红花油苗种植。但在虎山村，领取树苗的贫困户寥寥无几，因为大部分有劳动能力的贫困人口都外出打工去了。

平常在虎山村，路上的行人都很少见到，显得极度安宁，倒是村委会侧边的一间小商店，比较热闹，一些老人坐在里面搓麻将，不时传出"碰"或"胡了"的声音。还有就是到了农忙季节，田地上才会见到稀疏的人影在干活，且都是上了一定年纪的老人，或者要照顾孩子的妇女。现在的农村，劳动力流失大，留守的大部分是老弱病残，甚至到了春节，也没以前热闹，依然冷冷清清的。

王悦想起老家村子，村民也越来越少了，很多外出打工的人，拖家带口，一年也难得回一趟家。

农村人越来越少，这是普遍现象。所以，一些贫困村扶贫产业项目很难开发落实的原因，除了自然条件以外，最重要的一点就是，农村劳动力过度流失，即使上了扶贫产业项目，也只是昙花一现，因为目前管理产业主要依靠的是驻村干部。当驻村工作队撤退以后，扶贫产业很可能就会因为没人接手管理而半途夭折。后续跟进问题成了扶贫产业项目开发落实最大的绊脚石，相信每一个驻村干部都会想到后果。别看一些贫困村上了扶贫产业项目，其实都是小打小闹，目的是完成任务，应付上级检查和省扶贫考核，这样既有交代，面子上又过得去。

老实说，在扶贫产业方面，真正做出业绩、做出成效的村子，还不是很多。

虎山村也面临这样的问题和挑战，不要说村民留下的都是老弱病残，就是村干部，大部分也都是上了年纪的人，他们早就想着退下来抱孙辈享受天伦之乐，可在村里找不到年轻人来顶岗。没办法，一些年老的村干部只能在村委会硬扛。

连续下了十余天的雨，今天，太阳在虎山村热切期盼中走了出来。

8 点 50 分，驻村干部和村干部在村委会二楼会议室继续收看学习"省定贫困村党组织第一书记暨 2018 年度选调生驻村岗前培训"视频会议。

这两天，省委组织部利用党员远程教育平台，召开省定贫困村党组织第一书记暨 2018 年度选调生驻村岗前培训班。按照通知要求，广安镇两个省定贫困村的第一书记、扶贫工作队全体成员，挂省定贫困村的全体村干部、代办员在各挂点帮扶村参加远程教育视频培训。

第二十六章

昨天视频培训会上，省委常委、组织部部长作了开班动员讲话，省委组织部有关负责同志讲授《新时代农村党建工作》、省扶贫办有关负责同志讲授《打赢脱贫攻坚战》。

开班动员会上，组织部部长指出，省委高度重视第一书记工作，充分肯定上一批第一书记发挥的作用，同时对新选派的第一书记提出殷切期望，要求各级党委坚持严管与厚爱结合、约束与激励并重，营造关心支持第一书记工作的良好氛围，推动第一书记在脱贫攻坚和乡村振兴第一线经受考验、锤炼党性，为我省全面打赢脱贫攻坚战、深入实施乡村振兴战略作出新的更大贡献。

今天，省纪委监委有关负责同志讲授《深化扶贫领域作风问题专题治理》，省委农业农村厅有关负责同志讲授《实施乡村振兴战略》，接着乡镇党委书记和村党组织书记代表作经验交流，最后是结业仪式，第一书记、选调生代表发言和领导作总结讲话。

这次培训学习很有警示和教育作用。其中提到广东有 10 多位扶贫干部以身殉职，而全国倒下的扶贫干部就有 600 多位。

下午，虎山村驻村工作队开车到高坑村委会，与"回头看"核查组汇合。这次"回头看"，茶花镇组织核查组到广安镇入户核查。汇合后，核查组与被核查村的驻村工作队召开简短的工作会议。接着，核查组又分成三个小组到大石嘴、虎山、高坑三个村开展核查。按照行程安排，5 月 10 日核查组到其余分散村开展核查。

高坑村是分散村。它位于广安镇北面，与茶花镇相接，面积约 11 平方公里，下辖 31 个村民小组，总人口有 2600 多人。

高坑是革命老区村，有着拥军优属的优良传统。在革命战争年代，不少热血青年为了抗击外来侵略和推翻国民党反动派的统治，毅然上战场参加革命，为民族的独立和解放作出了贡献。中华人民共和国成立后，人民群众发扬光荣传统，积极参与拥军优属活动，大力支持部队和国防建设，为建设、保卫祖国作出了新的贡献。历年来，高坑村为人民军队输送了 120 多名优秀儿女，其中就有在对越自卫反击战中被中央军委授予"邱少云式战士"的全国战斗英雄邓佳波。近 20 年来，拥军优属已成为高坑干部群众爱国拥军的自觉行动，村里先后成立了拥军优属工作小组、拥军优属帮耕队，建立了拥军优属保障资金。

高坑村在广大干部群众的共同努力下，以悠悠拥军情、拳拳爱国心，造就了新时期竹乡人民情系国防、情注拥军、情暖军心的爱国拥军情结，得到了市县党委、政府和部队的高度评价。

王悦第一次来高坑村。他曾在云天阁酒楼与高坑村驻村工作队队长包万来聚过一次会。那次大家喝得尽兴，八个人喝光龙书记带来的两瓶高度酒。包万来不太会喝酒，但被龙书记和另几个驻村干部轮番上阵，把他灌得云里雾里，只听他满嘴胡言说："我怕谁？谁敢欺负我，高坑村 120 多优秀儿女肯定不答应！"

他的醉话引起大家一阵大笑，说："包队长，今晚谁也没有欺负你，欺负你的是酒啊！"

后来聚会，包队长再也不敢来云天阁酒楼，怕被酒欺负，尽说些醉蒙蒙的胡话。

高坑村距离县城 42 公里，离广安圩镇 11 公里，地处丘陵地带。高坑村村民以种植水稻和山林生产为主，并大力发展砂糖橘种植业，经过多年的生产发展探索，逐步形成规模，现种植砂糖橘约 700 亩。另外，当地群众积极响应上级部门号召，发展红花油产业，红花油树种植面积已超过 1000 亩，形成一定规模的红花油基地。目前，高坑村精准扶贫户 57 户共 126 人。贫困户主要致贫原因是因病、因残、因学和缺乏劳动力。

核查组到来之前，广安镇扶贫办已通知各驻村工作队做好迎接核查的工作，如复印好《Q 市 2019 年贫困户脱贫指标完成情况"回头看"工作调查表（户表）》，并填写好相关信息，以及认真核对各村低保、五保贫困户纳入建档立卡贫困户情况，列出未纳入建档立卡贫困户并填报好相关表格待核查。

另外，由于系统关闭，镇扶贫办要求各驻村工作队将近几个月来贫困户的变动，按实际贫困户户数报镇扶贫办。

这次"回头看"核查，王悦又见到肖常恩书记，他是核查组成员。入户核查时，万队长安排高云飞和村委昌哥、坤哥、六哥分三队带领核查组进行核查，而王悦留在村委会。

大概 5 点 20 分，核查组回到村委会之后，王悦又与肖常恩谈论诗歌创作问题，特别是针对王悦写的那些扶贫诗歌，肖常恩再一次诚挚地说："诗写得很好，生活气息浓郁，扶贫故事不仅需要新闻宣传，更需要用文学方式来表达。"

王悦非常感谢肖书记的鼓励。肖书记硕士研究生毕业，不仅爱好文学，而且还是 Q 市农业技术学院副校长。当然，最让王悦感动的是，为了扶贫事业，肖书记竟然损失了一架无人机。王悦永远会记住肖书记在没有硝烟战场上的无私付出，永远记住他为春天抚琴而行的磅礴气势和洒脱英姿。

第二天，天气还是有点冷。王悦吃了一点感冒药后，好像没见好，反而感到头晕目眩，并伴有发烧症状。他到药店买了一盒消炎药和退烧片。

虎山村"回头看"核查工作，昨天下午就完成了。上午来到村委会后，王悦刚从工作车上走出来，看见黄秋亮一手端着铝饭盆，一手颤动着向自己扑过来，只是少了"呵呵"的笑声。黄秋亮穿的依然是昨天的装束，上身是一件黑色的秋衣，下面是黑色的短裤。唯一有些变化的，是他脚上穿的那双黄色胶鞋，胶鞋好像是刚买的，鞋面还没染上泥土或灰尘。

他的打扮虽然得体了一些，但还是引来王悦忍不住的笑。黄秋亮见王悦笑得如此开心，不知缘故，他也跟着"呵呵"傻笑起来，笑得他满脸通红，而且嘴角边的口水淌得更加欢快，两只手颤动得更厉害了，像鼓手击鼓的样子。幸好他手上的铝饭盒没装什么食物，否则会撒落一地。

笑过之后，浑身乏力的王悦感觉右边鼻孔痒痒的，很快，一滴山泉水一样清澈的鼻涕流了出来。他来不及从口袋里掏出纸巾，连忙用右手拇指和食指捏住鼻梁，紧接着，鼻涕就掉在地上。

此时的黄秋亮，笑得脖子上的青筋都暴露出来，好像在挖苦王悦：你比我还脏！

王悦见黄秋亮笑得如此猖狂，就没再理会他，向村委会办公楼走过去。

办公楼门左边拉着一条六米左右的横幅，写着"抢抓机遇，振奋精神，全面推进新农村建设"。横幅下面挂着八块八棱形小木板，其中四块木板上写着"道路自信""制度自信""理论自信""文化自信"；另四块木板上写着"政治意识""核心意识""全局意识""看齐意识"。

走进办公楼，只见三个上了年纪的村民，弓着腰，把身体靠在长长的办公台上，目不转睛地盯着坤哥翻阅材料。他们是来办事的。

满头白发的坤哥戴着老花眼镜，坐在村民对面，仔细地望着材料的每一个字，生怕认错。

坤哥背面的墙壁上挂着一块褐色的大牌子，牌子上面写着"虎山村党群服务中心"；往下写着"教育党员、管理党员、监督党员"；再往下写着"组织群众、宣传群众、凝聚群众、服务群众"。牌子下面是放档案的柜子，柜子上放着不少档案盒，每个盒子都贴有标签，如"党员管理""组织建设""工作职责"……

坐在坤哥身旁的阿巧正面对电脑，在键盘上敲敲打打，而她面前堆放着厚厚的材料。

王悦见坤哥、阿巧忙，就没打招呼，径直走进左边的扶贫办公室。扶贫办公室共有四个办公位，四台办公电脑。靠近办公室门的座位是万队长的，左边座位是肖副主任的，左边往里面的座位是高云飞的，右边往里，与高云飞座位正对面的座位，就是王悦的了。肖副主任和高云飞的座位上除了办公电脑，还配有一台小型打印机。

此时王悦不见肖副主任，大概她跟村支书出外办事去了。

"回头看"刚核查完，镇扶贫办又没下达新的任务，王悦就到资料室翻阅资料，他想了解一下贫困户学生教育情况。

2017 年春季，虎山村享受教育补助的大学生有 3 名，中小学生有 31 名。其中有刘昌盛的女儿和儿子。他女儿在县城读高一，儿子在镇小学读五年级，秋季后就失学在家。

在这群受助的学生里，有一个名叫莫名华的孤儿引起了王悦的注意，他是贫困户苏飞燕的孙子。

莫名华今年 10 岁，现在被寄养在佛山姑姑家里，并在那儿读四年级。2017 年，莫名华的父亲因癌离世，而母亲又受不了贫穷的苦，没离婚就离家出走了，一直未回虎山村。

莫名华的母亲是外省人，打工时认识莫名华的父亲并结婚。没想到的是，有了孩子后，莫名华的父亲却得了癌症。据村民反映，莫名华的父亲患病期间，他母亲还在外面打工，挣钱治丈夫的病，希望丈夫好起来。可丈夫走后，也许她感到自己难以支撑一个家，悄无声息地走了。两年来，她没回虎山村看过儿子。有人说她回了娘家；有人说她改嫁了；有人说当初为了医治丈夫的病，她身上承担太多的债务，如今还在坚持打工，为了还债……

每次王悦跟万队长去苏飞燕家了解她孙子的学习生活情况，说起病逝的小儿子、离家出走的儿媳妇，这位瘦小的老妇人都会默默流下痛苦的眼泪。

苏飞燕还有一个大儿子，在深圳某酒楼做大厨师，生活过得很滋润，把妻儿接到自己身边，还在虎山村建了一幢很大气很漂亮的房子。因工作忙，他一年回不了几次家，就把很大气很漂亮的楼房给苏飞燕住。

父亲病逝，母亲出走，对于一个 10 岁的孩子，会留下多大的阴影？他能愉快生活吗？他能健康成长吗？他能安心读书吗？

每次王悦从苏飞燕大儿子家里走出来，心里想到的不是眼前很大气很漂亮的楼房，而是滚滚浪涛中的残酷生活，让他久久难以平息下来。

遇到生活上的困难，只要身边的亲朋好友伸伸手，也许就能挺过去，但心灵上的创伤和阴影，谁也解救不了。

可怜的孩子啊，希望你忘掉不幸，抬起头来，扑向生活的风雨，只有你用自己的意志，才能唤醒明天的太阳。

为了贫困学子能够用心学习，摆脱各种各样不幸的阴影，过上正常生活，虎山村工作队千方百计利用各种渠道，筹集善款，开展"献爱心助学"行动，向他们投去关怀的目光和温暖的怀抱，把教育扶贫作为一项重任来抓。除了"献爱心助学"行动，各帮扶单位又用自筹资金，每学年向贫困学生资助两三千元，作为生活补助。而 2019 年和 2020 年，工作队计划从利华公司捐赠的 30 万元中抽出一半以上的善款，用来资助虎山村贫困学子。

王悦是从农村里走出来的人，品尝过"面朝黄土背朝天"的生活，深深理解只有读书才能改变命运的道理。当然，他没有歧视出产粮食、养育所有人的土地，相反，他热爱家乡那片春种秋收的田野。只是，为了理想，他不得不暂时离开故土，去拼搏人生。直至来到虎山村，他被田园风光迷倒的同时，总是在想，万一哪天自己走不动了，就回到故乡，耕几亩地，围一块菜园，挖一口池塘，养一群鸡鸭，呵，那是一种多么惬意的生活啊，悠闲自得，其乐融融，简直是陶渊明再世！

人真是奇怪的动物，年少时总是把眼睛盯向故乡以外的地方，年老时又会把满怀眷恋的心投回来。这就是人们常说的"落叶归根"，也正是大多数漂泊游子的心愿和向往。

傍晚，王悦在饭堂吃晚饭时竟然吃出一身汗。吃完后，虽然他还是觉得有些疲倦，但很想到外面走一走，呼吸呼吸新鲜空气。

散步，成了王悦的一种生活方式，而且他把散步作为娱乐来享受。所以，他坚持早上晨练，晚饭后散步。

是的，面对如此美好的田园风光，王悦怎能轻易放弃，说不定，走着走着，突然来了灵感，一首来自大自然的诗就会随风飘来。

来这里大半年了，王悦还是有所收获的。比如，前段时间写的扶贫诗歌，都是大自然的馈赠。

王悦不敢走太远，就在通往白云村的路上随便走了走。路两边都是满眼的绿，不是绿色的山林、竹林，就是绿色的田野或菜地。

王悦轻轻地呼吸着从绿色世界里飘来的新鲜空气，堵塞了一天的鼻子竟然通了，于是他更加贪婪地呼吸起来，接着，身上的疲累也不见了。

真奇妙，田园风光还能医病。王悦轻松地迈起脚步，越走越快乐。走到媚姐种的一块菜地时，见媚姐种的玉米已经长出不少玉米棒，而旁边一块菜地，不知道是谁种的，玉米苗还没有大人的腰身高。再往前走一点，站在路边的木瓜树，半腰上挂着几颗木瓜仔。

木瓜树对面，就是一口山塘。此时从山塘里传来"呱呱"的鸭子欢唱的声音，唱得神采飞扬……

第二天，"广安镇2019年贫困户脱贫指标完成情况'回头看'交叉检查工作会议"在镇政府办公楼三楼会议室召开，主要是核查组总结这次到各村入户核查的情况，发现的问题要求及时整改，特别是贫困户"八有"方面。

5 月中旬，虎山村新任驻村第一书记、队长卢汉平已走马上任。他提前半个月到来，与万队长交接工作后，万队长就结束了三年脱贫攻坚工作，回去复职。

新任队长卢汉平，一米七的个头，国字脸，样子比较温和，说话的语气也比较谦虚，骨子里似有一种谦谦君子的风度。

王悦第一次见到他时，心想，卢队长应该属于那种容易接近的领导。

事实证明，王悦的猜测是对的。卢汉平曾经在学校任教近十年，懂得以礼待人，做事注意分寸，总之，他不仅诚实，而且还是一个正直善良的人。

卢队长上任第一天，刚好县政府会议中心有一个关于收听收看全省扶贫政策视频培训会，他就叫王悦一起参加。

这次培训会是为了更好地提升扶贫干部的业务能力水平，围绕脱贫攻坚任务，聚焦"两不愁三保障一相当"，解读相关政策。

会后，因卢队长有事找驻县组领导，王悦就坐另一个驻村干部的车回去。王悦与万队长因信息稿而产生不和谐的事，已引起一些扶贫干部的关注。大概，最近万队长在云天阁酒楼聚会时，难免酒喝多了，就会借题发挥翻出信息稿的事。当然，王悦从没有向谁谈及此事。

途中，这位驻村干部谈起万队长的为人，说他是一个很自负的人，好像全天下的人都是错的，只有他一个人是对的。

车上，王悦第一次与别的扶贫干部聊起万队长的为人，尽管十万个不愿意。

因为前段时间下雨频繁，早上进村时，七彩梯田附近的路段又出现大面积塌方，公路养护人员运来山石开始加固，并在水库边用大木头打桩。

一路上，第一次进村的卢队长对弯曲狭窄的山路表示惊讶，因为他从没有走过这样令人提心吊胆的路途，心里很恐慌。

进入村委会后，前后两任队长就开始进行工作交接。

目前，虎山村扶贫资金台账上还剩下 130 多万元。这么多资金滞留，不知道新队长是怎么想的，接下来又该怎么"花"，王悦非常关心这些问题。

下午 2 点半，驻村干部在镇政府办公楼三楼会议室召开"广安镇 2019 年贫困户脱贫指标完成情况'回头看'交叉检查工作会议暨业务培训"。这次，广安镇将组织核查组到大屯镇进村入户核查。

会上，镇扶贫办主任陆俊简单介绍了大屯镇省定贫困村和分散村的情况。大屯镇有 1085 户贫困户，核查时间大概需要两天。第一天核查于明天下午开始，核查人员 1 点半在镇政府集中，然后出发。

陆俊强调："未建档立卡贫困户和单独立户的贫困户也要核查，必须准确摸底贫困户的情况，特别是'两不愁三保障''八有'，按时按质完成上级交给的任务。拜托大家！"

然后，根据茶花镇核查组对广安镇贫困户的核查情况，镇扶贫办专职副主任潘大为建议各驻村工作队：一是危房改造再认认真真核查一次；二是危房改造未达到入住条件的贫困户，应抓紧督促完善条件，尽快入住；三是教育保障方面，漏报的名单要上报镇扶贫办，一个贫困学子都不能落下。

会议结束前，陆俊向在广安镇参与三年脱贫攻坚战的驻村干部颁发了水晶玻璃做的纪念品。

刚散会，镇扶贫微信工作群下发了一条紧急行程更改通知：原定于明天下午 1 点 30 分到大屯镇开展 2019 年贫困户脱贫指标完成情况"回头看"交叉核查的时间，更改为明天上午 8 点出发，集合地点不变。

第二天上午，到大屯镇交叉核查的成员按照预先安排好的行车，从广安镇政府操场出发。这次交叉核查分成五个核查小组，每小组三到五名驻村干部。镇扶贫办领导根据每组核查村的情况，同时考虑到有些核查人员是刚轮换到岗的新驻村干部，所以一些核查小组分配了五人。

王悦和卢队长分在第二核查小组，第二核查小组由五名核查成员组成，负责人为梁干新。

梁干新长得有些胖，四十二三岁，是广安镇一个分散村的驻村第一书记。平常，王悦虽然跟梁干新没有往来，但每次碰到，梁干新都会热情地与王悦打招呼。

五辆核查车翻山越岭，不知爬过多少条弯曲险峻的山路，于 8 点半左右抵达大屯镇政府。迎接核查组的大屯镇党委书记是一个年轻人，看样子只有三十七八岁，而且穿着简朴，不像镇党委书记，倒像是平凡而普通的村干部，给人一种很亲切的感觉。

因时间紧迫，任务重，核查组与大屯镇扶贫办领导就在会议室里一边喝茶一边召开"大屯镇2019年扶贫'回头看'交叉检查工作会议"，安排入户核查工作。

2018年，大屯镇精准扶贫建档立卡贫困户有1049户共2238人，其中一般贫困户548户共1558人，低保户179户共358人，五保户322户共322人。主要扶贫产业是种植沙漠玫瑰、龙须菜、毛叶桐子、番薯等，都已建立一定规模的基地，还引进了一家五金厂，解决贫困户150个就业岗位，为脱贫打下了坚实的基础。

9点多，各核查小组直奔核查的村子。第二核查小组负责核查水坳村。

王悦跟随核查小组来到水坳，感觉水坳村比较平整，周围的山不高，路途比较平坦，方便通行，而辽阔的田野容易耕作。村容村貌也不差，楼房随处可见，且异常安宁、和谐，看起来无比舒畅。

在这里，有一些年老的建筑物，保留着客家人聚居的特色。王悦是客家人，对这些建筑物自然有一种亲近的感觉，好像闻到了故乡的味道。

水坳村由原水坳、荷花、古坑三个村合并，位于大屯镇北部，离圩镇约8公里，总人口4600多人，是一个较大的村子。水坳属于分散村，建档立卡贫困户42户，其中2018年脱贫28户。2017年，村里年人均收入就达到10742元，村集体收入6万元。

水坳村还是大屯镇最大的侨区之一。近年来，水坳村利用自身优势，大力发展农业、旅游业，加大招商引资，加快工业化进程，促进农民增收、致富。

为了早点完成任务，核查小组又分成三个小队，由三位村干部带队入户核查。

走进村子，王悦连一条狗都见不着，心里估摸着村民的生活水平不差，治安环境也特别好，于是渐渐喜欢上了这里。

每进入一户，王悦都感到水坳村的贫困户颇见精神风貌，不仅把屋子打扫得干干净净，而且所有什物摆放得整整齐齐。人穷但志不穷，这就是水坳村贫困户留给王悦最深刻的印象。

核查并没有发现什么问题，只有五保户雷大赤危房改造后的一层平房正在安装水电，还不具备入住条件，但他一直居住在弟弟家里。他弟弟一家人在香港生活。为了证实雷大赤现在居住的房子是不是安全住房，核查人员在村干部带领下，来到雷大赤弟弟家里。

在核查过程中，贫困户雷玉嫦不在家。面对不在家的贫困户，核查人员就会用手机拍下户主家的照片存档，其他情况只有向带队的村干部问询。王悦在拍雷玉嫦居住的楼房时，感觉她家居住环境尚可，"八有"应该不存在什么问题。核查人员问询村干部后，大致了解到雷玉嫦的生活情况。她是一般贫困户，虽然家庭成员只有一个人，但她有一女已出嫁，多少还会有点生活来源。

核查完水坳村，核查人员就收工了。回到大屯镇政府，其他核查小组的人员也陆续赶回来。时间尚早，核查组又在镇政府一个小会议室开了会，总结上午核查工作情况，把发现的问题汇总。

在镇政府饭堂吃完工作餐，顾不上休息，五个核查小组又向下一个村子出发。第二核查小组下午核查的是溪口村。

差不多到溪口村委会时，坐在车里的王悦看见一条公路两边站着密密麻麻的商住楼，而且路面宽敞，真怀疑溪口不是村庄，而是镇级集市。

王悦的怀疑很有根据，进入村委会后，村支书向核查人员简单介绍溪口村贫困户情况时，特别提到溪口原来是一个镇，后来合并到大屯镇。

溪口村位于大屯镇北部，下辖50个自然村，全村面积20平方公里，比水坳村略小一点，但也属于比较大的村庄。

溪口村一共1390户，近6000人。全村耕地面积1500亩，主要农作物有水稻、番薯、龙须菜、油茶等。经过精准识别，全村共有72户贫困户共147人。其中一般贫困户28户共69人，低保户26户共60人，五保户18户共18人。

入户核查，一般从表面观察户主居住环境，就能基本上估摸出他（她）家的生活情况。当然，这只是表面现象，其他情况还需要进一步拿出核查表，一项一项仔细核查，或者问询户主。

王悦等三个核查人员在两个村干部的带领下，开车向一个自然村方向驶去。汽车在陡峭的山路上艰难爬行。由于坡度大，汽车不时发出"咔咔"的声音，像就要断气的人，呼吸急促，好在驾车的村干部早已摸透了这条山路的性格，车技也相当娴熟，总是能化险为夷。而王悦紧紧抓住上面防止身体倾斜的小拉手，不时惊恐地往路边的悬崖望去，只见眼皮底下的深渊，黑咕隆咚的。

这条小山路，比进虎山村的路更危险，更可怕。

　　不过，碰到山路平缓一点的时候，王悦还能听到两个村干部用客家话交流，便有点小激动，仿佛自己行走在故乡的路上，尽管他们说的客家话与故乡的客家话有所区别，但多少还是能听得懂。

　　乡音啊，不管你走在哪里，我都会为你感到骄傲和自豪！在异乡奔波了十几年，每当听到乡音，王悦都会感慨万千。

第二十七章

下午的任务不是很重，但在核查路上，碰到一阵雨。雨中，村支书带王悦他们到低保户许英明家核查时，竟然掏出钥匙开了门。王悦一时没反应过来，只听村支书说，许英明是他叔，与他一块生活。

村支书的家是两层新楼房，刚装修好，在并不算宽敞的厅子里，摆设跟普通人家差不多。一套沙发配一张茶几，还有就是厅子后面有一张小柜子，柜子上摆着一台电视机。

在村支书家喝了几杯茶，见雨小了，又继续入户。

傍晚，在大屯镇政府吃完工作餐后，核查组就往回赶。王悦坐在后座，感觉有点困，但他还是睁大眼睛，隐隐约约看见前车灯照射下的山路，弯弯曲曲，不时发出"呗"的声音，迎面碰来一辆同样开着前车灯的汽车，把路边的竹林或山林照得眼花缭乱，心绪沉沉。

刚回到广安镇政府，镇扶贫办又在扶贫微信工作群交代核查小组负责人将今天入户收集、整理好的相关资料交镇扶贫办。

忙了一天，王悦冲完凉就有了昏昏睡意，没再翻看《习近平讲故事》。

第二天早上，因大屯镇召开党代会，到大屯镇开展交叉核查的时间，就更改为下午1点40分集中出发。

作为粤港澳大湾区的门户，Q市的发展前景还是非常乐观的。

国家正在规划建设的粤港澳大湾区，包括香港特别行政区、澳门特别行政区和广东省广州市、深圳市、珠海市、佛山市、惠州市、东莞市等，总面积5.6万平方公里，总人口约 7000 万人，是我国开放程度最高、经济活力最强的区域之一，在国家发展大局中具有重要战略地位。建设粤港澳大湾区，既是新时代推动形成全面开放新格局的新尝试，也是推动"一国两制"事业发展的新实践。为此，中共中央、国务院在今年 2 月印发了《粤港澳大湾区发展规划纲要》。

改革开放以来，特别是香港、澳门回归祖国后，粤港澳合作不断深化实化，粤港澳大湾区经济实力、区域竞争力显著增强，已具备建成国际一流湾区和世界级城市群的基础条件。在这样的背景下，建设粤港澳大湾区，具备发展基础，面临极大的机遇和挑战，更具有重大的历史意义。

但愿，借此难得的发展机遇，Q 市利用优越的地理位置，乘风破浪，把自己建设得更加美好！

下午，各核查小组在镇政府集中之后，没有到大屯镇政府停歇，直接到预先安排好的村子进行核查。

第二核查小组到合义村核查。

合义村位于省道旁，面积 20.5 平方公里，下辖 36 个村民小组，总人口 3948 人，是大屯镇最偏远的村委会，距县城 32 公里，离圩镇 7 公里。全村耕地面积 4123 亩，林地面积 7771 亩。合义村并不穷，2015 年全村农民年人均收入就已经达到近万元。

村里利用本地的特点，大量引进砂糖橘优良品种，带领村民种植龙须菜增加收入，经过多方探索，形成以户为单位的山上种植速生桉，发展林业，助力脱贫。

合义村共有建档立卡贫困户 62 户共 185 人。其中有劳动能力的贫困户 50 户共 164 人，无劳动能力的贫困户 12 户共 21 人。

带队入户的村支书，个子很高，脸色黝黑，对核查人员非常客气。进村后，刚好到路边一间小商店时，突然下起了大雨。大家躲进小商店坐了一会儿。天气渐渐热起来，而且走了一段路，王悦感觉到口有点干，正想买矿泉水，村支书见状，连忙抢先一步，为每个人买了一瓶冷饮。

今天核查的户数比较多。王悦不仅走得累，而且感到这里的贫困户对居住环境卫生比较随便，不像水坳、溪口的贫困户那样，把家收拾得井井有条，因此心情也受影响，感到疲累。

特别是来到五保户高柏文家里时，屋子里不仅阴暗，而且很零乱，什么家什都堆放在门旁，像回收废品的店面。

梁干新实在看不下去了，便用本地话跟老人说，扶贫政策那么好，给你危房改造，让你住上新房子，你却不懂享受，不爱惜环境卫生，把家弄得像狗窝。

满头白发的老人，打着赤膊，脚穿拖鞋，站在原地一声不响地接受梁干新的"训话"，倒像个承认错误的小孩子。

还有五保户高洋的家，屋子里就更乱了，旧酒瓶、旧自行车、旧纸皮……堆得满地都是。他也是危房改造户，新房子弄成这样，谁见了都会生气。

这老人一定是以回收废品为生的吧。王悦一边猜测一边为他捏了一把汗。幸好老人不在家，否则这回梁干新会真骂他不可。

核查途中，天空又下起小雨；直至差不多完成任务时，雨下得更大了，把宁静的村子拍得"噼里啪啦"乱响，像放鞭炮一样。

核查完，天色已暗。核查组在大屯镇政府吃完工作餐，就回广安了。

总算完成了交叉核查任务，晚上，王悦睡了一夜安稳觉。

早上在饭堂吃早餐时，王悦听见龙书记与梁干新在谈论一户贫困户家庭的故事。

故事主人公叫李有亮。李有亮40多岁才娶到老婆，并生育了一个儿子，算是为世代单传续上了烟火。儿子聪明伶俐，学习成绩特别优秀。长大后，儿子肯定会有出息，这是李有亮早已下了的断言，以后的希望就全靠他了。受尽贫穷的李有亮，恨不得"拔苗助长"，待儿子长大后，享几天清福。

于是，李有亮夫妻俩更加勤快了，每天早出晚归，用双手刨挖贫瘠的土地，有好吃的，让给孩子，留给年迈且长期卧床的父母。沉重的家庭负担并没有挡住夫妻俩积极向上的生活热情。

可天有不测风云，刚上初中的儿子患了重病，把一贫如洗的家庭推向了深渊。李有亮唯一的希望，也随着无情的现实，彻底破灭了。孩子得病，深深地打击着善良的李有亮，村民们再也见不到他那张热情淳朴的笑脸，纷纷叹息命运的不公，特别是想起孩子天真乖巧的样子，更是悲伤落泪。

李有亮把可怜的孩子送去医院治疗，可面对高昂的手术费，他真的绝望了……

又是一个不幸的家庭。听完故事，王悦深深感到，疾病给一个人、一个家庭带来的灾难，就像洪水猛兽，随时会吞没希望和意志。

最近出现了牛瘟。邻近几个镇的一些养殖户的牛都染病死了。

早上来到虎山村，王悦听村干部说，村里的刘昌盛、刘尚威、刘爱明三户养殖户怕黄牛被传染，把它们贱价卖了。在他们写的卖牛收入证明中，已说明卖牛原因，同时注明卖牛收入数额。刘尚威以 5700 元把母黄牛和产下的牛崽卖给牛贩子；刘爱明以 8300 元价格把母黄牛及产下的牛崽卖了；刘昌盛养殖的母黄牛、牛崽也卖得 6500 元。

2017 年工作队以每头 7500 元的价格买给贫困户增收的母黄牛，到现在已经失去了一小部分。面对瘟疫，谁也阻止不了，更不会责怪养殖户。

驻村工作队并没有闲着，除了应付各种各样的检查，同时还开始考虑虎山村的项目开发和落实。卢队长刚上任，就准备烧起三把火。第一把火，考察光伏发电项目；第二把火，购买返租商铺；第三把火，响应上级号召，种植油茶树。

项目的开发落实，最大的目的就是想增加虎山村村集体收入，防止预脱贫户出现返贫现象。

卢队长能否把三把火点燃呢？王悦满怀期待，而且对卢队长充满了信心。

项目能够早日落实已经是虎山村所有人的希望，大家都把目光投放在卢队长身上，有疑惑，也有不屑，而更多的是支持和鼓励。

其实，不需要把三把火都点燃，只要烧起一把火，就能把虎山村的角角落落照亮。王悦非常自信地想，新任队长一定不负众望，肯定能燃亮一把火。2019 年是脱贫攻坚战的关键之年，再不落实项目，恐怕上级要问责了，况且滞留扶贫资金太多，向上向下都不好交代，到时审计来了，没问题也会弄出一些问题来。

项目如箭在弦，一触即发。

那天傍晚，王悦迈起轻松的脚步到九凤村散步。也许，他从卢队长身上看到了虎山村前进的希望，听到了为春天抚琴而行的美妙动听的旋律，心情异常爽朗。走着走着，王悦感觉自己的脚步就像初夏的风，带着远方的梦想，飞越千山万水，把贫瘠的土地翻出新鲜花样，为那些受苦的人儿冲出一条通往平安幸福的大道。

第二天早上进村后，驻村干部、村干部在村委会召开了"虎山村新老驻村干部交接座谈会"，由村支书主持。

村支书是个非常老实的人，老实得连讲话都有些腼腆，脸红得就像小姑娘。

在极其简短的讲话中，村支书首先代表村两委干部、村民及贫困户，热烈欢迎新上任的卢队长，希望村干部积极配合扶贫工作，共同协作，为虎山村谋福利，为贫困户谋幸福。接着，他同样代表村干部、村民及贫困户，对万队长的辛勤付出表示衷心感谢。

这次座谈会，镇扶贫办领导陆俊、潘大为也前来参加，欢送老队长，欢迎新队长，同时也讲了几句客套话。

潘大为原来是镇挂虎山村干部，春节后荣升镇扶贫办专职副主任，因他业务繁忙，就没再挂村，让农业站兼管宣传的镇干部黄侠挂虎山村。黄侠是虎山村人。

黄侠二十六七岁，个子比较高，皮肤略黑，但样子长得俊秀，对人诚恳，说话谦虚、谨慎。

平常，王悦与黄侠交往不多。不过，王悦刚来的时候正好是暑假，镇里要为贫困学子做一次宣传助学活动，其中一项任务，就是搜寻一批励志书籍赠送给贫困学子，鼓励他们正视困难，努力学习。那次宣传活动，黄侠是主要负责人。

那时，黄侠打听到王悦以前出版了一部长篇励志小说《命运》，就联系了王悦。王悦爽快地答应为助学活动捐赠一百本书。

就是那次，王悦与黄侠接触得比较频繁。

另外，前段时间，因为黄小诚要回去复职，结束三年扶贫工作，Q市环保局派来一位干部准备接任虎山村驻村第一书记，但没几天，上面来文件说所有Z城帮扶的省定贫困村驻村第一书记，由Z城派出干部担任。卢汉平来了后，他不仅是虎山村扶贫工作队新任队长，还兼任驻村第一书记。

交接座谈会后，王悦一个人去附近的贫困户家中走访。

王悦来到横屋自然村骆安详家。骆安详坐在一张饭桌前，正在卷纸烟，见王悦进来，忙站起身，说："干部，又有什么表要填?"

王悦笑笑说："没事，我只是随便走走。"

骆安详点燃纸烟，吐出呛人的烟雾，顺手给王悦移来一张塑料椅子。

王悦望了望四周，见骆安详家清扫得干干净净，于是满意地说："不坐了，你忙。"说完，就走出来准备去另一户贫困户家。

骆安详是一般贫困户，今年 70 多岁了。他长得又瘦又矮又黑，两只眼睛小而圆，特别是他的嘴巴，上唇边露出一颗长牙，很容易认。有时入户，王悦还认不出贫困户家庭所有成员，毕竟有 200 多贫困人口，不过，像骆安详这样身上有标记的人，他见一次就记住了。

2015 年，帮扶工作队还没驻村时，骆安详家庭年人均收入只有 3516 元，经过工作队帮扶，2018 年，他家年人均收入已达到 11328 元。

上井自然村的李光云家大门紧锁，只有门前的竹围栏里，几只白色的鸭子你一言我一语，向王悦问好。李光云家有六口人，致贫原因主要是自身发展动力不足，缺资金和技术。他有两个女儿、一个儿子，都已读书；还有一个老母亲，差不多 80 岁了。

根据李光云的致贫原因，除了助学，工作队给他家制定了帮扶措施，其中一条是：跟踪户主外出务工情况，使其有稳定的打工收入；鼓励其参加相关就业技能培训，力争实现稳定就业。

经过帮扶，2018 年，李光云家庭年人均收入达到 9613 元，而帮扶前的 2015 年，他家的年人均收入只有 3100 元。

王悦从新闻媒体了解到，到 2018 年底，全国有 662 名基层扶贫干部在脱贫攻坚过程中献出了宝贵的生命。

这个意想不到的数字确实震惊了王悦，但同时体悟到，生命的伟大，不是你拥有多少财富，而是你为国家、为人民付出了什么！

正如国务院扶贫办副主任夏更生动情地说出的一句话，基层一线扶贫干部绝大多数能够牢记使命和重托，用自己的辛苦换来贫困群众的幸福，有的长时间超负荷运转，有的没有时间照顾家庭和孩子。在脱贫攻坚战场上，涌现出这么多英雄，让我们向他们致敬，同时我们也应该尽量减少这种牺牲，更多地关心关爱广大基层扶贫干部。

正因为有了一批敢于奉献、默默付出的驻村干部，脱贫的贫困户如雨后春笋般冒出头来，让他们看得见蓝天白云和美好的世界。

在虎山村，经过驻村工作队三年帮扶，已脱贫 80 多户贫困户，只剩下 8 户未脱贫。成绩是可喜的，但面对成绩，工作队并没有松懈，麻痹思想，反而积极奋进，乘胜追击。特别是卢队长来了后，为了贫困户能够稳定脱贫，为了提高虎山村村集体收入，他经常到外面考察项目，做可行性报告，预测风险，考虑收益。

那天下午，镇党委书记吕平、镇纪委书记陈小燕来虎山村开展扶贫调研工作，针对虎山村目前现状及上级对 2019 年脱贫攻坚工作的要求，部署下一步虎山村扶贫工作任务，除了帮扶 8 户未脱贫贫困户尽快脱贫外，他们强调的最重要一点，那就是虎山村什么时候才能上项目。

所以，项目不仅是驻村工作队的心病，还是镇党委书记的痛点。

2019 年是脱贫攻坚战关键之年，上级早已部署了当前扶贫重点工作，其中一条就是要求各驻村工作队及时制订年度帮扶计划，要因户因人精准施策，抓好扶贫项目库建设，针对贫困户致贫原因、实际情况和"八有"脱贫短板，认真谋划落实每一户贫困户的年度帮扶计划措施，做好产业扶贫、就业扶贫等工作，确保今年能实现 95% 以上的贫困人口达到脱贫标准、90% 以上的贫困村达到出列标准。

衡量虎山村的现状，最大的问题不是贫困人口能不能达到上级要求的脱贫标准，而是今年能不能摘掉贫困村的帽子。王悦猜测镇里两位书记亲临虎山村开展扶贫调研工作，就是冲着虎山村"摘帽"的问题而来的，说白一点，虎山村村集体年经济收入不足万元，如果没有产业或项目支撑，要想"摘帽"非常困难。

说来说去，虎山村还是缺少扶贫项目。不过，卢队长已经了解到虎山村目前扶贫状况，应该做到心中有数，只要及时行动，拿出落实项目的方案，就能解除镇政府、村两委的后顾之忧。

镇纪委书记陈小燕是一个非常年轻的镇干部，30 岁左右，身材娇小，皮肤白皙，具有典型的南方妹子特点。

陈小燕是客家人，而且与王悦还是老乡。在偏僻小镇，王悦又碰上了乡音，感到自己真的很幸运，尽管与陈小燕见面的机会不多，即使偶尔见到也顾不上用乡音多交流一句，但能够在千里之外相遇，至少算是一种缘分吧。

虽然扶贫工作压力大，但王悦感觉到时间过得飞快，转眼到了 5 月底。

昨天晚上，万队长又拎着两瓶洋酒到云天阁酒楼，跟一些驻村干部吃告别宴。今天早上，他就回 Z 城复职了。

万队长走了，王悦总是想到刚来的时候，万队长曾经给自己不少帮助，特别是工作方面，经常带他入户走访，熟悉贫困户生活现状。在 Z 城和驻地来回漫长的路上，他俩时常抛开工作，谈点私事，说些笑话，调节紧张的身心。

万队长走后，王悦反倒有点小悲伤。傍晚的时候，他本来想到白云村散步，没想到心绪沉沉的他却走错了方向，来到了九凤村。

王悦清楚地记得，第一次到九凤村散步，还是万队长带他去的。

这两天，虎山村工作队按照县通知要求，准备核实后，把建档立卡贫困户疑似残疾人名单及相关资料上报镇扶贫办，县扶贫办、县残联和县卫健局将会在 6 月 3 日上午到镇里进行评残办证集中行动，到时疑似残疾人员必须亲自到集中评残地点（初定镇政府）进行残疾评定，评残时需携带本人身份证、户口本以及大寸照片三张。

5 月 30 日，Z 城派往西川县参与新一轮脱贫攻坚战的驻村干部，已经全部轮换完成，一共派出 70 名驻村干部，含队长、第一书记。

回顾一下 2018 年度全国扶贫考核成绩。

5 月 23 日，在国务院新闻办公室举行的国务院政策例行吹风会上，国务院扶贫办副主任夏更生介绍了 2018 年脱贫攻坚成效考核有关情况：全国共减少农村贫困人口 1386 万人，连续 6 年减贫 1000 万人以上，各省均完成了年度减贫任务；全国 283 个县脱贫摘帽；贫困地区农民人均可支配收入达到 10371 元，增幅连续 6 年高于全国农民人均可支配收入，2018 年高 1.8 百分点；建档立卡贫困人口不愁吃、不愁穿总体实现，义务教育、基本医疗、住房安全有保障明显加强。

夏更生说，2019 年，全国计划再减少 1000 万以上贫困人口，330 个左右贫困县脱贫摘帽，我们将继续坚持目标标准，把最严格的考核评估进行到底，强化正向激励引导，坚定信心、尽锐出战，确保到 2020 年如期打赢脱贫攻坚战。

2018 年已经过去了，全国各地如何打好 2019 年这场关键之年的脱贫攻坚战呢？而虎山村，是否能够按照上级对扶贫工作重点的部署中脱颖而出，出现逆袭，成功脱贫"摘帽"，给 2020 年献上一份厚礼？

当然，2018 年 5 月，还有一件令人痛心的事，Q 市主管扶贫工作的市领导涉嫌受贿，被依法逮捕。

今天下了好大的雨，可工作队冒着山体滑坡的危险，还是大胆进了村。

端午节即将来临，一些地方闹洪灾，学校也停课，大概每年的龙舟雨不可小觑。

虽然天气不好，但卢队长忙着开始烧他的第一把火——考察光伏发电项目。万队长还没离开前，他和万队长到大石嘴村考察过光伏发电项目。初步结论是：一是收益小；二是材料损耗大，存在一定风险。原先预计，如果光伏能在虎山村顺利发展，大部分电量将实行并网，小部分输送给村里的用户。这个项目，镇领导非常支持，不仅无私奉献安装光伏材料的场地，而且镇政府愿意接收大部分电量，余下的一小部分电量实行并网。

有了镇领导的支持，卢队长更是信心满怀，晚上坐在宿舍办公桌电脑前，敲敲打打，开始构思光伏项目的可行性报告。另外，卢队长兵分两路，积极响应县镇号召，又想开发种植油茶树项目。但经过了解，认为种植油茶树项目风险更大，而且种植油茶树六年后才见收益。关于种植油茶树基地，村支书已想好了，以村委会或合作社名义向村民租种植山地，每亩每年 50 到 80 元，租期为 15 年。

当然，卢队长并没有急着考虑种植油茶树，他先把心思放在光伏项目上面，之所以一次烧两把火，主要是考虑到县镇全力号召村里种植油茶树，且油茶树是当地传统产业，具有一定的可行性。另外，中央有一笔直接拨到地方政府的扶贫专项资金，大概 12 万元，准备在虎山村种植油茶树，约 300 亩。镇里面有意动员驻村工作队在虎山村种植油茶树，估计是想联合工作队，扩大产业规模。

第二十八章

第二天，天空依然下着雨。今天虎山村要迎接 Q 市扶贫办的检查。昨天深夜，王悦在镇政府复印室连续站了三个多小时，一直在复印迎检资料。等到把十几盒资料复印完，他的腿都站麻了。

刚吃完早餐，王悦看见镇扶贫办在镇扶贫微信工作群发了一条通知：市扶贫办将于今日上午到我镇开展脱贫攻坚工作调研,请各驻村扶贫干部于今日上午 8 点 55 分先到镇三防办集中,具体另行通知。

卜午，所有驻村干部都坐在三楼会议室待命，但一直没见市扶贫办领导的身影，直至 11 点 10 分，一驻村干部接了一个电话后，对大家说，散会。

市扶贫办检查组没来？或者来了，只是到镇扶贫办检查各驻村工作队提交的资料？

王悦觉得，这次检查有点莫名其妙，在虎山村驻村工作队为落实项目忙得焦头烂额的时候，市扶贫办突然说要来检查，又突然消失得无影无踪，最后被一个驻村干部一句"散会"，留下大大的疑问号，令人费解。

一些驻村干部对开会太多、检查太多、做资料太多，早就产生了厌倦情绪。因为这些"太多"，导致实质工作做得太少。就像这次，驻村干部加班加点忙资料，最后弄得满头雾水，连检查组有没有来都不知道。

午饭后，王悦和卢队长回 Z 城。卢队长是个非常小心的人，每次回 Z 城前，从车里到车外，都会仔细检查一遍，确保行车安全。坐在驾驶室后，系好安全带，他又会使劲拉几次安全带，试探安全带有没有套紧。

从大田收费站进入高速后，汽车就像卢队长一样，小心地在高速路面上行驶。以前在单位，卢队长上下班开车，走的都是市区的路，从不用走高速。现在参与扶贫工作，路途遥远，要走 100 多公里的高速路，所以，面对时速近百公里的高速路，他还是比较谨慎的。

当汽车行驶到顺德时，突然暴雨倾盆，电闪雷鸣……挡风玻璃前面一片朦胧，而雨刮器摆动得更加厉害，像暴怒的狮子跳来跳去。卢队长戴着近视眼镜，尽管放慢了车速，但他还是把头尽量往前倾，两眼紧紧盯着被暴雨戏谑的高速路面，显得异常紧张。平常，卢队长开车几乎没走过高速，现在正是考验他的时候。

直至进入 Z 城境内，雨才变小了，天空亮了许多，卢队长才开始提速。

在 Z 城，王悦度过了两天愉快的周末。久不参加文学活动的他，与众多文学爱好者再次坐在一起，聆听一堂由著名文学家讲授的文学课，受到了很深的启发。

当王悦回到广安，已经进入 6 月了。6 月的天气，渐渐闷热起来。

6 月 3 日上午，县扶贫办、县残联、县卫健局到广安镇进行评残办证集中行动。评残地点设在镇政府文化站一楼。这次评残前，经过驻村干部和村干部深入调查，虎山村目前暂时没有发现疑似残疾人，其他残疾人都已评过了。

为切实做好新一轮驻村干部和扶贫系统干部培训工作，全力培养一支懂扶贫、会帮扶、作风硬的扶贫干部队伍，经西川县扶贫开发领导小组同意，决定举办 2019 年西川县脱贫攻坚工作驻村干部和扶贫系统干部培训班。培训时间是 6 月 4 日至 5 日，培训场地分别在县会议中心一楼会议室和县委党校。

6 月 4 日早上 8 点，王悦、高云飞跟随卢队长一起前往县政府参加培训。从广安镇政府到县政府，大概需要 45 分钟。

王悦来过几次县政府。除了开会，他也没有怎么留意县政府的内部构造，总是来去匆匆，只记得县政府有一幢别致的会议中心；会议中心往前，就是办公区。办公区里有一套四合院式的楼房，叫馨园。王悦来过馨园，因为驻县组就在馨园三楼办公，以前偶尔会跟万队长找驻县组领导办事。另外，县政府后面有一幢显得非常阔气的新楼，楼高八层，坐南向北，像巨人，给人一种震撼的感觉。

当然，县政府里面还有几幢建筑物，但比较旧，因为没有别的值得欣赏的地方，只是普通楼而已，王悦就记得不是很清楚了。不过，还有一块草地，有时还能看到花儿或果子，王悦还是有一点印象的，而草地四周当作停车场。

王悦他们签到后便走进会议中心一楼会议室。会议室里已经坐着不少驻村干部，场面异常热闹壮观。参加这次培训的人员有 200 多人。参加培训的人员之多，说明新驻村干部的求知欲望是非常强烈的，他们都想用知识来武装自己、提升自己。这些可爱可敬的驻村干部，平常忙于工作，翻山越岭，走村入户，风里来雨里去。生活的磨炼给他们带来丰富的扶贫工作经验，但他们更需要扶贫知识的灌输和及时掌握扶贫政策。也许，在以后的实际工作中，新驻村干部肯定会碰到许多困难，如何解决，只有用行走的脚步，丈量自己内心的爱。

9 点，培训开班仪式正式开始。首先是县委副书记陈超同志作开班动员讲话；接着是负责全县扶贫工作的副县长马子安同志就如何做好扶贫工作向驻村干部传授经验，并提了几点建议。这次培训由县农业农村局局长、扶贫办主任贾新旺同志主持。

马子安在传授经验讲话中，把西川县的扶贫工作情况大概说了一下。全县已脱贫贫困人口 16000 多人，目前还有 3000 多贫困人口未脱贫。他对新驻村干部提出几点要求：一要提高政治站位；二要聚焦聚力，精准施策；三要练好本领，如期完成脱贫目标；四要深入学习习近平总书记关于扶贫的重要论述，领会、掌握扶贫政策。

第一堂培训内容由两位优秀驻村干部交流扶贫工作经验，第一位是驻长洲社区第一书记杜爱华讲授扶贫工作经验，他说："坚持以'群众获得感'为帮扶工作的最高目标。回望我们所帮扶开发落实的每一个项目，无不体现在群众获得感的提升上。例如民生公益项目的路灯工程、新农村建设的小公园小广场、社区全民家庭配置垃圾桶，以及主要村道的绿化等，都是广大人民群众看得见摸得着的，每一个村民都能得到实惠；又如养殖贫困户每年年初接收工作队赠送的家禽家畜种苗，到年底工作队帮他们包销售，我们把全部收益归贫困户，让贫困户看到了自己的劳动成果变成实实在在的收入，勤劳脱贫就有了希望和信心；再如工作队联系社会热心人士捐资助学，每月固定时间把贫困学生的生活补助用微信发放或打入银行账号，每个季度党支部党员入户进行走访慰问，所有这些帮扶措施，都赢得当地群众信赖和满意。"

之后，茶花镇坑头村驻村第一书记肖常恩为大家作扶贫工作经验交流。他从坑头村的完美嬗变谈起，讲述驻村干部心系贫困户的故事。他说他平常喜欢读书，涉猎很广，但自从参加扶贫工作以后，他只读三本与扶贫相关的书籍，一本是《摆脱贫困》，一本是《习近平扶贫论述摘编》，还有一本是《习近平关于全面建成小康社会论述摘编》。最后，肖书记神情亢奋地从内心说出自己的扶贫感想，令听众如身临其境，感动至极，热烈的掌声长久地盘旋在会场之中。

此次培训采取封闭式学习和集中授课相结合的形式，重点学习习近平总书记关于扶贫工作的重要论述精神，加强学习脱贫攻坚政策、工作方法等内容，注重作风教育，帮助扶贫干部切实增强"四个意识"，提高攻坚能力，培育优良作风。

因为食住自行解决，下课后，王悦与七八个驻村干部开车到孟江边的一家小饭店吃午饭。走进饭店，王悦便被窗外雄浑的孟江水深深吸引。往右，是一座拱形大桥，桥下共有五个桥洞，看它朴素的面容，应该有点历史了；往左，视野变得开阔起来，只见江两边，丛树掩映之中，停靠着几艘静静的小船。

对于孟江，王悦并不陌生，每次来广安，从大田收费站下了高速后，就能隐隐约约看到孟江，只是路边生长着密密的竹林或树林，无法看清它的真实面容。

孟江，发源于邻市，干流长226公里，集水面积7184平方公里。它属于山区性河流，山地约占流域面积的70%。

吃完午饭后，王悦一个人跑到桥面上，往水流方向远远望去，感觉冗长的孟江好像向远处的山上爬去，与天空相接。

下午，培训在党校举行。党校在半山腰上，汽车要爬一段又长又陡的坡，而坡的另一边是一个风景区，景区以竹居多，看上去比较雅致。这景区特别适合喜欢安静的人游玩。

党校只有一幢楼，显得有些孤单。但爬上楼顶，能看到半座西川县城。密集的楼群尽收眼底，奔跑在路上的汽车看起来只有火柴盒子那么大。抬头望向天空，白云从远处的山上飘了过来。

整个下午上了三堂课，分别是：县教育局同志解读教育惠民政策、县医保局同志解读医疗救助政策、县民政局同志解读政府兜底保障政策。三位授课的同志对扶贫政策讲得非常详细，台下认真听讲的驻村干部也是如获至宝，低头做笔记。他们知道，只有了解扶贫政策，才能为贫困户做实事，才不会给贫穷乱开药乱治病，做出违背政策的事情，闹出大笑话。

晚饭，王悦他们回广安镇政府饭堂吃。

第二天早上 8 点 50 分左右，培训的驻村干部纷纷赶到党校。离县城稍远的工作队，晚上就在县城住旅馆。

上午还是三堂课。第一堂由县人社局同志解读就业、培训扶贫政策；第二堂由县残联同志解读残疾人两项补贴政策；第三堂由县财政局同志讲解扶贫资金使用监管。

下午，市扶贫办张宝群副科长为驻村干部讲解广东新时期精准扶贫信息管理系统填报操作及有关注意事项后，县领导马子安主持了结业仪式，他为这次培训做了小结，他说："在大家的共同努力下，扶贫工作有了一个好的基础，接下来，我们更有信心打赢这场攻坚战。关于各贫困村产业、就业、'八有'问题，各村已打下了产业基础，基本上都上了项目，也取得了一定的成效；贫困人口就业对脱贫攻坚占有很重要的位置，'就业一人脱贫一户'，但就业要有稳定的岗位，不能出现今天有班上明天就下岗，这样是解决不了脱贫问题的；贫困户能不能达到'八有'标准，最难的是贫困户有没有稳定收入和安全住房，重点是贫困户的增收。要想脱贫，只有找出贫困户的穷根。"

这两天，县政府要召开重要会议，所以只能把培训地点改为党校。

前段时间，经过各镇、驻村工作队、各学校的共同努力，2019 年春季学期建档立卡贫困学生信息及 2018 年秋季学期漏报漏发信息汇总工作已初步完成。县扶贫办要求各镇对 2019 年春季学期建档立卡学生信息进行核实。核对对象是本学期在全日制小学、初中、普通高中、中等职业学校、高校专科教育阶段就读的本镇建档立卡户学生，包括送教上门学生。

教育扶贫是"三保障"之一，各级部门都非常重视，也非常警惕，但这项工作总是不能圆满完成，弄得大家头痛不已。当然，造成困境的最大原因是学生不在户籍地读书，尤其是那些省外就读的，或多或少存在问题。如何解决？这就需要多方配合，特别是学生就读的学校，应该担起重任，这样就不会把问题弄得复杂化。所以，有些助学问题，驻村干部根本无法解决，感觉有点像是面对一宗悬案，找不到线索跟踪。

在县教育局发来的《2019 年春建档立卡贫困学生信息核对表》中，虎山村有三名学生的信息需要重新核对。

因为三名学生的父母都外出打工，卢队长只能让村干部用电话联系他们核对。

那天一大早，王悦来到 Z 城人民医院体检。这是单位组织的每年一次的员工体检。刚进入医院，王悦心里就有点紧张有点害怕，不禁想起去年单位组织体检后，一位医生打来一个电话，说他内脏某个地方出现异物，体检时用 B 超无法辨认，让他尽快到医院做 CT 复检。王悦一听自己身体内有异物，顿时吓得浑身冰凉，仿若五雷轰顶，生怕得的是不治之症。

为什么灾难会突然降临？好几天，王悦食之无味，夜不能寐。因为以前体检，从没听说过有什么异物。当时王悦就想，如果命运真的让他碰到不幸，他就会选择一个安静的地方，让自己的肉体无声无息地告别世界，千万不能让每一个亲人每一个朋友知道，经历跟自己一样的痛苦。

幸好，复检之后，医生告诉王悦异物是良性的。虽然那次只是虚惊一场，但他感觉自己就像是从死神手中逃出来的，从而更加懂得要好好珍惜生命，珍惜生活，珍惜每一个亲人每一个朋友。不过，自从医院给王悦造成阴影之后，他特别惧怕去医院。

当王悦再次躺在 B 超室检查时，他的心仍然怦怦乱跳，生怕医生说他身上的异物出现异常状况。但检查后，医生平静地说，异物还在，大小如前一次一样，属于良性结节。这次，医生直接给王悦带来天大的喜讯，让王悦有一种重获新生的感觉，终于得以脱离地狱般的煎熬。镇静下来的他向医生真诚地道了一声"谢谢"。

下午 2 点半，王悦站在市区办事处大门口等卢队长开车接他回驻地。6 月的 Z 城，天气晴朗，阳光异常凶猛。王悦躲在树荫下，还是能感觉到天空热得像蒸笼，令人难受至极。这段时间，好多地方又闹洪灾。

2 点 35 分，卢队长开车出现在王悦眼前。

王悦坐到副驾驶室座位后，汽车就慢慢开出市区，然后经过平沙公路，从 Z 城西收费站进入珠三角环线高速、广珠西线高速，再到广州绕城高速。一路上，无风也无雨，可到了南海之后，王悦看见远处低得再不能低的天空，飘着一大片乌云，黑压压的。卢队长说要下大雨了。果然，汽车还没有驶离南海，天空就下起了瓢泼大雨，路边的绿化树也被风吹得摇头晃脑。差不多到丹灶服务区时，只见应急车道停放着不少车辆，好像在避雨。为了赶到广安，卢队长没把汽车开进服务区。到了三水，雨下得更凶猛了，路面几乎看不清楚，王悦只看见戴着近视眼镜的卢队长把头尽量往前倾，睁大眼睛紧紧盯着前方。一些高速路面也被雨水淹没了，行驶在前面的车像洒水车一样，从四只车轮下喷出来的积水，更像汹涌的波浪，"啪啪"地往上抛。幸好，进入二广高速后，雨就不见了，开得像老黄牛一样的车才慢慢提起神，加了速。汽车从大田收费站下了高速，进入 263 省道。在去广安的山路边，王悦看见一辆大巴车驶离路面，而车头亲吻着山脚下的一棵树。好在是转弯处，车速应该不是很快，汽车没受到多大的伤害。雨水天气路滑，容易造成交通事故。

2018 年 12 月下旬，西川县委组织部、县扶贫办会同各镇党委组织联合考核组，对 Q 市市直部门和 Z 城帮扶单位派出的精准扶贫驻村干部（包含 26 个省定贫困村的驻村第一书记）进行了年度考核。

虎山村驻村干部无一人上优秀榜，茶花镇坑头村的四名驻村干部（含第一书记）全部进入优秀榜。两个村相距才十几公里，却形成鲜明对比，值得虎山村驻村干部反思，同时也给他们敲响了警钟。向优秀团队学习，永远不会低人一等，只会给自己带来提升的空间和进步的机会。

虽然考核结果与新任队长卢汉平无关，但在卢队长心里，确实感到扶贫工作责任重大，如果没有一个优秀的团队，即使你拥有天时地利，恐怕也做不好事情，只有人和，才能创建一支能打大仗、能打硬仗、能打胜仗的队伍。

因此，卢队长有了想法，有机会到坑头村学习优秀团队的扶贫工作经验，看看他们亲手打造的扶贫产业链，长长见识，鼓舞一下虎山村驻村工作队队员的士气。

卢队长的谦虚态度与学习精神，确实与前任队长万胜平截然不同。当然，王悦还发现，前后两任队长还有许多不同的地方，一个对纪律要求比较松懈，对队员约束不够；一个不仅严格要求自己，还能委婉地提醒队员；一个傲气自负，一个踏实做事、任劳任怨……

王悦完全有理由相信，在卢队长的带动下，工作队的精神面貌一定会有所改观，扶贫业绩一定会慢慢呈现出来，虎山村一定会发生不少新的变化。

另外，上级领导开始采取不打招呼直接到镇村进行脱贫攻坚调研的方式，并在今后可能成为一种工作常态。面对新情况，镇扶贫办要求驻村工作队高度重视，务必要熟悉掌握全村脱贫攻坚的工作情况，严守工作纪律，扎实做好驻村扶贫日常相关工作，包括走访入户、扶贫工作资料整理归档、驻村生活等。

借此机会，卢队长也给王悦和高云飞一个温馨提示：除特殊情况外，上午 8 点半进村，下午 2 点半进村。从此以后，高云飞拖延进村时间的次数就少了。

前段时间贫困户申请的红花油茶苗，上级已批准并把树苗运回镇政府。因虎山村大部分有劳动能力的贫困人口外出打工，无人申请，后来经村干部再次动员后，有两户贫困户申请树苗，一户是患有间歇性精神病的李子青，申请栽种五亩的树苗；一户是一般贫困户邓发水，申请栽种一亩的树苗。

邓发水是大丰自然村人，已有 70 多岁了，而且患有长期慢性病。邓发水与老婆一块生活。他老婆也年近七十，同样患有长期慢性病。

邓发水有一个儿子，情况比他还糟糕，属肢体残疾，连走路都需要特殊的铁架子支撑，而且手脚颤动得特别厉害。他儿子生活不能自理，需要两个老人照顾。

为扎实开展新时期精准扶贫工作，增加虎山村集体经济收入，6 月 11 日上午，驻村工作队与村两委召开会议，主要研究光伏发电项目的扶贫资金使用情况。

村支书先向参会人员介绍目前虎山村村集体经济收入的状况。然后卢队长作了一些增加村集体经济收入的措施说明，同时表示，投资光伏发电项目，驻村工作队打算利用 Z 城市财政专项资金。

经讨论，与会人员同意实施该项目，并申请光伏发电站建设在广安镇政府新宿舍楼顶。初步计划发出的大部分电量供镇政府使用，余电则联网。具体实施时间、委托有资质的招标代理机构、筛选安装方、收益分配、管理措施等事项，驻村工作队会后续跟进。

Z 城于 6 月初将 2019 年度新时期精准扶贫精准脱贫中央、省驻市单位及市直单位帮扶资金，下拨到 Z 城在 Q 市帮扶的 38 个省定贫困村，每个帮扶村 50 万元。所有扶贫专项资金全部下拨到村所在的镇财政所。

这样，虎山村扶贫资金又多了 50 万元。

面对越积越多的扶贫资金，卢队长感觉身上压着一座泰山，为花不出去的资金而发愁，更为找项目而寝食难安。

加上利华公司捐赠的善款，虎山村滞留的扶贫资金高达 180 多万元。钱握在手里，却花不出去，哪个工作队队长碰到这样的事情都不会高兴，而是焦急。资金滞留太多，说明工作队没有为贫困户做什么事情，脱贫成效就会大打折扣。

项目！项目！卢队长除了吃饭、工作，想得最多的就是尽快找到梦寐以求的项目。

那天下午，王悦、卢队长、高云飞、村支书和镇挂村干部黄侠走访聂洞自然村贫困户。

昨天，又是狂风又是暴雨，路上出现好几处山体滑坡。在聂洞，山体滑坡尤为严重，只见从山上滑下来的黄泥土覆盖在一座公厕顶上。跟随黄泥土滑下来的大树，横七竖八，挡住了前进的路。半山腰上，那些幸运的红花油茶树挂着些许满脸红扑扑的油茶果，望着大家小心翼翼地从泥土和倒下的树上爬过去。

不过，在来聂洞路上，王悦看见田野上的禾苗丝毫不受恶劣天气影响，不仅站直腰杆，而且已经开始抽穗了。

在聂洞，有 3 户贫困户。

来到五保户黎松立家门前时，村支书连声叫唤了几句户主的名字，却不见回应，也没有人影。村支书走了进去，又唤了一句"松立"之后，黎松立才抱着电饭煲内锅从厨房里冒出头来。只见锅里的米湿湿的，他在淘米煮饭。

黎松立穿着一件红色的 T 恤衫，略长，裤子是浅灰色的，稍旧。他用肩膀靠在厨房门槛上，嘴唇咬得紧紧的，看起来有点吃力，而两只圆圆的眼睛睁得大大的，像发现新大陆一样惊奇地望着村支书。黎松立年近半百，身高不足一米五，但看起来还像个孩子，也许他天真，没有什么忧愁，人就不容易显老。他是危房改造户，除了肢体残疾，也有精神障碍，说话时口齿不清。

只有黎松立一个人住在这条长长的巷子里，平常他听不到来往的脚步声，显得异常孤独和冷清。在聂洞，也许他是一个最孤独的人。以前，王悦和万队长来过几次聂洞，黎松立只要听到一丁点响动，就会从屋子里一瘸一拐走出来，或鹦鹉学舌一般跟着来人讲话，或傻笑着伸出舌头，不断搅动，然后又伸出一只手，向讲话的人做一个"V"字，代表的含义是高兴愉快。那样子，除了傻，就是天真，更有来自他内心的强烈愿望——与人交流！

王悦曾听村干部说过，黎松立有一个住在县城的亲戚，生活条件不错，经常过来看他，送些肉类和青菜，储藏在冰箱里。

待大家走后，黎松立又一瘸一拐走出来，站在长长的巷子里，不断搅动舌头傻笑，并伸手做了一个"V"字，表示他非常愉快见到他们。

王悦回头看着他的样子，却笑不出来。黎松立太可怜、太孤单了！

然后，大家又来到陈秀花家。陈秀花是一般贫困户，今年 76 岁。她的背有点驼，但精神很好，耳聪目明，谈吐清晰。

她在老屋门旁的自留地翻土，一见村支书来，就放下锄头，带大家去她的一层平房。她也是危房改造户。

以前走访陈秀花，王悦经常见她在侍弄她老屋旁的那块菜地，挑水浇菜，或收获胜利果实。总之，王悦觉得这个老人不简单，虽然瘦弱，且患有慢性病，但看起来还算健朗。

陈秀花也是一个人住，身旁没有亲人陪伴。她有女儿，但已经出嫁。

经过驻村工作队近三年帮扶，陈秀花从 2015 年家庭年人均收入 3420 元，到 2018 年家庭年人均收入达到了 12648 元。应该说，扶贫成效还是显著的，贫困户的生活水平确实提高了。

聂洞是个非常平静的自然村，从村委会出发，开车要翻过几座山，属于虎山村比较偏远的自然村。

村里还有一户贫困户，名叫黎晖映，是个 90 后单独户。黎晖映是低保贫困户，因残致贫，还有精神障碍。她离婚后，又回到娘家聂洞。

每次来聂洞，王悦只看到她的危房改造后的新楼，却从没见过新楼的主人。这幢新楼冷冷清清地站在通往黎松立家的那条巷子前面，好像在向天空轻声诉说着一个不幸女人的人生故事，又好像在向落寞的巷子谈论着这几年驻村工作队带来的可喜变化。

聂洞，因悲情的故事而显得异常冷漠，又因可喜的变化而显得幸福安宁。

第二十九章

经过前一段时间各镇认真复核，除技工学校学生外，王悦从县扶贫办及县教育局汇总的《西川县2019年春季学期建档立卡贫困学生生活费补助名单汇总表》中查询到，全县2019年春季学期建档立卡的贫困学生中，一共有3471名得到生活费补助，其中广安镇有222名。为了不遗漏一位学子，镇扶贫办要求各村再仔细核对后将核对情况及时上报镇扶贫办。

各村将本村2019年春季学期建档立卡的贫困学生生活费补助名单再次核对后，上报镇扶贫办，镇扶贫办又将新名单上报县扶贫办，最后将确定的名单重新发给各村核对。

由此可以看出，教育扶贫的重要性不是说出来的，而是各级部门小心再小心做出来的，目的就是让贫困学子安心读书，不能因为贫穷而出现辍学现象。

忙完贫困学子生活补助问题，虎山村驻村工作队又开始忙县级脱贫攻坚项目库建设的工作。反正，扶贫工作琐事颇多，每一项工作都必须细心、耐心对待，更要付出真心才能做好，才不会盲目"回头看"。

最近，王悦留意到《西川县新时期精准扶贫精准脱贫项目库申请表（产业类分散自建自营项目）》中，虎山村近三年申报的项目，除了扶贫培训、产业类分散自建自营项目没有申报外，其他项目都申报了。

大部分申报项目王悦都没有参与，或者是他来虎山村之前已经申报了。当然，流产的购买返租商铺村集体项目，王悦隐隐约约知道一点。春节前后，与虎山村驻村工作队联手购买返租商铺是大石嘴驻村工作队提出来的，后来万队长将购买返租商铺的可行性报告及购买合同提交上级时被"直接毙掉"。理由是商家不可能给购买的人那么大的返还租金，肯定是引诱或消费陷阱。最后，大石嘴驻村工作队独自行动，到县城买回一间商铺，每年有 8 万多元的返还租金，返租期为 8 年。不过，投资购买商铺要 100 万元左右，确实风险比较大，且在 Z 城所有派出帮扶工作队中还没有购买返租商铺的先例，被上级"直接毙掉"也是情有可原。另外，当时按照文件精神，上级鼓励驻村工作队大力开发扶贫产业项目，以产业带动贫困户参与脱贫攻坚任务，意义重大，消除贫困户的"等、靠、要"思想，而对投资资产性收益项目持保守态度。购买商铺就是资产性收益项目。

后来，也许有不少驻村工作队滞留资金实在太多，按当地实际情况，开发扶贫产业项目实在是比登天还难，所以上级渐渐改变思路，对投资资产性收益项目不再一口否决。

那天吃完早餐，天气并不怎么好，但驻村工作队还是如约驱车来到西川县政府，向驻县组范小妍组长汇报工作。王悦心里很清楚，说是汇报工作，其实是约谈，因为虎山村滞留资金实在太多，项目上不去，扶贫业绩就显现不出来。领导开始急了，不能因为虎山村而拖了整个脱贫攻坚战的后腿。

来到驻县组办公室，范组长还是客气地首先肯定了前三年工作队在扶贫工作中，给当地老百姓做了不少实事好事。截至 2018 年底，虎山村有 84 户共 191 人实现脱贫计划，为 80 户贫困户完成危房改造任务，扶贫成果还是喜人的。但虎山村的地理环境和自身条件制约了扶贫攻坚工作的顺利推进，造成产业扶贫滞后，开发力度不够，导致项目很难落地开花。针对当前扶贫现状和薄弱环节，为了推动扶贫产业项目尽早尽快落地开花，范组长开诚布公与卢队长及队员一起交流扶贫工作经验，并提出了一些关键性的指导建议，认为扶贫产业项目应因地制宜，结合当地实际情况，以产业带动村集体经济收入，以"脱真贫、真脱贫"打开全新局面，增强脱贫攻坚的硬实力和软实力。范组长还虚心听取了工作队每位队员对扶贫工作的一些想法，她说，每个队员都应该不忘重托，做到有目的有计划地推进脱贫工作步伐，并鼓励大家面对困难，迎难而上，为下一步扶贫工作打下更扎实的基础。同时，她希望新任工作队队长担起责任，多向帮扶单位领导汇报工作，因地制宜，把扶贫产业项目尽快尽早落实到位，带动村集体经济收入，因为接下来的各种考核，村集体经济收入会作为一项重点指标来抓，上级要求村集体经济收入每年不少于5万元。以前省市县的考核都没有将村集体收入作为考核内容。同时，她也要求新队长时常跟镇村干部互动，该汇报的工作一定要跟相关领导汇报，同心协力，只有大家拧成一股绳，方能把扶贫工作做好，共同完成这一历史使命。如果工作队在工作中碰到什么难题，驻县组也会全力支持。范组长还提及就业扶贫，要求工作队严格按照上级文件精神，认真贯彻落实，为贫困户创造就业机会和条件，实现"就业一人脱贫一户"的目标，真正达到稳定脱贫的良好效果。

随后，卢队长如实向范组长汇报了目前虎山村正在着手的光伏发电项目开发情况。

最后，范组长向王悦和高云飞问询以后的扶贫工作计划，两人一致认为扶贫产业项目一定要早日落实。而王悦提到当前扶贫工作的重点还是应该紧紧围绕产业扶贫、就业扶贫、教育扶贫这三个目标来进行，得到范组长的赞赏和肯定。

离开县政府前，王悦还听说前任队长万胜平回Z城复职前，曾到驻县组找领导，自己告自己的状，说他没做好扶贫工作，并向驻县组领导道歉。万队长具体哪项工作没做好，王悦并不知道。

王悦认为，评价一个人，不能以偏概全，毕竟三年来万队长在虎山村也做过一些有益的事情。

后来，王悦了解到关于2017年度省扶贫考核的消息，虽然虎山村考核过关，还取得全省靠前成绩，但经过上面严密调查，那次省扶贫考核，虎山村弄虚作假，做了一个盆景工程蒙混过关，在一次会议中已通报，作党内处分。

背着一个党内处分，让新任队长很难堪，但卢汉平并没气馁，他要为虎山村"雪耻"。为了尽快上项目，卢队长经常到其他工作队交流、学习、考察，回来还在忙各种材料和汇报工作，晚上也加班至深夜。尽心尽职的卢队长渐渐地瘦了黑了，脸上那股书生气不见了，被弯曲崎岖的山路消磨殆尽。他在磨炼意志，在艰难困苦中成长，他要成为为春天抚琴而行的勇者和歌者！

汇报完工作后，大概上午10点了，范组长还有一个会议要参加，而工作队也要到长洲镇长洲社区与镇扶贫办主任陆俊等会合，学习、考察那里的产业项目，重点考察光伏发电。

长洲社区离县城并不远，只有 19 公里路程。离开县政府后，卢队长他们直抵长洲社区。长洲社区是省定贫困村，由 Z 城市人大派出联合工作队帮扶。社区现有贫困户 73 户共 203 人。经过几年帮扶，驻村工作队已经在长洲社区投入扶贫资金 468 万元，给当地群众带来实实在在的脱贫成效和变化，到 2018 年底，社区里的贫困户基本实现脱贫。

目前，驻村工作队为长洲社区建立光伏发电项目和水蛭养殖基地。光伏发电项目已实行三期，共投入近 120 万元。第一期发电量为 5 万度，解决了社区集体收入问题；第二期、第三期发电量为 9 万度，收入用作以后的扶贫资金。光伏项目实行自用和余电上网模式，实现收益最大化。到 2018 年 6 月，三期光伏发电量达到 10 万多度，收益超过 10 万元。由于长洲社区地理环境和气候适宜养殖水蛭，驻村工作队就在源庄自然村开辟了一块养殖基地，共投入 60 万元，年收益达到 15 万元，增加村集体经济收入和用作扶贫兜底资金，实现"一村一品"的扶贫战略。

水蛭，俗称蚂蟥，具有很高的营养价值和药用价值，是我国传统的特种药用水生动物。水蛭干制品炮制后就成了药物，可治疗中风、高血压、血瘀、闭经、跌打损伤等，唾液腺及其分泌的唾液中提取出来的水蛭素，更是被称为当今世界上最强的抗凝血物质，对糖尿病、尿毒症、心脏病等疾病具有预防作用。

王悦记得小时候，水蛭是农村经常见到的水生动物，溪水里、田野上都能见到水蛭软绵绵的身影，老家人叫它"胡祺"，一个非常好听的名字，但一直不知道水蛭的价值，甚至见不到有人把它捞回去当作美食。农忙的时候，"胡祺"都会爬到田野上，有些农民收工后就会在腿脖子上带回一两条水蛭，却没有一点知觉，发现后也只是把它当作害虫随地一扔，给鸡叼走了。

来到长洲社区党群服务中心，只见党群服务中心办公楼门上悬挂着一条横幅，写着"大力弘扬奉献友爱互助进步的志愿精神"，显然，社区驻村干部就是一批具有这种精神的人，才能把扶贫工作做得如此出色，在扶贫队伍中成为佼佼者。

办公楼外，两棵凤凰树伸出繁盛的枝叶，一棵大的，一棵小的，都张开绿色的怀抱，拥抱眼前不一样的天空。

卢队长、陆俊等近十位前来学习、考察的干部，跟随迎接他们的社区干部和驻村干部，登上二楼会议室召开简短的会议，主要听取长洲驻村第一书记杜爱华介绍长洲社区的扶贫情况。

除了光伏发电项目、水蛭养殖基地，三年多来，长洲社区驻村工作队确实为村里和贫困户做了不少实事。

2017年初，驻村工作队为25户贫困户购买51头黄牛牛犊养殖，年底以24元每斤的价格由养殖公司回收，实现了贫困户当年养殖，当年就能见到收益，大大提高了他们脱贫的信心和决心。2017年10月，《南方农村报》将长洲社区的黄牛养殖列为"十大广东农业产业精准扶贫典型案例"。

2016年11月，驻村工作队为社区道路安装83盏LED路灯，总投资31万元，并于当年12月完成亮化工程。接着，驻村工作队又投资5万元，进行社区广场建设和街道绿化。

帮扶单位还出资90万元，在一些自然村建设小公园小广场，丰富周边居民的业余娱乐活动，提升农村生活品位。

另外，2018年初，驻村工作队积极联系或争取社会团体和爱心人士的支持帮助，为社区全部在校贫困户学生实施"一对一"长期资助活动，创新教育扶贫模式。

听完朴爱华的介绍，王悦突然想起党群服务中心办公楼门上悬挂的那条横幅，正是驻村工作队"大力弘扬奉献友爱互助进步的志愿精神"的真实写照，为扶贫事业增添光彩，为驻村干部树立榜样。是的，长洲社区驻村干部是大家的学习榜样，在这次驻村干部轮换中，他们一个都没回去复职，心甘情愿继续留下来，把未完成的扶贫工作接着干下去，为春天抚琴而行，奏响强劲的生命之歌！

会后，学习、考察的干部浏览了长洲社区扶贫工作队整理的资料。上次，在县政府举办的"2019年西川县脱贫攻坚工作驻村干部和扶贫系统干部培训班"上，长洲社区驻村第一书记杜爱华向学员介绍了他们的扶贫工作经验，其中一项就是资料的整理。他们对扶贫文件资料、项目落实资料等的整理工作确实做得很好，整整齐齐摆放在文件柜里，据说这些资料能够保存三十年。王悦望着他们整理的各种装订成册的资料，分门别类，一目了然。比如，落实养殖黄牛的资料就有社区居民会向驻村工作队呈报的项目申请书、驻村工作队向帮扶单位扶贫领导小组申请项目等用款的请示、贫困户养殖意愿统计表、养殖项目公示、养殖产业方案、黄牛采购合同、项目所有会议纪要、项目审议表、项目资金申请表等，所有程序和落实经过的材料完好无损地存入档案。

随后，大家登上办公楼天台，参观光伏发电站。杜爱华现场详细解说光伏发电的过程和注意事项。他说，光伏是靠光来发电的，条件是外界温度不能太低也不能太高，否则发电就会变弱。

之后，大家又跟随杜爱华步行到源庄自然村，现场考察水蛭养殖基地。

基地是铁皮房，里面养殖的水蛭不是很多，且小。因为基地昨天才产出一批成熟的水蛭，已被收购。基地外面是一片比较荒凉的山地，见不到农作物和居民房，有一种"天苍苍，野茫茫"的感觉。

这次到长洲社区实地考察，虎山村驻村干部积累了不少扶贫工作经验，不仅打开了眼界，而且增强了信心。特别是卢队长，在考察现场时，他看得非常仔细，不时翻开随身携带的黑色记录簿，在里面抄抄写写。

王悦非常佩服卢队长的学习精神和虚心求教，不管是走访贫困户，还是开会、考察，与人交流扶贫工作，他都看见卢队长及时翻开记录簿。

考察完长洲社区的光伏发电和水蛭养殖基地等项目，已经是下午1点多了，大家就开车到长洲镇政府吃工作餐。

长洲镇政府看起来比较新颖别致，每幢楼建的时间大概都不长。

镇政府里面植有不少树木，而且一排排站得有模有样，像哨兵挺拔的身姿。树林里坐立着一块绿石，应该有些年岁了，皮肤显得苍老，还掉了不少颜色。

长洲镇位于西川县西南部，距离县城19公里，全镇交通网络比较发达，面积157平方公里，总人口2万多人。长洲镇是中国五大名玉"广绿玉"的原产地，玉石、瓷砂、水资源丰富，经济以瓷土开采、水力发电、特色农业发展为主。"广绿玉""清桂茶""麻竹笋"形成长洲镇的"一镇一品一特色"。

广绿玉是一种蚀变绢云母岩质玉石，以墨绿色为主，质地细腻如玉，尤其是闪现珍珠光泽、丝绢光泽的更适于制作工艺品。在西川，广绿玉已有230年的开采历史。近30年来，广绿玉远销日本、美国等地。

从长洲回来，已经是下午4点多了。

傍晚，走了一天的王悦刚想出去散步，就看见卢队长站在镇政府门口，然后两人到白云村散步。

这是王悦第一次和卢队长散步。他俩边走边谈，彼此说出自己这次去长洲学习、考察后的感受。与卢队长共事时间虽然不长，但王悦深深感到，他与前任队长有着不一样的性格。卢队长跟王悦一样，是个诚实率直的人，肚子里没有花花肠子，而且心地善良，说话不会拐弯抹角。总之一句话，两个人都是老实人，但老实人，有些人喜欢，有些人不喜欢。

卢队长来虎山村参加扶贫工作，确实是抱着想干一番事业的想法而来的。自上任以来，他头脑里想的是虎山村的项目，而心里装的是贫困户如何才能实现稳定脱贫的目标。

他经常坐在宿舍办公室电脑前，敲敲打打，修修改改，做各种各样的材料，直至夜深才睡觉。

卢队长只有一个儿子，正读高二。说起孩子，他还是有点担心，因为明年孩子就要参加高考，作为父亲的他，又远在外地参加扶贫工作，不能关心孩子的学习生活，万一孩子没考上理想的大学，孩子会责怪和埋怨他吗？

可怜天下父母心！尽管王悦还没有孩子，不用操劳，但他有时还是挺理解卢队长的。偶尔半夜，躺在床上的王悦，还能听到对面卧室里传来卢队长打电话给孩子的声音，问询孩子的学习情况和身体状况。马上升高三了，功课比较多，无形中给孩子带来精神压力，容易拖垮身体。

不知不觉，王悦和卢队长就来到山哥家门前，然后停住脚步，向梯田望去，只见梯田里的稻子，一串一串，绿绿的，像初生婴儿的面容，露出薄薄的、嫩嫩的皮肤，极讨人喜欢。远一点的梯田，飘起淡淡的雾气，而山林下，几栋还没有装修完的居民楼，若隐若现，安静地等待夜幕的降临。

星期四早上进村，天空依然阴阴沉沉的，弯弯曲曲的山路异常潮湿。

昨天深夜，下了一场大雨。宿舍后面的小山坡上，发出"窸窸窣窣"的响动，把梦中的王悦偷偷拉醒。这段时间，雨量充沛，植被比较茂盛。

当汽车开到虎山小学时，只见篮球场里积有不少雨水，而篮球场边的望春河水，"哗哗"地流个不停。

路两边的绿化地上，身材苗条的美人蕉盛开着红黄色的花朵。而比美人蕉矮了一大截的黄蝉花、马缨丹花、龙船花，也是尽力往上挤，可惜它们够不到美人蕉的半腰上。

望春河边的小商店门前，坐着没有一点表情的五保户杨海锋，而他嘴里，又不知道咀嚼着什么。

差不多到村委会时，从一扇半开半闭的窗里飘来搓麻将的声音，随声音一起飘来的，还有污浊的香烟气味。

王悦的屁股刚蹲到办公桌前，镇扶贫办主任陆俊就飞了过来，招呼村干部和驻村干部召开调研工作会议，主要讨论光伏发电项目。

开完会后，卢队长就按照陆俊在会上提出的要求，着手起草有关光伏发电项目的可行性报告，准备提交帮扶单位领导。如果帮扶单位领导通过，就可以进一步开展项目的工作。一个项目的落实，短则三个月，长则半年以上，申请程序相当复杂。而村里还要召开民主评议会议，通过后又要向镇里面审批，然后驻县组要审批，接着呈送Z城扶贫办审批，最后公示。待项目有了眉目后，就可以到财政所申请项目资金。

一个项目批下来，腿都要跑断；如果项目半途夭折，人也会跟着折磨得失去神采。

新的一周开始了。王悦和卢队长从Z城开始出发。汽车进入顺德后，天空又下起大雨。深度近视的卢队长把头尽量往前倾，而且两只眼睛睁得又圆又大，生怕撞到前面的车上。王悦见他开车既紧张又费劲，心里非常惭愧，因为他不会开车，不能代替为工作忙得又黑又瘦的卢队长。

上午卢队长在单位召开会议，这次下午才返回驻地。

直至过了丹灶服务区，雨才停了下来。

在南海狮山，进入二广高速的匝道上出现严重堵车，大概前方车辆汇合处出现车祸。此时的天空，又飘起零落的雨滴。

堵车总是令人烦心的，且车窗外的雨越下越大，"啪啪"地打在挡风玻璃上，让王悦和卢队长感到非常不爽快。

为了驱赶不快的情绪，王悦打开微信，从朋友圈愕然看到一位女诗人发了一条触目惊心的信息：2019年6月15日上午，又一位打工诗人跳楼身亡。王悦看后心惊肉跳，不禁想起写下一首《我咽下一枚铁做的月亮》的许立志，悲伤至极。

前方竟然堵了一个小时，但王悦毫无知觉，感到自己咽下去的泪水，是跳楼诗人灵魂深处的一行行含铁的诗句。

晚饭后，王悦到通往白云村的路上随便走一走。路边的山塘里，"嘎嘎"的鸭子声已经不见了，而暴涨的山塘水，像镜子一样，映照着黄昏的天空。不时有鸟影从田野上掠过，给宁静的村庄带来意想不到的惊喜。

菜地里，冬瓜苗伸出绿色的手掌，撑起即将掉下来的暮色，而一只青皮冬瓜露出长长的脸蛋，好像在等待成熟的季节。

田野上，稻叶黄了，稻子开始低下头颅，丰收的希望开始走在忙碌的路上。

6月19日下午，天气异常晴朗，虎山村蓝蓝的天上，到处是飘飞的白云。此时，黄秋亮躺在村委会门旁，眯着眼睛，嘴巴张开一半，露出干巴巴的嘴唇，一副懒洋洋的样子，似睡非睡。

他瘦了，也困了；他苍白了许多，也没有一点神采。他脚上穿的，还是以前那双黄色胶鞋，裤子还是那条黑色的短裤，只是上身穿的，已换成一件迷彩短袖衫。

王悦好久没见到黄秋亮了，猜测他这段时间肯定是病了，而且病得不轻。

他一直躺在那里，见到谁都感到异常陌生，无法引起他的兴趣。

在村委会，驻村干部和村干部正在召开虎山村光伏发电项目专题会议，确立承建单位并着手申请专项资金。

会上，村支书向卢队长提交了一份《关于虎山村开展光伏发电项目的请示》，内容如下：

Z城信访局驻村联合扶贫工作队：

虎山村是省定的贫困村，村集体经济收入薄弱，多年来办公所需经费等开支都是镇财政下拨，经村两委会议一致通过，为了增加村集体收入，保障虎山村贫困人口的收入，让他们早日实现脱贫梦想，特申请开展光伏发电项目。

项目拟选址广安镇政府新宿舍楼顶，面积280平方米，拟建设安装约45千瓦光伏发电站，项目预算约为37.665万元。建设光伏发电站所需经费，按相关程序，申请从Z城市财政扶贫专项资金中支出。经帮扶单位审批同意后，下一步由村委会委托招标代理机构采用竞争性磋商的方式，确定承建单位和价格。

妥否？请批示。

会后，卢队长也信心满怀写了一份《关于开展虎山村光伏发电项目的请示》，准备回 Z 城后交给帮扶单位。

因为光伏发电项目还没有得到帮扶单位领导的同意，所以按照项目申请程序，项目资金暂缓申请。

6 月 18 日上午，镇扶贫办将各村上报的《2019 年西川县"广东扶贫济困日"镇级定向需求情况表》进行汇总，全镇共有 37 人申报，大部分申请原因是患有大病或肢体重残，一小部分是因为要修缮房屋。

其中，有一个特困供养人员廖章泽，是建档立卡贫困户，南咀村人，他申请的理由既复杂又辛酸。

老人原来居住在县第一养老中心。2019 年 5 月住院，初步诊断为胸膜结核，养老中心以有传染性为由要求其出院，6 月初回家休养，已无法自理。因其病情特殊，也不能安排其入住镇敬老院，现暂由其外出的弟弟回来照顾，但其弟弟需要外出务工养家，无法长期照看，所以需请人护理，目前相关的护理救助政策还没落实，镇里无法解决安置和资金问题。

在申请名单中，王悦没看见虎山村有特困人员申请。

新一轮驻村干部已经全部进入战场，他们将接过接力棒，继续奋战在脱贫攻坚阵地上，扛起决战决胜脱贫攻坚的重任。他们会临阵脱逃吗？他们会向困难低头吗？

不，他们绝对不会，他们会以高昂的姿态，为春天抚琴而行，奉献自己的智慧和大爱，为历史写下浓墨重彩的一笔，完成光荣而神圣的使命。

在决战决胜脱贫攻坚工作进入关键时刻，这些新战士会牢记使命职责，增强担当意识，锤炼过硬作风，不辜负党和国家的重托，率领西川县 8670 户贫困户冲破贫困线，走向一条共同富裕的道路；这些新战士会坚决服从上级工作安排，认真贯彻落实中央、省、市和县关于脱贫攻坚工作的部署要求，将脱贫攻坚工作放在心上、扛在肩上、落实在行动上，为如期高质量打赢脱贫攻坚战贡献自己的一份力量。

稻子已经渐渐变黄了，眼看就到了夏收季节。花生地里的花生苗，郁郁葱葱，想必它们心里深藏的果实很想跳出来，回报虎山村村民勤劳的双手和曾经付出的汗水。

为深入实施乡村振兴战略，加快推进西川县农村人居环境整治工作和脱贫攻坚工作，确保顺利完成年度目标任务，6 月 21 日上午，卢队长到县政府会议中心二楼会议室，参加全县实施乡村振兴战略暨脱贫攻坚工作推进会。

第三十章

连日来，卢队长为落实光伏发电项目的事而忙得不可开交。他开会回来还没松一口气，下午又跟随村支书他们到邻县考察商铺。

现在，卢队长烧起了三把火，但这三把火，就像黑夜中的星光，还没有一点头绪，依然暗淡。不过，王悦始终相信，努力、勤劳、善良的卢队长，以他不屈不挠的精神，肯定会有一把火被他燃亮，带领虎山村所有贫困户冲出重围。

今年的天气异常多变，那天，省防汛防旱防风总指挥部办公室、省应急管理厅下发了关于做好强降雨防御工作的紧急通知：经研判，22日起，新一轮强降雨过程影响我省，部分降雨区域与上一阶段强降雨落区重合，加上上游来水影响，孟江、北江可能发生洪水过程，部分市县伴有 8 ~ 10 级雷电大风。各地各部门要认真贯彻落实省委省政府指示精神，坚持以防为主，把灾害防御放在第一位，早研判、早部署、早准备、早落实。

据通知里说，6 月 22 日至 23 日，Q 市等省内几座城市多云转大雨到暴雨，局部大暴雨，24 日至 25 日，这几座城市及珠三角有大雨局部暴雨。

镇扶贫办接到通知后，要求各驻村工作队会同各村（居）委会做好建档立卡贫困人员，特别是低保、特困人员等群众的安全排查和防范工作，如需转移要及时安置，如需协助请上报。

各村刚做好防御工作，还没等到暴雨的降临，6 月 24 日上午，根据 Q 市政府工作安排，市里主要领导同志到西川县随机抽出一个镇开展调研扶贫工作。

广安镇非常幸运，被市领导看中。不过，领导没进虎山村，也许他们知道此刻的卢大队长比他们更忙碌，就有意回避，只到大石嘴村调研，重点是入户走访贫困户、检查 2018 年市委巡察发现问题落实整改情况和察看产业扶贫、就业扶贫工作情况。

虎山村别称厨师村，有不少村民在省内外城市从事厨师职业。其中，刘尚威、黄金沙等五位贫困人员，分别在广州、佛山、四会、东莞及海南酒店、餐厅做厨师。

王悦还没见过黄金沙。黄金沙患长期慢性病，是一般贫困户，因病致贫。王悦对黄金沙的老婆印象极深，她不仅勤劳，而且很乐观、很热情，对贫病并不害怕，也不会嫌弃这个贫困的家，还时常打电话鼓励黄金沙，叫他在外打工注意身体。

黄金沙家庭人口一共五人，除了贤惠能干的老婆，还有一个 80 多岁的老母亲，两个读书的孩子。

那天，王悦和卢队长从 Z 城返回广安的路上，一直下大雨。

差不多到勒流服务区的时候，脑袋向前倾、睁大近视眼的卢队长，虽然小心谨慎地开着车，但行驶的汽车还是在有积水的地方突然打滑，幸好车速不快，卢队长的反应也算比较灵敏，才没有出现意外事故。卢队长虚惊一场后，嘴里不知说了一句什么，好像是告诫自己：开车要再留心一点。

这辆工作车的车轮已经磨损得很厉害了。以前卢队长就说过，要向单位领导汇报，把车轮换了，出行才安全。没想到这次差点就闹成悲剧。

进入南海丹灶后，虽然没下雨，但路面潮湿，天空布满乌云，似乎还有一场更大的雨要接着下。快到丹灶服务区时，天空越来越黑，眼看这场更大的雨已经酝酿成熟，随时都会倾洒下来。果然，汽车开进服务区后，天空就下起了瓢泼大雨，打得车棚"砰砰"作响。为了避免疲劳驾驶，卢队长把车开进服务区，休息了好一会儿。

上午，卢队长向单位领导汇报完扶贫工作后，因为要急着赶回广安开会，他没顾上吃午饭就出发了。趁休息，卢队长坐在驾驶室里，狼吞虎咽吃起从 Z 城带来的面包。

扶贫工作忙起来真的什么都顾不上。王悦看着卢队长的吃相，内心不禁慨叹起来。

在王悦眼里，卢队长是一个想干事、真干事、会干事、能干事的驻村干部，而且性格很好，正直善良。他肯定能担起脱贫攻坚的重任，为虎山村带来新的希望。

汽车驶出服务区时，雨下得更凶猛了，高速路面的积水也越来越深，被车轮溅起的积水，已经拍打到挡风玻璃上。转入二广高速后，雨停了，但前方的天空依然灰蒙蒙一片，仿佛还有一股气没有泄完的样子。

随后，一路上都没下雨，而且天空渐渐晴朗，还现出一片淡薄的阳光。到了大田，雨又突然飘起来。直至下了高速，下得肆无忌惮的雨把前面的路遮挡得几乎看不清，卢队长开着车在雨雾中摸索前行。

来到广安镇政府，雨还在噼里啪啦地下着，好像不愿停下来的样子。此时已经是下午 4 点了。

差不多吃晚饭时，卢队长挂着背包，对王悦说，他要跟吕书记到县城考察商铺。在来的路上，王悦问过卢队长商铺的事，卢队长说帮扶单位领导对投资购买返租商铺还是持犹疑的态度，需要进一步了解。

晚饭后，雨小了很多，王悦撑着一把伞去散步时，看见路边的农田，一些稻子被风吹倒，像摊开的席子。南方的夏天，台风雨多，对农作物伤害最大，时常令老百姓防不胜防，却又无可奈何。靠天养人，这就是千百年来农民对劳作的总结。王悦想起脱贫攻坚阵地上，一些扶贫产业确实被可怕的台风雨连锅端了，造成极大的损失，不仅打击了驻村干部的信心，而且严重干扰了脱贫攻坚的前进步伐，因为时间对身负脱贫重任的驻村干部来说，牺牲不起，要知道创建一个扶贫产业谈何容易，短则三几个月，长则一年半载，付出的汗水和心血就更不用多说了。

晚上，卢队长考察项目还没回来。王悦坐在宿舍里，翻阅《习近平讲故事》。当他看到《革命的青春》这一篇时，被延伸阅读中的一句话深深打动："青春只有一次，如何书写青春精彩、成就不凡人生，是深藏在一代又一代青年心头的'青春之问'。"

在驻村干部中，很多人正值青春，满怀美好的青春梦想远离城市的家，来到穷乡僻壤，奋战在没有硝烟的战场上，为新时代唱响激动人心的战歌，为生命吹起朝气蓬勃的号角，为美丽的春天拨动心弦，抚琴而行，从而涌现出真挚感人、影响深远的故事。

相信每一个驻村干部都不会忘记一个名叫黄文秀的女孩，她不仅把青春献给了白坭村，也把自己 30 岁的生命交给了扶贫事业。

2019 年 6 月 16 日晚，白坭村村里的灌溉水渠被连日来的暴雨冲断，为了尽快了解灾情，驻村第一书记黄文秀独自一人开车回村子。然而，6 月 17 日凌晨，黄文秀在从百色返回乐业途中遭遇山洪不幸遇难，那个年轻的生命永远消失在雨夜里，留给大家的，只是她日记中的一个又一个美好的回忆：

2018 年 6 月 25 日，乐业进入雨季，通往乐业县的路段发生塌方。我知道消息后马上联系村支书，让其时刻关注村子情况，这个周末过得十分紧张。

2018 年 7 月 26 日，我们村产业园的牌子一直在努力中，5 个致富带头人也在培养中。每天都很辛苦，但心里很快乐。

2018 年 8 月 15 日，我发现我的方言进步了，可以和贫困户用桂柳话交流了。

"黄文秀比亲女儿还亲。"53 岁的韦乃情总是动情地说。韦乃情是黄文秀的帮扶对象之一，在黄文秀的帮助下，韦乃情用申请到的 3 万元贷款，在自家 20 亩土地种上了油茶树。2018 年，他家顺利实现脱贫。

2016 年，黄文秀从北京师范大学毕业以后，选择放弃城市的工作机会，决定重回大山，到家乡最贫困的地方去。同年，黄文秀考取了百色的选调生，进入百色市委宣传部工作。2018 年 3 月 26 日，黄文秀积极响应组织号召，到乐业县白坭村担任驻村第一书记。她也是村里的首位女第一书记。

30 岁的生命，就定格在扶贫路上；一个风华正茂的女青年，选择泥泞，扎根基层，为春天弹奏了最后一个音符，壮哉！

王悦合上《习近平讲故事》，但耳朵里仍然萦绕着书中的一句话："千千万万青年放飞青春梦想、激扬奋斗气质，青春中国必将焕发新的荣光。"

第二天上午，广安镇党委书记吕平、镇扶贫工作组副组长杨德志和镇扶贫办主任陆俊、专职副主任潘大为来虎山村委会，与村干部、驻村干部召开扶贫工作会议，集中讨论光伏发电项目和购买返租商铺事宜。

会上，卢队长简单说了一下目前虎山村留存的扶贫资金情况：自筹资金 31 万元，Z 城下拨的市财政资金 151 万元。然后，他将向 Z 城帮扶单位领导汇报的这两个项目的情况如实向镇领导转述，帮扶单位领导似乎不太赞成购买返租商铺，还要仔细斟酌，但上光伏项目可能不存在什么问题。

除了这些，卢队长还说，过几天，他单位领导来村里慰问调研。

吕书记表态说，光伏项目可以先上，但要按项目申请程序走，同时要结合实际，多考察对比，选择与价格合理的商家合作。

关于项目的开发落实，镇扶贫工作组杨副组长也提了几点建议：首先考虑商业价值，也要考虑实际，还要考虑其他因素，比如商家的实力和诚信度。但他还是看中购买商铺这个资产性收益项目。

杨副组长在财政部门工作过很长时间，说出的话似乎有理有据。

接着，吕书记向村支书了解油茶树项目的落实情况，这个项目准备用中央下拨的 12 万元扶贫资金来做，预计种植 300 亩，每亩种 40 株，加上其他投资，每亩大约是 1200 元。

这次还讨论了百香果种植项目。吕书记似乎有疑虑，因为百香果销售价格经常变动，尽管现在行情还可以，不过他也不反对，此项目落实容易一些，只要能征到地就行了。

最后，大家一致同意种植项目定下来后，成立合作社。

会后，大家又到虎山小学查看装修工程进度。村委会要搬进村小学，目前已动工装修。看过之后，吕书记嫌装修速度太慢，要求这两天加班加点也要完成好装修工程，尽快把村委会搬进来，以全新姿态迎接帮扶单位领导的到来。

看来，吕书记确实是个雷厉风行的干部。但刚才王悦似乎猜测到，吕书记对油茶树项目做的预算，显然出现一个大窟窿，12 万元能种 300 亩油茶树吗？不知道他葫芦里卖的是什么药，王悦实在猜不透，也许吕书记还想在油茶树基地里再搞点什么名堂，比如发展林下经济。

这次，吕书记一定会有大手笔，驱散虎山村扶贫产业项目久久跟不上的阴霾，他要在偏僻落后的虎山村制造出一个太阳！

从油茶树项目预算中，王悦觉得雷厉风行的吕书记，做事还是留有悬念，他不会把事情做得太圆满，好让人去猜想，或者去思考。而更让王悦始料未及的是，会议结束前，陆俊让卢队长与村干部一起把油茶树项目尽快落实下来，说这个项目也是工作队的事情。那时卢队长才醒悟过来，因为油茶树项目资金是由中央直接下拨到地方政府的，从严格意义上说，这笔扶贫资金握在地方政府手里，不在驻村工作队的使用范围内，与驻村工作队没多少关联，但精明的陆俊拿"都是扶贫资金"混为一谈，把这个项目拉扯到驻村工作队身上。

当然，卢队长不好拒绝，只是口头答应工作队可以配合村干部做一些油茶树项目的相关资料，但不参与具体事务，因为工作队为完成自己的扶贫项目任务，已经忙得焦头烂额。

关于油茶树种植项目这件事，几个月后上面要求停止开发，再后来，听说Q市发文通报批评了广安镇政府，原因是那笔12万元中央扶贫资金是去年下拨的，而广安镇迟迟未动用。更为可笑的是，广安镇政府受到市里批评后，陆俊竟然让卢队长写检讨。卢队长当然不会那么傻。

卢队长的担子确实不轻，为了尽快上项目，每晚加班写材料，心里虽然承受不少委屈，但他总是一笑置之，因为他没有时间和精力理会那些委屈。

这事以后，王悦深深感到，一心扑在扶贫事业上的卢队长，更加沉默了……

虎山村委会后面的山塘边，牵牛花开得异常热闹，而三角梅经历台风雨的洗礼后，叶子反而更加嫩绿，花朵更加鲜艳。可惜，那天早上入村后，王悦没有时间欣赏，他兴高采烈地跟卢队长、村支书、六哥入户走访去了。

今年高考成绩下来了，而且第一批录取最低分数线已经划分。虎山村有两户贫困户的子女在这次高考中考取了优异成绩。其中，永安自然村冯大强的女儿考了文科类518分，有望上重点大学；上塘自然村刘昌盛的女儿考了理科类440分，有望上本科院校。

两个贫困户的女儿确实给驻村干部、村干部带来极大的好消息，兴奋的他们决定登门向两位户主的女儿道喜。

但据六哥说，刘昌盛的女儿高考后到Z城打工去了。驻村干部和村干部都对勤奋懂事的孩子赞叹不已。

刘昌盛的女儿不在家，卢队长他们就来到永安冯大强家。不巧，冯大强的女儿也不在家，到县城她母亲打工的工厂打暑假工去了。

冯大强穿着长裤，但因天气酷热没穿上衣，露出略肥的肚皮和光溜溜的臂膀。

他的头发剪得短短的，一双平静的眼睛掩饰不住内心的喜悦，笑起来时，腮边的两个酒窝好像能装下一汪清净的湖水。

冯大强40多岁，主要是因病致贫，属一般贫困户。他老婆在县城打工，勤勤俭俭养活一家四口人。除了女儿，冯大强还有一个5岁的儿子。

卢队长翻开那本黑色记录簿，一边与冯大强交谈，一边记录他家的生活情况。冯大强是危房改造户，但一层平房里外还没有装修，只是安装了水电，暂时居住下来。不是很大的厅子，放着一套不带皮的便宜沙发，还有就是厅子后面，一张简易的桌子上面，安静地坐着一台电视机。

从冯大强家出来，卢队长刚好碰到难得一见的曾丽萍。她为养殖场呕心沥血，付出了汗水，收获了回报，去年还获得虎山村贫困户"致富能手"称号。

在曾丽萍家里，她老公冯福堂热情地为大家泡茶。大家坐在茶几前，一边喝茶，一边有说有笑地谈起曾丽萍的勤劳精神，以及她敢作敢当的勇气，为虎山村所有贫困户作出榜样，说得两口子眉开眼笑。

喝过茶后，卢队长很想到曾丽萍的养殖场看看，感受一下她是如何管理十几头猪的。

两口子一前一后，带着驻村干部、村干部往养殖场走去。王悦走在最后面，看见个子瘦小的曾丽萍一瘸一拐绕过崎岖的山路，感觉眼前的"致富能手"像山一样高大壮实，为虎山村增添不少色彩。

曾丽萍患有腿疾，经过治疗，病情稍有好转。她有一个儿子，今年才17岁，已外出务工。

曾丽萍的事业并不是一帆风顺。2017年底，她养大工作队赠送的15头猪并卖得近3万元后，自己花钱又续回15头猪苗，不幸的是去年春节后，15头猪全部染上猪瘟，让她损失不小。但个子瘦小且患有腿疾的曾丽萍并没有被一时的失败击倒，不仅重新买回8头猪苗，还买回1头母猪。她想从哪里跌倒就从哪里爬起来，决不服输。

在崎岖的山路边，有不少菜地，菜地里生长着芋苗、豆苗，还有一大片结着果实的玉米。走过菜地，是一座用石棉瓦盖起来的养殖场。

大家刚走进养殖场，虽然迎面扑来一股难闻的气味，但顾不上掩鼻孔，就被围栏里的 10 只小白猪吸引了过去。又白又嫩的小白猪见那么多人进来，惊恐地跑来跑去，直至发现来人没有恶意时，才停下来，昂起头望着大家，哼哼唧唧，发出友好的声音。

还有一头母猪，安静地躺在后门旁，睡得正香。那些小白猪应该就是这头母猪下的崽。

大家从后门走出去后，看见下面一片密密的竹林里，有一条浅浅的小溪，小溪边，7 头一百来斤的肉猪见有人来，都"呼呼"地跑进山林，只有一头依然低头饮溪水，对来人并不理睬。

看完养殖场，大家被曾丽萍的勤劳精神所感动，相信她一定会靠自己勤劳的双手，战胜困难，消灭贫穷，过上如意的好日子。

回去的时候，两口子带着大家走在另一条比较好走的山路上，但稍远一些。差不多快到村子时，王悦看见山脚下有一片田野，黄黄的，绿绿的，风景非常美丽，于是停下脚步，站在路边，叫卢队长帮他拍一张照片。卢队长也被眼前又黄又绿的风景迷住了，也叫王悦帮他拍一张。

在山村，处处都是风景，所以王悦非常喜欢虎山村，喜欢广安镇，散步、晨练就成了他每天放松身心、收获风景的最好方式。

2018 年，经过帮扶，曾丽萍家庭人均年收入达到 13235 元，比帮扶前翻了差不多 4 倍。

随后，驻村干部、村干部又到下屯自然村走访贫困户。下屯自然村位于虎山村北部，20 户共 61 人，其中 3 户贫困户。

大家先来到曾华光家。曾华光 75 岁，属于一般贫困户，因残致贫，耳有点背，需要大声跟他交流。他家一共五口人，除了老伴，还有儿子、儿媳和一个读小学的孙女。儿子、儿媳在外面打工。小孙女活泼开朗，爱好广泛，不仅学习成绩好，而且音乐、绘画、作文都很优秀，经常在学校获得各种各样的奖状，把厅子里的一面墙壁贴得满满的。

有了优秀的孩子，全家人就有了希望和寄托。

虽然与曾华光交流困难，但卢队长还是耐心地一边了解他家情况，一边用心地在黑色簿子里详细记录，像采访的记者。

从曾华光家走出来，大家来到相隔不到 10 米的曾双光家里。曾双光和曾华光一样，皮肤都是古铜色的，但比曾华光小两岁。曾双光家庭人口一共 6 人，除了配偶，还有儿子、儿媳、孙子、孙女。

他属一般贫困户，因病、因残致贫。曾双光患病，儿子肢体伤残。不过，曾双光的孙子已经高中毕业几年，在外打工。

曾双光和曾华光两个老人都是非常和善的人，卢队长有什么问题，他们都会如实回答。

还有一户贫困户就是曾大光，但他家的门锁着。曾大光外出务工，身体不太好。每次来他家走访，都是他老婆接待的，王悦从没见过曾大光。

曾大光的老婆性情很好，很懂礼貌，只要一见驻村干部来访，就立马停下手中的家务活，忙着泡茶。可惜，她的一只眼睛有点残疾。

第二天下午，驻村干部在镇政府办公楼三楼会议室召开 2019 年第二季度扶贫工作专题会议。

参加会议的镇领导有扶贫工作组副组长杨德志、扶贫办主任陆俊和专职副主任潘大为。

会议主要是总结第二季度的扶贫工作，部署下一步工作计划。

开完会后，王悦看到镇扶贫微信工作群下发了由西川县统计局统计的《2018 年西川县贫困村居民人均可支配收入统计表》电子版，查到虎山村居民人均可支配收入达到 12014 元，比大石嘴村少 600 多元。

另外，虎山村老支书曾云光不幸去世。老支书什么时候走的，王悦并不知道，但他估计老支书是不久前去世的。对于贫困户动态，只有系统里才能查到。

王悦是怎么知道老支书离世的呢？那天，镇扶贫办要求系统员填报《各镇精准扶贫贫困人口 2019 年 6 月变动情况统计表》，对 6 月份自然变动进行系统操作，并把各村变动贫困人口上报镇扶贫办。之后，镇扶贫办在扶贫微信工作群里作了特别说明，6 月份广安镇有两名贫困人口因死亡而自然减少，其中一位就是老支书。

可怜的老支书，曾经为虎山村做过不少贡献，最终却戴着"贫穷"的帽子悄悄离开人世。

接下来，镇扶贫办要对各村实施的种植业项目进行摸底统计。此次摸底统计为各村实施的种植业项目，包括镇村统筹和贫困户自建自营项目，且项目资金来源于"631"资金、帮扶单位自筹资金以及各级扶贫资金。摸底统计对象为短期内不能产生效益的种植业项目。

至目前，虎山村驻村工作队还没有开辟种植项目，不过，驻村工作队还没来之前，虎山村天沟自然村以合作社的形式种植过油茶树，但规模不大。

这几天，驻村工作队和村两委陆续将办公设备和档案从村委会搬到装修好的虎山小学，这样，虎山小学正式成为新村委会。

搬进去后，办公室变大了，周围的场地也比老村委会宽阔多了。勤劳的阿巧还在办公楼对面的空地上开辟一块菜地，准备闲下来的时候种些青菜和瓜果。

"广东扶贫济困日"来临之前，晴朗的天气把 Z 城信访局局长章长武、副局长韦春华等一行五人，带到虎山村进行调研并慰问贫困户。

章长武是今年机构改革后出任 Z 城信访局局长的。他是北方人，一米八的个头，脸长，鼻尖，眼睛像弯月，说话的声音不高不低，朴实自然，不做作不矫情，大概55 岁模样。

在调研座谈会上，章局长与广安镇党委书记吕平就扶贫开发项目方面进行交流和探讨，同时指出，扶贫项目的开发和落实是扶贫攻坚的一项重要内容，以项目带动贫困户脱贫，调动他们主动参与、增强他们的创业热情和积极性，才能建立长效的脱贫机制，形成真正的扶贫产业，这是扶贫工作的意义和目的，并要求村两委、驻村工作队同心协力，共同完成脱贫任务，为虎山村贫困户、村集体做一件实实在在的事。

广安镇党委书记吕平非常重视这次调研座谈会，他一直为虎山村的扶贫开发项目做了许多工作，并提出了很多具有指导性意义的建议。

调研现场，镇扶贫办相关领导、村支书、驻村工作队队长就扶贫工作谈了一些看法，并制订了下一步的工作计划。

但章局长和吕书记在项目开发落实方面存在不少分歧。

这次调研会，关于光伏发电项目的开发和落实，章局长与吕书记、虎山村两委基本达成一致意见：同意上光伏发电项目，大部分电供镇政府使用，余电上网。但对计划中的购买返租商铺和百花果种植项目，各持不同的见解。吕书记和村两委认为，根据虎山村老弱病残多的现状，如果开发百香果种植基地，待驻村工作队撤回后可能后续管理跟不上，建议购买返租商铺比较实在。而章局长一直坚持认为，扶贫项目的开发主要是带动贫困户的积极性，才能成就长效的脱贫机制，他不赞成以坐等收成的形式购买返租商铺，应该开发百香果种植项目，让贫困户主动参与，脱贫就会显得更加光荣、更加有积极意义。

两位领导闹了分歧，只是苦了卢队长，为了考察商铺，经常跑到邻县和西川县城，就在前几天，王悦跟卢队长刚回到广安，他又顾不上吃晚饭，冒着大雨跟随镇党委书记到西川县城考察商铺项目。如果帮扶单位领导不同意购买返租商铺，前期所做的工作和努力就算泡汤了。

不过，吕书记给大家透露了一点信息，虎山村将开发300亩的红花油茶树种植基地，他准备在油茶树下种植灵芝，发展林下经济。

王悦这才想起，去年8月3日，吕书记亲自带领广安驻村干部，浩浩荡荡到邻县考察灵芝种植基地。原来，他早就有了发展灵芝种植的打算。

虽然有分歧，但两位领导还是谈得很开心，"买卖不成仁义在"嘛，不要因为工作而影响兄弟之情。

调研座谈会后，吕书记因下午还要到县政府开会，就提前走了。

前来慰问的帮扶单位领导，在驻村干部、村干部的陪同下，带着饱含深情厚谊和诚挚祝福的慰问品，冒着酷暑进村，向曾丽萍、冯大强、曾双光等贫困户进行慰问，并勉励贫困户正视困难，树立生活信心，贫困必将清除。

下午，虎山村所有党员聚集在会议室，召开党员座谈会，迎接"七一"，庆祝党的生日。卢队长还为党员讲了一堂生动的党课。

接着，会议室还召开了关于落实光伏发电项目的"一事一议"村民代表大会。

首先，支书介绍目前村集体经济收入状况；接着，卢队长对村集体经济收入增收措施、投资项目的资金来源和建设地点作了说明，还有就是村民比较关心的问题，如运作模式、年收益、收益分配等；然后就是镇挂村干部向村民作详细解释与答疑；最后是发表格，由参会的村民代表进行匿名投票。

两个会议开完，已经是傍晚6点多了，王悦和卢队长顾不上一天的劳累，连晚饭也顾不上吃，就开车回Z城。经过一家小商店时，王悦怕半路上饿，就买了一些饼干和饮料。

快到大田收费站时，卢队长见油不多了，又把车开进加油站。

卢队长在加油，王悦却看到加油站对面的孟江水似乎涨了不少，而且浑身浊黄。于是他跑到江边。夕阳正好洒进江里，王悦却看不清它美丽而温柔的面容。

王悦想，扶贫路上，一些美丽是看不见的，只能深藏在心里……

第三十一章

7月1日下午，在Z城度完两天周末的王悦，与卢队长驱车前往广安。天空虽然不是很晴朗，但在懒散的云朵中，还是能见到些许阳光。

卢队长一边开车，一边向王悦谈起上午他到单位汇报扶贫工作的情况。

上午，信访局召开帮扶单位联席会议，研讨虎山村建立项目的事情，最后决定在虎山村建立百香果种植基地，面积30亩，同时购买返租商铺。会后，卢队长打电话向吕书记和村支书说明情况，他们也很赞成。

说完联席会议各帮扶单位领导的决定，卢队长脸上有喜有忧。喜的是，吕书记和虎山村干部终于能够实现购买返租商铺的梦想了；忧的是，建立百香果种植基地，是他们不愿意做的事情，实施起来恐怕会有阻力，且以后的果品怎么销也是一大难题。虽然在这次联席会议上，各帮扶单位领导都答应号召单位员工购买果品，但毕竟数量有限。

回到广安镇政府，已经5点多了。晚饭后，王悦和卢队长到九凤村散步。路两边的田野，到处是金黄色的稻子，它们都在低头耳语，好像在谈论农民丰收的喜悦心情。在被台风雨刮倒的一块稻田里，一个农妇正在弯腰抢收。还有一台脱谷机，静静地躺在她身旁，等待开工。

农民开始收割稻子了。此时暮色已渐渐降临，忙碌一天的村民，大部分已经回家，留下的一些农具，准备在田野上风餐露宿一晚，明天继续干活。

第二天上午，阳光把虎山村照得异常火热。王悦跟随卢队长、昌哥到江下自然村考察百香果种植基地的选址。前两天信访局章局长来虎山村调研慰问时，就提出虎山村要建立能够带动贫困户积极参与脱贫攻坚的扶贫产业项目，所以在帮扶单位联席会议上，他建议在虎山村开发百香果种植基地。

章局长的理由非常充分，绝不是信口开河。他以前的单位帮扶西川县火把镇火把社区，就建立了百香果种植基地，基地从 30 亩准备扩大到 60 亩，而且经济效益不错，果品经常脱销。种植百香果，主要有三大好处：一是成熟期短，种下树苗后半年就能结果；二是可解决部分贫困户就业问题，推动贫困户积极参与脱贫，消除他们的"等、靠、要"思想；三是基地里可养蜂、养家禽，又可以为贫困户增收。

章局长建议卢队长，有时间到火把社区考察百香果种植项目，把那边的管理模式复制过来，会省却许多麻烦。

卢队长遵从章局长的建议，准备在虎山村开辟一块百香果种植基地。而花了他不少功夫的光伏发电项目，可能就要黄了，因为章局长从一些渠道打听到，光伏发电赚不了钱，材料损耗比较大，尽管开发光伏发电项目国家会有一些补助，但也只是杯水车薪。

这次考察的百香果种植基地的选址在一座山脚下，大概 30 亩。听昌哥介绍，这块山地是村民的水田和菜园。江下自然村有 20 户人家，共 60 人，其中 3 户为建档立卡贫困户。村里大部分青壮年都去外面打工了，这些水田、菜地没人管理，现在荒了，长满各种各样的野草、野树。王悦想看看水田土质，没想到一只脚刚踏进去，鞋子很快就被埋伏在草丛里的积水淹湿了。这里的水源比较充足，但百香果最怕储水丰富的地方，长期浸在水里，果苗会腐烂。

大概，这里不是理想的选址。

接着，三人去了一般贫困户黎霞妹家。黎霞妹家是危房改造户，楼房建好了，但自来水还没接通。卢队长特别关注她家的自来水。黎霞妹不在家，她平常住在县城。三人就拧开楼边的一个水龙头，查看自来水通了没有。

随后他们看望了五保户李家成。李家成年近古稀，头发已白，患有气管炎，但看起来还算结实，身材比较高大，有时还能见他从山上砍几根竹子，轻松地拖下来。这次，大家又见他刚从山上砍伐了几根竹子拖回来，背上的衣服还渗出不少汗水，心里都佩服他的身体素质。

大家还没落座，李家成就忙着泡茶。卢队长问询了他一些生活情况后，三人就来到李树英家。

李树英患感冒躺在床上，她女儿回娘家照顾她。卢队长便向她女儿了解老人的一些生活情况。不一会儿，李树英的儿子骑摩托车回来了。李树英的儿子叫李建明，以前在外打工，现在失业在家。

李树英身体不好，他总是辞职回来照顾老娘，也算是一个孝子。

三人刚想告别，看见拄着一根竹子的李树英已从病床上爬起来，艰难地站在卧室门边。也许，她想向驻村干部、村干部道别。老人看起来很虚弱，连站的力气都没有，就像一根禾秆，仿佛随便被风一吹，就会倒下来。

王悦可怜地望着站在门旁的"禾秆"，感觉她更瘦了，苍白的脸上只剩下老树皮般的皮肤，而满头白发因长期躺在床上，乱蓬蓬的，更添了几分凄凉，让人不忍心看下去。

卢队长走过去，与李树英交谈了几句，老人尽量从老树皮里挤出一丝笑容，但发出的声音很微弱。

经过驻村工作队三年帮扶，李树英的家庭年人均收入已有很大改观。

在回来路上，王悦看见老村委旁边的绿化地里，美人蕉花被强烈的阳光照得蔫头耷脑，萎靡不振；一些青涩的果子，毛茸茸的，跟小毛桃差不多大小；还有硕大的叶子，比春天的时候老了许多，脸上长出不少"老人斑"。

绿化地上，野草肆意生长，与植上的花树争夺地盘。望着渐渐凄凉的绿化地，王悦想起它当初的辉煌，心里有些难过悲伤。这些花花草草，没有人管理，落到这般田地，也是意料之中的事了。

有了新的项目，卢队长只能丢下光伏发电，紧紧围绕上次帮扶单位联席会议的精神，开始谋划以后的工作计划。同时，他已经做好了今年驻村工作队的资金使用计划：一是资产性收益项目，到县城购买商铺，预计投资103.084万元，此项目已在牵头单位的党委会议初步通过，后续文件还需要各帮扶单位领导确认，同意后立即开展实施；二是产业项目，在虎山村建立百香果种植基地，大概需要38.24万元，此项目各帮扶单位领导已初步同意，前期工作正在筹备中；三是贫困户项目，给予虎山村贫困学生生活补助，约8万元，此项目在驻村工作队计划之中，但仍未开始实施。

从 2016 年开始帮扶到 2019 年 1 月，近三年的时间里，驻村工作队利用各种扶贫资金，为虎山村贫困户做了不少项目，为村里干了不少实事，加快了贫困户脱贫步伐，村容村貌焕然一新。

早上 8 点 40 分左右，王悦和卢队长、村支书、肖副主任到火把镇火把社区考察百香果扶贫产业基地。

天空又开始昏暗起来，而且异常闷热。一行人从广安镇政府出发，途经石兰、县城、平山、川水、长洲等城镇，最后进入目的地火把镇。卢队长在来的路上联系过火把社区驻村工作队队长金成柏，但在街面上没见到金成柏前来迎接，于是就把车开进镇政府。

火把镇政府办公楼呈倒"V"字形，楼高四层，中间是大门，大门上面写着"守初心、担使命、找差距、抓落实"十二个大字。

王悦在镇政府操场转了一下，除了种的花草树木，能看到的就是各种宣传栏。当他走出操场围墙，迎面而来的是一大片平整的田野，黄黄的，绿绿的，很是壮观。远处有不少楼房，依山而建，一派祥和。

火把镇位于西川县西南部，与长洲镇相接，距县城 41 公里，总人口约 2.3 万。

不一会儿，卢队长接到金成柏电话，问卢队长到哪儿了。

卢队长回答说到了火把镇政府。

金成柏叫卢队长把车开到街面的"亲民楼"边。

"亲民楼"是驻村工作队为社区建的扶贫项目，属于村集体物业。楼高三层，总面积约 130 平方米。底层出租，用作商铺，每年能给村集体带来 3 万多元收入。"亲民楼"于 2018 年 3 月动工，年底竣工并完成验收，共投入 90 万元。

车开到"亲民楼"旁，王悦看见一个略胖的年轻人向车招手。他就是金成柏，约莫三十五六岁。

火把社区有贫困户 84 户，共 237 人，属于省定贫困村，由 Z 城派出驻村工作队帮扶。

互相问候之后，金成柏打电话给他的两个队友，叫他们过来。

之后，两辆小车沿着狭小弯曲的山路，开始向亲民果园迈进。到达亲民果园门口，大家下了车。离门口不远的地方，有两棵硕大而年迈的榕树，张开无比宽广的胸怀，像见到老朋友一样，很想拥抱前来参观果园的客人。

王悦抬头望了一眼榕树，感觉榕树很亲切，像和蔼可亲的老人，顿时产生极大的兴趣，很想和它握握手，问候一声。他来到榕树旁，看见榕树粗壮的腰上挂着一块小金属牌，牌上写着"树龄230年"。看完树龄，王悦这才注意到榕树的树皮非常苍老，到处是岁月刻下的皱纹和伤疤，写满了沧桑。

进入果园后，呈现在眼前的是一片百香果苗，大部分是刚栽下不久的小树苗，而山脚下，更是绿得很壮观，只见百香果苗攀爬在铁丝网上，簇拥在一起，像绿色的小屋，而果子挂在其中，若隐若现。

金成柏把大家带到一座瓦房前的空地上。王悦这才发现另一边郁郁葱葱的山脚下，百香果苗像毯子一样，一块又一块，把基地完全覆盖。

站在空地上，卢队长、村支书一边参观百香果苗的长势，一边询问金成柏开发百香果基地应该如何操作，并了解收成和管理情况。据金队长介绍，亲民果园现有30亩，准备再开发30亩。基地除了种植百香果，还养殖蜜蜂和鸡鸭，请贫困户管理，工资每月要支付4000多元。

金队长说，百香果苗一般两三年换一次苗，因为它们衰老得快，甚至会枯死烂掉。百香果苗最怕储水，所以种植基地一定要选不易储水且容易排涝的地方。

王悦望向卢队长，发现他正陷入沉思。也许卢队长觉得百香果虽然容易种，但管理难，销售更难，他对虎山村开发百香果种植基地，似乎有一点顾虑。可此事已经在帮扶单位联席会议上决定了，他只能硬着头皮冲，哪怕遇到悬崖，自己也要鼓起足够的勇气，带领虎山村贫困户从贫困之中冲出来，开创一片全新的天地。

正当卢队长陷入苦思时，天空突然飘起雨来。大家赶紧撤退，跑到瓦房前一块用铁皮遮盖的空地，这里摆有一张圆木桌和几张椅子。金队长说，瓦房是管理果园的贫困户住的，里面有一台电脑，用来监控整座果园，以防止外人进入。

王悦坐在空地上，感觉自己就像一个隐居山林的人，独自欣赏眼前的风景，与喧嚣的世界完全隔离。

雨渐渐变小，最终停了下来。金队长接到村里的电话，让他们回去参加一个会议。

金成柏和两个队友走后，王悦和卢队长就走到山脚下。山脚下好像被人修理过，到处堆积着枯草。从果树上掉下来的百香果随处可见，有的已经腐烂。铁丝网上，百香果苗看起来有点吃力，因为在它们身上，青皮果子拥挤不堪，多得让人数不过来。

王悦和卢队长钻进苗圃下，感觉里面阴凉舒适，比吹空调还过瘾。果子就在头顶上，亮晶晶的，像绿色的星星，只要你伸出手去，便能摘到果子；只要你张开嘴巴，就能品尝到"果汁之王"的味道。而果子身上还残留着刚才落下的雨滴，也是亮晶晶的，像驻村干部每天为贫困户奔走呼号而流下的汗水。这些汗水，以后会像百香果一样，留给人间美好的回忆。

百香果又称鸡蛋果，学名西番莲果，营养丰富，有"果汁之王"的美称。它是从国外引进的珍稀高级名贵水果，属多年生热带藤本植物，叶形奇特，花色鲜艳，四季常青。果汁可散发出番石榴、菠萝、香蕉、草莓、柠檬、芒果、酸梅等十多种水果的浓郁香味。

苗圃下放有蜂箱，但看不见蜜蜂，也许现在百香果花较少，它们都飞到山林采蜜去了。

苗圃旁有一口小山塘，看起来是人工挖的，一些鱼儿正在争抢水面上的草。再远一点，十几只白色鸭子安静地蹲在草丛中梳理羽毛。

王悦和卢队长刚回到铁皮棚坐下，村支书、肖副主任也从另一边山脚下爬上来了。大家聊了一下考察果园的感受。正聊着，一个中年妇女从果园走过来。

这个妇女是管理果园的贫困户。她从瓦房里捧出一些百香果，放在圆桌上，然后拿出水果刀，让大家品尝一下。王悦把一个果子切开，汁液就流出来，他吮了一口，酸得他抽紧嘴巴……王悦再看看卢队长，卢队长却吃得津津有味，连吃了好几个，大声赞叹：好香！

吃完后，大家告别了妇女。回到社区，卢队长把车停到"亲民楼"旁。

虽然章局长的意图很好，要求驻村工作队为虎山村建立百香果种植基地，让贫困户主动参与脱贫，但王悦心里很清楚，虎山村一些村干部并不太赞成，而且有点担心。结合实际情况，村干部的担心不是没有道理，毕竟目前留守虎山村的村民都是老弱病残，能否承担种植任务还很难说。他们倒是希望能购买返租商铺或落实光伏项目。现在，购买返租商铺的愿望很快就能实现，他们也不好反对上百香果种植项目了。

不知不觉，王悦参与脱贫攻坚工作已经一年。在这一年时间里，他得到了很好的锻炼，也碰到过许多困难和问题，不管是工作上还是生活上。脱贫攻坚工作是艰苦的，但对于从乡村走出来的王悦来说，所有的艰苦都难不倒他，因为来之前，他就做好了思想准备。

自从卢队长来到虎山村后，王悦的信心更足了，同时深深感到，卢队长是个实诚肯干的人，他一定会勇于承担重任，完成神圣使命，给虎山村带来不小的变化，给贫困户找到从"脱贫"到"稳定脱贫"的制胜法宝，从而实现脱贫工作质的飞跃。

这段时间，农民一边忙于抢收稻子，一边耙田，为晚稻种植做准备。而田野上，欢快的脱谷机声时常会跟激动的耙田机声碰撞在一起，为火热的天空倾心演绎一场又一场情侣对唱。还有花生地里的花生，似乎耐不住寂寞了，很想爬出来凑一份热闹，给7月带来一份惊喜的礼物。

那天傍晚，王悦和卢队长到九凤村散步。还没走到那条笔直的村道上，他们就远远听见脱谷机和耙田机对唱得热火朝天。

当他俩走到村道时，顿时被路两边金黄色的稻子迷住了，只见稻子一串又一串，纷纷低下头颅，像成熟的少女，满怀心事，却又羞于表达。

太美了！王悦和卢队长惊叹起来，同时看见路的左边，一对中年夫妇在抢收稻子，男的戴着太阳帽，赤脚来回踩着脱谷机的踏板，女的弯腰挥舞着镰刀，忙得顾不上站起来喘口气；路的右边，一个身穿红色短袖衫的汉子，双手扶住耙田机把手，眼睛一直向前，把准备育秧的秧田搅得满脸喜悦。

走过笔直的村道，王悦看见居民楼前，一棵黄皮树上挂着不少果实，不仅迷住了卢队长高度近视的眼睛，也把天上那颗最亮的星星引诱了出来。

2018年扶贫开发工作成效省级考核中，Z城各帮扶村发现一些问题，省扶贫办已列出问题清单，要求及时整改。主要存在的问题有：贫困村集体经济较为薄弱，发展壮大工作未受到足够重视；精准帮扶有待进一步精细，长效机制不够健全，吸纳贫困劳动力就业措施效果不明显；基础工作不扎实，存在建档立卡基础数据信息与入户调查情况不符、贫困户信息录入出现逻辑性错误等情况；减贫成效有待进一步加强；资金管理有待进一步规范；大病救助率较低。

问题整改工作清单中，还逐条列出整改措施及整改期限。

根据省扶贫办《关于着力解决扶贫领域突出问题巩固作风建设成果的通知》和《广东省扶贫办关于反馈 2018 年扶贫开发工作成效省级考核情况的函》等文件精神，Z 城扶贫办制订了《Z 城 2019 年脱贫攻坚"回头看"工作方案》，从 7 月 5 日至 18 日开展脱贫攻坚"回头看"工作。

通过脱贫攻坚"回头看"，进行全面核查，确保"两不愁三保障一相当"政策落到实处，年度扶贫考核发现突出问题得到切实整改，为全面完成脱贫攻坚工作打下坚实基础，助力打赢脱贫攻坚战。

这次"回头看"，是针对省扶贫考核中发现的问题进行整改，Z 城各级扶贫部门及驻村工作队自然会高度重视。

为虎山村扶贫项目忙前忙后的卢队长，自然不敢怠慢，按照上级要求严密部署工作，做好迎检准备。

另外，为了进一步完善广安镇驻村扶贫干部管理，从今年 7 月开始，驻村扶贫干部日常考勤将按照新办法进行。各驻村扶贫干部管理将继续采取镇村两级共同管理办法，镇管理由镇扶贫办负责，村管理由村支书和驻村工作队队长共同负责。省定贫困村大石嘴村、虎山村和部分分散村驻村干部由于日常办公地点在各村委会，因此日常考勤在各村进行；其余分散村驻村干部办公地点在镇政府，因此日常考勤在集中办公室进行。日常考勤参照考勤表填报范例，一人一月一表，每月由各村支书和各驻村工作队队长签名确认，并加盖各村委会公章。驻村干部严格执行请假制度，按照审批权限向相关审批人请假，并报镇扶贫办备案。各驻村工作队于每月第一个工作日下午下班前将各驻村干部上月考勤表和请假条复印件交镇扶贫办存档，原件随各村扶贫工作资料一起存档。

卢队长把驻村干部每月考勤情况交给王悦去登记，并按照镇扶贫办的管理要求执行。

这几天，按照 2018 年省扶贫考核发现的问题清单，卢队长带领王悦和高云飞进行自查自纠，开始着手逐条整改。

"回头看"期间，驻村工作队核查减贫成效，发现确实还存在一些问题，如虎山村部分住得比较偏僻的贫困户家中，需要增强手机信号和网络信号。驻村工作队将问题反映到镇扶贫办，要求协助解决。关于手机信号和网络信号问题，相关部门回复过，他们说由于地处山区，信号会受天气影响，有时强有时弱，属正常现象，是没有办法彻底解决的。这种情况，各村都有，很普遍。

另外，在村集体经济收入方面，由于2017年建设的碾米厂没产生效益，且上三资平台招标至今没人竞标，现为了方便群众碾米而将其作为公益项目实施，虎山村驻村工作队考虑到村集体经济收入薄弱，正在着手购买返租商铺和建立百香果种植基地。

又忙碌了一周。那天早上，已回Z城度周末的王悦到离住处不远的公园游玩，放松疲累的身心。

当新的一周开始，卢队长开车在市区办事处门口接到王悦后，内心压抑不住兴奋，告诉王悦一个好消息：前天，各帮扶单位领导专门召开了扶贫产业项目开发会议，参加会议的三位帮扶单位领导一致同意购买返租商铺，同时赞成在虎山村落实百香果种植项目。扶贫项目终于有了眉目，这样，驻村工作队就会减轻不少考察其他项目的功夫，集中精力为两个项目的开发和落实而战斗。

也许心情好，一路上又没碰到风雨，当工作车开进广安镇政府时，恰巧是吃午饭时间。

下午进村后，王悦在老村委那边看见几个村民正在花生地里拔花生。稻子还没抢收完，花生又耐不住性子急着爬出来，农民更忙碌了。

在花生地里，一个满头白发的阿婆，坐在一张红色的塑料矮椅子上摘花生，而她身旁的竹筐里，堆满了一颗颗精实饱满的胜利果实。贫困户李金兰，头戴草帽、打着赤脚，正在弯腰拔花生。王悦走过去，给他递上一支香烟，并帮他点燃。此时，满身汗水的李金兰，猪肝色的脸上已见不到愁苦，向王悦露出的是愉快的笑容，就像田野上那些还没来得及收割的稻子，让王悦心旷神怡。

回到村委会后，王悦跟着高云飞、村委昌哥到老村委会搬剩下的办公设备和办公桌。新村委会离老村委会300米左右。前几天，驻村干部、村干部陆续搬了一部分办公设备和办公桌过去，因新办公室还没有完全装修好，就留下一部分。

现在新办公室装修好了，网络也通了，才把余下的办公设备和办公桌，叫了一辆电动三轮车运过来。

对于中央直接下拨地方政府的 12 万元扶贫资金，究竟谁来用？与驻村工作队有关吗？卢队长有些摸不着头脑，新任大石嘴村驻村工作队队长许朗笑也拿捏不定。

为了解答两位省定贫困村新任驻村工作队队长的疑问，镇扶贫办将《关于印发〈财政专项扶贫资金管理办法〉的通知》《关于印发〈中央财政专项扶贫资金管理办法〉的通知》等文件搜罗给他们，让他们按照通知要求，将 2017 年、2018 年两笔中央财政扶贫资金执行使用。

很显然，镇里面只是给村里出点子开发什么项目，却把这笔中央财政扶贫资金完全交由工作队管理。就虎山村目前状况，驻村工作队不缺少资金，缺少的是有保障的项目。正当卢队长为项目鞍前马后忙着，突然又冒出 24 万元中央财政扶贫资金，打得卢队长措手不及。更要命的是，镇里面按照县里的要求，利用 24 万元中央财政扶贫资金开发油茶树种植基地，而且吕书记不按常规出牌，留下一个大窟窿，预算中把 24 万元当成 36 万元来花，说是要发展林下经济，种植灵芝。可余下的 12 万元资金从哪儿找？镇里又没有下文。

联想到镇扶贫办将 24 万元中央财政扶贫资金的使用权下放到虎山村驻村工作队身上，不得不让卢队长好好考量一番。但卢队长并没有停下脚步，他将严格按照各帮扶单位领导的意见执行，他怕节外生枝，导致扶贫项目永远难在虎山村落实下来。

2017 年下发的《关于印发〈中央财政专项扶贫资金管理办法〉的通知》第九条规定：各省可根据扶贫资金项目管理工作需要，从中央财政专项扶贫资金中，按最高不超过 1% 的比例据实列支项目管理费，并由县级安排使用，不足部分由地方财政解决。但是不管怎样，卢队长都不会用驻村工作队手上的扶贫资金，去填补吕书记留下的 12 万元大窟窿。

"回头看"问题整改还没有落幕，西川县扶贫办又发来通知：根据工作安排，县扶贫办于近期开展上半年考核，要求各驻村工作队在 7 月 19 日前更新好村表、户表的基础数据，录入相关帮扶数据，包括帮扶责任人、2019 年度帮扶计划、扶贫会议、驻村动态、已实施的帮扶项目等。县扶贫办将于 7 月 20 日截取网上数据作为上半年考核的依据。

7 月，农民忙，扶贫工作更忙。

第三十二章

这段时间，驻村工作队确实忙得团团转：针对"回头看"清单，逐一整改，继续入户核实"八有"情况，还有就是在村里考察百香果种植基地的选址。接到县扶贫办要开展上半年考核的通知后，镇扶贫办又开始部署工作，要求各村帮扶工作队做好户帮扶项目、驻村动态和户帮扶动态等系统录入工作，上半年考核工作将提取这些数据，同时做好未脱贫对象台账，各村贫困户就业、教育补助、培训等台账资料及扶贫工作会议记录。

卢队长更忙，每晚加班加点，着手做百香果种植基地的可行性报告和风险评估资料。开发一个项目不容易啊，要花费很多心血，掉半身肉，才有机会让你接近成功。

"广东扶贫济困日"前，章局长来虎山村调研慰问之后，卢队长就打算在虎山村种植20亩百香果，而且做好了项目经费预算，包括租用土地三年费用、果园基础设施建设费用、买果苗和化肥费用、聘请管理人员和贫困户维护果场日常需支付的工资、购买蜂箱蜂种及其他相关养蜂配套设备等费用、购买鸡苗和饲料及搭鸡棚等费用、销售百香果及蜂蜜盒包装费用、不可预见费用等，合计38.24万元。

没几天，虎山村两委召开会议，讨论决定利用Z城市财政扶贫专项资金建立百香果种植基地。

村两委干部一致认为，如果建立百香果种植基地，不仅能增加虎山村集体经济收入，还能保障村里贫困人口如期实现脱贫，所以决定落实这一项目。

村两委会上，初步预计建立百香果种植基地20亩，经费预算为38.24万元。种植基地将采取立体种养殖模式进行经营管理，架子上种植百香果，地上养殖蜜蜂和家禽。所有的种养殖成果将由驻村工作队或农村电商销售，所得收益将分配给虎山村贫困户和村集体。

那天上午进村路上，王悦看见"七彩梯田"大门敞开，于是想起头天晚上，茶花镇坑头村一位驻村干部发微信给他，让他看看里面有什么新鲜花样。

坑头村驻村工作队承包了一面山，准备在山上种夏威夷果，山脚下种杜鹃，开发成梯田一样的旅游景点。那位驻村干部让王悦到"七彩梯田"考察一下，目的就是想借鉴他们的开发模式。

王悦下了车，直奔"七彩梯田"。因长期没人住，里面静静的，而且到处生长着野草，有点荒凉的感觉，也不见人影，只看见一座用竹子搭起来的门楼，门楼上挂着两只灯笼，而门楼两边，每边摆放着一盆形状如瓮一样的盆景，盆景里栽着水仙，没枯死也没开花，显得有些悲凉。前面有一口山塘，山塘边种有不少植物。

失望的王悦走了出来，又从右边绕到半山腰上。半山腰上开辟了一条新路，路两边栽有不少树苗，但还没形成气候。从半山腰上望向"七彩梯田"，王悦也没看到里面有什么，只看到山塘的全貌，有些浅，山塘水倒是碧绿迷人。

经过"七彩梯田"千百回了，王悦本以为里面会有什么神秘的景物，没想到第一次看到它的真实面目，大失所望，除了绿色的树，也没有其他颜色，说它是"七彩"，徒有虚名，只是空架子而已。

从半山腰上走下来，王悦却看见"七彩梯田"对面的水库，山绿水绿，把天空映照成一条白色的水路，很好看。以前他见不到水库如此壮观的景色，因为水库被路边密密的竹林遮住了。今年春节后，"七彩梯田"出现一台挖掘机，将水库边的竹子全部推倒，还往水库填土，填成半岛模样，用作停车场。

进入村委会后，镇扶贫工作组杨副组长与驻村工作队卢队长、村支书交流扶贫项目开发的工作。

据杨副组长介绍，西川是竹乡，最大的资源优势就是青皮竹种植，每年产量约25万吨。青皮竹可以压成竹板，也可以制成纤维衣服，还可制成香烟过滤纤维海绵。他还讲了这么一个小故事：2015年，省里一位重要领导来西川调研，杨副组长跟随县领导陪同，省里领导看到杨副组长穿的是用青皮竹纤维制造的衬衫，很感兴趣，于是与杨副组长合影。但杨副组长特别说明，制造青皮竹纤维衣服，对环境污染大，他想请工作队考虑一下，看 Z 城有没有以青皮竹为原料的工厂，西川可以提供原料。

遗憾的是，卢队长没听说 Z 城有这样的工厂。

经镇扶贫办核对，2019 年，广安共有 67 户未脱贫贫困户，而虎山村还有 8 户贫困户未脱贫，但已把他们列入今年的脱贫计划。而上次"回头看"核查时，卢队长已确定那些贫困户达到"八有"标准，今年完全可以脱贫。这样的话，今年虎山村全部贫困户将告别贫困，提前完成任务。

今年，广安镇参加高考的建档立卡贫困学生中，有 4 人进入"冯裕扶贫助学金"候选名单，虎山村贫困户冯大强女儿冯丽花以文科 518 分登上候选名单。

冯裕是广东某股份有限公司董事长。他一直以来热心公益事业，对 Q 市教育事业的发展慷慨解囊。2017 年，冯裕捐资 1000 万元，在 Q 市设立"冯裕扶贫助学金"，用于资助全市考上大学的建档立卡家庭经济困难学生的学费和生活费。

早上刚进入村委会办公室，卢队长看到镇扶贫微信工作群接连发了三条通知：一是为筑建西川县驻村干部和扶贫系统工作人员的风险屏障，及时了解驻村干部和扶贫系统人员组成情况，镇扶贫办要求各村填报《市直和县直各帮扶单位驻村干部和扶贫系统有关人员统计表》；二是各村迅速填写好《2019 年西川县建档立卡贫困户就业情况摸底统计表》，报送至镇扶贫办；三是各村如实填报《2019 年建档立卡贫困户参与产业扶贫项目摸底情况表》，镇扶贫办要统计。

这些表需要填的数据或内容，从系统里导出来就可以了。卢队长把任务交给高云飞。

9 点，驻村工作队和村两委召开扶贫工作会议，主要是卢队长传达前几天各帮扶单位召开的扶贫工作会议精神。他说，各帮扶单位领导一致同意放弃光伏发电项目，在虎山村开发落实购买返租商铺资产性收益项目，投资 101 万元左右，同时建立扶贫产业项目百香果种植基地，大概 20 亩，基地采取多种经营方式，如养蜜蜂、养鸡等，优先聘请贫困户维护、管理百香果园。领导非常重视虎山村贫困户脱贫情况，要求驻村工作队尽快拿出两个扶贫产业项目的实施方案；两个项目落实后，再将扶贫资金余款用来做一些村里的公益事业。

接着，驻村工作队与村两委初步讨论两个项目实施后，村集体和贫困户的收益分配问题。

卢队长在会上还部署了驻村工作队最近的工作任务，重点是与村两委干部选好百香果种植基地，同时抽时间到 8 户未脱贫贫困户家里走访调查，巩固他们的脱贫成果。另外，根据 Z 城扶贫办下发的 2019 年脱贫攻坚"回头看"文件精神和要求，7 月 5 日至 18 日，Z 城扶贫办将抽查各驻村工作队扶贫业绩，全面核查贫困户"八有""两不愁三保障一相当"落实情况，大家做好迎接准备。

会后，肖副主任向大家汇报了贫困户李子青的情况，说他上次从医院回来后，成天大喊大叫，弄得左邻右舍人心惶惶，怕他打人。

肖副主任住在李子青家附近，面对精神病患者，她也束手无策。

下午刚上班，王悦和卢队长跟随昌哥、六哥到通往上塘自然村的山地上，考察百香果种植基地选址。这片山地，昌哥曾经种植过砂糖橘，现在荒了，长的都是野树和杂草，长势非常茂盛，还盛开着一些不知名的小花朵。

考察之后，卢队长似乎对这里不太满意，因为是山坡上，没有形成相对平整的地块，开发起来比较困难，平整土地需要大量工程。

昌哥、六哥又带着卢队长、王悦进入上塘自然村，考察另一个基地选址。考察的时候，突然下起大雨，打得山林瑟瑟发抖。

这个选址在山脚下，虽然条件稍好，但来的时候，卢队长就说这里交通不便，山路太窄，只有一辆小车行驶的宽度，万一运输果品时对面碰上一辆车，连避让的地方都找不到。

刚想离开的时候，王悦看见坑头村原驻村第一书记肖常恩发来一条微信：我刚才看了你微信朋友圈里发的几首有关扶贫的诗作，深受感染和启发，谢谢你给我们带来了这么好的精神食粮！

原来这几天晚上，忙累的王悦为了舒缓一下紧张情绪，写了几首有感于扶贫工作的小诗，让文友的公众号推送后，他再转发到朋友圈。

与肖书记聊过文学，给王悦留下很深的印象。肖书记对王悦的扶贫诗歌给予很高的评价，他说扶贫工作不仅需要新闻宣传，更需要用文学方式来表达。

肖书记和陈志坚队长，他俩在茶花镇坑头村共事三年，把扶贫工作做得轰轰烈烈，为脱贫攻坚阵地创建了一支优秀的队伍，他们的先进事迹和扶贫政绩被多家媒体争相报道，并作为典范向各驻村工作队推广，宣传他们的成功经验。虽然他俩已回各自的单位复职，但他们的扶贫精神，他们的努力付出，为大家树立了榜样，为春天奏响了高雅、优美的琴声。

随后，王悦跟随卢队长他们到上塘走访贫困户。刘昌盛新建好的家虽然不是很宽敞，但墙壁被粉刷得又白又亮，一台崭新的冰箱靠在墙壁前，一台大屏幕电视机正在播放电视剧。回家过暑假的刘志欢和两个小朋友坐在椅子上看电视。

刘志欢一见卢队长他们进来，马上站起来泡茶。刘志欢在学校磨炼了一年，个子长高了，身体壮实了许多，穿短袖露出的双臂还现出结实的肌肉，像个男子汉了。虽然刘志欢还是不太爱说话，好像还没有走出因贫穷而自卑的阴影，但没以前那么拘谨了。而且现在的他变得勤快了许多，会为大家让座，给大家倒茶。

前两年，驻村工作队为这个辍学少年，不知花费了多少心血，隔三岔五做他的思想工作，但任性、自卑的他，就是不想上学。

这次，王悦见到刘志欢的确变了，身上似乎多了一种男子汉气魄，脸上也有了精神，心里很高兴，于是向他打听重返校园后的情况，问他学习生活上有没有遇到什么困难。刘志欢说他在学校很好，没遇到什么困难，同时兴高采烈地从抽屉里找出一本荣誉证书，是放暑假前学校颁发给他的。卢队长打开荣誉证书，看到他被评为学校学年度"劳动积极分子"，便夸赞起他来。

望着这份来之不易的荣誉，王悦真为他感到骄傲，也想起一年前，他跟随万队长三番几次冒着酷暑到刘志欢家做思想工作时的情景，几乎磨破嘴皮，最终才打动有厌学情绪、内心因贫穷而自卑的刘志欢，到 Q 市交通技工学校就读。

正当大家为刘志欢取得的荣誉而感到无比欣慰的时候，刘昌盛和他老婆走了进来。刘昌盛精神爽朗，一脸灿烂笑容，与卢队长面对面坐着，从内心深处说出自己脱贫后的感受，像望春河水一样潺潺而流。能住进这么漂亮的楼房，他能不感动吗？

之后，卢队长向刘昌盛打听他女儿刘巧欣的情况。刘巧欣在县城一中读书，今年参加高考考了理科 440 分，可能分数偏低一点，上不了一本线。高考后，她到 Z 城打暑假工，是她表姐介绍的工作。听刘昌盛说，他女儿想到 Z 城读大学。

刘昌盛的老婆患有精神障碍，此时的她穿着拖鞋，一直站在放电视机的柜子旁，一言不发，样子迟钝，表情冷漠。

离开刘昌盛家后，大家又到刘爱明家向他父亲了解一些情况。卢队长站在门口，翻开那本黑色的记录簿边问边记。随后，卢队长还看了一下刘尚威家新建的房子，但他家没有人。因为时间关系，大家没去住在附近的另外 3 户贫困户家走访。

王悦对上塘怀有特殊的感情，希望这里的贫困户尽快脱贫，走向充满阳光的路途，因为他们都是王悦的帮扶对象。

早上起来时，王悦看见镇政府外面晨雾比较大，远处的山上一片朦胧，而近一点的地方，在刚收割完的田野上，一群小麻雀又跳又飞，好像在晨练。

望着宁静而热闹的田野，王悦的心早就跟随叽叽喳喳的鸟声，飞到了远方，飞到了童年的故乡。

这几天，高云飞请假回家，照顾他生病住院的父亲。

早餐后，卢队长又去县城参加会议。

这次会议，是由 Z 城驻西川县工作组组织全体驻县驻村党员共 54 人召开的"巡察整改情况党内通报会"。会上，驻县组副组长梁春晖原文通报了《Z 城驻西川县工作组及 23 条省定贫困村及其党组织巡察整改情况报告》；驻村第一书记、队长杜爱华等 3 名代表结合整改工作，就"不忘初心共担使命"作主题发言；县委常委、驻县组组长范小妍作重要讲话，就巡察整改工作，要求全体党员同志、扶贫干部切实做到不忘初心，自觉提高政治站位，确保"两个安全"和建立各项整改工作常态化。

最后，范小妍向与会的党员讲授"不忘初心、牢记使命"的主题教育党课。

后来，王悦从一位驻村干部口中得知，那次召开"巡察整改情况党内通报会"，通报了 2017 年省考核时，虎山村弄虚作假，人为营造盆景工程，蒙混过关，还取得"全省靠前成绩"一事。由此，王悦想起万队长回 Z 城复职前，到驻县组向领导道歉，大概就是因为"盆景工程"这件事。

开完会后，卢队长匆匆赶了回来。

下午，王悦和卢队长、昌哥开始走访贫困户，主要巡察今年未脱贫的贫困户。虎山村未脱贫贫困户有 8 户，共 17 人，户主分别是：陈家和、黎霞妹、苏会勇、苏飞燕、李天桂、杨海锋、黄坤能和陈桂珍。

在村干部当中，昌哥的普通话，王悦还是听得懂的。昌哥年轻时去过河南、东北等地谋生。坤哥的普通话也还行，毕竟他当了几年兵，在对越自卫反击战场上搞过后勤工作。最难听懂的就是六哥的话，好像是五六种语言混在一起，让人摸不着头脑，而且说话的速度飞快。

刚到石龙自然村，天空就下起瓢泼大雨，三人只得到就近的贫困户陈家望家避雨，卢队长顺便了解他家的情况。

陈家望的家还算干净整洁，就像他的穿着打扮，一尘不染。

卢队长坐在长沙发上，翻开那本黑色记录簿，又像采访的记者一样，一边问陈家望，一边认真记录。

陈家望患有颈椎病，而且还要照顾一个88岁的老母亲。他老母亲行动不便，患有长期慢性病。老人一直坐在椅子上低头默不作声，疑似得了阿尔茨海默病，时不时用枯瘦的右手，在没有血色的额头上揉来揉去。55岁的陈家望看起来很壮实，人也精神，但他本人想向驻村工作队申请低保。之前，他到佛山市中医院动过颈椎手术，医院疾病诊断证明书上说：日后不宜从事重体力劳动及剧烈运动。

陈家望与老母亲相依为命，而且年龄又大了，出外难找工作。但他的楼房建得很好，王悦觉得他可能有亲戚帮助。

雨小了一点之后，三人就去陈家和家走访。陈家和不在家，从外面看，他家的楼房建得比较宽敞，只是外面还没装修。据昌哥介绍，陈家和因病致贫，属于一般贫困户。家庭人口共四人，两个孩子已读大学。

因为下雨，耽搁了不少时间，卢队长不打算继续走访，只是回村委会路上，顺便去了坪坝自然村看望苏飞燕，再向她了解一些情况。苏飞燕本来是住在天沟自然村的，后来搬到了坪坝。她现在住在大儿子建的豪宅里，享受着富人一样的生活。

走进豪宅，卢队长翻开记录簿，顾不上喝一口茶，就开始询问。

67岁的苏飞燕，个子矮小，但看起来精神蛮好。听她说，她腿不好，患了关节炎，前段时间去医院治疗并拍了片子，并把片子翻出来，递给卢队长看。她孙子莫名华现在读五年级，虽然暑假已到，但小家伙不愿回老家，一直待在顺德大良姑妈家里。这个可怜的孩子！谈到她孙子，苏飞燕的眼里又蓄满泪水。

下班后，因代办员阿巧有事到镇上，便坐工作车一起出村。

在车上，阿巧向卢队长讲起她的故事。

阿巧不是本地人，娘家在邻市。她说她是个养女，她养父母抱养她，本来是想给儿子当童养媳的，只是长大后，她和哥哥到外面打工，双双违背了父母的意愿，各自找到了属于自己的幸福。

阿巧有三个孩子，大儿子读小学三年级，两个小的儿子上幼儿园。她每天要上班，又要照顾三个孩子，担子着实不轻，而老公在深圳打工，一年也难得回几次家。

阿巧考虑到三个孩子在镇上读书，虽然有接送的校车，但为了避免孩子来回奔波辛苦，决定宁愿自己上下班劳累一点，在镇上租房。她现在到镇上，就是想看看房子，谈好价钱后就租下来。

第二天上午一进村，王悦就跟随卢队长、村委六哥继续走访贫困户，主要目的还是了解 8 户未脱贫贫困户的生活情况。昨天走访了 2 户，剩下 6 户。

在下木坑自然村，三人来到苏会勇家，房门却锁着。

下木坑有 50 户家庭，人口 180 多人，是虎山村委比较大的自然村。六哥从侧面的小巷子进去，用五六种语言混合而成的语调，连续呼叫了几声。不一会儿，六哥带着一个矮小的老人和一个穿着黄色短裤的中年汉子，从巷子里走出来。

中年汉子有点胖，身材也高，左手腕戴着手表，无名指套着银白色戒指，粗大的脖子上挂着金黄的项链，一看就是有钱人。他是苏会勇的叔父。而老人挽着裤管，脚穿拖鞋，头发花白，面目和善。她是苏会勇的奶奶。

中年汉子从短裤里掏出钥匙，打开苏会勇的家门。苏会勇的家建得又大又好，令人难以相信他是贫困户。

苏会勇 24 岁，刚大学毕业，现在在广州番禺做模具工。他身体残疾，父亲已亡故，与母亲和弟弟一起在外面生活。苏会勇的弟弟读初中二年级。苏会勇的父亲在世时就已经与他叔父分了家，奶奶跟随叔父生活。据苏会勇的叔父说，苏会勇腿有点问题，母亲身体不好，肝硬化，常年服药，一个月的药费 300 多元，药是他到西川医院取的，然后寄给苏会勇的妈妈。

苏会勇刚大学毕业，母亲又患重病，但他家的楼房建得那么大气，难道他也有"外援"？

有点狐疑的王悦跟着卢队长和六哥走出苏会勇家，然后去了大丰自然村李天桂家。李天桂是五保户，且有慢性病，一直在外打工。据六哥说，他可能在外面给人家看工地，每月能赚点烟酒钱。这次，李天桂也没在家。卢队长就在窗门紧闭的窗户上往里面瞧了瞧，想看看情况，但没看到什么。

在大丰李白桂家，三人看见他家危房改造完成后，自己又在外面扩建，现场比较凌乱，家什摆得满地都是，让人心里感到极不舒畅。李白桂因病致贫，属于一般贫困户。他本人身体健康，是他老婆患有精神障碍。李白桂50多岁了，独生儿子还在读小学，才10岁。

大家没见他的行踪，只好去了五保户杨海锋家。杨海锋的新楼房已经建好了，但他还没有入住，因为还存在一点问题，新建房子后面的墙壁、地板出现潮湿现象，他就没搬进去。当三人跟着杨海锋去查看他居住的老房子时，卢队长发现墙壁极不牢固，存在安全隐患，于是动员其尽快搬进新房子，潮湿问题会反映到镇相关部门，由他们出面协调解决。

最后，三人来到大丰邓元庆家，遇见他母亲。邓元庆与母亲分了家，但两家的房子连成一体。他母亲一见卢队长，就开始数落邓元庆的儿子不懂事，也不争气，不想出外打工。经过大家的劝说，那小子后来才扭扭捏捏跟着姑丈到清远打工。邓元庆身体残疾，无法自理，走路都需要特殊的铁架子做支撑，双手颤抖得很厉害。邓元庆的儿子出外打工后，他母亲就承担起照顾他的责任，尽管分了家，但毕竟是亲骨肉，自己不管谁管？

下午1点多，王悦和卢队长从镇政府出发，准备回Z城度两天周末，直至4点半才回到Z城。

因为这段时间总是走访贫困户，或到其他工作队考察项目，前几天在虎山村查看百香果种植基地选址时，王悦发现脚上穿的皮鞋已经无法再穿了，而且右脚那只鞋像嘴巴一样裂开了缝，恐怕补不了了。

这双鞋已经补过两次了。

晚饭后，王悦来到以前光顾的鞋店，想买两双鞋，一双鞋闲时穿，一双鞋工作时穿。

刚走进鞋店，老板就热情地迎上来，微笑着问王悦需要什么样式的鞋。

王悦从靠近门边的鞋柜里拿起一只白色的休闲鞋，笑着对老板说："老板不认识我了？我在你这买过好几双鞋，现在穿的这双皮鞋还是去年 9 月在你这里买的呢!"

"噢，我想起来了，兄弟，好久没见你了。"老板先是愣了一下，然后热情地说，"欢迎兄弟再次光临!"

"多少钱?"王悦捏了捏手中的鞋。

"兄弟，优惠价，168。"老板解释，这是今年最流行的款式，质量也好。

"能不能低一点? 160。"王悦摸了摸鞋底，还算结实。

"兄弟，不能再便宜了。你试穿一下，看合不合脚。这鞋穿起来很轻便的。"店老板望了望王悦的脚，惊奇地问，"兄弟，你穿的鞋怎么沾了这么多泥巴?"

"噢，我刚从农村回来。"王悦顾不上解释，忙脱下右脚的鞋，想试穿一下新鞋。

"你还种地吗?哪里有穿皮鞋干农活的?"老板将信将疑。

"不，我现在驻村。"回答完，王悦弯下腰试穿了一下，感觉很舒服。

"你是扶贫驻村干部?兄弟，你不容易啊，这双皮鞋，我收你100!"没等王悦脱下新鞋，老板已经找到鞋盒子，准备打包。

王悦又要了一双白色的休闲鞋，是不同款式的，略贵，但老板还是给王悦打了八折。王悦花了 250 元，买回两双鞋，愉快地告别老板。

走在回家路上，夜色越来越迷人，参加扶贫工作之后，王悦已经很少逛街了。

便宜买了两双鞋，王悦心情特别好，回来冲完凉，看了一场电影，就睡觉了。

那一晚，王悦睡得很踏实，还梦见虎山村百香果园里，花儿灿烂，果儿飘香，蜜蜂飞来飞去，成群的鸡鸭跳起欢快的舞唱起甜蜜的歌……

这两天，累坏的王悦哪也没有去，就躲在家里休息，偶尔写一首诗，准备养足精神再出发。

从 Z 城返回广安，Z 城扶贫办就组织检查组开始对 Z 城帮扶 Q 市的省定贫困村开展"回头看"专项督查，驻县组要求各驻村工作队对照检查内容，做好迎检工作。

这次，王悦又带来一本小小说集，送给媚姐读初中的女儿。快放暑假了，送本书给孩子，希望丰富她的课外生活，充实她的精神需求。

媚姐收到小小说集后，非常感谢王悦对她女儿的关心。

第三十三章

下午，王悦、高云飞跟随卢队长进村委会，准备完善"回头看"检查资料。

车上，卢队长向高云飞打听他父亲的病情。高云飞说这次他父亲的病情比较严重，急性的，现在还在住院，他母亲和老婆在照顾。

高云飞的父亲身体不好，时不时住院，这次又在医院躺了十来天。

王悦刚来扶贫的时候，高云飞偶尔会请假回家看望他父亲。幸好他家就在本地，约半个小时车程。

问完高云飞父亲的情况后，卢队长好像还有什么话要说，却又把眼睛紧紧盯向前方，小心地驾车，但脸色有些凝重。

王悦心里猜测，上周在西川县召开的"巡察整改情况党内通报会"上，上级通报了虎山村驻村工作队为迎接 2017 年度省扶贫考核时制造"盆景工程"蒙混过关一事，问题比较严重，卢队长因此压力很大，仿佛他是个戴罪之人。

是的，此时的卢队长，很想提醒一下身边的两位战友，大家要团结起来，拧成一股绳，把扶贫工作做好，把虎山村丢失的阵地和尊严重新夺回来。

作为驻村工作队队长，卢汉平身上的担子确实不轻，前有"堵截"后有"追兵"，但他满怀信心，一定要为工作队曾经犯下的过错"雪耻"。

王悦还记得去年，他参加的片区扶贫工作交流会上，时任驻县组组长麦冬也提到 2017 年度的省扶贫考核，有人举报某驻村工作队制造"盆景工程"，欺上瞒下，糊弄扶贫工作，无视党纪国法。但那时麦组长没有明说是虎山村出了问题。

来到村委会后，大家又忙着完善"回头看"检查资料，以备不时之需。王悦在整理资料时留意到，从 2017 年 4 月到 2019 年 5 月，驻村工作队利用 Z 城市财政资金和自筹资金，为虎山村建民生工程、资助贫困学生，共花了 630472 元。

忙了一会儿，王悦去洗手间时，看见靠近洗手间的办公室门边墙壁下，一条蛇趴在石头上。蛇头呈淡黄色，蛇身有斑点。

卢队长正在办公室忙，王悦在窗边提醒他出入办公室要小心一点，有蛇。卢队长听说有蛇，便走了出来，看到蛇后问王悦这种蛇有没有毒。王悦也不清楚。卢队长又到隔壁办公室把阿巧叫出来，让她辨认这条蛇究竟有没有毒。阿巧对蛇并不恐惧，她走出来后望了一眼蛇，很平静地说，是草花蛇，没毒的。

也许，她怕蛇误伤人，就跑到对面的草地上找木棒，想要打死它。可阿巧还没找到木棒，蛇就从一个通往外面的小洞口爬出去了。

这条蛇，大概是从办公室后面的菜园里爬过来的。那个菜园没筑篱笆，里面生长着豆角苗、芋头苗和一些杂草，看起来比较荒凉。菜园边还有一栋新居民楼和一间弃用的瓦砖房，瓦砖房的一面墙已经倒塌。

王悦和卢队长听阿巧说，虎山村也会有一些毒蛇出没，走路一定要小心一点，特别是在山上。接着她给王悦、卢队长讲了两个女村民被毒蛇咬伤的故事：

一个村民在山地拔草，被藏伏在草丛中的烙铁头蛇咬了一口。气愤的村民挥起锄头把毒蛇锄成了两截，回到家便晕了过去，幸好被村民及时发现，送到市医院注射血清。

另一个村民在自留地摘红薯叶，被躲藏在里面的银环蛇咬伤，恼恨的村民也将银环蛇打死，可回到家后同样晕了过去。邻居将她送到县医院，没有找到相配的血清，市医院也没有，最后才从番禺的医院找到。幸好血清送得及时，否则那村民的性命不保。

在虎山村，碰见蛇的机会还是比较少的，但有一种肉眼很难看见的黑蚊子，经常叮咬大家，热天开风扇也赶不走它们，它们把办公的驻村干部和村干部叮咬得又痒又痛，叮咬部位挠过之后，皮肤就会出现红肿。

下班回广安路上，天空比平常暗了许多，时不时从远处传来沉闷的雷声，好像要下大雨了。

晚上，王悦想起阿巧讲的毒蛇咬人故事，心里又是一阵紧张。他曾经听人说过，头部形状是三角形的蛇，一般毒性比较强。以后进山入户走访，可要小心些。

10 天前，虎山村三个帮扶单位领导在信访局召开虎山村扶贫工作联席会议。

会议确定了为虎山村购买商铺项目，利用市财政扶贫专项资金购买西川县城"米兰小镇"F 区四幢 20 号商铺。会议还确定利用 2019 年市财政扶贫专项资金，在虎山村建立百香果种植基地，余下的扶贫资金根据实际情况，可以开展公益性民生类项目。

最后，帮扶单位领导共同讨论 2019 年驻村工作队经费筹措。经初步匡算，2019 年驻村工作队工作经费预算为 25.4 万元，其中市财政安排资金 10 万元，缺口 15.4 万元，由各帮扶单位承担。另外，会议还讨论了今年各帮扶单位入村进行中秋慰问和明年入村进行春节慰问的经费支出问题。

这次帮扶单位联席会议，为驻村工作队明确了项目开发方向，接下来的工作就不会出现盲目的现象，卢队长肯定会更有信心，带领战友并肩作战，解决在扶贫工作中出现的难题，为虎山村"雪耻"。

当然，因为广安镇政府领导和村两委干部非常赞同为虎山村购买返租商铺，6 月中下旬的时候，卢队长已经跟随吕书记、村支书到邻县和西川县城"米兰小镇"实地考察过了，并进行了比较，觉得在"米兰小镇"购买商铺，不仅稳妥，还具有可行性、可持续发展的前景。

无疑，如果商铺购买成功，不仅能解决虎山村集体经济薄弱的问题，而且能大大促进贫困户稳定脱贫，如期实现脱贫目标。

当帮扶单位确定购买商铺之后，驻村工作队与村两委立即召开扶贫工作会议，讨论购买商铺的具体方案。

该商铺项目建筑面积 42.45 平方米，套内面积 41.55 平方米，单价每平方米约 24000 元，总价约 100 万元。另外，办证费用约需契税 3 万元，印花税 500 元，维修基金 340 元。经营期限约 8 年。签合同后次月起，每个月返还约 7292 元，8 年共返还 70 万元。预计每年投资收益 87500 元，每年投资收益固定为投资金额的 8.75%。返租合同期满后铺位的处置方式按上级有关政策和要求执行。

购买"米兰小镇"商铺，还需要向虎山村村民代表征求意见，经同意后才允许实施。"米兰小镇"位于县城新开发的城东片区，周边拥有配套较为完善的交通路网体系，与即将规划建设的环城大道为邻，地理位置得天独厚，有利于提高经济收益。

关于收益分配问题，经驻村工作队与村两委共同协商后，决定把每年30%的收益作为虎山村扶贫发展基金，主要用于村里贫困户的脱贫增收、重大疾病救助、助学、扶持外出务工、慰问、房屋修缮、解决生产生活上的特殊困难及需求等；70%的收益作为村集体经济收入，主要用于村公益事业、民生民心工程、新农村建设、乡村振兴等，也可用作上述扶贫发展基金补充缺口资金。

"米兰小镇"商铺由鸿运房地产开发有限公司开发，以欧式建筑打造出一条超过一公里长的商业步行街，集休闲、娱乐、购物于一体，形成线上线下联动的新零售运营模式。

在镇村干部的支持下，在帮扶单位的决策下，这几天，信心满怀的卢队长又开始为购买商铺的事忙起来，好像看到了为虎山村"雪耻"之日。

早上起来的时候，王悦看见天空飘着浓浓的雾霾，远处的山林、楼房、田野、菜地，像被蒙上了一层面纱，显得异常神秘。

夏天，是一年中最忙碌的季节，收割稻子、育晚稻的秧苗、拔花生、插秧，农民总是忙着收获和付出。夏天，也是一年中最快乐的时光，能听到脱谷机与耙田机的对唱，能看到一颗颗精实的花生，从土地里冒出头来。

下午，卢队长、高云飞、村支书、肖副主任跟随陆俊到翻冈镇考察百香果种植项目。翻冈镇位于西川县东北部，距离广安大概60公里。

吃完晚饭后，卢队长和高云飞还没回来。王悦一个人沿着广安镇主街往木春社区方向散步。虽然昨夜又刮风又下雨，但今天还是出了太阳，而且酷热难耐。傍晚时分，夕阳仍然像从火炉里喷出来的炭火，把四周的山林烤得"嗞嗞"作响。经过沙坝村、八一希望中心小学，王悦不知不觉来到进入大岚村的路口，却看见进村的山路很小，就停住了脚步，继续往木春方向走，直至看到"雾天庄"三个大字才停下来。雾天庄是一家农庄饭馆。王悦记得，两个多月前的一个下午，驻村干部在镇政府收看收听西川县副县长马子安主持的电视电话会议，那次会议开得很久，直到晚上7点多才结束。会后，驻村干部就来到雾天庄吃了一顿简单的工作餐。

晚上的月亮，又圆又大，在夜空中慢慢爬行。王悦站在宿舍阳台上，感觉月亮是从 Z 城爬过来的，有安宁，有温馨，更有许多动人的话语。

"月亮啊，你说虎山村什么时候才能落实项目？"

"小悦啊，你看，我长得不像百香果吗？"

"像！还是白色的百香果。"

"我就是虎山村百香果园里长大的。"

"虎山村有百香果扶贫产业项目了吗？"

"早就有了。你不知道吗？"

"我不知道啊。谁建的？"

"是卢队长啊！"

"卢队长？他不是到翻冈考察百香果项目了吗？"

"他回来了，还带回很多百香果苗，种在老村委后面。现在百香果苗长大了，开了很多花，结了很多果。"

"是吗？我马上去看看。"

王悦刚迈出欢天喜地的脚步，突然一个激灵，从深沉的梦中醒了过来……

这次，Z 城派来检查"回头看"工作的督察组没进虎山村，好让卢队长安心喘一口气，把精力放在虎山村项目开发和落实的工作上。卢队长来了一个多月，好像检查特别多，但每次检查，检查组都会绕着走，从没进过虎山村。

7 月 16 日，Z 城督察组一行 5 人到古风村开展脱贫攻坚"回头看"抽查工作。督察组就"两不愁三保障一相当"等扶贫政策落实情况及省级考核发现问题整改落实情况进行了现场资料检查及入户实地调查，随后督察组还视察了夏威夷果树种植基地。督察组组长对驻村工作队的帮扶工作及其对村集体经济的建设予以了肯定，并鼓励当地村委干部，发挥主动带头作用，结合 Z 城的帮扶力量不断发展壮大村集体经济。

7 月 17 日上午，督察组又到西良村开展脱贫攻坚"回头看"抽查工作。除了正常检查，督察组还视察了扶贫项目草菇种植基地。督察组组长对驻村工作队提出了两点工作要求：一是抓住帮扶重点，强调产业扶贫和转移就业是最有效的帮扶措施，也是实现稳定脱贫的有效措施；二是要经常研判扶贫产业长效稳定性，及时化解项目存在的风险。

在脱贫攻坚战场上，很多企业和热心人士都向贫困家庭伸出温暖的双手，与广大驻村干部同心协力，阻击贫困和疾病，筑起一道平安健康的防线，营造和谐社会和美好未来。

最近，由玖龙纸业出资的"农村贫困母亲关爱工程"，又在各贫困村中开展关爱活动。镇扶贫办要求各驻村工作队迅速会同村（居）委会加强"关爱工程"政策宣传，核查各村建档立卡贫困人员中是否有此类对象，并及时为有需求且符合条件的建档立卡贫困户申请补助资金。

"农村贫困母亲关爱工程"，主要是资助农村贫困人口中遭遇重大疾病的贫困母亲，缓解她们因家庭贫困导致的就医难问题。

有了各方的关爱，幸福就会汇成汪洋大海。这就是人类的力量，足以抵挡贫困家庭的千难万苦，给他们活下去的勇气和信心。

早上差不多 6 点的时候，王悦如约来到镇政府大门旁，却没见到龙书记，只看到一排比王悦起得更早的燕子，站在教育路的电线上，静静地享受着小镇清凉的早晨，聆听农忙时节从田野上或花生地里传来的甜蜜呼吸。

此时的天空，已经现出些许淡红的云朵，只是没有朝霞那么鲜艳。大概，太阳很快就会爬出来。

2016 年，龙书记被单位派往广安镇参与扶贫工作，与两位队友帮扶四个分散村，其中一个是九凤村，共 100 多户贫困户。今年春节后，第三轮扶贫工作结束，驻村干部开始轮换，但龙书记坚持留下来，不过，他现在的任务减轻了许多，只帮扶个别分散村，近 60 户贫困户。除了下雨天气，龙书记每天早上都会到上梁自然村散步，来回近 7 公里。

有时他一个人进上梁，有时跟镇政府大门旁的商店老板阿牛一起去。

昨天王悦在饭堂碰到龙书记，便与他相约第二天早上到上梁村，看看那里的风景，感受一下朝阳出来时的那份浪漫和美妙。

三个多月前，龙书记给王悦发了好几张上梁村朝阳初升时的美图。鲜红的朝阳站在群山之中，与天空和谐相处，与云彩相依相伴，那时就把王悦的心深深吸引住了，很想抽个日子跟龙书记一起进上梁村欣赏朝阳。龙书记说，秋天到上梁村，才能看到像图片一样美的朝阳。

这段时间，王悦老是想起上梁村的朝阳，虽然还没到秋天，但他已经等不及了，心想再怎么忙，也要进上梁一次，看一眼 7 月的朝阳也好，满足一下自己的好奇心。

上梁是沙坝村委会的一个小自然村，以前山上有二十几家住户，现在大部分人家已搬到山下，只有两三户仍然留在村子里，继续守望鲜红的朝阳。

6 点 15 分左右，王悦才看见龙书记急匆匆地向自己走来，像淡红的云朵，一身轻快。

他俩一前一后，沿着山路向上梁村进发。当来到白云村时，王悦看见一层薄薄的晨雾，把宁静的山林紧紧抱在怀里，像久别重逢的亲人。山脚下的梯田，那些金黄色的稻谷，已被勤劳善良的村民收入囊中，花生也拔完了，而几块秧田冒出嫩绿的秧苗，拥挤在一起，像一对对幸福的恋人，成了树林的美谈，引来鸟儿的祝福和赞叹。村子很静，见不到人影，只有山哥家的母狗，慵懒地趴在院门边，与放在屋檐下的一只小南瓜互相对望，默默相伴了一个晚上。

母狗见到王悦和龙书记，不见生，依然趴在地上，只是两眼直直地望着他俩，偶尔摇摇尾巴，很讨人喜欢。

自从卢队长来了以后，王悦跟卢队长经常到山哥家装山泉水，用作宿舍饮用水。

从白云村开始，进上梁村的山路就是泥路了，此时的路面还有不少积水；而被车轮碾过的路面上，留下两条清晰的印痕，显得坑坑洼洼。

王悦跟在龙书记后面，小心翼翼地踩着他留下的脚印，向山上赶去。山上和山下，除了树林就是密密的竹林，如果碰见山谷，飘浮的云雾就会在眼皮底下展开柔软的姿势，像仙女舞动的白色衣裙。

不一会儿，一只白色的山鸡，拖着长长的尾巴从山坡上踱下来。惊奇的王悦刚看见尾巴，还没来得及叫出声来，山鸡马上掉头没入深邃的山林之中，再也看不见踪影。在他们身后，几声稀落的鸟声一路追了过来，仿佛它们也要跟随王悦和龙书记进入世外桃源，一睹朝阳初升的风采。

半路上，从山上奔流下来的山泉水，像一条白色的带子，飘向深不见底的山谷，伴随着爽朗的笑声，滋润着万物生灵，让人久久回味。

经过下梁村时，龙书记指着一条小山路对王悦说，这条路可通往下梁村。王悦好奇地望了一下被草丛淹没的山路，突然感到一阵晕眩，这样又陡又窄的山路寸步难行，只怕野兽见了也会惧怕三分。不过，既然是路，不管平坦还是险峻，总是人走出来的。王悦屏住声息，恐惧之中怀着敬畏之心再次往下仔细打量一番，只见路面上没有新的脚印，说明这条路已经好久没人走过了。如今下梁村的村民上山或下山，走的是一条宽敞明亮的大路。

龙书记说，下梁村住有几十户人家。

快到上梁村时，王悦看见朝阳已从山上爬上来了，而摇摇晃晃的脑袋显得力不从心，不管王悦怎么欣赏，都不如龙书记发给他的那几张图片漂亮，感觉自己被上梁村欺骗了。

不过，失望之余，当王悦慢慢靠近上梁村时，再回头看离自己不远的山谷里，云蒸雾绕，如入仙境，不禁叹为观止，多少弥补了有些遗憾的情绪。

晨曦开始照进上梁村的民房，在斑驳陆离的墙壁上，散发出金黄色的光芒。而房前屋后的果树和菜地，也因朝阳的爱抚而显得生机勃勃，向世界彰显绿色生命的无限魅力。

龙书记转过身来，望着对面的山谷告诉王悦，秋天的朝阳升起来时，就像一颗金色的珠宝镶嵌在里面，非常好看。但此时并非秋天，朝阳只能从山顶上爬起来。

因为急着下山，王悦和龙书记只是在上梁村逗留片刻，就带着些许遗憾下山去了。

当回到镇政府路边的一块菜地时，龙书记与一个70岁模样的农妇打了一声招呼。他告诉王悦，她是从上梁村搬下来的村民。

此时的农妇，正伸手欲摘挂在瓜棚里的南瓜。这南瓜露出黄色的肚皮，像镶嵌在菜地里的一颗明珠，不禁让王悦想象秋天镶嵌在上梁村山谷里的初升的朝阳。

上午，在虎山村召开村民代表大会，主要评议购买返租商铺和建立百香果种植基地的事情。还没开会，热情高涨的村民就纷纷表示全力支持两个项目的开发和落实。

这两个项目，由20多位村民代表进行评议。

会议开始时，村支书向大家介绍目前村集体经济收入状况，然后对村集体经济增收的措施作了说明。增收措施分为两项：第一项是驻村工作队利用Z城市财政扶贫专项资金投资购买西川县城"米兰小镇"F区四幢20号商铺项目；第二项是准备在虎山村开展百香果种植基地项目。

购买返租商铺项目，由卢队长对该项目的运作模式、年收益、收益分配等，向村民代表一一说明。

百香果种植基地项目，则由肖副主任讲解此项目的前期工作情况，以及开展该项目的资金来源。

接着，卢队长向村民代表作了更加详细的解释和答疑，并再次重申两个项目的开发前期工作、投资情况，以及两个项目落实后村集体与贫困户的收益分配问题。

最后，经过 20 多村位民代表的评议并表决，两个项目的开发落实方案获得一致通过。

这几天晚上，卢队长加班加点，坐在宿舍办公室电脑前，敲敲打打，修修改改，忙着撰写购买返租商铺这一项目的可行性报告。

在饭堂吃早餐时，王悦刚好碰见镇扶贫工作组杨德志副组长，两人又聊起上次在村委会提到的用青皮竹压成板做家具的问题，杨副组长问王悦在 Z 城有没有见过以这种材料做家具的公司。

王悦记得前任万队长跟他说过，虎山村多竹，帮扶单位曾经考虑过能否利用这一资源，做一些有利于村民的事情，比如找生产牙签的厂家，将竹子推销给他们。但虎山村的竹子是青皮竹，密度小，不适合做牙签，最后驻村工作队只得放弃这一帮扶计划。

Z 城究竟有没有以竹子为原料生产家具的厂家，王悦是一无所知的。他吃完早餐向卢队长汇报，卢队长也一脸茫然，但还是满口答应回 Z 城后向帮扶单位领导汇报这一情况，看他们能不能联系到这样的厂家。

上午在村委会，大家都在忙着准备购买返租商铺的各种资料，如可行性报告、项目申请、资金申请、村民代表大会的会议纪要，这些资料都急需送交 Z 城帮扶单位领导审批。

下午，王悦和卢队长准备回 Z 城的时候，镇政府的天空就出现了异常情况，乌云紧紧压住四周的山脉，路两边的田野、菜地，也黑着脸孔，准备与这恶劣天气对抗，而平常飞来飞去的燕子，此时更难觅见它们的踪影。看这架势，似乎就要下大雨了。

在大田加油站加油时，天空就飘起了密密的细雨。

从大田收费站进入高速后，雨就越下越大了。雨刮器不停地左右摆动，与落在挡风玻璃上的雨滴互相交织又互相排斥。待汽车行驶到珠三角环线高速张洞立交附近时，雨下得越来越急了，而路边标示牌里的字体几乎让人辨认不清。王悦坐在副驾驶座位上，迷迷糊糊感到路面上的积水被滚动的车轮碾得飞溅起来，并发出"啪啪"的响声，溅起的积水时不时拍打在挡风玻璃上，像汹涌的浪涛愤怒地大吼大叫。当汽车慢行到兴旺高新区时，雨突然停了，天空也放亮了许多，王悦看了一下高速路面，都是干的，由此猜测这里根本就没下雨。

经历了一段雨路，也许为了解困，卢队长拧开汽车驾驶室里的收音机，调到佛山电台，收听"讲东讲西讲东西"节目。这个节目他不仅喜欢听，而且对于长时间开车的他来说，有提神醒脑的作用。经过三水云东海后，天空又下起了大雨，高速路上行驶的车辆纷纷打开车尾灯，小心谨慎地行驶。转入广州绕城高速后，雨下得越来越猛烈，而且电闪雷鸣，感觉世界完全疯了，前方漆黑一片。差不多到丹灶服务区时雨又开始变小了，直至到了离高明3公里的地方，天空又放晴放亮，看路面，也是干的，说明这里也没下过雨。随后，一路都是晴天，畅通无阻。进入顺德后，车窗外又飘起噼里啪啦的大雨，而且下得非常卖力非常疯狂。不幸的是，左边的雨刮器不争气地断了，这可苦了开车的卢队长。高度近视的他，只能侧着头，尽量伸长脖子，跟着前面一辆闪着车尾灯的大货车，一路艰难地爬到7公里外的勒流服务区。

好险！在暴雨中行车，最怕的就是汽车出现不良状况。

第三十四章

这段时间，驻村工作队为了早日落实项目，除了实地考察，还要整理许多资料。诚实肯干的卢队长，每天废寝忘食，加班加点，人又瘦了一圈，也黑了许多。可有时候付出的汗水和精力，并不一定会带来回报，甚至会前功尽弃。比如最初呼声最高的光伏发电这个项目，卢队长曾到大石嘴、长洲等好几个地方考察，甚至已经联系过供应商进行洽谈。前期确实做了许多工作，花费了不少功夫，但帮扶单位领导考虑到收益低且材料损耗大，最终终止了这个项目的开发。对于光伏发电项目，卢队长前期所有的努力和付出都得不到一点回报，虽遗憾，但他并不气馁。

王悦还记得有一次，他和卢队长冒着大雨从 Z 城赶回广安时已是傍晚，可卢队长顾不上吃晚饭，又陪同镇领导到县城考察商铺项目。除了忙项目，卢队长为了调查贫困户生活情况，经常入户走访，并把真实情况详细记录在随身携带的那本黑色记录簿里，不放过任何细节。卢队长任劳任怨、真抓实干，真正发挥一个党员的先锋模范带头作用，发扬不怕苦不怕累的精神，深入贫困户家中摸底，嘘寒问暖，感人至深。在王悦心里，早已默默地把卢队长所走过的路、所说过的话、所做过的事，全部牢记在心里，并为他积极、忘我、为公、无私的精神点赞！

卢队长时常跟王悦说，我们做扶贫工作，一定要担负起责任，以实际行动率领贫困户走脱贫致富的道路，让老百姓放心，更要让自己无愧于这份神圣而光荣的事业。

除了工作认真负责，卢队长为人也很诚恳、和善，善于与队员沟通，做事光明磊落，虽然他上任才两个月，但已经得到大家的认可和拥护，甚至镇里还有些干部悄悄对王悦说，你们卢队长，人真好！

为了行车安全，卢队长在服务区维修部更换了一只雨刮器，花了 140 元。价格贵了一点，但没办法，服务区的商店，商品都贵不少。

从服务区出来，又是一路的大雨。不过，雨刮器已经换了，卢队长开起车来也轻松了不少。除了雨刮器快速摆动的声音和噼噼啪啪的雨声，驾驶室里，还传来"讲东讲西讲东西"极富生活气息的欢笑声。

说起雨，七、八月的佛山，还是经常下的。王悦还记得去年七、八月，他和万队长每次经过佛山，都会经历一场大雨，因此，从那时起，王悦就把佛山看作一座雨城。有时下起雨来寸步难行，好多行驶在高速路上的汽车，都停靠在应急车道上避风躲雨，以沉默表达恼忧与怨恨。

进入广珠西线高速后，天空又晴朗了不少。回到 Z 城，虽不见阳光，但也不见雨滴，总算平安归来。

王悦又见到了熟悉的街面，不禁从内心深处发出无限感慨：扶贫路上，有风有雨，真不容易！

在 Z 城，王悦在家休息了一天。第二天，他看见天气尚好，于是放下连日来紧张而忙碌的情绪，到华佗山游玩，与大自然进行一次亲密的接触。在山上，王悦偶遇了一场风雨，感觉这场风雨，一定是两千多年前华佗亲手为他熬制的一碗药汤，治愈多年来无法根除的怯懦和恐惧，从而给他带来全新的生命！

下山后，意犹未尽的王悦很想再次爬到华佗山上，站成一棵药草，医治人间的贫穷、疾病和痛苦。

星期一早上，卢队长开车在市区办事处门旁接走王悦后，天空就开始阴沉下来。

这天气怎么这么怪，好像一天不下雨就没法活一样。王悦真担心路上又会遭遇一场狂风暴雨，把世界搅浑。

进入高速后，前方稍远一点的地方，乌云密布，一片朦胧，黑色的云块好像要跌落到高速路面上。王悦心想肯定又要下大雨了。果不其然，汽车行驶到 Z 城辖区边缘地带，雨就像珠子一样滚落下来，啪啪地敲打着挡风玻璃，似有敲碎玻璃的架势。

行驶到顺德，天空越来越黑了，雨声越来越大，一些汽车陆续开到应急车道上，停在那儿不肯走了。一路上，风雨大作，世界一片漆黑。

进入木春社区后，雨越来越大，山路也被水淹没了，还有一些沙石，从山坡上急速冲下来。

太危险了！王悦露出惊恐的眼神，望着刚从山上滚下来的沙石，不禁冒出一身冷汗。

此时，闪电又不知从什么地方跑过来，不时在王悦眼前一闪而过，雷鸣也争相传来，把一座座山震得快要倒塌下来。这世界怎么了？被闪电雷鸣搅得心惊肉跳的王悦，禁不住暗暗埋怨起来。

卢队长开着车，冷静地躲过了路面的积水、沙石，以及毫无同情之心的闪电雷鸣，直至把车安全地开到目的地，才摘下高度近视眼镜，揉了揉酸涩的眼睛，长长地舒了一口气。

雨虽然小了许多，但还是从镇政府上空，洋洋洒洒地飘了下来。

明天，Q市市委主要领导要来西川调研脱贫攻坚工作。

这段时间，检查、巡察、督导轮番上阵，显得异常繁忙，压得驻村工作队喘不过气来。一些驻村干部背地里就有了怨言。领导来得多了，驻村工作队为贫困户做实质工作的时间就会减少。

最近，西川县扶贫办通报了全县驻村工作队扶贫进展情况，时间截至今年7月中旬。

从有劳动力贫困户收入情况来看，根据扶贫云系统统计数据，截至7月20日，全县有劳动力的贫困户数为3958户，有劳动能力的贫困人口数为13524人，人均可支配收入2201.62元/年。按照今年的脱贫计划，预计有劳动力的贫困户脱贫人均可支配收入达到8200元/年，但是经过上半年的帮扶，目前有劳动力的贫困户人均可支配收入还达不到目标的半数，收入远远未达预期。

针对各种情况和问题，县扶贫办制定了下一阶段的工作要求：各镇及时将有关情况向镇主要领导汇报，要安排专人负责监测本地区数据录入情况，督促指导驻村干部按时保质做好数据录入工作，发现遗漏缺失问题的要及时提醒有关工作人员进行修正补录，并将相关问题的整改落实情况经主要领导签名盖章后于7月25日前报县扶贫办（含电子版）；各镇、各驻村干部要针对通报的情况迅速开展自查自纠，要落实专人负责抓紧落实整改，确保数据录入的准确性、真实性，确保高质量完成年度脱贫任务。

同时，镇扶贫办也作出了反应，提醒各驻村工作队要举一反三，自己查找问题，确保高质量完成录入系统数据。

在扶贫工作中，系统录入是一项很重要的工作，贫困户信息、驻村工作队的扶贫业绩、帮扶单位领导进村调研慰问活动等，一切与扶贫相关的内容都会进入系统。所以这项工作要求比较高，必须严谨对待，不能出现错漏，哪怕数据多一个零，都会面临重大问题的出现。特别是动态管理，要及时跟进、更新，比如贫困人口的变更，出生的要增员，离世的要减员，由有劳动能力贫困人口变成无劳动能力贫困人口，或由无劳动能力贫困人口变成有劳动能力贫困人口，系统上都要进行调整。

虎山村的大部分村民，又开始忙着插晚稻的秧苗，只是农田中干活的都是一些上了年纪的人，或者是留守的妇女和读书的孩子。

望春河水流得更欢畅了，从日出流到日落，把甜蜜的歌声送给虎山村的村民们，让他们轻松下田干农活。

市委主要领导刚刚入户调研，县扶贫办又忙着组织考核组，开展2019年西川县扶贫开发工作成效考核。不过，各驻村工作队不用担心，离考核时间还很遥远，预计次年1月中旬进行地毯式考核。这次考核面向的是全县所有省定贫困村，考核内容比较多，可以用包罗万象来形容。

看来，这又是一场大考，甚至比省级考核还隆重，要求每个省定贫困村都必须经受住五大项内容的考验。

这次调研，市委主要领导又绕道而行，没进入虎山村。卢队长是个福将，每次都能避开各级领导的调研、检查，安心做他的工作，为虎山村开发产业项目而忙碌。

这不，卢队长花费了整个上午，坐在办公桌前，面对电脑敲敲打打，修修改改，忙着梳理产业项目的资料。购买商铺的所有资料都已送交Z城帮扶单位审批，但还没有最终结果。在等待中，卢队长也没停下脚步，马上起草百香果种植基地的可行性报告。直至12点15分才站起来，伸了伸他因长时间端坐而麻痹的腰。卢队长的腰被扭伤过，是以前打篮球不小心留下的顽疾，时好时坏，虽然定期到医院治疗，但至今没有完全恢复，断不了根。

在镇政府饭堂吃过饭，王悦和卢队长就回宿舍午休。

下午来到村委会，王悦看见会议室在召开会议，是镇人大领导来虎山村调研。

卢队长坐在办公桌前，依然面对电脑敲敲打打，还在忙百香果种植基地的事情。

办公桌面上放着一袋龙眼，有七八斤重。不一会儿，代办员阿巧走了进来，从袋子里拿出龙眼让大家吃，她说她回了一次娘家，是娘家大伯送的。

王悦吃了几颗龙眼，回头看见黄秋亮站在窗边，嘴边淌满口水，而且一只手已经从窗棂间伸了进来，却不会像以前那样"哇哇"地叫人。也许，他很想吃从远方带来的龙眼。当然，他淌出的口水，不是龙眼引诱出来的，而是他的一种习惯、一种症状。

王悦抓了几颗龙眼送到他手上，却看见他的手掌没有一点血色，再看他的脸，像薄纸一样苍白。黄秋亮怎么啦？病了？王悦心里有点担心，因为此时的黄秋亮见了他，没有像以前那样欢天喜地"呵呵"傻笑，甚至连颤动双手的力气都没有。他肯定是病了。

黄秋亮一反常态，令王悦吃惊不小。以前气色再难看，黄秋亮的手和脸看起来都不至于那么苍白，而现在，他自始至终没有吭一声，即使伸手要龙眼吃。

若不是黄秋亮突然间像变了一个人，王悦真不知道自己好长时间没见到过他了。往常在村路上，只要王悦没闭眼，都能感觉到黄秋亮的存在，能看到他脏兮兮的身影，同时还能听到他"哇哇"的叫声或"呵呵"的傻笑声。

在虎山村，除了王悦，没有人敢与黄秋亮套近乎，就连黄秋亮的父母，对他都是漠不关心。

难道这段时间，他一直在生病？王悦越想越不是滋味，心里更加同情起来。

卢队长见黄秋亮一副病恹恹的样子，就让阿巧打电话联系黄秋亮的父母，叫他们带黄秋亮到镇卫生院看看病。阿巧电话联系了黄秋亮的父亲后，才知道黄秋亮感冒发烧，去县医院看过三次，现在是恢复期。还好，黄秋亮的父母并不是完全不管这个傻得连生活都不能自理的儿子。

下午下班后，在回镇政府的山路上，天空飘起莫名其妙的雨，噼里啪啦地打在山林里，似哀号，似悲泣。

晚饭后，王悦和卢队长出去散步。

路两边的花生地已经被村民收拾干净了，而田野上，老人、妇女和孩子背着夕阳，把身体弯成一道天弓，默默地忙着插秧。望春河水更清澈了，潺潺地唱起《在希望的田野上》，为火热的夏天加油鼓劲。

王悦和卢队长一边走一边谈论百香果种植基地的事情。

"小悦，如果在虎山村建立百香果种植基地，你说会碰到什么样的风险？"

"队长，我觉得选好种苗非常重要，但我们不是农技人员，对树苗无法辨识。"

"是的，选好种苗很重要，万一结出的果实不好吃，产量再高也产生不出经济效益。还有呢？"

"基地苗圃一定要筑牢。南方台风雨多，苗圃没筑牢的话，被台风吹倒了，果苗就废了。"

王悦想起去年的时候，某驻村工作队好不容易建立起来的百香果基地，被台风"山竹"吹翻了，损失惨重。

"还有吗？"

"要考虑一下长远问题，比如工作队撤离后，后续管理能不能跟上？这也是不可回避的问题。"

"对，这一点我考虑过了。"

王悦和卢队长心里都很清楚，要不是以购买返租商铺作筹码，虎山村村干部对百香果种植基地是提不起一点兴趣的，个别人还持反对意见，认为百香果不会给虎山村村集体带来经济效益。所以，工作队撤离后，后续管理就成了最大的考验。正如人们常说，创业容易守业难。况且，在穷山沟里开发一个产业项目容易吗？

"除了风险，你还有什么看法吗？"

"队长，如果建立了百香果种植基地，我们就成了生意人，做生意自然要为自己的产品打开销路。"

"销路是最大的绊脚石。尽管各帮扶单位答应帮忙销一点，但数量有限，大部分还需要我们自己去找客户。"

"以后我们就会华丽转身，从驻村干部变成大老板了……呵呵！"

"唉，扶贫工作真难做。老实说，我们都是书生，干的却是经济学家或企业家的大事。但不管做什么，我们都应该不忘初心、牢记使命，有一分力出一分力，有一分光发一分光，带领贫困户冲破黑暗的防线，如期脱贫，保证光荣完成任务。"

说完，卢队长抬起头来，看见天上的月亮，像王悦梦中的百香果，露出胜利的微笑。

那天，卢队长和高云飞信心满怀地抱着审批资料到驻县组，向领导汇报虎山村扶贫项目的开发情况，并就购买商铺事宜请示范组长。

吃晚饭前，卢队长和高云飞灰头土脸地回到镇政府。王悦听卢队长说，驻县组领导不同意购买商铺，因为风险比较大，不值得冒险。

这段时间，工作队为购买商铺的事，几乎全身心投入，目的就是为虎山村尽快落实一个项目，没想到最终还是要面临"破产"。虎山村现在还没有建立扶贫产业或村集体项目，要想增加村集体经济收入，真的是举步维艰，以后更不知道如何面对各种各样的检查，没有产业或项目支撑，是很难过关的。

其实，购买返租商铺，大石嘴村已破了先例，驻村工作队为了增加村集体经济收入，今年春天在"米兰小镇"买了一间商铺，每月有 7000 多元收入。

此时的卢队长，他担心的不是商铺的事情，而是如果购买商铺实现不了，村干部和村民会有情绪，会对开发百香果种植基地带来不小的影响。本来准备在虎山村建立百香果种植基地，购买商铺只是交换的一个筹码。

但卢队长并没有泄气，尽管他为购买商铺的事花费了不少心思，做了大量工作，却被驻县组领导的一句话推翻。他坚信，只要努力再努力，项目迟早会在虎山村落地开花。

一早进入村委会后，没有完全失去信心的卢队长，又开始着手整理百香果种植基地的各种资料，并重新修改了一下预算。这次修改后的预算，他是参照火把社区驻村工作队队长金成柏提供的资料做的，毕竟他们熟悉建立百香果园所需要的各项投入。

王悦则做了一份工作车的管理台账。

刚修改好预算，卢队长就被吕书记、陆俊等几个镇干部叫去。他们来村委会，大概是想了解一下购买商铺的进展情况。

下班后，陆俊留在村委会与卢队长、王悦等一块吃午饭。这次，村委六哥下厨，代办员阿巧打下手，煲了一锅鸡汤，炒一小盘红薯叶，另加一大盘冬瓜，共九个人吃饭。

鸡汤煲得很鲜甜，王悦连喝了两碗汤，还吃了两碗饭，感觉这是他参加扶贫工作以来吃得最饱的一次。

每次在村里吃饭，都是 AA 制的，不过不是现场结算，肖副主任会记下来，一两个月结一次饭钱。

卢队长跟镇村干部汇报了购买商铺的情况，当听说驻县组领导不同意实施时，个别村干部就坐不住了，半开玩笑半认真地当场表态，如果商铺买不成，虎山村也不会上百香果种植项目。由此可见，购买商铺对增加村集体经济收入多么重要，个别村干部就是拿商铺作为筹码，才同意驻村工作队在虎山村开发他们认为没有太多价值的百香果种植基地。

下午，一个贫困户来到村委会领取他的慰问品。这是上次"广东扶贫济困日"前，高云飞单位领导进村慰问时发放的礼品，因为这个贫困户平常在邻县生活，所以一直没时间回来领取。

高云飞到县里参加视频培训会去了。

这次培训会，目的是进一步加强对建档立卡系统、广东扶贫云系统的功能介绍、使用、录入、日常信息维护、功能统计等相关系统操作培训工作，解读相关扶贫政策，提高扶贫干部业务能力水平。高云飞负责驻村工作队系统录入，卢队长自然会派他去参加。

因平常走访时很难碰到这个贫困户，为了打听他的家庭环境和生活现状，卢队长在办公室拿出记录簿，一边询问一边记。

像往常一样，王悦在镇政府吃完晚饭后就出去散步。昨天傍晚，王悦一个人去沙坝村散步，看到路边田野上，不少村民正忙着插秧。这次，他想到九凤村走一走。

晚上，伴着日光灯，王悦很想写首诗，但绞尽脑汁总是找不到灵感。

苦思了两个多小时，诗没写成，王悦却想起早上进村时在镇政府大楼门边碰见龙书记，又相约明早 6 点到上梁村散步。

早点休息吧，希望明早登上上梁村时，能见到很美很美的朝阳……

自从去年 7 月来到广安参与扶贫工作之后，王悦几乎每天都会到周围的村庄转一转，了解它们的历史背景，看看当地群众的生活状况和精神面貌，留给他的总体印象是，这里山清水秀，民风质朴，思想单纯，百姓安乐。

虽然这里的生活条件艰苦一点，但为了工作和理想，王悦还是选择坚守，希望在磨炼中，能带给别人一点快乐的同时，也给自己交上一份满意的人生答卷。

当然，王悦到四周村庄"转一转"，其实是漫无目的的走马观花，也就是随心随意的"散步"。所以，在近400个日子里，王悦不仅把散步当作一种理想的生活方式，而且把它看成一种使命，因为通过散步，他获得了付出汗水之后的平静，也获得了平静之后的某种欲望，而这种欲望，就是把自己在散步中的所见所闻、所思所感，变成穿透贫穷和黑夜的一首首诗歌，或者是一个个充满泥土气息的文字。这正是他内心深处的渴望，或者说是期待。

前几天，王悦跟随龙书记第一次登上上梁村后，他对上梁村的一景一物有了许多挂念，就像刚认识的新朋友，希望能够与它再次相遇相逢。

早上6点，王悦依约跟随龙书记到上梁村散步，同行的还有商店老板阿牛。

王悦与商店老板并不太熟悉，也不知道他的真实姓名，只是有时听到有人叫他"阿牛"。天热的晚上，王悦偶尔想喝一瓶"纯生"或冷饮解困解渴的时候，都会光顾阿牛的店。除了买东西，平常他俩素无往来，从没聊过多余的一句闲话。

三个人刚走出镇政府，就看见四周低矮的山脉被晨雾遮得严严实实，看起来有一种朦朦胧胧的美。而山脚下，一座民房端坐在山塘边，只是还没有睁开雪亮的眼睛。也许时间尚早，平常喜欢在山塘戏水的鸭子，此时也还没有现身，而山林中安睡的鸟，似乎还在梦中悄悄孕育歌声，等待为新的一天出发。

王悦喜欢宁静，更喜欢朝阳渐渐砸碎宁静的声音。也许，聆听朝阳砸碎宁静的声音，正是王悦再一次登上梁村的真正原因。

山路，依然是前几天登上梁村时的泥路。被车轮碾过的地方，还储着不少积水，阻挡着三个人前进的脚步。而密密的竹林下，就是望不到底的深渊。正因为这里竹子多，树也多，所以一旦碰上雨，路面就很难晾干。除了积水，还有那些专门欺负陌生人的蚊子，一路追咬过来，稍不留神，它就会叮在手臂上、额头上，像针扎一样疼痛。因此，为了不受叮咬之苦，三个人都会挥动双手，驱赶蚊子。不知道内情的人，还以为他们在做古怪的早操呢！

快到下梁自然村时，阿牛说他有事，先下山了。

刚走过下梁村，走在前面的龙书记突然停止了脚步，回头对王悦说："小心，这里有蛇！"

有蛇？王悦心里着实吓了一跳，不禁想起阿巧讲过两位村民被毒蛇咬的故事，顿时浑身透凉，毛骨悚然。他低下头，睁大双眼，一边小心谨慎地走，一边仔细查看路面，直至走到龙书记身边，果然看见一条约30厘米长、尾指粗的小蛇躺在被车轮碾成的槽里，不过已经没有一点动静了。

还没登上上梁村，王悦回头，只见上梁村对面的山谷飘浮着棉絮般的云雾，而山顶上的树林已被温柔的朝阳照亮，显得楚楚动人，像发光体，散发出金色的光芒。激动的王悦再走近慢慢欣赏，感觉眼前的世界，一半是阳光，一半是雾海，但始终没有看到朝阳究竟从哪儿探出头来。他继续往前走，再回头，这才意外发现满脸羞涩的太阳，从山顶上呼之欲出。

上梁村的朝阳确实太美了！望着慢慢朝自己而来的朝阳，王悦忙举起手机抓拍了几张。

而龙书记，面对着朝阳，用手机把它诞生的整个过程录成视频。

龙书记录完后，告诉王悦，秋天的时候，朝阳不是从山顶上爬起来的，而是从山谷雾海中飘起来的。

目前上梁村只有两三户住户，大部分人都搬到山下了，留下来的房子都是土砖瓦结构，一排排，坐西向东，此刻满足地享受晨曦的温柔。

四周异常安静，几乎听不到外来的声音，只有几只紫黑色的大蜂，"嗡嗡"地绕着瓦房前的菜地，向南瓜花扑去。一条小溪从山上茂密的竹林里冒了出来，虽然水流较小，但因落差比较大，水流撞击岩石时发出的声音，很干净很利落。

此时，王悦还听见断断续续的几声鸡啼，从山脚下的村庄穿过雾海，向上梁村飘了过来，令人想起"鸡犬相闻"的桃花源。

是的，上梁村就是王悦内心深深渴望的桃花源。站在这里，不仅能看到晨光雾海，也能看到飞瀑流泉；不仅能听到鸟儿的欢歌，也能听到真真切切的鸡啼，同时还能领略到四周的宁静与悠闲。无疑，如果选择隐居，这里就是最理想的地方。

带着奇思妙想，王悦走进了充满诗情画意的上梁村。为了欣赏到更美的朝阳，他紧紧跟随龙书记爬到半山腰上，痴痴地望着"一半是阳光，一半是雾海"的真实世界，真想为朝阳雾海高声吟诵一首小诗，并献上深深的祝福。

下山时，王悦依依不舍地离开了上梁村，而耳边又响起鸟声、鸡啼和泉水奔流不息的歌声，似乎还听到朝阳轻轻砸碎宁静的声音。当他回头往一排排坐西向东的瓦房望去时，看见金色的阳光，像一件薄薄的衣裳，披在绿色的山林身上，仿佛怕远离喧嚣的村庄着了凉。

随着朝阳越升越高，王悦看见躲藏在山谷的晨雾，渐渐向上梁村飘去。

差不多到白云村时，王悦和龙书记看见山路正中，一棵刚被挖出的竹笋静静地躺着，在竹笋又嫩又白的脸上，刻着"成请龙取回"五个字。王悦不太明白什么意思，疑惑地望向龙书记。

龙书记说，是店主贾旺成让我把这棵竹笋带回山下……看来老贾又挖了不少新鲜货，自己带不了那么多，留下一棵让我带回去。老贾年近六十，难得他有如此硬朗的身子骨，竟然能在深山里挖出这么大的竹笋。

说完，龙书记把脸笑成了上梁村升起的朝阳，悄悄砸碎了山林的宁静。

第三十五章

　　吃完早餐，卢队长叫王悦和高云飞提前 10 分钟进村，说是这段时间，省里来人暗访工作队的工作和生活情况。

　　来到村委会，卢队长坐在办公桌前，面对电脑，再一次认真修改百香果种植基地的费用预算。

　　王悦曾听说过，他还没来之前，市暗访组来过虎山村调查。

　　没多久，镇挂虎山村干部黄侠随同好几个人进入村委会，而这几个人，王悦都不认识，有点怀疑他们是不是省暗访组的人。王悦心里开始纳闷，但一直没见他们找自己谈话，了解工作和生活情况。直至吃午饭时，村委会开了两张桌，村两委干部、驻村工作队队员和黄侠他们一块进餐，王悦这才打消顾虑，原来是虚惊一场，省暗访组根本没来。

　　吃完午饭，王悦和卢队长回镇政府稍休息一下就回 Z 城了。

　　卢队长日忙夜忙，确实够累了，他需要休息，方能有精神把车开回 Z 城。

　　星期六早上，王悦起得比较晚。

　　窗外的阳光，猛烈地从天空中洒下来，好像要把地底凿穿。昨晚睡了一场好觉，王悦又想到外面走一走，看看 7 月的尾巴，有没有生长出什么新鲜事。

　　附近的公园看累了，王悦就想到远一点的地方玩个痛快。于是，他装了一瓶温水，戴上太阳帽，坐上一辆公交车，来到"辛亥革命纪念公园"。

　　进入 7 月以来，全国各地雨水特别多，而山体滑坡、山洪暴发，时时威胁着长期奋战在脱贫攻坚战场上的驻村干部和村干部的生命安全。

7月11日，云南省腾冲市猴桥镇发生山洪、滑坡、泥石流等自然灾害，胆扎社区党总支副书记郭彩廷在前往群众家查看房屋加固情况时遭遇泥石流，不幸被卷走。

英雄已走，愿天堂没有贫穷，更没有自然灾害；英雄的事迹，像阳光一样照耀着贫困山区；英雄的精神，永远活在人民心中！

在贫困山村，因病因残致贫的贫困户家庭占了一半以上，所以，为了解决病痛，上级部门出台了相应的政策，特别是对那些患大病的贫困人口，更是关怀备至，不仅支持其申请大病救助，而且全力给予救治。

最近，省扶贫办联合省卫生健康委对建档立卡信息系统中"患有大病"标识的贫困人口25318人与省卫生健康委的就诊救治信息进行对比，核实匹配患有大病并有住院诊治信息的共17891人，未匹配住院诊治信息的共7427人（含无身份证号的10人）。统计时间段为2017年1月1日至2019年6月30日。

在广安，患有大病的贫困人口有3人未匹配，患者都是大石嘴村民。

关于大病救助，镇扶贫办要求大石嘴村扶贫工作队核查好未匹配人员名单情况，其他驻村工作队则对共性问题进行核查，并将核查情况于7月29日下午下班前报镇扶贫办。

因有贫困户离世或有新增贫困户，截至目前，虎山村共有建档立卡贫困户87户202人。

预防已脱贫贫困户返贫，也是扶贫工作非常重要的事情，上级部门一直强调，驻村工作队也十分关注。所以，王悦和卢队长经常入户走访，搜集贫困户的最新动态，目的之一就是关注他们的现状，了解有没有异常情况发生。当然，这段时间驻村工作队死死咬住扶贫项目不放，最大的愿望就是尽快开发项目，增加村集体经济收入，巩固后方防线，建立防止返贫现象发生的扶贫资金，让他们在以后的生活中，有一定的安全保障。

幸好，王悦和卢队长每次入户走访，那些已脱贫贫困户的脱贫情况都还算稳定，暂时没发现有返贫迹象的家庭。

已脱贫贫困户出现稳定脱贫的良好现象，王悦认为最大的原因，就是村里大部分有劳动能力的贫困人口都已外出打工，实现"就业一人，脱贫一户"的最理想状态。从2018年度虎山村贫困户收支情况看，有劳动能力的贫困户基本上都有家庭成员外出务工，每年工资性收入有几千到几万元不等。其中，2018 年工资性收入最多的贫困户是曾高明家，他儿子、儿媳在外面打工，每年大概能赚 55000 元；工资性收入最少的贫困户是陈兰真，只有 4800 元。

曾高明是金龙自然村人，今年 55 岁，属于一般贫困户。他因残致贫。家庭共五口人，除了儿子儿媳，还有两个孙女，一个读小学，一个学龄前。陈兰真是下塘自然村人，去年四、五月确诊乳腺癌，从而向村里面申请低保；同年 7 月底，她的申请获得通过，成了建档立卡贫困低保户。陈兰真是一个苦命的女人，因未曾生育，被迫离婚。陈兰真身边有一个养女，刚读小学。她原来在县城打工，被医院检查出患有乳腺癌后，就辞工了。

除了这些贫困户信息，王悦还记得虎山村今年享受最低生活保障金的贫困户（超 60 岁无劳动能力人员）有 13 户，共 14 人；孤儿 1 人；参加合作医疗贫困户 87 户，共 202 人；贫困学生在读人数共 37 人，其中，小学生 23 人，初中生 5 人，中专生 2 人，高中生 4 人，大专生 3 人；就业贫困人口 51 人；危房改造户有 87 户，包括 2019 年 6 户；有劳动能力贫困户 42 户，共 149 人；无劳动能力贫困户 45 户，共 53 人。

需要说明一下，在虎山村贫困户学生中，有些学生不在县内就读的，教育补助就由当地教育部门或学校发放给他们。所以，教育补助时常会出现一些问题，比如没及时发放，或者当地教育部门、学校没有一次性发放本年度全部补助，甚至也会出现遗漏的情况。这些问题，驻村工作队是无法解决的，只能向上级反映，由上级与学生就读的当地教育部门或学校沟通、协调。

所有这些贫困户信息都必须脱口而出，算是扶贫工作的基本常识，否则，当上级检查问到村里贫困户情况，你答不出来，会闹笑话的。当然，还要经常走访，记住每一户贫困户家庭所处的位置。在帮扶工作队伍中，曾经就有这么一个故事：上级领导入村检查扶贫工作时，领导叫驻村干部带路到一户贫困户家中摸摸情况。结果，这位驻村干部带着领导转了半个村子也找不到，最后竟把领导带到了邻县的村子。

这个故事是真实的。一次会议上，王悦听领导讲的。

王悦经常在村委会办公室旁的资料室翻阅一些扶贫资料，多少了解贫困户信息及工作队的帮扶情况，以备领导检查。

转眼，8月即将来临。2019年上半年，虎山村驻村工作队究竟给村里及贫困户带来哪些变化，不妨让我们一起回忆一下。

2019年，在过去一年精准识别、深入调研的基础上，驻村工作队积极推进扶贫项目逐步开展，着力抓好产业发展扶贫、劳动力就业扶贫、社会保障、文化教育、医疗保险和医疗救助保障扶贫、农村危房改造、基础设施建设扶贫、人居环境改善扶贫八项工程。为实现上述目标，驻村工作队确实做实做牢了不少扶贫工作。

按照广东省相对贫困人口退出机制，对符合预脱贫条件的20户贫困户共45人，按照入户核查、评议公示、审核公示、审定上报、公告录入等程序进行认定退出；对2016—2018年脱贫的贫困户继续跟进，并圆满完成了2018年预脱贫考核任务。

在危房改造方面，通过驻村工作队和村两委的共同努力，已全部完成计划中的贫困户危房改造任务。

为了圆贫困户子女读书梦，助力教育帮扶，驻村工作队利用各帮扶单位筹措的资金，完成2018学年度给本村建档立卡贫困户在校读书的子女发放助学生活补助的工作，共有40名学生得到补助，发放80800元。

下半年，为了更好地参与脱贫攻坚战，如期完成脱贫任务，驻村工作队制定了具体的工作方式并作了一些工作设想：一是做好2019年扶贫成效考核工作；二是继续推进村集体增收产业项目；三是实施2019年度建档立卡贫困学生生活补助发放工作；四是配合镇、村做好党建工作。

但是，就目前而言，在扶贫项目开发方面，又面临严峻考验，光伏发电项目已被上级领导否决，购买返租商铺项目危在旦夕，虎山村的天空又出现阴晴不定的现象，如7月的天气，狂风暴雨，说来就来，令人防不胜防。

最煎熬的莫过于卢队长，一次次付出真心，一次次遭受打击，他很快陷入失眠状态。

项目，就像魔鬼的一双利爪，死死扼住卢队长的咽喉，让他动弹不得，也难以呼喊出来。

7月30日上午，阴郁的天空笼罩着Z城的大街小巷。虽然据天气预报预测，这几天会有台风雨，但王悦还是愉快地来到Z城党校。

他来参加为期两天的"Z城2019年扶贫干部培训班",与Z城各帮扶单位派驻Q市、C市的驻县工作组成员和驻村干部近400人共同学习扶贫知识,了解帮扶政策,提升自身工作能力和水平。

王悦走进党校,望着气势磅礴的"求是楼",感觉既熟悉又陌生。

2016年12月,王悦在求是楼参加过"广东散文研修班"。那时,前来授课的都是省内外有名的散文大家或报纸杂志编辑,给王悦和五六十名文学爱好者灌输了不少文学知识。

时过境迁,没想到自己再一次来到党校培训,尽管这次培训内容与文学无关,但王悦回想起来,内心依然翻滚着浓郁的文学气息,不禁感慨万千。今天,他以另一种身份踏进党校,学习内容与上次相比,可以用千差万别来形容,这次培训与老百姓的生活密切相关。王悦深深感到此时压在自己肩头上的担子非同小可,但心里还是有一点点自豪。也许,比文学更有意义的事情,就是响应国家号召,亲身参与、经历精准扶贫精准脱贫这一伟大战役。

现在,在虎山村磨炼了一年多,王悦的书生意气早已被"八有""两不愁三保障"磨得失去了棱角,心里装下的是贫困户的名字和脱贫攻坚任务,口里念的是扶贫政策和项目落实情况。

此次扶贫干部培训班在党校求真楼香山堂举行。王悦听说,培训班由Z城市农业农村局一位副局长亲自主持,由此可以看出培训班的规模浩大和领导的重视程度。在Z城派往Q市、C市的近400名帮扶干部中,绝大多数是今年轮换下来的新队员,也有少数是坚持留下来的老队员。

王悦翻看过培训教材,知道这次前来授课、指导的省市干部有:省扶贫办规划处孙少山科长,他讲授的是"当前扶贫政策解读和脱贫攻坚形势分析";Z城两新组织党工委副书记朱海,他讲授的是"新时代农村党建工作";Z城市纪委监委驻自然资源局纪检监察组组长林梭,他讲授的是"加强扶贫领域作风建设";Q市扶贫办张宝群科长,她讲授的是"建档立卡业务讲解"等。其中张宝群的课,6月4日和5日,王悦在西川县参加"2019年西川县脱贫攻坚工作驻村干部和扶贫系统干部培训班"时听过,但那时他坐的位子离讲台比较远,听得不太清楚,也没做笔记,所以这次重听也很有必要。

培训内容还安排了两堂驻村工作队经验介绍课，一堂由 Z 城人大派驻西川县长洲社区驻村第一书记杜爱华讲解"不忘初心，情倾长洲；牢记使命，心怀扶贫"的感人故事；一堂由 Z 城火炬开发区派驻 Q 市来贵县工作队总队长余清风讲自己驻村三个月来的"个人扶贫工作体会"。

杜爱华是老队员，他的两个战友也是坚持留下来的优秀扶贫干部。有关他们的做法和扶贫经验，6 月 4 日和 5 日，王悦也在"2019 年西川县脱贫攻坚工作驻村干部和扶贫系统干部培训班"上仔细聆听过，而 6 月 12 日，他跟随卢队长又亲自来到长洲社区，与长洲社区驻村干部交流学习。

当王悦走进亮堂的培训室时，看见前面已经坐着不少听课的驻村干部。他刚想到前面找个好位子，却听见有人叫他，他忙回头，是卢队长。

王悦坐在卢队长身旁的位子，两人同时翻开笔记本，准备认真做记录。

9 点，市政府领导开始为此次培训班作动员讲话，他向驻村干部提出三点要求和意见：一是坚决打赢脱贫攻坚战；二是高质量完成脱贫攻坚任务；三是希望参加培训的驻村干部认真听讲、遵守纪律。

接着，省扶贫办规划处孙少山科长为大家讲授"当前扶贫政策解读和脱贫攻坚形势分析"。

他认为，目前驻村干部要想做好扶贫工作，必须"准确把握当前脱贫攻坚形势"，认清"一个战役、两个战场"的进展情况，从省内脱贫攻坚战场来看，全省 14 个市、97 个县市区、1112 个乡镇、16483 个行政村，共有贫困户 62 万户、相对贫困人口 161.5 万，其中有 2277 个相对贫困村；从省外脱贫攻坚战场来看，桂川黔 4 个省区、93 个县、1286 个贫困村，共有 518 万贫困人口。

经过三轮扶贫工作后，在没有硝烟的战场上取得了决定性进展。其中，全省累计 150 万相对贫困人口实现脱贫，有劳动能力的相对贫困人口年人均可支配收入达到 9600 元以上，建档立卡贫困人口"两不愁三保障"总体实现；连续两年考核走在全国前列，创造了财政援助资金、筹集社会帮扶资金、转移贫困劳动力就业、派驻人才支持、带动减贫数五个方面的全国第一。

目前在脱贫攻坚战场上，总体形势出现了"四个转变"：脱贫攻坚已从全面推进向集中攻克最后堡垒转变；从集中解决"两不愁三保障"问题向建立健全稳定脱贫长效机制转变；从强化政府主导向构建"三位一体"大扶贫格局转变；从打赢脱贫攻坚战向与乡村振兴融合推进转变。

同时，在脱贫攻坚战场上，已有新的突破、新的进展。主要体现在：扶贫开发体制机制不断完善；各项帮扶政策有效落地；贫困群众稳定发展能力明显增强；贫困地区发展环境显著改善；党在农村的执政基础不断巩固。

虽取得不少脱贫成绩，但也还存在一些问题：一是政策落实不精准、不到位的现象依然存在；二是道路、饮水、农田水利等基础设施短板依然明显；三是形式主义、官僚主义问题不容忽视，思想上盲目乐观、思路上变换频道的情况时有发生，导致工作难以推进。

所以，面对问题，驻村干部必须从思想认识上再提高，学深悟透习近平总书记关于扶贫工作的重要论述，准确把握中央、省委省政府对脱贫攻坚的决策部署和贫困群众对脱贫攻坚的根本期盼。

孙科长花了大量时间，主要从"关于社会主义本质的思想、关于加强党的领导的思想、关于精准扶贫精准脱贫的思想、关于内源式扶贫的思想、关于大扶贫格局的思想、关于构建人类命运共同体的扶贫的思想"，与学员一起学习探讨习近平总书记关于扶贫工作重要论述的丰富内涵。

除了以上内容，孙科长还讲到了许多扶贫知识，如攻坚责任要再压实、精准施策要再聚焦、脱贫质量要再提高、攻坚作风要再提升、攻坚基础要再夯实。

最后，他还讲到上级部门正在科学谋划 2020 年后扶贫开发工作，加强对重点问题的调研，修订《广东省农村扶贫开发条例》，研究起草 2020 年后扶贫开发工作指导意见。

这堂课异常丰富多彩，王悦和卢队长一边认真听讲，一边细致做记录，而坐在培训室里的所有学员，也听得津津有味。

下午继续听课。第一堂由 Z 城两新组织党工委副书记朱海讲授"新时代农村党建工作"。他从三个方面向学员们灌输知识：一是深入学习贯彻习近平总书记关于基层党建的重要论述；二是农村（社区）基层党建工作重点任务；三是着力防范形式主义、官僚主义，推动农村基层党建工作减负提质增效。

第二堂课由 Z 城市纪委监委驻自然资源局纪检监察组组长林梭讲授"加强扶贫

领域作风建设"。他详细讲解了三大内容：

第一，存在的纪律作风问题。主要体现在党组织软弱涣散、纪律松弛；干部队伍建设未能突出政治标准，管理宽、松、软；扶贫工作不精准，脱贫主体责任压实不力；作风建设上依然故我，"四风问题"屡禁不止。

第二，产生纪律作风问题的根源。没有认真学习领会习近平新时代中国特色社会主义思想和习近平总书记关于扶贫工作的重要论述精神，在脱贫路上忘了初心。根源有四：认识不到位，党建不到位，责任不到位，监督不到位。

第三，不忘初心，打赢脱贫攻坚战。从四方面做起：真正从思想上、行动上深刻理解和实践"精准扶贫"的重要性与紧迫性；牢固树立公仆意识；牢固树立责任意识；牢固树立纪律意识。

第二天上午，王悦和卢队长一早来到党校，坐在原来座位上，认真聆听Q市扶贫办张宝群科长讲授"建档立卡业务讲解"一课。虽然曾经听过，但王悦和卢队长还是翻开记录簿，把主要内容记录下来。

张科长讲的内容是建档立卡系统动态管理及数据采集。她从建档立卡工作的重要性分析讲到建档立卡常见问题，从建档立卡贫困户动态管理讲到建档立卡基础信息采集注意事项，讲得非常细致入微。

在"学生信息动态管理"问题中，张科长提到目前扶贫和教育两个部门数据比对的大致流程。

动态管理在系统乃至扶贫工作中，都是一项非常重要的工作，要及时跟进贫困户家庭情况，或更新或修改，这样才不会出错。

她还提到贫困户致贫原因主要有：因病、因残、因学、因灾、缺土地、缺水、缺技术、缺资金、缺劳力、交通条件落后、自身发展动力不足、其他。特别注意的是，因病、因学、缺技术等需要动态调整的，必须时时刻刻关注。因病，如果患病的家庭成员已经康复或者去世（去世属于自然减员），要及时调整致贫原因，避免出现"因病致贫，但家庭成员全员健康"的逻辑问题；因学，如果家庭成员中的在读学生已全部毕业，要及时调整致贫原因，避免出现"因学致贫，但家庭成员无在校学生"的逻辑问题；缺技术，选择此项，那么必须是有劳动能力的贫困户，即家庭成员中至少有一个正常劳动力。此外，还需要注意帮扶规划和帮扶措施中要体现技能培训。

致贫原因中，什么叫"自身发展动力不足"呢？张科长解释，自身发展动力不足，必须是有劳动能力的贫困户，因为如果没有劳动能力，就不存在"自身发展动力不足"的情况，如果是家庭成员中有劳动力，但是"等、靠、要"思想严重的，可选此项。

受天气影响，本来安排两天的内容，结果把下午的两堂驻村工作队经验介绍的课程提前到上午开讲。

首先，Z城人大派驻西川县长洲社区驻村第一书记杜爱华讲解"不忘初心，情倾长洲；牢记使命，心怀扶贫"的故事。

帮扶三年多来，长洲社区驻村工作队紧紧围绕"实"字下功夫，以务实的工作作风、踏实的工作态度，认真贯彻落实习近平总书记"踏石留印、抓铁有痕"的指示精神，扎扎实实开展精准扶贫工作，整村容、做民生、搞项目……直接给长洲社区的群众带来了实实在在的脱贫成效和变化。

作为牵头单位的市人大常委会的领导，高度重视扶贫工作，时任市委书记、市人大常委会主任和市人大常委会副主任，多次到长洲调研扶贫工作，一些帮扶单位领导，每季度都会来到长洲进行精准扶贫工作指导。驻村工作队所取得的成绩，与领导的重视密不可分。

在驻村工作队的建议和争取下，进驻帮扶不久就率先成立由长洲镇党委书记为组长的"长洲社区精准扶贫领导小组"，压实责任，镇村和工作队联动，合力推进扶贫工作有效开展，商议、讨论和决策精准扶贫工作。截至2018年底，驻村工作队利用各种扶贫资金，已经在长洲社区投入468万元，其中，省财政资金176万元，Z城市财政资金156万元，帮扶单位自筹资金136万元。截至目前，原有的75户贫困户共210人实现全部脱贫，仅剩下2018年新增加的1户贫困户1人未脱贫，但这户贫困户有望今年实现脱贫。

驻村工作队队伍稳定，上下一条心，自进驻以来，队员没有任何变动，每个人都勇担当敢作为，有着强烈的责任感和使命感，团结协作，帮扶长洲社区贫困户脱贫，同时，扶贫项目精细化，档案管理规范化，2016年和2017年连续两年获得"Q市精准扶贫优秀集体"称号，最近又获得"2016—2018年广东省脱贫攻坚突出贡献集体"的光荣称号。

对于长洲社区驻村工作队的扶贫战绩，王悦和卢队长深有感触。那天他们到长洲学习、考察时，已经深深感受到了他们的成功之道，特别是档案管理，做得非常周密、详细，确实花了不少功夫，驻村工作队提倡"档案保存三十年"的口号，并非吹出来的，而是用心血做出来的。

长洲驻村工作队从最初入户精准识别到回头看、再回头看，可谓尝遍百苦，下乡、调研、走访、了解，对全社区 945 户农户、80 多户商户，进行了地毯式摸底排查，对每一户的家庭情况都做了详细记录，对每一户贫困户的人口状况、劳动力情况、就业情况等，都了如指掌。到现在，连贫困户的智力障碍孙儿都已认识工作队员，能和工作队员打招呼。而建立扶贫产业项目，驻村工作队更是付出了艰辛的汗水，献出无私的精神，才有了光伏发电，有了水蛭养殖场。

在"两不愁三保障"方面，驻村工作队不折不扣落实精准扶贫政策，稳定实现帮扶对象不愁吃、不愁穿，督促镇行业部门落实好保障贫困户"义务教育、基本医疗、住房安全"。其中住房安全是精准脱贫最重要的物质条件，长洲社区 75 户贫困户中，需要危房改造的有 42 户，2016 年完成改造的有 9 户，2017 年完成改造的有 20 户，2018 年完成改造的有 13 户，圆满完成了危房改造任务。

加强资金管理，这也是长洲驻村工作队非常重视的一项内容，使用的每一分钱，都会登记得清清楚楚、明明白白，并归入档案。对于资金的使用，驻村工作队严格按照省市县的资金管理办法进行申请，同时把每个项目的资金及时完善，按国家标准归档。

为了让每个队员掌握、了解政策，长洲驻村工作队还把上级下发的文件整理或装订成册，做到人手一份，实现了"一册在手、扶贫在脑"的良好局面，便于开展扶贫工作。

对于扶贫产业项目，长洲驻村工作队成立了由专业人士、社区干部和工作队共同组成的项目精细化管理队伍。例如，在养殖过程中，养殖的家畜家禽有病了，贫困户第一个想到的，就是联系管理队伍，然后再找兽医进行治疗，解除贫困户养殖过程的后顾之忧。工作队还不定期到贫困户家中，对养殖情况进行了解和记录，实时掌握贫困户养殖动态。2017 年初，驻村工作队制定了《长洲社区特色养殖项目管理办法》，2019 年夏，完成四个光伏发电项目后，又制定了《长洲社区光伏发电扶贫项目收益分配管理办法》。

为了鼓励贫困户就业和参与各种劳动，加快脱贫步伐，筑牢脱贫成果，驻村工作队特别制订了详细的奖补方案和计划。2017 年，投入 6.54 万元，对就业创业的贫困人口 46 人、危房改造贫困户 6 户、保洁员 2 人进行奖补；2018 年，投入 8.18 万元，对就业创业的贫困人口 55 人、危房改造贫困户 13 户、保洁员 10 人进行奖补。建立奖补机制，大大激励贫困户积极投身到脱贫攻坚战之中，增强他们的信心。

在教育扶贫方面，驻村工作队也是新意迭出。驻村工作队通过社会活动，积极发动社会团体到长洲社区参与脱贫攻坚，捐资助学，慰问支援贫困学子，并取得一定的成效。特别值得一提的是，从 2018 年开始至今，已有 40 多位热心人士帮扶社区每一位在校建档立卡贫困户学生，每月资助 300 元……

王悦坐在座位上，听着长洲驻村干部所做的每一件实事好事，被深深感染了，他仿佛看见一个个为春天抚琴而行的驻村干部，像一座座大厦，在贫穷的土地上拔地而起；又像一棵棵参天大树，繁茂地生长在每一户贫困户家门前，日夜驻守，无惧风雨。

培训圆满结束后，天空就刮起大风，下起大雨。正如天气预报所料，台风"韦帕"真的来到了 Z 城。

第三十六章

在虎山村，完全丧失劳动能力和部分丧失劳动能力且无法依靠产业就业帮扶脱贫的贫困人员，一共有 52 人，约占全村贫困人口的四分之一。这些人，除了年老的、年幼的，就是病残的。当然，病残的贫困人员，一般都能享受到低保。

8 月 5 日上午 9 点，王悦和卢队长准时向广安出发。

Z 城市区经历了台风"韦帕"和连日的大雨后，这两天天气又晴朗了许多，而且气温骤升，高达 35℃。据天气预报，8 月 8 日和 9 日，又会有新台风降临，风力将达到八九级。

进高速前，卢队长把车开进加油站加了油，之后从 Z 城西收费站进入广珠西线高速。

车上，卢队长带给王悦一个不好的消息，上星期五信访局召开了党组会议，认为购买商铺这一扶贫项目有待考察，原因还是购买商铺投资大，风险高，除非能在 Q 市找到单位担保，保证开发商能履行合同条约。

王悦很担心购买商铺又会成为泡影，因为驻村工作队在 Q 市肯定找不到愿意为购买商铺做担保的单位。很遗憾，之前工作队围绕购买商铺所花费的时间、精力也许全都白费了。

8 月 2 日星期五，经信访局党组会议研究，局党组建议对虎山村投资购买商铺项目作进一步了解核实，认为购买商铺每月返还 7292 元，远高于西川县同规格商铺租赁价，可能存在销售陷阱，有很大投资风险。为确保扶贫专项资金安全，降低投资风险，需要虎山村村委及所在镇政府、县政府进一步核实以下情况：核实确定委托管理公司每月返还的收益是否有保障；核实确定是否能拿到房产证；核实投资购买商铺的市场价。

以上情况核实后，信访局局党组再进一步研究决定。

为什么上一个项目如此艰难呢？针对虎山村的现状，如果再不落实项目，就算上级不追责，日子也绝对不会好过，因为今年是脱贫攻坚关键之年，随时都会来人检查扶贫工作。没有项目为虎山村做门面，检查就难以通过。最重要的是，驻村工作队真的很难向村里交代，于心难安呐。

当然，信访局领导并不是完全把购买商铺打入"冷宫"，而是持谨慎的态度，需要进一步调查核实，毕竟投资大，风险高。王悦猜测，领导肯定向专业人士咨询过购买商铺的相关问题。

除了扶贫项目欠缺，驻村工作队在村里还是做出了不少成绩，特别是危房改造方面，已经全面完成计划内改造任务。

但是，就现状而言，王悦和卢队长都很清楚，如果购买商铺不能实现，接下来的扶贫工作更难开展。村里之所以愿意开发百香果种植基地，完全是拿购买商铺作为交换条件的。

怎么办？车内突然沉寂下来，王悦和卢队长眉头紧锁，都陷入深深的苦思之中。

这些天，卢队长又瘦了一圈，他为扶贫项目开发的事，不知付出了多少心血，每天晚上加班加点做各种资料，却从没言一声苦、抱一次怨，只是默默地付出。

由此，王悦又想起前任队长，碰到难题只会张口抱怨，缺少自控能力，抱怨多了，人也疲软了，对扶贫工作就会缺乏激情，丧失信心，忘了初心。

面对困境，一个只会抱怨，一个依然埋头苦干，这正是前后两位队长的最大区别。

当然，卢队长和王悦在散步的时候，也提到过扶贫工作的难处，但王悦能感觉到，卢队长身上有一种不平凡的气质，或者说是傲骨，他时常会以沉默对抗一切难题，冷静处理，以不屈不挠的精神拒绝向困境低头，建立独特的人格魅力。这正是王悦最敬佩的地方，所以，跟着卢队长干，王悦信心满怀，有困难，一起面对；有责任，一起承担；有快乐，一起分享。

渐渐地，王悦和卢队长拉近了距离，不仅成了战友，还是兄弟。他俩都拥有诚实善良的品性，也怀有远大抱负的思想，更有坦荡的胸襟和气度。

这次，信访局突然变卦，作出反复无常的决定，虎山村两委干部肯定会有不少意见，百香果种植项目又会悬而不决，给工作队形成更大的压力。

如何向他们解释？坐在副驾驶座位上的王悦，忍不住望了卢队长一眼，只见冷静的卢队长，将高度近视的两只眼睛一直投向前方，小心驾车，一副天塌下来都不怕的样子。

今天天气真好，一路上没下雨，汽车跑起来也特别快，还没到 12 点就到了目的地——广安镇政府。

在镇政府饭堂匆匆吃完饭，王悦和卢队长就回宿舍休息去了。开了近三个小时的车，卢队长确实困了。

下午 2 点半，卢队长到镇扶贫办汇报工作，王悦等他汇报完工作后一起进村。卢队长回来后告诉王悦不进村了，要填绩效表。

县慈善会给各镇发来通知，要求对 2015 年 1 月至 2019 年 6 月扶贫货物捐赠情况进行统计。镇扶贫办将通知转发给各驻村工作队和村委，要求村委进行统计，驻村工作队负责统计从 2016 年 6 月至 2019 年 6 月扶贫货物捐赠情况（含慰问品）。捐赠对象为单位或个体工商户。统计范围是货物捐赠，鸡、鸭、猪、牛、饲料等除外。

第二天上午，卢队长准备到县政府参加 Q 市完善县级脱贫攻坚项目库建设视频培训会的时候，天空中从东边的山上飘来一朵墨汁一样的乌云，然后停留在镇政府办公楼上，再也不愿离开。

卢队长望了一眼天上的"墨汁"，默默启动工作车，向县政府方向开去。随即，一场大雨就从镇政府上空飘洒下来，似有吞噬整个世界的架势。

王悦和高云飞留在宿舍办公室。整个上午，王悦都在查看虎山村的扶贫资料。

目前，对于虎山村贫困户来说，除了养殖黄牛和猪，有收益的项目就只有由县镇统筹的投资商铺、小水电站和工业园区等，共有 43 位有劳动能力的贫困人口每人每月能得到一百多至几百元不等的分红。

在翻阅扶贫资料时，王悦看见镇扶贫办在镇扶贫微信工作群发了一条通知：根据 2019 年春季学期初三建档立卡贫困学生入读上一级学校情况统计工作要求，请各村迅速摸清辖区内 2019 年春季学期初三建档立卡贫困学生入读上一级学校情况，填好《广安镇××村学生就读情况表》于 8 月 9 日下午下班前报镇扶贫办；我镇 2019 年春季学期初三未入读高中建档立卡贫困学生共 10 人，这部分学生拟推荐到市农业学校就读。

在 10 人名单中，王悦没发现有虎山村贫困学生，他又继续翻阅扶贫资料，同时感到，教育扶贫是一项非常重要的任务，而且这方面，各级部门都会献出关怀、关爱之心，努力把政策落到实处，为贫困学子解忧。由此，他又想起失学少年刘志欢，驻村工作队确实为他付出了很多，才让他顺利重返校园。

因为购买商铺项目被搁置，这个星期，王悦隐隐感到，镇扶贫办领导、村两委干部好像对卢队长不那么热情了。特别是当卢队长找村干部商讨百香果种植基地的事情时，他们总是躲躲闪闪，把提前说好的征地一事也丢在一边。

王悦的担心还是得到了验证。

田野上的秧苗，一天比一天长得旺起来，像绿色的毯子，铺在山脚下。农民刚除完虫，又在田野上撒复混肥料。

星期五早上，王悦又到白云村晨练。

朝阳像刚亮起来的灶火，灼烤着附近的山林和居民楼。王悦站在山哥家门前，望着脚下的梯田，一株株日渐粗壮的秧苗神采飞扬，恨不得让阳光把自己的灵魂抽走；一片片绿得发亮的叶子，更是喜得眉开眼笑，向着阳光大献殷勤，像王子见到了仙女。

安宁的四周不时有鸟声掠过，与从田野上流过的溪水互相唱和起来。沐浴在晨光山色中的王悦，心胸更加开阔，呼吸更加匀称，仿佛置身于世外桃源。

可是，身处世外桃源的王悦，此时还不知道，风王"利奇马"即将"杀"到中国，气象台已经亮起今年首个台风红色预警。

在中国沿海地区，进入夏季后，台风暴雨就像家常便饭，说来就来，破坏力极强。

幸好，下午回 Z 城，一切正常。

据气象专家预测，台风"利奇马"将于 8 月 10 日凌晨在浙江象山、苍南一带沿海登陆，或在台州、乐清一带沿海登陆，登陆时强度为强台风级或超强台风级。中央气象台 8 月 9 日 10 时继续发布台风红色预警。

　　但在 Z 城，8 月 10 日、11 日天气依然晴好，并未受到"利奇马"的恐吓。王悦趁两天休息日，还登了一次山，欣赏山上的风景，俯瞰城市盛夏的容貌。

　　又到了星期一早上 9 点，王悦准时来到市区办事处门旁，等待卢队长开车接他。

　　天气异常闷热，阳光很毒辣。上班高峰期已过，路面上来往的汽车渐渐少了，但都跑得飞快，仿佛它们是血肉之身，怕被阳光晒成鱼干。

　　为了避免晒成鱼干，王悦躲在公交站牌后面有阴影的地方。五六分钟后，卢队长就开车缓慢地靠到前方。

　　坐在副驾驶座位上，王悦感叹日子过得太快，好像打个喷嚏，新的一周又来了。

　　从 Z 城西进入广珠西线高速后，王悦问卢队长昨天下午向信访局领导汇报购买商铺的情况。卢队长似乎有点憋屈，一直不作声，小心地开着车。

　　不用多想，购买商铺的事肯定再没有回旋的余地。王悦也感到特别难受，深为卢队长打抱不平，他付出了努力和汗水，到头来却是竹篮打水一场空。最重要的是，商铺没着落，村干部又没好脸色，下一步扶贫工作将如何开展？

　　这次，卢队长真的好尴尬，做了那么多事，倒把自己逼进死胡同，弄得里外不是人。有时现实就是如此残酷，苍天就是如此不公，努力了，不一定有回报，但不努力，肯定看不到一点希望。

　　现在事情弄成这般田地，还能咋办？继续努力呗！是的，哪怕被困难撞得头破血流，卢队长也绝不会回头，为了虎山村，为了 80 多户贫困户，他早就豁出去了，碰到这点小麻烦，只是"苦其心志"而已。

　　卢队长，千万别放弃，也别给自己太大的压力！王悦忍不住看了一眼卢队长，只见他异常镇定，谨慎地开着车。

　　在王悦心里，卢队长是个忠厚老实肯干的平凡人，又是一个想干事会干事能干事的驻村干部。所以，王悦相信他的能力和意志，更相信他一定会给虎山村带来好的扶贫项目，把胜利的旗帜飘扬在村里最高的山上。

　　但对于扶贫驻村干部，没有一点压力是不可能的，否则，就不会有那么多扶贫工作队员说晚上经常为工作而失眠。

　　卢队长自上任以来，确实为虎山村做了许多工作，尤其是产业扶贫这一块，经常跑来跑去，到外面考察、调研，回来又不分昼夜地整理各种各样的资料。但由于虎山村的地理环境和自身条件，想开发一个扶贫项目谈何容易，就像登天一样难。以前邀请过一些商家来投资，结果商家都因虎山村自身环境问题望而却步。

虎山村的项目何时才能开发落实？镇领导发愁，村干部有心无力，驻村工作队努力了也不顶用。

为了尽快上项目，近一个月来，卢队长基本上每晚都失眠，这样下去，迟早会把他的身体拖垮。现在，购买商铺的项目悬在夜空中，卢队长总想伸手，又抓不着，但他绝不会放弃的。

上次，当卢队长向村两委汇报信访局领导认为对购买商铺要持谨慎态度时，村干部的反应比较激烈。如果购买商铺不成功，那么卢队长估摸着村干部和村民对百香果种植项目也会冷淡许多，因为他们认为，百香果基本上是不赚钱的，对增加村集体经济收入和贫困户脱贫起不到什么作用，即使开发落实了，也只是花拳绣腿而已，没有什么用处。

卢队长现在最紧迫的工作，除了尽快落实扶贫项目外，就是尽量多抽出一点时间走访贫困户。他知道，只有真正了解并掌握每一户贫困户的家庭情况，才能真正做好扶贫工作，如果连贫困户的情况都不了解，就是严重失职。

在丹灶服务区休息的时候，陆俊打电话给卢队长，说 Q 市一位副市长来广安巡查驻村干部工作情况，有可能入虎山村，让卢队长准备两户虎山村有劳动能力的未脱贫户的资料。

卢队长赶紧联系了高云飞，让他入村准备迎接巡查工作。

今年，虎山村有 8 户 17 人未脱贫，其中 3 户是有劳动能力的贫困户。

这次巡查，市领导是没有提前通知的，相当于暗访。

卢队长急着赶回广安，然而从进入大岭一号隧道后就出现堵车现象，差不多到大田收费站才开始畅通。堵车原因是二广高速大田路段在修路。

从大田收费站下了高速后，回到广安镇政府已经是中午 12 点 40 多分了。

吃完午饭，高云飞告诉卢队长，副市长没进虎山，只去了大石嘴。

这次，领导又绕道而行，给了福将卢队长足够的面子。

下午进村后，王悦看见阿巧身穿白色连衣裙，感觉她年轻了许多。其实，阿巧本来就不老，只有 30 多岁，只是过于沉重的生活负担让她看起来比实际年龄要大。

8月7日至9日，阿巧与另外四个基层村干部，代表西川县在广州南沙参加了由共青团广东省委员会与广东省文化和旅游厅共同举办的"广东省乡村文化旅游'领头雁'人才培训班"。

阿巧人不错，对工作非常认真负责，态度又好，而且积极上进。虽然她只有初中文化水平，但多年来一直在网上参加英语口语培训，据肖副主任说，阿巧现在完全可以用英语跟外国人对话交流，可惜不会写。

卢队长刚坐在办公室里，陆俊就来了，打听昨天卢队长向信访局领导汇报关于购买商铺的批复情况。

下班后，驻村工作队队员和村两委干部身穿红色"党员志愿者"上衣，在村医疗站、篮球场附近清理垃圾。

王悦去年申请了入党，但还没获批准，仍需要组织进一步考察和考验。今天，他穿上"党员志愿者"上衣，感觉自己高大了许多，心里非常自豪！

他要以实际行动，加强学习和磨炼，提升自己，积极向党组织靠拢，争取早日入党。

关于今年各村未脱贫户，根据县扶贫办2019年第二季度会议精神，进一步压实镇帮扶主体责任和各帮扶单位帮扶责任，落实全县未脱贫户2019年帮扶措施，完成年度脱贫任务，县扶贫办要求各帮扶工作队依实际情况，搜集有劳动能力未脱贫户信息，施行精准有力的帮扶措施，并于9月开始对全县建档立卡有劳动能力的贫困户帮扶措施逐户进行核查，如核查发现没有落实帮扶措施或弄虚作假的，将严肃追究相关责任人。

在虎山村8户未脱贫户中，有3户是有劳动能力贫困户，1户是江下自然村的黎霞妹，1户是下木坑自然村的苏会勇，还有1户是石龙自然村的陈家和。

这3户有劳动能力的贫困户，今年脱贫是不成问题的。黎霞妹两个女儿都已大学毕业，且找到了工作，此时的她，也许正谋划着未来幸福的日子呢！苏会勇更不用说了，虽然他母亲患病，还有一个弟弟上学，但他也大学毕业了，有了一份稳定的工作，而且看他家大气的楼房，肯定有"外援"暗中资助。至于患有长期慢性病的陈家和，以后的生活也会不错的，妻子在外打工，每年有36000元左右的收入，两个孩子在广州读大学，前景一片光明。王悦还从帮扶措施资料中查到，2018年，陈家和家庭人均可支配收入达到 10663 元，比 2015 年（帮扶前）翻了近三倍。

按照县扶贫办要求，驻村工作队以实事求是的精神和态度，为虎山村 3 户有劳动能力贫困户详细做了精准扶贫信息表，制定帮扶措施。如资产扶贫、医疗保险、养老保险、技能培训、教育扶贫等，都一一列出来，并给予实施。而且经过驻村工作队周密调查和走访，3 户未脱贫贫困户的"八有"情况已基本达标。

对于建档立卡贫困户，驻村工作队以前都会为他们建立精准扶贫信息表，内容包括贫困户家庭成员情况、家庭收支情况、帮扶计划或措施、"八有"完成情况等。

明天（农历七月十五日）是传统中元节，是缅怀逝者、表达思念之情的日子，也是中华民族的传统习俗。但在西川，群众过中元节是在农历七月十四日。

中元节也叫盂兰节，在西川俗称"鬼仔节"。这一天，不少地方盛行烧纸钱拜祭先人，但对于西川人来说，有所不同的是，这个节流行吃蕉叶糍和蕉叶粽。

西川盛行吃蕉叶糍，寓意去除邪气。蕉叶糍是当地民众最喜欢吃的食物，只有在一年一度的"鬼仔节"才有得吃，是以糯米粉团包着花生、萝卜干、大竹笋，再用蕉叶把粉团包好而成。

每年"鬼仔节"前，当地群众会和家人去河边或者山里摘芭蕉叶子，到"鬼仔节"前一天就把蕉叶糍做好，过节当天早上用以祭祖。"鬼仔节"那天中午，人们再把蕉叶糍当午饭吃。

西川人除了吃蕉叶糍，中元节还有吃粽子的习惯，祈求家人团聚和好。

当卢队长走进村委会后，肖副主任就向他告状：李白桂的黄牛经常吃村民的农作物，受到村民的多次投诉，昨天他的黄牛又吃了村民的农作物，愤怒的村民与李白桂大吵了一架。

黄牛是 2017 年工作队赠给贫困户的，目的是助力脱贫，不是惹是生非。卢队长听后，就说下次入户时提醒他。

李白桂的黄牛不仅乱吃人家的农作物，还在村里横行霸道，随便拉粪，严重污染村里的空气。村民叫他把黄牛拴起来，可是李白桂今天把黄牛拴住，明天又忘了。

李白桂有时出外做工，老婆有精神障碍，而孩子又要上学，管不住牛，肖副主任建议驻村工作队召开会议，讨论能否劝李白桂将牛卖掉。

晚上，镇政府的夜空升起一轮明月。王悦站在宿舍阳台上，竟然怀念起很久没回去的故乡。"今夜月明人尽望，不知秋思落谁家"这句诗，是王悦吟诵最多的一句，经常挂在嘴边，记在心里，以此怀念故乡和亲人。

此时的月亮，似乎完全理解王悦的心情，好像在它敞亮的心里，带着故乡的一点情意，一步一步向他走来。

中元节上午，"广安镇落实县委省定贫困村专项巡察组对虎山村巡察反馈意见分析会"在镇政府办公楼三楼会议室召开，参加会议的有西川县巡察组组长冯敬华，镇党委书记吕平，副镇长程海风，镇纪委书记陈小燕，镇扶贫办专职副主任潘大为，以及虎山村驻村干部、村两委干部。

今年3月至5月，西川县派出巡察组对全县省定贫困村进行为期10天的巡察、督促整改和落实。

会上，巡察组组长冯敬华宣读巡察组对各个省定贫困村的巡察情况，并提出整改意见。

巡察结果发现的问题清单：党员没有发挥先锋模范作用，群众参与脱贫的积极性不高；村民小组的监督没有发挥作用；扶贫资金使用、监管存在问题；危房改造存在问题；扶贫产业项目开发存在问题……

村支书针对问题清单作了发言后，吕书记也表了态：一是提高政治站位，正视巡察发现的问题；二是全面整改落实，深刻反思；三是积极推进新农村建设任务。

接着，针对西川县巡察组巡察发现的问题清单，又召开了"整改布置会"，由吕书记逐条对照，提出初步的整改布置意见。对党支部、党员没有发挥作用的整改意见，吕书记强调村支书、各自然村理事会要充分发挥带头作用；对党建工作薄弱问题，新农村建设问题，弄虚作假问题，垃圾、保洁及公共厕所问题，新农村建设资金使用率问题，慰问物资没有签收表、扶贫政策落实不到位、贫困户未精准识别问题，危房改造问题，存在形式主义问题，扶贫项目开发问题，扶贫资金使用问题等，吕书记都提了整改意见，及时布置整改任务。当然，这些问题并不是说虎山村都存在，但也应当引起足够重视，起到警示作用。扶贫项目方面，虎山村目前主要有三类：一是贫困户养殖牛猪；二是县镇统筹项目；三是村集体项目。其中，村集体项目已经申报，正着手开发。

另外，前段时间县镇要求虎山村开发300亩左右的红花油茶树种植项目情况有变，吕书记说准备将中央下拨的 12 万元扶贫资金转入其他投资项目。

对比问题清单，吕书记指出虎山村主要存在以下几个问题：一是党支部没有发挥核心作用；二是扶贫项目问题，前期投入的碾米厂没多少收入，应降低租金，尽快转包私人经营；三是危房改造存在形式主义、官僚主义问题，没有严把质量关；四是新农村建设问题；五是村集体经济收入管理混乱问题。

王悦没想到虎山村会存在这么多问题。当然，这些问题都是以前发生的，就看新任队长卢汉平如何面对、如何接受整改。

站在一大堆历史遗留问题面前，王悦相信卢队长不仅有魄力承受，更有能力去应对，率领虎山村所有贫困户冲出一条坦途，为春天抚琴而行。

第三十七章

卢队长来虎山村参与脱贫攻坚工作差不多三个月了。他与王悦经常交流扶贫工作及感受，而王悦觉得卢队长的工作方式和性格与前任队长截然不同。

卢汉平是个小心谨慎的人，而且待人真诚，原则性强，政治素质高，对待工作既热情又负责。所以，王悦非常信任卢队长，也从心底敬佩他的做事能力和为人。

当然，长期在机关工作的他，也坦言来基层参加脱贫攻坚战，没想到条件会这么艰苦。但他并没有惧怕，总是把心思放在工作上，把困难抛在一边。

前天在镇政府召开的"广安镇落实县委省定贫困村专项巡察组对虎山村巡察反馈意见分析会"上，王悦和卢队长都不曾想到，虎山村会存在这么多问题。

接下来，针对问题，驻村工作队会逐一进行解决或整改，只是苦了卢汉平，刚接任队长才三个月，就面临一大堆历史遗留问题。

今天上午9点，广安镇2019年第三季度扶贫工作会议在镇政府办公楼三楼会议室召开。

会上，潘大为提到以下几项工作：

一是收集有劳动能力的贫困户就业岗前培训情况；

二是推荐有劳动能力的贫困户就业，至少要推荐三次，并记录好相关资料，8月31日之前完成推荐；

三是发放就业奖补，条件是连续6个月稳定就业的贫困户；

四是发放创业保障补贴，条件是有创业项目、就业困难的残疾青年贫困户；

五是收集五保、低保变更情况；

六是及时更新建档立卡贫困户家庭情况;

七是继续加强"八有"完成情况,市、县领导会以暗访形式进村入户调查;

八是落实奖补政策方案,主要是种植奖补。

陆俊补充了以下几点:

一是村支书要遍访贫困户,村干部要熟悉贫困户情况;

二是遵守驻村干部请假制度;

三是明确责任,落实分工;

四是在扶贫工作中出现的问题应及时查漏补缺;

五是完成好系统录入工作。

最后,杨副组长也讲了激励驻村干部的话,算是对本次会议的总结。

关于就业奖补,主要对象是建档立卡贫困户,且今年积极主动外出就业或就近转移就业累计实际务工 6 个月以上,含在县、镇、村设置的公益性岗位,县、镇建设的扶贫车间或扶贫作坊,农业龙头企业或农民专业合作社等就近就业的贫困人员。

符合奖补条件的对象,于今年 10 月 10 日前由本人如实填写《2019 年 Q 市建档立卡贫困家庭就业奖补申请审批表》一式三份,并提供务工收入证明、申请人身份证复印件、今年以来累计 6 个月以上的银行工资流水账或工资签领表(需加盖单位公章),以及户主银行账号复印件等相关资料,向户籍所在村委会提出申请。如果是残疾人,需附残疾证复印件。

申请之后,要经村委会和驻村工作队核查,再送镇、县审核,最后是市级审批。

就业奖补的目的是激励和促进全市农村建档立卡贫困家庭有劳动能力人员转移就业增收,实现"就业一人,脱贫一户"的目标。

为了打赢脱贫攻坚战,彻底消除贫穷,各级政府纷纷出台了奖补政策,激励建档立卡贫困户尽快实现脱贫愿望,过上幸福生活。

又是新的一周。本来上午 9 点出发回广安的,但上午信访局要召开关于虎山村购买商铺的党组会议,卢队长便发微信通知王悦,说下午出发。

下午 2 点半出发的时候,卢队长对王悦说,因为信访局一位领导请假,上午没召开党组会议。

差不多到大田收费站的时候,高速路上出现严重堵车,直至 6 点才赶到广安镇政府。吃完晚饭后，王悦沿着通往白云村的村道随便走了走。

在路口，一幢雅致的三层楼房拔地而起，光看装修豪华的外表，就知道屋主是有钱人家。王悦曾听龙书记说过，这幢新楼的主人，在佛山做生意赚了不少。

路边的菜地，丝瓜苗盛开着一朵朵淡黄色的花，显得异常热闹。稍远一点的田野上，一株株绿色的秧苗向着天空努力生长。

天色越来越暗，王悦没走到山哥家门前就走了回来。当他差不多走到新楼时，站在路边的一个戴眼镜的小女孩叫了他一声"叔叔"。王悦一时没反应过来，小女孩又叫了他一声"叔叔"后，王悦才想起她是媚姐的女儿。

小女孩长得瘦瘦高高的，在县城读高中，这个暑假过后，她就上高二了。今年春天，王悦写了一首诗歌《为春天抚琴而行》发在朋友圈，小女孩从她母亲手机上看到后，很喜欢，就加王悦为微信好友。

小女孩喜欢文学，也曾多次参加市、县级征文比赛，屡屡获奖。去年，王悦听媚姐说她女儿喜欢看小小说后，时不时通过媚姐送一些文学书籍给她，但他从没见过她。直至前几天晚上，王悦才见到她在饭堂帮媚姐洗碗。那时，王悦虽然与母女俩打了一声招呼，但没怎么留意小女孩。

这一次见到小女孩，她是跟她母亲到路边一间小屋里喂鸡。

王悦与小女孩聊了一下文学，鼓励她先学好课本知识，有时间再涉猎一些文学书籍。

王悦深深知道，对于普通作者来说，文学只是一种精神追求，绝不能把它当作谋生手段。

听到王悦跟小女孩交流，媚姐从小屋里探出头来说："阿悦，你是大作家，多鼓励我女儿啊！"

王悦突然想起，今天来广安时，他带了一本散文集，是珠海一文友送的，正好可以转送给眼前这个酷爱文学的小女孩。

晚上，镇扶贫办在镇扶贫微信工作群下发通知，要求各驻村工作队在系统里迅速核对、更新几项内容：贫困人口按月自动更新年龄；贫困人员男 16～60 岁、女 16～55 岁自动识别更新为有劳动能力人员，在校、残疾、患病人员除外；贫困人员男 60 岁以上、女 55 岁以上识别更新为无劳动能力人员。

对于贫困户动态，驻村工作队必须随时密切关注，在系统实行动态管理，及时修改或更新。

另外，按照《关于做好 2019 年"广东扶贫济困日"活动市级定向捐赠资金申请的通知》要求，镇扶贫办让市直单位驻村工作队迅速了解核实本单位 2019 年"广东扶贫济困日"活动捐赠资金情况，并结合各村实际情况按照"广东扶贫济困日"活动捐赠资金管理办法拟定资金使用意向，填报好《Q 市"广东扶贫济困日"活动定向捐赠协议书》等相关资料，准备好文件规定的所需资料，于 8 月 27 日交镇扶贫办汇总，其他工作队也要做好相关资料以备用。

早上进村后，村委会停电，王悦和卢队长、高云飞、村支书、坤哥到东平、铜寨、西坑等自然村走访贫困户。车上，村支书说，上周六，也就是中元节过后第三天，贫困户李金兰的老婆死了。

唉，为什么受伤的总是那些苦难的人儿？想起满脸猪肝色的李金兰，王悦暗自悲叹起来。

在铜寨，大家看望了五保户廖火娣。虽然老人今年 96 岁了，但看起来不仅人精神，身体也很硬朗。大家里里外外仔细检查了她家的"八有"情况，但没发现异常，倒觉得老人爱干净，把房前屋后清扫得干干净净。

随后，大家跟她坐在一起聊了聊她的日常生活。老人穿着短袖衫，端端正正地坐在一张矮木椅上，而且说话的声音很大，生怕大家听不见。

卢队长像记者一样，坐在老人身旁，把那本黑色的记录簿放在大腿上，向老人问询并做了详细记录。

了解之后，见老人并无大碍，生活上也没碰到什么问题，大家才起身告辞。当王悦走了一会再回过头时，看见老人一直站在门边，挺直腰板目送着大家。

走进东平自然村黄佛龙家，他正坐在椅子上，行动不便，没起身迎接大家；也许天气热，他只穿一条短裤。黄佛龙是一般贫困户，因残致贫，一家共六口人，除了老伴，还有一个在家务农的儿子，儿媳在外打工，两个孙子都在镇上读书，一个读小学五年级，一个读初中一年级。

了解黄佛龙家基本情况后，大家去了黄家卫家，他不在。听坤哥说他在邻县儿子那儿照顾读书的孙子、孙女。黄家卫也是一般贫困户，主要致贫原因是缺资金。

他家有五口人，老伴已故，儿子、儿媳在邻县打工。

尔后去了东平的莫丽群家和铜寨的五保户黄达卫家，两个户主都不在，无法走访了解他们的生活现状。

东平与铜寨是两个紧邻的自然村。

莫丽群家因学致贫，她老公已不在人世。她有两个儿子，大儿子读高中，小儿子读小学。为解决两个孩子的读书问题，莫丽群经常到附近打散工。王悦听坤哥说，她小儿子读书很厉害，除了课本知识，绘画、唱歌，都学得很好，经常在各类比赛中获奖。

大家来到东平走访五保户黄达礼。瘦高瘦高的他热情地招呼大家。黄达礼是危房改造户，他的新楼房建得很气派很漂亮。房子是他与在外打工的侄子共建的。老人的样子很老实、平和，皮肤略黑。

来到铜寨黄乐声家，查看了危房改造情况。他的新楼建好了，但还没有装修完。他在Z城与哥哥生活在一起，至今还没回来搬家什入住，屋内显得空荡荡的。黄乐声是精神残疾低保户，高中毕业。王悦从来没有见过黄乐声本人。

西坑的一般贫困户黄二亚二等残疾，精神有问题。他与母亲相依为命。听坤哥说他以前在亲戚那儿打过工，后来到县城做摩托车搭客的营生。他母亲也患有精神病。唉，又是一个不幸的家庭。坤哥还说，以前黄二亚享受低保，但后来被取消了，原因是他有一个外嫁的姐姐帮扶他，但据调查，他姐姐的家境也不好，村委会根据他家实际情况，想重新把他纳入低保。来到他家，也不见人影，了解不到情况。

危房改造户黄家豪不在家，他因残致贫。不过他老婆在家。大家一边查看他家的情况，一边向他老婆了解一些生活现状。卢队长拿出随身携带的贫困户资料，把了解到的情况记录下来。

老寨自然村的五保户黄家烽也不在家。他长期患病，身体很差，生活不能自理。此时他可能到县城看病去了。

在西坑，大家与穿着朴素但整洁、干净的黄坤能谈了很久。他长得瘦瘦的，虽然生活清贫，但对目前状况感到非常满足，也很乐观。交谈时，他总是面带笑容，像春天里的一缕阳光。王悦还特别留意到他敞开门的卧室里，单人床上的一张军被折叠得整整齐齐，棱角分明，又一次怀疑他当过兵。不过他猜错了，从黄坤能家走出来时，坤哥告诉王悦，黄坤能没当过兵。

据坤哥说，西坑还有黄长水、黄秀江两兄弟及另一户贫困户，现在都搬出去了，但他们住的地方仍属这个片区，只是比较偏僻。

卢队长看时间还充裕，便与大家一起去走访黄长水、黄秀江兄弟俩，果然看见他们的单层新房建在偏僻、荒凉的半山腰上。大家爬过一段山坡，发现兄弟俩的新楼房前面，有一座面积不小的旧土砖房。坤哥告诉大家，二十世纪六七十年代的时候，西川县派了一些干部来西坑大队搞生产建设，这座土砖房就是当初他们住的地方。那时黄长水、黄秀江家里穷，人口多，没地方住，县里来的干部可怜兄弟俩，在西坑生产大队部附近起了一座房子，兄弟俩就搬到那里去住。没想到四十多年过去了，现在又来了扶贫工作队，帮兄弟俩在这里每人建了一幢单层新房。

黄长水、黄秀江两兄弟都是五保户。两幢新楼都门窗紧闭，坤哥拍了拍黄长水的房门，没人应，屋里只是传来狗叫声。

兄弟俩不在家。王悦转过身，站在山腰上，只见对面山上全是郁郁葱葱的树林，像一幅春天的图画，非常美丽。

回村委路上，大家顺路到老寨探望五保户黄达方，可他不在家。这个老人，今年 88 岁，身体不太好，患有冠心病。老人年轻时当过兵，是个老游击队员。现在他侄子帮他建了一栋大房子，花了十几万元。他侄子在广州番禺某派出所工作。

一口气走访了十几户贫困户，回到村委后，卢队长见还没到下班时间，于是与村两委干部召开了简短的会议，由村支书向大家通报了有关开发百香果园扶贫产业项目的预算、种植基地投资情况、村集体与贫困户的利益分配，并讨论成立合作社，以及聘请果园管理人员等事宜。

第二天早上 6 点，王悦和卢队长、龙书记披着淡淡的晨雾向上梁村进发。

这是王悦第三次进上梁村，感觉天空比前两次亮得要迟。

因为前天下了雨，进上梁村的山路比较难走，积水多。进入竹林之前，龙书记从路边捡了一根很细的竹枝，在面前左右挥扫，破除阻挡前进的蜘蛛网；走在后面的王悦和卢队长，则各执一根干木棒，既可防身又可当作拐杖。

立秋之后的山上，因为雾比较大，走了 50 多分钟，才到达上梁村。太阳起得晚了一点，山谷里也不见云海，王悦感觉此时的上梁村平淡无奇，欣赏不到以前的风景，有些失望。不过，村前的南瓜苗和冬瓜苗，像绿色毯子一样铺在菜地上，盛开着粉红或淡黄的花朵，吸引不少蜜蜂"嗡嗡"地飞来飞去……

村后面的山脚下，两幢还没建好的新楼，静静地望着对面刚从山上探出头来的太阳，开启了新一天的生活。

因为没有云海，朝阳也略显平淡，大家没有逗留多久，就遗憾地下了山。

走到下梁村的山路上，"喔喔"的几声鸡鸣，不时从浓雾中传过来，像神秘的乐音，飘进王悦的耳朵。

来回走了差不多 1 小时 40 分钟，王悦和卢队长都被埋伏在竹林里的花蚊子咬得又痒又痛，手臂上还出现了蚊子留下的许多"杰作"——红红的肿块。直至回到镇政府，一只花蚊子还附在卢队长耳背上，屁股因吸了不少新鲜血液而亮起了"红灯"，卢队长却浑然不觉。

上午，驻县组梁春晖副组长到虎山村调研指导工作，听取了卢队长的工作汇报，详细了解近期村扶贫工作进展情况，并提出扶贫产业项目的开发要结合相关政策和当地实际情况，建立长效机制。调研会上，梁副组长要求驻村工作队在求真务实的基础上，扎实做好各项扶贫工作，积极推进脱贫攻坚任务，预防贫困户出现返贫现象。

扶贫产业项目方面，卢队长说为了助力村集体经济收入，目前虎山村构想了两个项目，一是购买商铺，二是种植百香果。前者的收益 70% 归村集体，30% 用作扶贫基金；后者的收益分配是 60% 归贫困户，30% 归村集体，10% 用作扶贫基金。鉴于虎山村的扶贫产业项目比较薄弱，截至现在，除了碾米厂，还没有形成真正意义上的产业项目。没有开发扶贫项目，造成扶贫资金滞留过多，大概仍有 172 万元未使用（包括不久前 Z 城下拨的支持新农村建设的财政专项资金 50 万元，此资金属于 2018 年度）。除了投资两个扶贫产业项目外，工作队将利用剩余资金继续为村里做一些公益事业和民生工程。

就种植百香果这一扶贫产业项目，梁副组长提出了一些宝贵意见，认为当前要结合实际情况，如果根据"一村一品"的扶贫理念，上级要求有购销合同，没有购销合同的话，以后审计通不过。所以百香果的销售情况很重要。另外据她所知，某工作队创建的百香果园种植基地已出现了问题，上级可能要追责，提示驻村工作队要谨慎投资百香果园。最后她提出建议：一是到茶花镇坑头村考察夏威夷果种植基地。坑头村已开发了200亩的夏威夷果种植基地，且销售不成问题，已与公司签订了三年的果品收购合同，并且该公司支付了购买果品的部分定金。二是结合当地政府的号召，种植油茶树。油茶树不仅是当地的特色产业，而且还可得到中央12万元的支持资金，工作队可以借助这一东风，壮大油茶树的种植产业。跟着政府脚步走，投资风险会更低。当然，种植夏威夷果和油茶树，结果期比较长，看不到短期收益，但它们都有自己的优势。在不影响贫困户脱贫和到2020年实现全面脱贫的情况下，工作队应该考虑到产业扶贫的长效机制，让当地贫困户真实真切感受到驻村干部的责任，不能留下后遗症，所以对于战斗在扶贫一线的驻村干部来说，要有眼光和胸怀，不能只看到眼前，而不顾后续的稳定和发展。从根本上摆脱贫困，才是驻村干部来贫困村帮扶的目的。

王悦和卢队长从梁副组长的意见中掂出了产业项目在整个扶贫工作中的分量，同时也意识到扶贫产业项目的利弊关系，弄不好甚至会全盘皆输，不仅不能带领贫困户如期脱贫，而且会给国家造成经济损失，但意见终究是意见，虎山村上什么扶贫产业项目还得按照帮扶单位领导的"意思"执行。王悦和卢队长也深知，如果虎山村硬上百香果项目，肯定不是最好的选择，但这个项目已经成为帮扶单位领导心目中的"优势项目"，毕竟火把社区驻村工作队做出了百香果助力脱贫的成功经验，虎山村完全可以把"成功经验"复制过来。

调研会后，已是11点30分了，梁副组长又匆匆赶回驻县组。梁副组长本来今年轮换时要返回Z城，但因工作需要，她暂时留下来，可能近期就要脱离扶贫工作岗位，返回单位复职。正如她所言，这次来虎山村调研，可能是最后一次了，借此机会向大家告个别，在西川工作三年多，她对这片土地充满了感情。

下午，镇委书记吕平进虎山村遍访贫困户。

第二天，王悦和卢队长、高云飞、村委六哥到坪岗、上塘、下塘走访贫困户。

来到贫困户刘诗才的老屋，刚好刘诗才从里面拎出好几瓶农药和除虫剂，准备去田野给禾苗除虫。见他忙，卢队长就在路边向他了解一些生活情况。

嘴里叼根香烟的刘诗才打着赤膊，露出古铜色的肌肤，胸脯的肌肉异常结实，精神也显得很爽朗，毕竟他是上过战场、真刀实枪干过的老兵，面对生活困难，他并没有失去信心，不像李金兰那样，把不幸凝结在猪肝色的脸上。

刘诗才1976年应征入伍，1979年1月，为捍卫祖国尊严，他跟随部队参加对越自卫反击战，直至3月战争结束才回到祖国。1981年春节前复员回家。

在卢队长跟他交谈时，王悦很细致地看了看老瓦房，墙壁已经很破落，被风雨吹打得满目疮痍。大门左边挂着金色的小牌匾，写着"光荣之家"。

刘诗才现在还耕种了两亩田，养了一群鸡鸭，2017年工作队送他增收的母黄牛还在，现在已有三头，母黄牛下了两次崽。

介绍一些情况后，刘诗才就去忙活了。

六哥说，刘诗才和他儿子在山腰上还建有房子。于是，大家又爬到老房子对面半山腰上看他的房子。进山路上长满野草，看起来比较荒凉，好像平常很少人走动。刘诗才的房子是用砖石砌起来的，算不上危房，所以驻村工作队没有把他纳入危房改造对象。

王悦看了看房子，见里面的摆设异常简陋，而且有些凌乱，一些家什和农具随意摆放，好像没怎么住人。在刘诗才的房子两边，还有几座老瓦房，大概也没人住。

这个倔强的老兵，为了方便忙活，一直住在路边租来的老瓦房里。

接着，大家去了低保户吴享文家里。他家大门关着，大家以为他不在家。刚想离开时，他老婆回来了，便开了门。进去后，王悦看见吴享文坐在客厅看电视。吴享文很瘦，脸上没有一点血色，像一张被人揉皱的薄纸，头发也已经全白了，只有深陷的两只眼睛，还能看出一点神采。也许天气酷热，他穿着短裤坐在一张矮木椅子上。

70多岁的吴享文因残致贫，家庭只有两口人，他和他老伴患有慢性病。

在东莞打工的吴西流不在家，也不见他老婆。他叔父吴真龙在巷子里看见王悦他们，便走过来开了门。屋里还算整洁、干净。客厅除了一张饭桌，还有一张桌子，上面放着一台电视机，电视机对面是一张长沙发，紧靠墙壁。叔侄俩都是危房改造户，一块建房一块住。

吴真龙是五保户。他侄子吴西流在东莞做电工，虽然肢体残疾，但谋生是没有问题的。

吴西流的老婆在县城照顾两个小孩，大儿子2007年出生，正在读小学，小女儿才两岁。

与新中国同岁的吴亮泉，是中共党员，患慢性病，享受最低生活保障，现在在Z城与女儿生活在一块。他女儿已出嫁。听六哥说，吴亮泉的女儿已做了奶奶。

他没在家。王悦没见过吴亮泉。

到了上塘后，大家首先到刘昌盛家。他不在。六哥说，刘昌盛到广州照顾病人了。刚开始王悦以为是刘昌盛的老婆精神病犯了，待六哥用不标准的粤语说是他女儿刘巧欣得病时，大家才大吃一惊，内心猜测她的病是不是因为遗传。

六哥说，开学的日子临近，刘昌盛的女儿从Z城打暑假工回来后，出现了严重的精神分裂症，大半夜跑出来，大喊大叫：给我滚，我杀了你！

迷信的刘昌盛夫妻俩以为女儿打工的时候碰到"鬼"，就叫神婆给她"驱鬼"。但可怜的小女孩，见到除父亲、六哥之外的男人，都会大喊大叫：给我滚，我杀了你！

六哥与刘昌盛是邻居。六哥非常同情刘昌盛和他女儿，叫驻村工作队帮帮这个不幸的家庭，他还拿出手机，给大家看刘巧欣的大学录取通知书图片，录取日期是2019年7月25日。

后来王悦和卢队长向村委会肖副主任了解刘巧欣的情况，才知道刘巧欣不是刘昌盛的亲生女儿，是养女，不存在遗传问题。

村民曾经向村支书反映过刘巧欣的问题：在刘巧欣到县城读高中的时候，回家或上学经常有小车接送，怀疑她早恋。当然，是不是早恋，谁也不清楚。但对于贫穷的刘昌盛来说，女儿上学有"专车"接送，感觉自己脸上有光，也就没有太在意女儿坐的究竟是什么人的车，也不关心女儿与车主的关系，毕竟刘昌盛一生都守在山村，根本不会想到外面世界的复杂关系。

对于刘巧欣的不幸，肖副主任最后说，刘巧欣以前不曾出现过这样的症状，也许，她受到了什么人的威胁，或者因为失恋。

一个孩子的成长和教育，需要家庭、社会和学校共同承担，如果家庭不能正确引导，又不了解社会，学校教育就显得尤其重要。刘巧欣的学习成绩一直很好，也许到县城上了高中后，内心渐渐就有了虚荣和攀比。

唉，一个可怜的小女孩，一个不幸的家庭，如果不能正视贫穷，没有控制能力，后果真的是太可怕了，贫穷的家庭就会雪上加霜。更为可惜的是，一个刚看到希望的家庭，又一次陷入可怕的现实之中。

刘巧欣的事件给了王悦一点启示：国家花如此长时间、如此多财力，目的就是想让贫困户尽快摆脱贫穷，过上美好而幸福的生活，如果贫困户自身不努力、意志不坚定，又有什么能力或者说法宝能挽救他们呢？

刘爱明不在家，他和他老婆在东莞打工。刘爱明有三个孩子，大女儿在广州读大学，二女儿今年升初中，小儿子读小学。王悦经常走访他家，看到的都是他父亲刘国华。此时刘国华也不在。这个有文化的老人在镇上做小本生意，榨花生油卖。

刘进安不在家，他儿子和儿媳在邻县打工，两个孙子在西川县城读书，由刘进安两夫妇看护，节假日才回来。刘进安老婆患有慢性病，六哥说她是中风。

刘尚威不在家，他在广州花都打工。刘尚威与老婆已离婚，儿子、女儿判给了他，都在镇上读小学，由患有高血压的奶奶照看。

走进五保户林大兴家，看见他与侄子一块建的房子，虽然不是很宽敞，但地板清扫得干干净净，令人很舒服。林大兴见大家来，和善的脸上露出灿烂的笑容，而且非常热情地搬椅子、泡茶。他的腿脚不太灵便，但精神很好。林大兴是危房改造户，他侄子在外面打工。

来到周莲芳家，又见大门紧闭。以前，王悦跟万队长走访，也从没见过她。她在石门镇幼儿园做老师，但不属于正式教员，是合同工。周莲芳的老公已去世，留下两个正在读书的女儿，生活也是异常艰辛。

在下塘，李华贵不在家。他两个女儿在镇上读中学和小学，两公婆在镇市场打工。李华贵曾腰骨扭伤，不能干活，现在身体恢复正常，就出来打工。

陈兰真不在家。她患有乳腺癌，在县城租房照顾读小学的养女。

来到低保户陈超雨家，王悦感觉到屋内比较阴沉，也许周围都是房子，阻挡了光线。陈超雨看起来略胖，但他的脸色就像屋子一样阴沉，缺少热情。他患有慢性病，老婆有精神障碍，两个儿子也有遗传疾病，一直没工作，全家靠低保金和分红生活。面对这样的家庭，他活得自然不轻松。他全家都患病，确实比较艰难且麻烦。

了解情况后，卢队长非常担心陈超雨家，不知道能不能彻底脱贫。

最后去了五保户陈钊湖家。陈钊湖与兄弟住在一起。

走访期间，大家到六哥家喝茶。六哥有一个儿子、两个女儿，儿子和大女儿在 Z 城打工，小女儿在读大学。儿子已结婚，生下两个女儿，大女儿 5 岁，小女儿 1 岁。

这几天天气异常闷热，据天气预报，今年第十一号台风"白鹿"已经生成，有可能从台湾登陆。

整个下午，王悦看见村委会篮球场边的一棵榕树下，黄秋亮坐在一张破旧的木椅上，背靠着椅背，好像在打瞌睡。黄秋亮上身穿一件迷彩短袖衫，下身穿一条黑色短裤，脚上穿一双黄色胶鞋。

他的病应该好了，脸上露出些许傻傻的微笑。王悦轻手轻脚走近他，见他已进入梦乡，而嘴角边淌着望春河一样的口水。

第三十八章

　　星期五，高云飞又没来上班，昨天下午下班后他向卢队长请假，说他 60 多岁的父亲在医院动手术。

　　早上，王悦在饭堂吃了一碗炒米粉，喝了一碗木棉花熬的粥后，就跟卢队长进村了。

　　一路上，地面异常潮湿，可能是昨天晚上下了雨，山林里雾蒙蒙的，大概天空还憋着一股气，随时都有可能发泄出来。

　　刘昌盛是王悦的帮扶对象，王悦自然会对他女儿刘巧欣的事关心一点。在办公室，王悦再次向肖副主任询问了一些有关刘巧欣的情况。

　　卢队长坐在电脑前，修改百香果种植基地的可行性报告。王悦也坐在电脑旁，把前几天走访贫困户拍的所有照片备份到电脑保存起来。

　　接连走访了几天，王悦感到两条腿酸酸的，不过，通过走访，他又一次了解到虎山村贫困户的现状，算是一种收获吧。

　　今天建档立卡系统有重大更新的内容，县扶贫办要求各镇、村密切关注并做好相关工作。

　　系统更新的主要内容是：开放 2018 年脱贫户标识功能，补录 2018 年漏标脱贫及撤回新识别当年脱贫的贫困户，包括整户新识别纳入的户、因拆户新增的户，报省扶贫办领导同意后，点对点开放 2018 年脱贫户标识及撤回功能；2018 年产业和住房类措施月报未提交导致无法结转至 2019 年的，现已开放修改提交功能；贫困人口年龄由一年刷新一次调整为每月初始后台统一刷新，并根据年龄自动调整劳动能力，在劳动能力调整日志标注"系统后台自动调整"字样。

需要更新、修改的驻村工作队，应在本月底前完成。

午饭后，天空下起了一场大雨，但王悦和卢队长顾不上午休，就开车回 Z 城。走出木春社区后，雨就停了。从大田进入高速，在英华隧道附近开始堵车，堵了 35 分钟左右。因为在建横过二广高速的一条高速路，导致近一个月来天天堵车。

继续走了一段时间后，往广州方向的高速路被封闭，汽车只得绕道往兴旺高新区、三水方向进发。到了三水，天空又飘起一阵大雨，不过下的时间并不长。

回到 Z 城后，王悦感觉到天气异常闷热。他从微信朋友圈看到一些朋友转发了有关台风"白鹿"的最新消息，"白鹿"改变了方向，福建、广东两省将会受到影响。

这段时间，为了尽快落实扶贫项目，卢队长准备把申请购买返租商铺的一整套资料递交给信访局。关于购买返租商铺这一资产性收益项目，可谓历尽千辛万苦、一波三折。万队长在任的时候，根据村干部和贫困户的强烈愿望，结合虎山村自身条件，很想为村里购买返租商铺，只是帮扶单位领导考虑到投资大、风险高，且开发商存在销售"陷阱"，而将之"一枪毙掉"。而现在，经过卢队长的反复考察，充分尊重村干部、贫困户意愿，重新把购买返租商铺纳入村里的扶贫项目。在这个节骨眼上，信访局又调来新局长，卢队长更加信心满怀，认为新任局长开明、有魄力，他应该会支持。

另外，信访局新任局长根据中央和省的指示精神，以落实能带动贫困户积极参与脱贫攻坚战的产业为理念，想在虎山村开发百香果种植基地。只是，要想开发百香果扶贫产业项目，必须过"购买返租商铺"这道门槛，因为一些村干部特别强调，如果购买返租商铺实现不了，百香果种植基地也难以落实下来。

从这种境况看，村干部似乎把购买返租商铺与开发百香果种植基地看成一种交换条件了。

为了不影响大局，方便驻村工作队顺利开展下一步计划，信访局将两个项目同时进行。不过，对于购买返租商铺，信访局还是比较谨慎，不仅召开了帮扶单位联席会议，还特别召开了两次局党组会议，为避免陷入商家销售陷阱，做了详细的调查后，最终决定实施这一项目，但前提条件是要在当地找到能够担保的单位。

购买返租商铺一事暂时告一段落，卢队长又马不停蹄做百香果种植基地的资料，同时到兄弟工作队进行考察。

卢队长经过反复修改，终于为百香果种植项目做好了一份可行性报告。

种植百香果，有一个好处就是发展前景广阔，因为百香果适应性强，粗生易长，抗寒耐热，病虫较少，同时百香果生长期短，一年从 3 月到 9 月期间均可种植，能够实现当年种植当年开花、结果。据调查，近年来百香果市场态势良好，价格保持稳定。

如果在虎山村种植百香果，完全可以把火把镇火把社区驻村工作队实施的管理经验和经营模式复制过来。

虎山村百香果种植模式计划以虎山村委会作为项目主体，成立虎山村种养合作社，并以合作社形式开展百香果种植项目。前期需要做的工作，一是物色种植项目的场地，与农户签订土地租赁协议；二是制定项目建设方案、内部管理制度、财务管理制度等，然后申报项目资金；三是平整土地，搭建果棚，采购果苗、化肥、工具等。

驻村工作队预计百香果于今年开始种植，正常情况下约 180 天后就有收成，根据种植和果实成熟进度，逐步采摘、打包、销售。百香果林长成后，还可以在林下再养 50 箱蜜蜂和少量鸡，大概经过 3~6 个月后，即可产生收入，提高百香果种植项目的综合经济收入。

经过卢队长进一步预算，建立百香果种植项目大概需投资 38.16 万元。项目资金来源是 Z 城市财政扶贫专项资金；项目资金管理实行专户专账管理、村委会与合作社双重管理模式，由驻村工作队监管，镇纪委监督，定期公开账目，接受村民监督，每年召开合作社全体人员会议，审议合作社资金使用和经营管理情况；制定合作社内部管理制度和财务管理制度，并经合作社全体人员大会通过。

关于百香果利润分配方案，经合作社全体人员大会审议通过后才能执行。预计收益分配：从 2019 年开始，所有效益由村委会、合作社统一管理，产品收益 60% 分给贫困户，30% 用于村集体经济增收，10% 用于果场可持续发展经费。

寻求销售渠道也是建立扶贫产业项目极为关键的一步，采果后，初步设想是：由各帮扶成员单位内部销售；通过 Z 城、Q 市水果批发市场出售；利用电商进行网上销售。

另外，卢队长也对百香果种植基地进行了风险评估，主要是种养业受到天气等因素影响，可能存在因天气问题造成不可预计的失收；由于果场规模不大，扶贫工作结束后，产品销售到Z城需要考虑较高的运输费用，销售渠道不稳定。

不管怎么说，驻村工作队已经成功向前迈进了一步。王悦坚信，不管前面碰到什么困难和挫折，卢队长绝不会走回头路，他一定不会辜负上级重托，定能率领虎山村贫困户如期实现脱贫愿望，光荣完成任务。

星期一早上8点40分左右，王悦见卢队长还没给他发返回驻地的微信通知，于是打电话问卢队长什么时候出发。卢队长回复说等通知，大概上午出发。

随后，王悦在朋友圈看到肖副主任发了一段视频，点击打开，只见浑浊的洪水冲向路面，发出"轰隆隆"的响声。受台风"白鹿"影响，昨日到今晨省内多地普降大暴雨。肖副主任发的视频是在虎山村委东丰自然村一段村路上现场拍摄的，可以断定虎山受灾比较严重。随后王悦关注了虎山村微信联络群，看见负责各片区的村干部纷纷发来村里的受灾图片，一些图片是洪水冲毁了农作物，一些图片是因泥石流阻碍了交通，包括下屯路段、江下路段、铜寨路段，最严重的是虎山往茶花镇方向的石龙路段，因泥石流根本不能通行，需要绕道行走。还有一处险情是青芒自然村路边的一条电线杆差不多要倒下来。一些没人住的泥砖房，也经受不住台风雨袭击，已经塌了。

幸好，没有发现人员伤亡。七、八月是台风多发期，据气象台报道，"白鹿"刚走，12号台风"杨柳"又在酝酿之中。

在Z城，受台风"白鹿"外围环流影响，8月25日8时—26日8时，出现大雨到暴雨，全市8个区镇24小时累计降雨量超过50毫米。

大概10点，卢队长微信通知王悦下午2点出发。

下午，王悦准时来到会合地点——市区办事处门旁，等卢队长开车接他。他看见楼群之上积聚着一大片黑压压的云，很快，天空下起了倾盆大雨。

十来分钟后，待雨小了，卢队长才把车开到王悦面前。

还没到Z城西收费站，雨就停了。进入高速后，卢队长告诉王悦，上午信访局召开党组会议，同意虎山村购买西川"米兰小镇"的商铺。虽然还没有下达书面通知，但王悦和卢队长都感到非常高兴，庆幸前段时间围绕购买商铺所付出的努力并没有白费，而且购买商铺一直以来都是虎山村干部及贫困户的强烈愿望。有了商铺这一扶贫项目做基础，驻村工作队会更有动力，同时可以趁热打铁，动员村干部为开发百香果种植基地铺就一条和谐顺畅的道路，以后的扶贫工作就会更容易开展。

不过，王悦和卢队长还是有些担忧，因为不知道驻县组会不会同意购买商铺。毕竟，在Z城派往西川的帮扶工作队中，还没有购买返租商铺的先例。

如果虎山村顺利购买到商铺，对村里来说，既解决了村集体收入少的问题，又为贫困户增加了一条脱贫的道路，而对驻村工作队来说，将会大大减轻因滞留扶贫资金太多带来的压力。

走过龙甫服务区后，为了避开前面因建设新高速路而堵车的现象，卢队长就从高惠县下了高速，然后转入省道260、263，再转入县道418。

尽管多花20多分钟才能到达广安镇政府，但总比堵在路上好，至少不会因堵车而烦躁。

有关购买商铺的申请资料，上周末回Z城时，卢队长已送呈信访局审批，信访局则于周一上午紧急召开了局党组会议，同意该项目的开发，只待局党组会议的决定生成书面通知后，就可以付诸行动了。购买商铺一事暂告一段落，余下工作会根据书面通知进一步执行和落实。

这几天，卢队长又开始忙百香果种植基地的事，收集百香果项目可行性报告、百香果种植基地项目经费预算、村两委会议纪要、村委请示、工作队请示，以及准备进行项目公示、新时期精准扶贫精准脱贫帮扶项目申请、Z城市财政专项资金拨款申请，然后整理一份资料，准备这个周末回Z城后交给信访局。下周一或下周二，信访局会召开帮扶单位联席会议，研究百香果种植基地这一扶贫产业项目的开发和落实工作，听取各帮扶单位领导的意见。

这次联席会议，卢队长要求王悦也参加，因为高云飞节假日都不回Z城，所以他参加不了，当然，除了那些比较重要的会议。以前，牵头单位召开扶贫工作会议，一般只是队长参加，队员很少参加。

除了忙项目，眼见中秋节到了，工作队开始着手准备各帮扶单位领导慰问贫困户一事。Z城市区文化馆领导回馈信息说，这段时间文化馆财政困难，不过前段时间组织一些艺术家搞了一次现场义卖活动，获得 3 万多元捐赠款，已转交 Z 城红十字会，询问工作队能不能利用那些款项购买慰问品进行慰问。卢队长说公益款不能用作慰问用途，让文化馆领导想想其他办法。

对于有劳动能力的未脱贫贫困户，上级非常重视，特别强调要按照政策给每户制定帮扶措施。

近日，县扶贫办计划组织督察组到各镇进村入户对建档立卡未实现脱贫有劳动能力的贫困户情况进行核查。为了迎接上级核查，镇扶贫办要求各驻村工作队结合各村有劳动能力的未脱贫贫困户名单及情况进行自查补短板。受天气影响，手机网络信号可能不太稳定，镇扶贫办还要求各驻村工作队认真核查各村手机网络信号情况，填写好《广安镇 2019 年 8 月需运营商加强手机网络信号贫困户名单》，于 8 月 30 日上午下班前报镇扶贫办，汇总后上报县扶贫办。

吃完晚饭后，卢队长和王悦一块去散步。他俩穿过镇街，向九凤村方向走去。

当王悦站在镇派出所围墙外面时，一边是从榕树上掉下来的鸟声，一边是从对面路口传来的二胡声。此时的鸟声异常热闹，二胡声也是异常亢奋，似乎达成了前所未有的默契。

在通往九凤村那条笔直的路上，路两边的田野，到处都是绿油油的禾苗，让王悦感到非常舒服。此时正是傍晚，夕阳快落山了，而田野上空，一群又一群红尾蜻蜓正忙着跳舞，偶尔飞来一只只可爱的燕子，加入它们的阵营。还有一些农民，背着除虫药箱，走在田埂上小心翼翼地喷洒农药。

卢队长说，虽然满眼都是绿，但他觉得没有他老家乡村好，不是景色不美，而是心里总感到有一种压力，毕竟每次回到老家乡下，可以放松自己，而来这里是为了扶贫工作，背负的是责任。

这次，卢队长和王悦边走边聊，竟然来到了九凤村委会。天快黑了，村委会旁的六田食品厂异常安静，不见人影，大概工人都下班回家去了。

晚上，坐在卧室翻看《习近平讲故事》的王悦，收到卢队长给他发来的一条微信，说省审计组已到 Q 市，这几天工作队要注意考勤和完善项目资金等资料。看来，又要忙一阵了。

第二天吃早餐时，王悦看见厨师很忙，负责采购的山哥一大早买回了很多菜。

在饭堂餐桌上，出现不少陌生的面孔，当然，王悦留意到坐在里面吃早餐的还有坤哥。大概镇里面又要召开什么会议。

上午进村后，王悦到老村委看了一下。老村委对面的碾米厂门上面，不知什么时候挂着一块黑色牌子，用淡红色字体写着"广安镇虎山村就业扶贫车间"。碾米厂后面，春节前弄的几个花池，因长期无人管理，都长满了野草，而随遇而安的牵牛花，也不知道从什么地方爬了过来，霸占了花池的半壁江山。花池里，挤挤攘攘的美人蕉虽然还开着花朵，但略显暗淡，没有神采奕奕的牵牛花那般好看；还有一些栽种的花树，如金盏花，因个子矮小，都被身材高挑的美人蕉或野草遮住了，此时已看不到它们的身影。

王悦来到山塘边，看见三角梅花少了许多，但每朵花开得还是那么娇艳。几只黑色蝴蝶在花间热情追捧，充当护花使者的角色。

自从搬进新村委会后，王悦就很少过来探望它们。而不远处的望春河，河水发出噼里啪啦撞击岩石的声音，对好久没来观赏的王悦，似在欢迎，似在埋怨。周围的田野上，那些绿得有些醉意的禾苗，不问风雨，不怕酷暑，都挺直腰杆，默默生长，静待丰收季节的到来。

上午下班回到镇里，王悦看见镇政府大门两边，一边燃放过鞭炮，满地都是红色的纸屑，另一边支起一块木牌，牌子上贴着一张红纸，写着"热烈祝贺广安镇人民代表大会胜利开幕"。

下午上班时，卢队长找队员一个个谈话。王悦不知道卢队长找高云飞谈的是什么，但他隐隐感到，高云飞对卢队长有点意见。他俩之间究竟发生了什么？

卢队长找王悦谈时，说待购买商铺事项落实后，要做一些宣传工作。想想虎山村现状，目前确实还没有发现或挖掘到有价值的新闻素材，如果购买商铺和百香果种植基地落实到位，向外推介虎山村扶贫成效的宣传工作就会好做一些。

有一件值得王悦欣慰的事是，听村委六哥说，刘巧欣的病情得到控制，她已回到家里。刘巧欣什么时候到Z城某学院办理入学手续，王悦没打听。过两三天就要开学了，王悦真希望刘巧欣能从迷茫中走出来，别辜负青春年华，端正思想，努力学习，圆满完成大学学业。

下班经过大石嘴的时候，天空骤降大雨，令过往的车辆猝不及防。

最近台风频繁，自从受 11 号台风"白鹿"影响以来，下雨就成了家常便饭。这两天，又受 12 号台风"杨柳"影响，广东沿海地区接连下雨，听说，13 号台风"玲玲"已经生成，很快就会杀到。

上午 11 点半，卢队长微信通知在 Z 城度周末的王悦，信访局取消原定明天上午举行的各帮扶单位联席会议，因为明天上午 Z 城扶贫办领导要到西川县政府召开驻村干部全体会议，不得不今天下午返回广安镇。

下午 2 点半，王悦撑着一把伞准时来到会合地点等卢队长。当卢队长开车接王悦时，天空飘洒的大雨才开始变小。

从 Z 城出发，雨一直下着。到了顺德，整个天空雨雾蒙蒙的，像进入黑夜，汽车只能摸索着前行。差不多切换到二广高速时，雨停了，眼前亮了许多。

高速路上很顺利，雨也没下。可是，差不多到龙甫服务区时，前方又封路，卢队长只得把车绕行切入广佛高速，往开封、梧州方向驶去，再从新基潭立交转入珠三角环线高速。从高惠收费站下了高速，经过 263 省道，汽车进入高惠城区。高惠大道上，红绿灯比较多。透过潮湿的车窗玻璃，王悦第一次见到高惠城区，感觉这座县城还不错。以前听高云飞说过，高惠的玉器很出名。汽车走走停停中，王悦看见高惠大道两边有玉博城和翡翠城，还有珠宝商店，如此看来，高惠被称为玉城是有历史渊源的。

走出高惠大道后，前面的天空越来越黑，在不远的山脉上，乌云遮天，大概又要经历一场大雨。果然，汽车行驶到 263 省道时，就被大雨紧紧困住，艰难地爬行。路面的积水越来越多，在被车轮碾过的地方，不时溅起"啪啪"的水花。

到了广安镇政府时，雨虽然略小了一些，但已经是傍晚时分了。

为了进一步做好西川县就业扶贫工作，助力脱贫攻坚，西川县人力资源和社会保障局与县扶贫办共同研究，并结合本县实际情况，制订了《西川县关于就业脱贫奖补资助资金的使用管理实施方案》。

就业奖补资金来源是县"广东扶贫济困日"活动筹集的资金；补助对象为本县符合条件的建档立卡贫困劳动力贫困人口；奖补时间范围从 2019 年 9 月起至 2020 年 12 月止，每季度发放一次，其中第一次发放今年 9 月至 12 月共 4 个月的金额。

与市就业奖补相比，县就业奖补有所不同，要求没有那么高，贫困人员只需就业 1 个月及以上就可以申请。

只是，截至目前，虽然经过村干部、驻村干部的联系，但前来申请市、县就业奖补的贫困人员寥寥无几——他们怕麻烦，毕竟人在外面办手续困难。

早上起来，太阳已经爬出来了。远处的山上，一缕缕轻雾从山林中冒上来，像王悦小时候时常看到的乡村里的炊烟。

上午 9 点，王悦、卢队长和高云飞出发到西川县政府参加会议。

到了西川县政府，王悦看离开会时间尚早，就在县府内逛了逛。虽然来县政府开过几次会，但每次来的时候都特别紧急，去的时候又匆忙，王悦还真没有仔细认真地好好欣赏一番。

首先吸引王悦的是竹园门边栽的两棵三角梅，树上花团锦簇，又经园艺师的精心修剪，样子就显得更喜人更有风度了。一朵朵粉红色的三角梅花就像一个个多情的少女，含情脉脉地望着湛蓝湛蓝的天空。

在停车场旁边的空地上，种了许多花草树木。一棵英俊高大的木棉树，像站岗的卫士，目光炯炯地盯着来往的车辆。离木棉树不远的那棵人心果树，从绿绿的树叶里冒出一些果实。人心果树是热带常绿乔木，要求水分充足，根系深；它耐旱、耐贫瘠和盐分。王悦久久地望着人心果树，仿佛悟出一些做人的道理，他把人的言行看作人心果树，把人的思想灵魂看作人心果果实。

竹园侧边是厨房，不时传来切菜的声音。

竹园并没有竹子，倒是竹园对面的馨园生长着几根并不高大的竹子，一米来高。竹子长不高，大概是园艺师精心栽培的杰作。驻县组就在馨园三楼办公。也许因为是办公场所，没必要大张旗鼓地栽种绿化树，不过每层楼的楼道上，都摆放着几盆三角梅，残留着半凋零的花朵。在宁静中，王悦抬头，只见楼道上的三角梅花露出羞红的脸，像在向他打招呼。

馨园后面是 A、B 两幢办公楼，之间有一块用铁皮搭顶的空地，停放着不少摩托车。B 幢办公楼墙壁上，镶嵌着一块 A、B 两幢办公楼的办公室分布图。如在 A 幢办公楼办公的部门有县发展和改革局、县委组织部、县委政法委、县直工委和县机关事务管理局等；在 B 幢办公楼办公的部门有团县委、县统计局、档案室、县人大城乡工委、县人大财经工委、县人大教科（选举）工委、县人大法工委、县党史办、县人大会议室、县妇女联合会、县老干局、县老促会等。王悦还留意到信访局在 C 幢办公楼一楼办公。

馨园左边是别致的会议中心，右边是气势恢宏的北楼。

新建不久的北楼屹立在县府北面，楼高十层。

逛了一会儿后，会议时间差不多到了，于是王悦返回竹园，登上三楼会议室，见里面坐着不少驻村干部。王悦在门边的登记处签了名，就走进会场找个位子坐下来。不一会儿，Z 城农业农村局领导、Q 市农业农村局领导、西川县委县政府领导、驻县组成员陆续到会，坐在主席台上。

这次会议可以说是欢送会，欢送即将回 Z 城的驻县组三位成员；也可以说是欢迎会，欢迎 Z 城派来的三名驻县组新成员。

今年驻村干部实行轮换工作制，从 3 月开始陆续轮换，驻县组成员是最迟轮换的扶贫干部，一直拖到 9 月。当然，一部分老驻村干部坚持留下来，如坑头村原驻村工作队两名队员没有撤回，继续坚守岗位；又如长洲社区工作队队员，一个都没离开，值得其他工作队学习和赞赏。

第三十九章

这次召开的是 Z 城派驻西川县全体帮扶干部会议。Z 城派驻西川县 23 个省定贫困村的帮扶干部，一共有 69 人。

会上，Z 城农业农村局副局长首先介绍了新一轮驻县工作组成员，新任组长是区成城，他曾在汕尾参加过扶贫工作；副组长是孙树龙，他原来是驻县组组员；还有两名新组员是小陈和小黄。

西川县有 26 个省定贫困村，分布在 14 个乡镇。其中，Z 城对口帮扶 23 个省定贫困村。

范小妍于去年 11 月任驻县工作组组长，今年 9 月卸任。范小妍是大学老师，处级干部。这次，驻县工作组原副组长梁春晖也被轮换下来，她已经在西川帮扶三年多。

离任前，范小妍作了发言，汇报她在任时的脱贫攻坚工作情况。最后，她用了"感谢、感恩、祝福、祝愿"四个词，概括了自己在任以来亲身参与扶贫工作的真实感受，让自己从一个大学老师成长为扶贫干部，感谢组织对自己的信任。

接着，新任驻县组组长区成城作了表态发言，也可以说是入职宣誓。他提到的三个要点，也是对自己履职的要求和目标：一是强化责任；二是理清思路，精准发力；三是真抓实干，敢于担当。

紧接着，Z 城农业农村局局长、扶贫办主任发言。他主要谈到此次扶贫干部的轮换目的，是保持扶贫工作的延续性、确保扶贫队伍的稳定性。同时道出在扶贫一线中，发生了许多动人的故事。他高度评价了驻县组原组长范小妍同志，她一门心思放在工作上，不顾及生活和身体；他给予 Z 城 56 个单位派驻西川县参与扶贫工作的干部充分肯定，他们舍小家顾大家的精神令人敬佩。扶贫干部轮换后接下来如何沉入脱贫攻坚战呢？他提出了四个要求：一是准确把握脱贫攻坚形势，按省委省政府下达的任务，今年年底贫困户、贫困村基本出列；二是清醒认识到扶贫工作中出现的问题，坚决扛起脱贫攻坚的责任；三是不断提升脱贫攻坚的能力，预计 9 月 10—17 日召开产业对接发布会；四是关注特别贫困的贫困村、贫困户。

局长特别提到了贫困村集体经济收入问题，虽然 2018 年省考核还没有把贫困村集体经济收入列入考核范围，但在十九大工作报告中，已明确提出要壮大贫困村集体经济。同时，他还提到了要加大宣传力度，挖掘既感人又充满正能量的扶贫故事和先进事迹。

最后，西川县委书记谢桂安发言。他首先感谢 Z 城的支持，感谢 Z 城市委市政府及 56 个帮扶单位既出钱又出力，帮扶西川共计 1 亿多元，其中自筹资金 5000 多万元，市财政资金 8000 多万元，并回顾几年来 Z 城与西川建立的深厚友谊，高度评价了 Z 城派驻西川的扶贫干部，有真才实学，有真情实意，真刀实枪地干，结出真材实料的成果。他也特别赞扬了驻县组原组长范小妍同志，肯定了她在扶贫工作中起到的带头作用。

2019 年，扶贫工作留下的任务是贫中之贫、困中之困的硬骨头，县委书记勉励新一轮扶贫干部要为西川多做贡献，如期完成脱贫攻坚任务，给上级交一份满意的答卷。

刚开完会，王悦在镇扶贫微信工作群看到两条通知，一是有关今年 8 月精准扶贫贫困人口变动情况，镇扶贫办要求各驻村工作队迅速核查，将核查情况报镇扶贫办，并上传相关佐证材料，在扶贫信息系统做好变动申请，因市县扶贫办要在每月月初提取扶贫信息系统数据，推送到各相关部门，特别是贫困户家庭人员因死亡而自然减少的情况，需要各村委会写好死亡证明，加盖公章，在扶贫信息系统进行减员申请。二是从 9 月 3 日起，省审计厅将开始对 Q 市 2019 年贯彻落实中央和省委、省政府脱贫攻坚和乡村振兴政策情况以及涉农扶贫资金的筹集、管理、使用情况进行跟踪审计，并延伸审计部分县（市、区）、镇、村以及有关单位。镇扶贫办要求各驻村工作队做好各级财政专项扶贫资金（含中央发展资金、"631" 资金）、单位自筹资金的清理工作，同时完善好各扶贫项目资料的整理归档工作。

今年8月18日，虎山村贫困户李金兰的老婆因病离世，要在扶贫系统中作减员申请。

下午，王悦和卢队长、村委坤哥到宝坪片区走访贫困户。宝坪在村委会附近，下辖星光、横屋、下井等村民小组或自然村。

在横屋，一行人看望了五保户高新朝。高新朝今年85岁，个子不高，满头白发，脸上长着不少老人斑，不过人还算精神，谈吐清晰。他有一个养女，已出嫁。高新朝是危房改造户，楼已建好，但里里外外还没装修。在简陋的房子里，有一台新电视机摆放在桌子上，显得有些阔气、奢华。老人说，这台电视机是他侄子买的。

下井的贫困户高天泉身体不好，他是一般贫困户，今年83岁，脚痛，没种地。他有一个孙女，去年农历八月初五出生，是新增人口。现在他家一共六口人，生活比较艰辛。高天泉的老婆中风，持有三级残疾证，现在又患有高血压。儿子高南朝在佛山某制衣厂饭堂打工，一个月3000多元工资。他也患有先天性心脏病，每个季度要到医院检查一次。

高南朝的老婆没工作，在佛山照顾读小学的儿子。他的儿子升二年级，在西樵读书。

高天泉的危房改造后，到现在还没装修，不过已经搬进来住了。

高天泉家，只有他儿子工作，一个人要养活六口人，家庭负担还是挺重的。卢队长建议高天泉养鸡，增加家庭收入。去年，由于工作队疏忽，高天泉的小孙女出生后，至今还没有录入系统，作增员申请。

面对这种严重失误，卢队长只能联系村干部和负责系统工作的高云飞，让他们尽快处理。

横屋的五保户骆安详有一个养女，现已离婚。骆安详长得又瘦又矮，与弟弟吃在一块，但没有一起住。他的危房改造后的房子建得又大又漂亮，是他侄子帮他建的。虽然没有看见电视机，但有音响。他弟弟有两个儿子，一个在深圳打工，一个在顺德打工。

骆安详的模样很容易让人记住，因为他有一颗长得很长的牙齿，时常露在嘴巴外面，而且喜欢把一串钥匙用长长的白绳子拴住，挂在裤头皮带上。

下井的低保户黄玉凤，今年 91 岁。她的儿子曾是 Q 市商业局干部，十几年前因患肝病走了；一个孙女已出嫁。黄玉凤的儿子在市区留有房子，她与孙女住一起，几乎不回虎山村。她侄子领大家去看她的危房改造后的房子，因老人不在这里生活，就没通水电，没达到入住条件。黄玉凤年岁已高，生活不便，她侄子叫她回虎山，说他会照顾她，但她不肯回来。后来，卢队长与代办员阿巧说到黄玉凤的房子不具备入住条件，万一上面检查，说她已脱贫肯定不会过关。阿巧说，黄玉凤的侄子是她亲姑父，自从她嫁到虎山，她还没见过黄玉凤本人，只是听说黄玉凤现在在她孙女家住。

下井的五保户高炎朝已搬到坪坝与侄子生活在一块。大家看了他的老房子，很破旧。听坤哥说，很久以前，高炎朝的弟弟过继给坪坝一户高姓人家，他弟弟死后，侄子就叫他到坪坝一块生活。

星光的一般贫困户李金兰，老婆在今年 8 月去世，老人现在看起来还非常悲伤，毕竟夫妻俩相守了几十年，建立了很深的感情，失去一个，另一个肯定会睹物思人、悲痛难抑。他一直坐在大门边的一张矮木椅上，一动不动，表情麻木，木偶般等待世界末日的降临。李金兰的儿子几年前也因肝病去世。看来，不幸的生活对李金兰这个老人打击实在太大了。他有两个还在读书的孙女，大孙女在县城读高一，小孙女在广安读初一。更不幸的是，在他儿子得病前，儿子儿媳已经离婚。可能考虑到孩子成长的问题，他儿媳妇一直未再婚，也没离开过李金兰家，尽管她在佛山某制衣厂打工，但逢年过节还是要回来与老人、孩子团聚。

被生活一次又一次折磨后，此时的老人，猪肝色的脸上，又多了一种无奈的颜色——苍白。

走访一天，王悦仍然发现很多问题：第一，当初为什么会将低保户黄玉凤纳入危房改造对象？毕竟她儿子去世后在市区留有安全住房。但细想一下，如果在危房改造之前，老人是住在旧房子里，而旧房子属于危房，把她纳入危房改造对象也是按政策落实；第二，危房改造后入住存在诸多问题。像黄玉凤，她危房改造后还没安装水电，人又不在家，且 90 多岁了，很难动员老人落实入住条件；第三，高天泉的小孙女出生一年多了，却至今没有把她的增员信息录入系统，属于重大失误。

幸好，今天卢队长发现后，立即联系系统员高云飞尽快把高天泉的小孙女按程序录入系统。

上午 9 点半，在镇政府办公楼一楼镇人大会议室召开"西川县广安镇 2019 年省脱贫攻坚及乡村振兴跟踪审计工作布置会"和"广安镇 2019 年第三季度扶贫工作联席会议"。

从昨天开始，省审计厅开始对 Q 市 2019 年贯彻落实中央和省委、省政府脱贫攻坚、乡村振兴政策情况以及涉农扶贫资金的筹集、管理、使用情况进行跟踪审计，并延伸审计部分县（市、区）、镇、村以及有关单位。

根据这一任务，陆俊要求各帮扶工作队认真做好各级财政专项扶贫资金（含中央发展资金、"631"资金）以及单位自筹资金的清理工作，同时完善好各扶贫项目资料的整理归档工作，并布置了迎接省审计的一些工作，着重提到各驻村干部要重新入户走访，重点检查贫困户"八有"情况。

潘大为在会上向大家说明了镇扶贫办人员调整情况和镇扶贫开发工作组人员调整情况，安排近期扶贫工作的重点和一些值得大家注意的事项，并针对台风暴雨多发期，传达了省市三防办关于排查"山边、水边、村边"接合部存在的自然灾害和安全隐患的通知。

对于台风暴雨给民众带来的灾难，王悦依然想起 8 月 10 日凌晨，台风"利奇马"登陆浙江省，导致浙江省温岭市永嘉县岩坦镇山早村遭受特大暴雨，在短短的 3 小时内降雨量达 160 毫米，引发一处山体滑坡堵塞河流，在 10 分钟内，山洪最高水位涨到 10 米，形成堰塞湖后突发决堤，造成该村死亡和失联 30 多人。

面对灾情及深刻教训，镇扶贫办按照省三防办的通知精神，要求各驻村工作队迅速会同村（居）委会认真开展行动，如实填报《"山边、水边、村边"接合部自然灾害隐患专项排查登记表》，并于今天下午 4 点之前报送镇扶贫办。

杨德志副组长也在会议上提出了两大问题：一是审计问题。大家要清晰认识到审计问题的严肃性、严重性，从行动上、思想上高度重视，工作上要做细做密。审计资料要有根有据，数据要找得到出处；有关数据要认认真真反复核查，上上下下要对得上号。二是精准脱贫问题。现在离完成脱贫攻坚任务只有一年多了，时间紧迫，大家要抓紧查漏补缺，特别是扶贫产业方面，已落实的项目应该按照政策继续巩固发展，未开发的项目要尽快落地开花。同时要求、建议镇相关部门要通力合作，切切实实做好扶贫工作。

学生开学了，有关建档立卡贫困学生生活费补助，从 2018 年秋季学期起，发放方式调整为学生户籍地发放，避免异地难沟通的问题，减少落实时出现学生少领、漏领教育补助的不良现象。另外，从今年秋季开始，贫困的本科学生、研究生及博士生也纳入教育补助范围。

2019 年秋季学期建档立卡贫困学生生活费补助申请工作又要开始了。但由于县教育局 2019 年秋季学期建档立卡贫困学生生活费补助申请具体通知还没有正式下发，镇扶贫办通过联系县扶贫办和县教育局，要求各驻村工作队先参考《关于报送西川县 2019 年春季建档立卡贫困学生信息有关工作的通知》开展工作。

目前，一些村还发现一小部分贫困户的姓名或身份证号码与实际不一致，造成与行业部门核对数据的时候出现差错。针对这一问题，驻村工作队再次仔细核对贫困人口的身份信息情况。经核对，虎山村没发现这种情况。

傍晚散步回来后，王悦在驻县组扶贫微信交流群看到一则信息：按照市局的工作部署和县委主要领导的工作指示，县扶贫办将组成核查小组到各镇开展为期一个月的脱贫攻坚大督查。本次督查主要内容：一是对全县未脱贫有劳动能力的 632 户的帮扶措施落实情况；二是 2019 年"回头看"发现问题整改落实情况；三是 2018 年市委巡察反馈问题整改落实情况。

督查工作将采取"三不"（不打招呼，不定时间，不发通知）的方式直奔基层到村入户核查。

8 月 29 日至 30 日，核查小组率先对茶花镇开展了实地督查，主要以实地入户家访的方式，直接到贫困户家里了解生活生产情况。通过观察贫困户屋里屋外的居住环境，严格对标"八有"条件，以嘘寒问暖、拉家常的方式，对建档立卡有劳动能力未脱贫户的用电、用水、稳定收入等情况逐一认真核查，对 2019 年帮扶措施落实情况逐条核实，并由贫困户和入户核查人员现场一一签名确认核查结果。还以会议反馈的形式，组织镇扶贫系统的干部职工和驻村扶贫干部召开督查反馈会议，会上对扶贫干部的付出给予充分的肯定，就督查中遇到的问题提出整改建议，责令整改，确保有劳动能力未脱贫户 2019 年帮扶措施如期推进，2019 年"回头看"发现问题和 2018 年市委巡察反馈问题整改落实到位到点。

西川县核查小组以实地入户家访的形式到各镇贫困村开展脱贫攻坚大督查,目的是查找问题,督促整改,起到了积极推动脱贫攻坚工作稳步向前发展的作用。

星期五上午,王悦跟卢队长、村委坤哥到高坑片区继续走访贫困户。

在前往东丰自然村一般贫困户曾华昭家时,王悦看见他在路边挑沙子。曾华昭今年65岁,个儿小,很瘦,头发已经花白。他看见王悦他们,就停止干活,一边聊一边走进他家。他家比较干净,并不光亮的家什摆放得整整齐齐。当他沏茶时,王悦看见他的手像山上的竹子一样枯瘦。但就是这双枯瘦的手,为了生活还种了一亩多田。曾华昭患有胃病,长期服药。他儿子在佛山打工,做的是数控机床,大概工资不会少。但老人抱怨儿子平常基本没钱寄回来,一年只有1000多元,不知道他把钱用在什么地方,因为儿子还没结婚,他怕儿子乱花钱,不会存钱为日后打算。他是危房改造户,与侄子一块建房。他老婆患有精神疾病,属二级残疾,一直站在一旁不说话。

在一般贫困户曾桂华家门前,身患残疾的他正在择菜。卢队长就站在他面前,拿出一本打印好的贫困户资料,把了解到的情况记录下来。他有安全住房,不属于危房改造贫困户。曾桂华满头白发,样子憨厚,对卢队长的问询,回答得十分清楚。老人的儿子在高惠打工,做铝合金门窗,每月3500元左右的工资。两个孙女在镇上读书,小的读一年级,大的读四年级,儿媳妇照顾孩子读书,闲时做些手工。

曾华南不在家,一行人却在路上碰到他母亲,从而了解到曾华南现在在佛山不锈钢厂打工,每月大概有两三千元工资。50多岁的曾华南至今还没有结婚,其父曾云光是虎山村老支书,于今年7月不幸去世。

低保户曾健华身患残疾,走路一瘸一拐,右手变形弯曲,不过左手还算正常,要不吃饭都成问题。他也没结婚,属危房改造贫困户。曾健华每月领700多元的低保费,还有残疾人生活补助400多元。现吃住在他弟弟家里,他弟弟以前是一名教师。

低保户罗英秀,身高只有一米三左右,左眼盲。老人已经80多岁,有三个女儿,都已出嫁。其中一个女儿嫁在本村,离她家很近,只有几步之遥。她属于危房改造贫困户,但没住在自己家里,与离几步之遥的女儿住在一起,这样方便老人生活。

大丰自然村的邓元庆，今年 51 岁，身患残疾，看起来比较严重，因为他无法站起来，需要用特殊的铁架支撑他的身体才能行走，而且手和全身颤抖得很厉害。他已离婚，有一个孩子在清远打工。邓元庆生活无法自理，只能跟父母住在一起。需要年迈的父母照顾，实在是生活中的一大不幸。邓元庆的父亲邓发水，也是贫困户。

杨海锋不在家。大家无法了解到他的生活情况。但杨海锋身体硬朗，人也精神，应该不会有什么问题，只是上次王悦跟万队长走访他的时候，了解到他的危房改造后的房子里，因下雨墙壁和地板会潮湿，已上报镇扶贫办，让镇扶贫办与建筑商协助解决，不知道现在情况解决得如何。

八楼自然村的低保户邓国强家依然没人。以前王悦和万队长走访过几次，都是铁将军把门，没见他人影。邓国强患有糖尿病等多种疾病，好像他不喜欢待在家里，每天外出闲聊。他老婆也患有残疾，享受低保，与女儿的户口都不在虎山，母女俩现住在县城。他本来有安全住房的，但不知道什么原因，又给他评定为危房改造贫困户。

大丰自然村的五保户李天桂，不在家。他今年 66 岁，在 Q 市某县打工，偶尔会回来。

李白桂家里显得很凌乱，到处放着家什，就像是废品回收站一样。上次走访，王悦没见到他和他老婆，只看见他家在扩建，里面也是凌乱不堪。今天走访，王悦还是见不到他，只有他老婆坐在椅子上，神情呆滞，像寒冬腊月里的一株野草，见到人来也没有一点儿反应。她是精神残疾病人。以前，王悦听村干部说，李白桂比较懒，成天不干事。他家有两头牛，是前年工作队发放给他养殖的，为助力脱贫增加收入，但他很少管理，随便把牛乱放乱拴，还偷吃村民不少农作物，与村民经常吵架，而且两头牛拉的粪便到处都是，臭气熏天，严重污染村里的环境。

村民及邻居对他有很大意见，此时见到王悦他们，你一言我一语告起状来，建议驻村工作队把他的牛卖掉。

李白桂是危房改造户。危房改造好后，他又把前面的瓦房拆掉，准备重建，已运来不少红砖。

低保户李子青不在家。他今年 32 岁，平常跟父母住在一起。他属于危房改造贫困户，于去年完成危房改造。记得上次，大概是刚过完春节后不久，他精神病发作，被强制送到来贵县精神医院治了好几个月，回来后病情还是反反复复。他有一个哥哥和一个姐姐，姐姐已出嫁。

大家转身想走，却碰到李子青的母亲戴着草帽走回来。待她走近，王悦才看见她背后别着一把割草的镰刀，可能她刚在田地里干完活。卢队长向她了解李子青近期情况，这女人伤心地述说着李子青的一些异常现象，说他经常发作。由此可以看出，李子青的病情极不稳定。

在坪西，大家走访了黄友飞。黄友飞看起来很健壮，微胖，肤色黝黑，但他说他腿有点问题，且患有高血压。说完，他就进里屋取出药瓶，证明他有病在身。因为身体不是很好，黄友飞没有再耕田。他有一个儿子两个女儿，儿子刚高中毕业，在佛山一家工厂学模具，两个女儿都在佛山大沥打工。

55 岁的低保户黄瑞安，家庭人口只有 1 人。他有腿疾，走路不太平稳，现住在他大哥家里，还没搬进危房改造后的房子，因为两家挨得很近。黄瑞安有一定的文化水平，高中毕业。

黄万银不在家。他精神残疾，腰骨也有病。黄万银现在在佛山与母亲、弟弟住在一起，他弟弟在佛山打工。黄万银平常回来都住在母亲的老房子里，他的危房改造后的房子一直没住，大概还没有达到入住标准。因为他在外面，无法查看他的入住情况。不过，细心的卢队长特意看了看他母亲的房子，房子很大，共三层。

黄秋亮不在家，他是低保户。王悦估计黄秋亮可能正坐在村委会那棵榕树下发呆。因生活不能自理，他与父母一起生活。据他父亲说，他连大小便都成问题，随便找地方就拉，不会找厕所解决。黄秋亮的父亲瘦高个儿，看起来精神状态很好，穿着整洁，说话"噼噼啪啪"像燃放鞭炮。看他精悍的样子，王悦倒觉得他像个基层干部。这位个儿瘦高的"基层干部"，此时穿着一件红色短袖衫，领着大家到黄秋亮危房改造后的房子查看。谈起黄秋亮，"基层干部"显得很无奈，因为黄秋亮冲凉都要父母帮忙。黄秋亮是危房改造贫困户，但他的房子至今没入住，只是通了水电。王悦问"基层干部"，黄秋亮最近精神不好，是不是病了？他只是摇头没回复。大概，"基层干部"为儿子操碎了心。

对于黄秋亮，王悦特别同情。"基层干部"还有两个儿子，都在外面打工。黄秋亮是老二。

低保户黄纯达不在家，他已 82 岁了，但身体很好。坤哥说，老人现在还在西川县城打工，帮建筑商看工地，一个月有七八百元收入，平常很少回家。

上午，大家一口气走访了 16 户贫困户，回到村委会就快下班了。回镇政府时，王悦看见黄秋亮傻傻地坐在村委会榕树下，嘴角边的口水肆意横流。

下午 2 点半，王悦和卢队长提前回 Z 城度周末，因明天上午信访局要召开帮扶单位联席会议，讨论决定扶贫产业项目事宜。

在离勒流 13 公里处时天空下起大雨，但到了龙江，雨就没下了。当经过顺德学院高铁站时，前方的天空又是灰蒙蒙的一片。卢队长说，Z 城可能下大雨了。果然，当进入 Z 城地界后，眼前一片漆黑，接着飘起更大的雨滴。王悦透过车窗玻璃向四周望了望，高楼已经看不见了，感觉整座 Z 城都在下大雨。

当汽车驶离高速，进入市区后，雨才渐渐变小，天空也亮了一些。

回到家，王悦才从微信朋友圈看到"Z 城发布"的新闻：今年第 13 号台风"玲玲"于今天上午加强为超强台风级，将以每小时 10 ~ 15 公里的速度向偏北方向移动，即将进入东海南部，强度还会有所增强，最大强度可达超强台风级（16 ~ 17级，55 ~ 60 米/秒）。今天午后，广东出现了一条东北到西南走向的降雨带，这是台风"玲玲"外围环流甩过来的东北气流和季风槽甩上来的偏东气流碰撞出的"火花"。

最近台风一个接一个，Z 城的雨一场接一场……看来，超强台风"玲玲"又要发威了，大雨将持续不断。这样的天气，什么时候才能恢复正常？

第四十章

早上起来，王悦为参加上午 10 点半在 Z 城信访局召开的帮扶单位联席会议准备了一些应急材料，也算是自己针对虎山村如何开发落实扶贫项目的观点。这些观点有可能用不上，因为王悦只是驻村工作队队员，估计没有发言机会，但第一次出席这样的会议，生怕被领导考验一年来的扶贫工作经验，他还是临时做了一点准备，以备需要。他的观点如下：

第一，结合虎山村集体经济收入少的现状，扶贫项目应尽早开发落实。目前虎山村集体经济收入只有水电站租金和承包山林租金，每年只有五六千元，远远达不到上级要求的贫困村集体经济每年要有 5 万元收入的目标。

第二，时间紧迫，离完成脱贫攻坚任务只有一年多时间，扶贫项目的落实刻不容缓。9 月 3 日，Z 城农业农村局局长、扶贫办主任在西川县政府召开的扶贫干部会议上，特别提到了贫困村集体经济收入问题，同时认为扶贫产业项目落实后，销售十分关键。

第三，要先在贫困村形成一项基础产业或扶贫项目，这样，既能稳定增加村集体经济收入，又不影响脱贫攻坚战的大局，在条件允许范围内，再考虑一项既能从实效出发，又能兼顾长远利益的产业。

第四，在不影响大局、不拖脱贫攻坚任务后腿的前提下，能否考虑落实更能凸显长效机制的产业，如参考一些工作队卓有成效的种植基地。

第五，多考虑驻村工作队撤离后，扶贫产业在当地干群的管理下，能否维持或发展下去，能否为自己闯出一条销路。如果当地干群有懈怠思想，就会导致工作队创建的扶贫产业项目难以支撑，甚至化为乌有。

9 点半，王悦坐公交车来到了信访局，没想到卢队长比他来得还早。因为信访局领导正在六楼会议室召开局里的会议，王悦和卢队长就在七楼一个科室耐心等待。直至他们开完会，王悦和卢队长才走进六楼会议室。

10 点半准时开会。参加联席会议的领导有：信访局副局长韦春华，市区文化馆副馆长廖文华，中国电信公司 Z 城分公司经理吴春熙，一共八个人参加了此次会议。

会议内容主要是卢队长以汇报工作的形式进行，领导当面作出批示。卢队长向各帮扶单位领导汇报了购买返租商铺、扶贫产业项目开发、节日慰问三大内容。

关于购买返租商铺，卢队长说购买返租商铺是利用 Z 城市财政资金，总投资 103.84 万元。这一项目上报驻县组时，驻县组回复要牵头单位信访局召开党组会议讨论决定。目前，广安镇政府对商铺项目已召开党组会议，并同意购买商铺这一资产性扶贫项目的开发和落实，待时机成熟再上报驻县组和 Z 城扶贫办。商铺以返租形式购买，收益分配一部分作为村集体经济收入，另一部分用作扶贫发展资金。

听完汇报，韦副局长作了批复，他说局里已经召开了两次党组会议，第一次召开党组会议时，一些领导考虑到风险问题，并没有同意购买返租商铺；第二次召开党组会议时，局领导从当地政府、贫困户意愿出发，以及调查到一些工作队也以返租形式为所在村购买了商铺，认为虽有风险，但毕竟有了先例，因此经过慎重考虑，局领导已同意虎山村购买商铺，待第二次党组会议纪要生成书面材料后，再通知工作队完成购买手续。

关于建立百香果种植基地扶贫产业项目，卢队长说由于时间紧迫，这一项目应该尽快落实。鉴于火把社区工作队已有成功的百香果种植经验，目前正在考虑在虎山村建立一个百香果种植基地，按照申请项目程序，已作了可行性报告、请示；虎山村两委也召开了会议，形成了会议纪要。虎山村准备着手成立合作社，作为百香果种植基地的经营主体。销售渠道初步确定为内销，即在三个帮扶单位内销售。

韦副局长作出批示，他说我们要有信心，销售应该没有问题的，据了解，火把社区工作队的百香果供不应求。我们要把目光放到市场，内销只是暂时的。建立百香果种植基地，是按照"一村一品"的扶贫指示及要求落实的，我们又有现成的管理、销售模板，可把火把社区工作队的成功经验复制过来，他们的技术力量也可以引用过来，但要注意开发和落实的手续，一定要按程序走。

各帮扶单位领导纷纷同意在虎山村落实百香果种植这一扶贫产业项目，接下来，工作队会着手项目资金的申请。

廖副馆长指示工作队尽快上扶贫产业项目。而吴经理提出了一些宝贵意见：一是要选好种植基地，二是要选好种苗，三是要选好管理基地的人。

关于中秋节慰问，卢队长问各帮扶单位领导什么时候到虎山村慰问贫困户，吴经理答复是下个星期一，但公司支取不到现金，希望像往年一样，由牵头单位为电信公司准备慰问现金，电信公司会以其他方式支付，如充值到工作队交通车辆用的油卡里；廖副馆长答复是单位出现财政困难，不过刚从市里转入 10 万元，具体慰问时间还没有确定；韦副局长说因为这段时间上面要来信访局巡查，领导不便外出，有可能要改变慰问时间或者方式。

另外，市区文化馆组织艺术家现场义卖募集到的 3 万多元，已转交红十字会，这笔钱属于"630"资金，大家讨论如何使用这笔钱，可不可以用作虎山村的扶贫经费。

还有就是 2017 年 Z 城利华公司向虎山村捐赠的 30 万元，至今未动一分钱。卢队长打算把这笔钱中的 15 万元用作助学资金，余下 15 万元向利华公司申请，变更用途，方便工作队使用。韦副局长批示，要尽快在村里找到一些项目，将这笔钱用出去，毕竟这么久没动用一分钱，也不好交代。不过，这笔钱的使用，用在什么地方，如果不是利华公司当初的意愿，就要向利华公司提出申请，变更用途。

开了一个多小时的会，到最后，王悦准备的"观点"一个字也没有用上。不过，这次会议，各帮扶单位领导充分认识到在虎山村落实扶贫项目的重要性和急切性，这正是王悦在"观点"里重点提到的问题。

王悦和卢队长还在 Z 城度周末，县扶贫办就发来特急通知，要求各驻村工作队填报 2016 年至今所在村投入的扶贫资金和实施的项目情况。统计对象包括"631"资金、"630"资金、中央财政扶贫专项资金、Z 城市财政专项扶贫资金、各帮扶单位自筹资金。其中，"631"资金、"630"资金、中央财政扶贫专项资金，各镇扶贫办已有相关台账，驻村工作队主要统计 Z 城市财政专项扶贫资金、各帮扶单位自筹资金情况。

看到紧急通知后，王悦和卢队长急匆匆赶回广安。路上又收到一个会议通知：今天下午 4 点半，西川县政府会议中心二楼将召开 2019 年审计会议，会议内容是广东省审计厅对西川县 2019 年精准扶贫精准脱贫和乡村振兴进行跟踪审计。

到达广安镇政府时，已经是 12 点 20 分了。

据说，除了省审计组，还有一拨省暗访组成员已到西川县。当然，他们不是暗访驻村工作队，而是针对新农村建设情况进行调查。

下午 3 点，卢队长到县政府开会，王悦留在宿舍办公室制作信访局和市区文化馆领导入村进行中秋节慰问的贫困户签收表。

5 点半的时候，市区文化馆领导给王悦打电话说，明天上午 8 点他们来虎山村慰问贫困户。慰问方式为集体慰问，只选一两户贫困户走访，因为这段时间市区文化馆正在接受市委巡察组巡察，时间比较紧迫。

王悦打电话向卢队长汇报了此事，然后联系村委六哥，让他通知明天接受慰问的贫困户。

今天是教师节，过两天就是中秋节。

吃过早餐后，因为卢队长要在镇政府开会，王悦就到镇政府复印室打印了信访局、文化馆领导慰问贫困户的签收表。宿舍那台打印机，时好时坏，处于半瘫痪状态。

市区文化馆慰问贫困户的领导，8 点钟从 Z 城出发，到村后已经是 11 点了。

在他们到来之前，工作队召开了一次简短的会议。主要是卢队长向王悦和高云飞传达昨天他在县政府参加省审计组跟踪审计会议的精神，要求将 2016 年以来各贫困村所有有关扶贫项目资料提交上去，卢队长让两位队员将 2016 年以来所做的项目资料认真核对一遍，并收集每年扶贫工作计划。这几天的工作任务，一是迎接省审计组的审计，省审计组有可能访问贫困户；二是驻村干部的考勤要做好；三是迎接各帮扶单位领导进村进行中秋节慰问工作；四是购买返租商铺的资料，要整理一套上报驻县组。

不一会儿，镇扶贫办在镇扶贫微信工作群发来一条紧急通知，要求各驻村工作队迅速核查各村实施的项目情况，填报好《2019 年精准扶贫精准脱贫和乡村振兴跟踪审计表格》，其中资金范围不限；时间节点为 2016 年至 2019 年 9 月 30 日；项目类型是镇村实施项目，自建自营不用报。上报的项目报账资料于今晚 9 点前送镇扶贫办。同时，一个项目一套资料，每一套资料都要有封面及卷内目录。

除了项目报账资料，镇扶贫办还要求各村按照审计内容，将脱贫攻坚和乡村振兴（农村人居环境整治）资金情况表、2019 年广东扶贫济困日活动捐赠款物认捐到账拨付和使用情况表、精准扶贫开发项目情况表、乡村振兴（农村人居环境整治）情况表、贫困户家庭情况调查表等，全部按时填写好，随时收集。

会议开完后，文化馆领导就来了。昨天王悦接到领导慰问通知时，已是下午 5 点半了，有点晚，但他还是及时联系了肖副主任和六哥。今早王悦进村后听肖副主任说，因为时间急，六哥只通知了几户贫困户，现在他又跟村支书开会去了。

六哥不在，王悦就和坤哥带着领导进入上塘自然村，慰问刘昌盛、刘爱明后，不巧天空飘起了大雨，慰问被迫中断。

直至雨停后，才继续入户慰问。

领导只是慰问了 5 户贫困户，回到村委会正好 12 点，文化馆领导因急着要回 Z 城，没吃午饭就走了。

因为忙，王悦忘了向媚姐给自己和卢队长报午饭，两人就到云天阁酒楼随便点了两个菜。吃饭时，卢队长对王悦说，高云飞这个小伙子闹意见，不知道什么原因。

王悦早就发觉自从卢队长上任以来，高云飞总是带着情绪工作，好像不把卢队长放在眼里，与卢队长说话时带有尖酸刻薄的语气。

平心而论，卢队长工作认真，一方面纪律抓得比较严，另一方面他是一个正直的人，是个一心为了虎山村和贫困户而默默付出汗水的好同志、好队长。

当然，在卢队长与高云飞之间，王悦隐隐感到，卢队长已经非常容忍了，但同时，王悦很担心过度容忍会让高云飞更加骄横。总之，两人很有可能会爆发一场"战争"。

下午，王悦和卢队长、坤哥代表信访局慰问贫困户，因信访局要接受巡察，领导抽不出时间过来慰问。

去冯大强家慰问的时候，他没在家。去另一户贫困户家慰问时，才看见冯大强在他弟弟家里，从而打听到他女儿正在复读，没上大学。他女儿今年参加高考，刚好上了重点线，但录取她的大学不理想。

慰问高阳朝的时候，看到刘昌盛和一些村民坐在高阳朝家门前聊天。听坤哥说，刘昌盛有亲戚在这儿。因为上午文化馆领导去他家慰问的时候，时间比较紧，王悦没跟他多聊。现在正好，王悦顺便问了一下他女儿刘巧欣的情况。他说他女儿已经恢复正常，前两天到 Z 城某学院上课了。

在李树英家里，王悦看见她更瘦了，满头白发，满脸皱皮，没有一点儿精神，连在慰问签收表上签名的力气都没有，摁手印时是卢队长握着她的手指沾印油。不过，大家打听到她儿子现在在佛山打工，既欣慰又担忧。欣慰的是，她家实现了"就业一人，脱贫一户"的希望；担忧的是，李树英老人身边无人照顾。

在慰问邓水金的时候，坤哥与他好像很有交情，拉了不少家常，从而打听到即将慰问的下一家贫困户苏会勇家没人，他奶奶得了老年痴呆症，现在在县城他叔叔那儿。他叔叔在县城打工，应该租了房，把老人接去，方便照顾她。

其间，卢队长接了一个电话，好像是镇扶贫办打来的，说是审计组要求各村工作队于明早前把所有审计的项目资料提交上去。现在正值中秋慰问，审计组又突然提前要审计资料，工作队有点手忙脚乱。

回到镇政府，已是 6 点 20 分了，因为宿舍喝的水没了，王悦跟卢队长到山哥家装了一瓶山泉水。吃完晚饭，王悦和卢队长守在镇政府打印室复印审计所需的资料，包括村碾米加工厂建设项目资料、村危险道路维修项目资料、村树头段道路维修项目资料、村委会车位及村道维修项目资料等。面对十几盒需要复印的资料，两人的头都弄大了，大概要加班到凌晨。

弄到晚上 11 点半，王悦和卢队长才把所需资料弄好。走出打印室，两人的腿酸酸的，感觉很困很累，直至抬头看见圆圆的月亮，呼吸才顺畅起来。

这段时间，正是工作队最忙的时候，高云飞却总是请假或下午下班后就回老家，卢队长拿他没办法。

早上进村时，工作车顺便把阿巧带了进来。

为方便孩子读书，她在镇上租了房。

车上，大家谈到后天就是中秋节，卢队长问阿巧，你老公中秋节回家吗？

阿巧说回。然后她说到她老公如何能干，她家的新房子装修，都是他利用假期回来一个人干的。想当初选择他并没有错，尽管那时他家很穷，结婚时没摆喜宴，没拍婚纱照，只花9元钱领了一张结婚证书。

上午，中国电信公司Z城分公司领导来虎山村慰问贫困户。慰问后，领导留下来与驻村干部、村干部吃了一顿简简单单的午饭。

下午，王悦坐在办公桌前，搜集整理市文化馆领导和卢队长代表信访局领导慰问贫困户的照片，并存入电脑。这些慰问照片需要上传系统，作为帮扶单位领导节日入户慰问贫困户的佐证。

这几天，Z城各帮扶单位领导陆续到西川帮扶村进行中秋慰问。此外，驻县组新任组长区成城也没得闲，开始到一些省定贫困村调研。

9月10日上午，他到翻冈镇东红村指导扶贫工作，与驻村工作队、村干部进行座谈会，研究当前扶贫工作的进展及形势，随后巡视了产业项目的发展情况，并对产业日后保障和稳定提出了重要的指导意见。

9月10日下午，他到川水镇蒙树村开展脱贫攻坚工作调研走访，现场查看贫困户档案、视察综合文化中心及百香果种植基地。听取驻村工作队的工作汇报后，他提出了驻村工作队要扎实开展扶贫工作、着力提高村集体经济收入、规范使用及管理扶贫资金、做好近日审计备检工作等意见及建议。

第二天上午，驻村工作队在村里整理百香果种植基地的材料，如可行性报告、村两委及工作队的请示、牵头单位两次召开党组会议的会议纪要、村两委的会议纪要、广安镇党委召开的党组会议纪要等，准备送到驻县组审批，如果驻县组同意，再送到Z城扶贫办审批。总之，一个项目落实下来，需要花费很多时间和精力。不过，申请项目的每一个环节都是按程序走的，缺少一个程序，以后上面审查或审计，麻烦就大了，谁也担待不起。

弄了一个上午，才将所需材料一份一份订好，一共订成五份。

匆匆吃完午饭，王悦和卢队长就开车回Z城度周末。村委昌哥要到南海他女儿家，卢队长顺便带上他，因为回Z城路过南海。

从广安出发的时候，天气有点闷热。

昌哥坐在后座，身旁带了一份送给女儿的礼物，装在一个红色袋子里。王悦和卢队长没问昌哥带的是什么礼物，只是听他说他女儿准备建新房，动工前，按照当地风俗，需要请客。

昌哥有三个儿子，一个女儿。女儿最大，嫁到南海。

一路上，王悦向昌哥打听有关他和他的家庭情况，驾车的卢队长也不时搭话。

昌哥年轻时到过外省谋生。第一次出门是 1980 年的事了。那时他到河南信阳建筑工地搞装修，后来又到了东北，干了好几个月。在外面闯荡了差不多 20 年，直至 1999 年回村后，经村民选举，昌哥成了虎山村村干部。

昌哥是个诚实憨厚的人，在村委会干了整整 20 年。

昌哥谈起他的小儿子，脸上非常自豪。他小儿子初中毕业后到广州打工，因为诚实肯干、不贪心，很快得到工厂老板的认可和赏识。工厂里有两个老板，其中一个老板后来在北京开了一家分厂，就把他小儿子调到北京做厂长。在他小儿子的管理下，分厂搞得轰轰烈烈，为老板赚了不少钱。特别有意思的是，老板的女儿还为昌哥的小儿子做媒，把她的大学同学介绍给他。再后来，他小儿子跳槽，到天津办厂，自己做了老板。现在，昌哥的两个儿子在天津，一个儿子在县城开饭馆。

卢队长对昌哥说："你儿子个个有出息了，如今你也六十好几，可以到儿子身边享享清福。"昌哥憨憨地笑着说："我小儿子叫我到天津，但我还离不开虎山，待虎山村脱贫摘帽后，我才放心到天津。"

卢队长问昌哥："你小儿子这么优秀，一个只有初中学历的农村娃，最后成了大城市的老板，肯定离不开你的教育。昌哥，以前你是怎么教育他的?"

昌哥说："我没什么文化，只是在外省打拼了近 20 年，生活经历告诉我，要想谋生，一是要学好技术，二是要踏实做事，千万不要贪心。做人最重要的是诚实、本分、守信。"

王悦和卢队长听完昌哥总结的家训，连连称赞。

进入南海后，汽车从松岗收费站下了高速。

按照手机导航，卢队长把昌哥送到南国桃园附近的住宅小区，看见一个 40 岁模样的男人站在小区门卫室旁。

昌哥说："他是我女婿。"

南国桃园坐落在著名的桃花之乡——广东省佛山市南海区狮山镇松岗，方圆 8 平方公里，是佛山新八景之一。对于南国桃园，王悦并不陌生，因为他曾经来过三次，都是几年前的事了。那时的南国桃园还是一片刚开发的荒地，景区不多。现在，南国桃园发展很快，变成另一副模样了，到处绿树成荫。

告别昌哥后，汽车穿过禅城平胜大桥，进入佛山一环辅路、佛陈路，因卢队长不熟悉路线，即使有导航指挥也没用，竟错过了一次上广明高速的机会。卢队长只好继续走佛陈路，没想到前方出现严重拥堵现象，可能是出车祸了。汽车缓慢地行驶了 2 公里后，王悦看见路边一辆小面包车追尾一辆红色大货车，交警正在处理事故。

待畅通后，大概走了 3 公里，汽车进入佛山一环延线，随后再进入顺德西互通立交，最后从勒流收费站上了广州绕城高速。没多久，就切入广珠西线高速。

中午 12 点 20 分从广安镇出发，直到下午 4 点 50 分才到达 Z 城。这次，因送昌哥到他女儿家，途中又走错路线，竟然多花了一个多小时。

中秋节过后，虎山村精准扶贫户刘昌盛的儿子刘志欢返回校园，原驻村第一书记黄小诚购买了一些食品到学校看望他，并了解新学期的学习情况，鼓励他认真学习、掌握技能，遇到不懂的要及时请教老师、同学。

那天早上 8 点 50 分，卢队长打电话给王悦，说他要到单位汇报工作，汇报完后才出发到广安，让王悦等待出发通知。

10 点，卢队长才通知王悦到市区办事处大门边会合。

坐上出发的车后，卢队长告诉王悦，牵头单位领导说百香果产业扶贫项目一定要赚钱，这是贫困户稳定脱贫的希望。

其实，通过多方了解，百香果项目是很难赚到钱的。但就目前形势，在虎山村，如果不落实百香果项目，似乎又找不到更好的项目。另外，虎山村贫困户、村干部对百香果种植基地不是很感兴趣，甚至仍然存在消极情绪。要不是驻村工作队为村里购买返租商铺，恐怕种植百香果这个项目，他们都不愿意提及。前段时间，听说牵头单位领导不同意购买返租商铺时，个别村干部就明显摊牌表态，如果商铺买不成，百香果种植基地就落实不了。卢队长也怕不买商铺，会影响到以后扶贫工作的顺利开展。幸好，牵头单位经过两次党组会议讨论，最后还是同意购买返租商铺，同时为百香果种植基地的开发专门召开了帮扶单位联席会议，最终确定了这一扶贫产业项目的开发，准备按申报程序落实下来，免得夜长梦多。

说实在的，王悦也不太赞成在虎山村搞百香果种植基地，因为销售是一大难题，但从另一个角度考虑，能在短短一年内就收获到果实的，也许只有百香果了。种植什么，着重考虑的是短期收效和长远发展的问题。既然牵头单位领导决定了种植百香果，卢队长也只能按照上面的要求来执行。

在路上，两人谈到高云飞在工作上经常闹情绪的事。以前万队长在的时候，纪律管理松散，导致年轻的高云飞比较任性。现在上面对驻村干部的工作纪律抓得比较严，卢队长也非常重视纪律工作，所以，高云飞受不了纪律的约束，情绪随之而来。

王悦也猜不透高云飞对卢队长有什么意见。王悦觉得卢队长除了工作认真负责，做事比较小心谨慎，考虑事情也是非常到位、周全的。这段时间卢队长对工作纪律抓得严，这是镇扶贫办的要求，因为上级随时会不打招呼入村检查工作队的工作情况。

到了丹灶服务区后，王悦和卢队长在小餐馆吃了午饭。

第四十一章

回到广安镇政府，已经是下午 1 点半了。刚到宿舍，王悦就在镇扶贫办微信工作群里看到一则通知，是有关组织开展"脱贫攻坚看广东"的书法、美术、摄影主题展作品征集的活动。

也许，这是一次对全省扶贫工作的检阅，用文艺的方式将扶贫成绩展现出来，给历史留下光辉的一笔。

差不多 4 点时，卢队长让王悦跟他一起去驻县组，把申请购买商铺的材料送去审批。

来到驻县组办公室，只有工作组组员小陈在。组长区成城休假，副组长孙树龙可能忙其他事去了。卢队长将购买商铺的审批材料交给小陈后，谈到一些有关购买商铺的问题。比如虎山村的扶贫资金滞留太多，使用率低，确实需要"花"出去；又如购买商铺是虎山村干部及贫困户的强烈愿望，扶贫项目开发更要尊重他们的意愿。

卢队长问小陈如何将 Z 城文化馆募捐到的 3 万多元"630"资金从 Z 城红十字会转到虎山村，用作慰问贫困户或其他扶贫工作用途，刚调来参与扶贫工作的小陈还不知道如何操作。恰好此时进来两个前来办事的驻村干部，其中一个告诉卢队长，要想把募捐到的钱转账到村里用作扶贫工作经费，需要捐赠人向 Z 城扶贫办出函，由 Z 城扶贫办与红十字会沟通，把募捐到的款项转到村所在的镇财政所。这位驻村干部还说他以前操作过这类事情。

后来，卢队长在二楼一间办公室找到了副组长孙树龙，给他递交了一份购买商铺的材料。当再次谈到文化馆募捐到的那笔款项时，孙树龙的回复与那个驻村干部告诉卢队长的申请途径是一样的。

回到镇政府，已经是 6 点半了。因王悦和卢队长没在饭堂报餐，就到离镇政府几百米远的饭馆，点了两个菜，狼吞虎咽吃了一顿晚饭。

今天一整天，大家都坐在办公室，各自忙各自的事。

昨天下午下班后，高云飞一声不响回了家，今天早上差不多 10 点时，他还没进村上班，也没向卢队长请假。

刘尚威来村委会复印自己和刘爱明的精准扶贫材料的时候，高云飞才回到村里上班。恰巧卢队长要去走访一户贫困户，看看她家的"八有"情况，上次走访时她不在家，但卢队长发现她家存在一些问题。今天她在家，卢队长就去她家看看有没有整改。走之前，卢队长交代高云飞给刘尚威复印资料。

高云飞复印好资料后，又不见踪影。

很长一段时间，高云飞都在闹情绪。

11 点时，李白桂来办事，他手上拿着一份《广东省经济困难学生申请表》，为他儿子申请。他儿子在镇中心小学读五年级。

李白桂今年 56 岁，家庭人口 3 人，家庭劳动力 1 人，有耕地 3 亩，配偶患有精神残疾。李白桂在家务农，偶尔到附近打散工。

李白桂长得瘦瘦的，皮肤黑黑的，眼睛圆圆的，留八字胡子，人看起来比较精明。

最近这段时间，王悦跟卢队长去他家走访了两次，都不见他人影。今天，他主动找上门来，刚回来的卢队长就向他反映了走访他家时发现的两大问题：一是他家因扩建，原来建好的危房没安装门，且里面脏乱差；二是 2017 年工作队给他增收助力脱贫的两头养殖牛，经常糟蹋村民农作物，随便拉粪便，污染环境，闹得民众意见很大。

针对这两个问题，卢队长很耐心地与李白桂沟通，让他尽快整改。李白桂满口答应，说回去一定会改过来。

下班前，村干部、驻村工作队召开了简短的"虎山村 9 月份扶贫工作会议"。

会议主要是卢队长汇报扶贫工作情况：

第一，百香果种植基地的开发及利益分配有新的变化。为确保项目可持续发展，经村两委研究，在收益分配中适当增加果场运营经费，重新确定百香果种植项目收益分配方案：收益50%分给贫困户，30%用于村集体增加经济收入，20%用于果场运营经费。本次脱贫攻坚任务完成后，分配方案由村两委和合作社另行研究确定。下一步，驻村工作队将申请百香果种植项目的投资经费。

第二，关于购买商铺的进展。本月16日下午，购买商铺的资料已送驻县组审批，如驻县组同意这一扶贫项目，还需要上报Z城市扶贫办，如通过的话，驻村工作队就可以与商家签订购买合同，投资的扶贫款已在镇财政所，按照正常程序申请资金就可以了。

第三，高天泉家里去年新增人口，不知道现在有没有录入系统，因系统员高云飞没列席此次会议，会后需要问问他录入情况。

下午，虎山村又召开了扶贫工作会议。镇扶贫工作组副组长杨德志，镇委委员、镇扶贫办主任陆俊，镇扶贫办副主任潘大为，村两委干部及驻村工作队列席会议，主要讨论在虎山村开发种植柠檬树的问题，这个项目属于扶贫产业，使用的是2018年中央下拨到镇的专项扶贫款，共12万元。按县里要求，这笔款曾经计划用来种植油茶树，村里专门开会讨论过，但后来吕书记转达县里的意思，不搞油茶树种植了。现在这笔资金用于种植柠檬树，大概20亩，镇扶贫工作组、镇扶贫办已做了三年预算。

陆俊要求村干部与驻村工作队同心协力，安排好任务，落实工作，明确分工，准备好申报项目材料。因时间紧迫，下星期一就要完成好各种材料。

这段时间，虽然工作队为商铺、百香果两个项目忙得力不从心，但卢队长当即表态，同意协助村里做好资料。

早上起来，有点微凉，感觉好像南方开始入秋了。

上午，卢队长到西川县城开会。

按照昨天下午的会议，卢队长安排王悦草拟一份柠檬果苗购销回收合同。王悦没写过合同，不是专业人员，只能在网上搜索了一份红心猕猴桃果苗购销回收合同，按照这种合同模式，拟成一份柠檬果苗购销回收合同。

下午准备入村时，卢队长在驻西川队长微信工作群里截了一张图片发给王悦，是驻县组组长区成城的口头通知，要求各驻村工作队严格执行各驻村管理规定，不能随便离开工作岗位，有特殊情况时须向驻县组报告，近期省审计组开始走访贫困村对扶贫项目进行实地考察。

不一会儿，镇政府临时召开扶贫工作会议，驻村第一书记及队长参加，王悦就没进村。

从县城到镇政府，开了一天的会议，卢队长有点吃不消，因为开会太多，很多扶贫工作只得放下来。昨晚他睡不着觉，只睡了三个小时。看来，扶贫工作队队长不好当，压力很大。

为了进一步激发建档立卡贫困户脱贫致富奔小康的内生动力，不断增强建档立卡贫困户的幸福感和获得感，按照Q市扶贫开发领导小组的统一部署和要求，决定从今年8月起，在西川全县开展建档立卡贫困户家居环境提升专项行动。提升的主要内容是以镇、村和驻村干部为骨干力量，围绕"三个看一看"，对辖区内所有建档立卡贫困户的家庭环境状况开展全面彻底的调查摸底，同步做好边查边改，抓紧查漏补缺，营造卫生整洁的居家环境，为美化村容村貌贡献力量。

"三个看一看"，是指看一看建档立卡贫困户家庭基本生活设施是否完备，如门窗、灶头、厨具、室内厕所、卫生间、水电等；看一看建档立卡贫困户家庭基本生活用品是否齐全，如餐桌、椅凳、床上用品等；看一看建档立卡贫困户家居环境是否干净整洁有序。

专项行动从今年8月开始至12月底结束，分三个阶段进行。如果需要整治又确实困难的建档立卡贫困户，可以申请一定额度的提升家居环境资金。经过第一阶段的检查，虎山村的黎霞妹、黄金沙等6户建档立卡贫困户居家环境需要整治，整治资金测算从500元到2000元不等。

前几天，广东省水利厅、广东省扶贫办联合下发了关于做好农村饮水安全脱贫攻坚"回头看"大排查工作的通知，要求各地市各部门加强沟通协作，对建档立卡贫困户饮水安全状况和农村供水工程运行管理情况进行全面核查，杜绝弄虚作假，对核查出来的问题合理制订解决方案，落实资金，扎实推进工程建设，强化运行维护，不折不扣完成脱贫攻坚任务。

下午开完会后，卢队长晚上要加班做资料，但宿舍办公电脑坏了，王悦就跟他去维修电脑。

在电脑修理店，师傅检查后说主板坏了，明天才能买到相同型号的主板，修理费 250 元。卢队长要急用，刚好昨天高云飞办公用的电脑送到这里维修，已经修好，王悦就把它搬到宿舍。但是接好电源线、网线、数据线后，显示屏不能显示页面，出现的是一片白光。王悦怀疑显示屏坏了，于是拆下显示屏，搬到镇三防办公室试了一下，显示屏果然不行。

更换显示器后，电脑就能正常使用了。卢队长坐在宿舍做资料，直至王悦睡觉后，他还在敲敲打打，修修改改。

早上起来，感觉天气更凉了。宿舍后面小山坡上，王悦看见一棵乌樱桃树，盛开着洁白的花朵。乌樱桃花只有米粒般大小，一串一串的，被晨曦照得有些热闹。

进村后，王悦开始着手修改柠檬果苗购销回收合同，然后把修改后的电子版发给肖副主任和村委六哥。

为确保到 2020 年全省相对贫困人口、相对贫困村全部实现脱贫目标并有序退出，省扶贫办制订了《广东省相对贫困人口相对贫困村退出机制实施方案》，于近日下发到各地市扶贫部门。

相对贫困人口退出以户为单位，主要衡量标准是稳定实现"两不愁三保障"，有劳动能力的相对贫困户年人均可支配收入不低于当年全省农村居民年人均可支配收入的 45%，符合条件的无劳动能力的贫困户全部纳入政策性保障兜底。具体体现为"八有"指标。

相对贫困村退出以"两不愁三保障"和"一相当"水平为主要衡量标准，统筹考虑村内的贫困发生率、基础设施、基本公共服务、产业发展、村级集体收入、党组织建设等综合因素，具体按照"三实现一相当"指标进行核查。

核查要严格按照贫困退出的标准和程序要求，切实做到程序公开、数据准确、档案完整、结果公正，强化群众和社会监督，做到全程透明。加强扶贫政策宣传，相对贫困人口、相对贫困村退出后，在脱贫攻坚期内原有扶持政策保持不变，扶持力度不减，帮扶工作组（队）不撤，持续跟踪帮扶，确保实现稳定脱贫。

下午 1 点，王悦和卢队长回 Z 城，一路上无风无雨，畅通无阻。在 Z 城，王悦放松身心，度过了两天愉快的周末。

今天是秋分，外面比较凉爽，而阳光也没有夏天那般骄横，似乎温柔了许多。

在返广安的车上，王悦听卢队长说，早上他去了单位，领导不在，但有关百香果扶贫项目的申请材料，已上交单位审批。

从 Z 城西收费站进入广珠西线高速后，卢队长告诉王悦，这个星期西川县扶贫办领导要入村检查。现在，王悦一听说检查，由先前的紧张，渐渐开始变得平和了。但迎接上面检查，绝不能马虎应付，工作还是要做实做细做足，这样才能踏实睡觉。

一路还算顺畅。从大田下了高速后，在附近加油站，卢队长给跑了两个多小时的工作车加足了油。

待来到广安镇政府，时间已经是 12 点半了。镇政府大门上彩旗飘飘，一幅鲜红的红绸上，书写着"热烈庆祝中华人民共和国成立 70 周年"。

国庆节又快到了。

饭堂吃午饭的人很少，只有吕书记、梅镇长等少数几个镇领导坐在饭桌前吃饭。

王悦和卢队长匆匆吃完午饭后，就回宿舍午休。

下午，高云飞没回来，王悦和卢队长也没进村，在宿舍办公室整理一些资料。

第二天早上进村时，卢队长说县扶贫办领导到广安检查，让王悦和高云飞熟悉今年未脱贫贫困户的情况，如县扶贫办领导入村，可能要走访那些贫困户。

镇扶贫办在系统工作群里发了通知，要求各驻村工作队 10 点半前，把贫困户培训资料送镇扶贫办，包括培训现场照片、培训人员签到表。

送培训资料前，虎山村委召开 9 月份支委会议。会议中，村支书向与会人员介绍虎山村扶贫工作情况，以及准备利用中央下拨的 12 万元扶贫专项资金种植柠檬果树。卢队长也简单介绍了购买商铺、种植百香果两项扶贫项目的进度。

天气变冷了。

上午，王悦跟卢队长、村委坤哥走访 8 户未脱贫贫困户前，卢队长说，下午驻县组领导来虎山村调研。

这段时间，王悦经常在驻县组扶贫微信交流群里，看到有关新任驻县组组长区成城深入各帮扶村交流或调研扶贫工作的信息和图片。

扶贫工作不是靠领导嘴上说出来的，要从内心到行动，深入一线，才能掌握贫困村、贫困户实际情况。

走访路上，当经过贫困户邓水金家附近时，坤哥简单跟卢队长说了一下他的情况。邓水金一个人生活，有一个养女，已出嫁。经过青芒村时，坤哥说青芒村是新建的自然村，大概 2006 年的时候刮了一次台风，受灾情况严重，全村就从山上搬了下来。现在的青芒村，新建的楼房有十几栋，规划得比较整齐。村支书就住在青芒村。

在石龙，大家来到陈家旺家门口，但他不在。他是今年未脱贫贫困户。

因为陈家旺住在附近，卢队长想顺便了解一下他家情况。虽然他家大门敞开着，却没见人影，只有对面的邻居老太太坐在巷子里。陈家旺是已脱贫户。

江下的黎霞妹也不在家。以前走访的时候，发现她家还没有通水，只是安装了水管。她是今年未脱贫贫困户。卢队长仔细查看了她家的水管，当他拧开墙边的水龙头时，自来水哗哗地流下来。她家的自来水终于接通了。

坤哥说，以前李树英也住这里，因为听风水先生说住在山里面好，危房改造的时候，她就在山里老屋旁建了一层新房。人家都往山下搬，她却往山上搬。

坪坝的苏飞燕是今年未脱贫贫困户，因为之前走访过她家几次，这次只是到她家看了看入住情况。

下木坑苏会勇不在家，他在外面打工。他家建有一幢比较宽敞的三层楼房，已住进去了，不过还没有完全装修好。听邻居说，这幢略显大气的楼房，是苏会勇的姑妈帮他建的，他姑妈在三水开了一间小工厂，生活应该不错。

去杨海锋家路上，正好碰见他。来到他家，见水电已安装好，床铺也有了，家用设施虽简陋，但毕竟他从破旧的老屋里搬了过来，让卢队长放心了许多。卢队长让他买台电视机，杨海锋说一定会买。去年，Q 市拨款给没有电视机的危房改造贫困户每户 1000 元，让他们安装电视机，而且规定这笔款是专用的，除了安装电视机，不能购买其他东西。

从杨海锋家出来时，大家看见邓国强家门边放着一辆摩托车，以为他在家，但敲不开门。听村民说他到县城看病去了，他患有糖尿病等多种疾病。以前走访过几次，都没见他在家。邓国强是已脱贫户。

李天桂不在家。以前听坤哥说他在 Q 市某县打工，帮建筑商看工地，现在坤哥说他在西川县城，也是帮建筑商看工地。

下塘的陈兰真不在家。

西坑的黄坤能在家。每次走访他家，他家房门都是关着的。坤哥敲门后，黄坤能不紧不慢开了门。进去以后，卢队长看见屋子里摆放着一台崭新的电视机，脸上就露出满意的笑容。

当王悦看到贫困户家里又有了新的变化，心里感到特别高兴。党的政策和恩情像阳光一样照耀着每一户贫困户，给驻村干部带来前行的动力。

下午，驻县组组长区成城、副组长孙树龙、组员小陈和一名驻平山镇大崀村的工作队队员来虎山调研，与村干部、驻村干部召开座谈会。座谈会上，区组长首先了解虎山村每一个驻村干部情况，接着听取卢队长的扶贫工作汇报。

卢队长说，目前虎山村集体经济收入比较薄弱，扶贫项目方面暂时只有碾米厂，但碾米厂一直没法转租，产生不了经济效益。近期，工作队为扶贫项目做了不少工作，从最初的光伏发电到购买商铺再到种植百香果，都进行了实地考察和评估，最终确定开发购买商铺和种植百香果项目。而贫困户的脱贫，目前主要靠就业和县镇统筹的项目，如工业园、水电站、购买商铺等收益，前期驻村工作队给有劳动能力贫困户发放的牛和猪，一部分已经卖掉。

区组长说，这段时间他陆续到帮扶村调研，认为种植百香果、油茶树、三华李都很难赚到钱，建议工作队明天到平山镇大崀村实地考察黑皮鸡枞菌种植基地。

接着，大崀村驻村干部向卢队长介绍了种植黑皮鸡枞菌的一些情况，他说种植黑皮鸡枞菌需要搭棚，征收 3 亩地大概投资 54 万元，商家包收购，市场价一般是 30 ~ 40 元/斤，保底价 15 元/斤。种植黑皮鸡枞菌收益快，半年内能赚 10 万元左右，而且种植一亩可接纳 10 个劳动力，对劳动力要求不高，一些残疾贫困户都可以参与进来。种植黑皮鸡枞菌有三个好处：一是能解决贫困户就业，二是不受天气影响，三是有保底包销。

孙树龙副组长也提示卢队长，下一阶段对"回头看"的检查工作特别严格，要求驻村干部对每一户贫困户进行深入了解，及时掌握他们的动态。

最后，区组长从精准扶贫角度给大家提出四点指导意见：一是做好档案管理；二是开发的扶贫产业项目要有持续性，建立长效机制；三是留意扶贫资金使用情况；四是系统录入做到清晰完整，一定要实事求是，严谨对待。

下班后，王悦和卢队长到九凤村散步，回来后天色已晚。因为驻县组调研，王悦忘了给自己和卢队长在镇政府饭堂报餐，两人只好到云天阁酒楼吃晚饭。王悦和卢队长有时一块吃饭，都是 AA 制的。

第二天早上，王悦准备到白云村晨跑。

当他走出镇政府大门时，看见横过教育路的电线上又挤着一群燕子。想起昨天早上没见到燕子，心里有点小感叹小失落，还以为天气渐渐变冷了，它们窝在家里，再也不愿出来。

望着一只只沉默无语的燕子，王悦心里忍不住喜悦，向可爱的它们问候了一声"早安"，然后沿着山路慢跑起来。

本来预计今天上午卢队长、高云飞、村支书、村委六哥到平山镇大崀村考察黑皮鸡枞菌种植基地，但那边忙，只能推迟。吃完早餐后，卢队长告诉王悦，他想向单位领导打报告，本月 29 日、30 日公干，准备在 Z 城考察黑皮鸡枞菌的种植情况。

在办公室，卢队长向肖副主任打听到贫困户邓发水的情况。邓发水是邓元庆的父亲，他有四个女儿，都已出嫁。当谈到陈家望时，卢队长说他家的楼房建得非常漂亮。肖副主任说他已离婚，孩子给前妻带走，但他有九个姐妹帮扶，生活自然好过一些。陈家望现在与母亲一块生活，他有病，属于部分丧失劳动能力的贫困户。

下午，驻县组区组长到八和镇庄华村调研指导精准扶贫精准脱贫攻坚工作。他认真查阅了驻村扶贫工作队的项目档案资料，详细了解有关扶贫项目的开展情况和收益情况，以及脱贫攻坚的进展情况，还实地考察了走地鸡、鸭养殖和百香果种植情况，并对下一步的产业扶贫工作提出了要求和指导意见。

卢队长叫王悦不用报晚餐，镇里今晚要搞烧烤晚会。王悦从没参加过这样的晚会，不知今晚的烧烤晚会盛况如何。

下班回到镇政府，听见饭堂门边歌声悠悠，为了迎接中华人民共和国成立 70 周年，镇干部组织了合唱团，国庆节镇里要搞文艺晚会。

合唱团唱的歌曲是《没有共产党就没有新中国》。他们一直唱到晚上 8 点，烧烤晚会才开始。

王悦没参加烧烤晚会，怕吃了烧烤的食物咽喉会发炎。他到外面饭馆随便叫了饭菜，一个人吃起来。不一会儿，卢队长也走了进来，说烧烤晚会人太多，先出来解决肚子问题再参加晚会。他炒了一个方便快捷的米粉。

又到月底了，镇扶贫办要求各驻村工作队迅速做好贫困户动态管理工作，把贫困人口最新变化的相关资料于 9 月 29 日下午下班前报镇扶贫办。

第四十二章

两天周末很快过去了。周一早上，王悦在街面上买了三个花卷和一杯豆浆。吃完早餐，卢队长给王悦微信留言，说9点在市区办事处大门边会合。

卢队长开车接上王悦后，向沙塘镇进发。他俩去考察黑皮鸡枞菌的种植情况。

20多分钟后，汽车进入了沙塘。以前，Z城的沙塘工业比较发达，尤其是纺织、服装和家具行业。沙塘旧称隆都，是侨乡，有海外侨胞、港澳台同胞8万多人，曾获"中国休闲服装名镇""中国休闲服装生产基地""中国百佳产业集群"等称号。

虽然卢队长在Z城工作了24年，但他对沙塘镇不太熟悉，开车时还是用手机导航。1995年，卢队长从西北一所师范大学毕业后，来到Z城。在一中学教了9年书后，考上了公务员，被分配到信访局工作，现在的职位是副主任科员。

接近目的地时，卢队长还是找不到考察的种植基地，只好打电话给老板，并告诉老板车牌号码。老板让卢队长把车停在路边，他过来接。不一会儿，一个骑摩托车的中年汉子停在另一边的路口，向卢队长招手。

卢队长开车跟着摩托车，沿着一条小溪缓缓行驶，很快见到小溪旁有一块种植基地。只见基地约莫4亩大小，搭有5个用铁棒支起的棚子。棚子两边，一边是香蕉园，另一边是绿色的菜地。菜地上，以种植空心菜为主，应该有20亩左右。

卢队长把车停到板尾村，然后与王悦跟随老板进入棚子。棚子里，有3条白色灯带，照亮新翻的泥土；一个打着赤膊的农民工正在浇水，而后面有一个吹风机，呼呼地旋转着扇叶。老板说，这里昨天才栽好菌种。

老板中等身材，有些胖，皮肤黝黑，样子比较温和。西川大崀村种植的黑皮鸡枞菌扶贫产业，就是他公司提供的技术和菌种，而且负责销售。

在棚子里，卢队长手捧笔记本，像记者一样开始向老板详细打听建立种植基地所需的材料、设备，以及购买菌种的数量，准备做好投资预算。之后，还问询了种植菌的生长情况和管理问题。了解到种植黑皮鸡枞菌的大概情况是：棚内温度要求23～27度，需要装一台50匹冷暖空调，空气湿度控制在60%左右；种植基地土地利用率为70%；菌种发芽后最怕蚊子咬烂，要喷低毒农药驱蚊；棚顶要装灯带，基地一般一两个星期喷一次水；菌种生长期为4个月，温度不适合的话，生长期会更长，半年也说不定；菌种不怕低温，温度低它不会生长，但怕高温，温度高会烧坏"身体"；芽的温度要求比较苛刻，它怕高温也怕低温；半亩地搭一个棚，大概是12米×30米；购买菌种约27万元，需配置一个冷库，四五万元，同时给每一个棚配一台空调，大概一台新空调4000元，其他设备每个棚约1.5万元，外面还要拉一条电缆，约需4万元。

如此算来，如果创建一个3亩左右的种植基地，需要投资48万元左右。

老板是板尾村人。目前，Z城派驻西川等几个县的一些工作队创建的扶贫产业基地，只要是种植黑皮鸡枞菌的，都由他公司提供种植技术，而且他会联系销路。在Z城南口、民乐、沙塘，老板都有自己的种植基地，只是去年，南口镇一个用竹子搭建的种植基地被台风"山竹"摧毁了，害他损失不少，而眼前这基地刚建立不久，搭的是铁架棚，抗风能力强。

卢队长见老板如此扎实肯干，基地做得那么好，于是问他是否一直干这一行。老板说他曾经在派出所工作。一个警员蜕变成企业家，其间的故事是怎样的呢？王悦很想打听，但因时间关系，不方便再问。

据老板介绍，在西川大崀村开发的黑皮鸡枞菌种植项目分两期逐步进行，一期总投资大概95万元，包括：租用土地约10亩，建成12座大棚面积4200平方米（含滴灌系统、加温系统、喷淋冷却系统），设施用房200平方米（冷库50平方米，加工场150平方米），购置生产工具一批。其中一期先行种植6座大棚面积2100平方米，掌握技术和管理方法后，12座大棚全部投入种植。

种植黑皮鸡枞菌，大崀驻村工作队采用的经营模式是"公司+合作社"，大崀专业种养合作社与珠海荣姬农业开发有限公司合作。大岜专业种养合作社独立自主经营管理，工作队和村委会负责监督和指导；荣姬公司出售菌种，派出技术员到现场指导项目选址、大棚搭建和种植、采摘等。产品全部由荣姬公司收购，并签订购销合同，按照不低于 15 元/斤保底价销售，随行就市，根据市场价格随时上调。

黑皮鸡枞菌是一种营养丰富的食用菌，它富含多种氨基酸，是食药两用的食用菌之一。它原来是野生菌，近年来人们采用先进的科学技术，将其引入大棚栽培，实现了黑皮鸡枞菌的规模化人工栽培。黑皮鸡枞菌大面积种植时间较短，市场尚未饱和，前景比较广阔。

回来路上，卢队长觉得种植黑皮鸡枞菌比种植百香果更困难，投资更大。关于虎山村开发什么扶贫产业项目，只能由牵头单位领导研究决定。

卢队长跟王悦说，明天他到单位向领导汇报这次考察情况。

2019 年是全面建成小康社会的关键之年，也是西川县脱贫攻坚的决战决胜之年。根据 2019 年 9 月 20 日 Q 市市委脱贫攻坚形势分析会的要求，坚持以有劳动力贫困户收入稳定性和其他"八有"指标落实情况为重点，以脱贫质量和贫困群众认可度为抓手，精确瞄准产业、就业脱贫，危房改造及政策兜底等重点工作，从 9 月下旬开始，举全县之力，开展决战决胜脱贫攻坚"百日行动"。

脱贫攻坚"百日行动"的目标任务是，到 2019 年底，实现 95% 以上的贫困人口达到脱贫标准、90% 以上的省定贫困村达到出列标准，基本完成脱贫攻坚任务，为 2020 年全面打赢脱贫攻坚战奠定坚实基础。

西川县扶贫办定于 10 月 11 日到广安镇开展脱贫攻坚核查，主要核查有劳动能力未脱贫户 2019 年帮扶措施落实情况、2019 年"回头看"发现问题整改落实情况、2018 年市委巡察反馈问题整改落实情况。目前，广安镇有 34 户共 105 人未脱贫，其中虎山村有 8 户共 17 人。

七天国庆假期很快过去了。整个假期，王悦留在 Z 城，哪儿都没去，也没回老家。

8 号早上 9 点，卢队长驾车准时来到市区办事处大门边，接上王悦后就开始向广安出发。

卢队长问王悦国庆黄金周有没有出去玩。王悦说没出去，做 Z 城好市民。

　　这个假期，王悦感觉有点累，就没出去玩，连老家也不敢回，怕路上堵车，疲累的身体会消受不了。前段时间，他经常跟卢队长走访贫困户，了解他们最新生活情况，同时还考察了一些种植基地，确实走累了。

　　七天假期，王悦处于调养阶段。

　　只是 10 月 4 日晚上，小区公园篮球场放了一场电影，片名叫《上甘岭》，是市区为庆祝国庆开展的"公益电影进社区"的一场活动。那晚 7 点半开幕的时候，王悦坐在篮球场边的台阶上，与几十个观众一起看完这场露天电影。露天电影，是王悦儿时一段最美的记忆。那时，人们的娱乐方式很少，特别是农民，能看一场电影都是很奢侈的梦想，更别提村里的孩子了。偶尔，学校也会在镇电影院给学生包场放一场有教育意义的影片，平常看电影则是很难得的事情。当然，逢年过节，村里或附近村子也会放一场露天电影，村民和孩子都会跋山涉水摸黑到放映地点看电影。

　　南方已经入秋了，凉风吹拂着城市的夜晚，像母亲的手一样温柔。王悦坐在篮球场边的台阶上，前面是枪炮隆隆、硝烟弥漫的上甘岭阵地，而后面，幽静的弯月站在一座亭子上面，与观众同享新中国 70 周年大庆的美好日子。

　　一路上，卢队长和王悦谈工作的事情。他说关于购买商铺的事，目前驻县组还没有明确回复，但相信驻县组领导会同意的。他俩谈得最多的还是扶贫产业问题。9 月 30 日，卢队长回单位向领导汇报了工作队到沙塘镇考察黑皮鸡枞菌种植基地的情况，领导认为种植黑皮鸡枞菌技术要求更高，条件更苛刻，投资更大，以种植 3 亩预算，如果含人工费，需要 90 多万元。考虑到风险问题，领导暂时没有同意这个扶贫项目，但也没有完全否定。领导的意见是：一是遵从驻县组的建议，继续留意黑皮鸡枞菌项目，驻村工作队抽时间到平山镇大崀村考察黑皮鸡枞菌种植情况后再下定论；二是百香果种植基地的开发力度不减，继续做好前期工作。

　　高速路上，节后的车辆并不多，在大田收费站，汽车顺利下了高速，到广安镇大概只有 18 公里了。

　　在弯弯曲曲的山路上，王悦看见路边的稻子开始黄了，丰收近在眼前。

　　进入广安镇后，街面两边的商住楼门前都挂着红旗，令人有一种眼前一亮的感觉。

　　下午王悦和卢队长进村时，只见路边的路灯杆上挂起了红色的牌子，书写着各种有关新农村建设和扶贫工作的标语，让王悦耳目一新。

到村委会后，听村干部说，9月30日，贫困户郑大英离世。她家只有她一个人。至目前，虎山村贫困户户数又减一户，只有86户。

快下班时，王悦和卢队长与村支书聊起他的两个儿子。村支书的大儿子在珠海做厨师，一个月有七八千块钱，小儿子在海南，也是做厨师。由此可见，虎山村"厨师村"的雅号，并非徒有虚名。

回到镇政府后，差不多6点了。夕阳已经下山，天色暗了起来。因为王悦忘记了报晚饭，就和卢队长先去散步，散完步找个小餐馆吃晚饭。

在小餐馆，王悦和卢队长炒了一盘牛肉、一碟小菜，每人30元。

上菜前，王悦突然来了雅兴，在手机里敲下一首小诗。这首小诗，得益于散步时看见路边田野低头偷听他和卢队长谈话的红稻子，才有了灵感。

吃完晚饭回到镇政府，王悦抬头看见幽静的弯月，温柔地挂在夜空中，心里似乎有许多故事要倾吐出来。

在宿舍，王悦在网上看到两个扶贫干部不幸的消息，一个是冯永成，因病离世；一个是31岁的肖新泉，在走访贫困户时从楼上摔下来，意外身亡。

一个晚上得悉两位扶贫干部因公或因病辞世，王悦异常悲痛。

愿英雄一路走好，愿天堂再也没有贫穷、病痛和意外。

向英雄们默哀、致敬，学习他们默默坚守不求回报的奉献精神！学习他们为脱贫攻坚付出的责任担当！

早上上班时，王悦想起市区文化馆那笔"630"捐款，不知道现在有没有划拨到广安镇财政所指定的账号，于是微信问询了单位领导，领导回复最近忙于应付主题教育和巡察工作，还没有发函到Z城扶贫办，让王悦跟卢队长说一下，可能会迟一点。

王悦向卢队长汇报情况后，卢队长建议说那笔捐款尽快到账好一点，因这边需要用时，申请资金还要花费一段时间，尽量保障资金能作明年春节慰问用途，如果没及时取到款，怕市区文化馆又缺乏慰问资金。

有关扶贫产业方面，卢队长按照牵头单位领导的要求，让高云飞弄一份百香果种植项目的公示。其间，卢队长接到一个电话，是有关申请购买商铺项目的事情，说 Z 城扶贫办不同意这个项目，因为派驻 Q 市的其他工作队都没有购买返租商铺。

卢队长听到这个消息，如同晴天霹雳，因为购买商铺的申请材料，驻县组已经审核通过，没想到送 Z 城扶贫办审批时，听说主管领导已同意，但具体办事的一位科长不同意，因为还没有先例。

看来，购买商铺又面临难题，虎山村 80 多户贫困户的愿望可能要泡汤了。

购买返租商铺，能够得到驻县组领导同意，已经很不容易了。以前申请这个项目的时候，还是范小妍做组长，她不同意虎山村购买返租商铺。这次，新上任的区成城组长经过入村调研，也许他考虑到虎山村的现状和村干部、贫困户的意愿，最终同意了这个扶贫项目。

下午，王悦和高云飞将仍留在老村委会的两个资料柜搬到新村委会，听说后天西川县扶贫办领导要来广安调研、检查，不知道会不会入虎山村。

吃完晚饭，王悦跟卢队长到九凤村散步，这次他俩谈了很多话，都是有关各自的家庭和生活情况，王悦谈的是自己十多年打工路途中，始终不忘追求梦想的坚强决心；卢队长从他上学到工作、从结婚到小孩成长，讲述了他大半生的故事。

卢队长 6 岁读书，刚开始时学习成绩并不好，直至他 8 岁读三年级时，才摸出读书门道，成绩慢慢赶上来。第一次考大学，他考得并不理想，只能来年再考，没想到第二次参加高考，他超水平发挥，考了全县第二名，连老师都感到惊讶，分数超重点线 28 分，最终被西北一所师范大学提前录取。1995 年，他大学毕业后到 Z 城某中学教书。结婚后，卢队长看到不少同事转行，于是他也铆足劲，满怀信心报考律师，但没考上。后来他又报考公务员，在不抱任何希望的情况下，却意外考上了，被分配到市信访局，从而离开了耕耘九年的教师岗位。自从他参加工作后，事业、家庭都很顺畅，特别是他的儿子，也很争气，从初中到高中，都在 Z 城重点中学读书，而且成绩一直名列前茅。现在孩子读高三，明年参加高考。

谈到面临高考的孩子，卢队长有点内疚，因为他远在 200 多公里外的地方参与脱贫攻坚工作，没能照顾孩子。

相信明年，孩子会以优异成绩回报父母，毕竟孩子的起点高，初中、高中都在重点中学就读。孩子的优秀，不仅让卢队长信心百倍，而且感到非常自豪。

王悦想，父母对孩子心甘情愿付出一生，如果孩子能够懂得可怜天下父母心，就会加倍努力学习，回报父母。

自从卢队长上任以来，他努力工作，一心扑在贫困户身上，为了了解贫困户脱贫的真实情况，经常入户走访，把工作做实做细做足，及时掌握每一户贫困户的家庭变化，把了解到的所有情况都记录在簿子上。

除了走访，为了增加村集体经济收入，尽快上扶贫产业项目，他隔三岔五实地考察、调研，作比较，评估风险，写材料，按程序申请项目。

几个月来，他考察过光伏发电项目、购买返租商铺项目、百香果种植项目、黑皮鸡枞菌种植项目等。他经常冒着酷暑，顶着风雨，到一些工作队交流学习，不仅变黑了，也瘦了许多。

卢队长始终坚信，只要不放弃不抛弃，付出的真心和汗水总会收获回报，最终能够率领 80 多户贫困户，彻底打赢这场没有硝烟的脱贫攻坚战。

早上起来晨跑的时候，王悦看见四周被浓浓的晨雾包围；教育路边的电线上，又站满了燕子，像列队的士兵，悄无声息地等待着出发。

小镇的街面上异常热闹，卖菜卖山货的摊贩，早早地铺开了摊位。今天逢十，又是圩日。这个小镇，每月逢 3、7、0 的日子，就是圩日。

走过热闹的街面，王悦一口气跑到通往九凤村的村道，见路两边的稻子日渐饱满，纷纷低下了头，像羞涩的少女。自留地上，花生、黄豆、绿豆也熟了，不时有赶着上班的摩托车，从它们身旁欢快地奔过。清澈的望春河水"哗哗"地从高处流向低处，窜入一片密密的竹林。

8 点 45 分，镇政府办公楼三楼会议室召开"广安镇 2019 年扶贫工作'百日攻坚'推进会"和"广安镇 2019 年第四季度扶贫工作会议"。

潘大为结合镇扶贫工作情况，详细讲解《西川县决战决胜脱贫攻坚"百日行动"工作实施方案》，其中重点讲到具体方法：一是加大产业扶贫力度；二是全力推进就业扶贫；三是切实保障贫困户住房安全；四是全面补齐"八有"短板；五是强化政策兜底保障；六是落实医保、社保政策全面覆盖；七是确保教育保障落到实处。

会上，潘大为还布置了两个任务：本周六，各贫困村所有评残名单要上报镇扶贫办；下周四，每户贫困户的"八有"情况核查清单上报镇扶贫办。

陆俊根据布置的任务，强调核查贫困户"八有"情况一定要有真实数据，并上报镇扶贫办；今年省财政资金不再下拨，各贫困村落实扶贫项目，只能利用自筹资金，做好贫困户就业奖补政策；大病救助方面要及时落实；各贫困村在本月21日以前，认真填好贫困户"八有"核查表，方便上级核查。

接着，他口头传达了一个通知：西川县扶贫办领导明天到广安镇检查，主要核查未脱贫贫困户及有劳动能力的贫困户脱贫情况。

杨副组长要求驻村干部入户走访贫困户"八有"情况时，要认真摸底、核查，交出真实数据；扶贫产业方面要抓重点、破难点；以严肃的态度做好扶贫工作明细账，抓短板，绝不能松懈，更不能抱有侥幸心理。

下午，王悦在村委会查阅贫困户资料，特别是对8户有劳动能力未脱贫贫困户的情况，再一次作比较详细的了解，因为西川县扶贫办领导明天来广安镇检查，作为省定贫困村，他们有可能会进大石嘴或虎山。卢队长也在跟踪贫困户的情况，特别是以前走访时发现的问题，再次向各片区村干部核实有没有解决。

王悦和卢队长饭后散步回来，天已黑了，但天上的月亮比昨夜更圆，此时静静地望着大地。王悦看了看手机，时间是6点40多分。回到宿舍后，王悦又开始翻看《习近平讲故事》。因为经常走访特别累，王悦很久没有看这本书了。还有一件事，引起王悦极大的关注：今晚将揭晓诺贝尔文学奖。虽然中国作家残雪在国内呼声很高，并被一些人看成"中国的卡夫卡"，但她能不能问鼎诺奖呢？

其实，王悦只是文学爱好者，只能远远地瞻仰诺奖，当然，王悦更希望中国作家能够再次获得诺奖。

谁是今晚最终的胜利者，很快就会揭晓，王悦在期待！

晚上7点20分左右，诺奖揭晓的消息就在微信朋友圈里疯转。

据海外网10月10日电：当地时间10月10日，瑞典文学院宣布，将2018年诺贝尔文学奖授予波兰作家奥尔加·托卡尔丘克，将2019年诺贝尔文学奖授予奥地利作家彼得·汉德克。

2018年5月，因有院士家属卷入性丑闻等事件而陷入信任危机，瑞典文学院宣布取消颁发2018年诺贝尔文学奖。这是自1949年以来这一奖项首次推迟颁发。为此，今年公布了2018年和2019年两年的获奖者。

中国作家未能获得诺奖，王悦内心有一丝遗憾。

早上的晨雾比昨天少了很多。王悦起来时，朝阳已从小镇楼群中升起来了。

教育路上，一群穿着黑色衣裳的燕子站在电线上，背向升起的朝阳，翻晒着黑溜溜的翅膀。

晨跑成了王悦工作之外的固定习惯。

当他跑到通往九凤村那条笔直的村路时，看见沉默的山林被迷雾紧锁，而朝阳正努力从山上爬出来。

路两边的田野，低头的谷穗似乎还在回想昨夜揭晓的诺贝尔文学奖。田野上空，三只白鹤在迷雾下飞舞，样子悠闲自得，好像整个世界只属于它们。

望春河的水流声轻轻地敲打着秋天的早晨，姿势大方优雅。河岸上，香蕉树伸出硕大的叶子，几乎遮住了清澈的河面，而一丛丛密密的竹林亮出君子风度，迎向新的一天、新的希望。

9 点半，驻村干部在镇政府办公楼三楼会议室集中，与前来核查的 7 名县扶贫办领导、工作人员召开了简短的会议后，就开始分工入村。

广安镇目前还有 34 户有劳动能力贫困户未脱贫，他们是此次检查的主要对象。

也许因为检查组人手不够，虎山村安排在下午检查，镇扶贫办要求虎山村驻村干部留在镇政府随时待命，以防检查时间有变。

卢队长跟王悦说，进虎山村检查的时候，他和高云飞陪同检查人员进村，让王悦留在镇政府。

镇政府占地面积有七八亩，在 522 乡道附近，与教育路相连。虽然在镇政府居住了一年多，但王悦还是不太了解主办公楼的"内脏"分布。

在主办公楼，一楼有物资器材室、镇人民代表大会办公室（含档案资料室、复印室）、镇人大代表中心联络站、人口和计划生育办公室（含计划生育协会）、镇委党和群众路线教育（含实践活动）领导办公室、纪律检查委员会（含监察组）、纪委谈话室、武装部、检验室；二楼有复印室、党政综合办公室、防汛防旱防风指挥部、会议室、廉政工作站创建办等；三楼只有一个会议室，没有其他部门；四楼大概用作职工宿舍；五楼有一个大会议室和党校。

下午，卢队长、高云飞陪同检查组成员到虎山村入户检查。

4时左右，检查全部完成，检查组和驻村工作队集中在镇政府办公楼三楼会议室召开反馈会。会议室里，王悦没看见卢队长，于是走出会议室给他打了一个电话。他说他还在村里，等荣姬公司老板一同考察种植黑皮鸡枞菌的基地。

反馈会上，检查组成员经过一天的入户检查，向各村驻村干部反映了如下问题或提出了一些意见：按照上级最新定的每户贫困户年人均收入9000元的标准，检查中的一些贫困户不达标；危房改造后的贫困户未入住的，今年12月底一定要动员其入住；查找贫困学生生活补助是否有遗漏；有劳动力和无劳动力的界定，要分清楚无劳动能力和丧失劳动能力的概念，如60岁以上的贫困户才视为无劳动力的贫困户；动态管理要跟进，有变动的贫困户应及时更新；贫困户住房要有安全保障；防止一些大病贫困户不知道有医疗保障，要加强宣传；每一户贫困户要有带动发展的产业。

针对检查组的反馈，陆俊作了整改回应：以后要按照要求做好管理资料，并熟悉各种政策；从"三保障"和贫困户收入方面再下功夫；近期会要求各村驻村干部协同村干部入户再次仔细核查。

晚饭后，卢队长还没回来，王悦便到沙坝村散步。路上，王悦看见越来越圆的月亮，恬静地从山上慢慢走了过来。

此时的稻子更黄了，一农妇赤脚蹲在田埂上割草。

走进村子，一些年轻的村民和孩子在篮球场上打篮球，而对面不远的一家小工厂传来猛烈撞击的机器声。

天越来越黑，月亮越来越美。月亮把最温柔的一面毫无保留地馈赠给大地，用心呵护着这里的山山水水。

当王悦回到镇政府，正好碰见从饭堂走出来的卢队长。他刚从村里回来。王悦问他荣姬公司老板考察得如何，卢队长说老板对考察的地方不太满意。

今天早上进村时，王悦看见冯大强在村委会。冯大强的老婆在西川县城打工，送来打工证明，申请市里的就业奖补。按照Q市扶贫开发领导小组在9月底下发的贫困户就业奖补政策的通知，领取就业奖补的贫困户需要个人向村委会或驻村帮扶工作队提出申请，并提供贫困户就业证明，如劳动合同、工资卡流水或工资签领表。

以前王悦和卢队长入户调查时，冯大强说他老婆一个月工资约1800元，现在看他老婆的工资卡流水，每月至少 3500 元。

当然，冯大强对驻村工作队隐瞒他老婆的实际收入，王悦和卢队长不太介意，因为很多贫困户也有这种情况，重要的是，只要他们都能如期脱贫，收入越高，驻村干部反而越有信心，也越高兴，根本不会眼红贫困户的收入甚至比自己高。

之后，镇领导、村两委、驻村干部和村里的党员代表举行了"不忘初心、牢记使命"主题教育学习会议。

第四十三章

下午，王悦和卢队长回 Z 城。一路上他俩谈了许多工作问题。王悦和卢队长一样，做事比较小心谨慎，但此时的卢队长，叫王悦大胆干。在工作中，王悦很顾及人际关系，生怕得罪人而影响和谐。

自从卢队长上任后，王悦发现高云飞像换了一个人，纪律松懈，极不负责，总是带着情绪工作。卢队长对他不太满意。车上，卢队长对王悦说，扶贫工作不能指望高云飞，以后咱俩多干一些。

王悦时常想，高云飞是本地人，更应该打起精神，为家乡的扶贫事业多贡献一点力量。

以前的万队长，对高云飞百般溺爱和放纵，王悦是心知肚明的，只是他不想在卢队长面前提及，因为王悦不想闹个"同事不和谐"的尴尬局面，影响扶贫工作。

星期一早上返广安时，王悦跟卢队长先到信访局搬回工作队的一台电脑，电脑是国庆前从广安带回来的，因为需要维修。现在修好了，信访局领导让卢队长带回广安。

进入高速后，王悦感到头有点晕，老想打瞌睡。早上起床后，还在小区公园坚持晨跑，为什么现在会头晕呢？王悦不禁有些疑惑。

回到广安镇政府，刚好是吃午饭时间。

午休后，王悦感觉头不晕了，与卢队长进了村。

在办公室，卢队长给王悦发了一份 Q 市扶贫开发领导小组下发的《2019 年 Q 市对农村建档立卡贫困家庭促进就业实行奖补扶持工作方案》的通知文件，让王悦与有劳动能力的贫困户联系，告知他们文件内容，同时他动员各片区负责的村干部，叫他们与贫困户联系，尽量争取让在外就业的贫困人员申请就业奖补，增加他们的收入。

王悦在 42 户有劳动能力的贫困人员名单中找到 37 位有联系电话的人，于是把拟好的通知用短信发给他们。

按照 Q 市扶贫开发领导小组下发的《2019 年 Q 市对农村建档立卡贫困家庭促进就业实行奖补扶持工作方案》的通知要求，凡在外务工时间满 6 个月或 6 个月以上的贫困人员，如需申请，于 10 月 21 日前到虎山村委会办理个人就业奖补，如本人不在家的，可联系其他人前来办理。申请奖补需要填写《2019 年 Q 市建档立卡贫困家庭就业奖补申请审批表》一式三份，并提交务工收入证明，如果在不同单位务工的需要提供相关单位收入证明（加盖单位公章）；申请人身份证复印件（残疾人附残疾证复印件）；申请人今年以来累计 6 个月以上的银行工资流水或工资签领表（加盖单位公章）；户主银行账号复印件。

第二天早上进村后，因为短信发通知没收到几个务工贫困人员的回复，王悦就在微信搜索有劳动能力贫困户的手机号，希望能加到他们的微信，把就业奖补通知发给他们，让符合条件的贫困人员尽快提交资料办理。王悦搜索后大概有 20 位贫困人员有微信，于是发送加好友信息，最终通过的只有 9 位。然后，他把那些加为微信好友的贫困人员拉进虎山村精准扶贫户微信交流群，这样方便大家联系。

目前，有劳动能力的贫困户只有冯大强为他老婆交来申请就业奖补的资料。

虎山村现有贫困户 86 户共 198 人。王悦重新统计了一下 86 户中有多少户是有劳动能力的贫困户，有多少户是低保户，有多少户是五保户。最终统计结果与以前统计的有所出入。

王悦把统计结果交给卢队长，并问他怎么处理，卢队长说按以前统计的户数为标准，因为系统里还没有完全更新好贫困户近期变化情况。贫困户家庭情况是经常变化的，所以系统里有贫困户动态管理，系统员要及时更改贫困户变动情况。

之后，村委会召开"虎山村 2019 年百日攻坚推进会""虎山村 2019 年 10 月扶贫工作会议"。

卢队长向与会的村干部、驻村干部汇报了 10 月 11 日在广安镇政府召开的"百日攻坚行动"的会议内容，结合虎山村近期扶贫工作，提出了以下几点：

第一，全面核查贫困户"八有"情况，于11月2日之前解决核查中存在的问题。

第二，上级非常重视各贫困村产业项目的开发和落实情况，要求每户贫困户有产业带动，实现长效、稳定脱贫。

第三，就业培训方面，上面要求有劳动能力的贫困户每年至少培训一次，11月2日前要完成任务，并提供培训图片。

第四，贫困户就业奖补申请资料于10月21日前提交到村委会。

第五，贫困户住房一定要有安全保障，趁这次全面核查机会，补齐"八有"短板。

第六，贫困户人口增减情况：李金兰的老婆于8月17日去世，郑大英于9月30日去世，贫困人口自然减少两人；高天泉的孙女是去年出生的，没及时录入系统，现作为新增人口重新录入系统，保障其享受贫困户的各种待遇，如分红等。

第七，教育保障要跟踪，不能遗漏一个贫困学生。

第八，建立党建基地。

下午，村委召开村民代表会议和合作社产权改革章程签订会议。村民代表会议由村支书主持。主要内容是：广安镇政府发包虎山村石砍冲水库，增加村集体经济收入；大岗小学转租需完善有关手续，准备上三资平台竞标；百香果园产业扶贫项目的开发由驻村工作队负责；中央下拨的7万元扶贫资金已经用于亮化工程，12万元准备用于柠檬的种植、租地，由当地人管理；党建宣传栏建设，向Z城帮扶单位扶贫工作组申请，预算为2万元；及时更新虎山村自然增减人口。

后来，王悦问阿巧石砍冲水库在哪儿，她说就是"七彩梯田"路边的增坑水库。

自省扶贫大数据平台上线以来，西川县认真按照省、市扶贫办的工作部署和要求，做好各项数据录入工作，加快扶贫大数据库建设和运用，但还有部分项目完成的进度质量不高。

根据广东扶贫云监测到的数据，截至2019年9月30日，西川县有劳动能力的贫困户人均可支配收入仅为5269.25元，占今年最低脱贫标准8266元（预计数）的

63.75%。其中全县有劳动能力贫困户人均可支配收入低于 5269.25 元的镇共有 8 个；有劳动能力贫困户人均可支配收入低于 5269.25 元的村有 86 个。

有劳动能力的相对贫困户人均可支配收入主要依靠产业帮扶和就业帮扶，根据系统数据，西川县今年产业项目、就业项目的数据录入进度相对较慢。

另外，相比去年产业帮扶情况，今年无论是项目个数还是资金投入都大幅度降低，将对年底计算可支配收入造成极大影响。

扶贫数据采集录入一直是广东省脱贫攻坚工作的一项重要内容，是衡量各项扶贫工作落实情况的重要数据支撑，上级要求各镇、各单位一定要高度重视扶贫数据采集录入工作，安排专人负责数据监控，督促指导镇、村以及跟踪帮扶单位按时保质做好数据录入工作；各帮扶单位要迅速开展自查自纠，落实专人负责系统数据录入，确保数据录入准时，真实反映帮扶情况和帮扶成效；结合脱贫攻坚"百日行动"，各镇、各帮扶单位开展全面自查整改，并于 11 月 20 日前书面向县扶贫办汇报整改落实情况。

Q 市扶贫办调研组于 2019 年 8 月 7—8 日到西川小亨镇、平山镇所辖几个村开展脱贫攻坚工作调研，最近市扶贫办调研组反馈结果显示，随机抽取 33 户有劳动能力的贫困户，对照"八有"脱贫指标落实情况，发现存在贫困户收入不稳定、个别贫困户基本信息不精准、"两不愁三保障一相当"仍有薄弱环节等问题。

按照 2019 年有劳动能力的贫困户人均可支配收入要达到 8266 元（预计数）目标来计算，抽查的 33 户贫困户中，有稳定收入来源的有 25 户，占 76%，没稳定收入来源的有 8 户，占 24%。从调查结果看，作为脱贫重要考核指标的贫困户经济收入状况，与广东省要求 2019 年实现基本完成脱贫攻坚任务的目标还有很大差距。

造成部分贫困户缺乏稳定收入来源的主要原因是，个别乡镇及帮扶单位帮扶方式方法简单，只注重眼前效益，重"帮"轻"扶"，仍停留在简单给钱给物的"输血式"帮扶层面，对产业帮扶到位项目跟踪管理不到位，存在"一次性"现象，对实现稳定脱贫、可持续发展关注不够，产业支撑长效增收不足。在"两不愁三保障一相当"方面，仍有部分自然村尚未解决网络信号不稳定问题，贫困户家居环境提升需要加快实施，甚至有些贫困户家中门窗比较破旧，没有修葺翻新，卫厕需要修建加装。

当前，Q市面临的脱贫攻坚形势仍然十分严峻，对此，市领导要求各地各部门高度重视，提高政治站位，认真梳理问题清单，查缺补漏，强弱项补短板，坚决打赢脱贫攻坚战，必须认清形势，正视问题，增强紧迫感，做到紧扣脱贫目标，集中力量开展百日攻坚。

那天进入村委会后，王悦、卢队长和村委昌哥抱着一堆《Q市2019年贫困户脱贫指标完成情况"回头看"工作调查表》，开始入户核查贫困户"八有"情况。这段时间，工作队异常忙碌，除了开会、整理扶贫产业项目的各种资料、联系在外打工的有劳动能力贫困人员申请就业奖补，最重要的一件事就是入户核查"八有"。

他们先到天沟村核查。虽然进天沟的山路陡峭艰险，但当汽车沿着弯弯曲曲的山路爬行时，王悦望着车窗外一座座绿色的山峦，心里既高兴又激动，感到这个世界是多么的美好。

天沟自然村在虎山村最高的山上，那里绿树成荫，宁静之极，像世外桃源。

偶尔，王悦向山脚下望去，感觉山脚下的景色更是美不胜收，满眼都是绿，让人舒坦，不像第一次进天沟时，因内心恐惧遮掩了所有的美丽。进了几次天沟后，也许王悦已经习惯了，从而改变了自己的审美观点，想的不再是眼皮底下的悬崖，而是郁郁葱葱的树林和山顶上湛蓝的天空。

汽车终于爬进了天沟村。下车后，王悦看见低保户莫天穹坐在公共厕所旁，身旁放着一根竹子削成的拐杖。走近时，卢队长询问他的情况。莫天穹却站起来说自己耳聋，听不见，脚也痛得厉害。这个手夹纸烟、头发花白、脚穿解放鞋的老人，已经75岁了。据昌哥说，莫天穹有一个养女，已出嫁，虽然生活艰苦，但总算不那么孤单，还有依靠。在虎山，孤身一人的老人不少。在莫天穹改造好的一层平房里，生活设施简陋，找不到一件像样的东西。不过，老人已经搬进来住了，总算有了一个安全的家。

来到莫天高家门前时，只见瘦高的老汉微笑着从一幢新房子里走出来。王悦有点惊喜，这个读过高中，却被生活折磨得闷声不响的老人，如今在党的关怀下，住上了新楼。

不过，卢队长问起他儿子时，老人叹气说儿子腰痛，现在没工作，去年做了几个月的保安又辞职了。前段时间，他儿子去了县城朋友那儿，到现在都没回家，电话也打不通。他还说因没人管理，工作队买给他的牛全部卖了，获得 1 万多元。

走进莫天高的新楼，只见里面干净、整洁，家什摆放得井井有条，王悦不禁想起前几次来他家时，他住在阴暗、凌乱的老屋，看着让人心酸。

接着，卢队长又问他孙子在哪儿读书。他说在翠和小学读书，吃住在心连心慈善机构。

莫天高的生活确实困难，也很可怜。卢队长让他按照政策，到工作队申请他孙子的教育补助。

五保户莫天云是莫天高的哥哥，现在兄弟俩一起住在这幢崭新的一层平房。莫天云今年 68 岁，个子比较矮小，样子有些漠然，也许内心孤独，不喜欢与人交流。王悦每次见他，他身上穿着的都是沾满泥巴的衣服，一双手也是脏兮兮的。这个老人，虽不喜欢与人交流，但喜欢默默地干活，他把心里话都讲给了天沟村的菜园、水田、山峦、树林和天空中的朵朵白云。

核查完莫天高兄弟俩的"八有"情况，卢队长就在调查表上填写调查结果。

离开天沟前，王悦不舍地跑到村口路边，看见对面的山峰一座连着一座，像绿色的蒙古包。他不禁感叹，神奇的大自然赋予人类太多太多的美。

在聂洞，贫困户黎晖映不在家，虽然她曾经嫁到九凤村，但离婚后回到娘家聂洞单独立户。核查陈秀花家时，据她说，黎晖映不在这里住，2018 年 7 月，她把工作队赠送的牛卖了，卖得 7600 元。黎晖映属于精神残疾，她还有奶奶、父亲和兄弟，而父亲仍在外打工。

低保户陈秀花已经 70 多岁了，背有些驼，脸色好像比以前苍老了许多，不过记忆力很好。她有两个女儿，都已出嫁，小女儿夫妻俩平常住在她家照顾她。但每次走访陈秀花，王悦从来没见过她女儿女婿，大概他们在附近打工。

来到五保户黎松立家门前，见不锈钢门关闭着。昌哥敲了敲门。不一会儿，患有精神和肢体残疾的黎松立拉开门，见是卢队长他们来，脸上立即荡漾起春风般的微笑，而舌头从嘴巴里卷了出来，说出来的话有些模糊，让人听不清。身患多种疾病的黎松立，走路总是一摇一摆的，看到他的样子，难免会令人心痛。虽然病痛多，但他的心态还是很乐观。当王悦举起手机准备给他和卢队长拍合照时，他正儿八经地坐在一张淡红色的塑料椅子上，对准摄像头伸出两个手指做了一个很酷的"V"

字，嘴里还"耶"了一声。他滑稽的样子弄得大家哭笑不得。而告别时，他又举起右手手掌，卷动着舌头，说出有些模糊但又非常动听的两个字——"拜拜"。

走出聂洞，路上刚好碰见一个老人。昌哥说老人是黎晖映的奶奶。

金龙的谢顺友不在家。他家的三层楼房很漂亮。谢顺友不属于危房改造户，37岁的他在东莞打工，在酒店里做厨师，每月有四五千元工资，只是还没有结婚。他有一个老母亲在家，但每次走访，王悦都没见过老人。谢顺友的家虽漂亮，但好像不喜欢接待客人，大门总是锁着。王悦曾经查过谢顺友的一户一档资料，发现他母亲身患残疾。

曾水云不在家。他患有麻风病，比较严重。

曾高明也不在家。他的新楼还没有安装水管，前两天经村干部动员后，他已叫人准备安装。

曾水云和曾高明是兄弟，都属危房改造户，且两家新建的楼房挨得很近。

上午核查了 9 户贫困户的"八有"情况。

中午，工作队留在村委会吃饭。这次，六哥做了一盘鸭子煲冬瓜、一盘炸豆腐、一盘青菜，共 14 个人吃。

下午，王悦、高云飞、卢队长和村委坤哥继续核查贫困户"八有"情况。

下午核查的户数比较多，但大部分贫困户不在家，幸好前段时间王悦和卢队长走访时，基本上了解了每户贫困户的"八有"情况。

走进铜寨自然村的廖红娣家里时，这个 96 岁的老人正跟两个阿婆聊得很开心。廖红娣看起来精神很好，谈吐自然，只是耳朵有点背。卢队长跟她打了一声招呼后，按照调查表再次核查她家的"八有"情况。

东平自然村的黄家幸不在家，只见到他父亲在家门前干活。黄家幸其实很不幸，他患有精神病，现在住在他哥哥那儿，由他哥哥照顾他。

来到黄佛龙家，只有他双目失明的老婆在。然后去了莫丽群等几户贫困户家，都没有人。

在五保户黄达礼家里，王悦看见他家地板拖得一尘不染，家具也擦得干干净净，看起来很舒服。

黄乐声改造后的房子已经安装了水电，但仍未入住。他患有精神病。坤哥说他出去以后，就再也没有回来过。

核查完东平、铜寨等附近几个自然村的贫困户，大家又到老寨、西坑那边。

在老寨自然村，大家看到五保户黄家旺在家里，于是走了进去。84 岁的老人，个子瘦小，头发花白且稀疏，牙齿也掉了不少，要靠拐杖走路，不过精神状态还算不错。

这次没见到五保户黄坤能。上次王悦和卢队长走访他家时，留意过他家"八有"情况，发现已经没什么问题。这个穿着整洁、爱干净的老人，每次想起他，王悦的脑海里就会浮现出一床被折叠得整整齐齐、有棱有角的军被。

西坑的黄家豪不在家。他是一般贫困户，因残致贫，家庭人口有 5 人。黄家豪患有长期慢性病，老婆、两个儿子都有残疾，只有小女儿身体健康。

五保户黄家烽不在家。坤哥说他有病，前段时间在县人民医院住了几个月，患的是尿毒症，需要肾透析。他是黄家旺的亲弟弟。

兄弟俩都是五保户，不能不令人心酸，更痛恨生活的无情。岁月就像一把无情的刀，谋杀了兄弟俩一生的幸福。

黄秀江、黄长水家里虽没有电视机，但其他没问题，因前几天去过，这次没去他们家核查"八有"情况。

黄二亚、黄达方没在家。坤哥说他们家的"八有"是没问题的，而 88 岁的黄达方是五老人员中的老游击队员，于 1947 年参加革命工作。王悦问坤哥什么是五老人员，坤哥回答说，五老人员是指老堡垒户、老游击队员、老交通员、老苏区干部、老党员，五老人员一旦被认定，可以享受政府定期定量的补助。

东丰自然村的曾华昭，他家显得比较宽敞，虽然外面还没有装修，但构造比较新颖。前几天王悦跟随卢队长来过，已了解到他家"八有"情况。

曾桂华不在家，他不属于危房改造户。

曾华南不在家，但门开着，门两边坐着贫困户罗英秀和老支书曾云光的老婆，大概两个阿婆在闲聊。可惜老支书已走了。核查时，卢队长顺便向曾云光老婆打听了她儿子曾华南的情况。

一般贫困户罗英秀家的"八有"情况正常。虽然她有一只眼睛失明，但她家摆着一台电视机，特别显眼。

八楼的邓国强不在家，但门没锁。每次走访，他家的大门都是紧闭，不见人影，无法了解到他家的"八有"情况。这次见门没锁，坤哥先敲门喊了几句，见没回应，便推门进去。里面虽然简陋，但丝毫不影响"八有"。

在去下木坑的路边，王悦看见一大片田野上，稻子黄得喜人，于是忍不住站在田边，让卢队长给他拍了几张与稻子亲热的照片。

随后去了邓发水、邓元庆父子俩家。邓元庆和他母亲都在。

去大丰自然村的路上，碰到李子青无精打采地坐在别人家的楼房下，看起来比以前瘦了一些，下巴还长出一撮黑胡子。卢队长问了他几句，他都能正常回答，不过表情还是那么冷淡。

来到李白桂家，发现他家里没以前"脏、乱、差"，而他正在砌墙，墙面已有人头高了。他那患有精神病的老婆，有气无力地给他递砖头或泥灰。见李白桂会建房子，好奇的卢队长就问他平常干什么。他说在附近打散工，每月能挣一两千元，还耕了一亩多田。

坪西的黄路红不在家。坤哥说他精神残疾，与弟弟在高明一块生活。

黄瑞安、黄友飞、黄纯达都不在家。

黄秋亮不在家，此时应该在村委会发呆。

一整天，王悦都在忙核查，竟忘了在镇政府饭堂报晚饭。

回镇政府后，王悦和卢队长到九凤村的路上散步，谈了很多有关扶贫工作的问题。他俩还谈到黄乐声。王悦来虎山一年多了，从没见过他本人，卢队长也没亲眼见过。记得以前，万队长与王悦提起过黄乐声，怀疑他是不是不在人世了。现在说起他，王悦和卢队长都非常担忧，为了证明黄乐声还活在人世，决定适当的时候，叫他哥哥拍一张他本人的照片。当然，贫困户家庭成员死后，亲属隐瞒事实仍然为死者领取各种扶贫资金的事情，在其他地方不是没有发生过。王悦清楚记得去年，在一次扶贫工作会议上，上级已经通报过这类"非正常"、不人道的情况。

如遇到此类事件，想想也是非常可怕。

回来后天黑了，王悦和卢队长就坐在街边的小饭馆，点了一盘炒牛肉、一盘油菜，彼此没客气，面对面狼吞虎咽起来。

一天核查了那么多贫困户，他俩确实饿了。

第二天早上，王悦准备晨跑的时候，看见鲜红的朝阳从山上升了起来，非常美丽，于是很想为它写首诗，可惜一时想不起用什么词来赞美它比较贴切。

这几天，王悦经常念叨上梁村秋天的朝阳，本想跟龙书记一起去看看，但卢队长说，这几天会很忙，要走村串户核查"八有"，怕王悦吃不消，让王悦忍一忍，忙完后再去"游玩"。

走出镇政府大门，一群穿着黑色衣裳的燕子，背朝朝阳，悠闲自得地站在教育路边的电线上。

今天又是圩日，买卖的声音早已扰乱了小镇的宁静。桥边摆着不少卖小菜的摊子；而街边的肉摊、卖山货草药以及水果衣服的摊档，比比皆是；还有卖鱼干、农药、老鼠药、人造革的档子，把街面弄得好不热闹。桥下的望春河水，绿得令人眼馋，它缓缓地扭动着腰肢，像少女一样迈出娇贵而矜持的脚步。

在通往九凤村的路上，王悦跑得比较顺畅，直至跑到望春河边，便停下脚步，静静聆听河水从小坝上冲下来的声音，像为秋天奏响的一首乐曲，既浪漫又美妙。

进村后，王悦和卢队长没有入户核查"八有"。卢队长可能要忙扶贫产业项目的资料，而王悦就坐在办公电脑前，整理昨天核查时拍下的图片，每张图标明是谁或谁家。

差不多11点的时候，卢队长在微信上给王悦转发一条关于参加全省视频培训会的通知。

根据省扶贫开发办公室《视频培训会通知》文件要求，省扶贫办定于10月18日上午10时召开全省相对贫困人口相对贫困村退出机制实施方案操作专题视频培训会，在西川县政府会议中心二楼会议室设分会场。参会人员是Z城驻西川县驻村干部全体成员。

下午，高云飞和六哥到西川县城办银行卡，可能是办村合作社的账号。因为投资百香果种植基地的前期资金需要从镇财政所转到合作社，所以合作社要办一张银行卡。

整个下午，卢队长都在忙百香果种植基地的申请材料，准备明天开完会后送到信访局审批。

晚饭后，天就黑了。今天回来得比较晚，王悦一个人到附近走了走，感觉天气有点冷了。

今天是国家扶贫日。Z 城 2019 年国家扶贫日活动暨对口帮扶地区特色农产品展销会，从今天开始至 19 日在 Z 城博览中心举行。展销会汇聚了 Q 市、C 市、云南昭通市，以及黑龙江省佳木斯市、四川甘孜州、西藏林芝市工布江达县、新疆兵团第三师 41 团草湖镇等地 300 多种特色农产品。

所有这些地方，都是 Z 城对口帮扶的城市或地区。

展会期间参展地区还举办农产品推介会，包括特色表演、农产品介绍推广、现场拍卖等活动。

在展销会上，来自 Z 城各对口帮扶城市或地区的 300 多种特色农产品纷纷亮相，吸引了不少市民关注。

展销会分为 Z 城扶贫成果展区、产品展销区和产业推介及洽谈区三大展区，面积近 5000 平方米，主要产品包括：来自 Q 市的大旗山纯花生油、百香果、杏花白马茶；来自 C 市的山枣糕、岭头单丛茶、牛肉丸；来自云南昭通市的天麻、土豆；来自四川甘孜州的巴塘蜂蜜、高山雪菊，等等。

活动现场还举行了向爱心企业颁发广东扶贫济困红棉杯奖杯和证书仪式、消费扶贫签约仪式、爱心拍卖仪式。

此次活动旨在大力宣传党和政府的脱贫攻坚政策，充分展示近年来 Z 城脱贫攻坚成效，进一步打造 Z 城凝聚人心、全社会广泛参与扶贫开发大格局，促进对口帮扶地区农产品产销对接，推进产业发展，助力脱贫攻坚。

王悦想，虎山村什么时候才能形成自己的扶贫产业，将成果展现在世人面前？但他并没有灰心，相信明年的今天，虎山村驻村工作队收获的所有果实，都会出现在展销会上。

晚上加班。王悦和卢队长认真核对前天入户核查"八有"时填好的调查表，力求真实准确，把发现的问题在表中做好标记，向上级反映。

这段时间确实太忙，明天又要到县城开会，还有一半贫困户没核查"八有"，只能待下星期继续核查。

第四十四章

早上从九凤村晨跑回来，王悦看见镇政府旁边的教育路上，一群燕子在天空中飞来飞去，给宁静的小镇增添不少热闹的气氛。

早餐吃的是粥和炒米粉。王悦在锅里盛粥的时候，看见一朵朵淡红色的花在勺子的搅动下浮浮沉沉，好像是棉花团，于是问饭堂洪师傅是什么粥。洪师傅说是木棉花煲粥。

洪师傅50多岁，一米六左右的个子，比较瘦小，平常话不多，常见到的是他干活的身影，切肉、炒菜，或收拾饭桌上吃过的碗筷。

8点多的时候，王悦和卢队长在电脑上收看中央电视台播放的《攻坚的力量》。但因为要到县城培训，电视还没播完，他俩就出发了。

出发前，卢队长打电话给高云飞，想让他到县政府培训，可高云飞说他在广州。

在去县城的路上，提起毫无纪律意识的高云飞，卢队长也窝着一肚子气。高云飞确实太放肆了，不要说工作纪律，他根本不把卢队长放在眼里。也许，以前万队长在的时候，就没有把工作纪律约束在高云飞身上，放任自流。前任过度的纵容，导致今天的高云飞更加猖狂。

但王悦有点担心，一旦冲破了底线，一再忍让的卢队长少不了与高云飞来一场争斗。现在，他俩之间的天空，乌云滚滚，是狂风暴雨的前奏。

到达县政府后，培训会也差不多召开了。王悦和卢队长刚找到座位坐好，主席台上的视频屏幕就切换到省扶贫办主会场。

这次召开的全省相对贫困人口相对贫困村退出机制实施方案操作专题视频培训

会，省扶贫办领导对驻村干部提出了明确要求：认真学习《广东省相对贫困人口相对贫困村退出机制实施方案》，领会精神，掌握要点；要坚持一个"真"字，实现脱真贫、真脱贫的目的，达到"两不愁三保障"和"一相当"的退出标准，同时脱贫任务要经得起历史、群众、社会的检验；贫困人口贫困村要严格按照退出标准退出；具体退出工作分"做细贫困户思想工作、做细逐村逐户逐人逐项退出、做细相关的档案资料"三个部分，系统录入的数据要一致；退出工作要稳。

同时公布了相对贫困人口相对贫困村退出标准。

相对贫困人口退出标准，主要是要达到"八有"。

相对贫困村退出标准，具体核查贫困发生率、农民收入、村集体经济收入、人居环境、村道建设、饮水安全、水利电力设施、电视信号和宽带网络、公共服务、党组织建设。

培训会上，省扶贫办领导还提出了加强组织实施、确保退出质量、强化督查问责三方面的工作要求。

相对贫困人口退出程序必须经过村级评议公示、镇级复核和县级抽查审定；而相对贫困村退出程序由村级申请、镇级核查、县级审核、市级审定。

视频会上，王悦了解到相对贫困人口相对贫困村退出后，在脱贫攻坚期内原有扶持政策保持不变，扶持力度不减，帮扶工作组（队）不撤，持续跟踪帮扶，确保贫困户实现稳定脱贫。

至于驻村工作组（队），待相对贫困人口相对贫困户实现稳定脱贫后，才能撤离，时间大概是 2021 年 7 月底。

依据《关于做好 2019 年度建档立卡动态管理工作的通知》文件，省扶贫办领导也作了动态管理说明。

在扶贫工作中，动态管理是一项非常重要的内容，贫困户家庭成员的自然增加和自然减少、新识别的贫困户、达到 2019 年脱贫标准拟退出贫困户和贫困村，都需要在系统中作动态调整和标注。

当然，扶贫对象的信息采集和录入，是动态管理的前提和基础。新识别的贫困户、新增贫困户家庭成员的信息，贫困人员外出务工、各类收入、帮扶措施等信息，都必须准确无误地录入系统中，如有变化，系统员要及时跟进，或更改，或更新。

另外，为提前谋划好2020年以后广东省农村扶贫开发工作，在今年初省扶贫办组织调研并取得初步成果的基础上，根据国务院扶贫办的新部署新要求，广东省拟在非建档立卡农户中，按照"有劳动能力家庭人均可支配年收入低于1万元且有致贫风险"的标准，对边缘户进行摸底和监测。摸查监测数量在2016年全县建档立卡贫困人口总规模的20%以内。边缘户摸底和监测的具体操作由镇政府牵头，会同村两委和驻村工作队研究，如实提出边缘户名单，然后由县综合平衡，内部掌握；如果农户不申请，结果暂不公示。

王悦第一次听到"边缘户"这个名词。记得刚来参加扶贫工作不久，王悦、龙书记和几个驻村干部到白云村散步时，就对"脱贫质量"提出过一个问题：2020年之后，如果驻村工作队顺利完成脱贫攻坚任务，贫穷被消灭了，贫困户也没有了，但万一农户因病或因天灾人祸出现"返贫"现象，又出现贫困户时怎么帮扶？

其中一位驻村干部说：所以我们现在要积极开展扶贫产业项目，建立长效的脱贫机制，巩固后防，阻止贫困死灰复燃。

龙书记说：出现"返贫"现象，到时候可能不叫贫困户，上级会以另一种名字称呼。

那时，王悦猜不透2020年后，那些因病因天灾人祸造成的"返贫"农户，会以什么名称定义。

培训会结束后，西川县扶贫办专职副主任李开笑总结了扶贫工作中出现的一些问题和不足的地方，特别强调Z城派驻西川帮扶的23个工作队，还留下2100多万元的扶贫资金。这些扶贫资金该如何用，还是一个问题。

因为下午驻村工作队队长、第一书记还要在县政府参加会议，王悦、卢队长、龙书记以及陆俊、潘大为等找了一间小饭馆，随便吃了一顿工作餐。

王悦不用参加下午的会议，就问潘大为西川县城有没有好玩的地方。潘大为说党校附近有一座翠竹园，里面有许多用石碑刻出来的诗文，值得一看。

西川是武术之乡，也是竹子之乡。

吃完午饭后，王悦跟随龙书记朝党校方向走去。

城内有一条河，叫西川河，为珠江水系，属北江二级支流，流域长25公里。秋天的西川河，水不是很深，走得也不是很急，样子非常安静，像一个成熟的妇女，性格温和。

沿着绿树成荫的西川河堤，不一会儿就来到了党校附近。因龙书记要回县政府继续开会，便在一座桥边与王悦分了手。

龙书记是 Q 市人，很久以前来过翠竹园。他凭记忆和向一些路人打听后，最终才模模糊糊找到当年去翠竹园的路途。王悦听他说，他记得翠竹园在一座小山包上，那时周围建筑物很少，小山包很显眼，不像现在被密密麻麻的楼房遮住了头颅。

也许，眼前这些刚建起的建筑物，不仅挡住了翠竹园的视线，也阻碍了龙书记的记忆。

虽然王悦来党校参加过扶贫工作的培训或会议，但要不是有龙书记亲自指引，他肯定找不到党校位置。即使到了党校，王悦还是问了不少路人和商店老板，才顺利登上翠竹园。

翠竹园是 1993 年建的一处旅游景点。竹乡西川，竹子共有 55 个品种，种植面积 8 万公顷，年产量达 25 万吨。竹子的品种、种植面积和产量三者均居中国之冠。翠竹园占地面积仅 3.3 公顷，却引种了本县和外地竹子品种 120 多个，汇集了 67 位书法名家的 90 多件墨宝，刻石立碑，还建造了凉亭和瞻竹亭，赋予山城新的韵味。

进入翠竹园，竹林和石碑交相映入眼帘，竹中有碑，碑旁有竹，看竹又看碑，令人目不暇接。这里是竹子的大观园，有青皮竹、四季竹、观音竹、罗汉竹、佛肚竹、凤尾竹、撑杆竹、文笋竹、黄金竹、四方竹、鼓节竹……它们争奇斗异，或婀娜多姿，或小巧玲珑，或温文尔雅，姿态万千；这里又是书法艺术的大观园，有题词、对联、诗词、警句、名言，有篆、隶、楷、行、草各种字体，它们都争相聚会于园内，使景点别开生面，倍添情趣。

中午的翠竹园异常宁静，游客稀少，几乎看不见人影，只有几只鸟"扑扑"地展开翅膀，飞向竹林，好像极不情愿被陌生人打扰它们清静悠闲的生活。

王悦沿着水泥台阶继续往上登，感觉翠竹园宁静得有些可怕。在宁静中，王悦看见台阶边竖着一块年岁较轻的石碑，石碑上刻着"古琴新韵"四个红色大字，脑海中浮现出一幅清晰而向往的画面：一个白衣少年，端坐在竹林里，向神奇的大自然弹起一串串美妙的琴声。直至听到有人在竹林里私语，王悦方如梦初醒，迈开恰似从千年历史中走来的脚步……

王悦再登上几步，看见了一些石碑，石碑上刻有诗文。从石碑上可以看出，这些诗文都有一段历史了。再往上登，两根同样刻有诗文的门柱竖在路两边。右边一根柱上刻着"山静竹生韵"，左边一根柱上刻着"池深兰自香"。一路上，王悦没有太多时间欣赏高矮不一、胖瘦迥异的竹子，倒是专心致志地品读石碑上的诗文。

以前，竹子是生活中最常见的一种植物。在王悦老家，竹子随处可见，用处颇多。竹子可以当柴烧，也可以编织成各种各样的农具。小时候，村里的孩子放学后，就会窜进竹林，为家里的灶台准备一些干竹壳或干竹枝；稍大一点，就会跟着父母用砍伐的竹子围菜园；再长大一点，自己可以动手砍竹子，像父亲一样学做农具。

农村的孩子只知道竹子用处多，能烧饭挑粮，但不知道竹子自古以来被称为君子，也不晓得竹谐音"祝"，有祝福之意，更不明白它的主干为什么会一节一节的，被赋予节节高升的寓意。

竹子有纯洁简朴的外表，也有长寿安宁的象征，更有刚正不阿的君子风度。竹子与梅、兰、菊并称为四君子，与梅、松并称为岁寒三友。所以，自古以来，文人墨客都非常喜爱咏竹。

清代画家、诗人郑板桥尤爱竹，为后人留下了不少咏竹的诗句，如"咬定青山不放松，立根原在破岩中"，又如"新竹高于旧竹枝，全凭老干为扶持"。当然，还有大家熟悉的不少古代诗人，也写了许多有关竹子的诗，如东晋诗人陶渊明，唐朝诗人杜甫、柳宗元等。

到达竹园最高处，两座浑身洁白的亭子出现在王悦眼前，像古代两个风度翩翩的少年，在吟诗作对。

在亭子周围，王悦又欣赏到不少刻在石碑上的诗文，之后，他才看见一些游客陆续登上来，与凉爽的秋风携手共咏翠绿的竹子和美丽的西川城。

回 Z 城路上，卢队长说，下周的工作重点是尽量让在外打工的贫困户争取就业奖补、再次仔细核查贫困户家中有没有电视信号覆盖，根据这次收看收听省扶贫办领导关于贫困户贫困村退出要求的视频培训，"八有"情况有所变化，其中，以前要求 20 户以上的自然村必须有电视信号覆盖，现在要求是贫困户家中必须有电视信号覆盖，也就是说，电视信号要覆盖到具体的每一户贫困户家中。

晚上，申请就业奖补的贫困户莫丽群、黎霞妹在虎山村精准扶贫户微信交流群

里总是 "@" 卢队长，问他如何办理，并发图片问自己提供的证明材料是否可行。从莫丽群和黎霞妹的描述中，她们现在打工的地方，每月工资都是用信封发的现金，不能提供工资卡流水或者是工厂（雇主）提供的工资签领表。按照 Q 市扶贫开发领导小组下发的就业奖补通知要求，务工的贫困户必须提供 6 个月以上的工资流水，或者是本人的工资签领表并加盖工厂公章。

两个申请就业奖补的贫困户在交流群留言说弄申请资料实在太难了。不一会儿，卢队长在群里回复她们，要按照通知要求弄申请资料，然后发微信给王悦，让他把申请就业奖补的通知内容再一次上传到群里。

2019 年是打赢脱贫攻坚战、攻坚克难的关键之年，距离完成脱贫攻坚目标任务只剩下不到两年时间。习近平总书记在重庆召开解决 "两不愁三保障" 突出问题座谈会上指出，"两不愁" 基本解决、"三保障" 还存在不少薄弱环节，要求务必一鼓作气，顽强作战，着力解决 "两不愁三保障" 突出问题，扎实做好今明两年脱贫攻坚工作。为落实习近平总书记重要指示精神，国务院扶贫开发领导小组对解决 "两不愁三保障" 突出问题提出指导意见。

星期一早上 5 点半，王悦准时来到会合地点——市区办事处大门旁，等待卢队长开车接他。

前两天，驻县组和广安镇扶贫办通知，今天 9 点半在西川县政府会议中心一楼召开收看收听省扶贫办举办的 2019 年全国脱贫攻坚先进事迹巡回报告会，要求全体驻县、驻镇、驻村帮扶工作成员及扶贫系统干部必须参加。

昨天上午 10 点多，广安镇扶贫微信工作群发来关于更改报告会时间的重要通知：因 21 日上午 11 时国务院有重要视频会议需使用通信线路，原定于 21 日上午 9：30 召开的先进事迹报告会，其时间调整为 21 日上午 9 时。

从 Z 城到西川，大概需要三个小时的车程，为了依时参加报告会，王悦和卢队长只好在凌晨出发。

凌晨 5 点的 Z 城，车辆很少，而亮着眼睛的路灯，静静地把光洒在路边；偶尔碰见一两个晨跑的老人，戴着口罩，迈起轻松的脚步，从王悦身旁一闪而过；还有豪迈的摩托车声，"哒哒" 地向着黑漆漆的天空，唱起了为生活奔忙的歌声，然后向附近的市场驶去。大概他们是给菜贩子运送新鲜蔬菜的菜农。

汽车行驶在广珠西线高速路上，而朦朦胧胧的路边，楼房几乎看不清面容，只有通过守夜的灯光，才能意识到它们的高度。6 点的时候，天开始放亮了，能看到远处的景物，不过还是有些模糊。差不多到丹灶服务区时，鲜红的朝阳一路跟着汽车奔跑，有时它越过山峦，有时它穿过田野，有时它跳过一座座高楼……红得令人眼馋的朝阳，始终留在王悦充满憧憬的心里。

到达西川县城时，已经是 8 点 10 分了。卢队长把车开进加油站，让汽车喝个痛快。穿着短袖衫的王悦，明显感到外面的天气冷了许多，而裸露的手臂起了一层鸡皮疙瘩。王悦看看路人，身上都穿起了外套或秋衣，感觉自己更冷了。

Z 城没这里冷。

9 点，报告会准时召开。

这次 2019 年全国脱贫攻坚先进事迹巡回报告会第三报告团到广东省作巡回报告。国务院扶贫开发领导小组成员、全国妇联书记处书记章冬梅传达了习近平总书记对脱贫攻坚工作的重要指示和李克强总理的批示精神并作讲话，省委常委叶贞琴出席并讲话。

报告会以电视电话会议形式举行，各地市、县（区）设分会场。2019 年全国脱贫攻坚奖获得者代表——广东佛山对口凉山扶贫协作工作组组长葛承书、上海市来伊份股份有限公司总裁郁瑞芬、微医集团董事长兼 CEO 廖杰远、福建师范大学地理科学学院教授陈志彪、河南省周口市西华县迟营乡孙庄村第一书记秦倩、江苏盐城市滨海县委副书记张孝荣，用朴实而深情的语言，娓娓讲述了奋战在脱贫攻坚一线的生动实践、创新举措和亲身经历，感人肺腑，振奋人心。

这次报告会，目的是认真学习贯彻习近平总书记重要指示精神，大力宣传先进典型，发挥典型引领作用，关心关爱扶贫干部，全面培育、选树、总结、推广一批脱贫攻坚领域有影响的先进典型，营造崇尚先进、学习先进、争当先进的良好氛围。

这六名驻村干部或参与扶贫工作的企业家、政府官员、大学教授给大家分享的扶贫经验，让人感受到了他们一路的艰辛和快乐。让王悦记忆最深的是秦倩，她因为参与扶贫工作，长期在大山深处，与男朋友分了手。她从中山大学毕业后，到国外读研，回国后主动响应国家号召，到最艰苦的地方磨炼自己。而今年扶贫干部轮换时，她坚决选择留下来。三年多的扶贫工作经历，她付出了常人难以想象的汗水，也收获了人生最有意义的价值。这位勇于担当的扶贫干部，面对困难和挫折，从不低头认输，甚至有一次冒着暴风雪为郑州客户运送扶贫产品，在路途中遭遇一场车祸，晕倒在车上，而车头和挡风玻璃都被撞得不成样子。

从上午到下午，有些申请就业奖补的有劳动能力的贫困户，在虎山村精准扶贫户微信交流群里"@"王悦，问他怎样填写申请资料。特别是一个名叫黄小娜的务工贫困人员——她是黄友飞的女儿，在南海打工，总是发微信给王悦，请教他一些申请就业奖补的问题。王悦一一耐心作了解答。

吃完晚饭后，王悦和卢队长、龙书记、包万来到通往九凤村的路上散步，看见路边的稻子又黄了许多，而且有些稻子开始收割了。

一路上，他们谈的都是有关扶贫的工作，待原路返回时，天已经完全黑下来了。

王悦望了望黑漆漆的天空，看见北斗星悬在半空中，睁开亮晶晶的眼睛。

当说起Q市的旅游景点，包万来侃侃而谈，从望星岩谈到梦湖山，从牵羊峡谈到望夫归。他还给大家讲了一个望星岩五鼠运粮的故事：

明朝末年，清兵破关夺地，挥戈向南长驱直下。明朝的大将们战死的战死，逃走的逃走，明朝江山岌岌可危。1643年（明崇祯十六年），衡州陷落，永明王朱由榔随其父桂王朱常瀛逃往广西，暂居梧州。1645年（清顺治二年），福王朱由崧死于南京，桂王朱常瀛薨于苍梧，次年唐王朱聿键又被杀于福州。这时，朱由榔得两广总督和广西巡抚、巡按的推举，于10月14日监国于Q县（当时Q市是Q县）。但不久，内侍又要其走梧州。朱由榔经父丧兄亡的一连串打击，本来已痛苦万分，现在又来了内部纷争，确实使他忧心忡忡，六神无主。

一日，朱由榔在亲随的护送下，逃离Q县，来到望星岩的神庙之中。神庙景色虽美，景象虽奇，可朱由榔愁容满面，心气难平。他步入神庙，面对石佛跪了下去，连连叩头。天色渐渐黑下来了，朱由榔疲乏不堪，便倒在石佛旁边昏昏欲睡。但是，朱由榔心事重重，肚里空空，怎么也无法入睡。他坐了起来，背靠石佛，抬头仰望着从石洞天窗洒下的如水月色，捶胸长叹："唉！困死我也，困死我也……"朱由榔欲起身步出门外，于是两手撑地，这一撑，却使朱由榔跳将起来，惊喜异常：啊！原来手下竟撑出一堆白花花的大米哩。

朱由榔看着、想着，突然间石佛后面走出五只老鼠，然后向东面疾驰而去。朱由榔看见了，连忙跪下就拜："天助我也。南无阿弥陀佛！天助我也。南无阿弥陀佛……"不久，永明王朱由榔就被迎回 Q 县县城。朱由榔由两广总督和广西巡抚、巡按拥立为帝，遂于 1646 年 11 月设立行宫，登基即位，取年号为永历。传说朱由榔被迎回城中后，五只老鼠也乘龙飞天而去。

接着包万来又讲了望夫归的故事：

民间传说，古时有一名叫阿成的青年，为生活所迫，到广西打工谋生，不幸被困留人洞，一去数年杳无音信。其妻就天天到江边崖上，向西眺望，只要见到纤夫拉船经过，她就大声问："我夫归未？"……日复一日，年复一年，终化成石头屹立江边。

阿成妻子虽化成石人，但"我夫归未"这凄婉喊声从未断绝，仍在峡山上空回响。之后每逢纤夫拉船过此，定会派人上山到石人处烧香并献上一点香油，说是给石人梳髻用，以祈求保佑船只平安。当点好香烛后，会对着石人讲一句"你丈夫在下一只船里"。一直到了明代，南海伦文叙高中状元回乡，途经牵羊峡时作了一首诗凭吊此事，石人听见此诗后得到了安慰，从此就不再叫了。现在民间还流传着"广西有个留人洞，广东有个望夫归"的俚语。

两个故事讲完，大家就走到了镇里。

有意思的是，有关望夫归的故事，王悦在网上搜索到另一个版本。后来，据包万来说，关于望夫归，各地传说的故事不尽相同。

早上进村后，王悦还在忙贫困户送来或者寄来的就业奖补申请资料，发现填写错误的，立刻用微信联系他们，指导他们更正错误的信息。至目前，已有 7 户贫困户申请市里的就业奖补，还有一些在外面务工的贫困户，也会陆续将自己的申请资料快递过来。

好久不见的黄秋亮，正坐在以前学生升旗的水泥地上，露出三角眼，一直望着办公室。他剃了光头，看起来更黑更瘦了。不过，身上穿的那件迷彩短袖衫和那条黑色的短裤还算干净，只是脚上穿的那双黄色胶鞋，已经沾满泥土，变成了灰色。他枯瘦的左手捏着一个红色食品袋，不知道里面藏着什么令人意想不到的食物。

下班后，工作队留在村委会吃午饭。本来王悦和卢队长、高云飞要回镇政府吃饭的，因为午餐、晚餐都已在饭堂报了饭，但镇挂虎山村干部黄侠让大家留在村里吃。

吃完午饭后，王悦、卢队长和高云飞回镇政府，参加 3 点召开的扶贫工作会议。出村前，阿巧告诉王悦，申请就业奖补的黄小娜已把申请资料快递过来了，要到镇上的华兴通信器材专营店签收。那家专营店代收发快递。

回到镇上，王悦到华兴取回快件，卢队长也收到贫困户黎霞妹女儿李芳怡从广州寄来的快件。李芳怡也是申请就业奖补的。

3 点，驻村干部在镇政府办公楼三楼会议室召开广安镇落实《广东省相对贫困人口相对贫困村退出机制实施方案》的工作会议。

潘大为逐条解读了退出机制方案后，陆俊就退出机制方案提到几点：一是继续核查贫困户"八有"；二是严格按照退出程序办事；三是对退出贫困户解释省里面的要求，在脱贫攻坚时期内，针对贫困户的所有帮扶政策不变；四是加快落实整改；五是迎接今年省考核，去年省考核没抽到西川，估计今年抽到检查的概率很大。

接着，副镇长程海风谈到新农村建设的一些情况。

镇委吕书记发言说，目前全镇的扶贫工作没出现大问题，但小问题还是存在的。他要求大家备好资料，走好程序，做好今年省里的迎检工作。他还提到危房改造和农田水利建设的情况，还有就是"八有"方面，至今仍有一小部分贫困户家中没电视机。按照省里下达的退出机制方案文件要求，电视信号须覆盖到贫困户家庭，而 Q 市要求更严格，贫困户家中要有电视机。

杨副组长在会上提到两点，一是要细读方案，对照标准；二是宣传好退出政策。

晚饭后，王悦、卢队长和宋沙林散步到九凤村。宋沙林是 Q 市移动公司职员，老家在湖南常德，今年轮换驻村干部后，他来到了广安参加脱贫攻坚战，驻沙坝村。

宋沙林一米六七左右，身材比较胖。他说来广安前体重是一百八十多斤，来广安后早晚坚持走一万多步，现在减了十多斤。看来，参加扶贫工作也有减肥的效果。

宋沙林以前在新疆生产建设兵团工作，2001 年调到 Q 市移动公司。

第四十五章

晚上，王悦看了一下黄小娜寄来的两份申请资料，一份是她的，一份是她孪生姐妹黄小芸的。姐妹俩在佛山南海一家美食店打工。姐姐黄小娜的工作岗位是收银员，妹妹黄小芸的工作岗位是服务员。

也许，黄小娜和她妹妹读书不多，王悦发现她俩的申请资料存在很多问题，于是用微信跟黄小娜沟通，指导她如何填写并按就业奖补文件通知要求提供相应资料。

跟她沟通了近两个小时后，王悦要求她重新做一份申请资料，明天快递过来，可她说没时间弄，现在还在加班。

为了帮助贫困户申请就业奖补，前段时间，工作队不知做了多少动员工作，但一些贫困户怕申请程序麻烦，要办很多手续，选择了放弃。还有一些像黄小娜一样文化水平不高的务工人员，连表都填错了，这可害苦了王悦，一个一个联系，一点一点解释，连口水都说干了。不过，值得欣慰的是，从黄小娜的申请资料中，王悦可以查到她跟她妹妹的银行流水账单，几乎每人每月都有一笔数额 4000 元以上的入账，最多的一次近 6000 元，只是银行流水账单上没注明是工资。据黄小娜解释，她的工资都是老板用微信发的，并把每月微信发的工资截图给王悦看。

不管那笔 4000 到 6000 元的流水是不是工资，但足以说明姐妹俩的收入还算可以。王悦很替姐妹俩高兴，在外打工挣钱不容易，只要是合法收入，都值得赞赏，特别是对贫困户的子女来说，他（她）们的脱贫压力更大。说心里话，王悦衷心祝愿姐妹俩能够为贫困的家庭争一口气，过上幸福的生活。

经过这段时间的磨炼，王悦深深体会到基层工作人员的辛苦，因为他们面对的是平民百姓，有时本来只是一个小问题，但在老百姓面前可能就会变成比登天还难的事情，必须耐着性子帮助他们，无私地为他们服务。

为人民服务，说起来容易，但做起来很难。

今年 10 月 17 日是全国第 6 个扶贫日，当天国务院扶贫开发领导小组在北京召开了 2019 年全国脱贫攻坚奖表彰大会暨脱贫攻坚先进事迹首场报告会，140 名获奖者受到表彰，5 位代表作事迹报告，他们用自己的亲身经历和感悟诠释了脱贫攻坚精神，感人至深，催人奋进，很多听众流下了感动的眼泪，报告会取得了很好的效果。根据扶贫日活动统一安排部署，从今年评选出的 140 名全国脱贫攻坚奖获得者中选取了 43 位报告人，并邀请了 6 名往年获奖者，共 49 人组成 8 个报告团，从 10 月 18 日开始分赴全国 25 个省区市和新疆生产建设兵团进行巡回报告。

宣传好人好事，才能激发驻村干部的勇气和信心，让他们俯下身子加油干。

早上，王悦依时来到镇政府大门边等包万来。昨天晚上，他俩相约今天早上到白云村散步。

王悦等了两三分钟，包万来就来了。他俩一边散步一边交谈。从交谈中，王悦才知道包万来也喜欢文学，怪不得昨天傍晚到九凤村散步时，他能信手拈来，给大家讲了两个历史传说故事。

进村后，卢队长和高云飞入户检测手机网络信号，王悦留在村委继续处理务工贫困人员的就业奖补申请资料。

其中，王悦发现曾苑春申请就业奖补的资料不全，没填写户主姓名，也没提供户主银行卡复印件和她本人的工资银行流水，可能很难申请，且她本人把申请材料交给阿巧时也说过申请不到就算了。在虎山村，曾苑春的身份比较特殊。她今年 45 岁，从 2015 年 6 月至今在佛山市禅城区田边工业区一家公司打杂工，一个月 1750元。她原来是贫困户李金兰的儿媳，在她老公得病前离婚，直至前夫去世后，曾苑春的户口还落在前夫家，偶尔回虎山。这个苦命的女人，也许舍不得两个女儿，才作出离婚但不离家的决定。

11 点的时候，卢队长与高云飞回到村委会。王悦已把 12 个务工贫困户的申请资料全部审核了一遍，有问题的及时用微信通知对方，叫他（她）尽快补齐申请资料。

不一会儿，回来的卢队长让王悦跟他入户，重点检查贫困户家中的电视信号和网络信号。

于是，王悦拿着一沓"回头看"核查表，跟卢队长入户去了。

当来到金龙自然村一幢三层楼房前时，王悦记得这是谢顺友的家，但一个邻居说谢顺友的家不是那幢楼，在里面。于是王悦和卢队长穿过一条巷子，跟随邻居来到一座泥砖房前，邻居说这才是谢顺友的家。

王悦和卢队长都感到非常愕然，因为每次跟随村干部来谢顺友家走访，村干部都带王悦和卢队长到那幢三层楼房，而且村干部说那幢楼是谢顺友与他叔父一起建的，底层属于谢顺友。

这座泥砖房已经很破旧了，表面的墙壁裂开了一些缝。当王悦来到侧面查看墙壁时，更惊讶了，侧面的墙壁裂开了好几道缝，缝隙还不小。

这座泥砖房还能住人吗？王悦心里真的无法想象，为什么还能见到贫困户住在如此破旧的危房里？这是谁的责任？万一上面检查，驻村工作队将如何交代？王悦的脑海里老是翻腾着问题和责任，被压得喘不过气来。当王悦再一次抬头看时，两只惊恐的眼睛睁得更大，只见上面的泥砖已经掉了不少，连横梁都露了出来。

如果谢顺友家没有安全住房，这将是莫大的耻辱，更是扶贫工作中的一个大失误。难道谢顺友家还有一段至今未解的故事？

当邻居敲开泥砖房的门时，只见一个年近七十的老人打开门。邻居说这是谢顺友的母亲。这位老人好像患过什么病，精神不是很好，眼睛也不好使，已失明。

谢顺友现在在东莞打工，做厨师，还没成家。他母亲一个人在家，日子过得很艰苦。

走进她家时，王悦感到里面有些阴沉，而灶膛里的火刚刚熄灭，屋子里依然飘起一缕烟雾。不一会儿，走进来一个村民，告诉卢队长，工作队要多照顾谢顺友家，孤儿寡母的。

王悦和卢队长看见有一台很旧的电视机，摆放在靠墙的桌面上，想检查这里有没有电视信号，但按了按电源开关，电视机没有反应。村民说电视信号线坏了，一直没修。

从谢顺友家走出来后，王悦心里五味杂陈。关于谢顺友有没有安全住房，只能进一步核查了。

接着，王悦和卢队长到曾高明兄弟俩家，都没见人，也没发现有电视信号线拉进他们家里。

下午，王悦、卢队长和昌哥继续入户核查贫困户的"八有"情况，但天气不好，天空还下起了小雨，有点凉。

在下屯自然村，他们来到曾双光家，这位老人想养鹅增加家庭收入，卢队长说到时会考虑。贫困户主动参与脱贫，这是天大的好事。经过了解，曾双光的儿媳妇在东莞做保姆，每月有 3000 多元收入，孙子在杭州打工，每月也有 3000 多元工资，而孙女在县城一家麦当劳做服务员，大概每月有两三千元。了解到他家的收入，卢队长向老人宣传贫困户退出机制政策后，准备把他家列为今年的退出贫困户。

在曾华光家核查时，卢队长与老人交谈，得知他儿子以前在深圳打工，现在在广州做厨师，大概工资不会少；一个孙女在茶花镇读小学六年级。

王悦第一次见到曾大光在家。曾大光 50 岁左右，中等身材，有些胖，脸色比较黑。他在 Q 市高新区打工，做厨师，月薪有 4000 多元；老婆在家务农，耕有一亩二的田地；儿子初中毕业后考上 Q 市技师学院读五年制大专，已读了三年。

在永安自然村，王悦和卢队长来到冯大强家，打听到他女儿在县城母校复读高三。

曾丽萍不在家，只有她 90 多岁的老党员公公在。曾丽萍的儿子在河北打工，每月工资三四千元，而夫妻俩在家种田和养猪。但今年养猪，她没赚到钱，因瘟疫死去一栏猪仔。几个月前，王悦和卢队长看过曾丽萍的养猪场，那时她养了七八头百来斤的肉猪和十头二十来斤的乳猪，还有一头母猪。

来到下井自然村，王悦和卢队长了解到五保户高炎朝建有两层楼房，他与侄子从坪坝搬了回来，共同生活，不过第二层还没装修好。

五保户高阳朝不在家。平常高阳朝在他弟弟家吃饭，但没同住，仍住在老屋。王悦和卢队长看了他老屋，比谢顺友家的老屋安全多了，毕竟有一半墙是用红砖砌起来的。他属于危房改造户，新楼建在路边。据昌哥说他一个人不敢住路边的新楼，就住回原来的老屋。他家没有电视机，弟弟高东朝家有。

个子矮小的五保户高元朝，正在家里编箩筐。走进他家时，王悦看见里面编了不少箩筐。他的手艺很好，编的箩筐特别好看，只是屋里养了一群鸡，味道很难闻。高元朝在弟弟高东朝家吃饭，但没一块住。

昌哥说，高炎朝、高阳朝和高元朝三个五保户是堂兄弟。

雨似乎越下越大。

王悦他们冒雨刚来到江下自然村李树英家门前，只见竹竿一样瘦弱的李树英挂着拐杖站在门边。李树英不仅瘦，而且脸色苍白，眼睛一眨一眨的，时而睁开，时而闭上，大概她患有眼疾。她儿子李建明读过高中，是前几天他来村委会申请就业奖补时告诉卢队长的，那时他填在表里的字写得不错，卢队长就问起他的学历。李树英家没有电视机，但邻居家拉有电视信号线，说明她家已被电视信号覆盖。

经过坪坝自然村时，王悦他们没去苏飞燕家核查"八有"。她是从天沟搬到坪坝的住户。王悦和卢队长经常走访，了解莫名华的学习生活情况。苏飞燕脱贫是不成问题的，尽管她已年老，但她大儿子在深圳做大厨师，平常应该会寄些钱物孝敬老人。她大儿子在坪坝建了一幢别墅一样漂亮的楼房，在虎山算是数一数二的豪宅。

黄金山不在家。他与黄金水是兄弟，都在外面打工，家里只留下一个老母亲，虽然兄弟俩已分家，但两人的危房一起改造，同住在一个屋檐下。黄金山已离婚。听昌哥说黄金山结婚时年龄还没到，就借用哥哥黄金水的身份证登记了结婚证书，后来老婆受不了他的精神病，跑了，也没留下孩子。

黄金水还没结婚，跟弟弟一样属于精神残疾。听昌哥说他有一个舅父以前在茶花镇做镇委书记。

黄金沙家没有人在，他勤劳的老婆大概在田地干活，现在正值秋收时节。黄金沙改造后的房子建得很好，正在装修，目前还没有搬进去住，但已选好了入伙日子。他在海南打工，做厨师。卢队长向邻居打听黄金沙的一些情况后，黄金沙的母亲恰巧从外面走回来。老人穿着拖鞋，70多岁了，背有些驼，头发已白，身材显得又矮又瘦。

卢队长向她打听到她大孙女在县城读高中，小孙子在广安读小学五年级。

准备走时，刚好碰见黄金山的母亲，就进去她家核查"八有"，重点是电视信号覆盖问题。

离开黄金山家后，昌哥说附近的邓水金、李金兰等几家都有电视机，且有电视信号，因为差不多下班了，卢队长就没有去他们家核查，这几家以前走访过多次，基本摸清了"八有"情况。

苏会勇家也没有人。昌哥说他家有电视机，但他长期不在家，电视应该没接信号。

来到横屋高新朝家，见他家有电视机也有电视信号，其他情况也没问题。

下井自然村的高天泉，他家也有电视机和电视信号。

在高天珠家，他正在洗锅做饭，但没看到他家有电视机。

收工时，回村委路上碰到谢顺友的叔父骑着摩托车，卢队长叫他停下来，向他了解谢顺友家的情况。据他叔父说，谢顺友没有跟他一起建房子，那幢楼是他一个人建的，因为谢顺友至今还没有结婚，老屋又不成样子，为了方便谢顺友处对象，他答应他住的楼房底层借给谢顺友，让侄子早日成家。

虽然从谢顺友叔父口中得到的谢顺友的情况是否属实还需要进一步调查，但是，作为贫困户的谢顺友，他母亲居然还住在特别危险的老屋里，当初工作队、村干部调查时为什么没摸清真实情况，把他纳入危房改造户？

雨越来越大，而王悦竟然说不出这个秋天究竟是什么样的味道。

由人社部门负责发放的2018—2019学年技工类学生生活费补助已发放到位，广安镇技工类学生共有7人，其中虎山村2人，一个是刘昌盛的儿子刘志欢，一个是曾大光的儿子曾航华。上面要求驻村工作队迅速通知学生或家长查收。

根据各村学生实际情况，驻村工作队必须及时调整好扶贫信息系统中"在校生状况""就读年级"等相关信息，此项工作于10月24日下午下班前完成。

对于2019年秋季学期建档立卡学生资助工作，县里作了详细的安排，各村按照安排时间和要求做就行了。

为进一步做好建档立卡学生资助工作，确保建档立卡学生应助尽助，省教育厅要求各地各学校认真核查以往年度发放情况，开展一次建档立卡学生资助"回头看"梳理工作，全面、彻底核查2016年秋季学期以来建档立卡学生免学费和生活补助发放情况。核查出应发未发的，于9月28日前完成补发，并将补发情况录入"全国学生资助管理信息系统"。不符合发放条件的应注明原因，错发的予以收回。

另外，省审计厅对14个地市2018年精准扶贫精准脱贫落实情况进行第三轮跟踪审计，发现部分地市存在未及时足额发放、超范围发放、重复或超标准发放建档立卡学生生活费补助的问题。到 9 月 20 日止，学生资助管理系统中，2018—2019 年秋季学期、春季学期，部分地市仍存在应发未发和未确认是否在校的学生数据。

教育扶贫是脱贫攻坚战一项重要任务，各地各学校都应给予足够的重视。

在西川，为做好 2019 年秋季学期建档立卡贫困学生资助工作，结合广东省建档立卡学生补助工作指引、省教育厅关于做好建档立卡学生资助工作"回头看"及 2019—2020 学年建档立卡学生资助工作的通知，县教育局向各镇印发了《关于报送西川县 2019 年秋季学期建档立卡贫困学生信息有关工作的通知》文件，要求做好 2019—2020 学年秋季学期建档立卡贫困学生生活费补助相关工作。西川县 2019 年秋季学期建档立卡贫困学生资助对象须满足几个条件：属本县在册建档立卡扶贫对象；系 2019 年秋季学期在读学生；属小学、初中、普通高中、中职、专科、本科、研究生（含博士和硕士）阶段全日制学生。中技学生由人社部门收集及发放补助。

早上进村委会后，王悦开始审核苏会勇就业奖补的申请资料。苏会勇属肢体残疾，持有残疾人证，现在在广州某公司打工，工作岗位是编程，已做了三年，每月工资大概是 4000 元。他有一个患病的母亲，还有一个 15 岁在校读书的弟弟。

昌哥与卢队长在谈论谢顺友究竟有没有住房的事情。据昌哥说，谢顺友的父亲谢珍安在世时，对调查的驻村工作队员和村干部说，那幢三层楼是他与弟弟合建的，指的就是他弟弟现在居住的楼。可他去世后，他弟弟就说那幢楼谢珍安没有份。现在，昌哥听说连谢顺友也说那幢楼没有他的份。

谢珍安是原贫困户户主，去世后户主名就改为谢顺友。

清官难断家务事，何况是驻村干部。但是这件事，驻村工作队不得不管，万一谢顺友与他叔父有意合骗扶贫款——因为那幢楼如果没他的份，他就可以凭借居住在危房的身份申请危房改造，这样的话，事情就会变得更复杂更麻烦了。

但事情还没弄清楚之前，不能妄加论断。正如肖副主任说，待村支书开会回来再定夺，谢顺友是他管辖片区的居民。村支书昨天外出开会，今天还没回来。

昨天见到谢顺友的母亲时，王悦听邻居说她经常一个人上山砍柴，一个人坐在灶膛前烧火做饭，孤零零居住在危房里。王悦回想起来，心里还是有些担忧。一方面，万一上面检查到她家，无法说清她家"八有"为何存在"短斤缺两"，况且谢顺友是 2018 年脱贫的贫困户；另一方面，一个失明的老人家独自住在危房，也很令人担心。

后来肖副主任向卢队长反映，当年村干部核查贫困户有没有安全住房时，谢珍安还健在，他说他有安全住房，与弟弟一起建了一幢楼，不用危房改造。但他去世后，他弟弟说那幢楼是自己建的，谢珍安根本就没有份。

今年以前已申请危房改造的贫困户，如果没有钱安装门窗而达不到入住条件的，据镇扶贫办专职副主任潘大为今天在镇扶贫微信工作群发的通知说，住建部门可以为那些危房改造贫困户申请"630"资金。

随后，王悦再次审核了贫困户李树英儿子李建明的就业奖补申请资料。从资料中可以查到，今年 3 月，45 岁的李建明到东莞桥头镇打工，在一家陶瓷厂做搬运工，月薪 2400 元。

王悦审核完几份申请资料后，与卢队长和昌哥步行到村委会附近的横屋等自然村，继续入户核查。

在骆安详家，王悦看见他家很整洁，不像他的穿着那样随便。这幢面积不算小的新楼，是骆安详与侄子一起建的，但他平常到隔壁他弟弟家吃饭。骆安详个子矮小，左眼残疾。他有一个养女，已出嫁，偶尔会给他两三百元生活费。

在下井的黄玉凤家，卢队长核查到她家只有自来水管，还没接通自来水。黄玉凤住在 Q 市市区孙女家，一年到头都不回家。

上井的高天星没在家，他家已通水通电，但没入住。他是一般贫困户，今年 64 岁，平常住在南海女儿家，过年也没回来。听昌哥说，他有三个女儿。

核查完这几户，就回村委会。之后，卢队长开车和王悦一起继续入户核查。

在下水坑核查李子青家时，没见他在。他改造后的新楼房建在他父母家后面，建筑面积少说也有 80 平方米。他平常吃住在他父母家。核查后，当王悦和卢队长走回村道时，远远看见李子青往家走，也许他看见了卢队长，就故意避开，转身向一条田埂走去。卢队长没有喊住他，毕竟他是一个精神失常的人，发作起来听说很凶狠。今年春节后，王悦听村干部说过他发作时的状态，又砸又撞又跑，后被三四个人按住，才送进来贵精神病院。

来到八楼邓国强家门前，王悦看见一辆摩托车停在楼下，估摸他在家。以前来他家走访，总是碰壁，根本见不到人影。王悦抱着试一试的心理，轻轻敲了敲门，没想到里面传来隐隐约约的回应声。

门终于开了，一张苍白的脸正对着王悦。站在王悦面前的，正是找了无数次的邓国强。

邓国强个子不高，微胖，约莫五十上下。除了苍白的脸色，他走起路来也是慢吞吞的，一看就知道他是一个久病不愈的患者，让人不禁担忧。

走进这幢简陋的楼房，王悦和卢队长心里都发酸，只见一台旧得不能再旧的电视机，放在一张掉了漆的桌面上，像屋主一样无精打采。邓国强说电视看不了，没拉电视信号线。除了电视机，王悦还看见饭桌上随处堆放着药。卢队长问他得了什么病，他回答说得了多种病，高血糖、高血压、风湿等，心脏也不好。

他病得确实不轻，家里没开灶火，每顿饭都是他妹妹送来的。他妹妹嫁在本村，她家离邓国强家不远。

在大丰邓发水家，王悦第一次见到他。不过，他儿子邓元庆还是经常见到的，因为邓元庆腿脚不灵便，走路时都得用一个特殊的铁架子支撑才能稳住身体，所以想走也走不远。

邓发水今年75岁，看起来很瘦，但精神状态还行。卢队长打听到他孙子现在在三水一家塑料厂打工，每月收入3000多元。

随后，王悦和卢队长开车到东丰查看电视信号和网络信号，那边的情况良好。

下午，王悦和卢队长开车到大岗片区重新检测贫困户家庭的电视和网络信号，以及有没有电视机。前几天来核查时，他俩没有每家每户核查电视、网络信号，也没统计电视机，但自从省扶贫办下发相对贫困户相对贫困村退出机制程序后，大家才知道"八有"标准有变动，电视信号、网络信号覆盖由先前到村变成到户，卢队长只能按照退出机制程序来核查。至于贫困户家中有没有电视机，这是镇扶贫办要求各驻村工作队核查统计的。

之后，卢队长开车准备到龙山片区的坪岗、下塘和上塘等自然村。在去坪岗、下塘方向时，汽车经过一面山。王悦看见山坡上和山脚下，树木已砍光，杂草已除尽。卢队长对王悦说，这是村里开发的基地，准备种植柠檬果树。王悦记得这面山，以前他和卢队长考察过，是作为百香果种植基地的选址之一。

来到坪岗刘诗才租住的地方，王悦没看见他，但发现屋顶上安装着接收电视信号的设备。刘诗才已经在这座破旧的瓦房里居住了好多年。以前王悦听村干部说，刘诗才曾经在这里开小商店，但王悦问过刘诗才，他说自己没开过小商店。

卢队长有点担心，刘诗才住在危房里，不知道会不会影响扶贫工作成效，如果他能搬回自己的安全住房就好了。

来到吴亮泉家，他正坐在门边抽烟喝茶，见卢队长来，连忙站起身，把他和王悦迎进屋子里。王悦第一次见到吴亮泉，他平常住在三水女儿家里，很少回来。吴亮泉 70 多岁了，头发已经花白。天气还不见冷，他却穿上了秋衣和一件灰色的薄毛衣。据吴亮泉说，他患有气管炎、脑梗死和高血压，说话时还伴有咳嗽声。他是从白石自然村搬到坪岗自然村的。

在吴享文家，王悦看见他蹲在电视机前看电视。卢队长简单跟他打了一声招呼后就走了，因为之前对吴享文了解得比较多。

吴真龙和吴西流不在家。他俩是叔侄关系，都属危房改造户，两家新建的楼房一前一后连接起来。

下塘的陈兰真不在家。

卢队长和王悦用手机检测到下塘的网络信号比较弱。

陈超雨在家。他长得稍胖，花白的头发有点凌乱，好像从没梳理过。他家比较困难，老婆和孩子都患有精神障碍。

陈钊湖这个"小巧玲珑"的老人也在家。他 50 多岁，见到王悦和卢队长很有礼貌，总是说感谢的话，而且能说出比较标准的普通话。在虎山，像他这种上了年纪的老人，一般不会说普通话，除非曾经出外谋生过的人，如村委昌哥，曾在东北搞过建筑，又如坤哥，当过后勤兵，参加过对越自卫反击战。陈钊湖与兄弟同建一幢两层半的楼。

第四十六章

在下塘路边测了网络信号后，王悦跟随卢队长到上塘林大兴家里。林大兴总是非常热情地招待王悦和卢队长，少不了泡一杯热茶。林大兴虽瘦，但个子比较高，样子很诚恳。他患有腿疾，走路时要拄拐杖，不过精神状态很好。每次来，王悦都看见屋子里清扫得异常干净整洁，让人很舒服。

周莲芳改造后的一层平房，门半开半闭，但是没见她人影。卢队长检查了她家，已通电通水，却不见像样的家什，只是在靠墙边放着几张矮木椅。她在石门镇一间民办幼儿园做老师，平常很少回来。走访了很多次，王悦从没见过她本人。

在上塘，卢队长也用手机检测网络信号，结果发现这里的网络信号比较弱，屋子里收不到一点信号，走出来才见到手机能接收到微弱的信号。在虎山，上塘的信号最差，其次就是聂洞。

上塘的刘昌盛不在家，只有他老婆在。卢队长站在门边跟她聊了几句，但没聊出什么结果，可能语言交流有障碍。卢队长本想进去她家看看电视机能不能正常使用，但一想到她是个精神障碍患者，就没进去。以前走访的时候，王悦知道刘昌盛一家已搬到新楼，而且家里有一台新电视机，能正常播放。

刘昌盛家旁边就是刘爱明家，好像有装修工人在装修第二层楼，能听到切割的机器声。

与刘爱明家紧挨着的，就是村委六哥的家。

再向左跳过去，就是刘进安家了，只见他改造后的楼房大门紧闭。

刘尚威的家在后面，也是大门紧闭。

从刘尚威家走出来，王悦看见山脚下的田野一片金黄，于是拍了几张照片。每次走访路上，如碰见好的风景，王悦都会忍不住用手机拍下来，留作以后的念想，偶有灵感的时候，作一首诗解困解闷。每晚回到镇政府，王悦唯一的娱乐节目就是散步，回来后就待在卧室，看书看电影，或者看风景图写诗。在这偏僻的小镇，一到天黑，街面行人就很少，路灯也没几盏，更没有娱乐休闲的地方。所以，一到晚上，王悦和卢队长都会把自己关在卧室里，做各自喜欢的事情。不过，晚上的卢队长，经常做的是工作队的事情。

准备回村委会时，碰见挑着水桶从菜地里回来的刘昌盛。卢队长问他家里电视机能不能正常收看，他回答说能正常看电视。之后，还了解到他女儿、儿子的读书情况。

在回村委会路上，卢队长顺便进东平自然村检测网络信号。还去了莫丽群家，可她不在。

刚走出巷子时，就碰到戴着手袖的莫丽群回来了。她可能在附近建筑工地做杂工，一身泥巴。王悦和卢队长又回到她家了解情况。

这是王悦第一次见到莫丽群。她丈夫已经离世。

进入她家，王悦看见一面墙壁上贴满她儿子的各种奖状，引起了王悦极大的兴趣。王悦细细数了一下，奖状居然有 35 张之多。莫丽群的儿子叫黄渝恒，在镇中学读初一。据她说，她儿子最喜欢的是绘画。王悦再次仔细看了看那些奖状，果然发现她儿子在广东狮子会 2018 全国少年儿童世界和平海报作品征集活动中，获得西川赛区铜奖。

来到黄达卫家，王悦看见他正在淘米做饭。每次走访他家，都没有见到他人影，于是，卢队长让王悦给他和黄达卫拍了一张合影。

回镇政府路上，王悦望着车窗外的一路秋景，竟忘了几天来入户核查的疲累。

晚饭后，王悦和卢队长填写贫困户脱贫指标完成情况调查表。从 10 月 16 日至今天，他俩陆续入户核查，王悦主要负责拍照片，卢队长则用黑色记录簿把核查到的情况记录下来，之后把核查到的贫困户"八有"情况如实填在表上，准备明天提交给镇扶贫办。

填完表，已经 9 点多了。也许实在太累了，当王悦躺在床上时，感觉两腿发麻，怎么也睡不着，只听见从浴室传来窸窸窣窣的洒水声。卢队长填完表后，又忙其他事情，忙到 12 点才冲凉。

一早，刚走出宿舍，王悦就看见包万来从那幢新建的宿舍楼里走出来。

昨晚，他俩约好今天早上到镇政府后面的白云村散步。不一会儿，宋沙林和大石嘴村驻村工作队队长许朗笑也追了过来。

天空晴朗了许多，"犹抱琵琶半遮面"的朝阳，被几片零碎的云霞遮住头颅，呼之欲出。

路上，包万来、宋沙林、许朗笑一直在交流减肥经验。只听包万来说，以前他在 Q 市的时候，下午下班后都会到梦湖山散步，或到附近的学校绕操场跑 8 圈，最终的减肥效果是，啤酒肚不见了，腰围小了，圆圆的脸也变成了椭圆形的脸。他老婆说他因减肥变老了，因为脸上的肉不见了，皱纹就出现了。

宋沙林一直也想减肥，特别是他的啤酒肚，总是不争气，任凭他怎么锻炼，就是没有压缩功能。于是，他给自己定下目标，每天走一万八千步，用手机测量，但每次都因工作忙，早出晚归，达不到预定步数。

走到白云村山哥家门前时，大家看见龙书记和商店老板贾旺成从茂密的竹林里走出来，两人的上衣都已湿透。龙书记是锻炼积极分子，只要不下雨，他几乎每天早上都会爬到上梁村，雷打不动。有时只有他一个人，有时跟商店老板，而且起得比较早。

上午的天空还是比较阴郁，太阳始终没能如愿露出面孔。

王悦坐在村委会办公室，面对电脑，把这几天入户核查时所拍下的照片，从手机上传到电脑桌面的文件夹，然后给每张图片注明是谁或谁家。

通过核查，驻村工作队发现了不少问题，除了谢顺友的安全住房，就是上塘、下塘电视、网络信号弱的问题，以及还存在不少危房改造户因各种原因未能入住新楼的问题。

每次入户走访，总有一些情况没法了解，有时甚至连户主的人影都没碰着，给核查带来不少麻烦。一些户主及家人长年在外打工，一些是精神残疾没法正常沟通，一些是因年老孤单寄居在外嫁女家里，还有一些与在外打工的孩子或亲人一块生活。所以，发现的问题往往得不到及时解决，更无法了解到贫困户的生活现状。

保存好照片，王悦查看了几份在外务工贫困人员申请就业奖补的资料，还是发现有申请人填错表。其中在佛山打工的黄小娜姐妹俩的申请资料，户主姓名、户主身份证号码、户主银行卡账号都填错了。为了节省时间，王悦给黄小娜发微信，让她把正确信息发来，自己帮她俩修改，如果让她重新修改快递过来，既麻烦又浪费资源。另外，姐妹俩还没把今年6个月以上的工资签领表快递过来，缺少的话，是没办法申请的。之前，王悦已把缺少的资料微信通知黄小娜，估计她很快会快递过来，因为时间紧，镇扶贫办开始催交市里的就业奖补申请资料了。

卢队长与肖副主任又谈到谢顺友和他叔父房子的事。肖副主任说，谢顺友每次回来，都会给生活不便的母亲准备好柴和日常用品，并不像邻居所说，一个瞎老婆子进山砍柴。对于他叔父的情况，因为王悦忙着审查申请就业奖补的资料，没能听得太清楚，只是隐隐约约听到肖副主任说，谢顺友的叔父没儿子，他唯一的儿子在一场车祸中送了命，现在只有女儿。断断续续听到的，或许不准确，或许肖副主任说的是另外的人。

如果谢顺友的叔父没儿子，他的楼房给侄子住，也是极有可能的。

下午回Z城时，一路阳光。大概经过这次一户一户仔细核查贫困户的"八有"情况，卢队长已做到心中有数，他一边开车，一边愉快地跟王悦聊工作的问题。当然，焦点还是围绕谢顺友的安全住房问题，他已将真实情况反映给镇扶贫办，并与肖副主任协商，尽量做通谢顺友叔父及母亲的思想工作，让老人住进他叔父家的安全住房。目前，驻村工作队不是追究责任问题或为谢顺友"翻案"，最重要的是动员谢顺友的母亲住进安全住房，这是最明智的解决办法。当然，动员时会碰到一些问题，比如，如果谢顺友的叔父一口咬定那幢楼只属于自己，驻村工作队也没办法，毕竟谢顺友的父亲已去世，没有留下白纸黑字为证，这样动员起来也是很被动的。就看谢顺友叔父有没有良心了，如他有良知，一切都好办！

另外就是这次核查中统计出来的没有电视机的贫困户怎么办？虽然省文件一向没有明文规定贫困户家中一定要有电视机，但镇里面按照市的要求，不时暗示卢队长，能否利用扶贫资金给虎山村没有电视机的贫困户购买电视机。这个问题，上午卢队长打电话请示牵头单位分管扶贫的领导时，领导让他按照省里的文件要求办事，并等待驻县组的下一步指示。

车上，卢队长又一次说到高云飞，感觉他对工作没有一点热情。对于脱贫攻坚阵地上的战友，王悦没理由去评论，而且在别人背后指指点点，并非王悦的性格，他希望能够看到，到 2021 年 7 月底，奋战在扶贫一线的所有驻村干部，都能顺利完成上级交给的任务，自豪地返回到各自的城市和单位。王悦只是淡淡地说了一句，一个年轻人，还需要给他磨炼的机会。

与王悦共事五六个月，卢队长非常信任王悦，说他"很实在，对工作非常负责任"。当然，王悦在心里也给了卢队长一个很高的评价：诚实，正直，政治素质高，工作极度负责，是个真干事、想干事、会干事、能干事的驻村干部！

回到 Z 城，已经 5 点多了。

星期一早上 8 点，王悦刚吃完早餐，就接到卢队长的微信语音，让他 10 分钟后到市区户政办理中心门旁会合，一起去信访局和农业局办事。

市区户政办理中心就在王悦住的小区对面，步行只需两三分钟。

卢队长开车接上王悦后，告诉他，商铺的事情比较棘手。

王悦没去过 Z 城扶贫办，办公地点应该设在农业局，而农业局在市政府第二办公区。卢队长有些伤感地说，如果 Z 城扶贫办不同意购买商铺的话，虎山村干部及广安镇干部一定会有意见，对工作队开展以后的扶贫工作肯定带来不小的影响。

看来，在虎山村落实一个扶贫项目确实艰难，刚看到希望的亮光，突然之间，风云骤变，把卢队长抛进黑夜之中。

面色灰暗的卢队长，还向王悦谈到为虎山村没有电视机的贫困户购买电视机的问题，信访局领导也不太同意。

汽车开进了信访局。卢队长要把建立百香果种植基地的申请资料送到单位审批。王悦没跟卢队长上楼进办公室，而是留在大门边的停车场，坐在一棵大树下，想起昨天上网时看到的一条消息，心里有许多说不出的伤感和悲哀，因为云南又有两名扶贫干部工作途中失踪，所驾车辆坠入了怒江。

在市政府第二办公区，王悦和卢队长乘电梯到十四楼农业农村局 1419 室，从一位 40 岁左右的女干部手中接过驻村工作队前段时间申请购买商铺的审批资料，她对卢队长说购买商铺的资金已打到广安镇财政所。

听到这个好消息，王悦既高兴又奇怪，来的路上卢队长还说 Z 城扶贫办不同意购买返租商铺这个扶贫项目，怎么一眨眼工夫，领导又改变主意了？

这份急切需要 Z 城扶贫办审批的材料，终于在充满悬念之中获得扶贫办领导的同意，卢队长也难抑兴奋之情，脸上现出一丝欣慰的微笑。卢队长这一笑，王悦感觉到驻村工作队的担子突然间减轻了不少。

为了申请这个资产性收益扶贫项目，卢队长不知花费了多少功夫，他前期做了很多难以想象的工作，付出了艰辛的汗水，曾经到西川县城、高惠县城考察对比，评估风险，了解去年大石嘴村购买返租商铺的收益情况，最终才确定在西川县城"米兰小镇"，以返租形式购买那里的商铺。按返租 8 年计算，虎山村每年可获得租金 87000 多元，共返还 70 万元。收益分配方面，70% 返还租金为虎山村集体经济收入，30% 为贫困户所得。

购买返租商铺虽然不是扶贫产业项目，但对于集体经济收入非常薄弱的虎山村来说，如同注入一股活力，能够大大增强当地贫困户和村干部的脱贫信心。终于可以实现购买返租商铺的愿望，这份喜悦，此时就像阳光一样照耀着远在 200 多公里外的虎山村，也洒进了王悦和卢队长的心里。

下楼后，卢队长还是不放心地查看了购买商铺的资料，只见他一页一页地翻看，生怕遗漏了哪一页，没有被 Z 城扶贫办盖章。

与卢队长共同工作了近半年，他给王悦的总体印象是，做人诚实，做事踏实，而且对待每一件事情，总是小心谨慎地尽力做好。

卢队长是个小心的人，更是一个追求完美的人。

取回资料后，汽车立即掉头，向广安镇进发。

汽车还在 Z 城市区内行驶，卢队长将汽车停靠在路边，再次查看购买商铺的申请资料。王悦对卢队长的过分小心并没有感到意外，因为领导签字、盖章的地方很多，难免会漏掉，万一有一处没签名或没盖章，又得跑 200 多公里找领导，多费劲。

卢队长的小心，是为了办事效率，不多走冤枉路。

汽车刚重新启动开出一公里左右，他又自言自语说："申请资料怎么这么少，记得我送驻县组时，是抱着一大沓材料进去的，是不是驻县组留了一部分资料？"

当汽车快要进入平沙公路时，卢队长又把汽车停到路边，打电话询问驻县组小陈。小陈在电话中告诉卢队长，虎山村申请购买商铺的资料有一部分被驻县组留了下来，因为不需要 Z 城扶贫办审批盖章。

听到这个令人满意的答案，卢队长才放心地开车转入平沙公路。王悦看见一身轻松的卢队长，时不时面带阳光般灿烂的笑容，与自己交谈扶贫工作的事情。

购买返租商铺，可以说是胜利在望，不仅大大提高了虎山村集体经济收入，而且能有效防止以后已脱贫贫困户出现返贫现象，更重要的是，缓解了工作队的压力，解决了虎山村扶贫资金滞留太多的问题。接下来，工作队会重点向开发百香果种植产业项目"发起猛攻"，尽快让它在虎山村落地开花结果。因为离全面脱贫只有一年零两个月，时间不允许工作队再等下去，工作队应该一鼓作气，排除万难，在脱贫攻坚阵地上，恪尽职守，坚定信心，最终把胜利的旗帜插到虎山村最高的山上，为屈辱的历史"雪耻"。

回到广安镇政府，已经是下午1点半了，饭堂大门被媚姐锁了。王悦和卢队长只好到街面小食店炒了两个米粉，将就一餐。

休息一会儿后，卢队长让王悦把从Z城扶贫办盖好章的申请资料全部复印一份，一共有20多页，包括《新时期精准扶贫精准脱贫帮扶项目申请表》《Z城市财政专项资金拨款申请表》《附表：用款单位账号》《投资西川县城商铺物业项目可行性分析报告》《Z城信访局党组会议决定事项通知》等。由此可见，要想落实一个项目，必须下很多功夫，申请资料要经过帮扶单位、镇政府、驻县组审核同意，最后送Z城扶贫办审批。

散步时，卢队长和宋沙林走进一间药铺。他俩都说晚上会失眠，想买一些治失眠的药。向药店老板问询一番后，卢队长花18元买回一盒脑心舒口服液，而宋沙林没买，按他的意思，他的失眠不严重，不是睡不着，而是醒得快，凌晨两三点就会被忙碌的梦吵醒。走出药店时，宋沙林笑着对卢队长说，如果有疗效的话告诉我，我再买不迟。

王悦也经常失眠，这段时间，他像宋沙林说的那样：不是睡不着，而是醒得快，凌晨两三点就会被忙碌的梦吵醒。看来，这几天王悦也要关注卢队长服药后的效果，再决定买不买"脑心舒"。

晚上8点多，坐在宿舍里翻阅《习近平讲故事》的王悦，听见不远处的中学传来一阵儿歌，感觉既温馨又温暖，像回到了读书时代。

《习近平讲故事》，王悦已经看了两遍。

今天早上，气温骤降到15℃，有点冷。

王悦和包万来、宋沙林到白云村散步时，只见山上的树林被浓浓的晨雾笼罩。王悦和包万来都穿上了秋衣，而肥壮的宋沙林只穿一件T恤。

来到白云村时，王悦看见路边一座没安装门板的瓦房里，有一对50多岁的农民夫妇在忙碌，男的站在脱谷机前脱谷，女的站在脱谷机后面，用竹耙子清理从脱谷机里爬出来的稻秆。他们已经脱了好几担谷子。

山哥家后面，山上的晨雾更浓了，几乎看不到山顶；山哥家脚下的梯田，稍近一点的，还能认清黄黄的稻子，远一些的，被浓浓的晨雾遮住了脸庞。

走过山哥家，大家就开始进山了。山路两边的竹子或树木，显得异常宁静，见不到萧瑟的景象。偶尔能见到一棵瘦高的枇杷树，默默地站着，也不知道是村民栽的还是野生的。

刚走进被竹子和树木遮得严严实实的山路，大家看见龙书记和商店老板贾旺成从山上走下来。

像往常一样，大概步行半小时后，三人来到溪水边，就没再继续前行，而是各占一个位置，开始做一些自创的晨练动作。

下山时，朝阳才慢慢爬出来，四周的晨雾也开始散去。山哥家对面的梯田，有了不少亮色，能见到三几个早起的农妇，弯腰割稻子。

回到镇政府，刚好8点。饭堂的早餐，是馒头、鸡蛋和瘦肉粥。

这两天，工作队收到黄小娜姐妹俩、黎霞妹申请就业奖补所缺少的资料，缺少的都是今年务工6个月以上的工资签收表，因为她们打工的地方每月发的是现金，提供不了银行流水，但细心的王悦又发现黎霞妹还缺银行卡复印件，于是叫她拍照用微信发过来，快递可能来不及了，村里马上要进行公示。

另外，黎霞妹的女儿李芳怡的申请资料还缺少一些，至今没快递过来。卢队长说，这次她女儿只能放弃申请了。李芳怡今年22岁，从2018年10月开始，她在广州某教育科技有限公司做美术老师，月薪2100元。

王悦统计了一下，虎山村符合申请市就业奖补条件的贫困务工人员有15人，其中残疾人1人。

再次审核后，王悦把资料送给村支书签名盖章。

大概 10 点半，卢队长在微信转给王悦一条会议预通知：明天（10 月 30 日）上午拟召开全体帮扶干部学习 Z 城市委书记讲话精神暨素质提升专题培训会议，会议通知和参会资料下午发送，参会资料需自行打印带至会场，请大家提前做好安排。

培训地点还没最终定下来。

原来 Q 市的市委书记，于近日被省委任命为 Z 城市委书记。说来 Q 市与 Z 城挺有缘的，Z 城是 Q 市对口帮扶市，这两年，Z 城市委书记都是从 Q 市调过来的。

不一会儿，黄侠和一位镇干部与卢队长交谈虎山村扶贫工作情况，并录制了节目。黄侠是广安镇政府水利站职工，兼任镇宣传干事。

近日，西川县委号召全县扶贫干部向冯永成同志学习，学习他生前的先进事迹和精神，以他为榜样，争做脱贫攻坚先锋，为全县全面决胜脱贫攻坚凝聚强大合力。

今年 10 月 8 日，在脱贫攻坚一线忘我奉献 16 年之久的扶贫干部冯永成同志因病逝世。冯永成同志把青春和热血献给了脱贫攻坚事业，深刻阐述了中国共产党人的初心和使命，引发了全市党员干部和老百姓的深切缅怀。

曾获得"2019 年广东省百名优秀村党组织第一书记"荣誉称号的冯永成，生前作为一名扶贫干部，投身扶贫事业长达 16 年，为打赢脱贫攻坚战全心奉献，谱写了一曲共产党员不忘初心、牢记使命的时代赞歌。

晚饭后，王悦和卢队长到通往九凤村的路上散步。路两边的田野像被大火烤过一样，稻叶都是金黄金黄的。一些农民趁着暮色，还在抢收金灿灿的谷子。

又是一个丰收的季节，又是一段忙碌的美好时光。

王悦和卢队长举起手机，把丰收季节和美好时光拍了下来，将其留在了记忆深处。卢队长想把照片发送到朋友圈，可他不会操作，于是让王悦教他。卢队长已开通微信好几年了，一直没在朋友圈发过什么东西。

待教会卢队长如何把照片发到朋友圈后，王悦问卢队长上午跟他交流扶贫工作的镇干部是谁，卢队长说是镇党委委员、组织办主任兼党建提升工作组组长。

回到宿舍，王悦打印了明天到西川县政府培训所需的资料。

第四十七章

差不多 8 点的时候，王悦、高云飞和卢队长开车向县城奔去。开车的仍然是高云飞。

在公路上，高云飞把车开得飞快，卢队长叫他开慢点，但高云飞不为所动，装作没听见。山路不仅弯，雾也比较大，当高云飞想超越前面一辆货车时，没想到刚好是转弯处，只见货车打了一个转，把工作车挤到路边。好险，幸好高云飞反应快，忙刹住车，否则就会撞到一根防护的石柱子上。

来到县政府会议中心二楼会议室，除了驻县组领导和组员，会场里还没有见到其他参会人员。

不一会儿，各驻村干部陆续赶到会场，共有 80 余人。

这次培训由驻县组组员小陈主持。首先是驻县组组长区成城组织学习习近平总书记在 10 月 17 日国家扶贫日的重要指示精神，接着学习了 Z 城新任市委书记的讲话精神。

10 月 21 日，Z 城召开领导干部大会，新任市委书记作了讲话。市委书记在大会上作了五点表态：第一，以坚如磐石的信念，守初心、担使命；第二，以开拓进取的精神，谋发展、破难题；第三，以为民造福的情怀，办实事、惠民生；第四，以包容坦荡的胸襟，讲团结、聚合力；第五，以从严从实的作风，作表率、带队伍。

王悦想，这次培训学习旨在激励 Z 城驻西川的全体扶贫干部，讲团结，树信念，守初心，担使命，不忘党和人民交给他们的历史重任，坚决打赢这场脱贫攻坚战。

在培训会上，区成城组长指出扶贫工作中，驻村干部要做到三个"好"，一是做好档案，二是开发好扶贫产业，三是搭建好宣传平台，让宣传平台既能供各驻村工作队互相学习交流，又能展示扶贫成果。

培训班第二项内容是驻县组副组长孙树龙组织学习项目申请和资金使用审批流程规范的相关文件，并反馈巡察组对西川扶贫工作提出的问题。有关项目申请流程，首先是村申请，经驻县组审批后，再送市扶贫办审批。

接着，驻县组组员小黄组织学习《广东省相对贫困人口相对贫困村退出机制实施方案》操作指南和《2019年地级以上市党委和政府扶贫开发工作成效考核方案》。

培训会上，两位先进工作队代表向与会人员作经验介绍和交流，一个是坑头村驻村干部廖强，一个是林溪村驻村干部彭力为。他俩都是坚持留下来的老队员。

因为王悦坐过两次坑头工作队的车，所以对坑头村驻村干部还是有一点了解，特别是产业扶贫这一块，他们做得相当出色，完全可以用"家喻户晓"来形容。

自2017年以来，帮扶单位着手全面推动坑头村精准扶贫工作，落实帮扶责任，在扎实推进精准识别、精准施策、发展产业等方面下功夫，已取得了阶段性成果。驻村工作队因地制宜大力发展"一村一品"番薯种植、番薯干加工特色产业，并以点带面，带动全村种植番薯2600亩，年产值2600万元；主导推动230亩产业基地，策划打造扶贫专业合作社，建立"两基地、一工厂"的长效机制，并成功申请注册"大旗山""坑头农社"两个品牌商标；通过"岭南优品""家在Z城"网络平台销售优质农产品，形成"产、供、销"一体的产业链，真正实现产业扶贫长效机制；同时引进手工加工厂带动扶贫就业，让贫困户就地就业。截至目前，南方农村报、Q市日报、Z城日报、珠江电视台、西川县电视台等媒体，相继对坑头村的扶贫成效和驻村工作队的先进事迹，进行了多次宣传报道。

2016年5月，雄心壮志的廖强同志成为坑头村驻村干部，积极参与脱贫攻坚工作。他在推动省定贫困村脱贫攻坚、为民办事服务、乡村振兴和党建从"后队"变"前队"等方面均做出了显著的工作业绩，受到了当地干部群众的一致好评，并获得了荣誉。

在扶贫工作中，廖强同志以一个共产党员的身份，严格要求自己，牢记入党誓词，咬定目标不放松、持续发力不停顿、攻坚克难不懈怠，扎扎实实把脱贫攻坚工作向前推进。从群众中来，到群众中去，放下架子拉近与贫困户的距离，俯下身子了解贫困户的所想所需，耐住性子制订建档立卡贫困户"一户一档"精准施策方案，为打赢脱贫攻坚战，全面建成小康社会奠定坚实基础。

经过三年多的磨炼，廖强被晒黑了，还能说一口当地方言。在村里，他积极四处奔走，设法帮扶贫困户改造泥砖房，引导他们外出就业或在当地打散工，帮扶他们种植优质稻、花生、番薯和加工番薯干，让贫困户收入稳步增加，生活明显改善，从而实现了稳定脱贫。

扶贫三年多来，廖强至今未休过年假。他爱人独自操持家务，上班的同时又带着10多岁的小孩读书上学，孩子生病时却得不到他的照顾。家里的老母亲已经85岁高龄，可为了贫困户，廖强"舍小家顾大家"，未能尽一份孝心，这让他深怀对家庭的愧疚。

他深深知道，全村的脱贫攻坚工作是党赋予的光荣任务，踏踏实实做好党的工作，就是对党忠诚。于是，他一心扑在脱贫攻坚的工作岗位上。在扶贫期间，廖强同志先后获评2017年Q市新时期精准扶贫精准脱贫工作中表现突出驻村干部、2018年广东省脱贫攻坚工作中表现突出贡献个人。

在这次交流培训会上，廖强主要介绍坑头村合作社的运营模式、利益分配、发展前景以及扶贫产业的发展思路，与大家一起探讨。坑头驻村工作队是名副其实的优秀团队，在扶贫产业方面做出可喜的成绩，一直是其他帮扶工作队学习的榜样。

至于林溪村驻村干部彭力为，王悦还不太熟悉。这个高大的北方人，也是从农村走出来的。目前，林溪村在驻村工作队的帮扶下，建立了光伏项目和一个第一期就投入120万元的彩椒种植基地，并获得了16万元的利润。他讲到平整种植基地时，因申请资金还没到位而被施工队追债，最后由他和队友自掏腰包，解决了平整基地费用6万多元。这个故事更能说明扶贫工作队员的艰辛和不易，他们一心帮助贫困户脱贫，面对重重困难却不抛弃不放弃，直至走出困境，率领贫困户一步一步迈向脱贫的道路。

在虎山村，经过工作队的不懈努力，购买返租商铺项目已经确定下来，资金也已到位。这两天村里就会跟房地产开发商签合同。购买返租商铺，不是扶贫产业项目，只能算是资产性收益项目。另外，百香果种植基地的开发也在有序进行，已向Z城信访局递交了申请资料。这是扶贫产业项目，能带动贫困户稳定脱贫，解决贫困户就业问题。接下来，工作队主要忙的是两件事：一是按照上面要求，今年年底要退出一部分贫困户，退出的贫困户，在脱贫攻坚期间，所享受的帮扶政策仍然不变；二是要迎接今年的省考核。

下午进村后，王悦和卢队长再一次审核所有提交的就业奖补申请资料，而村委六哥又送来吴西流的申请资料。吴西流是残疾人，但他没有提供残疾证复印件，卢队长叫六哥明天把他的残疾证复印件交上来。至今天，申请资料齐全的共有 16 人。

之后，卢队长让王悦统计这次就业奖补审核通过的名单，明天要在村里进行公示。

晚上，王悦与卢队长散步。卢队长告诉王悦，购买商铺一事，驻村工作队还是有点运气，一是正赶上驻县组换了组长。原来的范组长对虎山村购买商铺持谨慎态度，毕竟投资上百万，风险大，而且在 Z 城帮扶西川的工作队中，还没有为增加村集体经济收入购买商铺的先例，但换了区组长后，经过他入村考察调研，并根据虎山村实际情况和目前脱贫攻坚形势，最终同意虎山村购买商铺；二是 Z 城农业农村局负责扶贫工作的一位副局长，他在调职前已给虎山村申请购买商铺的材料签了名，让工作队顺利通过了最后一道门槛，要是这位副局长再多研究几天，等换了另一个负责扶贫工作的副局长，恐怕为虎山村购买商铺的愿望又要等到猴年马月才能实现了。

刚进入通往九凤村的路口，王悦回头看见远处的山上挂着一大片晚霞，异常美丽。他站在望春河边，选了一个绝佳的角度，用手机拍了一张照片。

晚上的天气和早上一样冷。王悦和卢队长边走边聊，偶尔，卢队长打电话给肖副主任，偶尔，肖副主任打电话给他，谈的都是明早到县城与房地产开发商签订购买返租商铺合同的事。

进入九凤村，四周的楼房都已亮着灯，而路边，渐渐黑下来的田野上，回荡着脱谷机脱谷的声音，时而昂扬时而低沉，只见一男一女两个忙碌的黑影，还在抢收稻谷。

返回路上，王悦抬头看见天上的晚霞还没散尽，而夜空淡红色的脸上，现出了有些羞涩的月牙，把广安映照得既和谐又美丽。

王悦站在路边，选取了好几个角度，给夜空的晚霞和月牙拍了照片，也许距离

"美丽"实在太遥远，照片拍得并不如意，但遥远的美丽却突然触动了王悦的灵感，于是他在手机上敲下了一首小诗。

敲完这首诗，王悦感觉肚子好饿，因为下午忘了在镇政府饭堂报餐，于是，王悦和卢队长加快脚步，来到"福聚楼"饭馆，点了一份牛肉炒酸菜和一份水蒸蛋。

这顿晚饭，像往常一样，他俩实行 AA 制。

早上，王悦和包万来、宋沙林、许朗笑又到白云村散步。今天天气转暖，上升到 21 ℃。山里的晨雾不见了，而晨曦渐渐从东方露出来，就像即将破茧的幼蚕。

山路两边栽有一些桉树苗。在广安，桉树也是一种比较常见的植物，山上植有不少。镇里有一间造纸厂，大概那些桉树都是为造纸厂准备的原材料。

包万来告诉王悦他们，桉树是速生丰产林，对土壤的水分需求极大，大面积引种桉树会导致地下水位下降，土壤保持水的能力变差，时间长了，土地表面板结，还会出现土地沙化现象。桉树也是"抽肥机"，它对土壤的肥料和养分需求极大，凡种植桉树的地方，都会出现土地肥力下降乃至枯竭，原始植被因为得不到足够的肥料和养分而受到严重破坏，引发土地退化，水土保持情况恶化，土地贫瘠，到时再引种其他植物则难以存活。土壤强度侵蚀比例逐年升高，山体滑坡和洪涝灾害增多。所以，桉树被称为"霸王树"。

霸王树？听完包万来的讲述，王悦三人同时停下脚步，站在一棵桉树苗旁，用怀疑、惊诧的目光望着它。

桉树对环境的危害不止这些，包万来继续说，据说种植桉树时要施用某些毒性强、毒效长的化工产品，该产品一旦施加在土地里，将很难清除干净，对水质污染极大，人畜饮用后会造成不可估量的危害。另外，桉树发出的气味对人体有刺激和毒害作用，将威胁当地人民的身体健康。

为什么还有人种桉树？王悦刚想伸手摘桉树苗的叶子，听包万来这一说，手像触电一样缩回来，惊恐地问包万来。

包万来补充说，所以种植桉树要科学经营，这样才不会造成地力衰退，同时加以科学管理，补充养分，采用配方施肥，土壤缺什么就补什么，问题就会解决。

来到溪水旁时，大家停下脚步，各自站好位置，锻炼身体。

回来路上，王悦看见一棵像芋苗一样的植物，但叶子比较大，于是问包万来是什么植物。他说是大野芋，并解释这种芋头含丰富的淀粉，可以吃，但它属寒性，不是一般人都能受得了的。

没想到包万来对植物懂得那么多，与他一起散步，真是一种福分，使自己增长了不少知识。王悦心里对包万来不由得佩服起来。

当王悦来到山哥家门前时，看见山脚下的梯田里，一些早起的村民，弯下腰，忙着收获，而稻子，差不多收割了一半。

8点半，在镇政府大门口，王悦和卢队长坐在车里等村支书、肖副主任、镇司法所所长江明宽，一起到西川县城签购买返租商铺的合同。在开往县城的路上，坐在副驾驶位置的肖副主任神采飞扬，与驾车的卢队长聊得异常开心。商铺马上就要到手了，村集体经济收入眼见就会有起色，她能不高兴吗？

40多分钟后，汽车开进了西川县城鸿运大厦一楼。大家坐在一楼宽敞的会客室，你一言我一语，与鸿运房地产开发有限公司置业顾问邵小姐热情交流。邵小姐一边回答，一边倒茶，还送来水果和点心。饮了一杯茶后，她就带大家步行到不远处的"米兰小镇"，现场查看了商铺，并拍了不少照片。

看完位于托斯卡纳街的商铺，大家又随邵小姐返回鸿运大厦，在二楼合同部商讨签订合同的事宜。签订合同的程序虽然烦琐，但没有节外生枝，双方还是比较顺利地签订了合同。

离开鸿运大厦，已经是12点多了。大家就在附近饭馆吃午饭。席间，镇司法所所长江明宽兴致勃勃，为大家朗诵李白的《将进酒》：

君不见，黄河之水天上来，奔流到海不复回。

君不见，高堂明镜悲白发，朝如青丝暮成雪。

人生得意须尽欢，莫使金樽空对月。

天生我材必有用，千金散尽还复来……

江所长是用白话朗诵的，抑扬顿挫、激情澎湃的朗诵把大家都感染了。

江明宽50多岁了，个儿不高，微胖。他是20世纪80年代的大学毕业生，西川县川水镇人，做过律师。江所长是个乐观、豁达的人。据他说，他还能背诵几十篇古文，包括《出师表》《滕王阁序》等。有他的激情朗诵，大家吃得更开心。

这次，江明宽以见证人的身份，来鸿运大厦签订购买返租商铺合同。

饭后，大家到西川农商银行，缴纳购买商铺的维护费；接着，又到西川县公共服务中心缴纳契税；然后，再次送村支书、肖副主任到农商银行办事，其他人留在银行门口。

下一步是办房产证，待房产证到手，购买返租商铺才算是真正成功了。不过，房产证还需要一段时间才能办理好。

王悦从镇扶贫办下发到镇扶贫微信工作群里的《西川县精准扶贫贫困人口变动情况统计表（10 月份）》，了解到虎山村因贫困户郑大英离世，属自然减少；贫困户高天泉孙女于 2018 年 9 月出生，属自然增加。

这样，因驻村工作队的疏忽大意，没能把高天泉的小孙女及时录入系统的问题，终于得到了解决。

为什么这么重大的事情，当初驻村工作队队长万胜平没有及时发现呢？要不是新任队长卢汉平入户走访，恐怕高天泉的小孙女无法享受到政策的各种优惠。

美好的 10 月已经悄悄离去，留给王悦的是一次次入户走访的情景，以及为虎山村落实扶贫项目的记忆。而前面还有一段更艰辛的扶贫路途，需要他和卢队长一起努力奔跑。

早上散步时，宋沙林说他昨晚喝了西洋参泡的水，结果一分钟也没睡着。

西洋参是非常好的保健品，也有非常高的药用价值。西洋参中的活性成分可以调节神经中枢，营养神经，能够有效增强记忆力，延缓脑部衰老，还能治疗因为精神压力大、衰老等原因造成的失眠多梦、心烦意乱等症状。可西洋参并没有给失眠多梦的宋沙林带来一分钟的睡眠。

扶贫干部为什么会容易失眠？因为他们的精神压力实在太大了。

今早，又有一个扶贫干部加入散步队伍，他就是广安社区驻村第一书记史近波。史近波长得不是很高，偏瘦，40 岁左右。他是一个很实在的人。

今天的朝阳起得很早，四周也不见雾霾，天空显得异常干净清爽。在白云村的梯田里，早起的人们正在抢收稻子，不时传来隆隆的脱谷机声。经过这几天的抢收，稻子差不多收割完了。

走到溪水旁，大家各找一个位子，开始做自创的"体操"动作。王悦看见溪水比以前流得更欢畅，于是掬一捧水喝了起来，感觉浑身清凉。

下山时，大家交谈了一些扶贫工作的问题，史近波觉得任何事情都要从实际出发，政策应该可以灵活应用。其中，他提到的两点，也是王悦以前想到过的。第一点是各村的扶贫资金可以集中起来，建一个工厂，解决有劳动能力贫困人口的就业问题。这一点，是针对各村扶贫产业很难开展或发展有感而发的，就目前而言，即使上了扶贫产业项目，但搞得不是很成功，所谓的收益，都还没有把投资成本计算在内。第二点是需危房改造的五保户可以集体建房，合理利用资源，可以延续使用。比如说，某五保户去世后，房子还可以周转，让新增的五保户住进去。这样能为以后节约投资成本，不会浪费国家钱财。而现在实行的危房改造方式，都是一户一户落实，那些五保危房改造户，待他们走后，房子没人继承就成了空房，浪费了资源。

早上进村委会后，卢队长本想召开工作队会议的，因高云飞没来，只得取消。

昨天傍晚散步时，卢队长谈到高云飞前天下午下班后，没跟他打一声招呼就回家了，也不知道他昨天早上回来没有，因为王悦和卢队长一整天都在县城，为购买商铺的事而忙碌。卢队长计划明天进村后召开工作队会议，申明工作纪律问题。

不一会儿，卢队长在微信给王悦转发了一条会议预通知：请各驻村工作队于今天下午3点在各自村委会参加传达Q市关于贫困户贫困村退出机制和2019年扶贫工作考核有关部署电视电话会议，时长约1小时。

后来这个收看收听电视电话会议地点改为镇三防办会议室。

在虎山村，留下来干农活的都是上了年岁的人，青年后生都出外谋生去了。

上午10点，王悦去了一下老村委，看见望春河边的田野上，一个头戴草帽的男子，手里拿着镰刀，却没有弯下腰，似乎不忍心下手，而他身旁，一个女人始终弯着腰，麻利地收割着稻子。王悦走过去，发现稻田路边竖起一块棕色的木牌，牌子上写着"下木坑"。下木坑是虎山村委的一个自然村，虎山村村民小组多，而且有些小组挨得很紧，以前王悦入户走访，经常不知道贫困户是属于哪个自然村的。这下好了，村委会给每个自然村或村民小组竖起一块新的木牌子，分了"村界"，这样方便以后入户走访时，能分清贫困户属于哪个自然村或村民小组。

王悦走近一男一女，问他们晚稻产量如何。男的马上从田野上走过来，向王悦抱怨说，今年晚稻歉收，没什么产量。而女的弯着腰一边割稻子一边附和道，比去年至少减少一半产量。

一男一女看上去都是 40 来岁，应该是夫妻。

为了证明他们没有说谎，男的拉着王悦到他耕的一块田说，你看，我耕了 3 亩多，好多都没长稻子，很多秕谷。不像其他村民耕的，个个都丰收。

王悦问他是什么原因造成的，他回答说大概今年雨水差。王悦又问，其他人丰收，你家的稻子却没产量，是不是管理问题？或者另有原因？男子回答，管理没问题的，一个秋天除了四次虫，收割时也没见虫害，可能是谷种有问题，他兄弟种的也是这种谷种——6100，和他一样歉收。

接着，男子又拉着王悦看了他耕的另几块田，果然，稻田里确实有不少稻秆不长稻子，或长的都是秕谷。最后他把王悦拉到一块约莫三分地的水田说，这块田也是他耕的，大部分稻子是 6100 谷种种出来的，但靠近河边的几排禾苗，长出来的都是精实的谷子，因为插秧时他少了一些秧苗，于是借村民的秧苗补了那几排。管理是没有问题的，收割后的稻茬跟正常的一样，没出现暗淡的颜色，如果遇虫害，稻茬是暗淡的。

王悦不是农技人员，无法解释男子歉收的原因，于是提议男子，打电话问一下镇农业站。

此时的男子才有点愕然，说他打电话给农业站了，以为王悦就是农业站派来的农技人员。

一场误会，男子说得口干舌燥，原来碰见的不是农技人员。

回村委会时，王悦才留意到村委会围墙门边，贴着一张 Q 市公安局《关于动员上交非法枪支弹药爆炸物品严厉打击枪爆违法犯罪的通告》。

王悦记得，一个星期前，他去白云村散步时听宋沙林说，最近，广安某村一村民上山用猎枪打猎，误把人当猎物打了，致使一山民冤死在猎枪下。

这真是一场悲剧。

上午 10 点多的时候，电信部门派技术人员来虎山村检测电视、网络信号，检测结果显示，一些比较偏僻的贫困户家中还是收不到信号。

11 点的时候，卢队长转发驻县组一条通知给王悦。

按照西川县关于加强对扶贫干部冯永成事迹宣传报道工作要求，县电视台拟对Z城扶贫第一书记做个人专访，专访内容分为两部分：一是谈谈扶贫工作做法和成效；二是结合学习冯永成精神和"不忘初心、牢记使命"主题教育，谈谈如何开展下阶段工作，每部分采访时间大致1分钟，共计约2分钟。

驻县组要求各驻村第一书记结合专访内容写一份相关文字汇报材料，于11月3日前发到驻县组邮箱，一经采纳，县电视台下周会到驻点进行实地采访。

为这事，卢队长让王悦搜集一下扶贫工作成效材料。

下午，驻村干部在镇三防办参加电视电话会议，由西川县副县长马子安主持，他是分管扶贫工作的县领导。本来是一个小时的会议，结果开了一个半小时。会议内容主要是讲今年相对贫困人口相对贫困村退出的问题，以及2019年省考核内容，省考核内容只作内部掌握，不得外传。

开完会后，已经是5点15分了。为了赶回Z城度周末，王悦跟卢队长没吃晚饭就开始出发。

车上，卢队长和王悦谈了一些扶贫工作的事情，特别是电视信号问题，根本找不到解决的办法，令他头疼不已。上次入户核查所有贫困户后，他已把发现的问题反映到镇扶贫办；下午开完电视电话会议后，他又向吕书记汇报。

早上6点，在Z城度了一天周末的王悦准时来到市区办事处门旁，等待卢队长接他到广安。昨天晚上，卢队长转发广安镇扶贫办的通知：为扎实做好相对贫困人口相对贫困村退出入户核查工作，经请示镇主要领导，明天取消休息，请各驻村扶贫干部于明天早上9点在镇扶贫办集中，布置工作后入村核查。

卢队长还留言说明天早上6点出发。

王悦望了望灰蒙蒙的天空，感觉它还在安静地睡觉，而路灯睁开明亮的眼睛，紧紧盯着几个晨跑的路人，异常羡慕。

十余分钟后，待卢队长开车出现在王悦面前，天空好像突然亮了许多。

这次，汽车从斜口上了深岑高速公路，然后才切入广珠西线高速。

"扶贫干部真辛苦啊！"车上，王悦苦笑一声，对卢队长说。

"为谁辛苦为谁甜，有苦才有甜。"卢队长轻声回答，脸上没有抱怨的神色。

昨天晚上，王悦睡得比较踏实，实属难得，但一早又要坐车长途奔波，心里感到特别疲累。王悦晕车，尽管不是特别严重，但晕过车的人都能体会到那种昏头昏脑的感觉有多难受。

早上的高速路，行车并不多。为了赶时间，卢队长把车开到时速110公里。在王悦印象中，卢队长开车和他做人做事一样小心谨慎，从没超过100公里的时速。

进入佛山之后，鲜红的朝阳已经站在楼群之上，目送着一辆辆汽车远行。

第四十八章

到达广安镇政府，时间差不多9点了，镇政府门边站着七八个驻村干部，却不见镇扶贫办干部。

9点15分左右，分管扶贫工作的陆俊和潘大为才开车驶了进来。

在镇扶贫办办公室，大家领取了相对贫困户退出核查表，就各自进村忙去了。进入虎山村委会后，王悦只看见六哥一个人在值班。卢队长想先到他负责的片区入户核查，但六哥说大部分贫困户不在家，要卢队长明天再去核查，他要提前通知一下贫困户，让他们留在家中等待。

现在正是秋收时节，贫困户都到田里收割晚稻去了。

不一会儿，村支书来了。卢队长又想到他负责的片区入户核查，但村支书说村民都收割稻子去了，他得提前通知，下午再去。

这次入户的核查表，每户一式三份，王悦把它们一份一份装订好。

昨晚，卢队长通知高云飞今天要加班，让他早点回村，可他一直没来。虽然卢队长心里不舒服，但他天生一副好脾性，也不想让高云飞难堪，没打电话催。后来听卢队长说，高云飞向陆俊请了假。作为工作队队员，有事请假应该先跟工作队队长说明一下，这才是请假的正常程序。

12点回到镇政府，加班的驻村干部在饭堂吃了一顿工作餐。

也许早上起得早，且一路奔波，王悦午休时竟然睡了一个多钟头，醒来后感觉人精神了许多，没了晕乎乎的感觉。

下午的任务，是入户核查。

关于相对贫困人口相对贫困村退出入户核查，镇扶贫办再次明确要求入户核查对象为各村全部建档立卡贫困户；核查表一户一式三份，核查完毕，所有核查表均需贫困户签名并摁手印确认，且签名人员为户主或年满 18 岁以上的家庭主要成员；切实做好核查工作留痕留迹，每户核查时均需照相存档备查，照相地点必须在贫困户家中，相片文件命名为××村委会××户，核查完毕，需将入户核查照片留各驻村工作队存档，并按相关格式打印一份连同核查表报镇扶贫办；如贫困户整户不在家的，同样需要到贫困户家中核查并拍照片存档，签名确认一项，需要在民主评议时在会议记录里注明情况，与贫困户沟通后，可以让村委会干部代签；做好相关政策解释工作，退出只是根据省里制定的八个标准，达到了就说明实现脱贫可以退出，但退出的贫困户在攻坚期内仍继续享受所有政策（省扶贫办解释，攻坚期内是指到 2021 年 7 月底）。

2 点半，王悦和卢队长入村，见村委会大门上了一把锁。收割稻子的阿巧恰好到村委会旁的小商店买东西，便开了村委会大门。

这次核查，镇扶贫办真会选时间，正值农忙的时候，就连村支书都在想着稻田里的事。

阿巧也说现在人家都在收割稻谷，谁还在家？

但上面要求做的事，卢队长又不敢草率应付，86 户贫困户的核查工作必须在规定时间内做好，5 日上午下班前把核查表交回镇扶贫办，而今天是 3 日。

王悦听说，镇里面要求各村所有贫困户必须退出，这一点他早已预料到了，因为前天在镇三防办会议室召开电视电话会议时，马副县长的口气正是这个意思，只是没有明说。

Q 市方面，已明确要求各贫困村必须在今年年底退出 95% 的贫困户。

把贫困户全部退出来，这让卢队长有点难堪，因为经上次挨家挨户核查一遍后，还发现一些问题，特别是电视信号覆盖到贫困户家庭，连电信部门都没法解决。达不到"八有"退出条件，贫困户能退出吗？

大概卢队长做不了主，也担不起这个重大的责任，于是，他亲自草拟了一份证明，让还没有电视信号或电视机的贫困户签名。去年，Q 市方面统一向没有电视机的危房改造户发放 1000 元专项扶贫资金，让他们拉电视信号线和买电视机，但一些危房改造贫困户至今还没安装电视信号线，也没买电视机。

卢队长给村支书打了一个电话，村支书说他待会到村委会。

3点半时，村支书才骑着摩托车来到村委会。

王悦、卢队长和村支书带着相对贫困户退出核查表、证明，以及《Q市城乡居民基本医疗保险（含大病保险）政策问答》《西川县医疗救助政策宣传》到坪坝、永安、天沟、聂洞等自然村入户核查和宣传，其中，政策问答和政策宣传是潘大为额外让驻村干部顺便做的事。

来到永安，冯大强不在家，只有他五六岁的儿子坐在客厅看电视。

走到陆明水家的时候，卢队长忽然想起没带印泥。幸好还没走得太远，开车只需四五分钟就能回到村委会拿印泥。

这次核查，要求贫困户签名并摁手印。

陆明水眼睛看不见，他只摁了手印，没签名。随后又到曾丽萍家。她不在，她老公冯福堂与几个村民正在泡茶，并给王悦、卢队长斟了一杯茶，说喝完一杯茶后才签名。王悦和卢队长虽然没有心思喝茶，但又难以抵挡主人的热情。喝了一杯茶，憨厚的冯福堂马上提笔在核查表上痛快地签了名。

还没起身告辞，冯大强进来了。他家就在附近，离曾丽萍家不过三四十米。王悦不知道冯大强肚子里有多少墨水，但他签的名字像写的书法一样耐人寻味。

从曾丽萍家里走出来，三人马不停蹄地来到曾大光家，他老婆正好在路边收割稻子。村支书让她过来，就在路边签了名。上次王悦和卢队长去她家新建的房子后，觉得她家完全符合"八有"标准，那时卢队长就有意让她退出贫困户。

曾华光的老婆在家门口晒红薯，见三人到来，又进屋要泡茶。卢队长说不用了。曾华光的老婆70多岁，矮个子，但一看就是个非常善良的老人。她不会写字，在核查表上摁了手印。

曾双光不在家，他患青光眼的儿子签了名。

去谢顺友叔父家，他的核查表由他叔父代签。这次，谢顺友叔父又说他住的楼房，底层是谢顺友的家。

路边田野上，到处是忙着收割稻子的村民。

差不多5点的时候，卢队长把车开进了天沟，找莫天云、莫天高、莫天穿签名。

站在天沟，王悦看见温柔的夕阳已经开始西斜。天沟的对面是连绵起伏的山峦，它们保持着春天的颜色，绿绿的，把怒放的生命展现在王悦眼前。当然，王悦还能望见山脚下的石龙自然村。天沟是虎山村委会最偏远的一个自然村，背靠茶花镇，目前仍住着七八户人家，大部分村民已搬到山下，如苏飞燕，已搬到坪坝。

来到聂洞时，天色已经不早了。黎晖映依然不在家，三人只好去黎松立家。他正在浴室冲凉，听见村支书唤他，他支支吾吾应答了很久也没出来。直至三人等不及了走出来，浴室里还在窸窸窣窣。黎松立像个刚学话的小孩子，吐不出一个完整的字，而他说话时，舌头就会在唇边卷来卷去。

来到陈秀花家，这个慈祥乐观的老人在核查表中一笔一画签上了自己的名字，卢队长直夸她的字写得好。

从陈秀花家走出来，三人又来到黎松立家，见他已经站在浴室门边穿衣服。他的手不太灵便，村支书就帮他穿衣服，扣衣扣。穿好衣服，黎松立见卢队长给他拍照，他兴奋地伸出两根手指做一个"V"字手势，一边卷舌头一边从嘴里吐出不太清晰但异常响亮的"耶"。黎松立不会写字，他伤残的手也写不了字，就只在核查表上摁了手印。

最后，三人到了石龙，陈家和不在家，而陈家望在家。

忙了一个下午，回到镇政府时，已经是6点了，此时，半个月亮出现在镇政府上空，似乎在等待着入户核查的驻村干部回来。"早6点晚6点。"望着月亮，卢队长说了一句，就和王悦到饭堂吃工作餐。

其他驻村干部已经吃过了，饭是饭堂洪师傅给王悦和卢队长特意留下的。

晚饭后，王悦和卢队长出去散步。路面上洒下了一层朦朦胧胧的月色。快到转入九凤村的路口时，他俩就转身返回镇里。经过一间商店，卢队长进去买了一箱纯牛奶，而王悦要了一瓶啤酒，准备晚上解困。回到宿舍，王悦一边喝啤酒一边翻看《习近平讲故事》，直至听到从对面房子里传来呼噜声，他才忍不住打起长长的呵欠。

卢队长的呼噜声越来越响。他实在太困了，从早上6点出发，到晚上6点才收工。为了工作，为了86户贫困户，卢队长付出的实在太多太多……

在遥远的山上，朝阳从淡淡的晨雾中冒出头来。王悦和包万来、宋沙林、许朗笑出去散步。他们来到山哥家门前时，看见阳光照耀下的梯田，稻子已经被村民收拾干净，只留下一撮一撮的稻茬，仍在回味着秋天丰收的喜悦。

9点，驻村干部聚集在镇政府办公楼三楼会议室，召开广安镇相对贫困人口相对贫困村退出核查工作会议，由镇扶贫办专职副主任潘大为作工作布置。

相对贫困人口是指建档立卡贫困户户主及家庭成员，县里要求95%的贫困户退出，镇里的要求更高，提出要有97%的贫困户退出。

这次退出，要求镇挂村干部、村两委干部、驻村干部一起完成退出工作，核查对象为全部贫困户。

核查之前村里要召开相关会议，主要召开两次会议。如果是分散村，第一次召开的是"某某村相对贫困人口退出工作会议"；如果是省定贫困村，召开的则是"某某村相对贫困人口相对贫困村退出工作会议"。退出工作会议，不管是分散村还是省定贫困村，参会人员都必须是镇挂村干部、村两委干部、驻村干部，会议内容主要是传达省市县关于相对贫困人口相对贫困村退出的文件精神。入户核查时，要根据实际情况，将达到"八有"标准的贫困户列入拟退出名单，并做好会议记录。

潘大为要求待会大家入村后马上召开第一次会议。

第二次会议，如果是分散村，要召开"某某村相对贫困人口退出民主评议会"；如果是省定贫困村，要召开"某某村相对贫困人口相对贫困村退出民主评议会"。民主评议会，不管是分散村还是省定贫困村，参会人员都必须是镇挂村干部、村两委干部、驻村干部、村监委干部和村民代表，在本月5日以前召开。

入户核查时，对贫困户要解释清楚省文件要求，凡是达到"八有"标准的贫困户都要退出，但在帮扶期间，原来的扶贫政策不变、帮扶力度不减、扶贫工作队不撤。即退出不退政策。

由镇挂村干部、村两委干部、驻村干部组成核查组，并在贫困人口签名后面签上核查人员名字。核查时要注意贫困户确认签名后必须摁手印（户主或年满18周岁以上家庭主要成员）；未满18岁的孤儿，要求监护人签名摁手印并注明是监护人；整户不在家的，先在民主评议会上提出情况，并在记录里写清楚整户不在家，经与户主沟通，由村干部某某代签；入户核查时必须在贫困户家中照相，照片注明某某村某某户，如整户不在家的，必须亲自到他家照相。

本月 5 日之后，要进行村级公示，公示 5 个工作日。公示后向镇申请，并提交核查表、核查照片，均一式三份；公示资料，退出模板报告，会议资料（手写复印件一份，电子版一份）。

全部退出名单必须在村委会公示。镇审核时，由农办、扶贫办等派人审核。

潘大为布置完退出核查工作后，陆俊强调大家要重视这次核查工作，而且两次会议都要尽快召开，其中民主评议会必须在本月 5 日前召开，按照会议要求和精神入户核查，做好退出相关工作。

镇扶贫工作组杨副组长也对大家提出两点意见，一是把握好每个环节的时间节点，二是按部就班按上面要求做事。

关于相对贫困人口相对贫困村退出工作，Q 市对相关退出内容作了解读。

贫困户退出工作时间安排，市扶贫办建议村核查、镇复核时间为 11 月 15 日前，最迟不能超过 11 月 18 日；县抽查时间为 11 月 25 日前，最迟不能超过 11 月 28 日。

市里提出特别注意事项：县级抽查发现不符合退出条件的贫困户，要具体列出不符合的指标，如果能在 12 月 30 日前整改完毕，可重新上报申请退出。

贫困村退出工作时间安排，建议村申请、镇核查、县审核为 11 月 15 日前，最迟不能超过 11 月 18 日；市级抽查审定为 11 月 19—21 日；11 月 22—27 日为市级公示；上报时间为 11 月 28—30 日。

相对贫困人口相对贫困村退出工作政策性强、涉及面广，西川县扶贫办要求各镇、各驻村工作队、相关县直部门高度重视，严格按照《广东省相对贫困人口相对贫困村退出机制实施方案》和工作职能，加强组织领导和统筹协调，吃透文件精神，把握退出标准、程序和工作要求，切实做到程序公开、数据准确、档案完整、结果公正，并严格按照《相对贫困人口相对贫困村退出机制实施方案任务清单》，做好退出工作，确保退出质量。

因为要入户核查和召开虎山村相对贫困人口相对贫困村退出工作会议，但镇挂村干部黄侠有事来不了，只能委派镇挂村另一名干部徐菲进村。

徐菲跟工作车一起入村。路上，王悦从卢队长与徐菲的交谈中，大概了解到徐菲的情况。徐菲毕业于南宁师范大学，祖籍湖南，在广西长大。她工作了两年后，于今年考上公务员，9 月分配到广安镇政府上班。

进村后，分成两组入户核查，一组由高云飞开工作车带坤哥、徐菲到大岗片区核查，一组是王悦和卢队长、村支书到离村委会不远的宝坪片区核查。

在向阳自然村，王悦看见一座豪宅大门边停放着几辆小车，而豪宅围墙上挂着不少气球，里面一片喜气洋洋，好像在办一场什么喜事。以前听坤哥说过，豪宅的主人曾经在省城做过大官，现在退休了。而此时，王悦又问村支书，村支书说豪宅主人在顺德开厂，赚了很多钱。

不管豪宅主人是官是商，在虎山村，确实有不少富裕人家，房子都建得很漂亮。比如，贫困户苏飞燕的大儿子，在深圳做大厨师，在坪坝建了一幢大气的楼房。

走进黄金沙家时，刚好看见打工回来的黄金沙。王悦第一次见到黄金沙，心里有点小惊喜，以前走访过几次，都不见他。黄金沙个子不高，一米六二左右，脸形稍短，但配上头上的寸发，人显得挺精神，再加上一身运动服和运动鞋，就更显年轻帅气了，看起来像中学体育老师。

他见王悦他们来了，满脸堆笑地张罗着泡茶，并说了许多感谢的话。从交谈中，王悦了解到他现在在海南打工，做厨师，一个月有5000多元。黄金沙说他以前得过大病，曾在广州医治。现在身体好了，而且每天坚持跑5公里锻炼身体。如今，身体好了，生活也日渐见好，黄金沙的性格变得格外开朗。不过，得过大病的人，都知道身体的重要，所以他对大家说，千好万好不如身体好。

下午，村委会召开相对贫困人口相对贫困村退出工作会议，参会人员是镇挂村干部、村两委干部和驻村干部。因黄侠抽不出时间，还是委派徐菲前来参加。

这次会议的主要内容：一是由驻村工作队队长传达省市县下达的相对贫困人口相对贫困村退出的相关文件精神；二是部署开展相对贫困人口相对贫困村退出工作；三是讨论提出拟退出贫困人口名单，县要求95%的贫困户退出，而镇里要求97%的贫困户退出；四是决定明天召开民主评议会，镇挂村干部、村两委干部、驻村干部、村监委干部组成评议组；五是讨论贫困户退出户数，与会人员一致认为虎山村所有贫困户都可以退出。

刚开完会，王悦到办公室整理资料，见一个穿着打扮时髦的胖女人走了进来说要签名。王悦问她签什么名，她却说不出来。直至六哥走进来，王悦才知道胖女人是来签退出核查表。以她这身时髦打扮，王悦开始真没猜到她是贫困户家庭成员。

每次入户走访，王悦从没见过她，也许没机会，因为胖女人一直在外打工。

不一会儿，卢队长也走了进来，要求到胖女人家中核查并拍照。胖女人不太情愿拍她的照片做核查资料，还说如果拍了照万一传出去，会给孩子的成长带来影响，因为她不愿意看到孩子戴着贫困户后代的帽子生活一辈子。即使卢队长解释说这是上面要求的，但胖女人还是拒绝拍照。

后来，王悦才知道很顾及身份和面子的胖女人是贫困户李华贵的老婆。像她这样爱惜声誉的贫困户或贫困户家庭成员，王悦是有所感触的，因为前段时间为了传达 Q 市就业奖补的文件信息，他曾在微信上申请添加 20 多位贫困户，但最终通过的只有几位。碰壁后，王悦对卢队长解释，出现这种现象，可以说明贫困户的自尊心很强，不愿意"抛头露面"。

因时间紧迫，紧接着，卢队长开车带着王悦到龙山片区和宝坪片区继续入户核查。

一整天都在忙核查，而在扶贫微信工作群，潘大为也在忙着下发有关退出工作的文件和注意事项。

其中一条紧急通知引起王悦注意，大概内容是说县扶贫办要求各驻村工作队抓紧时间开展贫困户劳动力调整。

潘大为还强调各村召开村民会议时，应当有本村 18 周岁以上的村民的过半数，或者本村三分之二以上的户的代表参加，村民会议所作的决定应当经到会人员的过半数通过。会议程序要按照《广东省实施〈中华人民共和国村民委员会组织法〉办法》来执行。他建议各村召开村民代表大会即可，因为村级事务处理基本上都是召开村民代表大会决定的。

晚上 6 点，潘大为又在工作群里下发关于省里对退出工作相关问题的解答。

如家庭劳动力全部为 16 岁以上在校生，纳入低保后，人均可支配收入是否要达 8266 元？是否可以在系统中把 16 岁以上在校学生的劳动力状况改为半劳力？答复：16 岁学生可以改半劳力，兜底就行。

如贫困村被纳入软弱涣散党支部，是否可以申请退出？答复：软弱涣散党支部的贫困村不能退出，除非今年 12 月份，组织部门能验收通过。

如 18 岁以上家庭成员全部外出，贫困户签名如何操作？答复：可以通过微信发图片过去让他确认，过年回来补签。

潘大为还发了一条特别注意信息：今日会议所说的"整户不在家的贫困户，在民主评议会上说明并做记录后，经沟通，可由村干部代签"一事，经省明确后，镇扶贫办现重新要求对于"整户不在家的贫困户和 18 岁以上家庭成员全部外出"这两类贫困户，不要采取沟通后由村干部代签的方式，切记。处理方法是在民主评议会上说明并做以下记录"×××户、×××户整户不在家或 18 岁以上家庭成员全部外出，经与贫困户沟通并确认，由其过年回来补签"。

直至天黑回来，王悦和卢队长都累得不成样子。王悦忘了在镇政府饭堂报饭，于是跟着卢队长到云天阁酒楼要了一盘凉瓜炒牛肉和一盘蒸驴肉，加强营养，正如卢队长说今晚必须奢侈一回。

王悦第一次吃驴肉，感觉味道还不错，就是驴肉太老，特别是驴皮，根本没办法嚼碎。大概核查了一天，两人的肚子里确实没什么存货了，连难嚼的驴皮也咽了下去。王悦想起，核查时，卢队长顾不上喝一口水，只是在曾丽萍家，她热情的老公冯福堂非要他喝一杯茶，才肯在核查表上签名摁手印。

不知是累了还是吃了驴肉，一晚上，王悦翻来覆去睡不着，直至凌晨 2 点多才迷迷糊糊闭上眼。

早上起来加班，王悦感到头重脚轻、浑身乏力，但为了完成卢队长交给的任务，他不得不打开宿舍办公电脑，敲打出一份近期虎山村扶贫工作成效的材料。

昨天晚上 12 点多，王悦见卢队长的卧室还亮着灯，估计他睡不着，也不敢睡，因为明天村里要召开相对贫困人口相对贫困村退出民主评议会，而镇扶贫办在扶贫微信工作群里不断下发文件和通知，像雪片般飞来，夜深了还不得消停。

根据虎山村的现状，为促进贫困户稳定脱贫，如期实现脱贫目标，驻村工作队充分利用 Z 城市财政资金，于 10 月 31 日与村两委干部到西川县城顺利为村里购买了返租商铺，大大增加了村集体经济收入，为下一步扶贫工作打下了扎实的基础。

想想这一场战斗，一波三折，胜利来之不易，驻村干部流下不少汗水，特别是卢队长，花费不少心血。

购买返租商铺，不仅增加了虎山村集体经济收入，而且建立了一笔扶贫资金，让贫困户得到更多的保障，救助大病、失学等，都可以申请这笔扶贫资金。

虎山村集体经济收入从以前的每年几千元，一下子跃升到 8 万多元，可以说是发生了天翻地覆的变化，给村干部和贫困户带来极大的脱贫信心。当然，最高兴的莫过于一同去县城签订购买商铺合同的村支书和肖副主任。

为了建立有效长远的脱贫机制，经过驻村工作队的深入考察，目前已经着手在虎山村开发百香果种植扶贫产业项目，带动贫困户创业的积极性，吸纳剩余贫困户劳动力。这一扶贫产业项目，预计投资 30 多万元，以合作社的形式经营，并发展林下养殖经济。

除了开发助力脱贫的项目，工作队还经常走访贫困户，发现问题，及时整改。自从卢队长上任以后，王悦满怀信心地跟随他到处跑，隔三岔五入户走访，嘘寒问暖，了解贫困户的生活现状，解决他们的实际困难。

卢队长是个真心、用心做事的人，也是一个正直诚恳的驻村干部，心里始终装着的是贫困户的贫寒冷暖，以实际行动，化解他们的烦恼和忧愁。在他平凡朴实的外表下，始终绽放着大公无私的精神和情怀。

在习近平总书记有关扶贫重要讲话精神的指引下，在各级部门领导的关心关怀下，经过村两委和驻村工作队的共同努力，虎山村克服重重困难，以政策为堡垒，加大执行力度，脱贫攻坚战正一步步积极有序进行，必将如期完成脱贫任务，不辜负上级交给的神圣使命。

上午 9 点左右，驻县组组长区成城、副组长孙树龙来虎山调研，指导虎山村相对贫困人口相对贫困村退出工作，并深入贫困户家中了解贫困户"八有"情况，提出驻村工作队下一步的扶贫工作要求，为工作队深入开展脱贫攻坚工作明确了方向。

王悦和高云飞坐在办公室忙下午在村委会召开的相对贫困人口相对贫困村退出民主评议会的材料和这两天入户核查的资料。不一会儿，黄侠带来一个女生，向大家介绍说，她叫文海燕，是镇政府派来驻村的镇干部，以后会跟驻村工作队一起工作。其实，大家早已认识她了，经常在镇政府饭堂碰面，只是还不知道她的姓名。黄侠进一步介绍说，文海燕虽然参加工作才半年，但她已是镇政府的主任助理了。

中午回到镇里，卢队长在宿舍办公室打印材料，没有休息。

下午，文海燕坐工作车进村。从她与卢队长的交谈中，王悦才知道她今年毕业于广州某高校，而且是选调生。选调生需要笔试和面试，和考公务员一样艰难，报考选调生门槛更高、条件更苛刻。

进入村委会后，王悦看见来了不少村民，大概都是村民代表。

召开相对贫困人口相对贫困村退出民主评议会的时候，首先是村支书宣读评议会的纪律，接着卢队长向参会的 27 位村民代表讲解相对贫困人口相对贫困村退出标准，然后村支书宣布虎山村拟退出名单，最后由村民代表评议。

这次，可以说是毫无悬念，虎山村 86 户贫困户、199 人全部实现退出。

第四十九章

晚饭后，王悦和卢队长到九凤村散步。听卢队长说，这次评议会出了错，原因是镇扶贫办对上面下发的文件精神没有深入理解，造成了误解。接连忙了几天，最终却因误解推翻了所有工作。误解该如何弥补，有待镇扶贫办的进一步理解后依据正确的退出程序进行。

驻村工作队听命于镇扶贫办，按照他们传达的精神或要求执行任务。

另外，卢队长还告诉王悦，上午区成城来虎山检查了几户贫困户，感觉扶贫成果还有待提升，不过，驻县组已经同意为没有电视机的贫困户购买电视机。这样的话，卢队长悬着的心终于平定下来。

这次散步，王悦能感受到卢队长的苦衷。但不管怎么说，工作中碰到小麻烦是正常的，但作为一名扶贫驻村干部，只要站在政治高位上，很快就能消灭"小麻烦"，创造大成绩。

贫困人口退出后，驻村工作队又要调查"边缘户"，大概是从贫困户中抽出20%。当然，上面还没有正式下发文件，不过，镇扶贫办已经吹过风了，下一步抽几个村试点，待有了经验，调查"边缘户"就会全面铺开。

进村时，文海燕又坐工作车，并把阿巧也一同带上。高云飞前两天请了假，今天该上班了，可他还没来，卢队长估计他会坐公交车到村里，就没等他。

进村后，卢队长按照上面的要求，一起梳理民主评议会的资料，下班后要交给镇扶贫办。因为镇扶贫办需要虎山村前几天入户核查表中的一些数据，特别是那些整户不在村的贫困户，要上报户数，所以卢队长让王悦整理出来。而文海燕与肖副主任在整理一张办公桌上的材料。

10 点后，高云飞才出现在村委会。

大家一起忙了一个上午，可民主评议会的资料还是没有弄好，只得继续加班。卢队长忙得把脸绷得紧紧的。要知道，民主评议会的资料不是一两个小时就能整理完备的。

上午下班回镇政府后，王悦把驻村工作队队员 10 月份的考勤表复印件送到镇扶贫办公室，潘大为说昨天下午递交的虎山村就业奖补申请资料缺少陈小颜的。

王悦听后有点愕然。记得昨天下午临下班前，卢队长接到镇扶贫办要各村递交就业奖补申请资料的通知后，还小心谨慎地再一次审核了所有申请资料，然后跟王悦仔细核对汇总表中每个申请人提供的户主银行账号，由王悦报账号，他负责核对。离开村委会时，王悦一直抱着所有资料原件，到达镇政府后，直接送到扶贫办公室，那时潘大为忙，他叫王悦把申请资料放到他办公桌旁。

陈小颜是贫困户户主高天泉的儿媳妇，现在在佛山市西樵镇一幼儿园做保育员，月薪 2000 元，已经做了 10 个月，具备申请条件。这次申请就业奖补的，还有高天泉的儿子高南朝。他在佛山市禅城区一家物业管理公司做厨师，每月 4500 元。

怎么会不见陈小颜的申请资料呢？

潘大为说，他们到复印机室复印的时候，就没见到她的资料，要王悦回村委会找找看，下午 4 点半他上县城，把这次的申请资料送到县扶贫办。

下午上班时，王悦和卢队长在办公室找了几遍，就是不见陈小颜的申请资料，不过，昨天他俩对账号时的那张申请名单汇总表上，"陈小颜"名字旁还留下卢队长打钩的笔迹，显然，陈小颜的资料是存在的。

于是，王悦用微信语音告诉潘大为，村委会没发现陈小颜的申请资料。潘大为回复说他待会再到复印机室看看有没有。当然，王悦按卢队长的意思，没说出他俩对账号时还留有一张汇总表。

今天上午大家齐心协力，好不容易把评议会的资料弄好上交到镇扶贫办，但下午上班前，潘大为把卢队长和高云飞叫去，说是虎山村上交的评议资料不全，也没盖村监委会的公章。

下午，大家又在村委会完善民主评议会资料，并盖了村监委会公章，再送回镇政府，因为潘大为 4 点前要上县城，送贫困户务工人员就业奖补申请资料和各村的民主评议会资料。

回镇政府前，王悦把 16 位就业奖补申请者名单贴在村委会宣传栏进行公示，然后拍照留存。

王悦发现，在宣传栏里张贴了《西川县广安镇虎山村柠檬种植项目公示》，内容如下：

经村两委干部、村民代表会议一致通过，我村拟使用中央财政专项扶贫资金（发展资金）12 万元用于建设柠檬种植基地，发展村级产业，增加村集体经济收入，现予以公示，公示期自 2019 年 10 月 8 日至 2019 年 10 月 16 日，共 7 个工作日。如对公示内容有异议，请在公示期内向举报联系人如实反映。公示期内无异议，将按期组织实施项目。

回到镇政府，王悦找到潘大为，他正在办公室翻找陈小颜的申请资料，说还是没找到她的资料，如果找不到，也没办法，这次只能放弃申报了。

听他这么一说，王悦的心都凉了，本想趁此机会，让在外务工的贫困人员得到这笔就业奖补，但因意外，造成不小的遗憾。

要知道，为了准备申请资料，在外务工的贫困人员多不容易。

晚饭后，王悦跟卢队长到山哥家装山泉水。山哥家的山泉水是从深山里引出来的。王悦曾听山哥说，他与附近十几家居民，投资 8 万多元在山上建了一个蓄水池，山泉水流入蓄水池后经过滤和净化，再流进用户家中供作生活用水，是安全水。

从山哥家回来，王悦和卢队长到九凤村散步。路上，两边的稻子已经全部收割完。经过几天的入户核查，召开各种各样的会议，弄完数不胜数的资料，填完一张张烦琐的表格，现在终于可以轻松一下了。特别是卢队长，还轻声哼起了《在希望的田野上》的歌儿，把天上的月亮都引了出来，尽管不是很圆，但望着朦胧的月色洒在田野上，他的双眼似乎充满了新的希望。

返回的时候，天黑下来了，王悦和卢队长一路上都没说一句话，但心里都跟着从山野中传来的虫鸣，哼起了不着调的歌，并伴着月色，行走在有苦有甜的乡村小路上。

回到驻地后，王悦听见一只孤雁"嘎"的一声，从朦胧的月色下轻轻掠过，像生命中的一首悲歌，由此生发出小小的感叹。

王悦想，每一个人的生命中都会有一首悲壮的歌，只要守住自己的初心，这悲歌一定会变成甜蜜的歌，就像日夜奔流的望春河，或者是山哥家里的山泉水，闻一闻，就足以令人回味一生。

星期四早上起来，王悦看见初升的朝阳，鲜红鲜红的，像秋天里的一枚果实，挂在一棵树上，而一群燕子，又挤在镇政府门边教育路的电线上，不吵不闹，显得异常安静。

秋天就要过去了，它们是在欢聚还是告别？但王悦心里始终坚信，这群燕子对广安怀有特别的感情，不会轻易离开的。就像从200多公里外的Z城"飞"来参与脱贫攻坚战的驻村干部一样，在还没有完成神圣而光荣的使命之前，是不忍心离开的。

兴许，燕子和驻村干部都怀有"不获全胜决不收兵"的勇气和信心。

不一会儿，王悦与相约前来的包万来、宋沙林、许朗笑，从镇政府门边出发，向白云村走去，一边散步一边观赏路边的田园风光。

田野上的稻子几乎收割完了，只留下零散的几垄稻子还没有归仓。走过田野，路两边就是一块一块大小不一、分布不均的菜园或自留地，菜园里种的是青菜，而自留地的红薯苗没有那么旺盛，大概开始收获果实了。右边，一棵醒目的木瓜树结出一串串青色的小木瓜；而左边，是一口不小的山塘，山塘岸边，那座简朴的民房被草木遮住了半张脸。天气变冷，以前从山塘里传来的鸭子声也不见了，只有隐隐约约的一声声鸟鸣，叫得并不欢畅，却给人一种"鸟鸣山更幽"的冷清感觉。

每次散步，来回大约需要一个小时。

上午在村委会，王悦把最近走访核查时搜集到的贫困户或贫困户务工家属的电话号码保存到电脑的文件夹里，同时把村里开会、贫困户家中所拍的图片一并保存在"扶贫工作图片"文件夹里。最近实在太忙，来不及更新。

高云飞开车和昌哥到各个村民小组张贴虎山村相对贫困人口相对贫困村退出公示，直至差不多下班时才回来。

做完手头要紧的事，王悦又看了一遍自己整理的《虎山村近期扶贫工作成效》，初稿是卢队长要他写的。

下班时，王悦拿着一份退出核查表跟随卢队长到贫困户黄纯达家找他签字，并拍了照片。黄纯达今年70多岁了，不仅瘦，而且脸色蜡黄，而他签字的手，就像干枯的树皮，没有一点血色。这段时间，王悦和卢队长走访他家核查"八有"，一直没见他人影。

黄纯达是危房改造户，一层新建的平房还没完全装修好。他长期没有居住在家。找他签字时，王悦见他家里显得凌乱不堪，屋内还堆放着建房时留下的沙石和建筑队卸下的木板。卢队长看到如此景象，劝他尽快将屋内的沙石、木板清理干净。

吃完午饭，卢队长和王悦顾不上休息，便开车回Z城。卢队长要赶回Z城信访局参加明天的一个重要会议，因为还没到周末，得向陆俊请假。

进入高速，差不多到兴旺高新区时，前方往广州方向的高速路主线封闭，卢队长只好绕线切入广佛高速。近几个月来，这段高速路老是封闭。

当绕回二广高速正常行驶时，潘大为给卢队长打来一个电话，说明天下午县领导到广安镇检查这次贫困村退出情况，卢队长说已在回Z城路上，要回单位参加会议，他会叫高云飞留下来配合县领导的检查。

回到Z城，已是4点了，王悦打开微信，看见广安镇扶贫微信工作群里，潘大为转发了县扶贫办通知：关于将年满16岁及以上在校生的劳动能力情况改为"弱劳动力或半劳动力"工作，需要提供民主评议会记录、相片和学生在读证明佐证资料。县外就读学生在读证明，镇扶贫办已照相存档，如各村调整时需要用到，将学生名单发镇扶贫办；如学生是在县内就读的，统一由各村委会提供就读证明。

吃完早餐，王悦到邮局给家里汇钱。母亲生日快到了，这次王悦多寄了500元，让她自己去买点东西，算是送给母亲的礼物，毕竟路途遥远，且工作特殊，只怕回不了家给母亲拜寿了。人生七十古来稀，母亲今年刚好70岁，已成真正意义上的老人了。在回来的路上，王悦除了在心里默默祝福母亲外，也不禁感叹岁月的飞逝。

今年国庆长假，王悦没回老家，因那段时间他跟卢队长经常走访贫困户，核查"八有"情况，忙得够呛，感觉特别累。

午饭后，王悦看见广安镇扶贫微信工作群里，陆俊发了一张截图，他是从西川县"精准扶贫微信工作群"截下来的，截图内容称今天上午10时许，省扶贫办领导会同市扶贫办领导到某村进行省定贫困村退出进度情况暗访考察。省市扶贫办领导进入村委后，与村干部、帮扶干部到两户贫困户家中进行实地考察。在考察过程中，省市扶贫办领导认可该村"八有"落实情况之后，还到种植养殖基地进行察看。考察后，省市扶贫办领导对该村扶贫工作中存在的问题提出了三个建议：一是相对贫困人口相对贫困村退出工作只用一个月时间太紧，省里会放宽20天时间保证退出录入工作，确保贫困户、贫困村退出高质量完成；二是省里一直没有要求今年要完成95%的贫困户退出，应根据实际情况进行相对贫困户的退出工作；三是各级部门应加强对驻村干部的关心。

想想11月1日下午3点在镇政府办公楼二楼三防办会议室收看收听西川县召开相对贫困人口相对贫困村退出工作布置会中，分管全县扶贫工作的马子安副县长要求各村完成95%的贫困户退出，而在11月4日上午9点，各驻村工作队在镇政府办公楼三楼会议室召开广安镇相对贫困人口相对贫困村退出核查工作会议中，镇里面又要求各村完成97%的贫困户退出。

县镇的要求怎么跟省里的要求不一样？王悦一直以为，县里是按照省里的要求完成退出任务的，可是，记得几个月前，关于贫困户退出的问题，省里下发的文件精神是今年退出部分贫困户，明年6月再退出一部分，直至明年年底完成全部退出的任务。

但11月5日下午，虎山村召开了民主评议会，村里100%的贫困户已退出。几个月来，经过几次三番入户走访、核查，王悦和卢队长发现虎山村还有少数贫困户没有完全达到"八有"标准。而核查发现的问题，上报镇扶贫办却迟迟未得到解决。

这段时间，驻村工作队很忙，特别是卢队长，每晚加班到深夜，王悦听他说经常失眠，即使买了脑心舒口服液都不顶用。当然，不少驻村干部因工作压力大而导致失眠，这是普遍现象。

除了应付各种会议、入户核查、上面检查，工作队还要为项目奔忙。能够在虎山村落实一个扶贫项目，让贫困户得到实惠，增加收入，脱离贫困苦海，确实是一件非常不容易的事情。比如为了增加村集体经济收入，工作队到高惠、西川县城考察商铺，花了近半年时间才买下一间 40 多平方米的商铺。接下来，工作队又要在虎山村开发落实百香果扶贫产业项目。

时间紧迫，而扶贫工作似乎永远做不完。

那天早上 7 点，王悦和卢队长从 Z 城出发，因为核查贫困户退出的工作，还有许多材料需要完善，所以他俩提早回广安。

回到广安镇政府，已经是 10 点了。王悦和卢队长把随身携带的东西放进宿舍，没来得及喘息，又往虎山村赶。

路上，王悦听卢队长说，上个星期五，高云飞开车出了一点事，他上午赶不回来上班。

高云飞开车确实很疯，卢队长说过他很多次，叫他开慢点，但他总是当作耳边风。每次他开工作车，大家都提心吊胆，要把一只手紧紧抓住扶手，才感到安全。

进入村委会后，王悦和卢队长就忙开了。镇扶贫办通知卢队长今天上午下班前，收集十几张入户核查退出贫困户时拍的照片，且每张照片用文档形式，并附上贫困户户主姓名，再打印出来，提交到镇扶贫办。

这次入户核查照片，大部分是卢队长拍的，还有一部分是高云飞拍的。

卢队长让王悦收集照片，按照镇扶贫办的要求打印十几张。可是，因为没有找到对应的数据线，卢队长拍的六七十张照片无法用手机导入电脑，他只好一张一张用微信发原图给王悦，但发原图速度很慢，影响工作进度。快下班时，王悦正在把核查照片按照镇扶贫办的要求用文档编辑，但镇扶贫办催着要打印的图片和核查表，王悦只得把刚编辑好的十几张照片拷进 U 盘就跟卢队长回镇政府。

吃完午饭，王悦和卢队长抱着核查表来到镇扶贫办。潘大为对卢队长拍的照片不满意，因为好多核查照片没有按照上面的要求拍，特别是那些只拍到贫困户一个人签名的照片，完全用不上，他让卢队长重拍。唉，花了那么大的精力入户核查拍的照片，又将付诸东流，卢队长心里感到很苦闷。王悦记得 11 月 3 日早上，为了核查贫困户退出的工作，他和卢队长 6 点钟从 Z 城赶到广安，那时镇扶贫办没有明确要求驻村干部该怎样在贫困户家中拍核查的照片，第二天才发通知说核查人员入户核查时，所拍的照片中必须有贫困户、一名镇挂村干部或村委会干部、一名驻村干部。

回到宿舍，卢队长才见高云飞拎着包赶回来。此时，镇领导给卢队长打电话，说明天一定要入户把不合格的照片补回来，还提醒卢队长，不能让高云飞再任性下去了，队员没有一点工作纪律，会严重影响脱贫攻坚任务。

稍稍休息了半个小时，又到上班时间。下楼时，卢队长说陈小颜的就业奖补申请资料镇扶贫办已经找到了。王悦听后很高兴，至少说明驻村工作队对贫困户还是相当负责任的，只因镇扶贫办工作人员一时大意，把陈小颜申请就业奖补的资料弄丢了，害得王悦和卢队长心里很憋屈，仿佛是他俩弄丢的。

高云飞开车进村时，卢队长问高云飞上星期五开车是他碰到别人的车，还是别人的车碰到他的车，有没有受伤。

高云飞只说自己没事，车被撞坏了。

当汽车驶出镇政府，高云飞对卢队长说他后天请假，出外旅游几天，票已订好了。

卢队长说这段时间会更忙，核查工作还没结束，这假批不了，过了这段时间再说，同时有点责怪高云飞假都还没批就把出外旅游的票给买好了，连请假的程序都不懂。

卢队长让高云飞赶紧退票。

高云飞见卢队长不批假，心里极不舒服，显得异常激动，只见他一只手握方向盘，另一只手挥舞起来，说自己为什么不能请假？

此时的车速比较快，而且走的是弯弯曲曲的山路。卢队长怕出意外，就叫高云飞停车。高云飞停车后，卢队长就从副驾驶位走下来，坐到驾驶座位上。

整个下午，王悦都在忙着整理入户核查所拍下的近百张照片，大部分是卢队长拍的，还有十几张是高云飞拍的。

下班回到镇政府，差不多6点了。

晚饭后，王悦和卢队长没出去散步，因为天都黑了。他俩留在宿舍办公室，核对86户贫困户退出核查表，然后筛选核查时拍的照片，觉得还行的就编在文档里，不符合要求的，待明天入户再补拍照片。

王悦和卢队长忙到11点多。

这段时间确实太忙了，总是入户核查，因为按照省里的文件精神，贫困户从今年开始就要陆续退出，但在广安乃至整个西川，却信心满怀，一次就想把所有贫困户退出来，证明几年来的脱贫业绩。

王悦有点担心，上面要"脱贫业绩"，弄得驻村干部晚上加班加点，真不知道哪天会有多少人晕倒在资料前。

昨天弄核查材料弄得太晚，早上王悦没有去散步。

刚进村委，就看到肖副主任在虎山驻村微信联络群里转发镇政府的通知：市抽查组将于 11 月 20 日前对省定贫困村的相对贫困人口相对贫困村退出工作进行检查，请大石嘴、虎山村委会按照要求做好 20 户以上的自然村卫生保洁工作，保持环境整洁；对照县里上次抽查的反馈情况，务必将存在问题进行完善和整改。

随后，王悦和卢队长、六哥到坪岗等自然村补拍核查照片。

很多核查对象不在家。这是工作队走访时经常碰到的问题。当然，在虎山村，还有一部分贫困户是整户不在家的。对于整户不在家的贫困户，他们的核查表，省里已表态如何处理。

在去上塘的山路上，王悦看见山脚下的田野，金灿灿的稻子都已被村民收割完了，只留下散发着独特清香的稻茬。再往远处瞧时，偶见零散的几块梯田，稻子还没来得及收割。在附近居住的村民，把收割后的稻子晒在屋门前的晒谷场上。还有一些菜地，被村民种上菜苗，准备应付过冬的日常生活。

回村委会经过西坑自然村时，六哥说那天高云飞开车进村就在附近被一辆小车撞了，高云飞的车被撞得变了形，幸好人没事。

下午，卢队长到县城参加第一书记、队长座谈会，高云飞和黄侠、徐菲、村支书继续入户补拍核查照片。而王悦留在村委会，他要写一份相对贫困人口相对贫困村退出的简报上交镇扶贫办，还有就是把这几天入户核查的照片按上面的要求以文档形式编辑并打印出来。

座谈会开得真不是时候，卢队长担心不能按时完成核查材料任务，心里特别急。

出发前，卢队长向王悦交代了有关核查表和照片的事，还说下午黄家金会来村委会签退出核查表。因为王悦忙自己的事，不知道黄家金来村委会开会，而忘了给他签名。待村里开完会，王悦问肖副主任黄家金来村委会没有，肖副主任说他开完会回去了。

明天就要把入户核查资料上交镇扶贫办，可黄家金的退出核查表没有签名。昌哥见王悦急，就骑摩托车搭他去东平自然村找黄家金签名。

晚饭后，一身疲累的王悦散步时，突然想起今天在村里碰到一个非常特殊的人物，他就是智障青年黄秋亮。

早上进入村委会后，王悦看见黄秋亮已经坐在村委会一块水泥地上。这块水泥地，曾经是学生升旗的地方。

当王悦从黄秋亮身旁走过时，黄秋亮傻笑着站起来，一双斜斜的眼睛紧紧盯着王悦，却不知道嘴里在嚼着什么东西，而嘴角边淌下的口水，像拉面一样又细又长。看起来，黄秋亮的心情不错。

前段时间，不知是因为忙，还是见黄秋亮满脸不高兴，王悦偶尔碰到他，互相都没有打招呼。

今天见他精神尚可，于是王悦伸手向他打招呼，黄秋亮傻傻的笑显得更有味道了。

两手交叉在胸前的黄秋亮，穿着很"不一般"，也许因为天气变冷，他上身穿了两件秋衣，里面是一件褐色的，稍长但薄，外面是一件黑色的，稍短但厚；下身穿着一条又黑又脏的裤子，裤子有些短；脚上穿着黄色胶鞋，胶鞋很破旧了；他的左脚套进鞋里，而右脚脚跟压住了鞋后跟。不管春夏秋冬，黄秋亮从没穿过袜子。

看着他这身滑稽的打扮，王悦想笑又笑不出来，毕竟他是患有精神疾病的人，实在不忍心笑他。

一整天，黄秋亮都在村委会，或坐，或站，或走，或来到办公室外窗前，看着大家忙前忙后。只是新来的文海燕很怕见到他，冷不丁会被黄秋亮吓一跳。

以前走访黄秋亮家的时候，王悦听他父亲说，黄秋亮没有自理能力，而且随处大小便。今天，王悦无意中亲眼看见黄秋亮站在村委会楼下，背对办公室，向地下撒了一泡尿。

第五十章

今天早上，王悦依然没有去散步。昨天忙了一天，晚上累得腰酸背痛，还不到10点就睡了。王悦刚躺在床上，卢队长就回来了，他在门外问王悦下午入户拍了多少张核查照片，所缺少的照片有没有补齐。

昨天下午是高云飞、村支书等三人到贫困户家中补拍照片的，王悦只负责打印照片，所以他不清楚。

今天一大早，卢队长跟随吕书记等镇领导到云浮，好像考察什么项目。

整个上午，王悦留在宿舍办公室继续完善退出核查表，因为工作量庞大，共有86户、258份材料需要填写，于是王悦用微信与卢队长通话，请求分一点任务给高云飞。征得卢队长同意后，王悦把32户、96份材料交给高云飞填写。

填写了一个上午，待下班时，王悦执笔的手都麻了。

下午，王悦继续留在宿舍填写材料，还不时传来村干部入户核查补拍的照片，他不得不停下手中的活，打开办公电脑，按照要求打印出来。直至4点多，卢队长回来时，王悦还在填写材料。也许卢队长在镇扶贫工作群里看到镇扶贫办下发的广安镇相对贫困人口相对贫困村退出工作资料清单，问王悦核查的照片有没有一户一户核对好。所有的照片，王悦已打印好了，但没时间一户一户核对。

吃完晚饭后，王悦与卢队长坐在宿舍办公室一起核对照片。

卢队长对工作非常认真负责，也是一个很诚恳正直的人，跟他一起干，王悦充满信心。但工作纪律方面，卢队长确实太放松了，面对闹情绪的高云飞，他也没办法，似乎采取软处理。王悦还记得上次，他和卢队长到镇扶贫办递交材料，一位镇领导当面对卢队长说，对高云飞要严格一点，特别是工作纪律方面，不能纵容，由着他的性子来。

这段时间，高云飞确实太放肆了，有时为了工作，哪怕休息日，镇扶贫办也把驻村干部召回来，可高云飞每次都没有参加，而在正常工作中，碰到最忙的时候，高云飞又故意请假来躲避。

其实，卢队长不是不想管高云飞，他只是为了顾全大局才对高云飞心慈手软。核对完，一驻村干部给卢队长打了一个电话，好像是说明天市暗访组来广安检查驻村工作情况。

明天上午下班前，各驻村工作队要向镇扶贫办递交广安镇相对贫困人口相对贫困村退出工作资料清单。

大石嘴村、虎山村相对贫困村退出资料已提交，但需要补充公示资料。

因为听说 Q 市派暗访组来广安检查驻村工作情况，所以早上 8 点多一点，驻村工作队就进村了。

这段时间特别忙，但高云飞又请假了。

在村委会，王悦和卢队长还在紧张地为 86 户贫困户退出核查表而忙碌，镇扶贫办要求各村今天上午 10 点前，把所有退出材料送到镇扶贫办。

按照清单，王悦和卢队长一份一份打印好材料，然后盖村委会公章。正忙得不可开交时，陆俊来到村委会，要卢队长跟他一起入户检查一些存在问题的贫困户。

因肖副主任要到县城缴纳商铺的契税，村委会公章被她带走了，而核查表只盖了一部分公章。虎山村的材料，只得延迟递交给镇扶贫办。

10 点 15 分，卢队长在微信转给王悦一条通知：本周六、日县开展退出核查工作，请各驻村工作队做好加班准备，全力配合，特殊情况需要回 Z 城的，需向驻县组区组长请假。

唉，本想利用周末好好休息一下，没想到被一条加班通知搅黄了。半个月来，驻村干部日赶夜赶，身体早就透支了，有时虽躺在床上，也累得没有一点睡意。

12 点半，刚回到镇政府，卢队长在扶贫微信工作群看到镇扶贫办会议通知：经研究，定于今日下午 2 点 40 分在镇政府办公楼三楼会议室召开扶贫工作会议，请准时参加。

午饭后，王悦躺在床上想休息一下，但脑子晕乎乎的，没睡着。

2 点 40 分，驻村干部准时来到三楼会议室，参加广安镇 2019 年第四季度扶贫工作会议和广安镇决战决胜脱贫攻坚百日行动冲刺会。

开会前，镇扶贫办工作人员李灵给与会人员下发了《西川县相对贫困人口退出收支核查表》。一看核查表，大家的头又大了，上次的核查表刚进入收尾工作，新的核查表又横空出世。

这份收支核查表，主要核查贫困户 2019 年目前收支情况和预计 2019 年全年收支情况，包括他们的总收入、总支出、家庭可支配收入、家庭人均可支配收入四大项，每项都必须如实核查。

这次扶贫工作会议，就各村在相对贫困户退出核查后发现的问题，做一次总结。省定贫困村大石嘴村驻村工作队队长许朗笑首先介绍了大石嘴村核查情况。这次大石嘴村所有帮扶贫困户都列入拟退出名单，但仍发现三个问题：一是部分贫困户家中无电视信号，有 14 户贫困户无电视机；二是 4 户贫困户收入不稳定；三是网络信号弱甚至出现盲区。

接着卢队长也总结了上次核查后出现的问题：一是安全住房问题，到目前，仍有刘诗才、谢顺友、曾高明等 4 户贫困户有安全住房但没住进安全住房；二是有 3 户贫困户的水电还没接通；三是上塘、下塘、聂洞网络信号弱；四是部分贫困户家里无电视信号或无电视机。

随后，其他分散村驻村工作队队长分别说了一些问题，最大的问题仍是网络信号弱或无电视信号。

会上，据潘大为说，全镇共有 601 户贫困户，下周县扶贫办来核查，会抽取 10% 的贫困户核查情况，到时核查人员会拿着表到贫困户家中"当庭对质"。

经过这次会议，王悦真希望镇扶贫办能够正视各村工作队队长所提出的问题，尽快给予解决。当然，因各村都属于山区，网络信号问题可能会得不到彻底解决，毕竟信号弱与天气、环境都有关。

还有一件事，就是昨晚一驻村干部向卢队长"透露"今天市里暗访组来广安，王悦今天忙得晕头转向，竟然忘了这件大事，也没注意到暗访组有没有来。也许暗访组没来，也许来了但没来虎山，只是到其他村暗访去了。

开完会，王悦和卢队长马不停蹄赶到村委会。肖副主任中午从县城赶回来，王悦就把上午还没盖村委会公章的材料都盖上章，而且按照镇扶贫办接收清单，仔仔细细核对，弄错的材料纠正后重新打印出来。

在退出核查表中，如果拟退出的贫困户不在家，王悦都会在贫困户签名栏旁注明"整户不在家，与贫困户沟通并确认，过年回家补签"字样。因为贫困户退出是一件很重要的事情，省里要求不能找别人代为签名。

材料基本上按清单弄好了，王悦总算可以松一口气。下班回镇政府路上，卢队长带来天大的好消息，说星期六、日正常休息。

晚饭后，天色已暗。王悦在宿舍加班，他忙完材料后，很想到外面吐一口气，放松一下紧张的情绪，于是跟卢队长到九凤村散步。卢队长好像心里不是很痛快。王悦知道，他是因为高云飞的问题，不知如何约束他。不过，负责系统工作的高云飞有时也是很忙的，这一点，王悦和卢队长心里都清楚，但他没有纪律观念，没有用心工作的态度，连那位镇领导干部都看不下去了。

近半年来，王悦跟随卢队长经常走访贫困户，对他们的生活现状和家庭情况已经基本上摸清楚了，做到了心中有数。

2019 年 11 月 8 日上午，省扶贫办领导在 Q 市农业农村局局长的陪同下，到西川县八和镇、小亨镇暗访两个村脱贫攻坚工作。暗访内容是察看村容村貌，了解相关工作台账资料，并与镇村干部以及驻村扶贫工作队干部进行访谈。他们随机入户走访贫困户，对西川县脱贫攻坚工作总体推进、"八有"指标落实以及贫困户家居环境改善等情况比较满意。

同时，省扶贫办也向西川县反馈了暗访中发现的一些问题，其中一条是：在推进相对贫困村、相对贫困人口退出工作中存在"赶进度、层层加码"的现象，做得不够扎实。趁此机会，省扶贫办重新向各镇、各帮扶工作队明确：今年脱贫目标是贫困人口 95％以上达到"八有"脱贫标准，省定贫困村 90％以上达到出列标准，相对贫困人口、相对贫困村退出按省统一部署，分步有序进行，即 2019 年底退出一部分，2020 年 6 月退出一部分，2020 年底实现全部退出。退出工作必须坚持实事求是，要把握节点，稳妥有序推进，不能赶进度，层层加码，两者不能混淆。

晚上，镇扶贫办将《关于省扶贫办领导到西川县暗访脱贫攻坚工作的情况汇报》下发到镇扶贫微信工作群里，要求各驻村工作队迅速做好以下工作：

第一，认真组织学习，对反馈问题中存在的共性问题迅速进行整改；

第二，各驻村工作队组织开展学习贯彻习近平总书记关于扶贫工作的重要论述活动，并在扶贫工作会议记录本做好记录，同时各驻村干部会同各村支书组织村干部开展学习《习近平扶贫论述摘编》活动，在各村扶贫工作会议记录本做好记录；

第三，加大对脱贫攻坚工作的宣传力度，及时更新各村委会脱贫攻坚宣传栏；

第四，建立村级长效脱贫机制。

到饭堂吃早餐时，王悦正好碰见龙书记。他问龙书记早上去了上梁村没有，龙书记说去了，还拍了一段日出时的视频。王悦看了看龙书记手机拍的视频，只见悬挂在山坳口的朝阳鲜红鲜红的，不禁被深深打动了。

以前，王悦听龙书记说过，要想欣赏到上梁村最美的朝阳，最好是秋天，而10月、11月正值秋天。王悦本想抽个时间跟龙书记一起进上梁村的，但这两个月特别忙，不敢走太远，怕累着误了工作。可看了龙书记拍的视频，王悦的心又开始躁动了，与龙书记相约下个星期进上梁村看看朝阳，如果再迟一点的话，恐怕今年再也没机会看到上梁村如此美丽的景象了。

吃完早餐，文海燕和阿巧跟工作车一起进村，阿巧还带上了她的小儿子。阿巧是个力求上进的年轻母亲，三十六七岁，对工作极认真负责，而且态度又好。阿巧还有两个儿子，都在镇上读书，平常由家翁看护。她老公在佛山打工。王悦曾听阿巧说起过她老公，而且对他很满意，感觉自己没有嫁错人。能碰上对的人，一生都会幸福。

坐在车上，王悦对这位勤劳、善良、上进的年轻母亲充满了敬佩，由衷地祝福她越来越幸福。

上午，王悦按照卢队长的吩咐，整理了六则2019年有关虎山村扶贫工作的信息稿，准备发送到驻县组。

10点多的时候，高云飞才坐公交车赶过来上班。因为昨天在镇政府开会时，镇扶贫办下发的《西川县相对贫困人口退出收支核查表》中，大部分需要填写的内容或数据都在系统里，作为负责系统工作的系统员，这张核查表只有他才能完成。不知道什么原因，高云飞总是带着情绪工作，处处与卢队长过不去，而卢队长内心又是一个比较"软弱"的人，同时出于其他原因的考虑，他一再迁就高云飞的任性。不过，这次工作量确实比较大，卢队长怕高云飞一个人忙不过来，便问他需不需要队友协助帮忙，但高云飞似乎得寸进尺，非要分片区分摊任务。系统工作一直以来都是高云飞负责的，卢队长见他如此蛮不讲理，没答应分摊任务，但最后还是让了一步，让高云飞加加班，以后可以补休。

在村里吃完午饭后，王悦和卢队长先回镇政府，准备回 Z 城。

回到宿舍，因为卢队长要修改一些资料，需要汇报给信访局领导，恐怕一时半会赶不出来，于是叫王悦休息一会儿。

王悦只是眯了一会儿，就不想休息了。他打开微信时，看见阿巧在虎山村驻村微信联络群通知各片区村干部，要他们告知低保户，下个星期一拿户口簿、低保证、存折、银行对账簿来村委会，上午民政工作人员到村里进行核查。

虎山村共有 19 户低保户。

3 点半，王悦和卢队长才开始出发回 Z 城。出发前，卢队长说下星期一 9 点，信访局有个扶贫工作会议，让王悦也参加。

一路上，王悦感觉卢队长心情不错，尽管这段时间他经常忙到失眠。作为扶贫工作队长，确实不容易。卢队长对王悦说："如果高云飞像你一样，对工作积极主动一点，我就会省很多心。"

车上，王悦问卢队长星期三与吕书记等人去云浮考察什么项目。卢队长说是一个种植基地，主要种植草药，也有一些瓜果。卢队长如此轻描淡写，王悦感觉他对那些毫无兴趣，于是没有再追问下去。

过了一会儿，卢队长说到他儿子。他说他儿子今年读高三了，在这关键时刻，自己却没时间关心他，万一明年高考出现异常状况，不知如何对孩子的一生负责。

王悦安慰卢队长别顾虑太多，毕竟他儿子成绩优异，且在 Z 城最好的中学读书，那间中学在全省也是响当当的一所学校，他儿子肯定能考上理想的大学。

由卢队长的儿子谈起，他俩还说到读书时代各自记忆最深的一位老师。对卢队长影响极深的一位老师，是他读小学三年级时一位教数学的女老师，理由是那位女老师非常细心，有一次卢队长的数学作业簿不知被谁撕掉了一页，而那一页有他抄下的练习题。数学老师知道后，便亲自在他作业簿里抄下那些练习题。正因为数学老师的细心，卢队长从那时起，就开始发奋读书。现在，30多年过去了，他仍忘不了她。

汽车从Z城西收费站准备下高速时，天空早已黑下来了，只见收费站每一条出口通道都排着长长的车队，车尾灯把四周照得一片通红⋯⋯

周一早上8点45分，王悦坐公交车赶到信访局，准备参加一个会议，是卢队长叫他去的。

王悦刚想登信访局大门前的台阶，好像有人在叫他，他忙回头，是市区文化馆副馆长廖文华。廖文华也是来参加扶贫工作会议的。

王悦和廖文华走进信访局，乘坐电梯来到七楼会议室，见里面没有一个人。时间还早，廖文华叫王悦到会议室坐一坐，顺便了解目前虎山村的扶贫工作情况。

不一会儿，王悦和廖文华同时在微信接到会议改在六楼第三会议室召开的通知。来到六楼会议室，见卢队长跟信访局韦春华副局长正在讨论为虎山村没有电视机的贫困户购买电视机的问题。王悦从中听出韦春华对于此事心有顾虑，因为省里的文件没有明确要求给贫困户购买电视机。他说的很有道理，毕竟动用扶贫款不是小事，作为牵头单位负责分管扶贫工作的领导，要注意每笔钱的使用都得合理合法，万一出现差错，所有问题都会压在他头上。

过了一会儿，中国电信公司Z城分公司经理吴春熙走进会议室，会议才正式开始。

这次会议，主要讨论2019年11月拟提交帮扶单位联席会议决定事项和利华公司捐赠"630"资金使用计划方案，每个参会人员人手一份材料。

首先，卢队长向三个帮扶单位领导汇报2019年11月拟提交帮扶单位联席会议决定事项。当他说到第一点关于建设虎山村党建宣传栏、翻新改造村党员活动室时，韦副局长对建设党建宣传栏、翻新改造党员活动室的承包商西川县土石方工程有限公司又持怀疑态度，因为承包商是挖土方的，不是装修公司，怕以后审计过不了关。而吴经理认为驻村工作队需要向各帮扶单位提供工程报价单、设计图，方便大家看得明白。

经过三个单位领导的讨论，最终同意这两项基层党建工作。

当卢队长说到第二点关于Z城利华公司捐赠的30万元"630"资金使用计划方

案时，韦副局长要求驻村工作队把扶持的详细内容一项一项具体列出来。廖副馆长也说材料没有提到可操作性方案，只能看作一个意向。而吴经理认为，使用计划具体方案，首先要征得三个帮扶单位同意，然后把实施方案提交到利华公司，最终由利华公司决定是否实施方案。他同时建议能否调整方案中提到的教育补助，将补助的比例和额度向非义务教育学生倾斜。卢队长解释说，学生补助数额以前都是按材料中的数额执行的，如果轻易改变补助数额会打乱一些实施细节，三个帮扶单位领导听后一致同意按以前的资助方案执行。

使用计划方案中提到两次资助学生的计划。第一次计划对 2019 年秋季学期在校的建档立卡贫困户学生进行补助，目前已确定学生 40 名，其中在校小学生、初中生、高中生、技校生 36 名，给予每人生活补助 2000 元，在校大学生 4 名，给予每人生活补助 2700 元。补助总金额是 82800 元。第二次计划对 2020 年秋季学期在校的贫困户学生进行补助，2020 年秋季学期学生名单确定后按程序申请审批实施，补助估算需要经费 9 万元。补助标准：给予虎山村贫困户在校学生助学生活补助，小学至高中每人每学年 2000 元，大学 2700 元。

会议提到，利华公司捐赠的"630"资金使用计划方案，除了助学，还将用于扶贫对象发展种植业、养殖业或其他促进扶贫对象增收的项目。

当卢队长谈到虎山村电视信号、网络信号覆盖问题，三个帮扶单位领导又讨论了一番。

经王悦和卢队长多次入户核查，统计出目前虎山村有 35 户贫困户未实现电视信号覆盖，也没有电视机，其中有 12 户贫困户长期在外打工，余下的 23 户贫困户，计划给他们购买电视机，估算费用为 3 万元，包括报装费。

帮扶单位领导认为最重要的是驻村工作队要提供初步预算，捐资助学、捐电视机时要邀请利华公司领导参加捐赠仪式，并做好宣传工作，最好联系报社记者，加大宣传力度。

下午 2 点半，王悦和卢队长向广安进发。一路上，天气很好，阳光灿烂，风也凉爽。

在丹灶服务区休息时，虽然阳光和 Z 城一样美好，但这里吹来的风，明显冷了许多。

恐怕开始变天了，南方的冬天来临了。

起床的时候，天空还没有睁开眼睛。

王悦站在阳台上，看见东边不远处几幢楼上，还亮着星星般微弱的灯光，它们零散地点缀着漆黑的大地，显得异常宁静而孤单。再往远一些的地方望去，是一座座朦朦胧胧的山脉，山脉似乎还在蒙头大睡，或者像王悦一样，内心焦急地等待日升的繁荣景象。在看不清的山上，飘起一片淡红色的云霞，从南向北延伸而去，像绸带，而中间隔着一层灰色的云团，把红色绸带割成了两段。

不知龙书记起来没？想起昨晚约好的时间，王悦怕他不记得，更怕他赖床，毕竟天气变冷了，谁会轻易离开暖被窝呢？其实，龙书记是最勤的一个，几乎每天早上坚持散步，据说，近三年来，他散步已经走了两万多公里的路程，是名副其实的"万里长征"者。

昨晚，王悦约他今天早上一起进上梁村，看看初升的朝阳。他曾经听龙书记说过，到上梁村看朝阳，秋天是一年中最好的季节。可惜，近两个月来，王悦特别忙，实在没时间去。但上个礼拜五早上，龙书记和商店老板贾旺成进上梁村，龙书记还拍了上梁村朝阳初升的小视频，从而再一次深深打动王悦的心。恐怕再忙，也得抽个时间进上梁村，亲眼领略一下那里秋天初升的朝阳，况且冬天就要来临了，如果再迟一点，错过最佳时节，岂不是给自己留下一个大遗憾？

王悦匆匆下楼，却看见头顶上空，半枚月亮正望着他，现出温柔的微笑，好像对王悦说，龙书记还没起床呢，你这么着急干吗？

王悦刚跑到前往上梁村的路口，就看见一个身影朝自己走来。龙书记没有忘记约好的时间，他已经来了。

时间真的很珍贵，为了不浪费一分一秒，王悦和龙书记一路上很少说话，只顾着往山上赶。龙书记走得更急，王悦赶不上他，好几次被落下了。

刚开始进山的时候，路面看得还不是很清楚，直至到了山哥家门前时，天空才渐渐亮了起来。原先王悦看到的淡红淡红的绸带，现在好像变得更红了。

"走快点！"龙书记已经走得气喘吁吁了，但他还是不时回过头来，催促王悦加快脚步。

"龙书记，休息一下吧！"王悦感觉到额头已经渗出一些汗水，且双腿已经不听使唤，好像已经迈不动了。

"要是赶不上看上梁村初升的朝阳，我们就白来了。"龙书记似乎有点不近人情，他反而加快了脚步。

"龙书记，等等……"王悦看见龙书记右脚的鞋带松了，怕他的左脚不小心踩到鞋带会摔跤，于是赶上去对他说，"鞋带松了，系紧再走吧。"

"我知道鞋带松了，不要紧，我会小心的。"龙书记竟然顾不上系鞋带，说完又气喘吁吁地急着赶路。

差不多到下梁村时，王悦看见东边的绸带越来越红，而灰色的云团也开始被染红了，感觉朝阳就要爬出来，心里难免着急，不得不加快了脚步，紧紧跟在龙书记身后。

来到上梁村时，村里的一座座瓦房静静地端坐在山腰上，而四周的农作物，似乎还没有完全清醒过来。只有路边的一条小溪，潺潺地流个不停，奏响秋天的音符，仿佛在迎接王悦的到来。

好像这是王悦第四次进上梁村。第一次来上梁村看朝阳，王悦依然记忆犹新。那时村对面的深谷被云雾萦绕，像一片白色的汪洋，而朝阳就在汪洋边的一座山头上冒出头来；第二次进上梁村，因天气不好，朝阳没能如期走出来，让王悦白跑一趟……

龙书记站在一块空地上，一边举起手机一边对王悦说："还好，朝阳刚出来。"

王悦慌忙从裤袋里掏出手机，却不知道站在哪儿拍最合适，只得来到龙书记身旁，也举起手机，只见镜头里的朝阳，刚刚露出一丁点鲜红的脸庞，而绸带已经不见了，就连灰色的云团也全部被染红了。

当王悦拍下第一张上梁村秋天的朝阳时，才知道它是从山谷里升起来的，不像第一次看朝阳时的情景，它是从山谷旁的一座山上爬出来的。而此时的山谷显得干净利索，没有装下一片白云，自然也看不到"汪洋"的景观了。

为了更好地拍到朝阳上升的美景，王悦往后面跑，想找一个最佳的拍摄角度，但遗憾的是没找到适合的地方。突然，王悦看见村后面有两幢兴建中的居民楼，楼高三层。于是，他赶紧爬到三楼，看见满脸通红的朝阳已经完全爬出来了，像一个初生的婴儿，面对着全新的世界。

　　这初生的婴儿，只看见他的微笑，却听不到他的一声啼哭，给王悦留下永远难以磨灭的印象。

　　王悦想，不管人生碰到过多少磨难，也不管昨天遇到过怎样的一场风雨，自己都要像上梁村秋天的朝阳一样，为自己，为梦想，活出感动，活出精彩，同时希望自己多理解世间的一切，以包容之心，容纳每一张或陌生或熟悉的面孔。

　　离开上梁村时，迎面碰见商店老板贾旺成。原来，龙书记起床时，还在微信约了贾老板，只是待贾老板看到龙书记的微信留言后，已经晚了一步。

　　欣赏完朝阳诞生的过程，三个人一起下山，走了一半山路后，王悦看见一条淡黄色的蛇躺在路边，身上还有黑色的花纹，却不知死活。大家都不知道它是什么蛇，但心里有点惊慌，快入冬了，怎么还会有蛇出没？为了试探蛇的生死，龙书记捡了一截干树枝，把它挑起来。蛇软软地挂在干树枝上，不见有挣扎的痕迹。

　　显然，它早已断气。龙书记把蛇和干树枝一起抛到山崖下。

第五十一章

早上在村委会，王悦把上次申请就业奖补的 16 位贫困户务工人员的图片资料打印出来。卢队长说，这些申请资料还有用，应该留档。向镇扶贫办递交就业奖补申请资料前，王悦问过卢队长要不要复印一份，留个底，但卢队长粗心了，回复不用。

现在，卢队长又想把那些申请资料保存下来，却没有原件和复印件。幸好，王悦留了个心眼，把那些资料用手机拍了照片。

打印完后，卢队长让王悦按照镇扶贫办的要求，为村委会做一个新时期脱贫攻坚宣传栏，内容包括村简介、扶贫工作总体目标任务、贫困对象名单、单位挂钩联系帮扶干部名单、帮扶规划一览表、村两委班子成员分片包户联系贫困户制度、相对贫困人口的确认、相对贫困人口的认定标准、相对贫困人口入户核查方法等。

当然，布置宣传栏工作量也不小，除了镇扶贫办下发的现有资料，其他内容需要王悦去搜罗、组织，大概这几天就要完成这项光荣的任务。

王悦坐在办公室正忙得不可开交时，村里召开深入学习《习近平扶贫论述摘编》重要精神和黄文秀同志先进事迹会议。

下午，因为高云飞要做贫困户收支核查表，就留在宿舍办公室干活，王悦和卢队长入村。入村后，王悦继续为宣传栏的内容抄抄写写。

晚饭后，王悦和卢队长出去散步。他俩依然来到通往九凤村的路上。此时的天空，繁星点点，四周已经看不清任何东西。偶尔有亮着灯光的汽车或者摩托车，从身旁开过。

卢队长说："为什么隔壁茶花镇坑头村的帮扶工作队做得那么好？"王悦说：

"他们是用一颗真心在做扶贫工作，且有一支优秀的队伍。"去年，王悦曾坐过坑头村驻村工作队的车，在车上，他们谈论的都是扶贫工作的事情，或忙着在电话里推销扶贫项目生产的商品。

对此，王悦颇有感触，两个近在咫尺的帮扶工作队，却存在那么大的差别，主要是虎山村驻村工作队没有凝聚力，个别队员也没有用心去做，怎么跟隔壁的优秀团队相比呢？

早上起来，王悦看见朝阳从山上刚刚冒出了头，感觉天气比昨天更好。

进村后，王悦继续忙虎山村宣传栏的内容，其中碰到一些不太明了的数据，需要负责系统工作的高云飞帮忙，叫他在系统里查找一下。在扶贫工作中，系统很重要，它就像一个百宝箱，贫困户信息资料、驻村工作队扶贫工作业绩等，都会储存在里面。

不一会儿，高云飞给王悦发来一份虎山村 86 户贫困户统计数据的电子版文档，王悦按照里面提供的所需数据，填进宣传内容里。但还有一个数据，就是 2018 年虎山村人均收入多少，王悦还不太清楚，问高云飞、村支书，都说不知道。

下午上班后，除了一些数据，其他宣传内容王悦已拟好。他把拟好的宣传内容打印一份，交给卢队长补充。当卢队长问高云飞 2018 年虎山村人均收入多少时，高云飞回答说不知道，而坐在高云飞身旁办公的肖副主任对他说："上次镇农办不是发过人均收入的文件给你吗？"

不一会儿，高云飞就在系统里查找，很快找到 2018 年虎山村人均收入是 12014 元。

高云飞这个青年人很难沟通，而且说话的语气很硬，好像有一种拒人于千里之外的感觉，有时给扶贫工作带来很多不便。昨天，卢队长还跟肖副主任说到高云飞，认为高云飞总是带着情绪上班，而且很难沟通、协作。

卢队长跟肖副主任谈到虎山村 2018 年人均收入问题，肖副主任说 12014 元是镇扶贫办定的数，县里已经点名批评过，说是弄虚作假，抬高了人均收入。

面对此种情况，卢队长就让王悦在宣传内容上隐去虎山村 2018 年的人均收入。

再结合镇扶贫办提供的宣传材料，王悦终于弄好了一整版有关虎山村和扶贫工作的宣传内容。卢队长说，过几天找广告公司做宣传栏。

在虎山村，村两委班子成员实行分片包户联系贫困户制度，目的是加强村两委班子成员与居民、贫困户的联系，真正做到"走千户、访千人、深入群众、服务群众"，努力为居民办实事。

村两委班子成员分片包户，以村小组为基本单位将社区细化为若干区域，明确责任，详细了解居民的需求与呼声，做到社情民意早知道，重大事件早上报，矛盾问题早解决，及时记录入户走访情况，建立居民信息档案，实行动态管理。

村两委班子成员对于自己的包片应做到"四项掌握"：一是掌握辖区的基本情况，包括管辖区域内居民、贫困户个人基本情况，辖区楼宇建筑基本情况，辖区内各项资源情况；二是掌握辖区内的重点情况，包括社区重点人员情况、弱势群体情况、骨干和积极分子情况；三是掌握辖区内热点情况，包括辖区内的热点新闻、焦点事件、社情动态；四是掌握辖区内难点事件，做到件件有回音，事事有着落，人人有答复。

晚饭后，王悦和卢队长摸黑来到通往九凤村的路上散步。

天气有点冷。夜空里，布满了一眨一眨的星光，而路边的草丛，不时有一两只萤火虫飞来飞去。

卢队长好像想起了什么，给村支书打了一个电话，大概是说县扶贫办今天有一个通知：今年"631"资金全县共有700万元到账，要求各村帮扶工作队迅速会同各村（居）委会研究，看各村是否需要"631"资金开展项目，计划开展什么项目，于今日下午5时前报镇扶贫办，同时开始制定可行性报告和用款计划。

王悦听不到村支书是怎么回复的，只听到打完电话后的卢队长自言自语地说，工作队还有不少扶贫资金，要是再申请这笔"631"资金，又找不到项目，只怕以后会滞留不少扶贫资金。

卢队长担心扶贫资金花不出去不是没有道理的，就虎山村现状，找项目如同找珠宝一样艰难，找不到合适的项目，扶贫资金就花不出去，万一以后滞留资金太多，上面问责在所难免。

回去路上，卢队长对王悦说，中午驻县组给他发了一份省扶贫办下发的文件《关于印发"三保障"等行业扶贫问题答疑的通知》，其中提到令他揪心的电视信号覆盖和网络信号覆盖两大问题。这次省里下发的答疑通知，总算明确了这两大问题的"达标"情况。

在"有电视信号覆盖"方面,电视信号虽已覆盖,贫困户由于自身疾病或无意愿安装电视信号接收器,但贫困户平时可以通过手机收看电视的,是否可以视为达标?

省里的答复是:可算达标。

在"有宽带网络覆盖"方面,由于网络信号不稳定,出现信号较弱或某一块区域无网络信号的情形,是否可视为达标?

省里的答复是:可算达标。

在虎山,电视信号覆盖和网络信号覆盖存在不少问题,当然,其他帮扶村也同样存在这些问题,毕竟是山村,信号弱或出现盲区是正常现象。卢队长为解决这两个问题经常茶饭不思,夜不能寐。现在好了,省里面的解答终于给他卸下了思想负担和沉重责任。

第二天早上起来时,王悦看见天空飘满白云,一朵一朵的,像棉絮,而靠近日出的地方,棉絮被晨曦照得有些微红,像女人微醉的脸。

进村后,因为下午 Z 城信访局副局长韦春华要来虎山慰问贫困户,王悦和卢队长就开车到贫困户家中,先探探路,并通知他们下午待在家里,免得领导慰问时扑了个空,毕竟领导大老远跑来一趟不容易。

这次领导慰问的贫困户共有 10 户,卢队长提前做好了一份慰问签收表,户主分别是:莫天高、莫天云、莫天穹、苏飞燕、黄金沙、高元朝、高阳朝等。

11 点 20 分时,卢队长匆匆赶回镇政府参加会议。

这次会议,主要是传达 11 月 21 日至 22 日,省政协领导到 Q 市就脱贫攻坚、农村人居环境整治工作等进行专题民主监督。西川和来贵两个县被选定为实地调研对象。为预防抽到广安,镇扶贫办向各村布置了迎接省政协监督、调研的工作任务:配合做好座谈会的汇报材料及相关准备工作;补充提供加强党的领导、推进国家治理体系和治理能力现代化在脱贫攻坚、农村人居环境整治工作中的好做法、存在问题及原因、意见建议的书面材料。

紧跟省政协脚步的,是 Q 市扶贫办根据《广东省相对贫困人口相对贫困村退出机制实施方案》的要求,拟组织核查组对每个县退出的相对贫困村抽取 20% 以上比例进行实地核查；时间定在 11 月 25 日至 27 日；核查内容是贫困村贫困发生率、农民收入、集体收入、人居环境、村道建设、饮水安全、水利和电力设施、电视信号和宽带网络、公共服务、党组织建设十项内容；核查程序为抽取申请退出的贫困村、抽查贫困户、实地查看项目、核查结果反馈。

下午 3 点多的时候，Z 城信访局副局长韦春华一行三人来到村委会。在村委会召开一次简短的座谈会后，王悦、卢队长和昌哥陪同领导到贫困户家中进行慰问。此次慰问除了送粮油，每户还有 200 元现金。

先来到附近的上井自然村李光云家里，但他母亲不在，房门被锁。以前走访时，王悦打听过李光云家的基本情况，他在广安镇打零工并照顾读书的孩子，老婆在外面打工，家里只留下一个老母亲。

在向阳自然村的黄金山、黄金水家，因兄弟俩在外打工，慰问品、慰问金就由他们的母亲代领。

来到黄金沙家，韦春华进屋与黄金沙的老婆聊起了家常。当聊到她正读高二的女儿时，黄金沙的老婆说她女儿精神压力大，经常晚上失眠。韦副局长就拿出当年他考研究生时如何化解压力的经验，与眼前这位年轻的母亲进行交流，而且力荐卢队长做她女儿的指导老师，毕竟卢队长曾经在中学执教了九年，对学生的心理变化有一定的了解。卢队长欣然领受领导交给的任务，马上承诺有时间会与黄金沙的女儿沟通。

在坪坝自然村苏飞燕家里，热情的户主让大家尝尝她刚开锅的红薯。这些红薯很新鲜，是这几天她从地里挖回来的。但领导都是怀着"不拿群众一针一线"之心来慰问的，何况是贫困户。待领导走后，苏飞燕用食品袋装了几个红薯，委托昌哥送给从远方来看望自己的领导，略表心意。

随后，一行人去了高元朝、高阳朝家。高阳朝家门口放着两块椭圆形的石头，石头显得有些古老，浑身皱褶，王悦以为是远古时代留下来的石椅，但韦副局长告诉王悦，石头是碓臼，舂米用的农具，只是倒放着，看起来像石椅。听完韦副局长的解释，王悦才反应过来，记起小时候，他老家祠堂也有碓臼，只是跟这里的有所不同。

从高阳朝家走出来，大家就进天沟。进天沟的山路又弯又窄，而山路下面就是一个个深不见底的山谷。记得第一次走这样崎岖的山路，王悦往下看时心里感到异常紧张害怕，但走过了两三次后，他不仅没有害怕之感，反而觉得这里处处是风景。

当韦副局长听说莫天高把工作队送给他养殖增收的黄牛卖掉后，于今年春节前花 11000 多元买回一头怀孕的大水牛，就让莫天高带他去看看大水牛。莫天高说，以前的黄牛到处拉粪便，严重污染村里的空气，所以他把黄牛卖了，换回大水牛。大水牛可当劳力，农忙时节可以犁田。

大家来到田野，见一头大水牛和一头小牛在田野里吃秋收留下的稻秆。莫天高说，小牛是今年 7 月母牛产下的。母牛和小牛见到陌生人，都怔怔地望着，但当看到莫天高时，母牛就向他奔来，像孩子见到了爹娘般亲热起来。

慰问完莫天高、莫天云、莫天穹，已经是黄昏时刻。在村里转了转后，韦副局长好像对天沟极感兴趣，对卢队长说能不能把天沟开发成旅游景区。

从天沟下来时，太阳开始落山，天气也变冷了。路过上井时，领导又去了李光云家，见到了他母亲。李光云的母亲 85 岁了，但看起来很健朗，眼不花耳不聋。

回到村委会，韦副局长又与村支书交谈扶贫工作的事宜，还打听到天沟村已有 200 多年的历史。

本来下午 4 点 30 分镇政府有一个关于广安镇相对贫困人口退出的县级核查反馈会，但因领导要慰问，工作队只得请假。

临近天黑，慰问的领导才离开村子。

当王悦和卢队长回到镇政府后，天已经完全黑下来。因为没有在镇政府饭堂报餐，两人就到云天阁吃饭。

吃完饭，王悦跟着卢队长到达宁商店取购买慰问品的票据，要向单位报销。以前慰问，万队长也是到达宁商店购买慰问品。

商店老板正坐在茶几前用电磁炉煮猫食，见卢队长来，便停下手中的活，泡了一壶热茶。

老板很年轻，30 多岁，看起来挺斯文的，只是头上扎着一条马尾，与上唇边和下颚留的胡子"组合"在一起，显得不伦不类，甚至有点像社会上混的大佬。

不过，当卢队长跟老板聊起养宠物猫时，又改变了王悦对他的印象。老板说养宠物猫其实养的是自己的性情，原因是以前他脾气比较暴躁，但自从养宠物猫后，性情就变得温和起来。王悦没有养过宠物，听老板这么讲，没想到养宠物还有那么多的好处。

接着，卢队长与老板又谈了很多话题。特别是关于孩子的教育问题，老板认为教育最重要的不是孩子的学习成绩，而是身心健康。他讲了一个故事，在广安中学曾经发生过一起女学生跳楼事件，这名学习成绩优异的学生，因为受不了家长的一次批评，一时想不开就跳楼。

老板对孩子教育问题的见解，王悦颇为赞同，因为他曾经也说过跟老板一样的话，那就是教育最重要的不是孩子的学习成绩，而是身心健康。

从商店出来，王悦和卢队长转入教育路后，看见路边站着不少人，一看都是"扶友"或镇上的干部。原来，他们今晚在云天阁酒楼聚餐，为驻村干部伍森宏设告别晚宴，明天他就要回 Q 市单位上班。

伍森宏是王悦老乡。

他参与扶贫工作才半年，为什么这么快就被调回去呢？

王悦记得，上次在镇政府办公楼三楼会议室召开扶贫工作会议时，各驻村帮扶工作队队长对相对贫困户退出核查作一次总结，并汇报自己所驻的村都已实现100% 贫困户退出，唯独伍森宏所驻的村只有 96% 的贫困户退出。

那时王悦觉得，这个老乡与众不同。

近日，县领导陈超同志亲自召集县水利局、县疾控中心主要领导和扶贫办分管领导召开专题研究会，研究解决农村饮用水安全问题。会议决定，全县 26 个省定贫困村的饮水安全由县水利局负责，包括完成村村通自来水到村后的入户驳接、提供水质安全报告；核实其他非省定贫困村 20 户以上的自然村集中供水的有多少、20户以下的自然村分散取水的有多少。核查工作由扶贫办牵头，各镇要迅速摸排上报。现缺水或用地下水的贫困户，看能否接入其他水源，并迅速上报水利局完成整改；无法接入集中供水的贫困户，需要送样检测水源。全县汇总统计后，由县协调防疫部门对水源样品进行检测，如果工作量大，考虑聘请第三方检测。

镇扶贫办接到通知后，要求各驻村工作队迅速会同村委会开展排查工作，完善《广安镇需检测水源取样点明细表》，特别是"该水源点是否为 20 户以上集中供水"一栏，如实认真填写；在排查、完善《广安镇需检测水源取样点明细表》的基础上，了解清楚哪些贫困户饮用水的水源点属于 20 户以上集中供水，哪些贫困户饮用水的水源点属于 20 户以下集中供水，并填报好《广安镇贫困户分散取水统计表》。

一直以来，饮水是一项民生工程，保证水源安全才能确保民众的健康。

早上进入村委会后，王悦把昨天 Z 城信访局领导来虎山村调研慰问时所拍的照片上传到电脑储存起来，然后写了一篇信息稿，准备发送到驻县组和镇扶贫办。

信息稿发送之前，王悦让卢队长审核，卢队长说写得很好，但还是删掉了一句话。

之后，镇扶贫办发通知说，省政协调研组将在今天上午到镇村调研，主要做入户调查，要求各村提前准备好贫困户名册，并物色好入户对象。

一听上面有人调研，卢队长略显紧张，但他等了一个上午，调研组没进虎山，大概他们绕道而行，到别的村调研去了。

最近系统要进行贫困户属性的修改，一些驻村干部向镇扶贫办咨询孤儿属于什么性质的贫困户，因此镇扶贫办工作人员在镇扶贫微信工作群里统一回复：经咨询镇社会事务办，孤儿既不属于五保户也不属于低保户，系统属性为一般贫困户。

为了让各驻村工作队掌握系统的关闭情况，镇扶贫办还在工作群里下发了《广东扶贫信息系统 2019 年关闭功能时间安排》。为了配合 2019 年省扶贫考核，年底系统会陆续关闭各种功能。

下午 2 点 20 分，王悦和卢队长回 Z 城，准备周末休息两天，毕竟近两个月来，工作队经常加班加点，除了入户核查、做资料，还得应付各种各样的会议、检查、调研和慰问。

出发之后，王悦跟卢队长交流扶贫工作中的事情，有轻松的话题，也有沉重的心情。卢队长说，昨晚他又失眠了。失眠已成驻村干部的常态，因为工作压力大，精神过度紧张，精气神消耗殆尽。当然，不单是卢队长经常失眠，王悦也经常碰到这样两眼发直到天亮的不眠之夜，还有一些驻村干部，都会谈到失眠的问题。记得前任万队长，也是带着夜夜失眠参加扶贫工作的。

为了治愈失眠，卢队长曾在药店里买过一盒"脑心舒"，应该喝完了，但没听他说过有什么效果。

进入高速后，卢队长接到潘大为的电话，说星期天下午 3 点，市里的领导来广安检查扶贫工作，务必准时返回。

看来，两天难得的假期又将砍去一半。

卢队长接完电话，王悦见他一脸凝重，似乎心里不太舒畅。近两个月来，相对贫困户退出核查前后，各种会议和检查都会安排在休息日进行。有时领导真会挑日子，弄得驻村干部连正常周末也过不了，甚至接到通知后，哪怕凌晨5点，王悦和卢队长都得摸黑过去。

当汽车驶进广州绕城高速南海段时，在离丹灶服务区6公里左右的地方，出现了严重堵车，从导航显示，堵了2公里长。王悦不知道前方是出了车祸还是在修路，只见被堵在路上的车辆，走走停停。堵了10余分钟后，王悦才看见离丹灶3公里处，工人在抢修路面。

因为堵车，王悦和卢队长不得不提前到丹灶服务区歇息。以前回Z城，他俩都会到勒流服务区休息几分钟。

勒流服务区过后，高速路又出现更严重的堵车，堵了5.5公里长的路程，这次王悦从高速路上的显示屏知道，前方11公里处在修路。

从3点10分左右，坐在车里的王悦，一直在收听佛山人民广播电台播放的"讲东讲西讲东西"节目，其中主持人讲到一个医生的故事，特别感人。

11月19日凌晨，广州飞纽约的南航航班上，一位七旬老人因排尿困难危在旦夕，急需医疗救助。

所幸，暨南大学附属第一医院（广州华侨医院）介入血管外科主任张红医生与海南人民医院血管外科肖占祥医生都在这架航班上。

两位医生对老人进行检查后判断，老人膀胱内估计有1000毫升尿液，如不尽快排出的话十分危险。

在乘务组协助下，肖占祥医生利用便携式氧气瓶面罩上的导管、注射器针头、瓶装牛奶吸管、胶布自制一套穿刺吸尿装置进行施救。

受飞机客舱及病情等多种因素限制，穿刺引流陷入困难。

危急时刻，张红医生决定用嘴吸出尿液，这是唯一办法，也是最佳办法。

他向乘务组要个杯子，一口口为老人吸出尿液，吐到杯中，整个过程持续了37分钟。

肖医生不停地调整穿刺位置和角度，乘务组将排出的尿液导入酒瓶测量尿量。

半小时后，老人病情得到缓解，转危为安。

亲生儿女不一定能做的事，医生做到了。

事后，张红医生说：救人是医生的本能，天职所在，这是自己应该做的。

医者仁心，悬壶济世。听完故事的王悦，为两位医生的医德大加赞赏，但一想到另一位医生冯丽莉，他既伤心又悲痛。

据媒体报道，10月22日上午，甘肃人民医院医生冯丽莉，刚刚扶贫归来，第一天上班就在诊室被杀害，年仅42岁。

凶手是她的病人，一名直肠癌患者。

一个为春天抚琴而行的英雄，就这样不明不白惨死在病人手下，可悲可叹！

本来预计5点前能回到Z城的，但路上碰到两次堵车，直至6点多，王悦和卢队长才回到熟悉的地方。

晚上差不多7点，卢队长在微信转发一条通知给王悦：接镇扶贫办通知，各驻村工作队每个成员务必于周日下午3点前到达驻地，并保持电话畅通。

10点26分，卢队长又用微信给王悦转发通知：接陆委员最新通知，各驻村工作队全体成员周日早上9点在镇政府集中加班，请大家务必将此作为纪律要求，克服困难，准时到岗。

卢队长还通知王悦星期天早上6点半出发回广安。

扶贫路上，每一个驻村干部究竟付出的是什么？为了贫困户，他们付出的实在太多太多，还牺牲了正常休息和与家人团聚的美好日子。

但不管他们付出的是什么，扶贫事业高于一切，只有贫困户脱贫了，这才是每一个驻村干部最大的幸福！

为春天抚琴而行，幸福的日子就会如期到来。所以，不管遇到什么困难，英雄们都会抱定决心，无怨无悔，勇往直前。

第五十二章

星期天早上，王悦按照前天晚上约好的时间，来到市区办事处大门边，等卢队长开车接他。

天空开始慢慢放亮了，但行车极少，路人更是寥寥无几。

过了五六分钟后，王悦才看见卢队长开车停靠过来。

王悦问卢队长吃了早餐没有，卢队长回答说吃了一个苹果。为了赶时间，王悦只是在街边面包店买了六个很小的糯米包，在等卢队长的时候把它们全部消灭了。

昨晚，王悦参加了由Z城晚报社主办的文学活动后，与一群文友聚餐，忍不住喝了几杯酒，回来没冲凉就睡着了。自从参加扶贫工作后，王悦几乎没有时间参加文学活动，也许见到许多熟悉的文友，心里一高兴，就贪了几杯。到了凌晨4点多，王悦就起了床。

进入高速后，也许起得早，王悦感觉还没睡醒，脑海一片空白，身体就像晨雾一般，轻飘飘的。他慢慢地闭上眼睛，任凭汽车把迷迷糊糊的自己带到任何一个地方，也毫不在意。

在丹灶服务区休息时，王悦和卢队长喝了一瓶红牛，但喝完后也不解困。直至再出发时，王悦还是迷迷糊糊地闭着眼睛，但始终没睡着。

到达镇政府，已经是9点多。王悦和卢队长走进三防办会议室，迎接市领导检查的会议刚刚开始。高云飞没按通知要求返回加班。会上，潘大为问卢队长高云飞回来没，卢队长说，星期五接到镇扶贫办加班通知后已经转告给他了，之后再联系却联系不到他。

陆俊在会上作了简短的动员，要求大家针对市领导检查的内容一项一项核实，发现问题应及时整改。

潘大为布置了具体工作：必须亲力亲为亲自下村亲自到场；资料准备，如果有不了解的情况，迅速与相关部门衔接沟通；检查准备，每一个行政村抽5户贫困户，路线要清楚；镇各部门负责人必须熟悉政策和实际情况，检查的市领导有可能会问询。

贫困村需提前准备的事项有贫困户名册和脱贫户名单，自然村名单，20户以上的自然村要特别标注；农民收入，要提前安排10户本村户籍的农户（不要贫困户和县级核查时已抽取的农户）在村委会等候调查；选取农户要求，本次抽选样本方法为分层抽样，上中下收入水平家庭各占三分之一；镇财政所需要提前提供能证明相对贫困村有集体收入的村账信息；新农村建设相关项目资料，含村道、农田水利、安全饮水等内容；县、镇、村按核查做好分工和资料准备，所有资料集中放在村委会议室。

这次市里检查，核查组到达村委会后，核查组成员按本单位职能分别在村委会和自然村进行核查。

会后，卢队长又打电话给高云飞，打通了但他没接。一位镇干部让卢队长联系他单位，说他违反工作纪律，已经触及政治问题。

过了一会儿，潘大为也拨了几次电话，最后终于打通了高云飞的电话，让他赶紧过来加班。

11点20分左右，高云飞才回到镇政府宿舍。卢队长见高云飞回来，也没说一句批评，可他给高云飞布置工作任务时，高云飞爱理不理，装作没听见，走进自己的卧室忙自己的事。

高云飞回来前，王悦和卢队长说好一起去山哥家装山泉水，宿舍饮用水上周已喝完了，因为忙，没时间去装。王悦拎着空水瓶在楼下等了很久，也没见卢队长下来。

直至11点40多分时，卢队长才开车跟王悦去山哥家装山泉水，山哥一家人不在家，只有他家的狗躺在院子里，见王悦来装水，也不叫唤，依然躺在阳光下，想它的心事。

回来路上，卢队长直呼"命苦啊……"

接着，他对王悦说，我对你的工作是没有意见的，但高云飞总是闹情绪，我经常跟他聊工作纪律问题，可他从不记在心上，估计没法改了。

吃午饭时，饭堂备了工作餐，没见高云飞来吃，卢队长打他电话叫他吃饭，但高云飞一直没接。

下午，王悦和卢队长、高云飞进村。

在办公室，卢队长一直站在高云飞身边，让他在系统里导出一些需要检查的材料，但高云飞对卢队长爱理不理。4点钟时，高云飞打印了一份材料，卢队长看见材料数据有很多小数点，让高云飞调整一下重新打印。高云飞说系统打印出来的数据，是怎样的就怎样，他调整不了。

卢队长说这是你的工作，不能太随意应付市里的检查，这样会出问题的。

没想到高云飞突然站了起来，怒吼一声，用力拍了一下桌面，让王悦感到在没有硝烟的战场上顿时充满了火药味，然后只见高云飞拿着手机出去了。

直至4点半左右，高云飞才回到自己的岗位，好像冷静了许多。

卢队长对他说，我知道做系统工作比较烦琐，但这是你的工作。工作上，有时我俩缺少的是沟通。

此时的高云飞，一直不说话。

接着，卢队长让高云飞把上次做好的《贫困人口退出收支核查表》电子版发给王悦，叫王悦全部打印出来。

待王悦把86户贫困户的《贫困人口退出收支核查表》打印出来，刚好下班了。

在镇政府饭堂吃完工作餐后，王悦和卢队长又出去散步。

还没走出镇政府大门，卢队长又直呼一声"命苦啊……"

王悦心里很清楚，因为高云飞对扶贫工作马虎了事，这让卢队长伤透脑筋，以后的工作肯定会出问题。

摸黑走到通往九凤村的村路时，卢队长好像没有那么软弱了，下定决心，要是高云飞还是这个样子对待工作，必定严惩他。

晚上，王悦回想今天在办公室发生的这件很不愉快的事，就事论事，他总结了一下，主要是驻村干部没有团队精神，没有纪律约束，对工作马虎了事。

早上准备出去跑步时，王悦看见鲜红的朝阳已从山上爬起来了，心里又想着如何歌颂眼前美丽动人的朝阳，于是面对朝阳，他略沉思一下，便有了《朝阳》这首微诗：

像朝阳一样

明明白白地来

潇潇洒洒地走

不留恋人世，一粒尘土

王悦走出镇政府大门，抬头看见一群燕子安静地站在教育路边的电线上，一群燕子四处飞翔，而周围的大树上，"啾啾"的鸟鸣不停地传入耳际。

刚上班的时候，潘大为在镇扶贫微信工作群发来他在扶贫云截下的图片，图片中显示了各村走访的数据情况，其中虎山村"一年内未被走访的累计贫困户数"为52户。他要求各扶贫干部迅速对未完成走访的贫困户进行走访，切记一定要进行签到。

他还截了扶贫云中统计出来的五保、低保政策落实情况，要求各村对照民政部门发出的五保低保名单以及《2019年11月广安镇完全丧失劳动能力和部分丧失劳动能力且无法依靠产业就业帮扶脱贫贫困人员信息》，检查系统是否已完成贫困户属性修改，与上报的名单是否相符，行业部门有没有导入相应数据，是否还存在错漏之处。

各驻村工作队走访贫困户的情况，镇扶贫办都会通过扶贫云来监控和掌握。各驻村工作队队长手机里都会下载一个与扶贫云连接的软件，对每一户贫困户进行定位，只要队长走访时打开手机软件找到贫困户姓名点击一下，扶贫云就会自动记录队长走访过谁的家。

以前跟万队长走访贫困户的时候，王悦见过他用手机操作，但有时信号弱，即使进入贫困户家中，扶贫云也无法识别并记录下来，造成没走访的假象。

今天上午，市检查组到西川全县26个省定贫困村中抽6个村进行检查。一大早，陆俊和几个镇挂村干部来到虎山村委会，等待上面公布抽查结果，准备随时迎接市领导检查。卢队长也显得异常紧张，好像害怕这次检查组会来虎山村检查。

临下班时，卢队长却一直没接到检查通知，心里的石头才落下来。可肖副主任说，市领导要检查三天，第一天没抽到虎山村，可能第二天或第三天就会抽到。

下午上班，王悦又把准备迎接这次检查的资料全部看了一遍，尽量多掌握一些情况，特别是了解一下市领导要检查的各项详细内容，万一像肖副主任说的，最后两天还是有机会抽到虎山，多掌握一些"知识"，自己可以用来"防身"，不怕领导检查时突然袭击，以免自己答非所问。

看完资料之后，阿巧叫王悦跟她一起去横屋拍几张照片。现在，虎山村每个自然村都立了一块写有自然村名的招牌，亮明自己的身份。虎山村共有26个自然村，有时走访，王悦和卢队长都不记得是什么自然村，特别是两三个自然村"混"在一起的，更让人难以界定自己究竟来到了哪个自然村。

在横屋自然村的招牌前拍了几张照片后，就回村委会交差。

在村委会，黄秋亮坐在以前学校升旗的水泥地板上，左手拿着一个红色食品袋，里面似乎装着一些好吃的东西。他面带笑容，却没有人知道他心里藏着什么好事，会不会想与人分享。

晚上，王悦跟卢队长出去散步。卢队长看起来有点小高兴，因为王悦今天完成了工作队的一项任务，在Z城晚报发了一篇有关虎山村扶贫的纪实文学作品，自扶贫工作开展以来，虎山村取得的一些扶贫成果第一次得到宣传。别小看这篇小文章，它是作为政治任务完成的，因为驻县组要求Z城所有帮扶工作队每年至少要在市县级媒体发表一篇有关扶贫工作的新闻或文章。

现在想来，王悦才知道发表有关扶贫的作品或信息稿的重要性，它是作为"政治任务"来抓的，怪不得当初万队长让王悦把"刘志欢重返校园"的信息稿投给Z城晚报，争取发表出来，这样他才能完成这项"政治任务"，所以因信息稿的事，他跟王悦闹得不可开交。

另外，令卢队长更加高兴的是，通过做思想工作，高云飞今天上班积极了许多，吩咐做的事都能用心去做。

也许，卢队长为了团结，为了挽救高云飞，不厌其烦地跟他沟通。

早上起来时，王悦感觉有点冷。他打开手机，看见上面标着西川温度为12℃。

进村时，阿巧又坐了工作车。她说她昨晚没怎么休息，老二身体不舒服，发烧，老三半夜尿床。

阿巧确实不容易。白天上班，晚上又要照顾三个小孩子，老大才 10 岁，读三年级。前天晚上，她还把没做完的资料带回家做。

上午，王悦按卢队长的要求，把上次和今年 6 月 27 日信访局领导来虎山村调研慰问的照片，以文档形式打印出来，用作留底。帮扶单位领导来村慰问，是上面要求的，而且每年中秋节、春节都要进村慰问。领导入村慰问，也是年度省扶贫考核一项重要的考核内容。

之后，王悦把最近领导入村慰问的信息稿发给驻县组和镇扶贫办。

根据县人社局要求，各村开始推荐"脱贫就业之星"和"脱贫就业积极分子"候选人。被评选为"脱贫就业之星"的贫困人员，每人将获得 400 元奖励；被评选为"脱贫就业积极分子"的贫困人员，每人将获得 300 元奖励。通过评选和奖励，树立一批贫困家庭劳动力就业脱贫典型，达到宣传勤劳致富的效果，营造浓厚的劳动光荣氛围，示范带动贫困家庭劳动力通过就业致富奔小康，形成决战决胜脱贫攻坚的强大工作合力。

上午 9 点，驻县组扶贫微信交流群下发了中共 Z 城市委组织部、市扶贫开发办公室印发的《Z 城脱贫攻坚驻县工作组、驻村工作队管理办法》的文件。王悦把文件下载后，认真学习了一遍。

中午在镇政府饭堂吃饭时，大石嘴驻村第一书记兼工作队队长许朗笑邀王悦和卢队长晚上聚一聚。

晚上 6 点，陆俊、潘大为、黄侠、龙书记、包万来、许朗笑、卢队长、高云飞和王悦共九个人，来到云天阁酒楼聚餐，依然实行的是 AA 制。

王悦大概有一年时间没跟他们聚餐了，他们倒是经常聚。不过，卢队长平常也是很少参加这种活动，因为他不喝酒。

大家挤在一张饭桌上，有说有笑，显得异常热闹，偶尔谈工作，偶尔讲点笑话当下酒的佐料。不到一个小时工夫，大家就干掉了三瓶白酒。

席间，潘大为为了缓解卢队长跟高云飞之间的僵局，总是举杯向他俩周旋，说好话，当和事佬。卢队长从工作角度考虑，对高云飞一直保持客气的态度，还多次夸高云飞工作做得好。

王悦心里知道，卢队长总是委曲求全，处处对高云飞忍让，目的就是想感化他，让他认真对待工作和纪律。这两天，高云飞确实老实多了，对卢队长吩咐的工作开始认真对待，甚至卢队长问到工作的问题，他也有了回应，不像以前那样一副傲慢冷淡的表情，态度生硬，或者胡乱回复"不知道"，或者干脆保持沉默，一点都不尊重卢队长。

三瓶白酒见底后，喝到兴头上的潘大为和高云飞，又要来一瓶白酒和两瓶啤酒。

王悦记得星期天下午，高云飞冲卢队长拍完桌子后，不一会儿，一个50多岁的村民闯进办公室，装疯卖傻，说了很多难听的话，每一句话都是针对扶贫工作的。卢队长开始不理他，后来实在听不下去了，就叫那村民跟他出去说，有什么问题可以向他反映。

这村民究竟是谁呢？自从来到虎山，王悦还没碰见过这种闹事的场面。

当时王悦也不当一回事，但后来仔细一想，觉得事有蹊跷。

晨跑成了王悦特有的"娱乐方式"，不仅能锻炼身体，也能欣赏到沿途的风景，偶来灵感之时，还能吟哦几句小诗，收获文字带来的点滴快乐。

今天也不例外。早上出去晨跑的时候，王悦看见阴郁的天空，就像失恋的少女，满脸愁苦，又像还没睡醒的孩子，混混沌沌。

碰上这样的天气，只要不下雨，王悦还是坚持跑出去，呼吸呼吸山村的新鲜空气。

昨天喝了点酒，又与高云飞在没有任何思想准备的情况下因小问题吵了一架，所以晚上睡得晚一些。王悦刚进入梦乡，睡梦中很快就浮现出他与高云飞吵架的情景：席间，王悦悲哀地想起以"道歉"收场的万队长，说他对待工作没有卢队长这么尽忠尽职。王悦说的是一句公道话，没想到引来高云飞的强烈不满，只见恼羞成怒的高云飞跳将起来，指着王悦大喝一声："不许你这样说万队长，万队长是我恩人！"王悦也火了，因为他早已看不惯高云飞马虎对付工作的态度，而且异常狂妄，还对卢队长拍桌子，简直是目中无人……两人越吵越凶，差点动起了手，但被潘大为、许朗笑他们劝住了。

万队长在的时候，少不了处处罩着高云飞，像亲生儿子一样捧着，对高云飞没有纪律约束，王悦甚至经常看见万队长从饭堂给起晚的高云飞打早餐，放到高云飞卧室门边，怕他饿着肚皮进村。因此，高云飞就把放纵自己的万队长当成了恩人！

王悦跑到望春河小桥边时就停下脚步，听了一阵流水声后，开始往回走。差不多回到镇政府时，他看见教育路边一块不小的菜园里，一棵蔫头耷脑的木瓜树，叶子已经枯萎，还来不及成熟的果实，似乎也被冷风吹得脸色发白。站在木瓜树旁，王悦想象着要是来一场北方的雪，不知道它还能忍受多久，或者将它想象成行走在雪路上的人，会是一种怎样的人生境况呢？由此，王悦又偶得一首微诗，匆忙在手机里敲下这首《雪中人》：

别再用可怜的模样

装饰天空的虚伪

行走在漫长雪路上的人

迟早有一天

他会惊醒梦中的春天

讲村后，王悦跟卢队长到东平、西坑、坪岗、上塘、下塘"打卡"，就是在手机下载的扶贫云进行走访"签到"。昨天上午，镇扶贫办从扶贫云里查看到虎山村还有50多户贫困户没有完成走访签到，下午，卢队长一个人去签到，还剩下一部分没完成。

先到西坑和东平签到后，接着去黄长水、黄秀江家走访。两家挨得很近，都住在半山腰上。卢队长让王悦上去看看他们家有没有拉电视信号线。王悦爬上山坡，看见一头母黄牛和两头小黄牛被拴在树下，都惊奇地望着他，还有一条小狗，高高地站在山坡上，毫不客气地"汪汪"乱吠，很卖力。

要想去他们家查看电视信号线，看来有点困难。王悦走下山坡时，抬头看见一条崭新的白色的电线从山脚下伸进他们家，大概是刚拉的电视信号线。

王悦和卢队长开车来到坪岗刘诗才居住的老屋门旁时，刘诗才刚好从菜地回来，肩上挑着空水桶。他看见王悦和卢队长，忙放下水桶，问他俩有什么事。王悦走下车，向尊敬的"老英雄"敬了一支香烟，并对他说，刘师傅，你忙，没什么事，只是签到而已。刘诗才说，进去喝杯热茶吧。王悦说，不用了，还有一些人家没签到，上午要完成。

来到上塘。上塘有一口山塘，山塘水在微风吹拂下，泛起满脸的涟漪，好像向并不明朗的天空微笑。

在路边，王悦看见对面一座座安静的民房，端坐在绿绿的山脚下，而眼前，一大片收割后的田野上，一撮又一撮的稻茬，依然直起发黄的身体，似乎被冷风抽干了血液，给人一种苍凉的感觉。此时的苍凉，在王悦看来，也是一种美，毕竟它曾经给村民带来丰收的喜悦。

下午在村委会召开贫困人口劳动力变更民主评议会，主要评议贫困户邓国强因病丧失劳动能力的情况。之后又召开村民小组长会议。

傍晚，王悦到村委会对面的运动场地走了走，见里面摆放着不少健身器材：蹬力器，太极揉推器，立式腰背按摩器，太空漫步机，健身车，三人扭腰器，伸腰伸背器，自重划船器。

晚上6点多，王悦和卢队长留在村委会，与村干部和参加会议的村民一起吃晚饭，而高云飞明天调休，乘村里的最后一班公交车回家去了。

晚上在村委会会议室开了三张饭桌，十几个人挤在一起吃了一个简单而热闹的火锅，有鸭肉、萝卜和炸豆腐。

在另一张饭桌上，王悦看见黄秋亮的父亲、刘诗才、莫天高吃得津津有味。

晚饭后，阿巧坐工作车一起出村，她向王悦和卢队长讲起她家婆的故事：阿巧的家婆一共生下五个孩子，三个女儿两个儿子。结扎时，阿巧家婆的手术并不成功，可能割断了一根神经，术后得了癫痫症。在阿巧的老公9岁那年，阿巧可怜的家婆不幸掉进蓄粪池被活活淹死……

一路上，因了这个凄惨的故事，王悦感觉这个冬天特别寒冷。

今天是入冬以来，让人感觉最冷的一天。

早上，王悦看见东边的那座山上挂着一片云彩。云彩并不鲜艳，呈淡红色，但中间形成一条白带，像河流，又像一幅还没有完成的画。

天空很宁静，还伴有轻微的北风。山脚下的一幢幢民房挨得很紧，好像在互相取暖。这次，王悦跑得比较轻松，大概因为昨晚的睡眠很好。

吃完早餐，太阳才从山上爬出来，但北风越来越大，吹得树上的叶子"呼啦啦"作响。

这段时间，应付完省市县的各种检查，驻村工作队又开始忙百香果种植基地的事情，昨晚听卢队长说百香果项目的申请资料驻县组已同意，今天上午到驻县组把申请资料取回来。取回申请资料后，就可以放心着手实施这一项目，争取明年春天种下百香果苗。当然，目前最关键的一步，是尽快与村两委协同把基地地址选好。

刚想开车到驻县组，村支书就给卢队长打电话说，他要到县城鸿运房地产开发有限公司，取回购买商铺的不动产权证书。他大概半个小时后能赶到广安镇政府。

王悦站在宿舍阳台上等村支书。此时的北风越吹越大，吹得树枝"咯咯"作响，风力少说也有五级。因为风大，天气越来越冷，王悦感觉自己再也顶不住从北方吹来的冷风，于是走进宿舍多穿了一件薄毛衣，身上才暖和一些。

十几分钟过后，村支书骑摩托车来到镇政府，此时差不多9点半了。

车上，卢队长和村支书一路都在谈村里的事情。

卢队长说艾岗、白水自然村没有电视信号，两个都是属于20户以上的自然村。村支书作了解释：两个村都已拉了光纤，但因特殊情况没接入电视信号，如白水，现在只有几户人家居住，90%的村民已搬到广安镇，留在村里的都是老弱病残的村民，拉电视信号线只会浪费钱财。

另外，据村支书反映，一些有电视机的贫困户，听说工作队计划给没有电视机的贫困户买电视机，他们都想把电视机藏起来，让工作队买新电视机。

当初工作队计划给没有电视机的贫困户买电视机，王悦就有这种担忧，曾暗示卢队长，不如把买电视机当作一件善事来做，给每户贫困户各买一台，如果只给部分贫困户买，其他贫困户肯定会有意见，好事就可能变成坏事。

后来，卢队长也考虑到这一点，怕以后真的会出现如王悦所说的麻烦。这一麻烦现在得到验证，卢队长感叹想做一件好事竟然这么难，一碗水难端平。面对这样的难题，在还没有更好的办法之前，卢队长不得不改变买电视机的计划：要么不买，要么全部买。

面对贫困户的这种做法，村支书也很生气，说干脆全部不买，省得闹意见。

之后，他们还聊到邓国强。村支书说邓国强以前牵过几年"猪郎"，养过几头公种猪，专门给附近村民家的母猪配种，之后又做起摩托车搭客的营生，现在得了多种病，身体极度虚弱，已丧失劳动能力。昨天的贫困人口劳动力变更村民评议会，就是专门为他召开的。

10 点 15 分左右，来到西川县政府后，北风就小了一点，但还是让人觉得冷。

驻县组在馨园那幢楼三楼办公，王悦已经来过好几次了。不巧的是，办公室门关着。卢队长打电话给驻县组组员小陈，小陈说正在开会。

王悦站在馨园三楼阳台上，看见冷风中的蓝天很蓝，白云很白。

不一会儿，川水镇东乡村的两名驻村干部也来办事。直至 11 点左右，小陈和驻县组副组长孙树龙才开完会回来。

在办公室，卢队长从驻县组了解到，现在申请资金已不分市财政资金还是自筹资金，统一叫扶贫资金，资金申请表也有一些变化，以后申请资金要用新表。在驻县组，还有一个非常重要的信息传达出来，即以后村里申请项目和资金，不需要呈送 Z 城扶贫办审批，而驻县组只需审批项目，不像以前那样，还要审批申请资金。以后，如果村里申请资金，只需要当地镇政府、镇财政所和帮扶单位同意就可以了。

这样，申请项目和申请资金的流程简化了，最大的好处就是方便了驻村干部行事，但也存在一些问题，那就是弱化了资金管理，万一出现纰漏，责任就会落到当地镇政府和帮扶单位身上。

从县政府出来，差不多到下班时间了。卢队长把车开到鸿运公司。因为只需取回购买商铺的不动产权证书，王悦和卢队长就留在车里，只有村支书一个人进去。

几分钟后，村支书拿着不动产权证书走了出来，递给卢队长。卢队长看了看，发现不动产权证书忘了盖自然资源局的章，于是让村支书送回去。

这次购买商铺，契税比预计的少了 1600 多元，其他的没变。

村支书回来时说，下午 2 点半到行政服务中心取不动产权证书。

第五十三章

来鸿运公司前，村支书已约好了一家饭馆，叫卢队长往饭馆方向开去。

来到孟江香东桥边一家并不像样的小饭馆门前，汽车就停下来。小饭馆是用铁皮搭建的，不过门面还算宽敞。王悦站在门边仔细打量，除了门口玻璃柜里挂着几只诱人的烧鸡和里面靠墙放着一个稍大的冻肉冰柜外，没有饭馆的样子，也不见食客。

记得三个月前，王悦在县党校培训时，曾经来香东桥边的江东小食店用过餐。江东小食店就在小饭馆前面，相隔不过十几米。不过，江东小食店比眼前没名没姓的小饭馆像样多了，而且风景特别好，坐在里面，你可以一边吃饭一边欣赏窗下宽阔的孟江河面。

不一会儿，一个身材中等、面色黝黑的中年汉子迎上来，引王悦他们走进里面的房子。房子里显得很凌乱，连穿过的短裤也随便放在一张旧沙发上，令人有点不太舒服；还有一张白色的饭桌，摆放在沙发前，与破旧的铁皮房很不搭调。

坐在饭桌前，王悦有些不太自然，总感到坐在这个地方吃饭肯定会大倒胃口。倒是客气的中年汉子，忙前忙后泡了一壶热茶。村支书说，他是昌哥的二儿子。

听村支书介绍后，王悦好奇地仔细打量了一下中年汉子，越看越像昌哥，特别是并不算大的眼睛和略显扁平的鼻子，跟昌哥简直一模一样。

大概是 9 月份，昌哥去南海女儿家，顺路坐上回 Z 城的工作车。那时昌哥谈起过他的三个儿子。特别是他小儿子的故事，引起王悦极大的兴趣，至今记忆犹新。

虽然饭馆环境一般，不过，吃饭时，大家都觉得味道还不错。昌哥的二儿子是厨师，在城镇香东村开农场，专门养殖鸡鸭鹅鱼狗，有时会到乡下为村民办酒宴，饭馆里请了一男一女做帮工。

席间，卢队长谈到今晚要在虎山村委会请客，昌哥的二儿子就说他可以承办宴席，货全是土养的，就算亏本也要做这门生意。最后，卢队长留下500元，生意就算成交了。

吃完饭，王悦看到沙发上那条短裤，极不雅观，就出去随便走了走。

来到香东桥，王悦望着桥下绿绿的河水，显得异常宁静，像母亲慈祥的面容。他突然想起今天是感恩节，却无法面对远方的母亲说一句感恩的话，只能把母亲像孟江河一样的恩情深深埋在心底。

王悦很想到堤下亲手摸一摸孟江绿色的面容，却找不到可以下去的地方，因为堤岸上都是建筑物。为了找到一个能下去的地方，他穿过了公路，逆流而行，向另一条公路走去，但堤岸上都建有楼房。走了300多米，王悦终于看见夹在两幢楼之间的一块小空地，从那儿可以下去，但下去的梯子比较陡。

王悦小心翼翼地走了下去。他第一次如此近距离接触到孟江，心情顿时澎湃起来，像一浪高过一浪的潮水。此时，一大片绿色的江水就在他脚下，就在他心里。王悦放眼向远处望去，江水异常宁静，偶尔被北风吹起的涟漪，就像母亲思念的皱纹，等待他的归来。

江面上的船只并不多，有白色的动力船，也有浅灰色的小木船，但都停靠在岸边歇息。

接着，王悦蹲下来，用双手捧起江水，感觉它有点凉，但不冷。江边显得异常荒凉，生长着不少说不出名姓的野草野树，一个人站在这里，感觉有点害怕，怕草丛里藏有伤人的动物，如蛇。

当王悦登上堤岸，却看见一条蛇盘在空地上，挡住了去路，不禁吓了一跳。蛇并不大，蜷缩着身体，吐着黑色的信子，而尾巴比较粗，像断了一截后愈合起来的样子。他紧张地向两边看了看，却没有找到能驱赶蛇的干树枝，只得拔了一根草，但没用，草太柔软。王悦又从地上捡了两块石子，可因为离蛇有点远，扔了两次都没碰到蛇。

怎么办？王悦又急又怕，往后退了几步也找不到能驱赶它的东西。王悦不知如何是好，当他再次望向蛇时，蛇开始动了起来，慢慢向生长着草的墙边靠近，直至钻进一个小洞里，不见了身影。

王悦终于缓了一口气，顺利走了出来。

下午 2 点半，王悦和卢队长、村支书开车到行政服务中心取盖好章的不动产权证书。车刚开到离小饭馆不到 1 公里处，王悦看见路边有一个白色的门楼，上面写着"竹海世界"。

竹海世界是西川县的旅游景点，王悦没想到这次跟它擦肩而过，实在有点遗憾。

竹海景区利用孟江两岸浩瀚的平原竹海建设而成，占地面积 8.13 平方公里。竹子制氧量是常绿阔叶林的 1.5 倍，源源不断地输送大量的新鲜纯氧，让游客置身于浓浓的纯氧和竹林精气之中。竹海世界堪称南方最大的氧吧之一。

在行政服务中心，王悦他们等了很久，才把盖好自然资源局印章的不动产权证书取回来，因为办事的人迟迟未到，拖了一个多小时。

村支书把梦寐以求的不动产权证书拿给王悦看，并让王悦用微信将"证书信息查询"二维码扫一扫。扫了二维码后，查询的信息马上跳出。

高云飞上午请了半天假，因为下午镇里要召开各驻村工作队队长会议，还在县城办事的卢队长就让高云飞替代参加。

傍晚 5 点半，卢队长让王悦、高云飞跟他一起进村。

今晚卢队长和黄侠请客，一个出菜钱，一个出酒钱。王悦本来不想参加的，但卢队长说这次也算是集体活动，不去怕不好。

卢队长也是很怕参加这种聚会的，因为他不喜欢喝酒，但在那种场合，总会有人劝酒，毕竟他是工作队队长。

这次聚会，可以说是潘大为鼓动的。星期二那天晚上，九个驻村干部和镇干部在云天阁酒楼聚餐时，也许看到大家忙了很长一段时间，刚应付完相对贫困人口相对贫困村退出核查工作和上级各种各样的检查，而且事情进展很顺畅，喝多了的潘大为便提议下次聚会，卢队长应该在虎山村办两桌，毕竟完成了购买商铺这一件大事，应该庆祝一下。

作为镇挂村干部，黄侠主动提出自己出酒，他家里私藏有 12 年的洋酒。

这样撮合，就有了今晚这次名正言顺的聚会。

来到村委会时，天色已经暗下来了。昌哥的二儿子带来两个帮手，在厨房里忙开了。接着，镇里的干部、大石嘴驻村干部和龙书记陆续赶来，一共十来个人。

差不多 7 点，在村委会会议室开了两桌，菜肴以鸡、鹅为主。黄侠果然没有食言，带来两瓶 12 年的洋酒，与大家一起分享。

9 点左右，回到镇政府后，喝多了的卢队长没冲凉就睡着了。一整天在县城奔波，他也累了，而王悦在卧室里翻看《习近平讲故事》。他今晚没喝酒。

看到 12 点多，王悦才睡觉。

王悦不是个贪婪的人，对时间却格外珍惜，甚至有一种强取豪夺的野心。他希望闲时多读点书，吸收知识营养。自从参与扶贫攻坚工作以来，活动少了，人情事务也简单了许多，王悦把业余时间都用在学习上。当然，广安拥有让王悦"简单"起来的条件和理由，一到天黑，这里就什么都看不见、听不见，除了宁静，还是宁静。

置身于此，王悦时常安慰自己说，这里是最好的修身、修炼的地方，人生最想要的结果，不就是"简单"两个字吗？

早上，王悦没那么早起来。天空阴沉沉的，还伴着些许微风，好像是昨天遗留下来的。

也许习惯了晨跑，王悦打算到白云村走一走、看一看，哪怕碰见的是冬天的荒凉和田野的凄楚，或许，它们都会给他带来温馨的诗句。不想在镇政府大门边碰见背着鼓囊背包的镇纪委副书记华春安，他被抽调进村，大概两个星期。与他谈了几句，王悦就沿着镇政府围墙外面的水泥路向白云村走去，差不多到白云村，又遇见龙书记和商店老板贾旺成散步回来。

上午进村后，王悦听肖副主任说，昨晚黄侠喝醉了。

黄侠 30 岁左右，性格比较温柔，不是大大咧咧的那种，他怎么会喝醉呢？是不是刚当上爹，一时兴起，多贪了几杯？

一个多月前，黄侠的女儿出生，高兴的他在村委会摆了一桌。那天因为王悦和卢队长要回 Z 城参加帮扶单位联席会议，没参加黄侠摆的宴席。

不一会儿，卢队长让王悦拟一份捐书倡议书，是信访局领导安排的。

40 多分钟后，王悦把"爱照角落，善行虎山"捐书献爱心的倡议书拟好并让卢队长审核。

捐书倡议书，是Z城信访局党委、工会及驻村工作队向局机关、局属各单位干部职工发起的呼吁，"捐一缕书香，献一片真情"，让捐书干部职工的爱心洒满虎山。

昨天，关于县就业奖补，卢队长交代王悦把这件事情办好，争取更多就业的贫困人口都能享受到这一政策。

在办公室，卢队长和村支书、肖副主任讨论百香果种植基地的问题。村支书没有反对在村里开发种植百香果扶贫产业项目，但肖副主任持反对意见，她说百香果赚不了钱，而且最近她看到一份内部通报的资料，说某某村的扶贫产业项目百香果园出现严重亏损状态。

午饭后，王悦和卢队长没休息就回Z城。昌哥又要去南海女儿家，参加他女婿家外甥的婚礼，于是顺路坐工作车。

卢队长把昌哥送到他女儿居住的小区大门边后，直接调头往Z城赶。

路上，王悦听卢队长说，一驻村工作队出现扶贫资金使用问题，好像是挪用。

"挪用扶贫资金，那可不是闹着玩的。"王悦听见卢队长在自言自语。

回到Z城，已经是傍晚时分了。

卢队长要向信访局领导汇报扶贫工作，他通知王悦周一下午2点才出发回广安。

8点20分，潘大为在镇扶贫微信工作群下发通知，说是县委定于12月3日上午在县会议中心一楼举办西川县学习贯彻习近平总书记关于"三农"、扶贫工作重要论述暨涉农干部、扶贫干部培训班。

午饭之后，王悦休息了一个半钟头。这几天牙痛，吃了一些药，加上前两天休息得好、睡眠充足，才稍见好转。

2点，王悦准时来到市区办事处大门旁，等卢队长接他。几分钟后，卢队长开车来到王悦眼前。

坐上车后，卢队长说上午在单位向领导汇报工作并商讨百香果种植基地的事情，领导强调百香果扶贫产业项目一定要如期进行，同时分析在虎山村建立百香果基地，投资小风险也小，开发其他扶贫产业项目，相对而言风险比较大。

这次，帮扶单位领导已经抱定决心在虎山村落实百香果扶贫产业项目。

王悦和卢队长都知道，虎山村地理环境特殊，条件有限，运输困难，好像没有比开发百香果种植基地更好的项目，况且时间紧迫，明年是脱贫攻坚战的最后一年，扶贫产业项目的落实再也拖不起。

时间，对于驻村工作队，就像生命一样宝贵，如果自己不珍惜，没有人会可怜你或者挽救你，只有你自己才是命运的主宰，要是完成不了脱贫攻坚任务，拖了后腿，谁也担不起责任。

在虎山村种植百香果，还有一个好处，那就是收益快。如果明年春栽苗，大概四个月后就能结果，而到了秋天，至少还能结一次果。

当然，领导的意图很明确，就是想利用扶贫产业带动一些有劳动能力的贫困户，积极参与到脱贫攻坚任务中，消除他们"等、靠、要"的思想。不过，就目前而言，虎山村有劳动能力的贫困人口，大部分已经到外面打工，基本上实现"就业一人，脱贫一户"的脱贫策略。

从Z城西收费站上高速后，王悦和卢队长不再谈论扶贫工作的事情，而是转换到其他话题。

今天卢队长心情不错，聊得开，放得下。

话题首先是从王悦做的一个梦谈起。

王悦对卢队长说："很奇怪，前不久我做了一个梦，梦见自己要参加高考，很紧张，像真的一样。"

卢队长笑着说："不奇怪，前不久我也做了一个梦，梦见自己在备战考研。"

接着他解释："也许你没考上大学，所以心里面还放不下高考，而我也是因为没考上研究生，心里才有了疙瘩。"

然后卢队长告诉王悦他考研的经历。

卢队长的老家属于郊区，父母都是农民，家中还有一个大哥和一个妹妹。不过家里耕了不少田，大概有30亩，日子还算过得去。

第一次参加高考，他落榜了，补习一年后，他超水平发挥，考了全县文科第二名。

他本来想报读好一点的大学，因低估了自己的能力，填的第一志愿只是一般的师范类大学，结果被西北某师范大学提前录取。

上大一后，他就一心想考研，不幸的是，父亲得了重病。面对困难，他不得不放弃考研，但他并没有完全放弃，心里盘算着工作两年之后再考研。

大学毕业后，他被分配到 Z 城某镇一间农村中学教书。但学校规定，教学工作者必须工作五年后方可考研。

工作还不到五年，卢队长就谈了女朋友，然后结婚生子，再也没有心思考研。

卢队长在农村中学教了九年书，他说他喜欢教书，最大的梦想就是能站在大学讲台上，所以他才想着考研。没考上研究生，也许是他一生之中最大的遗憾。

后来，他又想考律师，但没考上。

直至 2004 年，他意外考上了公务员，从而离开了心爱的教坛。

听完卢队长求学的故事，王悦也把自己两次参加高考的故事讲给他听。

与卢队长共事半年，王悦知道他的性格，而卢队长也非常了解王悦的为人，他俩都属于那种不善言辞但内心坦荡的人，所以两人在思想上相通，工作上合得来，还经常晚饭后一起到外面散步，偶尔抛开饭堂到外面实行 AA 制，加强营养。

谈完读书故事后，王悦和卢队长又讲身边熟悉的人的故事，都是事业上比较成功的典范。

话题讲完后，卢队长拧开收音机，调到佛山人民广播电台，收听"讲东讲西讲东西"节目。

不知不觉，汽车就来到了大田收费站。

从大田收费站下了高速，再走 20 多分钟的山路，就可到达广安。

吃完晚饭后，王悦和卢队长出去散步。天色未晚，但半空中已经悬挂着一轮弯弯的月亮。

半个月亮在心里

半个月亮留路上

伴着半个月亮，走在四周荒凉的路上，卢队长感觉有点冷，而王悦也感到脸颊似被冷霜打过一样，冰凉冰凉的。

看来，明天的天气会变得更冷，但走在扶贫路上，王悦从不会感到寒冷……

早上起来的时候，感觉特别冷，王悦打开手机查看温度，把他吓了一跳，只有 8℃。

王悦正想进浴室洗漱，却听见浴室里传来水龙头"哗哗"的流水声。大概卢队长早上要赶到县政府开会，比往常早起了一点。

王悦从白云村晨跑回来，卢队长已经在去县城的路上了。

吃完早餐，王悦记起昨晚卢队长交给他的任务，到镇财政所找所长为虎山村百香果种植项目和村党总支宣传栏建设项目资金拨款申请表签名盖章，准备申请两个项目的资金。

王悦抱着卢队长给他的申请材料来到了街面，尽管天气寒冷，但街面人流不少。今天是广安镇圩日。在望春河另一边的街面上，更显热闹。购物的村民络绎不绝，街两边的地摊一家紧挨一家。卖猪肉的、卖菜种的、卖山货的、卖铝盆饭勺的……总之，百姓的日常生活用品和生产工具，应有尽有。

当然，所有这些都没能引起王悦的注意，因为王悦小时候在老家小镇经常碰到这样的日子和情景。

王悦从派出所旁的一条小巷子走进去，走了 20 多米，就来到镇财政所。里面只有两个 50 岁上下的工作人员，她们告诉王悦所长不在，让他明天再来。

王悦一整天留在宿舍办公，相对轻松一点。吃完晚饭后，他和卢队长、包万来、宋沙林到九凤村散步。天色还没完全暗下来，而天空像昨天一样，悬挂着半个月亮。

路上，王悦听卢队长说，上次 Q 市核查组抽查退出贫困村中，Z 城帮扶的一个贫困村没有通过，原因是村道没有硬底化。当然，严格意义上说，村道属于新农村建设问题，与帮扶工作关联不大，所以主要责任不在帮扶工作队，而在村干部身上。

散步回来，卢队长看见一只鸟从宿舍后面阳台的小山坡上飞进了浴室。也许天冷，小鸟在寻找温暖的屋子避寒。

王悦走进浴室，将小鸟捕住。鸟的羽毛是灰色的，但头部和尾巴是黑色的。王悦不知道是什么鸟，很快就把它放飞了。

第二天早上起来，王悦感觉四周都是寒气，从山上引下来的自来水，洗漱时把上、下颚的牙齿冻得抽打在一起，而整个口腔麻麻的，让人极为难受。

走出来时，王悦看见东边山上朝阳呼之欲出，把周边的云朵染得一片通红。

跑出教育路，街面上冷冷清清的，只有望春河桥边，卖猪肉的档主蹲在肉档前，用刀刨着猪毛；还有三三两两的学生，有的打着寒战，有的缩着脖子，有的把手藏在衣袖里，从桥上往不远处的学校走去。

看来，今天比昨天更冷，但桥下的河水不惧寒冷，扭动着绿色的腰肢，一路向东，奔流不息。

当王悦差不多跑到通往九凤村的路口时，看见燃烧过稻秆的地方，残留着一层灰，而灰上面压着白霜。

霜？王悦又惊又喜，于是赶紧靠近那堆灰，用手机把霜拍下来。然后再往前看，另几堆灰上面都披满白白的霜。

王悦好多年没见过霜了。自从离开家乡，他从一座城市奔波到另一座城市，除了高楼，哪还有机会看见霜？而且，随着气温一年比一年高，就算春节回家，也很难见到霜。

所以，对于霜的认识，只停留在童年和读书时代。王悦深深记得，老家上学路上的田野，差不多秋收时，霜很常见，经常铺在路边的草上。待秋收后，霜就覆盖在稻秆上。早上特别冷时，上学的孩子就会蹲在田野上，燃烧晒干的稻秆取暖。

不知咋的，今天与霜一见如故，竟然触动了王悦的心弦，很想为久别重逢的霜写一首微诗。站在白霜面前，他伸出冰冷的手指，在手机里敲下一首微诗《霜》：

冷，并不是你要表达的

全部内容

你用内心的白

清洗掉

隐匿在世界上的每一处黑

王悦继续往九凤村方向晨跑。他看见两边的田野，白霜一片又一片，都覆盖在面黄肌瘦的稻秆上，像回到久远的读书时代。

进村时，卢队长先到财政所，想找所长在申请资金的表上签名盖章，但只有一个工作人员坐在里面的办公室。工作人员见卢队长他们进来，就知道是办什么事，卢队长还没问，她就说所长不在，他到县城办事去了，好像征什么地，大概一个星期后才能回来。

百香果这一项目，是从 10 月中旬开始申报的，但因 Z 城扶贫办在 11 月初时下发了关于 Z 城市扶贫资金管理的新文件，同时附有一份新的资金申请表，虎山村申请百香果种植基地时，资金申请用的是以前的表，尽管各级监管单位或部门已经同意申请这笔资金，但上次到驻县组取审批的申请资料时，驻县组要求工作队用新的资金申请表重新填写，再找帮扶单位和相关负责部门审批。

就这样，浪费了不少时间。

新的资金申请表需要三个单位或部门领导签名、盖章，一是帮扶牵头单位，二是镇政府，三是镇财政所。王悦听卢队长说，以前申请资金的表不需要找镇财政所领导签名、盖章，但需要 Z 城扶贫办最后审批。

要不是出现状况，百香果种植基地的资金应该毫无悬念地申请到了，偏偏在这个节骨眼上给驻村工作队出了一道难题，开了一次不小的玩笑。

工作人员建议卢队长征好地、需要用钱时再向财政所申请资金，到时所长会在资金申请表上签名、盖章。但卢队长认为资金没着落，下一步工作不好开展，也不敢乱征地，只有资金到位了，心才能定下来。为此，两人因为各自坚持自己的观点而争论不休。最后，工作人员把财政所廖所长的手机号码写给卢队长，让卢队长直接跟廖所长联系。

进村后，卢队长先与驻火把社区工作队队长电话联系。火把社区最近利用 Z 城自筹资金搞路灯亮化工程，卢队长想询问他现在用新表如何申请资金。当卢队长了解到火把社区在未动工之前先到镇财政所申请到项目资金后，就加了廖所长微信，在微信上进行沟通、交流，还通了一次电话。廖所长的意思是财政所暂时不盖章，需要资金时再盖章。

这种答复似乎也是不现实的，因为申请百香果项目的资金，目前只能算是预算资金，且资金不可能分散申请，这样的话，会影响扶贫产业项目落实的进度。

廖所长如此不痛快，王悦猜测是不是因为镇村干部对虎山村落实百香果种植项目持谨慎态度？

但王悦没有对卢队长说，只是坐在电脑前做了一份"12 月份驻村干部考勤表"，打印了三份，一份给卢队长，一份给高云飞，还有一份留给自己。

做完 12 月份的表，王悦揣着 11 月份的驻村干部考勤表找村支书签名、盖章。村支书在村委会围墙门边的绿化地上修剪树枝，而昌哥在浇水。

这几天，绿化地上秋天留下来的枯枝败叶被人清理了，就连美人蕉树也没留下一棵，只有几棵树，依然保持着绿色的身姿。

王悦来到村支书面前，问他修剪的是什么树，村支书说他也不知道，可以拍下来找"识花君"。

王悦拍了一张照片，在微信"识花君"里识别后，才知道是灰莉树。

在绿化地边缘，立着一块红黄相间的"党员责任岗"牌子，负责公共设施、绿化地的两位党员是高祖亮和高大朝，他们的岗位承诺是"亮身份、作表率、当模范"。

第五十四章

下午，王悦又想到老村委看一看。

走出新村委，王悦看见一群白色的、灰色的鸭子在望春河中戏水，或在岸边觅草，而浑浊的河水似乎流得有些仓促。

来到老村委后面，山塘边的三角梅花粉红粉红的，正微笑着迎向温暖的朝阳，而一些牵牛花围绕在它们身边。王悦走近三角梅，却看见不少花朵颜色暗淡，甚至脸上出现了斑点，大概是被冷霜打成的。

随后，王悦往上井自然村方向走了几十米，看见靠近路边的田野种着不少过冬的青菜，如芥菜、油菜等，绿油油的，点缀着四周苍凉的景象。

晚饭后，王悦跟卢队长出去随便走走。

天色已晚，半个月亮静静地挂在小镇的夜空。

王悦问卢队长，下午在村委会跟谁谈什么项目。

卢队长说，村支书叫来一个虎山村村民，那村民想与村委会联手办礼品盒加工厂，他承诺自己出资30万元，村委会出资50万元，利益分配按出资比例分，风险共担。村支书想利用扶贫资金参股，但经过商谈，卢队长觉得不切实际，最终没谈成。

卢队长还说，下午他做了明年工作队的工作经费预算，一共20多万元。如果百香果种植基地顺利建立，明年要重新租大一点的工作车，运输百香果。他还告诉王悦，后天上午在信访局召开帮扶单位联席会议，预计明天下午回Z城，同时让王悦参加此次帮扶单位联席会议。

今天最低气温只有 7℃，比前两天低了 1℃。早上的天空，淡淡的，似乎被冷冷的北风吹得有些狼狈，而朝阳久久不愿出来。

高云飞向卢队长请示，他今天想留在宿舍办公，做系统。

进村路上，王悦和卢队长谈到虎山村"631"扶贫资金使用情况。

至目前，虎山村"631"扶贫资金主要用于县、镇统筹项目，还有就是给 33 户有劳动能力的贫困户养殖猪和黄牛。

到村委会后，王悦又一次查看了虎山村养殖档案资料。从档案中，王悦查到已有 14 户养殖户把驻村工作队发放的黄牛卖掉了，原因很多：一些是因为外出打工，没人管理；一些是因为年老了，没力气打理；还有一些碰上牛瘟，怕被传染，不得不卖……当然，王悦记得最清楚的是，去年 8 月，黄金沙家养殖的母黄牛因难产而死。那天飘着小雨，王悦和万队长接到消息后还亲自去他家查看，但牛已被运送到屠宰场。后来，黄金沙还给驻村工作队写了卖牛收入证明。

而今年 4 月，上塘的养殖户刘昌盛、刘爱明等也把牛卖了，在他们的卖牛收入证明里说是"近期出现牛瘟"。

大体了解之后，王悦向卢队长提了一个意见，如果有时间的话，应该入户调查一下那些养殖户养殖黄牛的情况，看究竟还有多少人在养殖，做一个调查统计。自从卢队长接任以来，他忙前忙后，为虎山村花了不少心思，为贫困户做了很多工作，但还没来得及走访、调查那些养殖户的养殖情况。

在村委会宣传栏，王悦看见里面张贴着一张《终止最低生活保障情况公布》。

黄秋亮拟终止最低生活保障救助，终止原因是"转特困"。

午饭后，也许卢队长昨晚没睡好，王悦也因为冷，昨晚睡得很不踏实，所以决定休息一个小时后再回 Z 城度周末。

出发时，王悦和卢队长都感觉浑身没劲，就在教育路路口的一间小商店，买了两瓶红牛解困。

明天上午，王悦要到信访局参加帮扶单位联席会议，而星期六下午，卢队长还要去 Z 城市政府会议中心参加省扶贫开发领导小组召开的电视电话会议，收看收听全省脱贫攻坚工作现场推进会。

路上，他俩都在谈扶贫工作的事情。

卢队长说，昨夜没睡好，是因为村支书一直还没有把种植百香果的地征下来，另外，还有一部分资金不知怎么花，该花到什么地方。他倒希望明年 Z 城不再下拨市财政资金到帮扶村，免得他左想右想找不到投资项目。还有就是利华公司捐赠的 30 万元，早已划拨到村里，虽已打了预算，准备今年和明年资助贫困学生，计划费用 17 万多元，而余下的 12 万多元又不知道用于何处。目前，工作队滞留资金总共 78 万多元。

针对他的难题，王悦提了几点建议：一是百香果种植基地建立之后，看明年 Z 城还有没有下拨扶贫资金，如果继续下拨，在找不到投资项目的情况下，能否利用扶贫资金做一些公益事业，比如建老人活动室（目前虎山村老人还是比较多）；二是利华公司捐赠的钱尽快使用完，毕竟资金已经到村，免得工作队撤离后留下后患，监管难。

10 点 10 分，王悦想起预定的会议时间，就来到 Z 城学院北门，乘坐公交车准备到信访局参加帮扶单位联席会议。

下车后，王悦径直来到信访局，乘电梯登上六楼，见会议室正在开会，但不是帮扶单位联席会议。

离开会时间还有 15 分钟。不一会儿，卢队长和各帮扶单位领导陆续赶到，但会议室还在开其他会议。

快 12 点，王悦、卢队长和各帮扶单位领导才进入会议室。

这次会议，除了信访局韦春华副局长，还有市区文化馆副馆长廖文华、中国电信公司 Z 城分公司经理吴春熙，还有一位专门负责记录会议内容的女文员，而王悦和卢队长是代表驻村工作队参加会议的。

开会前，市区文化馆副馆长廖文华提到利华公司 2017 年向虎山村捐赠的 30 万元，因为今年市巡查组到市区文化馆巡查时发现有这笔捐款的会议记录，而且经过各种渠道打听到捐款还没有使用一分钱，于是紧紧揪住这笔钱不放，任凭市区文化馆如何解释也无济于事。因此，廖文华提议尽快出台一个完整的使用方案，以免夜长梦多。

韦副局长听到市巡查组已经盯上这笔捐款，心里也有点紧张，他估计巡查组很快会查到信访局，于是又把如何使用这笔捐款的问题提到会议中与大家一起讨论。

他建议尽快按利华公司原来提出的使用方案执行，如果原来的方案执行困难，责令卢队长近期内提供一个新的实施方案，上报利华公司，由利华公司决策。

昨天回 Z 城的路上，当卢队长提到利华公司 30 万元捐款已拨到村里时，王悦就建议他应该尽快把这笔善款"花"出去。

会上再提到 30 万元捐款，中国电信公司 Z 城分公司经理吴春熙的观点是，在谋划方案时，要考虑到这笔钱是为虎山村贫困户做善事，同时还要考虑到为利华公司树立爱心形象，最好能够找媒体做宣传报道。

最终讨论的结果是：给这笔善款做一个统一的使用方案，但可以分步执行。

接着，大家才围绕这次会议的主要内容，讨论了 2020 年驻村工作队的工作经费预算，并提出一些看法。

参会人员人手一份打印好的关于 2020 年工作经费和中秋、春节慰问经费的详细材料，包括租车费，路桥费，油费，车辆维修、保养、清洁费，驻村工作人员补贴，工作、宣传经费，共计 27.8 万元。

其中，材料中提到明年要租一辆更安全也容易运输百香果的车，预计每月租金 7500 元。工作队现在租用的那辆小车，确实太老了，而且刹车不灵敏，长期走山路存在一定的安全隐患，卢队长早就想换了，尽管这辆车租金比较便宜，每月才 4000 元。

租车一事，韦副局长和吴经理有一致的看法：一是保证行车安全，可以考虑换车；二是尽可能节约开支，如果明年种植百香果，要往各帮扶单位运送推销果品，应考虑到是否每次来回保证有果品推销，要是果品运输次数少，能否考虑快递果品，这样工作用车就不用租大一点的，能省一笔不小的开销。

租车费由原来的每月 4000 元上升到 7500 元，一个季度要多出 1 万多元，确实不太划算，到时每月推销百香果，万一销售情况不理想，会出现支出大于收入的问题。

对于中秋、春节慰问，大家都没有异议，按照各帮扶单位原来帮扶的户数进行。不过，中国电信公司 Z 城分公司帮扶的一户贫困户邓大英已病故，且家庭成员只有她一个人，所以中国电信公司 Z 城分公司帮扶的户数就少了一户。目前，各帮扶单位负责挂钩的贫困户户数分别是：信访局 38 户，市区文化馆 24 户，中国电信公司

Z城分公司24户。每户贫困户慰问金（含慰问品）是：中秋节约300元，春节约500元。

还有一个问题，就是上次市区文化馆从Z城红十字会转拨到广安镇财政所的一笔"630"扶贫资金，可以用作慰问金，但如何用？是三个帮扶单位共用，还是只供市区文化馆用？韦副局长和吴经理又有一致看法，认为既然是文化馆牵头募捐到的善款，除了文化馆，其他单位没条件共享。特别是吴经理想到的点子多一些，他怕共享这笔钱，其他部分经费文化馆会提出少出一些资金。

当然，这笔慰问资金可否以市区文化馆名义向贫困户进行慰问？以后会不会审计不过关而带来麻烦？这笔捐款是市区文化馆组织一批艺术家进行现场义卖募集而得，从严格意义上说，市区文化馆不算捐赠人，如果以文化馆名义用于慰问贫困户，还得进一步咨询熟悉捐赠流程的相关人士，这样才能保证扶贫资金正常使用，做到合理合法。

正如韦副局长强调的，各帮扶单位使用的每一笔扶贫资金，一定要小心再小心。

会议开到下午1点多。

早上9点，王悦来到市区办事处大门旁等卢队长。大约10分钟后，卢队长开车接上王悦，又开始新的一周。

坐在副驾驶座位上，王悦看见车门放水的地方放着一瓶红牛。在200多公里的路途中，开车难免会困顿，喝红牛是他们的一种解困方式。喝太多的饮料会伤害身体，但为了抗疲劳，有时王悦和卢队长还是极不情愿地喝下去。特别是近三个月来，卢队长工作压力大，精神消耗更大，时常失眠，来回开车都要喝一瓶红牛。

王悦也时常面对"失眠"两个字，真怀疑自己是否已经步入晚年。即使年龄还不算老，但心着实已经老化了，再也经不起任何折腾，尤其是繁重的扶贫工作。

汽车驶离市区时，卢队长跟王悦谈了一些工作上的事情，特别是上星期五在信访局召开的帮扶单位联席会议上提到文化馆筹集的那笔"630"资金使用问题，他认为不能用帮扶单位的名义，作为明年春节向贫困户慰问的资金。卢队长建议王悦跟文化馆领导说清楚，或者让Z城红十字会提供明确的使用证明和相关文件，工作队才敢动用那笔资金。

扶贫资金的规范使用，这是每一个参与脱贫攻坚工作成员心里必须清晰认识到的问题，万一资金不明不白用错了方向，谁也难逃责任。

一路上，天空有些阴郁，阳光像虚无的影子，根本看不到它本来的面目。

下午，王悦和卢队长进村时，刚到大石嘴村口，卢队长接到潘大为的电话通知，说是镇里要召开系统员的会议，非常重要。

卢队长把车停下来，给高云飞打电话。

停车的地方，正好是大石嘴村一个刚兴建的活动场所，且靠近路边，只见三棵遮天蔽日的大榕树，向四周伸展粗壮的手臂。每次进出虎山，当经过大石嘴村时，工作车都会与这三棵大榕树擦肩而过，从没有机会停下来接近它们。

为了一睹大榕树的芳容，趁卢队长打电话时，王悦下了车。

三棵榕树的形状、大小都差不多，树龄应该在百年以上。它们的叶子很小，除了粗壮的腰身，上面横七竖八的树枝也比常人的大腿还粗。据目测，每棵榕树覆盖面积少说也有百来平方米。

这次看到了大榕树的真容，但还是没有完全了解它们的历史，王悦心想，有机会再向大石嘴驻村干部打听一下，兴许还有不少故事呢。

晚饭后，王悦看见镇政府上空挂着一轮快要圆起来的月亮，而它身旁，是一片又一片像鱼鳞一样的云朵。穿行中，月色时而朦胧，时而明亮，时而羞涩，时而微笑。但在它冰冷的面容中，王悦还是能感受到一股温暖的力量！

宿舍里的饮用水没有了，王悦和卢队长开车来到山哥家，装回一瓶山泉水。

当王悦抱着饮用水登上三楼宿舍后，再站在阳台上，看见鱼鳞一样的云朵不见了，只有皎洁的明月，幽幽地望着大地，给人间洒下柔情似水的清辉。

也许她看见了思念家乡的王悦，也许她没有看见。但在这个冷冷清清的夜晚，她似乎告诉王悦：只有我，才是你寻找思念的眼睛。

早上的天气，感觉特别冷，手机显示只有4℃。

8 点多的时候，文海燕和阿巧坐工作车一同进村。阿巧问文海燕，什么时候过冬至。文海燕说是 22 日，刚好星期天。阿巧说，正好有时间包粽子。

王悦只知道端午包粽子，没想到这里过冬至也要包粽子。而好奇的卢队长就问阿巧冬至为什么要包粽子，阿巧说，一年中，清明、端午、冬至三个节气，这里都要包粽子。

9 点半，卢队长给王悦转发一条通知，说是明天所有 Z 城驻西川帮扶干部到茶花镇坑头村委会参加培训会议，目的是提升全体帮扶干部的产业项目管理水平，促进工作队之间的交流，培训时间为一天，培训人员约 80 人。

确实是个好消息，王悦早就想去"邻居"那里参观、交流和学习，却一直没有机会。现在机会来了，岂能错过？

坑头村驻村工作队在扶贫工作中取得了不俗的战绩，尤其是产业扶贫方面，做得风生水起，形成一条集种植、加工、销售于一体的产业链，值得其他工作队借鉴。

大概 10 点，驻火把社区的金成柏队长和两名队员来虎山村参观，并与驻村工作队进行工作交流。

在村委会，两支驻村工作队举行了座谈会。王悦和卢队长曾经到过火把社区学习、考察百香果园，大概了解了他们的管理模式，还获得了不少建立百香果基地的宝贵资料。毕竟是兄弟工作队，没有什么秘密可言，有成功经验，都会无私奉献出来。

王悦、卢队长和村支书带领金队长他们，在村委会对面参观了卫生站及文化室。文化室在村卫生站二楼。二楼包括少儿活动室、老人活动室、电子阅览室、图书室和美术展览室。虽然设备简陋，但也为虎山村增添了不少光彩。

少儿活动室里，几辆动物小车看见大家有说有笑走进来，似乎有点害羞，都静静地站在原地不敢言语。而旁边的几个书柜里，书籍还不是很多，显得有些零落。不过，帮扶单位曾经给虎山村捐了不少书籍，听村支书说还存放在老村委仓库。而这个月，Z 城信访局再次号召单位干部职工向虎山村捐书献爱心，倡议书已向各科室、部门发出。

左边是老人活动室和美术展览室。老人活动室里摆放着两张不大的桌子和一些椅子，桌面上有象棋、军棋等供老人娱乐；美术展览室里，一些字画挂在墙壁上，一张小桌面上放着墨水、毛笔、彩笔和宣纸。给大家留下最深印象的是，对面有一幅字画写着"宽仁厚德"四个大字。意思是说，一个人应该具有宽厚待人的为人处世方式，还要有一颗仁爱的心；用自己厚重的道德修养来与人相处。王悦记得这句成语出自唐代令狐德棻的《周书·敬珍传》。

随后，王悦和卢队长、村支书、昌哥陪同金队长到两个百香果基地选址现场考察。

来到百香果基地选址之一的下木坑，是一座小山包。上山路上，到处都留有被挖土机咬过的痕迹，树木基本上已被砍光，被火烧过。

村支书说，小山包20多天前就开始动工，先砍掉山上的树，再用火烧，现在请了一台挖土机平整土地。这座小山包35亩左右，以前山上还有不少水田和菜地。

爬上山顶，果真有一台挖土机在工作，而四周差不多已被整平。山上还有不少墓地，墓地里放着骨灰坛子，看起来有点阴森可怕。还有一口小山塘，不过早已枯干，因为山上好多年没人耕种了。

这地方只是选址之一，适不适合种百香果，还有待请县农业局的专业人士检测土壤后再下定论。

来到江下考察另一个选址，在半山腰上。这地方王悦和卢队长以前跟昌哥来看过，有20亩左右。

这个选址还没动工，到处长着枯草，但大家认为，这里种百香果的话，比下木坑好一点。

看完两个选址，差不多12点半了。

回到村委会，大家吃了一顿简单的火锅：一只鸡，半斤腐竹，两盘青菜，共10个人吃饭。

下午，王悦认真学习了省委常委叶贞琴在全省脱贫攻坚工作现场推进会电视电话会议上的讲话稿。12月7日，在省内脱贫攻坚已进入攻下最后堡垒、巩固质量、有序退出、防范风险的决战决胜阶段，广东省扶贫办召开了全省脱贫攻坚工作现场推进会电视电话会议，叶常委作了重要讲话。

晚饭后，天上的月儿又圆又亮。王悦和卢队长见广安的夜晚如此安静美丽，不觉又动了心，于是结伴同行散步赏月去了。

散步回来，卢队长在微信给王悦发来明天的培训资料，其中有一份是Z城驻西川县扶贫工作组下发的《关于Z城帮扶项目审批流程调整的通知》。

8点45分，王悦和卢队长、高云飞开车到茶花镇坑头村，参加为期一天的帮扶干部扶贫业务培训班。

从广安镇政府出发，汽车像往常一样，往虎山方向驶去。进入大石嘴村后，有一个分岔路口，一条路往虎山，另一条路往茶花。

往茶花方向的路比较宽，两车道，是 418 县道，且路面比较平整，所以开起车来，卢队长感到轻松舒服，偶尔碰到两三处因修路而阻碍了交通，但也没有影响他的心情。

走了二十几公里，汽车就来到了坑头村，只见路边一块淡黄色的石头，被能工巧匠磨得浑身光溜溜的，状如人形，石头上书写着"坑头村"三个简洁有力的红色大字。

这就是坑头村，王悦心里早已向往的地方。为什么用"向往"来形容呢？一是因为坑头村驻村干部做出了相当出色的扶贫产业，为当地村集体和贫困户创造了辉煌业绩。他们是真扶贫、扶真贫，实实在在地为老百姓做善事、好事。二是去年王悦曾经顺路坐过坑头工作队的车来往 Z 城和广安，他发现坑头工作队队员对扶贫工作付出了真情，下了真功夫。在车上，王悦听到他们讲的每一句话，都与扶贫工作有关、与贫困户脱贫问题息息相关。那时还是陈志坚做队长。别看陈志坚身材不算高大威猛，但他做起事来雷厉风行，很有行伍出身的风度和风范，据说退役前，他是部队一位营长级军官。与陈队长同行过两次，王悦发现他身上隐藏着一股凝聚力，特别是他那张不卑不亢的脸和那双充满信心的眼睛，仿佛在告诉别人，他一定能把自己的工作队打造成优秀的扶贫队伍，一心为民，尽忠尽职。由此，他与他的团队给王悦留下了深刻的印象。王悦时常在思考，为什么坑头村的扶贫产业能够做得如此红火，这与陈队长的倾情付出和真心干事是分不开的。三是今年年初驻村干部准备轮换时，有一次，时任坑头村驻村第一书记肖常恩随同检查组来虎山村检查扶贫工作，他与王悦谈论过诗歌创作。那段时间，王悦偶尔创作了一些有关扶贫的诗歌，发在公众号上。肖书记说他看过王悦写的不少扶贫诗歌，感受很深，认为那些诗歌生活气息浓郁，值得一读。肖书记研究生毕业，是一位教授、副校长，他平常也喜欢诗歌。当然，后来王悦才知道，肖书记还有一个更出色的儿子，在国家级科研院工作，是科技人才。他儿子曾经送给他一架无人机，可惜，无人机在一次考察山上种植基地时，不慎掉入山林，再也没有飞回来，为脱贫攻坚战献出了宝贵"生命"。当王悦听到这样的故事，对坑头村驻村干部的默默奉献和无言付出的精神，更是佩服得五体投地。也许，功夫不负有心人，他们的奉献，他们的付出，终于有了很好的回报，为坑头村建立了农产品加工厂，产品注册了商标，有了完全属于自己的品牌。

基于这三点，王悦很想去坑头村看一看，但一直没机会，直至这次，王悦借培训的机会，终于来到了坑头村，自然不会轻易放过这里的一景一物，甚至一草一木。可惜，陈队长和肖书记都已各自回自己的单位，没能跟他们再次相逢，给王悦留下了些许遗憾。

第五十五章

有时，王悦和卢队长谈到坑头村的扶贫事业做得如火如荼，卢队长自叹弗如，感觉虎山村与坑头村形成鲜明的对比，尽管两个村相距不过十几公里。

找差距，知不足。最近几个月，在卢队长的努力下，虎山村的扶贫项目渐渐登上一个新台阶，首先是斥资100万元为村里购买商铺，增加村集体经济收入；其次是准备上一个百香果种植项目，解决贫困户就业问题，带动他们的创业积极性。

进入村口，王悦看见那块淡黄色的石头站在路边，像一个勤劳的农民，望着湛蓝湛蓝的天空，为坑头村打开了心里的美好愿景，而脚下似乎踩着的是肥沃的土地，生长出充满梦想的扶贫成果。

当王悦在它光滑的面容里，看见"坑头村"三个俊秀的红色大字时，激动得不禁连声大喊：坑头村，我终于来了！

同时，王悦也想起坑头村驻村工作队原队长陈志坚曾经满怀憧憬地说，除了栽种夏威夷果树，他准备在山坡下种一片杜鹃，把那面山打造成旅游景点。到时候，从山坡上往下看，是一片红彤彤的杜鹃花，从山坡下望上去，是一片绿油油的夏威夷果树。

站在坑头村党群服务中心新建的办公大楼前，王悦又一次被深深震撼，完全为她秀丽雄壮的气魄所倾倒。

一个省定贫困村，几年之间发生了如此巨大的变化，除了党的政策和恩情，作为一个驻村干部，王悦想象得到，为她付出的人，一定是那些有思想有情怀有抱负有毅力有担当的时代勇者！

这幢办公楼，是帮扶单位 Z 城宝马集团投资 110 万元兴建的，当然，还有一些热心人士慷慨解囊，捐了一部分资金。

坑头村位于西川县东南部，距县城约 16 公里，全村总面积 16.1 平方公里，其中耕地面积 2004 亩，山地面积 14569 亩。全村有 16 个自然村，42 个村民小组，1271 户，总人口有 4966 人，是 Q 市番薯之乡，也是全县著名的腐竹之乡。2018 年，全村农民人均纯收入 15300 元，形成了优质水稻、番薯、龙须菜、花生、腐竹五大主导产业。

近年来，坑头村依托脱贫攻坚和实施乡村振兴战略机遇，紧紧围绕"村党组织强、产业兴旺、人居环境美、群众富裕安康"的目标，发挥本村资源和特色产业优势，组织农民流转土地，采用"党支部 + 合作社 + 贫困户 + 基地 + 加工厂"的模式，建立番薯生产示范基地 110 亩、夏威夷果种植基地 100 亩和花椒脱贫产业基地 50 亩，建成了番薯加工厂一个，每年可生产番薯干 6 万斤，预期产值 90 万元，为带动村民增收脱贫、增加村集体经济收入建立了长效机制。同时，坑头村全力打造有特色、有亮点的社会主义新农村示范村。各自然村成立村民理事会，完善村规民约，开展村人居环境整治，建设 600 多平方米的村公共服务站和一批村基础生产生活设施。如今坑头村已是旧貌换新颜。

未来规划，坑头村将紧紧围绕"一村一品"主导思路，夯实基础打造番薯特色产业，拓宽增收路子；扎实推进乡村振兴工作，努力补齐全村各项基础设施短板，大力美化环境，建设美丽村庄，不断提升村民的幸福感和归属感，与全省人民一道迈进全面小康社会，让脱贫致富花开遍村里的每一个角落。

经过驻村工作队的帮扶，坑头村脱贫攻坚成效显著，截至 2019 年底，坑头村共有建档立卡相对贫困户 100 户 251 人。近三年来，全村相对贫困人口通过就业帮扶、产业帮扶、政策保障兜底等途径推动扶贫，按照现行标准，贫困人口预脱贫率达到 100%，相对贫困户增收稳定、生产生活条件明显改善，坑头村 2019 年顺利提前完成户脱贫、村摘帽的目标。

坑头村人均耕地面积不足 0.4 亩，大多数村民外出务工，留守村里人员不足 600 人，以老人、儿童和贫困人口为主。2016 年村集体经济年收入 0.5 万元，是茶花镇两个省定贫困村之一。

为推进坑头村精准扶贫，打赢脱贫攻坚战，2016 年，宝马集团成立帮扶工作队帮扶坑头村。

三年来，驻村工作队共投入扶贫资金约 800 万元，其中省财政资金约 377 万元，Z 城市财政资金 200 万元，帮扶单位自筹资金 170 万元，拉动社会慈善资金 50 万元，用于坑头村贫困户生产生活帮扶、民生保障、人居环境改善、基础设施建设等各个方面，建成农副产品加工厂、番薯和夏威夷果种植基地产业帮扶项目 3 个，民生工程项目 14 个，生产生活项目 11 个，统筹入股项目 3 个。宝马集团还投入 110 万元建设坑头村党群服务中心。党和政府号召的脱贫攻坚工作给坑头村及贫困群众带来了实实在在的脱贫成效和生活变化。

根据 Z 城市委的扶贫工作部署，宝马集团对口帮扶坑头村。帮扶单位第一时间成立了扶贫领导小组，由单位一把手负总责，分管领导具体抓，选派三名优秀干部驻村；制订了《Z 城宝马集团关于新时期精准扶贫精准脱贫三年攻坚的实施方案》，及时做好帮扶责任人与贫困户对接工作，定期走访调研贫困户，确保领导、人员和帮扶措施落实到位，为打赢脱贫攻坚战提供了有力的组织保障。

2016 年 4 月 24 日，根据省市扶贫工作具体安排，宝马集团扶贫领导小组派出三名骨干人员脱产驻村，组成扶贫工作队。工作队自建队以来，认真贯彻落实各级扶贫工作指示要求，充分发挥国资企业精神，团结一致，创新思路，精准发力，真正把贫困户当亲人看待，把扶贫工作当事业来干，做到真扶贫、扶真贫。

不忘初心、牢记使命。坑头村帮扶工作队没有被困难吓倒，一步一步，紧密有序地利用资源，为当地百姓做了一件又一件大实事、大好事，而且把脱贫目光放得更加长远，这不仅需要勇气，更离不开每个帮扶者的智慧。

9 点 40 分左右，来自 Z 城驻西川县各村帮扶干部、驻县组成员及西川县扶贫办副主任李开笑、股长梁萍，共 80 多人在坑头村党群服务中心二楼会议室参加培训会。

首先，古山村驻村第一书记伍世豪为大家介绍关于农产品的销售经验。他说种植农产品，最重要的是要建立一条销售通道。基地做得再好，如果没有形成销售链条，也是白搭。所以，各驻村干部在给村里考虑开发扶贫产业项目之时，关键要解决产品的销售问题。没有找到可靠的销路，他们是不会盲目开发扶贫产业项目的。

古山村位于茶花镇东北部，从镇中心到村子有 13 公里的山路，是一个呈长条状盘山而居的小村庄，全村面积 14.5 平方公里。其中耕地面积只有 1517 亩，与山地的比例为 1：11，很难找得到一块平整连片可耕作的土地，人均耕地面积不到 0.5 亩。

针对当地山区环境特点，古山村引进了夏威夷果树良种及种植技术，建成 51 亩夏威夷果种植示范基地，并采用"公司＋合作社＋农户"的模式，通过基地的示范宣传并在确保长期回购的前提下带动 20 户贫困户及其他村民积极参与种植，目前全村夏威夷果树种植面积达 160 亩，建立了长效扶贫产业全村全面参与的良好机制。

为给村集体经济寻找新的增长点，古山驻村工作队因地制宜，利用山区农村丰富的自然资源，发展绿色产品，供应城市的消费需求，因为城市对农村特色产品有较强的消费能力。因此，通过将山区的特色农产品销往城市，拓宽农产品销路，同时丰富市民的消费需求，这就是古山村农产品的发展思路。当然，参加展销、申请网店，也是一种打开销路的尝试。

值得一提的是，2017 年 9 月 15 日，由 Z 城扶贫办、Q 市扶贫办、Z 城慈善总会联合举办的"互联网＋慈善公益助力精准扶贫"优质农产品直供 Z 城社区暨微基金成立首发式活动在古山村举行，为古山村特色农产品谋求销售的契机。

关于古山村农产品销售的做法，主要有：一是村集体统一管理。由村集体企业统一组织，采购各类扶贫产品、名特优农产品，统一对接销售企业，销售收入全部作为村集体经济收入，利润部分按比例分配。二是村企合作，面向市场。由村集体提供产品资源，企业提供销售平台、销售资源，在微商城、社区实体店、帮扶盒子等进行销售，同时通过反馈市场信息，进一步完善符合市场需求的农产品种类及定价。

古山村驻村工作队统一了干部思想，提高了集体经济收入，拓宽了农产品销路，增加了贫困户及村民的收入，扩大了消费扶贫宣传。

根据下阶段计划，古山村将进一步规范采购农产品的标准化要求，继续丰富农产品采购覆盖面。

课后，关于销售问题，有一位驻村干部担心"鲜活农产品"没经过检测，很难打入市场。古山村第一书记对此作了解答。

这个问题，王悦曾在一次扶贫工作会议中，听县扶贫办李开笑副主任提起过，毕竟上面要求每个省定贫困村建立扶贫产业项目，最终会形成一定规模的农产品。如何保障农产品是健康安全的？这就需要检测。面对新的形势和要求，李副主任说县里已经准备着手建一座专门检测扶贫农产品的检测中心，检测中心建设费用有可能利用 Z 城剩余的市财政资金。当然，那次会议，李副主任只是给大家传达县领导的设想，最终能不能实现，还是一个未知数，但既然这次培训又提到这个问题，相信会引起上级和各驻村干部足够的重视，只有健康安全的农产品，才能顺利流入市场，才能打开更大的销路。

接着，坑头村驻村第一书记柯南海为大家讲了一堂"探讨运用企业管理思维助推扶贫项目发展汇报工作"的课。

他从坑头村种养专业合作社基本情况谈起，再谈到种养合作社近几年财务状况及扶贫项目的发展情况。

坑头村种养专业合作社于 2017 年成立，由有劳动能力的贫困户共同发起，至 2019 年底合作社出资总额合计 146.3 万元。采用"合作社经营＋贫困户参与＋示范基地带动＋加工厂生产＋订单和网络销售"的经营模式。经过三年不懈努力，"两基地一工厂"的扶贫项目格局已基本形成。农产品从种植到培育、收获到加工，具备了一条龙服务的产业链条，但目前还是面临销售的难题。

为了更好地打开销售渠道，坑头村驻村第一书记与大家进行思路探讨：对农副产品加强成本预算；促使利润最大化；利用一年时间，为合作社的持续经营创造条件；加强合作社的内部管理，向管理要效益；加强产品质量的监管。

两位驻村第一书记都是抱着热诚真心与大家一起探讨学习、交流经验，得到在场领导的赞许。大家一致认为此次培训班非常有必要，李副主任说县领导很重视，专门委托他参加此次培训班。

在培训班上，驻县组两位组员分别解读了《Z 城脱贫攻坚驻县工作组、驻村工作队管理办法》《Z 城脱贫攻坚对口帮扶自筹资金使用管理的意见》《关于 Z 城帮扶项目审批流程调整的通告》。之后，县扶贫办梁萍股长现场登录"广东精准扶贫信息系统"网，向大家演示系统操作，为大家解答了一些难题。

随后，县扶贫办李副主任谈到上次相对贫困人口相对贫困村退出核查时发现的问题，作了简要汇报：

第一，"三清三拆"不彻底的问题。主要是有些扶贫干部思想不开阔，认为"三清三拆"属于新农村建设方面的工程，与扶贫工作无关。其实，在"两不愁三保障一相当"中，"一相当"就明确指出了新农村建设与扶贫工作有关。

第二，环境方面的问题。驻村干部有义务和责任动员贫困户搞好家庭卫生，做通他们的思想工作。

第三，村道问题。

第四，村村通自来水问题，即安全饮水问题。

另外，对于扶贫资金的使用，他提出了一些要求。还有就是如何提高贫困户收入问题，他建议大家一定要入户弄清贫困户家庭的构成情况，然后用好政策，实施帮扶。

最后，驻县组区成城组长与大家一起学习《习近平扶贫论述摘编》，他从习近平扶贫论述中，联系到驻村干部应该如何履行扶贫工作职责，又如何加强宣传工作。他要求大家好好学习《习近平扶贫论述摘编》，这本书不仅有实际意义，也有指导思想，到时驻县组会把这本书下发到每一个扶贫干部手中。

另外，区组长还补充了上次相对贫困人口相对贫困村退出核查时发现的一个问题：各村党建工作比较薄弱。

培训会结束后，已经是12点多了。培训班学员来到茶花镇一家农庄，吃了一顿工作餐。

吃完后，大家又回到坑头村，现场参观坑头村帮扶工作队一手创建的"大旗山农产品加工厂"。

加工厂位于下帘自然村。厂门边就是一条村路，路边是一条溪流。冬天的溪水静静地流淌，浅得能看见水底下的小石子。远一点的地方，是一大片田野，显得有些荒凉，偶见一两头牛低头觅草，或抬头望天。再远一些，是一座连接一座的山，山上依然绿得有些任性，让人想到了美丽的春天。

加工厂不是很大，但看起来有些壮观，特别是在阳光照耀下，散发出暖暖的味道。能在贫困村办工厂，哪怕是小小的工厂，这也是伟大的奇迹。所以，在扶贫领域，驻村工作队的成绩，会有以小见大的非凡意义。对于大多数工作队来说，能够顺利完成一个项目，都不知要花费多少心血，何况出现在眼前的是一座拥有自己品牌的工厂。

想到这，王悦心里更加佩服坑头村帮扶工作队，默默竖起大拇指为他们点赞，更衷心祝愿他们越走越好！

2017年，坑头村驻村工作队申请Z城市财政专项资金67万元，改造坑头村废弃的原下帘小学，建设成农副产品加工厂，坑头村种养专业合作社租用该厂进行运作生产，让废弃的资源重新得到利用，使"输血"变成"造血"，同时提高周边农民种植的积极性。

合作社聘请具有管理能力的贫困户负责生产加工，协调工期和安排有劳动能力的贫困户有偿务工。农副产品加工厂目前已具备农家米、番薯干和纯正花生油的加工、包装和销售功能。合作社根据季节，安排番薯和水稻种植基地在上半年种植农家大米、下半年种植番薯，收成后，由加工厂进行加工，并包装成精制大米和番薯干出售。农闲时期开展花生油压榨。在种植基地进行生产的同时，加工厂收购贫困户自产的番薯和稻米，增加贫困户收入，进一步强化基地的示范带动作用。2018年加工厂压榨花生油1.5万斤，加工番薯干6000斤。

农副产品加工厂在自产自销的同时，也经营茶花镇知名的其他农副产品，如腐竹、蜂蜜、茶籽油等，进一步丰富产品种类，同时设置产品套餐销售。

厂门门柱上写着一副金色的对联，左边是"一村一品重发展"，右边是"产业扶贫解民忧"。这副对联寓意深刻，诠释了驻村干部的努力和付出。

走进加工厂时，阳光灿烂地照耀着参观的培训班学员和晒在一块水泥地上的稻谷。

加工厂共两层。底层有操作车间、烘干车间、低温贮藏室；二楼有包装车间、成品仓库、物资仓库、办公室、会议室。而天台用白色透明的塑胶板密封起来，作为晾晒半成品的场地。

参观完加工厂，大家照了一张合影后，就各自回村了。

晚上的月亮很圆，但不是很亮。王悦和卢队长、许朗笑沿着通往九凤村的路散步。两位队长在交谈，而王悦一直充当忠实的听众。从他俩的交谈中，王悦才知道镇党委书记吕平可能要调回县城，新书记已有了人选，大概是北流镇的镇委书记。

走着走着，两位队长又谈到虎山村种植百香果的事情。卢队长说百香果种植基地建立后会更忙，然后回头对王悦说，你这家伙不喜欢吃百香果，你想吃什么果，我再种一些什么果树。

王悦知道卢队长在开玩笑，但卢队长确实是一个好人，他上任半年来，一心扑在扶贫事业上，虎山村的改变，可以说他是大功臣。

早上进村，县扶贫办来了通知，要各村开展建档立卡贫困户家庭 2019 年度收支情况核查和给贫困户填写《西川县精准扶贫贫困户信息卡》并上墙。

看这架势，工作量非常大。为了摸清情况，尽量减少工作量，卢队长让王悦把下发的文件全部打印出来。

面对如此庞大的工作量，卢队长怕高云飞一个人忙不过来，就让高云飞在系统里导出《2019 年虎山村电子帮扶记录簿》《精准扶贫卡》和贫困户的一些资料，以电子版形式发给王悦，帮忙做《西川县精准扶贫贫困户信息卡》。

出去晨跑时，王悦看见远处飘着淡淡的薄薄的晨雾；再远一点的山上，与天空相接的地方，露出些许鲜活的亮光，像不胜酒力的女人，因孤独寂寞喝下了一点洋酒，脸颊略显绯红。

四周的树上，或山脚下的竹林里，叽叽喳喳传来兴奋的鸟声，似要把凝固在王悦身上的冷全部逼出来。

今天的天气暖和了许多，大概 10℃。

当王悦跑到通往九凤村的路上时，目及的景物异常熟悉：山林、荒草、田野、菜地、牵牛花、甘蔗、灌溉的小渠、秋天留下的稻秆……所有这些，时不时在王悦柔软而不失真实的心灵中频繁出现，或者在他单调的诗句中被反复吟诵。

跑进村子时，呈现在眼前的，还是异常熟悉而亲切的景象：山脚下的居民房，一幢紧挨一幢，路边的田野、菜地，一块连着一块，而清澈的溪水，似乎永远流不完，还有长在溪边的野草野树，依然保持一份旺盛的绿色。

当王悦看见一台吹谷的风车，默默地站在路边一块晒谷场时，脑海里又飞快地涌现出许多童年的故事。

王悦生长在农村，对农具并不陌生，它们曾在他稚嫩的手中挥舞过。但离乡打工十多年，王悦已经对那些熟悉的农具渐渐陌生了。

也许久不见吹谷的风车，王悦对那台年老的风车竟然产生了亲密的感情，由此联想到童年的许多记忆。记忆中，老家村子晒谷场上，披星戴月从田野归来的父母，又站在风车前吹谷，他则站在一旁，一边提着油灯或手电，一边聆听风车"呼呼"地吹着风，像一首动听的乐曲，而精实的谷子"哗哗"地从风车的嘴巴里流进箩筐，像激动的望春河水。夜色中，从父母身上飘过来的汗味，不时把王悦的童年熏得又潇洒又酸痛！

早上进村前，阿巧在镇政府领了两张棉被、两件棉衣给贫困的五保户过冬，随后坐上工作车。

整个上午，王悦都坐在电脑前，继续做昨天剩余的《西川县精准扶贫贫困户信息卡》。他还有二十几户贫困户信息卡没完成。而高云飞留在宿舍办公，填写《西川县建档立卡贫困户 2019 年度收支情况表》。

直至 11 点半，王悦才完成了任务。

王悦做《西川县精准扶贫贫困户信息卡》的时候，昌哥找卢队长谈到百香果种植基地的选址。他认为下木坑小山包上的选址，是可以种植百香果的，因为以前的村民还在那里种过水稻。镇农技人员提出该处不宜种植百香果的原因，一是水源不足，二是缺乏肥力。但昌哥可以担保，水源他可以解决，对于肥力，种植后可以多施一两次肥料。昌哥是个实打实的村干部，他找卢队长谈，完全出于一片诚心，因为他担心工作队完不成扶贫产业这项艰巨的任务，无法向上级交代。另外，昌哥提到江下那个百香果种植基地选址，村里至今还没有租下来，他担心一拖再拖，耽误了大事。

为了百香果种植选址的事，这段时间，卢队长确实很担忧，老是催村支书快点租到地块，早日落实扶贫产业项目。

当初工作队按照牵头单位信访局领导要求，在虎山村建立百香果种植基地，刚行动，就遭到村干部和村民的反对，因为他们认为种植百香果根本赚不到钱。后来工作队考虑购买返租商铺时，村干部才同意开发百香果种植项目。购买商铺和种植百香果，看起来像是村干部与工作队"暗地里"签订的一份无字协议：如果工作队为村里购买商铺，他们就不再反对种植百香果。再后来，商铺顺利买下来了，可种植百香果的事进展很缓慢，同时，肖副主任一反常态，持反对意见，好在村支书没有半路撂挑子。

正如昌哥说的，既然工作队帮村里购买了商铺，实现了承诺，村里面就应该积极配合工作，共同完成扶贫大业，而不是出尔反尔。

下午吃完午饭，王悦和卢队长没时间休息，就开车回 Z 城了。卢队长使用的办公电脑坏了，要赶在下午下班前回到单位信访局，把电脑拿给单位专门管理电脑的同事修。

因为没有午休，王悦坐在副驾驶座位上老想打瞌睡，幸好出发前，他在教育路口的一间小商店买了两瓶红牛，一瓶给卢队长，一瓶给自己。他俩似乎形成了一种默契，从 Z 城出发时，卢队长带两瓶红牛，从广安返回时，王悦买两瓶红牛。

喝了几口红牛，王悦好像精神了许多。

不一会儿，卢队长接到一个电话，是广安镇镇政府一位干部打来的。他告诉卢队长，种植百香果的项目和党建的项目，镇里面已经同意了。

卢队长很高兴，之前他担心百香果项目会有一定难度，因为肖副主任一直持反对意见。

回到信访局，已经是下午 4 点多了。王悦帮卢队长把需要维修的电脑主机搬到十楼之后，就下楼等他。

王悦在楼下抽了一根烟后，看见一个肥胖的头颅从一辆黑色的小车里露出来，非常熟悉，心里甚感意外，没想到在这里碰见驻县组前任组长麦冬。

待麦冬从车里走出来，王悦跟他打了一声招呼，交谈了几句。

卢队长下楼后，王悦见他边走边看手机。卢队长走近后，说是虎山村系统出现问题，杨海锋的信息有一个数据出错了，要改一下。

说完之后，卢队长给高云飞拨了电话。

第五十六章

今天的天气阴沉沉的。

8 点左右，王悦和卢队长从 Z 城西收费站上了高速，出发去广安。

昨天晚上，卢队长从"Z 城队长"微信群里截图发给王悦。截图是驻县组下发的通知，大概是说，驻县组刚收到 Z 城扶贫办通知，明天 Z 城财政局联合纪委、扶贫办抽查 Z 城市财政资金项目使用情况，各工作队务必明天中午驻工作岗位。

一路上，卢队长有点紧张，不知道什么事情会惊动 Z 城纪委。不过，虎山村的每一个项目、每一笔扶贫资金的使用情况，都有一份清清楚楚、明明白白的账目。

汽车行驶到离丹灶服务区 7.5 公里处时，因为左边两条车道正在修路而出现堵车。

王悦和卢队长在丹灶服务区休息了 10 分钟。之后，又马不停蹄往目的地赶。不一会儿，放在挡风玻璃下用作导航的手机，提示"Z 城队长"群有新微信消息。卢队长让王悦打开微信看看。

打开微信，王悦看到"Z 城队长"群里，驻县组下发了市财政局联合纪委、市扶贫办抽查驻村工作队有关市财政资金使用情况的文件通知。

因为卢队长开车，他让王悦念念通知内容。念后，卢队长才知道，这次检查资金使用情况的并非 Z 城纪委。

回到广安镇政府，卢队长没有立刻进村。午饭后，王悦和卢队长没午休就来到村委会，见阿巧还没下班。因为工作忙，她没回家，只是在村委会随便吃一点东西又开始工作。

望着阿巧办公的地方堆着很多资料，王悦深深感到基层工作人员实在不容易。

上午，高云飞还没来，应该下午能赶回来，因为这三天 Z 城财政局、Z 城扶贫办要入村抽查，工作队成员都得驻守岗位。

下午上班后，卢队长让王悦做一份《Z 城帮扶单位帮扶贫困对象一览表》，用作村宣传资料，因为上次王悦收集的宣传资料少了这个表。这个表主要是统计贫困户的帮扶责任人。

下班回到镇政府，王悦到镇扶贫办领取《西川县精准扶贫贫困户信息卡》，共88 张，多领了两张，怕抄写时抄错了。

星期六的时候，潘大为在镇扶贫微信工作群下发一条通知，说《西川县精准扶贫贫困户信息卡》已统一由镇政府按标准样板印制，要求各驻村工作队返岗后到镇扶贫办领取并填写好相关内容，发给贫困户上墙。

今天早上的雾比较大。进村前，王悦到镇扶贫办领取了一支填写信息卡的记号笔，但比较大，可能很难填写。

到村委会后，王悦一个人在信息卡上抄抄写写，任务非常繁重，而高云飞从系统里导出数据，填写《西川县建档立卡贫困户 2019 年度收支情况表》。

9 点 20 分的时候，潘大为在镇扶贫微信工作群下发了《2019 年广东省农村预脱贫户帮扶成效情况核查表（户表)》，并发了一条温馨提示：此表核查对象是指全部贫困户。

年底了，忙的事情真多，特别是这表那表，永远填不完。

王悦抄写了整整一个上午，抄得手指发麻。

在村委会吃完午饭后，王悦一直抄写到下班，但还有一半多的信息卡没抄。而系统关闭了一个下午，可能出现了异常状况，高云飞躲在隔壁办公室偷着乐。

5 点半的时候，潘大为在镇扶贫微信工作群下发了一条会议通知：省扶贫办定于 2019 年 12 月 18 日下午 3 时召开扶贫数据质量分析视频培训会，我县在县会议中心二楼会议室设分会场收看收听。请 Z 城、Q 市、县直驻村扶贫工作队各派出一名信息员参加培训，今晚 9 时前将参加培训名单报镇扶贫办。

今天的天气比较阴沉，且有点闷，太阳也懒得出来。是不是下雨的前兆？昨晚散步，王悦听包万来说，过几天天气又要变冷，最低气温只有四五摄氏度。

吃晚饭时，镇扶贫办工作人员李灵对卢队长说，镇里面申报的就业明星还少16名，希望虎山村再推荐几个就业的贫困人员。

目前，虎山村贫困人员就业人数最多，但这次只推荐了一名。

卢队长说那些务工贫困人员怕申请麻烦。不过，他明天回村后跟村干部再发动一下。

晚饭后，王悦和卢队长出去散步。

散步回来，王悦感到特别累，也许是因为抄写了一天贫困户信息卡，消耗了不少精力，头脑也晕乎乎的。为了提神醒脑，王悦在教育路口的小商店买了一瓶啤酒，消除疲劳。

在宿舍，王悦一口气喝了半瓶啤酒，但脑子还是没受到酒精的刺激，感觉更累。

9点半，王悦喝完一瓶啤酒后，再也受不住睡虫的袭扰，只好关灯睡觉。

睡了一晚好觉。早上起来时，王悦看见半山腰上，像昨天一样，飘起了灰色的晨雾。

昨晚，王悦与卢队长散步的时候，在街边的一间日杂货店买回两支小一点的记号笔，方便书写贫困户信息卡。

早上一进村委会，王悦就忙开了。用小一点的记号笔填写信息卡，果然快多了，而且字迹也清晰、明朗。

10点半的时候，潘大为打电话给卢队长，说贫困户信息卡不要抄写了，直接用红色纸打印出来，打印纸到镇扶贫办领。卢队长说，这边的信息卡抄完一半了。

卢队长觉得用原来的信息卡抄写出来也挺好的，至少比县里统一印制的信息卡质量好，也耐用，保留的时间会更长。如果重新弄的话，不仅会花费很多功夫，而且新的信息卡毕竟是普通打印纸，纸质没原来的好。

因此，卢队长叫王悦不要停，继续抄写。

快下班时，卢队长在微信给王悦发了一份驻村工作队今年的工作总结和明年的工作计划。

2019年，又很快在王悦眼前悄悄流走。

快下班时，潘大为又在镇扶贫微信工作群下发了一条通知：市扶贫办定于近日到我镇开展财政扶贫专项资金使用管理工作督导检查，请各驻村工作队完善好资金台账（含自筹资金），整理好历年项目报账资料，驻村工作队队长明天早上9点集中在镇三防办会议室参加迎检工作会议。

下午，王悦在办公室又抄写到下班，把手都抄痛了，却还有四分之一的信息卡没抄完。

整个下午，卢队长都在跟村支书、肖副主任商讨村里建设的事情，好像村里要建一个蓄水池。卢队长想利用利华公司这笔捐款建那座蓄水池，因为除了两年助学的善款，捐款还剩下10余万元。

直至差不多6点，他们才回镇里。

晚上，卢队长坐在宿舍办公桌前，面对电脑修改文件。这段时间，他都在开夜车，直至夜深才睡觉。而王悦躲在卧室，用自己的手提电脑打开贫困户信息卡电子版，然后把内容抄写到从村里带回来的纸质信息卡上，抄得他手痛得不知道该如何形容。因为明早上班后要把信息卡发给贫困户，王悦不得不赶夜车，直到9点半，才彻底完成这项艰巨的任务。

为了86户贫困户信息卡，王悦一个人抄了两个白天，今晚还加了两个多小时的班，是额外加班的，没补休，不像高云飞，加班还可以补休。

也许工作忙，王悦没顾及其他事情，睡觉前，他才想起Z城财政局和纪委一直没来虎山查看扶贫资金使用情况，而今天是他们结束检查的日子。

11点半的时候，王悦才迷迷糊糊进入梦乡，睡得很不踏实，也许他疲累过度。

今天早上，天空比较阴沉，但没见到雾，不过，天气似乎比昨天冷一些。

吃早餐时，风没有理由地吹起来，吹得饭堂后面的山上"呼啦啦"地响起树叶抱怨的声音。恐怕又要变冷了。

9点，卢队长在镇三防办会议室参加迎检工作会议。

开完会进村时，天气变得更冷了。

到达东平、西坑时，有一台挖土机挡在路上，为一辆卡车装填从路基里挖出来的石头和水泥硬块。这几天，进村的路都在修整，工程比较大，一些路面掀翻了一半，只留一半给车辆来往。

但这里的路面，掀翻了一半，另一半又停着运石头水泥硬块的卡车。等了很久，工作车也没法开过去，卢队长只好掉头回来。

卢队长想下午上班时从茶花镇绕到村里，不过比较远。以前进天沟走访，知道翻过天沟村的山，有一条通往茶花镇的路。天沟后面，就是茶花镇。

下午，因为进村的路还是不通，车只能开进东平和西坑。但下午要入户派发贫困户信息卡，同时要找户主在《西川县建档立卡贫困户 2019 年度收支情况表》和《2019 年广东省农村预脱贫户帮扶成效情况核查表（户表）》上签名，卢队长只好改变主意，没有从茶花镇进入村委会，而是先到东平、西坑等自然村，给贫困户派发信息卡，并找他们签名。因为两张表和部分贫困户信息卡还在村委会，卢队长就打电话让阿巧送到西坑路边的小商店旁，待会进村时到那里取。

工作车开到小商店门旁，阿巧和六哥已经等了一会儿了。他俩是开摩托车把信息卡和表送出来的。

卢队长取回表和卡，就把属于上塘、下塘的那部分让六哥晚上到贫困户家中派发和签名，因为六哥说现在上塘、下塘没几家贫困户在家，只有到了晚上才能见到他们。

接着，王悦和卢队长、高云飞往西坑、东平的贫困户家中开去。

在廖红娣家，王悦见到 90 多岁的老人很精神，身体很硬朗，尽管天气寒冷，但她穿着异常单薄。

黄家幸不在家，只见到他母亲在家门口的自留地里锄地。老人 70 岁多一点，满头白发；她左眼是青光眼，睁不开，但身体看起来很健朗，说话干净清爽。

来到黄达卫家时，因为卢队长第一次见到黄达卫，便让王悦给他俩拍一张合影。年近七旬的黄达卫还在做泥水工，此时衣服上还沾满白泥灰。王悦也是第一次见到他本人，因为他平常外出做工，每次走访都没机会碰到他。这位老人是高中毕业生，1970 年毕业于木春中学。

还有一些贫困户没有人在家，没办法派发信息卡和签名。

回到镇政府，差不多到下班时间了。

此时的天空，依然不是很清爽，而且风还在继续吹。

吃饭时，王悦、卢队长、包万来和文海燕坐在一张饭桌，听文海燕说，镇党委新书记前几天来广安上任，名叫蓝斯达，原是北流镇镇委书记，而广安镇原书记吕平调到西川县司法局任局长。

今天晚上，饭堂的菜是鸭肉和冬瓜。鸭肉在这里是最普遍的家常菜。除了鸭肉，常吃的还有鸡肉。王悦最近好像没胃口，一碗饭都难以咽下，不知道是不是忙得太累了。

王悦不太喜欢吃煮的鸭肉，腥味浓，不过有时饭堂提供的是腊鸭肉，他还是蛮喜欢吃的，味道很香，容易下饭。

晚饭后，王悦和卢队长、宋沙林到通往九凤村的路上散步。天还没完全黑下来，但路两边的田野显得异常冷清；一台挖土机停放在山脚下，被山的影子团团围住；还有些许冷风，从北向南朝路面上吹来。

走过田野，来到一大片自留地旁，王悦看见山脚下有一幢新建的楼房，灯火辉煌，人来客往，异常热闹，而路边停放着不少小车，大概是来做客的。

看这场景，王悦知道这幢新楼正在举办入伙仪式。宋沙林有些惊奇地说，昨晚他来散步时，这里也是异常热闹，今天还是那么风光。王悦知道这里的风俗，一般村民办好事，有条件的都会宴请宾客三天。而客人不需要送太多的财礼，如果送利是，50 元一个就算大方了。

由这里的风俗，三个人都讲起老家办喜事、好事的风俗。宋沙林说，他湘西老家小喜事、好事很疯狂，客人做客要封一个 200～300 元的利是，这样算起来，办一场喜事、好事，主家不会亏，而且还能赚，有点敛财的味道，所以地方政府部门出文禁止村民随便摆宴请客。而王悦老家，风俗跟湘西差不多，只是没有那么疯狂，也没有人会随便乱摆酒席。当然，新房入伙、结婚、孩子出生，都会宴请一次宾客，也是挺热闹的。卢队长说他老家每逢有人家办喜事，如果客人封利是，都需要配上零钱，比如 52 元、62 元等。

这幢新楼，虽然只有两层半，但建的时间特别长。记得去年秋天的时候，王悦经常来这里散步，就看见建筑工人在建这幢楼。后来建筑工人不见了，只见到整幢楼还没装修，也没有人居住。那时王悦猜测，这幢楼的主人一家肯定都在外地。再后来很长一段时间，楼还是没一点变化，只是冷冷清清地站在山脚下，王悦对这幢楼就慢慢失去了兴趣，没再留意。直至今年秋末，王悦才见到建筑工人为这幢楼进行梳妆打扮，外墙面都贴上了白色的瓷片，不足两个月时间，就完成了装修工程。

在西川农村，入伙时除了宴请宾客，更隆重的是邀请醒狮队前来祝贺，寓意财丁两旺，顺风顺水。

在广东，各地有各地的新居入伙仪式和习俗。在王悦老家，入伙仪式相对简单一些，一般不会邀请醒狮队助兴。相对而言，广东人大多相信风水，因此对于新居入伙也非常讲究，都会遵从传统的习俗进行一些仪式，为新居带来好的意头。新居入伙前先将房子打扫一番，门窗打开两三天，使空气流通，引进吉气。新屋入伙前可先"拜四角"，意思是有礼貌地向新屋的土地神明打个招呼，驱走蛇虫鼠蚁，消毒环境，或是赶走不洁的东西。选择吉日良辰后，门口贴上红纸写上"进宅大吉"字样，并操办酒菜，宴请亲友。还有很多细节，王悦都记不起来，只记得搬入时要燃放鞭炮，驱邪避秽。

走过热闹的入伙场景，三人继续走了一段路，直至看不到路面，才返回去。返回路上，宋沙林点亮手机电筒说，前几天晚上他和许朗笑来这里散步，看见一条毒蛇在路边爬行。卢队长听说后有点恐慌。他说这么可怕，冬天还有毒蛇出没，以后出来散步要小心才是，万一被毒蛇咬到了，真是麻烦。

回到宿舍，王悦脑海里总是浮现出新房入伙辉煌的灯火和热闹的场景，由此想到已经离开十多年的故乡，从而写了一首《有灯的地方，就是我的故乡》的小诗，表达自己的思念之情。

写完诗，王悦看到驻县组微信交流群积压了一大堆微信消息。因为工作忙，这几天竟然忘了这个群。顺便清理完信息堵塞的各种微信群，王悦翻开《习近平讲故事》，看到 11 点半，才上床睡觉。

刚迷迷糊糊进入梦乡，他听见浴室里传来花洒洒水的声音，不知道是卢队长还是高云飞在里面冲凉。

早上的天空，仍然阴阴沉沉的，但感觉不是特别冷。树上的鸟儿，叽叽喳喳，肆无忌惮地扯开嗓门，好像在谈论什么新鲜事情，或者责怪连日来的坏天气。

卢队长本来早上要去西川县政府会议中心参加"西川县 2019 年脱贫攻坚现场推进会"，但 Q 市扶贫办今天到广安镇开展财政扶贫专项资金使用管理工作督导检查，有可能要来虎山，陆俊就让卢队长留了下来。

吃完早餐后，王悦和卢队长留在宿舍，等待市扶贫办检查组的到来。

不一会儿，王悦听见卢队长紧张地与人通电话。大概是他老婆打来的。从通话中，王悦了解到一点情况：卢队长读高三的儿子，今天早上起来时呕吐了五六次，在校医室看后还是不太舒服，他就让他老婆带儿子去医院看看。

没能照顾好儿子，卢队长说起来有点惭愧，特别是他儿子已经读高三了，在这关键时刻，他又在200多公里外的地方参与脱贫攻坚工作，要是高考时没考好，他怕儿子日后会责怪他，更怕给自己带来遗憾的阴影。

可怜天下父母心，但愿卢队长的儿子能理解父亲的心，最终以优异成绩考上大学。

等了一个上午，没等到检查组。12点40多分的时候，潘大为在镇扶贫微信工作群下发通知：市扶贫办定于今日下午到我镇开展财政扶贫专项资金使用管理工作督导检查，请各驻村扶贫干部于今日下午2点30分集中于三楼会议室参加会议。

下午2点40分，市扶贫办检查组一行五人才进入会议室，而驻村干部已经恭候多时了。

会议一开始，检查组莫科长开门见山，说明此次检查的目的，主要是检查扶贫资金使用存在的问题，以及扶贫项目经营和收益等。他要求各驻村干部自查自纠项目申请程序是否完整、申请资料是否齐全；有关项目资金使用情况，有什么新的变化。另外，检查组想听取人家对扶贫资金的使用有没有更好的做法或建议。

陆俊问到"630"资金的使用范围和统筹项目的收益有没有界定的问题，以及省考核要求省财政资金使用率达95%以上才达标，但对于帮扶市市财政资金和自筹资金的使用有没有明确要求？

针对这些问题，检查组莫科长都作了详细解答。

莫科长问镇扶贫办镇一级每年有没有做扶贫资金使用计划或扶贫项目规划，陆俊作了肯定的回答。

另外，莫科长向大家透露了明年脱贫标准为贫困户人均年收入为8900元。

接着，陆俊又问为什么有些帮扶单位会出现没有钱帮扶的情况，莫科长作答说，单位每年都会有财政拨款、"630"资金、社会资金等，出现此类问题，要检查帮扶单位是否有用好钱。

莫科长提到一个扶贫资金使用的重要问题，即从现在开始，Q市财政资金规定不能上资产性收益项目，目的是消除贫困户坐等收成的思想。

陆俊还问到一些扶贫产业为什么会做不下去。莫科长回答说，据他考察，很多做不下去的扶贫产业，是因为中期维护管理出现问题。

关于项目的开发，莫科长说要按照上面的文件精神和要求，尽量往扶贫产业靠拢，可以调动贫困户积极参与创业，带动他们投入脱贫攻坚战之中。

大石嘴村第一书记兼队长许朗笑也发表了自己的意见，他按照村里面的实际情况，结合各种因素，并拿资产性收益项目与扶贫产业项目作了比较，认为实施扶贫产业项目很难，风险更大，存在技术问题、管理问题、自然环境问题，有了这些客观或主观问题，每个工作队都是抱着谨慎的态度找项目。

关于落实政策和现实之间存在很大的差距，相信每个驻村干部都有深切体会，认为上面的思路是正确的，但实施起来总是困难重重，执行者一方面鼓励有劳动能力的贫困人员就业，实现"就业一人，脱贫一户"的策略，另一方面又要按照上级文件精神开发扶贫产业项目，带动贫困户积极创业。从现实角度看，这似乎互相矛盾，试想，所有有劳动能力的贫困人员都外出打工，村里面剩下的都是老弱病残，哪还有人搞扶贫产业？还有一个最现实的问题，驻村干部都不是农技人员，靠他们管理产业，就像是"秀才遇到兵"，即使产业在帮扶期间能扛过去，待工作队撤离后，谁来管理留下的"家业"？所以王悦也一直觉得，开发扶贫产业时要把目光放远一点，否则，最终留给村里的产业如同一座废墟。

卢队长也经常说，让一介书生搞产业做生意，就像拿鸡蛋碰石头。但没办法，只能硬着头皮上产业项目，否则完不成任务。

第五十七章

开完检查会后，已经是4点多了，王悦和卢队长立即返回Z城。

经过龙甫服务区后，导航自动变换了行驶路线，卢队长按照导航变换后的路线切入珠三角环线高速，往江门方向行驶。卢队长想，大概按照原先的导航，前方可能堵车，所以他相信自动变换后的路线，不走平常回去的路，避开拥堵路段。

从珠三角环线高速回Z城，需要多走20多公里。

进入珠三角环线高速后，车辆很少，卢队长开起车来比较舒畅，时速达到115公里。只是王悦有所担忧，进入江门后，要走很长一段只有两车道的高速路，肯定又会堵车。

正如王悦所担忧的，差不多到Z城时，两车道的高速出现严重拥堵现象，堵了3.7公里，导航显示是右侧车道出了故障。

七八分钟后，王悦看见高速路边，一辆小车屁股后面被撞瘪，才知道堵车原因。

不到一分钟后，汽车就进入了Z城。此时的夜色很浓，但在高速路下面，亮起很多白色的灯光，像星星，将Z城紧紧拥抱……

星期一早上，王悦刚刚起床，卢队长就打电话说，9点到信访局六楼第三会议室参加帮扶单位联席会议，主要讨论利华公司捐赠"630"资金的使用初步方案。

2017年广东省扶贫济困日活动中，利华公司捐赠了30万元给信访局联合帮扶工作队帮扶的虎山村。但由于各种原因，该笔资金尚未使用，一直留存在虎山村账户上。

为进一步发挥利华公司捐赠资金的使用效益，结合目前虎山村及贫困户的帮扶工作实际需求，对原使用方案进行了调整。调整后的捐赠资金使用方案经信访局征得利华公司同意后再实施。

8点30分，卢队长开车接上王悦，直往信访局赶。他计划开完会就返广安。

到达信访局后，差不多9点了。

王悦和卢队长刚来到会议室，信访局分管扶贫工作的韦春华副局长也来了。不一会儿，市区文化馆副馆长廖文华、中国电信公司Z城分公司经理吴春熙陆续赶到。

会议时间一到，大家就坐了下来。

开会前，韦副局长向卢队长打听捐书情况后，廖副馆长也向他问询关于文化馆筹集的那笔"630"资金进展情况，能否用作村里的工作经费，慰问贫困户。卢队长回复，要文化馆向Z城红十字会出具那笔"630"资金的书面用途，工作队才敢动用，另外，他会咨询一下驻县组，看那边如何答复。

接着，大家才转入正题，对利华公司的捐款进行讨论。开会前，卢队长打印了几份他亲自起草的《利华公司捐赠"630"资金使用初步方案》，分发给各帮扶单位领导。

根据《广东省民政厅、广东省扶贫开发办公室关于印发〈广东扶贫济困日活动捐赠财产使用管理意见〉的通知》精神，对利华公司捐赠的"630"资金使用范围进行调整。调整后主要用于建档立卡贫困户学生生活补助，预计向2019年秋季学期和2020年秋季学期的贫困学生补助约17.28万元。剩余的12.72万元，用于改善省定贫困村虎山村生产生活条件，卢队长拟出两个使用方案：一是在西坑自然村建设一个小型的"利华广场"，项目估算为12.72万元；二是在低坑片区修筑灌渠工程，项目预算是12.6万元。

韦副局长看了初步方案后，让卢队长一定要弄清楚拟建设的"利华广场"面积有多大，卢队长回复说大概两个篮球场那么大。

韦副局长提议建一个"利华健身广场"，除了建篮球场，可利用余款购买其他体育器材。

吴经理接着说，四年前他公司曾经给Z城某社区赠送过体育器材，一套篮球架器材17000元左右。

廖副馆长也提议，能否考虑再完善一下村委会对面的活动场所？

卢队长说，如果在西坑自然村建篮球场，农忙时可以供附近村民用作晒谷场地。

韦副局长和廖副馆长一致认为建成"利华健身广场"后，可以再做一个"社会主义核心价值观"的宣传栏，包括宣传一下利华公司的善举。

两位领导的意思很明显，就是想为利华公司树碑立传。

各位领导对使用方案还不太明朗的一些地方，提出疑问并协商比较稳妥详细的办法，最后作了补充说明。

吴经理好像是个行家，每次都能提出令人信服的做法，而且有理有据，他补充的内容是：第一，学生补助的对象信息要真实齐备；第二，"利华健身广场"的建设工程要有详细的报价和购买各种器材的报价。

廖副馆长补充的内容是："利华健身广场"至少要画一张建设草图。

韦副局长补充的内容是：要弄清楚"利华健身广场"的用地，村委会是否完全拥有产权？另外还要确定它的位置、面积，建成后做一个宣传栏。对于低坑片区的灌渠工程方案，他持反对态度。

在来开会路上，卢队长和王悦聊到低坑片区的灌渠工程，他说这个工程以前做过一部分，后来村里可能没钱，工程就停下来了。村支书想利用利华公司的捐赠资金接着做下去，但卢队长没有同意，怕违规使用扶贫资金。

卢队长不同意是有理有据的，在最近 Z 城下发的管理扶贫资金的文件中，已提到扶贫资金不得用于以前未完成的项目。

当然，不管领导们提出多么完美的方案，最终还是要发函给利华公司拍板。

对于卢队长提出的初步方案，各帮扶单位领导最终都通过了。

散会前，韦副局长还特别交代，百香果种植基地不能再拖了，应尽快抓紧落实，如果预定的两处选址实在行不通，就让村委会另外选址。

当卢队长说出实施起来有些困难时，吴经理又一次拿出自己的"制胜法宝"，当场献给卢队长：如果有什么困难，可以让驻县组出面，与镇里的干部沟通。

开完会后，已经是 10 点半了。

本来卢队长预计开会时间不会太长，想开完会后直接赶往广安，没想到开了一个半小时，于是取消上午回广安的计划。汽车刚开出信访局，陆俊就打来电话，说Q 市定于 12 月 23—31 日到各县开展脱贫攻坚工作市级考核，为扎实做好考核相关准备工作，经研究，镇扶贫办定于下午 2 点 30 分在镇政府办公楼三楼会议室召开扶贫工作会议，且会议非常重要，要求各驻村扶贫干部准时参加。

卢队长只好依原计划行事。

车上，王悦想起上午的帮扶单位联席会议，每个领导都说一套道理，弄得卢队长头都大了，一个小工程，又要画图又要报价，而报价还要请人做预算。

高速路上，出现了两次堵车。

卢队长把车开进丹灶服务区时，时间已是下午 1 点了。在服务区吃了 25 块钱一大碗的牛肉丸米粉汤后，工作车又匆匆往广安的方向赶。

来到广安镇政府，刚好 2 点半。王悦和卢队长立即爬到镇政府办公楼三楼会议室，只见会议室里已坐满了人，会议即将召开。

早上在 Z 城开了一个会，又马不停蹄往 200 多公里外的广安镇赶另一个会。唉，扶贫干部真不容易，如果没有满腔热血，如果没有责任心，谁会这么疯狂？谁会不顾疲累只顾着向前跑？

刚开会，陆俊说这次会议非常重要，因为要迎接脱贫攻坚工作市级考核，希望大家认真对待，迎接大考。

接着，潘大为非常详细地向与会的驻村干部解读了《2019 年度脱贫攻坚工作市级考核操作细则》。

这次考核，每个县抽查两个镇，每个镇抽查 4 个有贫困人口的行政村，每个村抽查 10 户贫困户。

广安镇 2019 年有 69 户贫困户未脱贫，潘大为要求各村打印"八有"核查表和退出之前核查的收入核查表，一式三份。还要提供五保、低保、残疾、孤儿的名册，以及 2019 年各驻村工作队的帮扶计划和总结，并落实危房改造政策情况中的贫困户名册、说明、佐证资料。产业扶贫情况方面，各村要提供自建自营名册，有劳动能力的贫困户（不含外出打工贫困人口）的产业扶贫项目、购销合同、贫困户养殖项目等资料。就业扶贫情况要与系统数据保持一致。

当然，他还提到金融扶贫情况、扶贫扶志情况、社会扶贫增活力攻坚行动需要提供的资料，还有脱贫攻坚项目库的资料。

至目前，虎山村项目库里有种植油茶树、柠檬、百香果和购买商铺。

最后，潘大为特别强调大家要抓紧时间整理检查资料，小心谨慎修改数据。

这次市级考核，涉及内容很多。

之后，镇扶贫工作组杨副组长叮嘱大家，市级考核时间紧、任务重、难度大，一定要把握好时间节点、把工作做实做细，同时要按照要求做事，认真做好迎接市级考核工作。

吃完晚饭后，王悦和卢队长、包万来、史近波、许朗笑、宋沙林出去散步。走在夜色朦胧的九凤村路上，虽然一天开了两个会议，但王悦从来没有感觉到如此轻松，竟然吹起了口哨。一年快过去了，尽管平常工作很忙，但在没有硝烟的战场上，王悦不仅磨炼了意志，而且收获了不少工作经验，应该让自己以轻松的姿态，迎接新一年的到来。

没有走多远，大家就返回镇政府。因为宿舍没水喝了，王悦和卢队长要去山哥家装山泉水。

凌晨，王悦被后面山上滴滴答答的雨声叫醒，就再也没有睡着。

白天实在太累了，上午在 Z 城开完会后，又狂奔 200 多公里，参加广安镇扶贫办领导特别强调的迎接脱贫攻坚工作市级考核的会议。本来晚上想好好睡一觉，没想到这场久别重逢的雨，搅乱了王悦的　场好梦。

天刚蒙蒙亮，卢队长就起来了，在王悦卧室后面的洗手间里忙着刷牙洗脸。平常，卢队长比王悦起得稍晚一点。

待王悦起床时，看见后面山林湿漉漉的，但雨已经停了。一些牵牛花攀爬在树上，用冷淡的眼神打探阴郁的天空，生怕又飘下冷冷的雨。

又要进村委会了。当工作车经过大石嘴时，王悦看见路面又被挖土机掀翻，汽车根本进不去。卢队长只好搬救兵，打电话让坤哥过来带路，准备绕路进村，因为要迎接市级考核，很多资料要做。

十几分钟后，坤哥骑着"越战老兵"的摩托车过来了。

卢队长小心地开着车跟在坤哥身后，只见山路又弯又小，如果迎面碰来一辆车，真不知道往哪儿躲。

进入村委会后，已经是 10 点多了。

在办公室，卢队长让高云飞打印三份《年度脱贫攻坚工作市级考核资料整理工作指引》，工作队成员人手一份，开始分工搜集资料。

这次市级考核，各村需要提供五大项资料，一是 2019 年减贫成效，二是责任落实，三是政策落实，四是实施五大攻坚行动，五是日常工作。

这份工作指引，是根据市级考核标准，由广安镇扶贫办制定出来的，方便各村准确无误地把资料及时、完整地整理出来。

一整天，王悦和高云飞都在办公室忙各自的事情，而卢队长跟村支书入户，将余下的贫困户信息卡发给贫困户。

直至晚上 6 点半，工作队才收工回到镇政府，而吃的晚饭，是冷菜和冷饭。

2019 年即将过去。

这一年，驻村工作队在精准识别、深入调研的基础上，积极推进扶贫项目逐步开展，着力抓好产业发展扶贫、劳动力就业扶贫、社会保障、文化教育、医疗保险和医疗救助保障扶贫、农村危房改造、基础设施建设扶贫、人居环境改善扶贫八项工程。

这一年，按照广东省相对贫困人口退出机制，对符合预脱贫条件的 8 户贫困户共 17 人，按照入户核查、评议公示、审核公示、审定上报、公告录入等程序进行认定退出，在建档立卡贫困人口系统中进行标识，在帮扶期间内原有扶贫政策保持不变，工作队扶持力度不减，持续跟踪帮扶，确保稳定实现脱贫。

这一年，为扎实推进脱贫攻坚战，工作队利用 Z 城市财政资金投资购买返租商铺，一部分收益归村集体所有，一部分收益用作扶贫基金，扎扎实实为虎山村摘掉贫困的帽子。

早上的天空，朦朦胧胧的；四周的鸟声，也不见踪迹。

宁静的教育路上，居民楼还在沉睡，路边的菜园抱着昨夜的梦，睡得异常安静。三只小鸟悄无声息地从王悦眼前低飞，不知道它们将飞向何方。

早上进村，因为还在修路，这几天工作车不得不绕路，从大石嘴刀口自然村进入东平、西坑，然后再进入村委会。

在村委会办公室，工作队还在忙市级考核的资料，好像没那么紧张，因为卢队长打听到这次市级考核没抽到广安。不过，考核资料还是要如期整理出来，随时听从镇扶贫办的调遣。

10 点半时，王悦和卢队长、村支书到永安、坪坝、江下等自然村，把剩余的贫困户信息卡发给贫困户，还有《2019 年度贫困户收支情况表》《广安镇 2018—2019 学年度建档立卡贫困学生享受生活费补助政策确认表》需要找贫困户签名。

刚来到曾丽萍家门口，只见她公公坐在门口空地上编竹篮，而且已经编好了一个。这位 97 岁的老党员已经有 50 多年党龄。村支书从老党员手中接过竹篮，端详起来，很快露出赞叹的笑容。随即，大家都夸老人手艺好，直把老人夸得满脸笑容，像冬日的阳光。

冯大强家正在室内装修，里面随处放着装修材料，连个签名的地方都没有，最后在堆放的瓷片上面，卢队长让他签了名。

然后去了陆明水家。这个双目失明、长得像侏儒一样的老人，大冷天打着赤脚，好像他的脚是铁打的，根本不怕冷。陆明水签不了名，卢队长就握住他的手指，在签名的地方摁了手印。

坪坝的高炎朝、高阳朝、高元朝都不在家。

曾大光和他老婆都在家。见卢队长来，两夫妻很客气，男的敬烟，女的泡茶。曾大光没再打工了，两个月前到医院检查，意外查出得了尿毒症。两个月来，曾大光到 Q 市医院看了两次病，还去广州市第二人民医院看了一次，医药费花了二四万元，要做透析，而且每一次进医院，一住就是 15 天。

当听到他不幸的消息，王悦和卢队长都感到很意外。因为前段时间走访他家，卢队长已把他列入退出贫困户对象，没想到他又得了大病，会不会因病返贫？

不过，两夫妻也没太多悲伤，以乐观的性格面对灾难和困难。也许，他们挨苦日子挨习惯了，这些病痛和灾难怎能轻易击倒他们？前两年，曾大光的老婆也得了大病，现在又轮到他得大病，上天真是瞎了眼，能不能让他们过安静的日子？

今年秋天，曾大光建好了一幢还算漂亮的新楼房，刚想过几天舒坦的日子，可如今……贫穷的日子何时是尽头啊？可怕的病痛！卢队长很担忧，好不容易让他家脱了贫，现在又要面临一场灾难，恐怕会返贫。为了解决这个家庭的不幸，卢队长建议曾大光去镇里申请大病救助。

曾大光有一个孩子叫曾航华，现在就读高等职业学校二年级。

按照工作安排，镇扶贫办定于今天下午 3 点在镇政府办公楼三楼会议室举行广安镇 2019 年"就业脱贫之星""就业脱贫积极分子"评选审查会，各驻村工作队队长都要参加。

因为市级考核的系统资料还没弄完，卢队长就让高云飞进村完成工作，吩咐王悦跟村委昌哥一起入户把余下的贫困户信息卡发给贫困户，同时带上两份表，签上户主的名。

王悦和昌哥准备到横屋、上井、下木坑、向阳等离村委会近的自然村走一走，先把那里的贫困户搞定。

因为王悦不会开车，就与昌哥步行。刚走出村委会，昌哥看见李金兰、高天泉、骆安详坐在村委会旁的小商店里，于是走过去叫他们签了名。

当经过老村委会时，昌哥对王悦说，他回家把摩托车骑来，这样办事快一点。

没几分钟，昌哥就骑来一辆旧摩托车，后面还跟着一条黑狗，全身光溜溜的。大概这条黑狗是昌哥家的。

昌哥载着王悦，向下木坑驶去，而黑狗一路跟着摩托车兴奋地跑起来。

来到邓水金家门前时，邓水金正在锯木头，见昌哥来，忙停下活儿把昌哥和王悦迎进屋里，找了一副老花眼镜戴上，签了名。

在路边一间小商店，昌哥停住车，对王悦说，店主是苏会勇的堂叔。因为苏会勇在外打工，他的信息卡和收支情况表及贫困学生生活费补助确认表，昌哥就让他的堂叔代签。与苏会勇通了电话后，店主就签了名。

苏会勇有一个弟弟，在外面读书。

来到黄金沙家，他老婆很客气，又是泡茶，又是拿出自己做的番薯干让昌哥和王悦品尝。经不住她的再三劝说，王悦拿了一块番薯干嚼了起来，感觉味道还不错。

接着，去了苏飞燕、高元朝、高炎朝、高阳朝家，都顺利把事情办好。只是到了李树英家时，王悦心里总是可怜这个弱不禁风的老人，身体非常瘦弱，像一根干竹子，恐怕被风一吹就会倒，而老树皮一样的脸，又黑了许多，再看她摁手印的手指，瘦得跟鸟爪一般，没有一点力气。

晚饭后，王悦和卢队长、包万来、宋沙林出去散步。四人偶尔聊聊工作，偶尔谈一些轻松的话题，特别是看到远处异常光亮的北斗星时，曾经教过书的卢队长讲了一些自然科学知识。这颗星，他们每晚散步都会见到，而今晚的夜空，因四周都是黑的，北斗星就更显明亮了。

早上的雾比较大，几乎把四周的山林遮住。停了好几天的鸟声，又从树上掉了下来，虽然不是很热闹，但还是为王悦打开新的一天。

一群小鸟从镇政府上空飞过，迅速向田野奔去。也许，它们要到田野觅食，或者晨练。

进村后，王悦跟卢队长到坪西、东丰、大丰、下水坑等自然村，把贫困户信息卡继续发给贫困户，同时找他们在两份表上签名。

来到曾华昭家，他半痴半傻的老婆站在家门口，见王悦和卢队长来，就知道有事，忙抬头望向外面的路，"哇哇"地"说"着话，好像告诉王悦和卢队长她老公不在家，然后领着王悦和卢队长来到不远处的曾桂华家。也许，她怕王悦和卢队长听不明白她"说"的话，如果他俩有什么事，可以先告诉曾桂华，待她老公回来后再由曾桂华转告，或者让王悦和卢队长先到曾桂华家，办完事后，兴许她老公就回来了。

看来，这女人不痴不傻，聪明着呢！

曾桂华签完名后，曾华昭还是没有回来，王悦和卢队长只好先去罗英秀家，见罗英秀在她家门口对面的一小块菜地上拔菜，于是上前跟她打了一声招呼。她忙丢下手中的活，领他俩来到她家门口。她不会写字，卢队长就让她在收支情况表上摁手印。

不一会儿，曾华南的母亲也来到罗英秀家，卢队长就让她签名。这位老村支书夫人，只见她写了"曾华"两个字后，"南"字却不知怎么写。卢队长为了赶时间，便主动帮她写了。

卢队长想开车去东丰，正好碰见低头走路的曾华昭，还喘着粗气。王悦和卢队长转身跟曾华昭去了他家。他感冒了，不时咳嗽起来。曾华昭头发花白，身材瘦小，一直低着头走路，一副病入膏肓的样子。卢队长问曾华昭："你跟曾桂华是兄弟吗？"曾华昭低声地回答："是堂兄弟。"

曾华昭现在住的地方，是一幢两层半的新楼，里面已经装修好了，但外面没有任何粉饰。走进他家后，他老婆"哇哇"地"说"着话，很客气，还给王悦和卢队长搬来椅子。

从曾华昭家走出来，王悦看见曾健华从他弟弟家走出来。曾健华是危房改造户，因为生活不便，他一直吃住在弟弟家里。

曾健华右手和右脚残疾。他一瘸一拐地把王悦和卢队长带到他新建的一层平房。厅子里显得异常简陋，只放着一张桌子，而唯一一间卧室里，只有一张木板床。他家离弟弟家几十米远，要经过罗英秀家。他签名时，用的是左手，一笔一画，写得很端正。

到邓发水家时，见大门紧闭。王悦敲了敲门，没回应，却听见斜对面一间老房子里传来一点响动，且门敞开着。王悦以为是邓发水邻居家，于是上前想打听一下，没想到邓元庆在里面，双手扶着一台正在转动的洗衣机。

王悦叫来卢队长，卢队长就在黑漆漆的老房子里，让邓元庆签了名并为他父亲邓发水在收支情况表上代签名。父子俩同住在一幢房子里，前面是邓发水家，后面就是邓元庆家。

隔壁的杨海锋家，房门上了锁。显然，他不在家。

准备开车到下水坑时，迎面看见邓国强骑着摩托车，于是停下车让他签名。邓国强看起来精神好多了，说话也有了一些力气。他患有多种病。

刚来到下水坑，又逮着只顾走路的李子青。李子青30来岁，很年轻，但不幸的遭遇让他患了精神病，一旦发作起来非常可怕。

每次找他，若没有村干部在场，王悦和卢队长心里确实有点怕。李子青长得眉清目秀，像明星，可惜他脸上没有一点表情，冷冷的，像冬天里阴郁的天空。你问他一句他就答一句，从没一句多余的话。李子青签名时，卢队长夸他的字写得挺漂亮的，问他是不是高中毕业。李子青脸上依然没有一点表情，一边签名一边冷冷地回答，小学未毕业。

王悦查看过李子青的一户一档，里面说他的文化程度是初中。

来到李白桂家时，李白桂正在建自己的房子，而里面搭着木架子，木架子用木柱子撑着。看这架势，他的楼开始封顶，快要建好了。李白桂从楼顶上下来时，王悦看见邓发水在李白桂邻居家聊天，于是上前与他打了一声招呼。

在黄友飞家，他在里屋修建厕所，见王悦和卢队长来，就放下手中砌墙的泥刀。签名的时候，卢队长问了一下他家的情况。黄友飞告诉卢队长，去年8月，他老婆走了。他两个女儿都在外面打工，大女儿多病，平常很少寄钱回来，小女儿好一点，月月有钱寄，还有一个儿子，也在外面打工。除了他，一家三口打工挣钱，生活还是挺宽裕的。

从黄友飞家走出来，王悦看见黄瑞安一瘸一拐往他弟弟家走，于是喊住了他。黄瑞安也是危房改造户，因腿有残疾，生活不便，一直在他弟弟家吃住，而且两家不远，只有几米距离。

黄瑞安与黄路红是邻居。听黄瑞安说，黄路红回来了。以前走访时了解到，黄路红平常住在外面弟弟家，很少回来，所以王悦和卢队长没见过黄路红。卢队长让黄瑞安找一下黄路红，却没找到。黄瑞安说，黄路红可能出去看病了。卢队长只好把黄路红的贫困户信息卡交给黄瑞安，让他转交，毕竟是邻居。

走访完这些贫困户，已经是 11 点半了，王悦和卢队长就开车回村委会。在村委会，王悦看见黄秋亮穿着一件宽大的外套，痴笑着坐在以前升旗的水泥地板上，嘴角边淌着口水。

第五十八章

不知是自己忙，还是这段时间黄秋亮玩失踪，王悦感觉好像很久没见他了。今天能见到黄秋亮，王悦心里有点小高兴，于是伸出手向他打招呼，没想到成天与孤独相伴的黄秋亮，顿时激动得"呵呵"地望着王悦傻笑起来，而且双手抱住双腿，使劲地摇。

回镇政府时，王悦、卢队长、高云飞和坤哥顺路查看了西坑建篮球场的场地。这场地就是上次帮扶单位联席会议上，韦春华说要打造成"利华健身广场"的地方。

现场，卢队长向坤哥提出几个问题：一是横过场地的电线要让电力部门改线路；二是要保证拥有体育用地的产权；三是还要购买其他体育器材；四是找单位或广告公司设计宣传栏。

查看后，卢队长让高云飞联系他同学，让他同学尽快过来查看现场，把设计方案和预算做出来。高云飞的同学是做工程的，这让王悦想起半个月前，村里来了两个年轻人，与工作队、村干部在村委会一起吃午饭。那时，王悦感觉这两个年轻人与高云飞关系密切，大概其中之一就是高云飞的同学。那时王悦不知道两个年轻人来村委会做什么，更不知道他们与高云飞的关系。现在回想起来，那天他们是想承包村里的灌溉工程。卢队长按村委会的要求，想利用利华公司"630"资金维修，但这个方案已被韦春华否定了，因为那项工程以前动过工，属于未完成工程，不可能再申请扶贫资金，否则违反了扶贫资金使用管理条例。利华公司部分捐款，准备用来在西坑建设一个"利华健身广场"。

午休时，王悦听见宿舍后面的山上风呼呼作响，待准备进村时，镇政府操场上刮来很多树叶。

整个下午，北风一直没有停歇下来，直至快下班时，北风才小了一点，但感觉天气越来越冷。

星期五早上起来，王悦准备晨跑的时候，看见朝阳刚刚从山上冒出头来。也许，这几天天气比较阴沉，现在突然面对鲜红的朝阳，王悦心里像遇见久违的朋友，于是站在阳台上端详起来，然后在手机里敲下一首微诗《太阳》：

抬起来的
不是你坚强的头颅
而是我的信念

掉下去的
不是你无情的面孔
而是我的思念

十几年前，王悦曾经读过散文家余秋雨的一篇文章，但记不起什么篇目了，不过对文章中的一句话印象非常深刻："营造之初就想到它今后的凋零。"意思是说，一切美好的东西，都会有凋零的时候。不管是人为的美好，还是自然界的美好，对于悠久的历史，都是一瞬的。当王悦面对朝气蓬勃的朝阳，就会想起暮气沉沉的夕阳，由此写下了这首诗。这不是他悲观，而是一种自然规律。

昨夜，卢队长接到镇扶贫办领导的电话，说是要提交 2019 年度贫困户收支情况表。这段时间特别忙，经常是这个任务还没完成，下一个更重要更紧急的任务又从上面压下来，弄得工作队措手不及、晕头转向。前段时间，工作队忙的是市级考核，其中包括 2019 年度贫困户收支情况表的核查，前两天西川县又下发了开展扶贫开发工作成效县级考核的文件和通知，现场核查时间定为 2019 年 12 月中下旬。幸好，县级考核只抽查分散村，与省定贫困村无关。

面对一级一级下达的考核，不少驻村干部都有了意见，认为太形式主义了。

每一次入户核查，都会弄得驻村干部精疲力尽，因为贫困户不是每家每户都在等着你来核查、签核查表，有的连走了几遍都没碰着。

吃完早餐，正好 8 点。进村时，卢队长对王悦说了一件非常紧急的事，就是各村推荐贫困户的"就业脱贫之星"和"就业脱贫积极分子"人数太少，镇扶贫办领导要求驻村工作队、村干部重新发动贫困户，让他们积极报名，并于今天 10 点左右把推荐人员报上来。

当汽车从一座山头下坡时，卢队长听到车后面出现异常响动，就把车停到路旁。王悦和卢队长连忙下车检查，不禁吓出了一身冷汗，只见右边后轮瘪了下去。幸好不是跑高速，才没出现意外。卢队长开车一向小心谨慎，没开那么快，不像血气方刚的高云飞，开起车来可以用"狂飙"来形容。不过，自从他开自己的车被人撞了一次以后，就有所收敛。

打开后备厢，卢队长取出备胎和工具，花了九牛二虎之力才把备胎换好。

进入村委会后，坑头村工作队的廖强和他的一位队友已经来到虎山村委会。昨天，廖强给王悦打电话说，他俩想坐虎山村的工作车回 Z 城，因为坑头工作队的车今天上午要拉一批货回 Z 城，他俩坐不下。卢队长就让他俩到虎山村委会会合。虎山村与坑头村很近，不过十几公里。坑头村工作车在回 Z 城之前，就先把坐不下的两名工作队队员送到虎山村委会，然后回坑头村装货运回 Z 城。

与廖强他俩打过招呼，王悦和卢队长就开始完善贫困户 2019 年度收支情况表，以及把村干部推荐的贫困户"就业脱贫之星"和"就业脱贫积极分子"的表格整理好，然后匆匆往镇政府赶。

之前，王悦不知道虎山村推荐的是哪几位，因为推荐人是卢队长和村干部，直到今天他才知道虎山村推荐的"就业脱贫之星"是曾丽萍，"就业脱贫积极分子"有莫丽群等五人。

回镇政府路上，卢队长向廖强打听坑头村的一些扶贫成效情况。上次培训时，王悦和卢队长都去了坑头村，学习兄弟工作队的扶贫工作经验，并参观了驻村干部一手创建的农产品加工厂。

在西川，坑头驻村工作队是整个 Z 城帮扶工作队中最出色的团队，做出了不平凡的业绩，他们的先进事迹成了各驻村工作队学习的榜样，一些媒体也争相报道。

因为扶贫业绩显著，坑头村经常得到 Q 市领导、西川县领导的关注。上个星期六，Z 城新任市委书记还到坑头村考察。他曾是 Q 市市委书记，以前对坑头村肯定有过密切的关注。

西川县委书记谢桂安也经常到坑头村调研，今年就去了十几次，与村委会主任都混得很熟了。

今年的省考核近在眼前，卢队长没经历过那种场面，于是请教廖强省扶贫考核究竟要准备哪些资料。廖强已经参加扶贫工作快四年了，在没有硝烟的战场上，是个经验丰富的"老革命"。于是，廖强就把去年坑头村迎接省扶贫考核时的情况告诉了卢队长。

去年省扶贫考核，有内部消息说省里抽查到坑头村。听到这一消息，村干部很重视，召集村民不分昼夜打扫卫生，而驻村工作队也是日赶夜赶准备各种各样的考核资料。为了迎接省扶贫考核，廖强连续十天没睡好觉，每晚忙到早上 6 点后才睡，而 7 点多又起床继续干。但是，省扶贫考核与坑头村擦肩而过，让他瞎忙了十天十夜。

连续干了十天十夜，廖强不堪回首，他说，他的身体至今还没有完全恢复过来。

把材料送到镇扶贫办后，已经是 11 点多了。平常，王悦和卢队长都是星期五下午才回 Z 城，但这次，为了行车安全，卢队长已请示帮扶单位领导，要到修车场更换备胎，因此提前出发了。

用备胎跑高速，存在很大的安全隐患。所以从安全角度着想，卢队长想在进高速前买新轮胎换上。记得去年有一次，工作车曾经爆过胎，用备胎换上；当回 Z 城跑高速时，开车的万队长不敢开太快，都没超过时速 80 公里。

卢队长把车开到圩镇一家卖轮胎的店铺前，老板说店铺提供不了发票。因为是公车，没有发票是不可以报销的。廖强建议卢队长到高惠城区，那里有不少修车场，应该可以开发票，换好轮胎后再上高速。

卢队长采纳了他的意见。

这次，工作车没有从大田上高速，而是沿着 263 省道往高惠城区驶去。行驶过程中，大家都在留意路两边的修车场或卖轮胎的店面，问过几家，都说没有发票。直至到了城区，才找到一家名叫"车空间二手车行"的修车场，老板说可以开发票。

卢队长想买两只轮胎，把后轮都换了。他与老板谈好价钱后，差不多 1 点了。换轮胎时，四个人就到附近的小饭馆吃午饭。

吃完午饭后，回到修车场，又等了一个小时左右，两只车轮才换好。这次换轮胎，共花了 830 元，还给车轮做了定位。

回 Z 城路上，大家谈了一些扶贫故事。

廖强谈到坑头驻村工作队与镇村干部的关系都很紧密，而且有时碰到节日还在上班，镇村干部都会把驻村干部拉到他们家吃饭。驻村干部和当地干部的关系，真是亲如一家。

坑头驻村工作队干得如此出色，给村里办了不少实事好事，当地干部肯定会对他们另眼相看。

按照省里文件通知精神，驻村干部工作出色又得到当地群众好口碑的，扶贫结束回单位后会被提拔重用。

当然，对于大部分驻村干部来说，他们满腔热血奔赴没有硝烟的战场，舍小家顾大家，抱着的是一颗善心，对提拔重用不奢望，对奖励表彰不敢想，只想把扶贫工作尽力做好，为别人行善为自己积德。

王悦相信，这是每一个驻村干部的思想和状态。当初，他也是怀抱着这样的心态，才不顾一切深入贫困山区，感觉自己还能为国家、为社会、为人类贡献微薄力量，过上一段有意义的人生，足矣。现在，他参加扶贫工作已经一年半了，在没有硝烟的战场上，已经得到了很好的锻炼，同时经过生活的洗礼，意志更加坚强，再不会被任何困难轻易击倒。

路上，大家还谈到扶贫资金的使用问题，因为审计非常严格，只找问题不问扶贫结果，影响了一部分扶贫干部的工作积极性，难免出现懈怠思想。因为多使用一分钱，自己身上就多一分风险，做多错多，不做不会引火烧身。如果扶贫三年或更长时间，背着污点回去，肯定会受到处分。

看来，扶贫干部只有累死的命，没有轻松的活，弄不好资金使用出现问题，就会毁了自己，断了前程，善事就变成了坏事。前段时间，一驻村工作队在资金使用管理方面被审计查出一点小问题，弄得驻村干部不敢放开手脚去干了，不像当初那样雄赳赳气昂昂，满腔热血。

回到 Z 城已经 5 点半了。因为晚上 8 点，王悦要到 Z 城广播电视台演播厅参加 "走进 2020，我们一起为祖国颂歌" 元旦晚会，就在家里随便煮了一碗米粉当晚餐。

吃完晚饭，王悦在广安镇扶贫微信工作群看到潘大为下发了不少文件和通知，其中有一条关于边缘贫困户核查工作要求的通知，引起王悦极大关注，镇扶贫办明确核查方式是村干部和驻村干部对全镇拟定的 37 位最低生活保障对象（有些对象是同一户的，并非 37 户）进行入户核查，重点是对非建档立卡低保户进行是否有劳动力核实，若全户中有一个劳动力，就算是有劳动能力的低保户，收集上报并作为边缘贫困户的名单录入系统；需要提供给镇的资料包括村两委、镇挂村组、驻村工作队会议照片和会议记录，入户核查照片、信息采集表；信息采集表需核查对象签名并摁手印，村干部、镇挂村干部、扶贫干部签名。

这则通知后还附温馨提示：本次只核查拟定的低保对象，如本人是低保对象，则同一户的其他家庭成员不用列入。

这次核查边缘户还没有全面开展，镇扶贫办按照上级要求，只抽取大石嘴等几个村作为试点。

趁着夜色中的灯光，王悦在小区附近坐上 35 路车，到市广播电视台。

很久没参加文学活动了。王悦来到活动现场，见到了许多写诗的文友。

晚会刚开始，Z 城的朗诵家们纷纷为观众朗诵本市诗人的作品，赢得了阵阵喝彩声。

第五场，当场内灯光再一次暗下来时，只见身穿蓝色旗袍的郭小丽，在优雅的琴声中，迈起莲步慢慢登上舞台。

在你多情的生命里

山是你雕刻的名字

水是你动人的诗行

在你青春永驻的灵魂中

天空是你美丽的眼睛

鸟声是你深情的呼唤

坐在观众席上的王悦，静静地聆听郭小丽朗诵自己写的诗歌《为春天抚琴而行》，心里越来越激动，他仿佛看见在没有硝烟的战场上，那些倒下去的英雄重新站了起来，弹奏着春天的乐曲，为梦想远行。

来吧，我的春天
我会坐在桃红柳绿的岸边，静静等你
来吧，我亲爱的春天
不管天有多黑，不管路有多远
我都会为你抚琴而行
直把黑发弹奏成，长江黄河一样雄壮的河流

在郭小丽深情的朗诵中，王悦似乎感到，一个个驻村干部的汗水，就像长江、黄河一样，滚滚而流，流进贫穷的村子，流进贫困户的心田，激起他们的斗志，众人携手走上共同富裕的道路，昂首挺进 2020 年的春天，为祖国的繁荣富强，尽情欢唱。

别让我们的故事，在泥土的芬芳中
成为历史
别让远航的笛声，在片片馨香中
迷失自我
在高高的山冈上，我依然会为你
站成一棵树，开出一朵小花

当郭小丽朗诵完后，王悦似乎看见胜利的旗帜飘扬在虎山村最高的山上，一棵棵为脱贫而战的百香果苗，迅速成长，开出一朵朵美丽的鲜花，把贫困户的梦想和美好愿景，结成奔康致富的累累硕果。

忙碌的 2019 年，很快就要过去了；美好的 2020 年，一切从春天出发，从内心撒播，在脱贫攻坚战场上，一定会发生许多动人的故事。

回首即将过去的一年，王悦接触最多的就是"贫穷"两个字眼。"贫穷"可怕吗？可怕！真的太可怕了！当一个人被病痛折磨却无钱医治时，当一个人因家贫辍学而失去了梦想时，当一个人居住在摇摇欲坠的危房时，当一个人身患残疾连眼前的康庄大道都没有机会行走时，试想，这样的生活，即使阳光灿烂，也会被无辜的人视为黑夜。

幸好，他们生活在幸福年代，在苦难面前，党和国家没有抛弃他们，而是动用一切力量，解决他们的生活难题，送去温暖，送去关怀，将冰冷的世界，一点一点悄悄融化。

参与脱贫攻坚战，既是一种痛苦，又收获着快乐，给王悦带来一段难忘的人生经历。每当看到贫困户增收了，每当听到谁家脱贫了，除了高兴和快乐，王悦更感到无比幸福。

王悦真的非常痛恨贫穷，有时夜深人静，想起白天走访贫困户听到他们不幸的故事时，他很想持一把利剑，抽它的筋，剥它的皮，让它不再祸害百姓，远离人类远离地球……

按照国家的工作部署，还有一年，全国各地都必须完成脱贫任务。在接下来关键的一年里，驻村工作队的担子更重、责任更大，只要落下一人，未能完成脱贫任务，将会意味着什么？作为一名驻村工作队队员，王悦深深知道拖后腿的后果。

不过，就目前而言，脱贫攻坚战还是取得了辉煌的成果，驻村工作队严格按照上级的指示精神，有条不紊加大加强帮扶力度，迎接明年美丽的春天。

一切从春天出发，王悦已经看到了贫困户脱贫的希望，听到了驻村干部铿锵有力的脚步声；一切从内心撒播，王悦已经感受到了病痛、无奈慢慢离开了人类……

昨天上午12点，卢队长给王悦微信留言，说是明天早上5点50分出发。他要到西川县政府会议中心二楼参加9点召开的县扶贫开发领导小组会议。晚上9点多的时候，王悦就睡觉了。直至今天凌晨5点20分，王悦才被手机闹铃闹醒。洗漱之后，王悦喝了一盒牛奶，吃了一些提前买好的番薯干，就算吃过早餐了。

走出小区，王悦看见宁静的街面上，幽幽的路灯伴着一场毛毛雨，从漆黑的夜空中飘了下来。

虽然天还没放亮，但进入高速后，奔跑的汽车还真不少，每辆车的屁股后面都亮着灯。

一路上，天空有些阴沉，但行驶的汽车比较顺畅。

7点多的时候，王悦和卢队长惊恐地看见，在离丹灶20公里处，出现严重车祸，只见交通拯救车拉起一辆侧翻的面包车。看现场，应该是后期处理了。

大田过后，汽车继续往西川县城方向奔跑。从西川收费站下了高速后，阳光就现出笑脸，似乎在迎接王悦和卢队长的到来。

进入县城，卢队长将车开进西川粤运汽车站斜对面的"中国石化"加油站加油。

到达县政府时，差不多9点了。里面的停车位已经停满，卢队长只好把车开到北楼停车场。北楼停车场在县政府后面，原来是西川县招待所，现在用作停车场。走进停车场，首先映入眼帘的是两棵与腰差不多粗壮的树，像两个把守的卫士，看守着停车场。其中一棵是芒果树，此时正开着花，还结出不少果实，大的果实比鸟蛋大；另一棵是大叶榕，树上也结着果实，黑黑的，但早已枯干了。

想起昨天傍晚，王悦在Z城住宅小区附近散步时，看见街边的芒果树开出不少花，有些惊讶，因为他一直不知道芒果树是冬天开花的。

停车场右边，前后还有两幢人才公寓，不过楼房比较旧。

停好车后，卢队长去开会，而王悦穿过县政府，从前门走了出去，准备找个好玩的地方逛逛，放松一下心情。

县政府在华中东路。华中东路是一条老街，街两边的建筑物比较老旧，但路口几幢建筑物都是新建的，门面装饰异常惹人眼球，特别是右边的西川农商银行和左边的金六福珠宝直营店，打扮得花花绿绿的，像两个俊俏的姑娘。

王悦沿着来时的路往回走，看见冬天的西川河，没有一点生机，河水很少，淤泥已经完全裸露了出来。王悦走过一座桥，出现在眼前的就是烈士陵园。记得去年某个星期五，县政府召开驻村工作队队长会议，因为要返Z城度周末，王悦就跟随万队长来到县城，但他没参加会议，而是瞻仰了烈士陵园，参观陵园后面的博物馆。

此时的烈士陵园里，一群身穿红色衣裳的妇女手持红色的扇子，在门口小广场上跳舞，不时传来令人心潮澎湃、备受鼓舞的革命歌曲。

登上陵园，王悦看见还有一些老人在晨练，而革命烈士纪念碑高高地屹立在陵园中央，被两边苍翠的柏树日夜守卫。

王悦围着纪念碑绕了一圈，看见四面的碑脚雕刻着无数革命烈士的名字，最熟悉的烈士就是彭湃。

革命烈士精神不死，永垂不朽！王悦怀着崇高的敬意，向烈士致哀。

后面台阶下，一座雄伟的建筑物出现在王悦面前，这就是西川县博物馆，也是中国人民解放军粤桂湘边纵队纪念馆。但遗憾的是，博物馆大门紧闭。王悦留意到门的左边挂着一块白色牌子，写着免费开放时间是星期二至星期日，逢星期一闭馆；门的右边挂着指引参观的牌子，一、二楼是中国人民解放军粤桂湘边纵队史迹陈列，三楼是西川古代文物陈列和西川农民运动史料陈列。

虽然不能进去，但王悦还是从门外的宣传栏里，看到许多动人的革命故事：深山里的红色小村庄、游击队的"好妈妈"、一次难忘的回忆、红军阿哥几时来、群众的知心人、在群众的支持下站稳脚跟、人民群众用生命保护税站等。

回到广安镇政府，已经是 12 点多了。

下午进村，因为还在修路，开车的卢队长从大石嘴刀口自然村绕路到虎山，尽管爬行的山路异常崎岖、艰险。

高云飞没回来，可能请假了。

整个下午，王悦和卢队长都在做资料。又到月尾，闲下来时，王悦制作了一份明年 1 月的驻村干部考勤表，而卢队长整理就业脱贫之星和就业脱贫积极分子的推荐表。

下班回到镇里，王悦和卢队长来到望春河边的万客来商场。因为李华贵的老婆杨小玲是这次就业脱贫积极分子之一，但在她的推荐材料中，每月工资签领表没签名和盖用工单位的章。

在万客来商场，卢队长找到有点紧张的杨小玲签了名。杨小玲长得有些高有些胖，大概 40 岁。

离开商场后，卢队长对王悦说，杨小玲是个自尊心极强的人。

原来是她！王悦这才忆起，上次杨小玲来村委会签退出核查表，却不愿意拍照，怕别人知道了她家是贫困户，会影响孩子的学习和生活，一辈子抬不起头来。那天，王悦第一次见到她，不敢相信她是贫困户家庭成员，因为她的打扮和时髦的穿着，倒像个富家太太。

在镇政府饭堂，当王悦端着饭菜走到一张饭桌前时，看见一个坐在饭桌前吃饭的男人，很客气地对他说了一句"请坐"。这男人40来岁，王悦从没见过，不禁向他多望了一眼，心里疑惑一会儿，突然醒悟："您是新来的镇委书记？"

男人说："是。"

新书记看起来很斯文，不像原来的吕书记，长得那么粗犷。

不一会儿，卢队长也进饭堂吃晚饭，就与新书记边吃边聊，从中打听到新书记滴酒不沾，宁可吃饭堂，也不外出参加活动。这让王悦甚感意外，顿生敬佩之心。

吃完饭后，王悦和卢队长出去散步。他俩谈了一些做人的道理，卢队长认为做人一定要善良，内心要纯洁，即使活得不风光，也要无愧于自己。

早上的天空，有些阴郁，比昨天冷了许多。这几天，天气比较闷热，特别是昨天，太阳很大，好像回到夏天的感觉。

昨天，王悦在西川看到西川河，河水少得可怜，但还是把她的模样拍到手机里。直至晚上，他翻看白天在西川拍下的照片，看到可怜的西川河，于是写了一首微诗《西川河》：

即使躺了一千年

你流尽的最后一滴血

也会为历史

站成一座永垂不朽的纪念碑

今天是2019年最后一天，王悦似乎远远看见，西川河甜蜜的河水，开始向2020年的春天流去，像英雄们从内心深处弹奏出来的琴音。一朵朵娇艳的秋英花，站在荒凉的田野上，仿佛她们在迎接2020年的春天。

第五十九章

早上差不多9点才进村，因为要等从家里赶过来的高云飞。

进村后，王悦花了大概一个小时，写了一篇12月的扶贫工作简报，准备报给镇扶贫办。

下班后，王悦带着七份已填好的就业脱贫之星和就业脱贫积极分子推荐表回镇政府，其中周莲芳的积极分子推荐表是今天才交给工作队的，而且缺少照片，需要到圩镇香喷喷饺子馆取照片。周莲芳在石门镇中心幼儿园当老师。卢队长听阿巧说，她的照片托人送到饺子馆。可是来到饺子馆，当卢队长向老板打听时，老板说没有周莲芳照片，也不认识她。

回到镇政府，王悦把推荐表送到镇扶贫办，接手的李灵收了五份表，因周莲芳没有照片，不能申请，还有一个贫困户的推荐表弄错了，她是就业脱贫积极分子，却用了就业脱贫之星推荐表。

午休后，王悦到镇扶贫办，让李灵打印一份就业脱贫积极分子推荐表，把弄错的表更换过来。

3点，驻村干部准时来到镇政府办公楼三楼会议室参加"广安镇2019年扶贫开发成效考核工作会议"。参会人员还有：镇扶贫工作组杨德志副组长，镇扶贫办潘大为专职副主任，镇各部门负责人及各村支书。

这次会议，向与会人员下发了广东省扶贫开发领导小组印发的《2019年地级以上市党委和政府扶贫开发工作成效考核方案》《广东省东西部扶贫协作成效评价办法》，以及广东省扶贫开发办公室关于征求《广东省2020年扶贫工作要点（征求意见稿)》意见的函，还有一份材料是《西川县2019年扶贫开发成效考核工作任务分解表》，表中列举各项考核内容、操作规程、考核要求、工作进度、工作措施和责任单位。

会上，潘大为重点向大家汇报了上次Q市组织工作组来西川进行考核，抽查了大屯等两个镇，反馈考核中存在责任不落实的情况有：村支书遍访贫困户次数少；核查的贫困人口信息情况不清楚；贫困户资料不齐，贫困户退出出现不合理现象；宣传不到位，村脱贫攻坚宣传栏还没更新；贫困户不清楚帮扶政策，就连谁在帮扶也不知道；有贫困户故意隐藏电视机（有些村，驻村工作队为没有电视机的贫困户购买电视机，个别有电视机的贫困户就打歪主意）；驻村干部业务不熟悉；持续帮扶后劲不足；贫困户务工收入出现偏差，故意隐瞒实际收入。

正如王悦所料，不仅虎山村贫困户会故意隐藏电视机，其他村也会出现这种现象。

接着，潘大为讲到关于2019年省考核的方式，一是省考核组实地核查，二是第三方核查。考核时间从2020年1月上旬到4月底完成。他估计这次省考核会抽查到西川。

据内部消息，省考核组会在春节前完成考核，第三方核查在春节后完成考核。

扶贫工作比较紧张，为迎接省考核，潘大为还对村干部和驻村干部提了一些建议。

他建议村干部按照贫困户"八有"脱贫标准，发现问题认真整改；准备好村支书遍访记录表、照片、笔记本；村干部迅速掌握贫困户情况；驻村干部与村干部沟通，弄清楚进入贫困户家中的路线；各村准备好每月一次以上的扶贫工作会议记录、照片；村支书协助驻村干部做好贫困户收入确认工作；做好项目库的更新。

他同时建议驻村干部迅速做好系统录入工作；大石嘴、虎山两个省定贫困村要处理好大数据平台存在的问题；完成好"一户一档"贫困户资料、项目资料和"八有"情况；加强政策宣传，完成好信息卡；熟悉贫困户家庭位置、路线；按省市县考核内容，提前做好准备。

为迎接省扶贫考核，潘大为要求大家与上级部门、镇扶贫办、各村扶贫工作队对接好。

本来卢队长想开完会后回 Z 城，在家与妻儿共同度过新年的第一天，但潘大为在会上说，系统员今晚要加班，驻村干部明早才能离岗，具体离岗时间待通知。

晚饭吃的是工作餐，伙食还不错：一盘鱼、一盘青椒炒鸡蛋、一盘鸡、一盘腊鸭炒花菜、一盘凉瓜、一盘青菜。

吃完晚饭，王悦和卢队长出去散步时，看见一只鸟站在电线上，神情悲伤，而夜色慢慢地从镇政府上空降落下来。

2020 年的第一天，王悦和卢队长只能在第三故乡度过了。

走到通往九凤村的路上时，天空黑黑的，像昨晚一样，一颗星星也望不到，就连那颗明亮的北斗星也失去踪迹。不过，今晚，夜空里挂着月牙，虽然没多少亮光，但王悦的心还是充满憧憬，因为他相信，过不了几天，月儿又该圆了。

明天，王悦和卢队长都想去市区望星岩或梦湖山走一走。王悦在 Q 市参与扶贫工作已有一年半了，还没机会逛一逛那些景点。当然，他俩不能私自用工作队的车，于是想搭乘家在 Q 市市区的"扶友"的车，他们明天肯定会回去。许朗笑、龙书记、包万来、宋沙林、史近波等，他们都是市区单位派来的驻村干部。

可是，当王悦和卢队长散步回到镇政府，看见家在市区的"扶友"大部分回去了。明天，就是新年第一天，他们都想回家与亲人度过美好的时光。

早上刚洗漱完，宋沙林给王悦微信留言说，出去走走，他在镇政府门口等。

他没回家？当王悦走出来时，看见宋沙林果真站在贾旺成商店门边的一块水泥空地上。这块水泥空地，与镇政府大门隔着一条教育路。别看空地白天冷冷清清的，但有时到了晚上却异常热闹，附近的大叔大婶都会扭起腰肢，伴着震天动地的歌声和旋律，跳起欢快优美的广场舞。

王悦、宋沙林、包万来和许朗笑经常碰到一块，或早或晚，到九凤村或白云村散步。当然，宋沙林散步的目的更加明显，就是为了减肥，所以他早晚都要走，而且每天规定要走一万多步。他每天走的步数，手机里计步器会显示。

宋沙林是湖南常德人，40 多岁，中等身材，有些胖。别看他身体粗壮，但也并非"心宽体胖"，常听他说失眠，甚至彻夜未眠。对于驻村干部，有时工作压力确实大，隔三岔五要迎接各种各样的检查，导致精神压力更大。所以，有些驻村干部，每次面临检查，心里就有了怨言，也有了厌烦的情绪，认为检查太多就成了形式主义。

宋沙林中专毕业后，在新疆生产建设兵团工作了三年，后来又跑到云南找工作，差点误入传销黑窝。宋沙林是个很上进的人，在 Q 市工作的时候，还参加了自考大专，白天上班，晚上上夜校。

王悦和宋沙林沿着通往白云村的路，走到溪水旁就停了下来。

今天的天气比较晴朗，毕竟是 2020 年的第一天。要不是昨晚镇扶贫办要求驻村干部留下来加班，卢队长预计回 Z 城过新年，因为妻儿等着他回家团圆。

昨晚，驻村干部陆续回家了，但宋沙林没回 Q 市，就像他说的那样，他一个人孤零零在外，到哪儿都一样。他老婆和孩子还在湖南老家。

王悦和宋沙林来回走了近一个小时。路上，宋沙林问王悦想到哪儿游玩。王悦说与卢队长约好早餐后到市区梦湖山、望星岩和牵羊峡看看。

在 Q 市参与扶贫工作已有一年半，王悦却一直没有机会登梦湖山、走牵羊峡、感受望星岩的魅力。今天得以轻轻松松去游玩，说起来还真是拜镇扶贫办领导所赐，王悦才有了这么一个名正言顺外出游玩的好机会。

吃完早餐，王悦和卢队长坐宋沙林的车，往市区方向驶去。王悦和卢队长不敢私自动用工作队的车，而宋沙林开的是私家车，这样就不会遭人非议，也让大家放心出行。

从 8 点半出发，到 Q 市时已经是 10 点 50 多分了。在去的路上，三人就谋划好游玩的地点，决定先到端砚湖，然后到牵羊峡，晚上再到望星岩。因为只有一天时间，大家决定放弃登梦湖山。

宋沙林开的是吉利车，2017 年买的。他很会保养车，虽然开了两年多，但看起来好像还是一部新车，特别是车内，清理得很整洁。

三人首先来到端砚湖边。里面的游客并不是很多，偶见有人蹲在湖边钓鱼，而周围的绿化地，也还没有形成壮丽之势。也许正值冬天，草木懒得生长，不过还能见到一些花朵，点缀着冷清的湖面和游客平淡的心情。

听宋沙林介绍，端砚湖是两年前才开发的。

端砚湖，位于 Q 市新区，是一个形状似端砚，具有地域特色的集防洪、生态、景观、旅游、休闲娱乐于一体的人工湖。

Q 市的端砚异常出名，端砚湖以端砚的形状设计，倒是符合它的文化内涵，拓展了 Q 市的历史文脉和气息。

端砚湖的湖泊水面面积 1500 多亩，以前属于"千塘之地"，变迁之后，端砚湖以湖面为中心，设置了大型绿化开放空间。

虽然景色不算美丽，但三人还是沿着湖边的路，一边散步一边赏湖。望着浩渺的湖水，王悦的心突然变得开阔起来，似乎能装得下整个天空。

在湖对岸，一些新建的高楼大厦远远地盯着游客，生怕游客偷喝湖水，变成满肚子"墨水"的文人。

端砚湖旁，有一条城轨线，不时传来列车"隆隆"驶过的声音，列车仿佛牵引着天空和湖水，走进了另一个春天。

在热情的宋沙林同事家里吃完午饭后，来到牵羊峡时，王悦看见孟江边停着很多汽车，游客络绎不绝。还有一大群孩子，在山涌码头放飞形态各异的风筝，迎接从平静江面上过往的船只。往右边望去，线条形的孟江大桥呈现在眼前，桥上行驶的汽车若隐若现。还有几只黑色的大鸟，偶尔从山上飞到江面，偶尔从江面飞进山林，偶尔盘旋在半空中，然后像一支冷箭，向平静无波的水面俯冲下去……因为距离王悦比较远，看不清大鸟有没有抓着什么，但它的一举一动，已经惊醒了牵羊峡数百年风雨飘摇的历史。

牵羊峡在 Q 市梦湖区西南部，是孟江流经千年古郡——Q 市的三峡之一。地处三个峡的下游，山最高水最深峡最长。

站在牵羊峡古道牌坊门前，王悦似乎被一阵阵古老的风吹得神清气爽，而在涌动着历史洪流的脑海之中，不断闪现出望夫归、望星岩的传说和故事。这些故事，王悦曾经听另一个驻村干部包万来提起过。

从牌坊进入窄窄的古道，王悦感觉天空越来越小，而心神不定的灵魂，似乎走进了一段凄美而厚重的历史。牵羊峡古道前面比较荒凉，除了一座静静的灯塔令人遐想，王悦再也没看到什么。而脚下的孟江水，平静中面带绿色的微笑。那些满载历史烟尘的行船，深沉地在王悦眼皮底下驶过，"哒哒"的马达声，从水面抛向天空，又从高高的天空掉下来，好像在吟唱古往今来的故事。

最引人注目的，是一群披着几百年风雨的大鸟，展开湿漉漉的黑色翅膀，在江面上飞来飞去。它们在寻找什么？或者在等待什么？

王悦站在弯曲崎岖的古道上，双手扶住护栏，用一双迷茫的眼神，久久地打量它们，很想告诉它们，这里从来没有发生过什么故事，以后也不会发生什么，你们别想把牵羊峡的一点一滴带走。

突然，一只黑色的大鸟"呱"的一声，围着一艘轮船盘旋一阵后，"啪"的一声俯冲下来，把平静的江水搅得颤动起来，就连水底中沉寂了几百年的历史，也被它搅得动荡不安。

它愤怒了吗？王悦怔怔地望着大鸟，看见它用锋利的爪子，抓住历史的头颅，迅速向山上飞去。

三人再往古道前面走，渐渐地，荒凉的四周有了颜色，能看到茂盛的竹林和树林。眼前的绿，似乎是一只无形的大手，将王悦从深沉的历史中揪了出来，也把他心里的伤感一点一点抽了出来，直至掏空之后，再填上一首首充满古老味道的诗词。

此刻，王悦多想放慢脚步，为渺茫的孟江水作一首慷慨激昂的诗词。可惜，王悦渐渐变得轻盈的脚步已经不听使唤，因为要想走完这条 9.5 公里长的古道，必须抛开书生意气，像长跑运动员一样，将目光盯向前面的终点，况且，淹没在江底的历史故事，还需要他亲手把它们打捞出来。

于是，王悦继续走，只有走，才能为自己解开历史的情结，也只有走，才能看到孟江水博大的情怀和遥远的梦想。直至走到一处几乎形成 90 度角的转弯处时，王悦才停下，因为他的心被岩石上的一处处伤痕深深刺痛了。这就是纤痕。

站在纤痕面前，王悦已经看不见纤夫走过的足迹，但被纤绳摩擦出来的一道道槽沟，像一首首深深浅浅的诗歌，向世人昭示着纤夫的命运。

望着一道道槽沟，王悦又在想，每一个人都有自己的命运，不是被纤绳勒伤，就会被深沉的历史敲碎，留给自己的，最终只是一阵轻微的风。

带着对历史的感怀，三人来到喜见亭。亭中坐着几个老人。王悦不知道他们有没有走完 9.5 公里长的古道，但他知道，老人心中早已把历史伤痕擦掉，把命运抚平，换回最后的安宁和坦然。所以，见惯风雨雷电的老人，此时静静地坐在亭中，用平静的面容，面对曾经的喜怒哀乐；用内心的微笑，面对浩渺的历史。

再往里走，江面上行驶的船越来越多，好像它们从遥远的历史中走来，要赶到喜见亭欢聚欢笑。

也许因为是第一次站在这里，王悦对古道充满遐想，因此不知所累，而且越走越有兴趣。遗憾的是，宋沙林感到有些困乏，侧身靠在护栏上，不愿走了。

回去时，王悦一次又一次回头，望着窄窄的古道，心里万分不舍。因为牵羊峡的历史和故事，他还没有看得清清楚楚、明明白白。不过，今天走过的脚步，已在它身上留下了痕迹，即使以后没机会在喜见亭欢聚，王悦也会用内心的欢笑，铭记一生。

再见，牵羊峡！再见，孟江水！再见，喜见亭！坐在车上，王悦起伏的心里，一次又一次向后面的山水和江面上飞翔的大鸟，依依不舍地作别。

为了参观望星岩，汽车又直奔而去。在望星岩附近，三人找了一家"我家湘菜馆"，要了一份攸县香干，一份干锅黄骨鱼，一份手撕包菜，一锅海带肉丸汤。

以前在 Z 城，王悦也经常到湘菜馆品尝这样的味道，仿佛又回到熟悉的从前。

吃完晚饭，天色渐晚。三人走出湘菜馆，看见路面上的车辆呼呼地从身旁疾驰而过，一片忙碌的景象。Q 市的夜晚，灯光璀璨，若明若暗的建筑物，呈现出令人耳目一新的形状。

因为离望星湖不远，大家便弃车步行，从望星岩景区东门进入。

黑夜中的望星湖，显得有些羞涩，让王悦看不见它真实的面容。直至站在望星大桥时，他才透过湖边的灯光，看见望星湖水异常平静，像沉思中的仙女，又像梦想中的少年郎，给人一种若即若离的感觉。但这种感觉，很亲切，很美妙，更有玄幻的味道。

它睡着了吗？不，你看，它的唇，在灯光的辉映下，蠢蠢欲动；它的眼睛，在游人的等待中，慢慢睁开，露出黑色的眸子。它忧伤了吗？不，你听，它的心，在无边无际的夜空中，跳起欢快的舞蹈；它的真情和美好祝愿，在微风吹送下，传给日夜守护它的望星岩。

因为是夜晚，王悦看不见对面的望星岩，但隐约可见一座山，向望星湖现出朦胧俊俏的身影，再远一点的两座山，山顶上亮着灯，好像是举油灯的书童，在为望星湖伴读。

在湖边，各种各样的饮食店、酒家，此时亮着辉煌的灯光，吸引着王悦惊异的眼睛。荷塘月色花园酒店、21 克、望星揽月、最初西餐厅、漫乐生活等，似乎把王悦带到异国的夜晚，享受异国风情和情调。

"要是能下一场雨，望星湖就会呈现出江南的诗意生活！"走着走着，卢队长对王悦说。

是啊，漫步望星湖，再来一场雨，兴许三人就来到了烟雨蒙蒙的江南。

可王悦抬头望向夜空时，雨没下着，却看见半枚月亮守着望星湖，给 Q 市勾勒出一幅"望星揽月"或"七星伴月"的美图。

偶尔，王悦看见一只晚归的白鹤，从望星湖的夜色中掠过，向望星岩飞去。此时此刻，王悦不禁吟起黄庭坚的诗："白鹤去寻王子晋，真龙得慕沈诸梁。"

难道，它要飞回宋朝，寻找王子晋？不可能，兴许白鹤是给我送天书的，让我去拜访望星岩的高人。虚虚实实，真真假假，想到此，王悦心旌荡漾，心里又吟起李白的诗句："白鹤飞天书，南荆访高士。"

听宋沙林说过，晚上游望星岩，最好的选择，莫过于去南门牌坊前观七彩喷泉的壮丽景色，不过，要想观喷泉，只有等到晚上 8 点。

现在 7 点 10 分，况且三人已经在望星湖边步行一段时间了，有点累，于是打车到南门。

来到南门，王悦看见望星岩广场上坐满了市民和游客，他们都是来观喷泉的。

宋沙林说他累了，就坐到一棵树下，让王悦和卢队长随便逛逛，逛到差不多时间就回来观喷泉。交代后，他坐在树旁打起盹来，也不管天冷会不会受寒。

王悦和卢队长先到牌坊门口，各自拍照留念。

拍照后，他俩沿着湖边逛了一下，除了陆陆续续赶来观喷泉的市民，没看到特别惹人眼球的景色，倒是不远处的望星湖国际广场，灿若星河的灯火，给王悦留下深刻的印象。

也许，夜色遮住了望星岩的美景，让王悦沉不下心观赏。

8 点时，他俩赶了回来，看见南门湖边站满了人，纷纷举起手机，对着即将喷起泉水的地方，耐心等待。王悦和卢队长拉起打盹的宋沙林，还没来得及赶过来，湖边就发出"哇哇"惊叹的声音。

喷泉开始了！王悦急匆匆地赶来，却找不到合适的位置拍照，只好站在两个人头后面，把手机举到缝隙间，对着喷起的泉水，不顾一切拍起来。

泉水一边喷，一边变幻着各种颜色和形状。有时是绿色的莲花状，有时是红色的荷苞，像火苗，有时是青色的绸带，有时是白色的五线谱，有时是黄色的柱子……总之，每一次变幻，都会引来阵阵喝彩声。

喷了 20 多分钟后，广场里就响起"喷泉结束"的广播，市民和游客便你挤我拥，离开广场。

一天走了三个景点，确实有点累。回去路上，王悦闭目养神，但脑海里总是翻腾着孟江水，好像喷泉一样喷出七彩的形状。

回到驻地，已经是 10 点十几分了。王悦坐在宿舍，疲累反倒没了，而静下来的心，似乎又有了写诗的欲望。待写完两首诗，已经是深夜了。

早上起得比较晚。当王悦走出宿舍，看见镇政府外面飘着淡淡的雾，给人一种迷迷糊糊的感觉。还有一些婉转的鸟声，清晰地从周围的树上传了过来，似要把天空悲伤的心情全部镇压下去。

8 点半，王悦和卢队长准备进村。高云飞在家度完周末后，还没赶过来上班。大概卢队长跟他联系过了，下午才过来上班。正想进村，却碰见文海燕。她说她想坐工作车一起进村，等她 10 分钟。她应该还没吃早餐。卢队长说，我们急着进村，要准备市级考核的资料。

文海燕见工作队忙，就说不坐工作车进村了。

卢队长开车来到街面一间卖日用杂货的商店，向老板娘买回八个小文件盒和八个大文件盒。

来到村委会，王悦和卢队长忙着做市级考核资料，但仍然缺少部分资料，工作一下子陷入瘫痪状态。比如，今年每月在村里召开的扶贫工作会议照片和会议记录，在卢队长来之前的原始资料里都找不到。这次市级考核，要求驻村工作队提供每月至少一次的扶贫工作会议照片和会议记录，而且明确指明是村里召开的。

2019 年上半年的扶贫工作照片和会议记录，可能以前一直没拍没做，提供不了原始资料纯属正常。为了尽可能找到那些照片，卢队长让王悦到阿巧 QQ 空间里找，但王悦翻了个遍，如同大海捞针，没找到一张与会议相关的照片。阿巧说，上半年村里召开的扶贫工作会议都没在电子屏幕上显示标题，而且也没有拍照，卢队长接任后，才要求每月在村里召开的扶贫工作会议都必须在电子屏幕上显示标题，做会议记录。

第六十章

王悦和卢队长正忙得不可开交时，陆俊打电话给卢队长，好像让卢队长上午下班前把市级考核资料提交镇扶贫办。

卢队长急了，马上给高云飞打电话，让他赶回来做资料。

不一会儿，六哥走进办公室，对卢队长说，周莲芳申请就业奖补的照片，他上午已送到镇扶贫办。那天卢队长到香喷喷饺子馆要周莲芳照片，是走错了地方。六哥说，周莲芳的照片放在桥边的一间饺子馆，而不是香喷喷饺子馆。因为两家饺子馆挨得很近，所以卢队长走错了门。

忙了一个上午，村支书让王悦和卢队长留下来吃午饭。

本来卢队长也不想留在村里吃饭，但接到陆俊的电话后，他就非常紧张，非要利用午休时间把市级考核资料弄完，所以留下来吃饭。但他不知道前几天吩咐高云飞做的资料有没有准备好，此时的他到处找，更是越忙越慌乱。

王悦把自己需要做的资料准备好后，就坐摩托车回镇政府吃午饭，因为他还要到镇扶贫办处理就业奖补的事情。

这几天，工作队没闲下来过，除了准备市级考核资料，还要迎接县扶贫办核查组到广安镇开展自评复核工作，镇扶贫办特别要求各村支书迅速完善好遍访贫困户的资料，并于上午下班前将资料交镇扶贫办备检。

办完事后，王悦到街面准备坐摩托车进村，刚好走到教育路教师村旁，见卢队长开车回来，并叫王悦回宿舍。

卢队长抱着几盒市级考核资料回到宿舍，接到陆俊的电话，说要他提交虎山村支书遍访贫困户的资料。

上午，卢队长接到陆俊电话后，以为要他提供市级考核资料，害他忙活了一个午休时间。

下午，高云飞回到镇政府后，卢队长召集王悦和高云飞开了一个简短的会议，会议主要围绕省扶贫考核的内容进行。按照上面要求，考核资料要在本月8日之前完成。卢队长强调，要是工作完不成，这个星期六、星期天都要加班。然后吩咐王悦和高云飞按照上次市级考核的内容，重新弄一套，谁负责的资料谁弄好。

吃完晚饭，王悦到九凤村散步。今天心情不错，王悦走得比较远，直至走进村子，感觉黄昏的村庄非常安静，除了蟋蟀的弹唱，爬进耳朵里的，还有灯光无声的召唤，而早早爬出来的半个月亮，似乎把王悦的好心情照得更加明亮。

今天早上的雾很大，几乎把周围的山林、民房和田野遮掩得严严实实，只有通往白云村的那条路，似乎刚刚睡醒，从朦朦胧胧的世界中稍稍探出头来。而树上的鸟声，稀稀落落，好像唠叨的村妇。

每天坚持晨跑，成了王悦最大的娱乐活动。因为晨跑不仅锻炼了身体，还能感受到乡村的风景，尽管冬天的风景有些脆弱，有些茫然。

当他跑到九凤村时，看见路左边的白留地上撑着一把太阳伞，伞下放着两张木椅子，旁边还立着一块简易的招牌，招牌上贴着一张红纸，写着"森林防火检查站"。

这个露天检查站，大概半个月前就有了，之前没有立招牌，只有太阳伞和木椅子，那时王悦还以为是村民劳作累了，搭了一个简易的休息室。

冬天天干物燥，容易引起山林火灾，各级部门加大宣传力度，号召村民积极参与护林防灾。

跑到望春河桥上时，王悦就停下了脚步，望着河水漫过小水坝，"哗哗"地流下来，像交响乐一样，沁人心脾。王悦仔细聆听了一会儿，感觉自己的内心完全开朗起来，那些飘飘忽忽的晨雾也随之散去。这就是"音乐"的魅力，它带给王悦许多意想不到的享受和收获，仿佛他身体里的每一个部分，都会生长出伟大的艺术细胞。

差不多9点的时候，工作队才进村。进村路上，晨雾还是很大，把路边的村庄和山峦遮得朦朦胧胧的，给人一种神秘的感觉。

进村后，卢队长与高云飞的同学到西坑考察待建的篮球场，即"利华健身广场"。为了尽快落实篮球场工程，卢队长与高云飞的同学约了三四次，直至今天才约到他。

穿着宽大外套的黄秋亮，早已坐在村委会升旗的水泥地板上，一见到王悦，好像很高兴很激动的样子，"呵呵"地傻笑，还不断颤动双手。王悦进办公室时，他居然站起来，"呵呵"地朝王悦身后跑来，双手颤动得更频繁。他一定想找人玩。王悦禁不住黄秋亮的热情，转过身，与他"呵呵"在一起，只见黄秋亮越发激动了，"呵呵"得更厉害，直把两只眼睛都"呵"成了一条缝，而颤动的双手就像敲锣打鼓一样，还有嘴角边的口水，淌得更加肆意。

也许，好久没见黄秋亮神采飞扬的样子，这次见他如此激动，王悦也深受感染，内心便有了不小的兴奋。一个智力障碍者，他最需要的就是能拥有一份快乐。当然，作为驻村干部，不仅肩负着脱贫任务，更重要的一点，就是让每个贫困户都能过上健康快乐的日子，只要他们快乐了，帮扶工作就少了很多忧愁。

对于驻村干部来说，他们舍小家顾大家，不辞劳苦，从城市来到贫困山村，目的就是消灭贫穷，给贫困户谋取幸福生活。有时与贫困户交流，贫困户问驻村干部为什么要参与脱贫攻坚工作，有一种回答虽平凡，但掷地有声：我们是在做善事！

是的，驻村干部都是在做善事，他们走在行善路上，不管山高路远，不管崎岖曲折，不管白天黑夜，只要想起自己所做的每一件事都与"善"有关，即使再苦再累，即使困难重重，即使风雨飘摇，他们的脚步也不会停止，一心扑在贫困户身上，给他们带来脱贫的希望和幸福的光芒。

为了迎接省扶贫考核，王悦和高云飞在办公室档案柜里翻找资料。这些资料都是从系统里导出的。

吃完午饭后，王悦和卢队长没有休息就赶回Z城。出发前，他俩像往常一样检查车况，特别是车轮和前后车灯。上次，坑头驻村干部廖强坐虎山村工作队的车回Z城时，谈到有一次他们的工作车跑高速时突然爆胎，幸好没发生悲剧。所以听廖强说过之后，卢队长对汽车轮胎格外重视。

这次回Z城，一路上比较顺畅，但差不多到南方医科大学顺德医院时，高速上出现三车连环相撞的事故。

回到 Z 城，刚好 4 点。晚饭后，王悦打电话回家，悲伤的母亲告诉王悦，外婆于今天凌晨 5 点去世。

听到外婆离世的消息，王悦很悲痛。但因为放不下工作，他没时间回去送外婆最后一程，只能默默地向天祈祷：愿这位善良的老人，一路走好！

记得前段时间，王悦打电话回家，他母亲就说："你外婆生命垂危。"

王悦的外婆今年 93 岁了。有关她的善良，有关她积极向上的人生故事，王悦经常会想起。

"但愿，善良的外婆，在天堂能够原谅我不能赶回去送她最后一程；但愿，积极的外婆，在天堂能够看到我走在行善路上，心里会感到莫大的欣慰。"内心非常悲痛的王悦，只能乞求步入天堂的外婆，能够理解他、包容他。

记得去年春节，王悦去外婆家拜年时，看见外婆瘦了很多，行走极不方便。那时，王悦听舅父说，春节前，外婆进洗手间时不慎摔倒。

在王悦一生中，最难忘的两位老人，一位是奶奶，一位是外婆。她们不仅用善良教导着他，而且用积极的人生态度永远激励着他鞭策着他，告诉他不管前方是风是雨，不管路途多么遥远多么坎坷，只要做一个有心人，所有的困难和挫折都会化为乌有。

10 年前，王悦善良的奶奶，也是步入九十高龄后离开人世。

但愿善良的人都会得到好报，积极的人都能拥有快乐幸福的一生，哪怕进入天堂，也不会有什么烦恼，只有无愧于心的微笑。

早上 9 点，王悦和卢队长从 Z 城出发，开启新一周的扶贫工作。

这两天晚上，因外婆走了，王悦都没睡好觉，特别是昨晚，凌晨 2 点他才睡了一个囫囵觉。

虽然昨晚没睡好，感觉有点疲惫，但王悦还是强打精神与卢队长谈了一点扶贫工作的事。

今天没堵车，一路顺畅。汽车到丹灶服务区休息了一会儿，并在服务区加油站加了油。

在大田收费站下了高速。卢队长交过路费时，发现比平常少交 5 元，于是问收费的工作人员是不是调整了收费标准。工作人员回复说以前是按汽车重量来计算过路费的，今年高速收费开始调整，以车型计费。

下午 3 点，镇政府办公楼三楼会议室召开 2020 年第一季度扶贫工作会议。这是今年镇扶贫办召开的第一次会议，内容比较多。

会上，陆俊与大家一起学习《中共广东省委办公厅印发〈关于进一步压实责任加大惩治扶贫领域腐败和作风问题工作力度的方案〉的通知》的内容。

接着，潘大为布置近期扶贫工作的任务，主要是：本月 8 日前完成 2019 年度省考核资料；各村采集的贫困户生活用水水样已送县水质检测中心检验；落实县就业奖补政策，于 15 日前全部完成，其中 2 日到 8 日要完成村级公示，9 日到 15 日完成镇级公示，13 日各村将申请资料、村级公示等报送镇扶贫办；申请整治居住环境补贴的贫困户需要提供整治居住环境的发票或收据、申请表、公示、会议记录等资料，于本月 9 日送镇扶贫办；落实 2019 年建档立卡贫困户发展自建自营和产业项目奖补政策，于本月底完成，奖补不超过 3000 元，申请的相关资料在 18 日上交镇扶贫办。

另外，潘大为还通报了上次县检查反馈的问题：一是各村扶贫工作会议要有会议记录，最好有现场照片；二是村支书走访要有详细记录。

随后，陆俊又与大家一起学习 Q 市扶贫开发领导小组办公室下发的《关于 Q 市新时期精准扶贫精准脱贫攻坚工作帮扶项目后续管理的指导意见》。

高云飞又请假。早上，王悦、卢队长和文海燕一起进村。

上班后不久，陆俊、潘大为等来村委会，与村两委干部、驻村干部召开虎山村落实 2019 年 Q 市财政专项资金使用管理工作督导检查发现问题整改工作会议和镇纪委、镇扶贫办到虎山村开展扶贫工作督导会议。

因为王悦在准备公示资料，卢队长没让他停下手头工作开会。这次会议，其实是镇干部来问责的，好像虎山村被市里点名批评了，因为建立柠檬种植基地的扶贫专项资金落实不及时。

吕书记在的时候，曾与村干部、驻村干部召开过柠檬种植基地的会议，用的扶贫专项资金是中央下拨的 12 万元。因为是中央直接下拨到地方的扶贫专项资金，不属于驻村工作队监管的范围，当时卢队长表态，驻村工作队不参与具体事务，但可以帮村里做一些项目申请资料。

"落实不及时"，说到底应该是镇里要承担的责任，怎么会牵扯到驻村工作队身上？

会上，潘大为还提到这次市级考核，因为村支书遍访资料没做好，拖了虎山村后腿。

傍晚，月亮现出皎洁的面容，望着王悦和卢队长出去散步。

他俩边走边谈。卢队长对王悦的工作作出了较高的评价，认为王悦是个想干事的人。

虽然走得不是很远，但王悦和卢队长经过推心置腹的一次交流，好像把内心的担忧和不快全部释放出来。正如卢队长说，今晚把憋在内心的东西释放出来后，真的感到很痛快！

卢队长是个想干事、真干事、能干事、会干事的驻村干部，而且心地善良，也挺能忍耐，但也存在一些缺点，就是太容忍。正如他所言，每一个人都有缺点或弱点，但既然走在扶贫这条路上，只要自己能够真心付出，就问心无愧了。

那天，由县扶贫办牵头组织的复核小组准备复核省定贫困村退出情况，要求省定贫困村帮扶工作队都要抽调一名驻村干部，与县委组织部、县委农办等单位抽调的干部组成二个复核小组，复核时间从 1 月 13 日到 1 月 20 日。

卢队长决定抽调王悦去参加县里的复核。

1 月 13 日早上，温度比昨天暖和了一些。天空异常晴朗，没见到一点晨雾。

吃完早餐后，因高云飞请假还没回来上班，而王悦下午 2 点半又要去县农业农村局报到，卢队长一个人就没进村，留在宿舍办公室，面对电脑敲敲打打，不知在修改什么文档。

为了熟悉业务，王悦坐在卧室里认真学习省定贫困村退出程序的相关资料。

吃完午饭，王悦乘坐 12 点半的公交车到县城。乘客不是很多，除了他，还有四个上学的小学生，以及一个年近八旬的老奶奶。

公交车设有投币的一个白色的塑料盒子，盒子上贴着一张"无人售票，自动投币"的字条，还有一张县城到各镇和途经村庄的"车辆正常票价一览表"。

四个小学生在镇中心小学门口下了车，车里的乘客只剩下王悦和老奶奶。

往木春路上，偶有一些乘客上车。虽然设有自动投币箱，但王悦看见一些没零钱的乘客，用整十的钞票给司机找零，或者用微信支付。

刚到木春，又上来一个40岁左右的妇女，只见妇女戴着眼镜，穿着得体，面容和善，看起来像机关工作人员。

不一会儿，卢队长在微信给王悦发来县农业农村局的定位，并打电话告诉王悦农业农村局不在县政府内。先前王悦和卢队长误以为农业农村局在县政府，而县政府王悦比较熟悉，他经常来此参加扶贫工作会议或培训。

虽然西川县城不大，但王悦还是非常陌生。为了及时赶到农业农村局，王悦问司机公交车经不经过那里，司机说不经过，并告诉王悦公交车到县城车站后，可以坐摩托车去，5块钱路费。

此时，坐在王悦一旁的妇女对王悦说，农业农村局离县城车站不远，下车后她可以送王悦一程，因为她的家离农业农村局不远。

公交车到县城车站后，王悦跟着妇女下了车，然后走过人民医院，来到宽敞的南东二路后，妇女停下脚步向左边给王悦指路，说："你往那边走，到第二个路口能看到太平洋摩托车行，再往右走，就可以到达农业农村局。"

说完后，她就朝与王悦相反的方向走了。

当王悦找到农业农村局时，才1点多。农业农村局面积不大，只有两幢办公楼，但围墙上插着不少随风飘扬的彩旗。特别引人注目的是，围墙内的办公楼上显示着醒目的脱贫攻坚倒计时。

王悦跟门卫说明来意后，门卫就让他进来。进去后，王悦在里面随便逛了逛，看到墙壁上设着一些宣传栏，如"实施乡村振兴战略，决胜全面建成小康社会"，又如"实施精准扶贫精准脱贫方略，打赢脱贫攻坚战"等。

因为离开会时间尚早，王悦就坐在门卫室，与另一个刚刚赶到的驻村干部，守着一台有点老旧的电视机，观看中央电视台综艺节目。

2点半，各驻村工作队抽调的扶贫干部在四楼会议室召开西川县省定贫困村退出复核培训会议。

西川县扶贫办专职副主任李开笑给大家讲解复核细节，并告诉大家，这次复核的意义在于发现问题，督促有问题的省定贫困村及时整改。他还特别提到安全饮水，重点检查水质检测报告是否合格。

从下发的《相对贫困村核查分组人员名单》中，王悦看到 Z 城帮扶工作队共抽调 18 位驻村干部参与复核，与县扶贫办、县委农办、县水利局、县文化广电旅游体育局抽调的干部，分成三个小组。王悦分在第二小组，复核北流、坑天、赤峰、大屯四个镇的九个村。

培训会后，复核成员就到维也纳国际酒店订房。王悦与驻大沙村工作队队员方维中同住一间房，他是 Z 城邮政局职员。

晚上，复核人员到商业步行街附近的一家家常菜餐馆就餐，离维也纳酒店大概 1.5 公里。

吃完晚饭，王悦在虎山驻村联络群里看到卢队长转发一条紧急通知：为扎实做好 2019 年省扶贫开发工作成效考核相关工作，按照考核要求，需组织村民代表对有关工作进行民主评议表决。经镇主要领导同意，已通知各村（居）委会于 1 月 15日前组织召开村民代表会议对相关事项进行表决，具体请各驻村扶贫干部与各村（居）委会联系。

接着，西川县复核省定贫困村退出工作组微信群下发了各组成员职责分工，王悦主要的任务是检测电视信号、网络信号、公共服务和入户核查"八有"。

第二天早上，在酒店吃过早餐，核查人员陆续来到酒店门口集合。

出发前，县扶贫办专职副主任李开笑向大家讲解核查时需注意的问题，以及碰到特殊情况时应该怎么核查怎么处理。如果抽到的贫困户不在家的，大家也要入户查看他们的居住环境，从而大致了解到贫困户的生活情况，然后另外选取贫困户入户核查，保证"足量"核查。

8 点 40 多分，第二核查组向第一个核查目的地进发，途中经过茶花镇坑头村。车上，第二核查小组副组长向核查人员分发《相对贫困村退出复核表》和《西川县建档立卡贫困户 2019 年度收支情况表》。复核表中共列出贫困发生率、农民收入、集体收入、人居环境、村道建设、饮水安全、水利和电力设施、电视信号和宽带网络、公共服务、党组织建设十项复核内容；收支情况表涵盖的内容更多，这里无法表述。

到达大屯镇坪坑村委会时，已经是 9 点 24 分了。

坪坑村位于大屯镇西南部，距离圩镇约 5 公里，350 省道贯穿全村。全村总面积 30 平方公里，下辖 30 个村民小组，共 703 户 2871 人，目前有 48 户贫困户共 123 人。

由村干部带队入村后，组里又对核查人员重新进行职责分工。

王悦在核查坪坑公共服务时，发现坪坑很有特色，而且还建了一座电商服务站，说明这个村扶贫项目不少。在进村的路上，王悦还看到路边立着不少写着扶贫种植项目的指示牌，从车窗外一闪而过。

入户核查时，复核组抽取 10 户人口比较多的贫困户进行核查。

这次复核，王悦和另一个复核人员陈天明搭档，负责贫困户的电视信号和宽带网络、公共服务两项内容。陈天明是 Z 城人寿公司派驻乡下村的帮扶工作队员。

复核组在罗坑、茅峡、营洲、下坑、中坑等自然村复核了几户贫困户后，发现了一些问题，如茅峡的谭佛成家中的生活用水用的是井水，估计没送水样到县里进行水质检测；营洲的邵江水家电视信号线被老鼠咬断，他说这几天会接好；下坑的邓阿贰家的网络信号比较弱。

11 点半时，天气变冷，且吹着风。复核组按计划任务，还有 5 户没有复核，为了尽快完成上午的任务，于是复核组兵分两路，提高工作效率。

王悦、陈天明、李开笑等来到旧二自然村李小贞家中时，发现自来水停了；细心的李开笑在复核过程中，还发现贫困户 2019 年度收支情况表中的收入存在问题，大概是年收入算多了，并现场作了解释，要求修改。

从李小贞家出来后，王悦看见路边有一条标语，写着"治贫先治懒，脱贫就要干"，觉得很有道理，就把它记在心里。

新寨自然村是个比较大的自然村，居民比较集中。在陈望珍家里，王悦看见他的三个小孩都很听话，特别是他大女儿，非常勤快，见来了客人立即沏茶。

王悦记得前年，他来过坪坑，那时来考察沙漠玫瑰种植基地。今天算是故地重游。

核查完，回村委会进行总结。大问题没发现，小问题也不多，只是党建组织这一项缺一些资料，如三会一课资料不完善等。

在大屯镇政府吃完工作餐后，核查人员没休息，又马不停蹄奔往第二个目标。1点 50 分，来到塘水村委会，与村干部简单交谈一会儿，就着手核查。

大屯有三个省定贫困村，除了坪坑、塘水，还有一个与塘水相邻的联社村。

王悦和陈天明检查公共服务时，看见文化室正在兴建。

入户核查，复核组还是抽取 10 户贫困户，而且大部分贫困户家庭人口比较多。

在吉安自然村，网络信号比较弱，不过省里已经答复过网络信号弱的问题，明确指出山区网络信号因天气原因会"变化多端"，所以即使"弱"，也被视为达标。

核查低保户梁前英家时，这位老人 73 岁，面容很瘦，耳也背了，她有两个儿子，与五保户小叔子一块生活。

接着，复核组又到梁秀英家里，没发现异常情况。

迳背自然村的网络信号比较弱。来到陈世荣家时，他家房门紧闭。敲了一会儿没反应，于是大家在周围查看他的居住环境。虽然只有一层楼，但发现墙壁上挂着空调外机，核查人员一致认为装有空调的贫困户，生活肯定脱贫。刚想离开，房门却打开了，走出一个 70 岁左右的妇人。

在迳背自然村冯红火家里，王悦看见冯红火满头白发，少说也有 60 岁。他的老母亲，双手交叉，把手掌塞进衣袖里坐在厨房灶膛前，不停地叫冷，但灶膛里根本没有取暖的火。王悦感觉这个老人很可怜。

然后，又到社更自然村冯庆良家核查。

王悦发现塘水村有点不一样，就是每进一户都能发现村民家里设有小香炉，还贴有一张红纸，写着诸如"天官赐福"之类的祈愿。

最后，回到吉安自然村冯为真家核查，可户主不在家，只有他老婆在。他家新建的楼房正在装修，场面比较乱。听跟随入户核查的驻村干部说，他老婆有点精神疾病，不好沟通。王悦在屋里查看了一下有没有电视机，见里面正在装修，场景凌乱。

在塘水，"三清三拆"完成得不是很彻底，影响了村容村貌。

3 点半，复核组到联社村核查。见时间不早，复核组入户核查时又兵分两路。

此时，天气越来越冷，风也越吹越大。

入户前，王悦本想进卫生站文化室看看里面的摆设，但门锁着，就没进去。让大家印象不好的是，村委会门边的路已经被汽车碾得千疮百孔。王悦曾听说过，上次联社村没能为贫困村摘帽，就是因为村道建设差。

来到高尾自然村陈万娣家，核查正常，但网络信号弱，而且极不稳定，甚至出现无信号现象。

在核查禤树华家时，王悦看见他的精神状态不太好，就像一个重病患者，说话时有气无力。据村干部介绍，他已被纳入大病救助对象。

到合水自然村的冯巧英家核查时，王悦看见铺在地板上的瓷砖松塌，像是地陷造成的，但并不严重。这个不幸的老人，三个孙辈都患病，而且年龄都还小。据村干部说，老人的儿子患癌症走了，儿媳妇不知去向。现在，老人与三个孙辈相依为命。对于她不幸的故事，王悦不方便打听，也没勇气打听，但心里总有说不清的酸楚。

5 点半，复核组才回村委会总结。

天气越来越冷。总结完，已经是 6 点 40 分了，核查人员才离开联社村，回到大屯镇政府吃了一个工作餐。

回到酒店，已经是晚上 8 点半了，从大屯到西川，汽车行驶了近 50 分钟。

早上 8 点 40 分出发，晚上 8 点半才回来。核查了一天，王悦感觉特别累，腰也酸背也痛。

复核组辛苦了 4 天，提前完成了 9 个村的核查任务。

那天下午 5 点多，王悦回到广安镇政府后，收拾了随身物品，就与卢队长准备回 Z 城。

6 点，王悦和卢队长检查了车况后，就向 Z 城出发。因路途遥远，且没吃晚饭，王悦便在街面上买了饮料和面包。

从大田收费站进入高速后，王悦和卢队长看见对面那条高速路上，显得异常繁忙，车头灯亮得如同白昼，就像一条火龙，长长的，一辆接一辆，没有间断。大概，春节临近，这些汽车都是从外地返回老家过年的。然而，这边的高速路上，行车少了很多。

与卢队长共事近八个月，王悦已经熟悉他的性情，而且觉得他有很多地方值得自己学习，甚至赞赏！

回想起跟他入户调查贫困户家庭现状时的情景，王悦心里仍然感到，卢队长是兄长，更是亲密的战友。王悦与他形影不离，白天工作，傍晚散步，偶尔袒开心胸，说点自己的故事……所有这些过往和点点滴滴，让王悦至今倍感温暖。

在为期 4 天的省定贫困村退出复核工作中，从复核组所检查的 9 个村来看，贫困户脱贫是不存在问题的，在人居环境、公共服务、党组织建设方面，都有很大的改观。

这次复核是核查组做的一次摸底，是为迎接 2019 年度省考核做的前期工作。每年一度的省考核，不仅是近一年来扶贫工作的成效体现，也是检验各级部门、帮扶单位、驻村工作队对脱贫攻坚战重视程度的一种方式。所以，每年进入岁末年初，各驻村工作队都会积极应对，从系统到资料，从实战到成果，都会梳理一遍。

当然，帮扶干部不是为了考核而做脱贫攻坚工作，而是在梳理过程中，发现问题及时整改，查漏补缺，做到无懈可击，方能向上级交代，向贫困户交出一份满意的答卷。

也许是因为累，此时的王悦仰躺在副驾驶座位上，双目微闭，但始终没有进入梦乡，因为他的脑海里，总是翻腾着走在扶贫路上的点点滴滴。

这段不平凡的经历，已经深深烙进王悦的骨子里，任何时候都不会轻易磨灭；这段不平凡的经历，已经给他曾经脆弱的生命上了一堂生动的课，让他的人生变得更加坚定更加刚强。

前面的路该如何走呢？王悦不禁想起自己写的那首《为春天抚琴而行》的诗，再一次在心里吟诵一遍，同时默默祝福在新的一年里，虎山村 86 户贫困户能够再接再厉，共同奔向小康生活！